读客科幻文库

跟着读客读科幻，经典科幻全看遍。

时间足够你爱

[美]罗伯特·海因莱因 著　万洁 译

TIME
ENOUGH
FOR
LOVE

ROBERT A. HEINLEIN

江苏凤凰文艺出版社

JIANGSU PHOENIX LITERATURE AND
ART PUBLISHING

图书在版编目（CIP）数据

时间足够你爱 / (美) 罗伯特·海因莱因
(Robert A. Heinlein) 著; 万洁译. -- 南京: 江苏凤
凰文艺出版社, 2022.3
书名原文: Time Enough for Love
ISBN 978-7-5594-5726-4

Ⅰ.①时… Ⅱ.①罗… ②万… Ⅲ.①幻想小说 - 美
国 - 现代 Ⅳ.① I712.45

中国版本图书馆 CIP 数据核字 (2021) 第 074899 号

时间足够你爱

［美］罗伯特·海因莱因 著　　万洁 译

责任编辑	丁小卉	
特约编辑	武姗姗　　徐陈健	
装帧设计	李子琪	
责任印制	刘 巍	
出版发行	江苏凤凰文艺出版社	
	南京市中央路 165 号, 邮编: 210009	
网　址	http://www.jswenyi.com	
印　刷	河北中科印刷科技发展有限公司	
开　本	880 毫米 ×1230 毫米　1/32	
印　张	24	
字　数	636 千字	
版　次	2022 年 3 月第 1 版	
印　次	2022 年 3 月第 1 次印刷	
标准书号	ISBN 978-7-5594-5726-4	
定　价	119.00 元	

江苏凤凰文艺版图书凡印刷、装订错误, 可向出版社调换, 联系电话: 010-87681002。

目　录

从头反复

VII 683

终 曲

I 744

II 756

III 757

IV

霍华德家族的老祖是人类最古老的成员，他拥有多重身份，其中包括伍德罗·威尔逊·史密斯、欧内斯特·吉本斯、亚伦·谢菲尔德船长、拉撒路·朗、"快活"德兹、安宁王小塞拉芬殿下、万相唯一真神和天地仲裁者的至高大祭司、第83M2742号流放囚犯、伦诺克斯法官先生、泰德·布朗森下士和莱夫·休伯特医生等。本报告主要以老祖在多个时间、地点发表的言论为蓝本，大部分内容源于"大移居"后的2053年（即地球故乡的格里高利历4272年）[1]老祖在霍华德回春诊所和赛古斯都新罗马的行政大殿中所说的话，补充资料有多类信件和见证者的口述记录。报告完成后，在霍华德基金管理委员会的指导下，霍华德荣誉档案官对报告全本进行了整理、核对和压缩，并参考官方记录和当代历史对其进行了修正。尽管该档案官在报告中留下了明显的谬误，加入了主观推测，记录了许多年轻人不宜阅读且在道德上颇有争议的奇闻异事，但本报告的历史重要性无与伦比。

---

[1]　本报告通篇使用格里高利历地球纪年法，因为包括标准银河历在内的其他纪年法都未必为所有行星上的学者所知。清楚起见，译者应在本报告中的日期后加注相应的当地日期。

贾斯廷·富特四十五世——原注（若无特殊说明，本书中注释均为原注）

关于历史的书写

历史之于真相恰若神学之于信仰，前者之于后者皆不值一提。

——L. L. [1]

　　两千多年前，利比-谢菲尔德驱动器横空出世。人类大移居就是从那时开始的，而且至今仍在进行，丝毫没有减缓的迹象。因此，以单一叙事甚至多重叙事的手法书写历史失去了可能性。到了地球故乡的21世纪（格里高利历），只要空间和原材料允许，我们的种族已经具备了每百年都让人口翻三番的能力。

　　恒星驱动器就为我们提供了空间和原材料，让人类得以从银河系的这个区以数倍于光速的速度向其他地方扩张，而且还能像酵母菌一样成倍繁殖。如果说我们在21世纪就实现了人口翻番，那么人类的数量现在已经达到了$7 \times 10^9 \times 2^{68}$人的程度。这个数字大到让计算的人情绪失控，

1　L. L.：老祖名字之一拉撒路·朗（Lazarus Long）的缩写。——编注

因此，我们只能让计算机来代劳：

$$7 \times 10^9 \times 2^{68} = 2,066,035,336,255,469,780,992,000,000,000$$

——或者说超过两万亿亿亿人；

——若是将其看作蛋白质，其质量相当于太阳系三号行星——我们人类的母星地球质量的两千五百万倍。

有违常理。

若非发生了大移居，对于人类来说，这个数字实在是有违常理。我们拥有每一百年让人口翻三番的能力，却也面临着连翻一番都实现不了的危机。这个"危机"在酵母菌的增长规律中叫作曲线拐点：一旦到达该拐点，酵母菌将保持危险的零增长率，只待菌类自身迅速灭亡，增长率才会回升，这可以让微生物免遭自身造成的污染的危害；具体到人类，这个拐点可避免全面战争爆发导致的灭顶之灾，或者说避免"马尔萨斯终极解决方案"以另一种形式降临。

但是（我们认为）人口数量并没有增长到如此恐怖的程度，因为大移居的基数肯定不到70亿人。相反，在那个时代的开端，参与大移居的仅有几百万人，之后的两千年中才陆续有几亿人从地球及其殖民星球向更遥远的地方迁移。这个数字虽小，但在不断增长。

然而，我们无法合理地推测人类的数量，甚至连殖民星球的大致数量都无法得知。我们至多可以说目前肯定有超过两千颗人类殖民的星球了，上面居住着超过五千亿人。实际上，殖民星球可能是估测数字的两倍，人类数量则可能是估测数字的四倍，甚至更多。

因此，在历史编纂中，人口统计成了无法解决的难题。我们收到数据时，这些数据就已经过时了，而且往往是不完整的。此外，数据的数量繁多，可信度参差不齐，需要我手中的数百名员工或数百台电脑夜以继日地努力分析、核对、填补和推算，还要将这些数据与其他数据参照、对比，才能将它们整合为报告。我们原本想达到的标准是让修正后的数据占比保持在95%，达到最低信度的数据占比保持在85%；而我们最后在上述两项中取得的成绩分别为89%和81%，这个成绩还在不断下滑。

开拓殖民地的先驱对给故乡的办公机构发送数据记录一事毫不关心。在他们看来，当务之急是生存下去，并繁衍子嗣，再有就是铲除任何阻碍他们完成上述两个目标的绊脚石。通常，一颗殖民星球上的人类只有在繁衍到第四代时，才会想起来给相关机构发送相关数据。

（事情只能如此，没有其他可能。一个对统计数据太感兴趣的殖民者，自己最终也会作为死亡人数而被统计。如果我也想移民，那么一旦我动身，就不会再关心相关机构是否将我记录在册了。然而，我从事这项本质上毫无用处的工作已经快一个世纪了，既是因为外在诱因，也是因为我的基因与天性。我是安德鲁·杰克逊·"计算尺"利比[1]的直系加强版后裔，更是老祖的后人，所以我想，我应该遗传了他不安分的本性。我想追随大雁南飞，去远方开阔眼界，再次步入婚姻，在人口尚不稠密的新星上留下十几个子女，然后，如果可能的话，再次启程，继续探索未知。等我整理好老祖的回忆录，就可以把这份工作推给管理委员会，然后学着老祖的样子，跟他们说一句"去你妈的，爷不干了"。）

我们的老祖不仅是我的祖先，或许也是你的祖先，而且必定是当今世上寿命最长的人类，他是唯一见证了人类深陷危机和通过大移居化解危机的全部过程的人，他究竟是个怎样的人？

我们已经化解了危机。如今，就算人类失去五十颗行星，也能团结一致，继续前行。只需一代人的时间，我们勇敢的女性就能填补伤亡人员的人数。我这么说并非因为我们可能会有这样的遭遇；然而，迄今为

1　安德鲁·杰克逊·"计算尺"利比（Andrew Jackson "Slipstick" Libby）：昵称安迪·利比，海因莱因未来史中的虚构人物，一位几乎没受过正规教育，却才华横溢、直觉敏锐的天才数学家，老祖的朋友。——编注

止，我们还没有遇上一个像我们人类这样刻薄、卑鄙且危险的种族。据保守估计，只需要再繁衍几代，我们的人数就会多到不可思议的程度；然后，我们还没有完全占领银河系，就要马不停蹄地离开这个星系，向其他星系进发了。事实也的确如此，据远方发来的报告，人类的跨星系殖民舰队已经出发去探索无尽星渊了。这些报告未经核实，但是大多数富庶的殖民星球都与人口最为稠密的中心区域相隔甚远。因此，我在前文提到的未来指日可待。

即便在最好的情况下，人们也很难掌握历史；而遇上糟糕的情况时，历史就是一堆真伪难辨、死气沉沉的记录材料。但是，我们可以通过见证人的描述了解到栩栩如生的历史，而我们的确拥有一个且只有一个这样的见证人，他的生命跨越了危机四伏的23个世纪和大移居。本办公机构可证实的范围内，史上第二长寿的人类只有一千岁多一点点。根据概率论，这世上应该还有一个人类的寿命是上述年纪的一半。不过，无论从数学还是历史的角度来说，我都可以肯定一点，那就是目前在世的人中已经没有第二个诞生于20世纪的了。[1]

有人可能会问，这个"老祖"是出生于1912年的霍华德家族成员的同时，也是2136年带领整个家族逃出故乡的那个"拉撒路·朗"吗？还是说他还有其他许多身份呢？问问题的人可能还会指出，所有那些验证身份的古老方法（指纹、视网膜等）现在都已经淘汰了。话虽没错，但是上述方法在当时那个年代是靠得住的，而且霍华德家族基金会小心谨慎地使用这些方法是有特殊原因的。据基金会掌握的资料，出生于1912年

---

1 霍华德家族控制住"新领域"号星舰时，其中只有为数不多的几个人年龄超过了一又四分之一个世纪；除了老祖之外，这几个人都死了，死亡时间和地点均有据可查。（在此我将老玛丽·斯珀林死后重生的古怪案例排除在外，因为该案例极可能不实。）尽管他们有基因优势，且接受了被大众称为"不朽方案"的长寿疗法，但最后一个人还是于格里高利历3003年去世了。根据记载，他们大多数人的死亡似乎都是因为拒绝了再次回春。这个原因目前依然是第二常见的死因。

贾斯廷·富特四十五世

的"伍德罗·威尔逊·史密斯"肯定和在2136年与2210年间活动的"拉撒路·朗"是同一人。且不说上述身份鉴定方法依然有效,我们现在还有更现代也更经得住考验的鉴定方法作为补充证明材料。首先是以克隆移植器官为基础的方法,还有后来出现的绝对权威的基因模式鉴别法。(有趣的是,大约三个世纪之前,就在塞古都斯[1]这儿出现了一个冒牌货,他移植了从老祖的一具克隆假体上摘下的心脏,结果因为排异反应丢了性命。)大约在2145年的时候,为了进行长寿研究,戈登·哈迪医生在"新领域"号星舰上从"拉撒路·朗"身上取下了少量肌肉组织并对这些肌肉组织进行培养;而这些肌肉组织的基因模式和我们在此提及的老祖的完全一致。证明完毕。

但他到底是个什么样的人物呢?你们必须自己判断。为了将本回忆录压缩到合理的长度,我省略了许多已查实的历史事件(诸位学者可在档案馆中查到原始资料),但是我收录了一些谎言和不太可能发生的故事,因为经过分析后,我认为一个人撒的谎比"真相"更能暴露他的真实情况。

显然,以文明社会普遍奉行的标准来看,这个人是一个野蛮人,一个恶棍。

但是,孩子怎么能评判长辈呢?那些造就了他的品质,恰恰是在荒野丛林,或者是在蛮荒疆域中存活下来所需要的。别忘了,无论在基因上还是历史上,大家都欠他的。

要理解我们欠他的历史债,我们有必要回顾一下古老的历史。它部分是传说或迷思,部分和尤利乌斯·恺撒被刺杀一样,是铁一样的事实。霍华德家族基金会是遵照1873年逝世的艾拉·霍华德的遗嘱成立的,他的遗嘱要求基金会的受托人将他的钱投入"延长人类寿命"的事业中去。这是史实。

---

1 塞古都斯:Secundus,拉丁语,意为"第二"。——编注

传说，他之所以有此遗愿是因为对自己的命运感到愤怒和不满，因为他意识到自己四十多岁就要死于衰老。他去世时年仅四十八岁，至死都未曾娶妻生子。因此，我们在世的人没有一个是他的血脉，但他的名字却因为他的一个执念——死神可以被打败——而得到了永生。

那时候，四十八岁就去世并不少见。不管你们信不信，当时那个年代，人的平均寿命只有三十五岁左右。不过这并非因为衰老。疾病、饥荒、意外、谋杀、战争、产子和其他暴力行为让大多数人在衰老到来之前就死了，但就算是跨越了以上所有障碍的人，他们因为衰老而死亡的预期年龄也就在七十五岁到一百岁之间，罕有能活过一百岁的。不过，每个族群中都有占了极少部分的"百岁老人"。有传说称，一个被称为"老汤姆·帕尔"的人活了一百五十二岁，他是1635年去世的。不管这个传说是真是假，对该时代的人口统计数据进行的概率分析显示，确实有个别人活了一个半世纪，但那只是凤毛麟角。

基金会先是从前科学发展阶段的繁育实验着手，因为当时的人还不知基因为何物：他们用金钱鼓励（或者说诱使）家族中有长寿者的成年男女交配。

不出所料，金钱的诱惑成功了；同样不出所料的是，这个实验也成功了。该实验来自基因科学诞生前畜牧业使用了数个世纪的经验方法：以加强某一特征为目的进行繁殖，然后剔除掉因此生出来的病弱者。

家族档案中并没有记录早期的病弱者是如何被剔除的，只是显示若有人太年轻的时候就因衰老而亡，他们及其所有后代就会被从家族中连根抹去，因为那在霍华德家族中是不可原谅的重罪。

在2136年发生危机时，霍华德家族全体成员的预期寿命都超过了150年，当时在世的部分人已经超过了这个年纪。那场危机的原因似乎有些难以置信，但家族内外的所有记录都一致认可了这个原因。霍华德家族因为活得太"长"受到了所有其他人类的威胁，面临着极端危险的命运。至于为什么会这样，那只能由群体心理学家来解释了，我只是一介历史记录员，对此无能为力。但是，这场危机确实发生了。

霍华德家族被逮捕并关押在一个集中营里，其他人类准备对他们进行严刑拷打，直到问出他们"永葆青春"的"秘密"。这是史实，不是迷思。

故事讲到这里，老祖登场了。老祖十分大胆，又有说什么都能令人信服的撒谎天分。在今天我们大多数人看来，他对冒险和阴谋诡计有着单纯的热爱，做这些事的时候总透着孩童般的喜悦。老祖策划了一起有史以来最大手笔的越狱行动，他偷了一艘原始的星舰，带着霍华德家族全族男女老幼（人数大约为10万人）逃出了太阳系。

也许你觉得把这么多人塞进一艘飞船里似乎不可能，但你要知道，早期的星舰比我们现在用的大得多。它们相当于自给自足的人造小行星。打造这类星舰的初衷就是让它们能在太空中以低于光速的速度飞行多年，所以，它们必须得够大。

老祖并非这出《出埃及记》中唯一的英雄，但是，根据我们了解到的各种各样的、有时甚至是相互矛盾的陈述，这场越狱的绝对主谋就是他。他就是我们的摩西，是带领他的人民冲出樊笼的那个人。

四分之三个世纪后（2210年），他又带着大家回到了家乡，但这次并没有遭受牢狱之灾。因为他们回家的日子，是标准银河历一年，那一天标志着大移居的开端。大移居是故乡地球表面上的极端人口压力导致的，两个新发明让大移居成为可能：其一是利比-谢菲尔德超驱动器（这是当时人们对它的叫法，其实它怎么都不算是"驱动器"，而是一种控制多维空间的工具）；其二是首个（也是最简单的）有效的生命延长技术：体外新血液培育。

霍华德家族的逃跑直接导致了大移居。因为地球上短命的人类依然深信那个家族之所以长寿是因为掌握着一个"秘密"，于是便进行广泛的系统性调查，想要找到这个秘密；调查果然有让人惊喜的收获，虽然并非那个其实并不存在的"秘密"，但和它一样好。他们的收获是一种延缓衰老、增强活力和生殖力的疗法，后来这一疗法又衍生出了一系列疗法。

在当时，大移居既是必要的，又具有可行性。

除了谎话张嘴就来且说什么就能让别人信什么的能力，老祖还有一个惊人的天赋：无论身处何种情境，他都能在头脑中推演各种可能，然后让这些可能变成为达到他的目的而服务的工具。（他是这么解释他这种天赋的——"你总得想辙让青蛙跳吧。"研究他的心理测量家说，老祖有极强的心灵天赋，可以理解为能体悟"先兆"并且极为"幸运"。不过老祖对这些心灵测量家的评论就不太礼貌了。作为一介历史记录员，我选择保留意见。）

虽然有承诺说这个延年益寿的疗法将向所有人开放，但老祖一眼就看穿了，将来享受这个疗法的势必只有那些权贵及其亲眷。到时候，数以亿计的平头百姓将受到限制，不得比他们的一般寿命活得更长，因为地球上没有他们的立足之地；除非他们移民到别的星球上，那样一来空间就够了，每个人都可以想活多长就活多长。至于老祖是如何实现这一举措的，我们尚不清楚所有细节，但他似乎用了好几个人名和好几种隐瞒方式来办这件事。他将名下的几家重要公司交由基金会清盘结算；随后，应他的请求，基金会和霍华德家族用他变现后得到的钱搬去塞古都斯星，他则为自己的亲戚和后代保留了塞古都斯星上"最好的地产"。在当时在世的那些人中，有68%的人接受了这个开拓新领域的挑战。

我们都或直接或间接地欠下了他的基因债。我们间接欠下他的债是因为移民其实相当于一种分拣装置，一种强制的达尔文筛选。在这种筛选下，基因优秀的人可以前往各个行星，而老弱病残只能待在家等死。（在24世纪和25世纪）被强制送走的人也难逃被筛选的厄运，因为后来新行星上也开始了分拣。在新领域，弱者和无法适应新环境的人都会死，活下来的都是强者，即使是那些自愿移民的人也经历了第二轮惨烈的特殊筛选。就这样，霍华德家族经历了至少三次优胜劣汰。

我们欠老祖的基因债更好证明，有的只需要简单运算就能得出结论。如果你住在故乡地球之外的什么地方——不过，鉴于地球上的绿色山丘[1]目前的惨样，如果你能读到这本书，说明你肯定不在地球上——只要你能从你的祖先中说出哪怕一名霍华德家族的人——你们大多数人都能办到——那么你就极有可能是老祖的后裔。

根据官方家族宗谱，这个概率是87.3%。同时，如果你是20世纪的霍华德家族成员之一的后裔，那你也是当时很多其他霍华德家族成员的后裔；不过，在这儿我们只谈老祖伍德罗·威尔逊·史密斯。到2136年危机时，霍华德家族中最年轻的一代人中近十分之一都是老祖的"正统"后裔。所谓"正统"，指的是这些人的出生都可以在家族记录中查到，而且其血统都通过当时可以采取的测试证实过。（繁育实验开始时，人类甚至都不知血型为何物，但是优胜劣汰的遴选方法非常有利于避免家族中的女性发生婚外性行为，至少她们不会与家族外的男人通奸。）

如我所说，到现在为止，如果你有祖先是霍华德家族的人，那么你是老祖的后裔的累积概率是87.3%，但如果你的那位霍华德家族的祖先是最新的这几代人，那么这个概率就会无限接近于100%。

但是，作为一个统计学家，我有理由——充分的理由（支持证据是对血型、头发类型、眼睛颜色、牙齿数量、酶类型以及其他遗传特征的计算机分析）相信，老祖有许多宗谱上没记录的后裔，有的是和霍华德家族的女子所生，有的则是和家族外的女子所生。

含蓄点说，他是一个把他的种撒满这片银河系的无耻老淫棍。

他盗走"新领域"号之后，这场《出埃及记》上演了许多年。这些年岁里，他没结过一次婚。根据星舰记录和当时人们的回忆录里记载的传奇故事，用一个上年头的词儿来说，他是个"厌女症患者"，一个讨

---

1 地球上的绿色山丘：THE Green Hills of Earth是罗伯特·海因莱因发表于1947年的短篇科幻小说，后收录于同名短篇集中，同时它也是在海因莱因的小说中提到过多次的一首歌的名字。——译注

厌女人的男人。

也许，经过分析后的生物统计记录（还是不要看宗谱了）可以说明，他也没有那么难以接近。负责分析的计算机说敢和我打赌，那段时期出生的他的子女有一百多个。（我拒绝了打赌，因为有一次我和那台计算机玩国际象棋，尽管他让了我一个车，我还是输了。）

那段时期，家族中人人都几近病态地看重长寿，所以发生这种情况我并不惊讶。在当时，如果年纪最大的男性依然雄风不减的话——老祖肯定雄风不减——他肯定会被那些执着于诞下像他这么"优越"（"优越"是霍华德家族推崇的唯一标准）的后代的女性没完没了地纠缠，受到无穷无尽的诱惑。我们可以料想，那时候并没有人把婚姻状况当回事儿。霍华德家族的所有婚姻都是以方便为宗旨的权宜婚姻——这都是因为艾拉·霍华德的遗嘱——所以他们的婚姻罕有能持续一辈子的。唯一让人惊讶的是，想要俘获他的女人成千上万，最后却只有那么点儿能生育的女性想方设法达成了心愿。但老祖的脚步快得很，被女人绊住也能很快脱身。

要是我今天见到一个男人，他长着红褐色头发、大鼻子，脸上挂着令人不设防的亲切笑容，灰绿色的眸子里却透着难驯的野性，我肯定会想，也不知道老祖多久之前刚刚光顾过银河系的这片星空。要是这个陌生人走上前来，我会伸出一只手，按在我的钱包上。如果他开口跟我说话，我会打定主意不和他打赌，也绝不答应他任何事。

老祖只是艾拉·霍华德的繁育实验的第三代成果，他是怎么在没有接受人工回春的条件下，活过了他的前三百岁，并且始终保持年轻的呢？

一定是基因突变。当然了，这么说等于承认我们不知道原因。不过，在他后来接受的几次回春治疗的过程中，我们得知了一些关于他生理机能的情况。比如说，他拥有一颗大得惊人但跳得很慢的心脏；他只有28颗牙，无一是龋齿；他似乎对所有传染病免疫；除了接受过伤口缝合或回春术，他没有做过任何其他外科手术；他的条件反射极其快，但往往是合乎逻辑的，所以你可能会质疑我有没有用对"条件反射"这个词。他的视力无须矫正，既不近视也不远视，听力范围极广，他能听到极低的频率，而且对整个范围内的声音都异常敏感。他的辨色能力超出常人，甚至能分辨出靛蓝色[1]。他生下来就没有包皮，没有阑尾，显然也没有良心。

他是我的祖先，我为此感到骄傲。

贾斯廷·富特四十五世
霍华德基金会首席档案官

1　靛蓝色：光谱中从波长420到440纳米的色彩，一般泛指介于蓝色和蓝紫色之间的颜色。人类的眼睛天生对靛色光频比较不敏感，包括艾萨克·阿西莫夫在内的一千人曾提议靛蓝色不应被视为单独的色彩，而应属于蓝色系或紫色系。——译注

本删节普及版记录了老祖从离开塞古都斯后直至消失前的活动，因篇幅有限，未曾收录技术附录，该附录已单独出版。在原回忆录编辑的坚持下，本版收录了老祖最后的岁月里的一个疑似杜撰且显然不可能发生的故事，请勿轻信。

卡罗琳·布里格斯

首席档案官

注释：我的继任者优秀而博学，然而，她并不知道自己在说些什么。关于老祖，最传奇的故事往往就是最可信的真相。

贾斯廷·富特四十五世

首席荣誉档案官

I

套房里，一个男人坐在窗口阴郁地向外眺望。房门打开，男人回过头问："妈的，你是什么人？"

"祖先，我是约翰逊家族的艾拉·韦瑟罗尔，家族代理董事长。"

"这么久才来。别叫我'祖先'。为什么来的是代理董事长？"椅子上的男人咆哮道，"董事长本人有那么忙吗？来见我都没时间？难道我连这都不配？"他没有要站起来的意思，也没请他的客人坐下。

"抱歉，尊长。其实我就是家族的首席执行官，不过……以备您随时现身主持大局，人们还是习惯把首席执行官称为'代理董事长'，这习惯已经有好一段时间——几个世纪了。"

"什么？荒唐。我都有一千年没主持过董事会的任何会议了。'尊长'这称呼比'祖先'好到哪儿去，还是叫我名字吧。两天前我就召见你了，你现在才到，难不成走的是观光路线？还是赋予我召见董事长的权力的规定撤销了？"

"我不知道有那样一条规定，老祖，或许是早在我出生以前制定的吧。不过，随时听候您的差遣是我的荣幸和职责，我非常乐意这么做。若您愿意告诉我您现在的名字，我也十分乐意如此称呼您，并为此感到万分荣幸。之所以现在才到，是因为接到您的召见之后，我花了37个小时学习古英语。我听说您只讲这种语言。"

老祖似乎有点儿不好意思："确实，这儿的人说的语言叽里呱啦的，我不太擅长。最近我的记忆力老是跟我对着干。有时候，就算听懂了对方的意思，我也不爱搭理。至于名字，我也忘了当初来这儿登记的是什么名字。我儿时叫'伍德罗·威尔逊·史密斯'，不过这名字我也不怎么用。我最常用的应该是'拉撒路·朗'，叫我'拉撒路'好了。"

"谢谢您，拉撒路。"

"谢我什么？别那么拘束。你又不是孩子了，不然你也不会当上董事长。你多大了？真因为来拜访我特意学了我的家乡话？而且不到两天就学会了？是从零开始的？我掌握一门新的语言至少需要一周，要摆脱口音还要再花上一周。"

"回拉撒路，我生下来有372个标准年了，不到400个地球年。我接下这份工作之初就修习了古典英语，但从未用它和谁交流过，只是靠它来阅读最原始的家族记录。直到接到您的召见，我才开始学着开口说这门语言，并且去理解它。按照您刚才用的20世纪北美洲的词儿来说，也就是您的'家乡话'。经语言分析仪判断，您如今使用的就是这种语言。"

"这机器很聪明嘛。也许我现在的口音和年轻时别无二致，他们说那是大脑永远无法忘记的一门语言。不过，那时候我说话一定跟住在玉米带[1]的人似的，像生锈的锯子般刺耳，而你说话有得克萨斯州人慢条斯理的腔调，还带着点英国牛津口音。奇怪。我想这机器应该是从语言库中挑了和输入样本最贴近的版本给你。"

"应该是这样吧，拉撒路，我对其中的技术并不清楚。我的口音不会对您的理解造成障碍吧？"

---

1 玉米带：美国五大湖以南的平原地区，以盛产玉米著称。——编注

"哦，完全不会，你的口音没问题。跟我儿时学的相比，反倒是你的口音更接近当时受过教育的美国人。反正从布鲁冈姆到约克郡，所有地方的口音我都听得懂，所以这完全不是问题。倒是让你费心了，非常感谢。"

"这是我的荣幸。我有语言天赋，并不觉得费神。在和每位董事交流时，我都尽量使用他们各自的母语，所以我习惯了在很短的时间内迅速掌握一门新语言。"

"是吗？不过你这么做确实很有礼数。在这之前，我感觉自己就像被关在动物园里的动物一样，没有人可以陪我说话。那俩呆瓜——"拉撒路说着朝两个回春技师歪了歪头，那二人都穿着隔离服，戴着单向头盔，在房间里离他们最远的地方听候吩咐，"——不会英语，我都没法子跟他们说话。哦对了，那个高个子还懂一点英语，但和我聊八卦就不够用了。"拉撒路吹了声口哨，指着高个子说："嘿，你！给董事长搬把椅子来！麻利点儿！"他用手势清晰地传达出了他的意思。于是，高个儿技师按下了附近一把椅子的控制钮，椅子下的小轮儿带着它缓缓移动，然后在一个和拉撒路对谈比较舒适的位置停了下来。

艾拉·韦瑟罗尔说了声"谢谢"——是对着拉撒路说的，而不是对着技师——然后落了座。椅子依照他的身形略微调整，妥帖地拥着他。拉撒路说："舒服吗？"

"非常舒服？"

"来点儿什么吃的喝的吗？抽烟吗？你可能得帮我把你的需求翻译给他们听。"

"不用了，谢谢您。您需要我为您点些什么吗？"

"现在还不用。他们一直像填鸭一样地喂我，甚至有一次还强制我吃东西，浑蛋。既然现在你舒舒服服地坐下了，那我们就开始聊聊这回春巫术吧。"他突然咆哮起来，"妈的，为什么要我在这监狱里待着？"

韦瑟罗尔轻声回答："这不是'监狱'，拉撒路。这是位于新罗马的霍华德回春诊所的VIP套房。"

"我说这就是'监狱'，只不过没有蟑螂罢了。这窗户用撬棍都撬不开；这门除了我谁都能凭声音进出。我要是去解手，这俩哑巴中就会有一个跟过来，显然是怕我溺死在马桶里。妈的，我都看不出那个护士是男是女。反正不管他是男是女，我都不喜欢。我可不需要尿尿的时候有人搀着！真是受够了。"

"那我来看看怎么改善现在的情况吧，拉撒路。不过，这些技师谨小慎微也情有可原，毕竟他们都清楚，人非常容易在卫生间里受伤。要是您发生了任何意外，受了伤，当值的技师就会受到非比寻常的残酷惩罚。虽然他们都是志愿者，还拿着高额奖金，但还是免不了提心吊胆。"

"所以我说这是'监狱'啊。如果这是回春套房的话，那我的自杀开关在哪儿？"

"拉撒路，'死亡是每个人的特权。'"

"这是我说过的话！这儿应该有开关，你都能看出来哪儿是之前安开关的地方。这么说未经审判我就入狱了，连我最基本的权利都被剥夺了？凭什么？天哪，我真是要气死了。你没意识到自己此时有多危险吗？千万别逗弄一条老狗，不然被咬一口可别后悔。像我这么老的人，没等那些白痴赶过来，就能把你双臂撅折了。"

"如果撅折我的胳膊能让您消消气，尽管动手。"

"什么？"拉撒路·朗似乎有点蒙，"不，费劲干这事儿可不值当。他们只花30分钟就能让你完好如初。"他突然咧嘴笑起来，"不过我可以折断你的脖子，然后踩碎你的脑壳，这和撅折胳膊一样快。这样的伤，回春术也救不了。"

韦瑟罗尔毫无退缩之意，也不紧张。"我知道您做得出来，"他轻声说，"但是我认为，您不会不给您的后裔一个为自己的生命谈判的机会就把他杀死。先生，您是我的祖辈，七份族谱都可以证明。"

拉撒路咬着嘴唇，一副不爽的样子。"小子，我的子孙多得很，血缘关系对我来说无关紧要。不过你说得不错，我这辈子若非必要从不杀人。"然后，他咧嘴一笑，"但是，如果你不把我的自杀开关找回来，我就让你成为一个例外。"

"拉撒路，如果您想的话，我可以立刻让人把开关安上。但是，请允许我再说——'十个词'可以吗？"

"啊——"拉撒路表现得极为傲慢，"好啊，就'十个词'，多一个都不行。"

韦瑟罗尔犹豫了一下，便掰着手指头边数边说："我／学习了／您的／语言，以便／解释／我们／为什么／需要／您。"

"按规矩是十个词，"拉撒路表示认可，"但你要解释的话恐怕需要五十或五百个词吧，甚至五千个词都是有可能的。"

"或者一个词都不需要。"韦瑟罗尔补充道，"就算您不给我任何解释的机会，我也会把开关给您装上，我保证。"

"哼！"拉撒路说，"艾拉，你这个老无赖，现在我相信你真的是我的种了。你肯定是算计好了，一旦我得知你为了和我谈判不辞辛劳地学了一门死掉的语言，我肯定不会不听你说话就自杀的。好吧，说吧。你可以先给我解释一下把我关在这儿干什么。我知道了，我知道了。我没申请回春，可是我醒来却发现回春术已经做了一半，于是我嚷嚷着要找董事长。好吧，你们把我困在这儿到底要干什么？"

"我们能否先从过去说起？您先告诉我，您之前待在旧城最糟糕的地区的廉价旅馆里干什么呢？"

"我在干什么？我在等死啊。等着安安静静、体体面面地死去，就像一匹体力透支的老马那样。就是这么回事，结果中途被你们那几个吃饱了撑的手下抓到这儿来了。我就是想专心致志地寻死，不被打扰，你还能想出什么比廉价旅馆更适合我干这事儿的地方吗？只要你把钱付了，那儿的人就不会来管你。哦，不过他们把我为数不多的东西偷走了，连我的鞋子都不放过。不过我料到了，要是我沦落至此也会做同样的事儿。住廉价旅馆的那类人往往对境遇不如他们的人很好，谁都会给重病垂危的人拿水喝。这恰恰是我最想要的——喝水，以及一个人待着，以我自己的方式'关闭'我的'账户'。可是你们的车出现了。告诉我，他们是怎么找到我的？"

"我们找到您的这部分其实没什么好讲的，拉撒路。不过，事实上安全部队——警察？对，'警察'。我的警察花了很长时间才确认您的身份，找到您，把您带走。为了这个，一个部门主管甚至丢了工作。我可不能容忍低效。"

"所以你开除了他，这是你的事。可我怎么会被你们找到呢？我从外远界来到塞古都斯，一路上应该没有留下任何踪迹。自上次我联系家族……在苏普利姆接受上一次回春术之后，我已经改头换面了。现在家族都开始和苏普利姆交换数据了吗？"

"天哪，当然没有了，拉撒路，我们连半句好话都不会跟苏普利姆人说。委员会中有一小部分强硬派并不满意只对他们实施贸易禁运，甚至想让苏普利姆灰飞烟灭。"

"好吧……反正要是新星炸弹击中了苏普利姆，我为他们哀悼的时间绝对不会超过30秒。尽管在那儿做强制克隆价钱高，但我还是选择在苏普利姆做了，这背后是有原因的。不过那是另外一件事了。孩子，你们是怎么找到我的？"

"先生，过去七十年里，上面一直有通令要求找到您，不仅是在这里找，还会去家族设有办公机构的每颗行星上找。至于是怎么找到您的，您还记得移民局强制接种过瑞博热疫苗吗？"

"记得，我对他们搞的这套烦死了，可为这事儿较真不值得；再加上我当时就打定主意去那家廉价旅馆，便没理会这些。艾拉，我早就知道自己的生命要结束了。这没什么，我都准备好了，但是我不想死的时候身边没人，我不想在太空中孤独地死去。我想到时候耳畔有嘈杂的人声，空气中弥漫着人的体臭。可能是我太孩子气了。不过，着陆的时候，我已经病得很重了。"

"拉撒路，其实根本没有瑞博热这么个病。要是有人在塞古都斯登陆，但其所有常规身份信息均显示为空，那么我们就会用'瑞博热'或其他根本不存在的瘟疫当借口，通过注射疫苗从他身上得到一点身体组织，但其实给他注射的只是无菌中性盐水。只有当一个人的基因模式得到确认后，他才能获准离开空港。"

"那要是一艘载着十万移民的飞船到了空港，你们怎么办？"

"把他们关到拘留营中，等我们把他们挨个检查完了再放行。不过故星地球现在的状态这么差劲，这种情况已经很少发生了。可是您，拉撒路，独自驾驶价值一千五百万到两千万王冠币的私人游艇来到塞古都斯——"

"没那么便宜，三千万王冠币呢。"

"——价值三千万王冠币的私人游艇。我想说的是，银河系中还有谁能这么干呢？能买得起这么贵的游艇的人里，谁会选择独自一人远行呢？看到这种情况，他们所有人的脑子里都该警钟大作的，可是他们只是取了您的组织，然后接受了您说一直会住在罗慕路斯希尔顿酒店的声明就放您走了。可我知道，您肯定等不到天黑就会弄到一个新身份。"

"那当然啦。"拉撒路表示同意，"可都是因为你们的警察，现在找人做个质量好的假身份证价格太高了。要不是觉得太累，不想操心，我本可以亲自动手造个假证的。那样更安全。我是因为这个被捕的吗？你们是从办假证的贩子嘴里问出了我的消息？"

"不是，我们从来没找到过他。不过话说回来，您或许可以告诉我他是谁，方便我们——"

"我才不说。"拉撒路强硬地说，"无论如何也不能把他供出来，这是我们的交易中暗含的条件。他违反了你们多少规定，对我来说都无所谓。再说了，谁知道我还会不会再需要他呢？而且肯定还会有别人需要他的服务，像我一样迫切需要躲避你们的人一定会需要的。艾拉，我知道你的初衷是好的，可是我就是不喜欢被别人知道身份，所以几个世纪之前我就开始尽量避免去人多的地方，以免被人查问身份。而且大多数时候，我会严格遵守这条对自己的要求。本来这次也该遵守的，但是我原本以为自己需要身份证的时间不会太长。只要糊弄一下，再过两天我就死了，彻底用不到了。结果事与愿违。你们到底是怎么抓到我的？"

"千辛万苦才找到的。我知道您在这颗星球上之后，就立刻让他们行动起来。那个被开除的部门主管不是唯一郁闷的人，您竟然在整支部队眼皮子底下消失了。我的安全部长说他认为您被谋杀了，尸体也被处置得干干净净，无影无踪。我告诉他，如果真是这样，那他最好开始考虑滚去别的星球安家。"

"拣紧要的说，我想知道我到底是哪儿出了纰漏。"

"其实并不能说您出了纰漏，拉撒路，因为毕竟在整颗星球上的每个警察和暗探都在找您的情况下，您成功藏了起来。我只是非常肯定您一定没有被杀害。哦，对了，我们塞古都斯可是有杀人犯的，尤其是在这儿，新罗马，多得很。不过，大多数都是些杀妻的毒夫或者杀夫的毒妇。自从我建立了以罪定刑的制度并决定在斗兽场执行死刑后，这样的命案就少多了。不管怎么样，我相信一个活过两千年的人不可能在什么暗巷中被杀死。

"所以我猜您还活着，然后我问自己：'如果我是拉撒路·朗，我该怎么藏身？'我进行了深度冥想和认真思考过后，开始复盘我们迄今掌握的您的每一步行动。另外……"

代理董事长把肩上的披风往后一甩，拿出一个封着的大信封，递给拉撒路："这是您留在哈里曼基金的保险箱里的东西。"

拉撒路接过来一看："这信封被打开过。"

"是我打开的。我承认这样做欠妥当，但您这封信就是写给我的。我看了，但是别人没看过，而我现在会忘掉它。但是我要说：您把毕生积累的财富都留给家族，我并不吃惊。让我受触动的是，您竟然指定要把您的游艇留给董事长做私人座驾。拉撒路，那艘游艇是件精致的工艺品，我垂涎已久，但是我并不想这么快就继承它。我还是解释一下我们要找您的原因吧，我自己的事先放一放。"

"我可不着急，艾拉，你呢？"

"我？先生，我眼下最重要的任务就是和老祖谈话。另外，如果我不把手下看得太紧，他们管理运营这颗星球的效率反倒更高些。"

拉撒路点点头，表示同意："我还管事儿的时候就一直是这种行事风格。先接下整个重担，然后像我接任务时一样快地将它们分派出去。近来那些民主党没给你们找麻烦吧？"

"'民主党'？哦，您是说'平均主义者'吧？我一开始还以为您说的是圣民主党教派呢。我们不管那个教派了，他们也不掺和我们的事。每隔几年社会上就会掀起平均主义运动，当然了，每次闹事儿的都是不同的组织，比如说自由党、被压迫者联盟——组织的名字不重要，重要的是他们都想把现在的无赖主事者赶下台，从我开始，然后再把他们自己的无赖主事者送上台。我们从来不和他们起冲突，只是搞渗透。最后，我们会找一天晚上，把那些组织中的头目及其亲眷包围起来；等到白天，他们就得不情愿地往别的星球上移民，成为被驱逐者了。'在塞古都斯生活是少数人的特权，并非所有人的权利。'"

"你这是在引用我的话。"

"当然了，您在把塞古都斯转让给基金会的合同里就是这么说的。当每一任董事长认为有必要维持这颗行星的秩序时，只需要执行这些规矩就好了，根本不需要政府。老祖，我们严格遵守了和您签的合同。在委员会找到替代我的合适人选之前，我是唯一的主事人。"

"这正是我想要的。"拉撒路表示赞同，"不过，孩子，这是你的事，不是我的，我再也不碰那把权力之槌了。不过，我对你铲除滋事者的智慧有点怀疑。要想做成面包就得要酵母菌，清除了所有滋事者的社会只能走下坡路。管理羊群这件事上，最棒的是金字塔的建造者，最差的是贪图享乐的野蛮人。你可能只在1%的有创造力的人群中清除了十分之一，但他们有可能就是你的酵母菌。"

"恐怕是这样的，老祖，这是我们需要您的原因之一——"

"我说过我再也不碰那把权力之槌了！"

"先生，您能先听我说完吗？虽然按照古老的风俗来说，如果您愿意，权力的宝座始终是您的，但我们没有要求您重新掌权的意思，我只是需要您的意见——"

"我才不给别人意见，人们从来不采纳我的意见。"

"抱歉。那么您能给我一个机会，和您这样比我经验丰富的人聊聊我的问题吗？关于这些滋事者，我们没有按老规矩除掉他们，他们还活着，或者说大多数都还活着。针对有叛国属性的技术犯罪，把罪人放逐到另一颗星球上比杀了他更有效：所有的被驱逐者都会被送去同一颗行星——福星。不知您是否听说过这颗行星呢？"

"没有，这名字不耳熟。"

"先生，我想您就算知道它也只会是在非常偶然的情况下。该地在公共档案中没有出现过，这是我们有意为之，因为我们想一直拿那儿当我们的博特尼湾[1]。这颗行星名不副实，没有听上去那么喜乐祥和，而是和荒废之前的故星地球，或者说我们刚刚来定居时的塞古都斯条件差不多。想考验一个人，筛掉懦夫，把他送到那儿是最残酷的办法；但对于一个有胆量开荒拓土、不惜流血流汗也要养家糊口的人来说，这样的流放算不得什么。"

"听起来是个好地方，也许你该继续这么做。那行星上面有原住民吗？"

"有，上面的原始居民都是些凶狠的野蛮人，不过到现在应该没

1　博特尼湾：该地位于澳大利亚东南部太平洋沿岸的一个小海湾，原为英国流放重罪犯人的地方。——译注

几个活着的了。我们也不知道具体情况，因为我们甚至都没有在那里设立联络站。这支原始人种智商不高，无法发展为文明人，也很难驯化，成不了奴隶。也许假以时日，他们靠自己也能进化，但不幸的是，他们还没准备好就遇上了我们智人。这不是实验目的，因为我们早知道那些被流放的人能战胜挑战，因为我们并没有放他们赤手空拳地在福星上闯荡。但是，拉撒路，这些人相信他们能通过少数服从多数的原则建立理想的政府。"

拉撒路不屑地哼了一声。

"先生，也许他们真的能做到。"韦瑟罗尔继续说，"我还不知道有什么事他们干不成。这才是我们通过实验想知道的事。"

"孩子，你是个傻瓜吗？哦，你不可能是，不然委员们不会让你当董事长。不过，你说你多大来着？"

韦瑟罗尔低声回答："先生，我比您晚出生19个世纪。不管您对什么问题有什么高见，我都不会质疑或反驳。以我有限的经验来看，我是真的不认为这场实验一定会以失败告终。尽管我去其他星球出差过很多次，但从来没见过民主型的政府。我只在资料里看到过。但在我看过的资料里，没有哪个民主型政府是由全体相信民主理论的人群建立的。所以，我也拿不准实验结果。"

"嗯。"拉撒路似乎有些沮丧，"艾拉，我本来要像填鸭一样把我关于这类政府的经验灌输给你，但是我想你说得也有道理，这是一种新情况，我们谁都说不好。我的观点很有力，但再有力的观点，哪怕背后有千百条理由支撑，也比不上一次为了求知的实操。伽利略证明了这个道理，而且这或许是我们唯一能确定的事。嗯，我见识过或听说过的那些所谓的民主，要么就是由上至下施加在大多数人身上的假民主，要么就是底层民众发现他们能用投票的方式为自己争取一些小便宜，因此才慢慢由下而上推动的另一种假民主。这种体制时间长不了，最后总会崩溃。很抱歉，我不看好你的实验。我怀疑它最后会变成你能想到的最残酷的暴政。多数人的统治会给那些无情的强者压迫同胞留下充分的空间。不过，我也不好说。你怎么看呢？"

"计算机说——"

"你可别听计算机瞎说。艾拉，人类大脑造出来的最复杂的机器也必然会有人类大脑的种种局限性，任何不相信这一点的人都应该先搞明白热力学第二定律再说。所以既然我问你的看法，你就别扯计算机了。"

"先生，我拒绝形成任何看法，因为我掌握的数据不足。"

"哎呀，没关系，你会长大的，孩子。想要去什么地方，或者活很长时间，一个人必须在缺少能得出符合逻辑的答案的数据之前先学会猜测，而且要猜得对，反反复复地练习猜对。接着说你是怎么找到我的吧。"

"好吧，先生。那份文件——您的遗嘱里表明您不久就要死了。然后，"韦瑟罗尔顿了顿，脸上浮现出挖苦的微笑，"我不得不'在缺少足够数据的情况下猜对'。我们花了两天的时间找到了您为了掩盖您的外观特征、乔装打扮成本地人去购买服装的商店。我怀疑您就是在那之后才找人做了假身份证。"

说到这儿，他停了下来。拉撒路没有评论，韦瑟罗尔继续说："然后，我们又花了一天半的时间找到您为了进一步掩盖外观特征、模仿底层人的穿着去买衣服的商店。可是您做得太过了，店主对您印象深刻，不仅是因为您用的是现金，还因为您买的二手衣服即便在崭新的时候都没您当时身上的衣服好。哦，对了，他还假装信了您编的'化装舞会'的理由，没有向我们走漏半点风声；不过，他的店是家销赃的黑店。"

"那当然了，"拉撒路说，"我先确认他也不是什么好人才决定在那儿买衣服的。可你不是说他没有走漏风声吗？"

"后来我们刺激了他一下。拉撒路，黑店是个软肋，他肯定得有个常驻地址。以这个为突破口往往能从他嘴里撬出些东西来。"

"哦，我不该怪那个亲爱的老伙计。都是我的错，是我太招摇。艾拉，我当时太累了，上了年纪的人免不了做事草率。就算只比现在年轻一百岁，我也能做得更干净利索。我始终清楚一点，令人信服地乔装成社会地位低的人比装成社会地位高的人更难。"

"老祖，我觉得您没必要为没能完美地乔装打扮而感到惭愧，毕竟我们被您耍得团团转了三个月呢。"

"孩子，在这世道上，'与成功一步之遥'就是失败。你继续说吧。"

"接下来就是没有技术含量地大撒网了，拉撒路。那家服装店开在城里最脏乱的地方；于是，我们拉起警戒线，将那儿围了起来，布满了警力，对该区域的几千人挨个儿筛查。不过，没花多长时间，检查到第三家廉价旅馆的时候我们就发现您了，是我本人发现的，当时我也在搜捕小组中。然后我们通过基因模式确认了您的身份。"艾拉·韦瑟罗尔露出一丝浅笑，"但是，基因分析仪爆出您的身份之前，我们就已经往您身体里注入新血了。先生，您当时的状态真是差劲得很。"

"是啊，我已经奄奄一息、离死不远了。我在全神贯注地等死，你也不妨学学我。艾拉，你知道你对我做的事儿有多可恶吗？一个人不该死两次。我当时已经熬过最难受的那段儿了，正准备像进入梦乡一样安详地走完生命的最后一程。结果你们冲进来了。我还真没听说过谁被强制执行回春术的呢。如果我一早猜出你们更改了相关规定，肯定说什么也不会靠近这颗行星。现在我必须再经历一次死亡，要么就是用自杀开关——要知道，我可是一直看不起自杀的人——要么就是自然死亡。现在选择后者的话得花上好长时间才能死成。我的旧血还在吗？存起来了没有？"

"先生，关于这个，我一会儿去问诊所的主任。"

"哼。这可不是个像样的答案。别想跟我撒谎。艾拉，你现在让我进退两难。尽管我没有完成整个回春术，但我现在感觉自己的身体状况比四十年前，甚至更久以前好多了。也就是说，要么我必须得再熬上那么多年，要么就得在我的身体还没说'我得休息了'的时候就用那个开关将它强行关闭。你对我生命的干涉简直是流氓行径。你有什么权力——不对，你有权力——你这么干有何道德原则可言？"

"因为我们需要您，先生。"

"这可不是道德伦理上的理由，只是个实用主义的理由罢了。你们需要我，我又不需要你们。"

"老祖，我已经在资料允许的情况下将您的一生研究得十分透彻。在我看来，您经常按照实用主义的路数行事啊。"

拉撒路咧嘴笑了起来："这才是我的种！我还在想你是否会像个该死的牧师一样强行站到道德制高点上胡咧咧呢。我可信不过那些一边掏我的口袋，一边满嘴仁义道德的人。不过，如果他实话实说，是出于个人利益才这么做，我通常能想出个和他互惠互利的法子来。"

"拉撒路，如果您能允许我们完成整套回春术，您一定会有重生的感觉。我觉得您应该清楚这点，毕竟您以前也接受过这类手术。"

"先生，可这有什么意义呢？我已经活了两千多年，什么都尝试过，什么都见识过。我踏上过无数颗星球，但它们已经开始在我的回忆中淡去；我也娶过无数个老婆，可她们的名字我都不怎么记得了。'我们祈祷能够最后一次站在我们出生的那颗星球上……'我连这事儿都做不到，因为我诞生的那颗可爱的绿色行星比我衰老得更甚，回到那儿只意味着一段泪水涟涟的时光，不会是一次喜气洋洋的归家之旅。不，孩子，不管做过多少次回春术，最后我都得面对那唯一的合理之事——熄灭生命之光，独自进入长眠。而你，你把这件合理之事从我手中夺走了。"

"对不起——不，我并不觉得抱歉，但是我确实想得到您的原谅。"

"好吧。我可能最后会原谅你，但不是现在。你到底为什么火烧屁股似的找我？你说过，你遇到的难题不只是那些被流放的滋事者。"

"是的，那并非我剥夺您自行放弃生命的权利的原因；不管怎么样，我都能把那个问题解决掉。我认为塞古都斯正在变得越来越拥挤，也越来越文明……"

"艾拉，这点我也看得出来。"

"因此，我想，家族是否应该再次移民呢？"

"尽管我对这事儿不感兴趣，但我同意你的想法。按照经验规则来说，要是有颗行星上开始逐渐出现人口超过一百万人的城市，那确实应该有人动这个心思了，因为这样的人口数量已经接近临界规模。再过一两个世纪，这颗星球就不适宜生活了。你想好要迁居哪颗星球了吗？你觉得你能说服委员会的成员一起搬吗？家族的人会愿意跟着委员会一起走吗？"

"对您的第一个问题，我的答案是肯定的；至于第二个问题，答案是也许能；至于第三个问题，我想答案应该是否定的。我想到的移民目的地是'特提乌斯[1]'，那儿和塞古都斯一样环境宜人，甚至比这儿更棒。我想很多委员都会同意我给出的理由，但是推动如此规模的移民需要在委员会内部得到压倒性的支持，我拿不准自己是否能得到足够的票，毕竟塞古都斯现在如此舒适，可能大多数人都预见不到即将到来的危机。至于家族成员，不，我觉得我们无法说服大多数人拖家带口地前往新的星球。不过，只需要劝动几十万人就行了，就像基甸[2]的队伍一样。您明白我的思路吧。"

"我可比你想得长远。移民的决策总是涉及人群的筛选和环境的改善，这是最基础的。如果他们愿意移民的话——艾拉，我说的是如果——23世纪的时候我有的是时间劝家族成员搬到这儿来。可是，最后还是等到地球变成了一个可怕的地方，他们才同意听我的。所以要想办成这件事，你需要好运气。"

1　特提乌斯：Tertius，拉丁语，意为"第三"。——编注
2　基甸：从米甸人手中救出犹太人的犹太勇士。据《圣经》记载，基甸从32 000名以色列人中选出300名勇士，大败米甸人。——译注

"拉撒路，我没指望我能办成，只想努力一试。但是，如果失败了，我会辞职，自己移民。如果我能聚起足够多的人，多到足以建立一个生机勃勃的殖民地，那我就去特提乌斯。要是不能，那我就去一颗已经建立殖民地但人口稀薄的星球。"

"艾拉，你真是这么想的？如果你最后没成功，真的不会骗自己说，当代理董事长是你的职责，所以你应该坚持下去？如果一个人的性格气质适合当领袖——我说的就是你，不然你肯定不会爬到现在这个位置——那他肯定会觉得很难放弃手中的权力。"

"拉撒路，我真是这么想的。我喜欢领导和管理，因为我擅长。我真心希望能带领家族上演第三次《出埃及记》，但我对此没有抱太大的指望。无论如何，即使没有基金会的帮助，我还是有机会单凭自己建立起一个生机勃勃的殖民地。我预期这个殖民地的主要定居者将是不超过一百岁的年轻人，最大不超过两百岁。但是，如果失败了，"他耸耸肩，"那么移民对我来说是唯一值得投入去做的事了。塞古都斯没什么可留恋的了。"韦瑟罗尔补充说道，"也许我和您的感觉一样，先生，多少有点一样吧。我不想一直在代理董事长的位置上待下去。我已经当了一个世纪了，够了。我完全可以把这个职位抛到脑后。"

拉撒路陷入了沉思中，一言不发。韦瑟罗尔则静静等待他开口。

"艾拉，给我装上自杀开关吧。明天再装，今天算了。"

"是，先生。"

"你不想问为什么吗？"拉撒路拿起那个装着他遗嘱的大信封，"如果你能让我相信，不管上刀山还是下火海，不管委员会怎么做，你都要移民，那我想重写遗嘱。我的投资和现金账户分散在宇宙各处，如果我身后没人偷的话，这些资产足以做上一番事业。如果委员会不肯用基金会的资金支持你的行动——他们肯定不支持——那我的钱可能足以成功推动一次家族规模的移民了。"

韦瑟罗尔没说话。拉撒路瞪了他一眼："你母亲没教过你说'谢谢'

吗？”

"感谢什么呢，拉撒路？感谢您死后将您不再需要的东西给我吗？如果您决意这么做，那也是为了满足您自己的虚荣心，而不是为了让我开心。"

拉撒路咧嘴一笑："那是自然。我还想要求你答应我一个条件，把你要殖民的那颗星球命名为'拉撒路星'呢，但我之后也没办法再逼你这么做了。好吧，我们了解了彼此的想法。我还想问，你对好机器是否心存敬意？"

"什么？是的，我心存敬意，就像我对无法完成其设计功能的机器心存鄙夷一样。"

"好，我们在这方面也心意相通。我想，我会把我的游艇'朵拉'留给你个人，而不是'家族董事长'。如果你真能组织一次移民的话。"

"啊，您这是在诱导我感谢您。"

"用不着感谢我，对她好点儿就行了。她是一艘非常贴心的座驾，最突出的品质就是善良。她将成为你的旗舰，只需要小小改装一下，她就能装下二十到三十个船员，详细规格说明书存在她的计算机里。你可以先让她着陆，好好侦察一番她的内部，然后再操纵她悬浮在空中。你现在的座驾很可能都没有这个功能。"

"拉撒路，我不想从您那儿继承钱财或游艇。就让他们为您做完回春术吧。然后和我们一起做一番事业，如何？我退居二线，大家都听您的指挥。您不愿操心的话什么责任都不用负，但是一定要参与进来！"

拉撒路露出阴郁的微笑，同时摇了摇头："我曾经参与过六颗处女行星的殖民冒险活动，还不包括塞古都斯。而且去的都是我亲自发现的行星。我几个世纪前就不再参与这类活动了。不管什么事儿，只要干的时间够长，到最后都会变无聊。你以为所罗门和他的一千个老婆都做爱吗？要是这样，他还能跟最后一个妻子做些什么呢？可怜的女孩！快给我来点新鲜的事情做吧，那样的话没准儿我永远都不会碰自杀开关，而且依然会分给你建立殖民地所需要的财富。这可是笔划算的买卖。这场做了半截的回春术让我有多不满，我就不多说了。这手术让我活着不舒坦，死又死不成，让我活活陷入了去按自杀开关和接受整场回春术的两难境地，就像那头饿死在两堆干草之间的驴子[1]。但是我活着必须得做新鲜事儿，艾拉，我可不想做那些我已经做过一遍又一遍的事，就像不愿意一次又一次光顾同一个妓女。我爬同样一段台阶太多次会脚疼。"

"我会考虑这些问题的，拉撒路。我会做一番详尽的、成体系的调查。"

"要是找个陪审团来断这事儿，九个人里得有七个会认为你找不到任何我没做过的事。"

"我会尽力一试。在我调查期间您能不碰自杀开关吗？"

"不敢保证。在重写这份遗嘱之后，我就不保证了。你信得过你的首席律师吗？我可能需要点儿帮助，因为这份遗嘱——"他轻叩信封，"——把我的所有财产都留给家族的话，不管里面有多少瑕疵，它在塞古都斯上都站得住脚。但是如果我把全副身家留给个人——我是说你，或者我别的后裔，那可真是一大群——一定会招致他人以'不正当影响'为由挑刺儿，百般阻挠。艾拉，他们会让这遗嘱始终下不了法庭，直到它全部用来支付因它而起的官司费用。我们得避免这种情况发生，明白吗？"

"我们一定可以。我已经改了几条相关规定。在这颗星球上，一个人死前可以拿他的遗嘱给法庭进行遗嘱认证，如果里面有瑕疵，法庭就得帮助他遣词造句，直到这份遗嘱能达成他的心愿。如果走了这套程序，那么无论在什么法庭上，这份遗嘱都是无可辩驳的；这个人去世之后，他的遗嘱会自动生效。当然了，如果他修改了遗嘱，新遗嘱也要通

1　驴子：该典故为"布里丹之驴"，一则以14世纪法国哲学家布里丹名字命名的悖论，其表述如下：一只完全理性的驴恰处于两堆等量等质的干草的中间将会饿死，因为它不能对究竟该吃哪一堆干草做出任何理性的决定。——译注

过同样的流程才行。这样一来，改变主意会有点儿费钱，但是通过生前遗嘱认证，再复杂的遗嘱都不需要律师经手，而且事后律师也不得插手。"

拉撒路兴奋地瞪大了眼睛："你这样改规定不会惹恼那些律师吗？"

"我惹恼的律师多了去了。"艾拉冷淡地说，"每一批送去福星的人里都有自愿移民去那儿的律师。话说回来，还有很多律师把我惹恼了呢，所以就算有的律师不情愿，我也要把他们送去福星。"代理董事长看上去有点幸灾乐祸，"有一次，我跟我的首席大法官说：'沃伦，我不知有多少次不得不推翻你的判决。你自从登上首席大法官的位置，就总是吹毛求疵、曲解法规，从不主持公正。滚回家吧，"最后的机会"号起飞前，你将始终处于软禁状态。白天的时候，你可以在警卫的陪同下完成你的私事。'"

拉撒路咯咯地笑着："应该绞死他。你知道他做过什么，不是吗？如果他们不对他处以私刑，那他肯定又要在福星上重操旧业，还会尝试从政。"

"那是他自己的问题，也是他们的问题，反正不是我的。我是从来不会因为一个人犯蠢处决他的。不过，如果他太讨厌，我会请他上船，把他运到别处去。如果您想立新的遗嘱，没有必要自己操心，只需要仔细口述一遍，把该解释的解释清楚就行了。然后我们就让语义分析仪来处理您的口述录音，让它把口头表述换成无懈可击的法律语言。等您满意了，再把遗嘱交给高等法院，您想的话也可以让法院的人来见您，然后法院会认证遗嘱生效。这样一来，只有新任代理董事长独断专行才能推翻遗嘱。不过我觉得这种可能性不大，因为委员会不会让这种人掌权的。"

韦瑟罗尔加了一句："但是，拉撒路，我希望您能多花些时间考虑。我想要一个公平的机会，我需要充分的时间去寻找新事情，让您重拾对生命的兴趣。"

"行啊，但是你别浪费时间，《一千零一夜》里谢赫拉莎德[1]的花样对我可不管用。让他们给我拿台录音机来，明天早晨吧。"

"是，拉撒路。录音和全息摄影，这间套房中发生的一切都会被记录下来。我希望您能原谅我，先生！但是您的影像材料只能先送到我桌上，等我检查过，确认之后，才能成为永久记录。到目前为止，一切都还不作数。"

拉撒路耸耸肩："没关系，艾拉，我几个世纪前就知道了，任何需要用到身份证的懦夫社会都没有任何隐私可言。所谓保障隐私的法律最后只能带来监视和窃听，微型麦克风，监视器镜头，监视窃听手段越来越难察觉。我到现在才提起这些，那是因为我来到这种地方，就把隐私受到侵犯当成了理所当然的事情。对此我先是置之不理，直到我要做什么社会法律不允许的事，才会开始琢磨怎么解决这个问题，最后往往采用避实就虚的策略。"

"拉撒路，那份记录可以被抹掉。它存在的唯一目的就是让我确定老祖得到了完善的照顾，这份责任我可没法交给其他人。"

"我已经说了，'没关系'，但是我很惊讶，一个像你这样爬上高位的人竟然如此幼稚，会以为影像材料只会发送给你。我敢跟你打赌，赌多大都行，这份材料一定会送到一个、两个，甚至三个或更多地方。"

"拉撒路，如果这样的话，我一定能找出谁在捣鬼。到时候，福星上就会又多几个新移民，但他们去那儿之前一定还会在斗兽场度过极度不愉快的几个小时。"

"艾拉，这无所谓。要是有哪个蠢货想看一个糟老头子在马桶上呻吟或者洗澡的画面，那就让他看吧。就是因为你强调这些影像材料是秘

1　谢赫拉莎德：《一千零一夜》中，相传萨桑国国王山鲁亚尔生性残暴嫉妒，每日娶一少女，翌日晨即杀掉。宰相的女儿谢赫拉莎德嫁给国王之后，用讲述故事的方法吸引国王，每夜讲到最精彩处，天刚好亮了，使国王爱不忍杀，允她下一夜继续讲。她的故事一直讲了一千零一夜，国王终于被感动，与她白首偕老。——译注

密，只有你才能看，最后看到的才肯定不止你一人。安保人员总喜欢暗中监视他们的上司，因为忍不住，这是他们的职业病。你吃晚饭了吗？如果你有时间的话，我会很高兴你能留下来和我一起吃的。"

"能和老祖共进晚餐着实是我的荣耀。"

"得了吧，你少来。年纪大可不是什么美德，不过是活的时间长罢了。我喜欢你留下是因为我享受人类的陪伴。那边的两个才算不上是什么陪伴呢，我甚至都拿不准他们是不是人。也许是机器人吧。他们为什么要穿潜水服，戴亮闪闪的头盔？我想看见人脸。"

"拉撒路，他们穿的是完全隔离服。这是为了保护您，而不是保护他们。我是怕他们传染给你什么病。"

"什么？艾拉，要是虫子咬了我，死的可是虫子。就算你的担心是对的，那为什么他们就得穿成那样，而你就可以穿着正常的衣服来见我？"

"不是这样的，拉撒路。我是来和您进行社交对话的，需要面对面的交流，为此，我进来前的两个小时接受了最仔细的身体检查，然后还接受了从头皮到脚趾的全面杀菌，现在我的皮肤、头发、耳朵、指甲、牙齿、鼻子和喉咙都是无菌的，我甚至还吸入了一种我说不上名字但不怎么喜欢的杀菌气体，我穿的衣服则经过了更严格的消毒。就连我刚才拿给你的信封也是无菌的。你所在的整间套房都是无菌的，而且将始终保持无菌状态。"

"艾拉，这类防护措施挺傻的。除非我身体的免疫力被人为降低了。你们捣鬼了？"

"没有。或者我该说'我认为没有'。所有移植器官都是来自您的克隆体，所以没理由会出现您说的情况。"

"这么说是没必要了。如果我在那家廉价旅馆都没染上什么病，那我此时在这儿能传染上什么呢？我就不会被传染。瘟疫蔓延的时候我是做内科医生的。别那么惊讶：医学方面只占我专注领域的2%。当时奥马兹德暴发了未知瘟疫，人人都被传染了，其中28%的人都死了，只有你的老祖安然无恙，连喷嚏都没打一个。所以，告诉那些——不，你还是得通过诊所主任传达此事，因为越级管理有损下属的干劲儿。不过，我是被你们强行请到这儿的，也不知道为什么要关心你们这个组织的干劲儿。总之，告诉那个主任，如果非要给我安排护士，那就给我安排几个有护士样儿的，最好是有个人样儿的。艾拉，如果你想同我合作，那就得先配合我。不然，我会徒手拆了你的关节。"

"拉撒路，我会跟主任说的。"

"好。现在我们吃晚餐。不过，我们还是先喝口酒吧。如果主任觉得我不该喝酒，那就直接告诉他来准备下强制喂食吧，到时候喂食管插到谁的喉咙里还不一定呢。我可不想任人摆布。这颗行星上还有真正的威士忌吗？反正我上次来的时候是没找到。"

"没有我愿意喝的那种，但我觉得本地产的白兰地其实也不错。"

"好吧。如果我们最多只能喝到这些的话，那就给我来一杯起泡的白兰地，就是用白兰地代替威士忌调制的大都会鸡尾酒。也不知道有没有人知道我说的是什么。"

"我知道，我喜欢鸡尾酒。研究您的人生时我了解了古老的酒文化。"

"很好。那就开始点酒和饭菜吧。我想看看自己还能想起多少词儿。我觉得我的记忆有点恢复了。"

韦瑟罗尔跟一名技师吩咐了两句。拉撒路打断他："甜苦艾酒的占比应该是三分之一，不是二分之一。"

"这么说您能听懂？"

"大多数吧。你们的语言源于印欧语系，只不过句法和语法简化了。我开始想起来了。妈的，要是有人像我一样学这么多语言，不小心忘掉一两种也是稀松平常，但是要想起来也容易。"

上菜的速度快到让人怀疑门外站着个厨师班子，专门等候老祖或代理董事长下单。

韦瑟罗尔举了举杯："生生不息。"

"少扯这个。"拉撒路咆哮道，同时呷了一口酒。他做出一副苦相："哎哟！什么玩意儿啊。不过里面确实有酒精。"说着他又喝了一口，"舌头麻了这酒味儿才能忍。好吧，艾拉，你磨蹭了这么长时间该说了吧，打断我享受应得的长眠，把我抓过来到底是为了什么？"

"拉撒路，我们需要您的智慧。"

II

拉撒路惊恐地瞪圆了双眼："你说什么？"

"我说，"艾拉·韦瑟罗尔重复道，"我们需要您的智慧，先生，真的。"

"人在濒死时刻都会做梦，我刚才还以为自己就在这样一个梦里。孩子，你找错人了，还是去大厅另一头的房间看看吧。"

韦瑟罗尔摇摇头："不，先生，哦，如果'智慧'这个词儿冒犯了您，那我大可以不用它，但是我们确实需要向您学习。您比家族中年纪第二大的长辈还要年长一倍有余，而且您说过，您从事过50多种不同的职业。您哪儿都去过，比谁见过的人和事都要多，所以肯定比我们其余所有人知道的都多。比起两千年前您年轻的时候，现在的我们做事没有太多进步。您一定知道我们为什么还在犯我们的祖先犯过的错误。如果您一心寻死，不肯告诉我们您在这些岁月里学到的知识和道理，那真是巨大的损失。"

拉撒路沉下脸来，咬着嘴唇："孩子，我学到的为数不多的道理之一就是，人们基本不会吸取他人的经验教训。他们会学习——这样的情况不多——但只能自己在摸爬滚打中学，非得走难走的学习之路才行。"

"您刚刚说的这个道理值得永远牢记。"

"嗯哼！这道理讲的就是，没人能从道理中学到东西。艾拉，年龄不会带来智慧，它常常只会让单纯的愚蠢变成傲慢和自负。据我所知，年龄的增长带来的唯一好处就是，它会让人亲历世事变迁。在年轻人的眼里，世界是一幅静止的图画，一成不变；而老人已经在不断的变化中几经沉浮，而且深知未来还会经历更多的变化，无尽的变化，他深知世界是一幅流动的画卷，永远在变化。他不会喜欢这些变化——可能不会，起码我不喜欢——但是他又清楚世事如此，清楚这点是你应对它的第一步。"

"我能将您刚刚讲的这些纳入公开记录吗？"

"什么？这些都是陈词滥调，算不上什么智慧。这都是显而易见的真理，任何傻瓜都得承认的事实，哪怕他在生活中并不按照它行事。"

"但是，老祖，有了您的背书，这条道理就更令人信服了。"

"你随意吧，反正这只是常识而已。如果你觉得我已经瞻仰过上帝的面容，对世间万物都通透得很，那就请你再想想。总之我告诉你，我还没有参透宇宙运转的秘密，更不用说宇宙存在的意义了。要想搞清楚关于这个世界最基本的问题，就得跳到世界之外看问题，而不是身在其中。要是还在这个世界之内，别说两千年，就算待上两万年也别想找到答案。一个人死的时候，他原本看待事物的视角就会动摇，他会发现万事万物都彼此相连。"

"这么说您相信来世？"

"等等！我可不相信任何东西。我只是凭经验明明白白地知道一些事情，一些小事，没有'神的九十亿个名字'[1]那么重要，但是我并不相信任何东西，信仰是学习道路上的障碍。"

---

1 神的九十亿个名字：同为"科幻三巨头"的英国科幻作家阿瑟·克拉克著名短篇小说，讲述了一群僧侣购买了一台计算机，想要列出所有神可能的名字，以召唤神明降世。——译注

"拉撒路，我们想要的就是这个，就是您知道的事情，尽管您认为您只知道'一些小事'。我能表达一下我的观点吗？我认为，任何一个像您这样活过了这么多年头的人都一定知道很多事，不然您怎么能活得这么长？大多数人类都死于非命。鉴于我们现在的寿命比祖先要长得多，这样的结果不可避免。人们有可能死于车祸、谋杀、野生动物之口、运动比赛、飞行员的失误、踩到一小坨泥巴，总之人总会遇到什么让人把命交待了的事。可您度过了安全平顺的一生——和大多数人完全相反！而且您靠着您的聪明才智躲过了23个世纪所有的危险。您到底是怎么做到的呢？不可能全靠运气吧。"

"为什么不能全靠运气？艾拉，最不可能发生的事也会发生，比如说人类的婴儿降生就是最不可思议的事情，可偏偏就能发生。不过你说得没错，我确实每走一步都非常谨慎，能逃跑就绝不正面对抗，非应战不可的时候，我总是出阴招。因为如果我非得出手，那我希望死的是敌人，而不是我，所以我才会不惜一切代价。从这点上说确实不是靠运气，或者说没有太多运气的成分。"拉撒路意味深长地眨眨眼，"运气差的时候，我从来不把时间花在抱怨上。有一次，一伙暴徒想对我处以私刑。我根本没试着和他们讲道理；我所做的就是尽快逃走，和他拉开很多很多英里的距离，再也不回去。"

"您的回忆录里可没有这样一档子事儿啊。"

"回忆录里没记载的事儿多了。吃的来了。"

房门打开，一张双人餐桌滑了进来，二人的椅子向两边滑开，给餐桌腾出地方。折叠餐桌不疾不徐地展开，呈上饭菜。技师悄无声息地走上前来，开始为他们提供完全多余的私人服务。韦瑟罗尔说："闻起来很香啊。您用餐时有什么讲究吗？"

"嗯？餐前祈祷之类的仪式吗？没有。"

"不是那类仪式，我是说这种，比如，我和我手下的主管一起吃饭时，就不让他们在饭桌上谈工作。不过如果您允许的话，我想在吃饭时继续刚才的话题。"

"可以啊，为什么不呢？只要我们不聊那些会倒胃口的话题就行。你听过牧师讲老处女的故事吗？我指的就是那种。"

拉撒路瞟了一眼肘边的技师："也许现在不是时候。我觉得那个矮点的是女性，她可能听得懂一点英语。你刚才说什么来着？"

"我说您的回忆录不完整。就算您决心要死，能否请您准许我和您的其他后裔来记录您的其他故事，补完您的回忆录呢？您只需要口述就行，告诉我们您见识过的和做过的事。对这些回忆的认真分析可能会让我们受益匪浅。比如说，2012年的家族会议上发生了什么？会议纪要里记录不详。"

"艾拉，现在谁还关心那些啊？参加会议的人都死了。我说的话也只是我的一面之词，他们都没有机会来反驳。睡着的狗就让它继续睡吧，别多管闲事。再者说，我告诉过你，我自己的记忆也不靠谱。我使用过安迪·利比的催眠博智技术，感觉还不错，还学会了将并非每天都用得着的记忆进行分级存储，我需要的时候就用关键词调用出那一梯级的记忆，就像计算机一样；同时，我还把大脑中无用的记忆清洗过好几次，目的就是为存储新数据，清理'文件柜'，不过这样做有不好的地方。有一半的时间里，我记不得前一天晚上读过的书放在哪儿了，然后我会浪费一上午的时间找书，过会儿又会突然想起那本书是我一个世纪以前读过的。你们为什么不能让我这个老头子安安静静待着呢？"

"您要是想不被打扰，只需要让我闭嘴就行，先生。但是，我衷心希望您不要那样做。您目前分享的记忆是不完美的，更不用说您亲眼见证了我们这些年轻人没见过的成千上万的奇事。哦，我不是在要求您写一本正式的自传，把您所有岁月中经历的事儿都写进去。可您是否能跟我聊聊您愿意说的一些回忆呢？比如说，我们的记录中没有您早年的经历。我——还有几百万您的后裔——都对您的童年非常感兴趣。"

"那有什么值得回忆的？我的童年和每个人的童年都一样，成天想的就是该怎么不让大人发现我要干什么。"

拉撒路擦擦嘴，沉思片刻："总的来说，我很成功。不过，有那么少数几次，我被大人抓了现行，暴打一通，后来我就谨慎多了，知道该把嘴闭严些，扯谎时不能说得太复杂。艾拉，说谎是一门艺术，不过现在似乎要绝迹了。"

"真的吗？我可没发现身边的谎言变少了。"

"我是说像艺术一样的谎言少见了，现在确实还有很多拙劣的撒谎者。这世上有多少张嘴，就有多少个骗子。你知道世上有两种撒谎的方式最有艺术范儿吗？"

"不太清楚，但是我想知道。只有两种吗？"

"据我所知只有两种。只是做到撒谎时面不改色可不行，不过，任何没凑成同花就有胆子加注的人都可以学会这两种撒谎方式。第一种艺术范儿撒谎就是告诉对方真相，但并非全部真相。第二种也涉及讲真话，但是比前一种更难，那就是完完全全地把真相告诉对方，但是要用容易令人起疑的方式说，这样一来，听话的人肯定认为你在撒谎。

"我应该是到十二三岁的年纪才完全掌握了后一种方法。我是从我外祖父那里学到的；我和他很像。他就是个卑鄙、精明的老浑蛋。他不去教堂，不上医院，非说医生和牧师都是装模作样的家伙，根本就不知道自己在说什么。八十五岁的时候，他能直接用牙嗑碎坚果，能握着铁砧的角把那70磅的铁玩意儿直臂抬起来。我就是那时候离开家的，后来再也没见过他了。家族记录中说，他在不列颠之战[1]伦敦遭遇轰炸时罹难了，也就是我离家几年后。"

"我知道。当然了，他也是我的祖先，我的名字就是从他那儿来

1　不列颠之战：第二次世界大战期间1940年至1941年纳粹德国对英国发动的大规模空战。——译注

的。他是叫艾拉·约翰逊[1]吧？"

"当然了，这肯定就是他的名字。我都说他是我的外祖父了。"

"拉撒路，我想记录的就是这类事情。艾拉·约翰逊不仅仅是您的外祖父，我的始祖，也是这里和其他地方的数百万人的祖先。要不是您刚刚告诉我的这些，他留下来的就只是一个名字，一个出生日期和死亡日期。也就是说，您的几句话让他重新活了过来，让他再次成为一个人，一个独一无二的人类，精彩地活过的人。"

拉撒路似乎在沉思什么："我从未觉得他'精彩地活过'。事实上，他是个无可救药的老笨蛋。按当时的标准来说，他对一个成长中的孩子不会有什么好影响。嗯，我们家所在的那个镇子上有个年轻的女老师，当时出现了一则关于她的'丑闻'，我是说至少在那个时代是'丑闻'。我觉得我们之所以搬家就是因为这事。我从来没搞清楚过这件事，因为大人们不肯在我面前聊。

"但我确实从他身上学到很多，因为比起父母，他能和我说话的时间最多，或者说更愿意花时间和我说话。他说过的有些话让我记到现在。'伍迪，你要记得切牌。'他会说，'今后你可能最后不管怎样都会输，但不会像和我玩一样输得这么多、这么大。记住，一旦你输了，要保持微笑。'总之就是类似的话吧。"

"您还能记起来他说的其他话吗？"

"啊？都这么长时间了，我当然不记得了。嗯，不过也许还记得一点。他带我去镇子南边学打枪，那时候我大概十岁，他嘛——我也不记

---

1 （1）在老祖（于别处）声称自己离家的时候，艾拉·约翰逊的年纪不到八十岁。艾拉·约翰逊本人是一名医学博士，至于他行医多少年，有没有让另外一个医学博士照顾过他，我们不得而知。

贾斯廷·富特四十五世

（2）艾拉·霍华德与艾拉·约翰逊：这应该是大家普遍爱从《圣经》中找名字的时代的一个巧合。家族系谱专家没有找到二者是血亲的证据。

贾斯廷·富特四十五世

得他的年纪了；对我来说，他好像总是比上帝都老九十岁。[1]他先是竖起一个靶子，演示给我看怎么打到靶子上的黑圈里，然后再递给我一支步枪——点22口径的单发步枪，不怎么好用，但是对付当靶子的锡罐足够了。'好，现在枪上膛了，照我刚才演示的做；拿稳了，放松，扣扳机。'于是我就照他说的做，只听到咔嗒一声，枪没打响。

"我说着开始摸索着要打开枪膛。他拨拉开我的手，用另一只手把步枪从我手里拿走，然后狠狠打了我一下。'我是怎么告诉你的，伍迪，枪哑火的时候该怎么办？你想下半辈子都是个独眼龙，还是想自杀？要是想自杀，我可以告诉你比这更好的法子。'

"然后他说：'现在你给我好好看着。'然后他打开枪膛。里面是空的。于是我说：'可是，外公，你不是跟我说已经上膛了吗？'什么玩意儿啊，艾拉，我明明看见他上膛了的——我以为自己看见了。

"'我确实上膛了，伍迪，'他说，'然后我骗了你。我把上膛的动作做了一遍，但是偷偷把弹夹藏在了手心里。现在你给我想想，关于上了膛的枪我都嘱咐过你什么？好好想想我说过什么，说不对我就再打你一次，晃晃你的脑浆子，让你清醒点。'

"我飞快地想起了他说过的话。外公当时训我的手段太厉害。'关于一把枪上没上膛，你永远别信别人的话。'

"'没错，'他说，'你这辈子都要记住这句话，并且要严格遵守！不然你活不长。'[2]

"艾拉，他的这番话我确实记了一辈子，就算在这类火器过时之后，我也在遇到类似的情况时牢记着这个道理，而且它确实救过我好

---

1 拉撒路·朗十岁的时候艾拉·约翰逊七十岁。

贾斯廷·富特四十五世

2 此逸事中涉及的知识太古老，详情请参见《霍华德百科全书：古代武器，化学爆炸火器》。

贾斯廷·富特四十五世

几命。

"然后他让我自己上了膛，说道：'伍迪，我跟你打个五角钱的赌。你有五角钱吗？'我兜里的钱其实比这还多，但我以前和他打过赌，知道他的厉害，所以就说自己只带了两角五。'好吧，'他说，'那就打两角五的赌，我可从来不接受赊账。我赌两角五你打不中靶子，更打不中靶子上的黑圈。'

"之后他把我的两角五放进了他的口袋，告诉我刚才打枪的姿势都哪儿错了。就在他打算带我回去的时候，我已经掌握了射击的基本要领，想再跟他赌一把。他笑话了我一通，跟我说，射击课这么便宜，我应该感激涕零才是。请把盐递给我。"

韦瑟罗尔照做了："拉撒路，如果我能找到法子吸引您回忆您的外公，或者别的。我确信我们可以从您学到的无穷无尽的东西里提炼出精华，我说的'东西'指的是重要的事，不管您选择称其为智慧还是什么。过去十分钟里，您已经轻轻松松地讲了十几条基本的真理，或者说生存法则，不管您管它们叫什么吧。"

"什么真理？"

"哦，比如说大多数人只从自己的经验中学习。"

"没错。大多数人甚至都没法从自己的经验中学习，艾拉。永远别低估人类的愚蠢。"

"还有一条。您在说谎的艺术方面有一些见解。确切地说，是三条见解。您说了，谎言不能太复杂；您还说了，信仰是学习道路上的障碍；对了，还有了解问题是解决问题的关键的第一步。"

"我可没说那句。不过我本来可以那么说的。"

"我只是概括了一下您说的道理。您还说，运气差的时候，您从来不把时间花在抱怨上。由此我可以推导出这样一个道理：别沉浸在一厢情愿的幻想中，或者说'遇到问题要直面现实并采取相应行动'。不过我更喜欢您的说法，那样说更有味道。还有'要记得切牌'。我很多年没玩过扑克牌了，但是我明白这句话的意思：在随机事件起决定作用的情况下，永远不要忽略可能让你的机会最大化的任何可行的方法。"

"嗯，要是外公在，他可能会对你说：'小家伙，你就会讲漂亮话。'"

"那我们还是用您原本的话说吧，'要记得切牌。即便输了也要保持微笑'。如果这些确实不是您的措辞，那就算是您外公说的吧。"

"哦，说他没关系。我想他就是这么说的。妈的，艾拉，因为活了太长时间，我很难从关于一段真实的记忆的记忆的记忆的记忆中找出哪一段才是真实的记忆。你回想过去的时候就会遇上这样的难题：你会不断修改、调整自己的记忆，让它变得更容易接受。"

"又是一条真理！"

"哦，小声点，孩子，我可不想回忆过去，那么做意味着一个人真的老了。婴儿和小孩子都活在当下，也就是'现在'；成年人喜欢活在未来，只有年老体衰的人才活在过去。他们不怎么在意'现在'，对未来更是一点都不关心。"

老人叹了口气："所以我知道我也上了年纪。活了相当长的时间——一千年及以上——的人，他的状态处在孩子和成年人之间。我会对未来做出周全的考虑，以便做好准备，但是我不会对未来过度担忧。然后，我会像见不到第二天的太阳一样活好每一天。然后每天都像面对新生的造物般面对日出，为它而活，欢欣鼓舞。同时，我也从来不想过去。我从没有遗憾，从来没有。"拉撒路·朗似乎有点伤感，但紧接着就露出了微笑，重复了一遍刚才的话，"'从没有遗憾。'艾拉，再来点红酒好吗？"

"谢谢，只添半杯就好。拉撒路，如果您决定尽快去死——当然了，这是您的特权！——现在回忆一下过去，另外再为了造福您的子子孙孙让我们记录这些回忆又有何妨？比起您的财富来，这些回忆才是留给我们的遗产中最为珍贵的一部分。"

拉撒路扬起眉毛："孩子，你说的话开始让我感觉无聊了。"

"抱歉，大人，我能获准离开吗？"

"行了吧，快坐下吃完你的晚餐。你让我想起了一个男人，他生活在新巴西星球上，遵守了当地重婚的风俗，但他总是在娶了一个长相平平的妻子的同时，再娶一个惊艳绝伦的。所以——艾拉，能不能这样，从我的口述中选出一些特别的部分，加上关键词，让它们结成一本单独的备忘录。"

"当然可以了，先生。"

"很好。我们没必要讨论农场主——席尔瓦？对，我想他是叫'席尔瓦'，全名是唐·佩德罗·席尔瓦。没必要讨论有一次他娶了两个同样美丽的妻子，之后是怎样做的。我只想说一点，当计算机犯了错误，它会比人还执着于纠正这个错误，执着到愚蠢的地步。如果给我足够长的时间，让我努力想想的话，我或许是能从记忆中挖出你以为我有的那些'智慧宝石'的，其实那只是些假钻石。然后我们就不必让计算机中充斥着关于唐·佩德罗之类的无聊故事了。你选什么关键词？"

"'智慧'？"

"快去用肥皂洗洗你的嘴吧。"

"我才不呢。老祖，您对这个词太敏感了。那就用'常识'？"

"孩子，这个词简直是自相矛盾。'知识'从不'平常'。还是把关键词定为'笔记本'吧。我现在只能想到这个，那些记忆就相当于我发现可能比较重要的、要记在笔记本上的东西。"

"行！我能现在就修改程序吗？"

"你可以在这儿远程操作吗？我可不想为这事儿让你连晚饭都吃不完就走。"

"拉撒路，我的计算机非常灵活，它是一件我用来治理这颗行星的综合工具，同时我也可以在一定程度上管理这件工具。"

"这么说，我想你应该能在这儿安一个辅助打印端，输入关键词便能触发它打印相应材料。我想修改我那些闪闪发光的'智慧宝石'。这就好比只有那些其实提前准备好的话才会是被视为即兴说出的妙语，不然你以为政客们为什么要用影子写手写演讲稿？"

"影子写手？我的古典英语还不够好，没明白这个词的意思。"

"艾拉，别告诉我你的演讲稿都是自己写的。"

"可是，拉撒路，我不演讲，从来没有过。我只需要下命令就行了，而且很少向委员会提交书面报告。"

"恭喜。但我敢打赌福星上有影子写手，就算现在没有，很快也会有。"

"先生，我现在就安排安装打印端。用罗马字母和20世纪的拼写吗？您是否想用我们刚才一直用的语言？"

"如果不会给这台无辜的可怜计算机造成太多压力的话，那就这样安排吧。如果太麻烦，我听有声报告也行。"

"我的计算机非常灵活，先生。是它教会了我说这门语言，再之前，也是它教会了我如何阅读这类文字。"

"很好，那就这么办吧，但是告诉它别纠正我的语法错误。人类编辑就够讨厌了，我可不想接受一台机器做出这样自以为是的行为。"

"好的，先生，请稍等。"代理董事长稍稍抬高音量，开始用银河语的新罗马方言说话，接着他又用同样的方言跟高个子的技师说话。

餐桌给他们呈上咖啡时，辅助打印端已经安装完毕。

打开开关后，它急速旋转了一会儿。"它在干吗？"拉撒路问，"自检电路？"

"不，先生，它是在打印。我做了个实验：这台机器在程序范围内有相当的判断权限，而且能够记住它的经历。在我为它新添的程序中，我告诉它回去好好检查您对我说过的话，试着选出所有听起来像格言警句的话。我也不知道它能不能胜任。毕竟在它的永久记忆中，任何关于'格言警句'的定义都是抽象的。不过我对它还是有些信心的。而且，我明明白白地告诉它了：不许编辑。"

"好吧。'一头跳华尔兹的熊最惊人的不是它的华尔兹跳得多优雅，而是它竟然能跳华尔兹。'说这话的不是我，而是其他人；我只是引用而已。看看这东西给我们打出什么来了吧。"

韦瑟罗尔打了个手势，矮个子技师赶忙走到机器旁，分别为他们二人取了一份材料。

拉撒路仔细地看着材料："嗯，没错。第二句不对，那只是一句俏皮话。第三句我一定得重新整理措辞。嘿！这句后面有个问号。这垃圾机器真是放肆，几个世纪前它还是一块没开采出来的矿石。不过好在它没修改我的话。这句话我不记得说过了，不过这是个真理，那次我差点送了命才学到这个道理。"

看完之后，拉撒路抬起头来："好吧，孩子，如果你想把这些归入记录中，我不介意。只要你允许我检查和修改就行。除非我有机会把其中的废话挑出去，否则我不想我说过的这些话被众人当成福音看待。我说起废话来可不输旁人。"

"那是自然，先生。没有您的允许，我不会让任何字句成为永久记录的。不过要是您选择使用那个自杀开关……那样的话，剩下的、未经您编辑过的句子将由我来试着编辑。我只能做到这点了。"

"你这是在给我下套，是吧？嗯——艾拉，我也要和你做一个谢赫拉莎德式的交易。"

"我不明白您的意思。"

"谢赫拉莎德都没人知道了？难道理查德·伯顿白白翻译她的故事了？"

"哦，我知道了，先生！我读过伯顿译注版的《一千零一夜》。谢赫拉莎德的故事流传了许多世纪，随着时代的变迁，为了让新一代的人类读懂，故事改了又改，不过我想故事的精髓还在。我只是不明白您想做什么交易。"

"懂了。你告诉过我，和我交谈是你必须得做的最重要的事。"

"确实如此。"

"那我就想了，如果你真这么认为，那你肯定会每天都来陪我聊天。这么一来，不管你的机器多聪明，我都不用费心对着它唠叨了。"

"拉撒路，如果您允许我陪您聊天，那我不仅觉得光荣，更觉得开心。"

"还是等等看吧，一个人说出太绝对的话，往往内心是有所保留的。我刚才说的是每天。孩子，一整天啊。你本人，而不是你的代表，比方说早餐后两个小时就出现在我面前，然后一直待到我准许你回家。要是你来不了，得请一天假，比如发生了紧急的事情，你不得不缺席，那就联系我，告诉我你的理由，然后给我送个漂亮妞来陪我。这妞儿必须会古典英语，懂得倾听。她得在面对一个滔滔不绝的老家伙时能忽闪着眼睛一脸崇拜地倾听。如果她哄得我开心，我或许会让她留下。要是我不开心，没准儿会把她轰走，然后转身就按下你答应给我重新装上的自杀开关。不过，我不会在客人面前自杀的，那太没礼貌了。你懂我的意思吗？"

"我想我懂了。"艾拉·韦瑟罗尔慢悠悠地回答，"在这件事里，您既是讲故事的谢赫拉莎德，又是暴君山鲁亚尔，我则是——不对，不是，我是那个要让这事继续一千个夜晚的人。我指的是一千个'白天'。如果我缺席了——我肯定不会的！——那您就可以自由选择——"

"别这么推导下去。"拉撒路说，"不然我会觉得你在夸大其词。如果我的瞎扯都像你所说的那样重要，那你肯定会每天来听。如果你找的妞儿够漂亮，又懂得如何恰到好处地迎合我的虚荣心。我的虚荣心可不一般。你可以缺席一两次，但是如果你经常缺席，我就当你是觉得无聊了，咱们的交易也就此作废。我敢打赌，第一轮一千零一夜还没过去，你的耐心就会用完；正相反，我知道该怎么保持耐心，有必要的话，一年接一年地保持下去都没问题。这就是我活到现在的最主要的原因，但是你还太年轻，我敢打赌我能比你有耐心。"

"我接受这个赌约。如果我不得已非得缺席几天的话，派我的女儿来听您讲故事，您不反对吧？她长得非常漂亮。"

"嗯？你这个提议听起来像一个伊斯坎达尔星的奴隶贩子要拍卖自己的母亲一样。为什么要派你的女儿来？我可不想娶她，更不想睡她；我只是想找个人来捧着我，哄我开心。谁跟你说她长得漂亮了？如果她真是你的女儿，应该会长得像你吧。"

"行了，拉撒路，想激怒我没那么容易。我承认说她漂亮是出于一个父亲的偏见，但我见过其他人看到她是什么反应。她特别年轻，未满八十岁，只签过一次婚姻合约。您指定要一个能说您的母语的漂亮女孩。那可太少了。可我这个女儿恰好继承了我的语言天赋，她听说您在这儿特别高兴，非常想见见您。我可以让非得我去处理的紧急情况往后拖一拖，直到她能完美地运用您的语言时再让她替我来见您。"

拉撒路咧嘴一笑，耸耸肩："随你的便吧。告诉她别费心为我守贞，我可没那个精力。不过这个赌约我赢定了。也许我都不会看她一眼。用不了多久，你就会发现，我其实是个让人不堪忍受的老浑蛋。真的，我和永世流浪的犹太人[1]一样招人烦。我跟你说过我见过他吗？"

"没有。而且我不相信您见过他。他只是个神话人物。"

"那我就告诉你，孩子，我见过他，他是真实存在的。公元70年，耶路撒冷被洗劫时，他和罗马人打过仗；他参与了每一次十字军东征，其中一次就是他掀起的。当然了，他长着一头红发；所有天生的长寿者

---

1 永世流浪的犹太人：神话里长生不老的人，流浪的犹太人这个传说在13世纪开始在欧洲传播。原来的传说是关于一个犹太人嘲弄被驱赶往十字架路上走的耶稣，然后这位犹太人被诅咒在尘世行走，直到耶稣再临。——译注

都有吉尔伽美什[1]的特征。我遇见他的时候，他的化名是桑迪·麦克杜格尔，这名字有利于他在当时那个地方做生意，所谓生意其实就是放长线钓大鱼的骗局，其中包括一种新的仙人跳[2]，后者涉及——嘿，艾拉，如果你不信我讲的故事，那为什么要这么费劲把它们记下来呢？"

"拉撒路，如果您觉得您可以把我无聊到死——纠正一下，是把我无聊到任由您选择死亡——那又为什么要编故事给我听呢？不管您是出于什么原因，我都会一样认真地听，而且暴君山鲁亚尔能坚持多长时间，我就能坚持多长。也许我的计算机会不加编辑地记录下您讲的每一句话，但我敢保证，当它把这些话汇总之后发给一台最精密的真相分析仪，分析仪一定能标注出您话中任何虚构的故事。只要您开口，我就不在意您说的是否是史实。而且我很清楚，您一定会在讲述中不由自主地加入您的评价，而这些评价就是我要的'智慧宝石'，不管你管那些话叫什么。"

"'智慧宝石'。年轻人，你要是再说一遍这个词，你就等着放学后留下来擦黑板吧。你最好告诉你的电脑，让它遵守一条准则，我讲的故事里最夸张、最让人难以置信的故事反倒最可能是真的。这是个字字属实的真理。没有哪个讲故事的人编出来的故事能比这个疯狂的宇宙中真正发生过的事更奇妙、更不可思议。"

"我的计算机知道这条准则，不过我会再跟它强调一遍的。您刚才跟我聊到了化名桑迪·麦克杜格尔的永世流浪的犹太人。"

"是吗？如果我真的聊到了这个，他真用的是这个化名，据我回

1　吉尔伽美什：Gilgamesh，乌鲁克第五任国王，统治期大约在公元前2600年。他是著名古代文学《吉尔伽美什史诗》的主角，被写成是女神宁松之子。——译注
2　这一段中有内在矛盾的地方，"仙人跳"这个词曾在20世纪的北美洲使用，是某种财务欺诈的代名词。参见新罗马学术出版社出版的克里希那穆提的《新金枝》中"诡计"一章下的"诈骗"一节。

贾斯廷·富特四十五世

忆，这故事一定发生在20世纪的温哥华。温哥华是美国的一座城市，那里的人特别精明，从不向华盛顿缴税。桑迪真应该去纽约做生意，因为那座城市即便在当时也已经以愚蠢闻名于世了。他是怎么进行诈骗的我就不详细说了，不然你的机器可能都得听爆炸了。你只要明白一点就行，为了让傻瓜和他的钱财分开，桑迪利用的是最古老的原则：选那个想什么好处都捞到的人当行骗目标。

"就这么简单，艾拉。如果一个人贪婪，那你每次骗他都能得手。可问题是，桑迪·麦克杜格尔比他的行骗目标更贪婪，这让他变得愚蠢，做得太过分，并且常常不得不为此趁夜逃出城去，有时甚至连到手的钱都得丢下。艾拉，如果你想薅羊毛，那就得给羊留出长出新羊毛的机会，不然它就会变得警惕。如果你尊重这条简单的原则，就可以按着这只完美目标一样的'羊'一次又一次地薅羊毛，而且它还会始终保持健康、多产。可是桑迪太贪了，他缺少耐性。"

"拉撒路，听起来您在行骗的艺术上很在行啊。"

"艾拉，请你还是对我放尊重些。我可从来没搞过诈骗，至多就是保持沉默，眼看着他人自己骗自己。这样做没什么危害，就像一个傻瓜总是忍不住犯傻，你拦都拦不住。要是你出手拦了，不仅会招致他的憎恨，还会妨碍他从自己的经历中吸取教训。永远别去教一头猪唱歌，那样做不仅浪费你自己的时间，还会把猪惹得不高兴。

"不过我确实对诈骗所知甚多。我想我应该在不同时期经历过世上的每一类骗局中的每一款。

"有的情况下我会中招，那通常都是在我非常年轻的时候。后来我接受了约翰逊外公的建议，不再什么好处都想要，那之后我就不再上当受骗了。不过，我也是在吃过几次大亏之后才听取了外公的建议。艾拉，时候不早了。"

代理董事长匆忙站起来："是啊，先生。不过，在我离开之前，还能再问您两个问题吗？不是为了您的回忆录问的，只是一些程序上的问题。"

"那你就长话短说吧。"

"明天上午我们将为您安装生命终止选择开关，但是您说过现在感觉身体不太好，我想即便是您会在不久的将来选择终止生命，那也没必要在终止之前忍受病痛。所以，我们不妨继续您的回春疗程？"

"嗯，第二个问题呢？"

"我保证我会找到激起您兴趣的新鲜事，我还保证会每天都来陪您聊天。可这两件事有矛盾。"

拉撒路嘿嘿笑着说："孩子，你可别逗你的老祖宗了。找新鲜事这个任务你完全可以交给手底下的人干。"

"那是自然。可是我必须告诉他们该从哪里入手，还要每隔一段时间就视察一下进展，就新的探索方向给他们提提建议。"

"嗯……如果我接受整个疗程，那么每隔一段时间我就会昏睡一两天，是吗？"

"是的，恐怕目前的回春术需要受术人大约每周都进行一天的深度睡眠，根据每个受术人的情况不同略有差异。我大约一百年前做过一次回春术，不过现在的技术比那时有不少进步。先生，您决定继续接受回春术吗？"

"我明天再告诉你我的决定，等自杀开关安好了再说。艾拉，情况不急的话，我不会忙着做决定。不过，如果我同意继续疗程，你就有空闲时间可以支配了。晚安，艾拉。"

"晚安，拉撒路。我衷心希望您能接受治疗。"韦瑟罗尔转身向门口走去，但在半路停下脚步，跟两个技师低语了几句。他们即刻离开了房间。餐桌也跟在他们身后匆忙退了出去。门刚关上，韦瑟罗尔就转身面向拉撒路·朗。"祖父，"他的声音很轻，似乎有些哽咽，"我能这样称呼您吗？"

拉撒路已经放低了他的椅背，让椅子变成了一张倾斜的长沙发。他像躺在吊床里一样，又像是躺在母亲温柔的臂弯中。听到年轻人的话，他抬起头："啊？什么？哦！没事的，没事的，过来我这儿，我的好孙子。"他朝韦瑟罗尔伸出一条胳膊。

代理董事长赶忙迎上去，拉住拉撒路的手，跪在地上开始亲吻它。

拉撒路立刻把手抽回去："看在使徒彼得的分儿上，你可别给我下跪！千万别！你要是不想当我的孙子了，就尽管这么做。"

"好吧，祖父。"韦瑟罗尔站起来，俯身吻了一下老人的嘴。

拉撒路拍拍他的脸："我的好孙子，你是个多愁善感的人，但也是个好孩子。问题是这个世界从来不需要太多好孩子。现在，你赶快收起你脸上这副郑重其事的表情吧，回家好好休息。"

"是，祖父。我会的。晚安。"

"晚安。快走吧。"

韦瑟罗尔快速退出了房门。他离开时两个技师恰好到了门边，连忙往两边跳开，给他让路。然后，技师才回到套房里。韦瑟罗尔继续走着，对身边的人不理不睬，脸上依旧挂着他不常有的柔和的神情。他经过一排飞船，来到诊所主任的私人飞船前。他说了句话，飞船的门应声而开，然后很快就将他送到了市内，直接飞进了行政大殿。

拉撒路抬头看回来的两个技师。他示意高个子技师来到他身前。技师的声音透过头盔变得有些奇怪，他小心翼翼地问："您是想回床上躺着吗，先生？"

"不，我想——"拉撒路顿了顿，对着空气说，"计算机，你能说话吗？不能的话就通过打印的方式和我对话。"

"我能听见您说话，老祖。"一个甜美的女低音答道。

"告诉这个护士，我有工作要做，所以需要止疼药。不管他们能拿到什么药，只要能止疼就好。"

"是，老祖。"空洞的女声开始使用银河语说话，语气毕恭毕敬。过了一会儿计算机说："值班总技师想知道您为什么会疼，哪里疼，另外他还补充说您今晚不适合工作。"

拉撒路在心里数了十下才开口,他轻声细语地说:"妈的,我身上哪儿都疼。我不想听一个毛孩子的建议。入睡前我还有几项未完成的工作要做,因为谁也不知道自己睡过去后,什么时候才能再次醒来。别管什么止疼药了,那玩意儿没什么重要的。让他到门外去,别进来。"

接下来房间里发生的对话拉撒路几乎听不懂,他很恼火,于是干脆假装听不见。他打开艾拉·韦瑟罗尔还给他的信封,将写着遗嘱的信纸展开。那是一封折成风琴褶的长信,是用计算机打印出来的。他一边吹着走调的口哨,一边看。

"老祖,值班总技师表示您刚才下达的命令是违反诊所规章制度的,因此无效。不过,稍后还是会给您送来常用的镇痛剂。"

"那就算了。"拉撒路继续看他的遗嘱,还把刚才吹成口哨的那首歌轻轻唱了出来:

> "街角有家小当铺,
> 我的大衣常常往那儿送。
> 当铺后面住着个赌徒,
> 有了钱我就往他手里送。"[1]

高个子技师从他身侧冒出来,端着一个连着输液管的亮晶晶的小碟子:"止疼的……"

拉撒路把没有拿纸的手举到空中,大力一挥:"走开,我忙着呢。"

矮个子技师从他的另一边冒出来。拉撒路朝他看看,说:"你想干什么?"

---

[1] 这首打油诗源于20世纪。相关语义分析参见附录。

贾斯廷·富特四十五世

就在他扭头看的时候，高个子技师快速行动起来。拉撒路感到小臂上一阵刺痛。他揉着疼的地方说："干什么啊，你们这些流氓。玩儿我是吧？好了，快滚开，滚！"他把刚才的小插曲抛到脑后，继续聚精会神地看遗嘱。过了一会儿，他说：

"计算机！"

"听候您的吩咐，老祖。"

"把我接下来说的录下来，打印出来：我，拉撒路·朗，有时被称为'老祖'，在霍华德家族宗谱上的名字是伍德罗·威尔逊·史密斯，生于1912年。我宣布这是我最后的遗嘱。计算机，从我和艾拉的对话中挑出我说我想帮他搞移民那些话。明白了吗？"

"正在检索，老祖。"

"调整一下措辞，放进我的公开声明里。然后——让我看看——再加一句：若艾拉·韦瑟罗尔未能满足继承条件，那么我死后留下的全世界的财富将用来——嗯，用来成立一家养老院，专门收留那些贫困、老迈的街头小偷、妓女、乞丐、卖馅饼的、入室行窃者以及所有英语单词以'P'开头的穷苦小人物。明白吗？"

"已经记录好了，老祖。但是我要提醒您，按照本星球的现行法规，您的这版遗嘱极有可能无效。"

拉撒路表达了一个夸张且从生理学角度上不可能完成的愿望："没关系，那就建一个收留流浪猫的机构，再或者把钱用在没什么实际意义但是法律上允许的事儿上。在你的永久记忆库找找看，找一件这样的事儿，能让法院通过就行。只要保证让委员会那帮人无法染指就行，懂了吗？"

"我无法保证这点，老祖，但是我会努力尝试。"

"找找漏洞。搞好了尽快打印出来。现在，准备做一份我的资产备忘录。开始。"拉撒路开始念清单，但是发现视野模糊了起来，眼睛无法聚焦，"妈的，这些蠢货趁我不备给我打了麻药，药效发作了。血！

我需要一滴自己的血抹在大拇指上按指纹！让那些蠢货来帮我完成，告诉他们为什么。警告他们，要是不帮忙，为了得到自己的血，我会咬破舌头。现在，你快把可行的遗嘱版本都打印出来，赶紧的！"

"开始打印。"计算机轻声说，然后开始说银河语。

那两个"蠢货"没有和计算机争辩，快速行动起来。等辅助打印端停止旋转，一个"蠢货"就飞速将打好的遗嘱取出来；另一个不知从哪儿拿来一根消过毒的针，让拉撒路瞥了一眼，就飞快地将针头刺进了他左手小拇指的指肚。

拉撒路没等用吸管吸取血液，就自行从被刺破的指头里挤出一滴血，用右手大拇指往上面一按，然后在矮个子技师的帮助下在他的遗嘱上按了个指印。

然后他往后一躺。"告诉艾拉，"他小声说，"遗嘱写完了。"话音刚落，他就沉沉地睡去了。

I

　　椅子将拉撒路轻轻地转移到他的床上，两个技师在一旁安静地关注着。然后矮个子开始看他的呼吸、心搏、脑波律动和其他体征读数；高个子则把文件材料、旧遗嘱和新遗嘱放入一个命令信封，密封好，在密封处盖章、按指纹，将其标注为"仅供老祖和／或代理董事长先生开启"，再将其妥善保存起来。然后，换班的人终于来了。

　　来换班的总技师听了一会儿监视器的记录，瞟了一眼体征读数，仔细端详了一下眼前这个睡着的顾客。

　　"计时多少？"他问道。

　　"新遗忘阶段。34个小时。"

　　他吹了声口哨："又一次危险期？"

　　"没有上次严重。假性疼痛，伴有非理性的脾气暴躁。目前阶段各体征读数还在安全区间内。"

　　"信封里装的是什么？"

　　"你只要签字，然后在你的签收单后附上寄送说明就行。"

　　"算我多管闲事喽！"

　　"请把你的签收单给我。"

接班技师写下签收单，在上面按了指印，交给对方，才接过命令信封。"我正式接班。"他简短地说。

"谢谢。"

矮个子技师在门口等待。下班的总技师顿了顿，然后说："你其实不用等的。我有时候交接要花的时间是现在的三倍呢。只要接班的初级值班员来了，你就可以走了。"

"是，总技师。但这是一位非常特殊的顾客。我觉得您会需要我对付管闲事先生。"

"我自己能对付他。是啊，这确实是一位非常特殊的顾客。你的前任选择退出之后，技术委员会把你指派给了我，就充分证明了你的能力。"

"谢谢夸奖！"

"别谢我，副技师。"尽管隔着头盔、继电器和过滤器，尽管言辞并不温和，他的声音听起来还是非常温和，"这不是恭维，而是事实。如果不是你第一班岗尽职尽责，也就没有这第二班岗了。诚如你说的，这确实是'一位非常特殊的顾客'。你做得很好。虽然顾客看不见你的脸，还是能感觉到你的紧张。不过你会好起来的。"

"嗯……但愿如此。我真的非常紧张！"

"我宁愿要个神经紧绷的助手，也不想要一个无所不知但粗心大意的助手。可你现在应该在家休息。跟我走吧，我把你捎回去。你住哪儿？中级居住区？我正好顺路。"

"嘿，别管我了！如果可以让我把车开回去的话，我愿意与您同行。"

"放轻松！下班后咱俩之间没有上下级关系了。他们没教你吗？"他们从公共交通工具前的长队旁边走过，也经过了主任的座驾，最后在高管使用的较窄的一排车位前停下来。

"说是这样说，但是……我从来没在您这种级别的人物手下做过事。"

这句话引得对方发出一阵轻笑:"那你跟我在一起就更要牢记这个规矩了,因为职阶越高的人越需要在下班后忘掉他的职阶。这里有辆空车,你进去坐好吧。"

矮个子上了车,但是没有直接坐下,而是等总技师上车坐定后他才落座。这位回春术的大拿对此视而不见,他设定好控制装置,就四仰八叉地躺在座椅上,叹了口气,同时汽车启动了:"我感到非常吃力。下班之后我感觉自己跟他一样老了。"

"我知道。我在想我是否能做得好,总技。他们为什么不让他就此终止生命呢?他看起来那么累。"

过了好一会儿对方才回应,但并非回答他的问题:"别叫我'总技',我们已经下班了。"

"但是我不知道您的名字。"

"你也不需要知道。嗯——现在的情况并非像表面看上去那么简单,他已经自杀了四次。"

"什么?"

"没错,他不记得了。如果你觉得现在他的记忆很差,那你是没看到他三个月之前的情形。事实上,他每次自杀都相当于加速我们的工作。我们给他的自杀开关动了手脚,他一按就会陷入昏迷,然后我们就可以继续下一阶段的治疗,通过催眠将他的更多记忆记录注入他的大脑。但是,几天前,我们必须停止这样操作,把开关拆掉,因为他想起来他是谁了。"

"但是,这是不合规矩的!'死亡是每个人的特权。'"

总技师摸了一下紧急按钮,汽车继续往前开,找到一处停车位,然后停了下来:"我没说这合规矩,但是看护员又不制定政策。"

"我入职的时候发过誓,誓言中有一部分就是'对渴望生命的人慷慨给予;对渴望死亡的人永不拒绝'。"

"你难道以为我没有发过同样的誓言吗?主任非常恼火,她已经请假了，甚至可能辞职；我都不用猜就能知道。但是代理董事长并不从事我们的职业，他不受我们的誓言约束，回春诊所入口上方的格言对他来说毫无意义。他的格言是，或者说似乎是'一切规则均有例外'。听着，我知道我会和你有这样一场对话，同时我也很高兴在我们下一班岗之前能有这次交流机会。现在，我必须得问你，你想退出吗？这不会影响你的档案，我可以保证。别担心换班的人，等到我下次当班的时候老祖还在睡呢，随便哪个助手都可以顶那班岗。这样一来，技术委员会有充分的时间挑选替换你的员工。"

"啊，我想照顾他。这是殊荣，是我做梦都没想到会轮到自己的美差，但同时我也很纠结。我认为他没有受到公平的对待。在这件事上，谁会比老祖更应该获得公平对待呢？"

"我也同样纠结。我接到的命令居然是要让一个自愿终止生命的人——不如说他是受到了诓骗，以为自己是在自杀的人——活下去。第一次意识到这件事时，我都惊呆了。但是，我亲爱的同事，选择权不在我们手上。不管我们怎么样，这份工作都会有人来做。当我意识到这点的时候，我认为自己丝毫不缺少职业自信，说这是自负我也认，同时我也认为自己是照顾老祖的名单上最合格的值班员。我决定了，如果家族的老祖一定要经历这些，那我坚决不会退出，不会把这份工作交给技术没我娴熟的同事来做。我做这个决定和奖金没有关系，我已经将我的奖金指定用于赞助残疾人收容院了。"

"我可以这样做，不是吗？"

"是，你可以，可你真这么做就是个傻瓜。这件事我比你陷得深，我必须提醒你一点：我希望你的身体对兴奋剂的耐受性足够好，因为我负责监督回春术中每一个重大的步骤，不管是否在常规当班时段，我都希望得到我助理的帮助。"

"我不需要兴奋剂，我用自我催眠手段。有必要的时候才用，平时极少用到。我们下一班岗的时候他还会在睡梦中，嗯……"

"同事，我现在就想要你的答案。这样，有必要的话，我就可以通知技术委员会着手推荐新人选了。"

"啊。我会坚持下去的！只要您在，我就在。"

"很好。我就知道你会的。"总技师再次伸手去碰控制装置，"现在去中级居住区？"

"稍等一下，我想再多了解您一些。"

"同事，如果你坚持下去，那你迟早会了解我的。我说话特别刻薄。"

"我是说社交层面上的了解，不是职业方面的。"

"好吧！"

"我说的话冒犯到您了？我还没见到您的时候就很仰慕您了。现在我想更加深入地了解您，这可不是拍马屁。"

"我相信你。真的仰慕我的话，你要相信我，接受委员会的推荐之前我亲自研究过你的心理分数。我没有感到被冒犯，只是对你的敬仰受之有愧。那我们以后有时间的话一起吃晚饭吧，怎么样？"

"当然可以啦。其实我还有别的想法，我们一起去体验'销魂七小时'好吗？"

他们的对话停了一会儿，但感觉沉默的时间很长。总技师说："同事，你的性别是？"

"这重要吗？"

"好吧，应该不重要。我同意你的建议。现在就去吗？"

"如果您方便的话。"

"我方便。我原本就没别的计划，本打算回我的休息室看会儿书，然后睡觉。那我们去吧？"

"我想着带您去'极乐世界'[1]。"

---

1 极乐世界：Elysium，原指希腊神话中英雄和好人的安息之所。——译注

"不需要，'销魂'重在心灵体验，去哪儿做都无所谓。不过谢谢你的好意。"

"我可以负担得起。嗯，我并不是靠死工资过活，我可以轻松负担得起极乐世界里最昂贵的项目。"

"亲爱的同事，改天再去那儿吧。诊所里住院医师的休息室非常舒服，而且至少比你说的地方近一个小时车程，还不用为了面对公众，花时间脱下隔离盔甲，仔细打扮。所以我们可以直接去我那儿，因为我发现自己对此特别渴望。天哪，我太长时间没体会过这类快乐了。"

四分钟后，总技师带着矮个子走进了休息室，这里和他保证过的一样，宽敞大方通风好，是个可供"欢愉"的套间。一团模拟篝火在角落的壁炉中欢快地燃烧着，在客厅中投下舞动的光影。"那扇门后面是客人的更衣室，进去再出来，你就焕然一新了。一次性用品在左边，放头盔和隔离服的架子在右边。需要帮忙吗？"

"不用了，谢谢。我敏捷得很。"

"好啊，如果需要帮手就喊我。十分钟后我们在篝火前见，怎么样？"

"没问题。"

十分钟刚过一点，助理技师就从更衣室里走了出来。他终于脱去了隔离盔甲，也摘了头盔，光着脚，比刚刚又矮了一截。火炉前的地毯上，总技师抬头望过去："你终于出来啦！原来你是男性！我太吃惊了，不过也很高兴。"

"原来您是女性，我也非常高兴。但是我完全不相信您感到吃惊，因为您看过我的档案。"

"不，亲爱的。"她否认道，"我没看过你的个人档案，只看了委员会提供给可能成为你未来上级的管理层的简历。他们非常谨慎，没有提供真名、性别和其他不相干的信息；他们的计算机程序帮助他们做到了这点。所以我不知道你的性别，而且我猜错了。"

"我根本就没猜。但是现在知道了，我非常满意。我不知道为什么我会对高个儿女人情有独钟，但我确实好这口。站起来，让我看看你。"

她慵懒地扭动身子："这个喜好标准真是没逻辑，所有的女人躺下后身高都是一样的。快过来和我躺着吧，这儿非常舒服。"

"女人，我说让你'站起来'，就希望立刻看到你的行动。"

她咯咯地笑起来："你这是返祖现象啊，不过挺可爱的。"她伸出一只长长的胳膊，抓住他的一边脚踝，让他失去了平衡。他倒在了地上。"现在好多了。我们俩都一样高了。"

| 复 调 |

II

　　她说："你想吃个夜宵吗，小懒虫？"

　　他说："我真的睡着了，是吗？这情有可原。至于夜宵，我吃。有什么吃的？"

　　"随便点，想吃什么点什么。如果我这儿没有，我就派人去买。在你身边我感觉很平和，亲爱的。"

　　"好啊，我想点10个高挑的未成年红发处子，怎么样？我是说'女孩'。"

　　"行啊，亲爱的。我的加拉哈德[1]值得拥有世上最好的东西。我最亲爱的男人，为什么你有这种偏好？你的心理档案没说你对有异国风情的女子有偏好。"

　　"把我刚才点的取消吧，换成芒果冰激凌。"

　　"好的，先生，我立刻派人去买。或者你也可以来一份新鲜的蜜桃冰激凌，这种立刻就能吃到。开个玩笑，从我十六岁之后就没人跟我开

1　加拉哈德：Galahad，亚瑟王传说中最纯洁的一位圆桌骑士，也是唯一能拿起圣杯的人。——译注

玩笑了。很长时间了。"

"那我就来份桃子的吧。上次吃是很久很久以前了。"

"马上就来，我最亲爱的男人。你是用勺子吃还是由我来把它糊在你脸上？这类玩笑我也没开过。我和你一样，刚接受了一次回春术，比你看起来还年轻。"

"男人需要看起来成熟些。"

"女人则喜欢看起来年轻些，我们一向如此。但是我不仅知道你的回春年龄，还知道你的真实年龄，加拉哈德。我的真实年龄比你小。想知道我怎么知道的吗，亲爱的？我一见你就立刻认出你了，你的回春术是我帮着做的，亲爱的。我非常高兴我做过。"

"不是吧！"

"但是我很高兴，亲爱的男人。这真是个惊喜，我没有料到。做回春术的技师很少再能见到他们的顾客。加拉哈德，你发现了吗？我们没有为了确保能一起过个销魂的假日而用任何老套手段，但我还是过得无比销魂。过去那么些年我从未感觉过像现在这么年轻、快乐。现在也是如此。"

"我也是。可是，我的蜜桃冰激凌呢？"

"你这个猪头、禽兽、畜生。我可比你高大，别让我把你绊倒，压在你身上。亲爱的，你要几个冰激凌球？"

"你就往碗里盛吧，直到你胳膊酸为止。我得恢复一下我的体力。"

他跟着她来到食品储藏室，看她动手给他们两人盛了一碗摞成小山似的冰激凌。"先问一下，"他说，"你不会真往我脸上糊冰激凌吧？"

"哎呀，你这人！我的加拉哈德，你不会真觉得我会对你做出这种事吧？"

"伊师塔[1]，你可是个性情非常古怪的女性，我身上的瘀青可以证明这

1　伊师塔：Ishtar，巴比伦和亚述神话中的一位主要女神，司爱情、繁殖和战争。——译注

点。"

"瞎说！我温柔得很。"

"你是不清楚自己的力量有多大，再说你还比我高大，你自己都说了。就因为这个，我不该叫你'伊师塔'，而是应该叫你——她叫什么来着？就是故星神话中那个亚马孙族的女王。"

"亲爱的，她叫'希波吕忒'。但是我要做亚马孙人还不够格，至于原因嘛，就是你刚才幼稚地夸我的那些话。"

"你在抱怨吗？他们只需要给你动个十分钟的手术就能纠正你身体上不合格的地方，连一道疤都不会留下。算了，还是'伊师塔'更适合你。但是关于这件事有点不公平。"

"亲爱的，怎么不公平了？我们还是拿着冰激凌去火炉前，坐下来边吃边说吧。"

"行啊。伊师塔，是这样的，你告诉我，我曾是你的顾客，你记得我的两个年龄，那么，精通逻辑的我由此推断，你也一定知道我登记在册的姓名和家庭情况，你甚至可能记得我的部分宗谱，因为你一定为了给我做回春术仔细研究过这些资料。但是，按照'七小时'的习惯，我连你的真名都无从得知。这样的话，我只能在头脑中把你记成'那个因为和我共度了我生命中最快乐的七个小时允许我叫她"伊师塔"的——'"

"我手里还有好多冰激凌可以糊你呢！"

"'——高大的金发总技师。'这七个小时快结束了，我还不知道你愿不愿意找一天让我带你去极乐世界呢。"

"加拉哈德，你是我见过的最会气人的情人。你当然可以带我去极乐世界，而且七小时过后你也不必非得回家。我的真名就是伊师塔，但是如果在没必要的情况下，也就是下班后，你再提一次我的职阶，那我就动真格的，在你身上新添上大片的瘀青，让你长长记性。"

"真会欺负人，我好害怕呀。可我觉得我应该准时离开，这样在我们该回去值班之前，你就能有足够的睡眠时间了。但是你的真名怎么会恰好是'伊师塔'呢？难道就像在一副牌里连着翻出了五张老A，我们互相起昵称的时候我撞了大运？"

"也是，也不是。"

"这算哪门子答案？"

"我所属的家族支系有一些标准名，我的名字就是其中之一，但我从来不喜欢它，而我很喜欢你给我取的枕边名，有种受宠若惊的感觉。所以你打瞌睡的时候，我给档案馆打了电话，把那个名字改成了'伊师塔'。所以，现在我是'伊师塔'了。"

他瞪着她："真的？"

"别跟受了惊吓似的，亲爱的。我不会绊倒你，也不会让你身上青一块紫一块。我不是个温顺的居家女性，完全不是。要是你知道这间休息室里多久没来过男人，一定会大吃一惊。你想什么时候离开都行，毕竟你只答应和我相处七个小时。但你要是不想走的话就不必走，你和我明天可以一起翘班。"

"真的吗？为什么，伊师塔？"

"我后来又打了一通电话，给明天的班派了一支临时技师队。我早该这么安排的，可你让我太开心了，亲爱的，我无法分心做别的。明天老祖不会需要我们的，他正在深度睡眠中，不会知道已经过了一整天。但是我希望在他醒来的时候能到场，这样一来，我也能顺便重新安排第二天的值班名单。我们可能要值一整天的班，这都要看他醒来之后的情况。就这样，我可以安排。我不会执意让你连续值两轮或三轮班的。"

"如果你安排的话，我也能够接受，伊师塔。你禁止我提的职阶名称，你的实际职阶比那个高，对吗？"

"如果是这样的话——我只是说'如果'，并没有证实——我禁止你随意猜测。如果你不想继续跟进这个顾客的话，那就随你的便。"

"嘿！你确实刻薄。我为什么要这样受你欺负？"

"亲爱的加拉哈德！对不起，亲爱的，等你值班的时候，我希望你只想着我们的顾客，而不是我。下了班，我是伊师塔，也只想当你的伊师塔。这是我们这辈子接到的最重要的顾客，而且他可能会在诊所住很长时间，会让我们筋疲力尽，所以我们就别互相挤兑了。我是想跟你说——也是跟我们俩说——现在距离我们必须回去上班还有三十多个小时，你想在这儿待多长时间我都欢迎。若你想赶快离开，我也会微笑着送你出去，不会抱怨一句。"

"我不想离开，我说了。只要我不会影响你睡觉就行——"

"不影响。"

"——另外我还需要一个小时的时间去取一包新的一次性用品，穿上长袍，做一次消毒。我真希望自己随身带了一包，可我没想到会来这儿，所以没准备。"

"好，那就给你一个半小时吧。我手机上有一条信息等着处理。老祖不喜欢我们穿隔离服的样子，他想看到他身边每个人的脸，所以我们必须安排时间来一次身体消毒，然后穿上常服照顾他。"

"啊……伊师塔，这样做明智吗？我们可能会朝他打喷嚏啊。"

"你以为这规矩是我定的吗？亲爱的，这条消息是行政大殿直接发来的。除此之外还有一条特别命令，靠近他的女性都必须长得漂亮，穿着打扮尽可能迷人，所以我必须得想想该穿着哪身衣服去杀菌消毒。裸体是不允许的，这也是规定。不过别担心会打喷嚏，你没有做过全身净化吗？经过那套操作，你就不会打喷嚏了，不管你有多需要都打不出来喷嚏。不过别告诉老祖你经过消毒了，因为上面要让他以为我们是直接从街上走进诊所的，没有采取任何特殊的防范措施。"

"我又不会讲他的语言，怎么告诉他呢？他有什么特殊癖好，比如说憎恶裸体吗？"

"我不知道，我只是传达命令而已，这条命令下达给了值班名单上的每个人。"

他沉思了片刻："这可能与癖好无关，因为所有癖好都是对生存不利的，这是最基本的道理。你告诉过我，我们要攻克的主要难题是如何瓦解他漠不关心的态度。你很高兴他脾气坏，尽管你说这是高敏性[1]的表现，但你还是挺高兴的。"

"我当然高兴了，这说明他有反应了。加拉哈德，现在先别管那些了，我找不到合适的衣服穿，你得帮帮我。"

"我正要聊你该穿什么。我觉得这是代理董事长的主意，不是老祖的意思。"

"亲爱的男人，我不想读他的心思，只是按照他的命令行事。我在服装搭配上没什么品位，以前也没上过心，你觉得实验室助理的连体工作服怎么样？这种服装可以在消毒后看起来跟没消过毒似的，而且我穿上显得特别娇小玲珑。"

"可我一直在揣摩代理董事长的心思，伊师塔，至少我在猜测他的意图。另外，我觉得你穿实验室的制服不合适，因为那样一来你看起来完全不像'直接从街上走进诊所的'。如果我们可以排除老祖是有某种特殊癖好的话，穿衣服而不是裸体在他面前出现的唯一好处是增加多样性，形成鲜明的对比，有变化，有助于让他从冷漠的状态中走出来。"

她意味深长地看着他："加拉哈德，到现在为止，基于我自己的经验，我之前一直以为男人对女人的服装的唯一兴趣就是把它脱掉。看来我得给你升职了。"

"我还没准备好升职，我从事这个职业还不到十年。这一点我相信你是清楚的。我们还是来看看你的衣橱吧。"

"亲爱的，那你打算穿什么？"

"我穿什么不重要，老祖是男性，在所有关于他的故事和传说中，他始终囿于他出生时代的原始文化，没有发展出多样的性向。"

---

1 高敏性：个体之间用药的效果存在个体差异。有些个体对药物的反应非常敏感，所需药量低于常用量，此称为高敏性。——译注

"你怎么敢肯定？靠那些传说吗，亲爱的？"

"伊师塔，如果你懂得如何解读传说，就能从其中看出真相。我确实是靠猜的，但是我有理由做出这样的猜测。我过去对于这类猜测非常在行，后来我接受了回春术——你给我做的回春术，然后我的思维就更活跃了。"

"亲爱的，你说什么？"

"下次再跟你解释。我只是说，我认为我穿什么都无所谓，希顿古装[1]也好，短裤和汗衫也罢，苏格兰短裙也不打紧，就算只穿我在隔离服里穿的那件内裤都无所谓。哦，不过我一定会穿色彩鲜亮点的衣服，每次上班都穿得不太一样，但是他一定不会看我，只会看你。所以，我们还是来挑挑他会喜欢看到你穿的衣服吧。"

"可你怎么知道他喜欢看我穿什么，加拉哈德？"

"很简单。我喜欢看一个长腿金发尤物穿什么，我就选什么。男人看女人的眼光都差不多。"

他看到伊师塔的衣橱里竟然没几件衣服时，吃了一惊。在他和各色女人接触的历史中，她是唯一看起来没有虚荣心、不购置多余衣服的女人。他全神贯注地想了一圈，沉吟片刻，然后唱了一段打油诗。

伊师塔说："你会讲他的母语？！"

"嗯？什么？谁的母语？老祖的？我当然不会讲了。不过我一定得学学。"

"可是你刚才就是用他的母语唱的，那是他在专注忙活事儿的时候时常唱的一首小歌。"

"你是说这首吗？'界交有加小当谱，当谱胖鞭……[2]'我有过耳不忘

1　希顿古装：古希腊人贴身穿的宽大长袍。——译注
2　加拉哈德唱的是和老祖唱的歌发音差不多，但歌词不正确。——编注

的本事，就是这样。其实我不明白这歌唱的是什么。歌词是什么意思？”

“我不确定歌词是什么意思，大多数单词我都没学过，我怀疑这只是胡诌的韵律诗文，唱出来宽慰心情的，从语义学上讲没什么实际意思。”

“但这可能是理解他的关键。你有没有试过问计算机？”

“加拉哈德，我没有权限调取他套房里的对话记录，但是我怀疑根本没有人能深入理解他，他就是个原始的——亲爱的，他就是个活化石。”

“但我非常乐意理解他。他用的语言……难吗？”

“非常难，缺少逻辑，句法复杂，成语繁多，蕴含着多重价值，有时候明明每个词我都觉得认识，但还是搞不清楚整句话的意思。我真希望也有你那过耳不忘的本事。”

“代理董事长似乎可以毫不费力地听懂。”

“我觉得他在语言方面有特殊天赋，但是如果你想试试的话，亲爱的，我这儿有教学程序。”

“收到！这是什么衣服？晚礼服？”

“那件？那不是衣服。我买它是盖在长椅上用的，后来买回家发现它和我的客厅不搭。”

“这是条礼服裙。站在那儿，别动。”

“别胳肢我！”

I

国　务

不管我跟老祖——我的祖先、祖父拉撒路是怎么说的，我都在非常努力地治理塞古都斯，但我主要把精力放在思考政策和评估他人的工作上。我不用做苦活累活，那些单调无趣的工作我都交给专业的管理人员做。就算这样，一颗人口超过十亿的行星上的问题也够让一个人忙活的了，尤其是当这个人想让治理工作尽可能少时。这就意味着他必须保持耳聪目明，任何下属做没必要的治理工作时，他都得及时制止。我的时间有一半都用在拔除这些多管闲事的官员上，还要下令以后不准让他们担任任何公共职务。

然后我还常常裁撤他们以及他们下属的岗位。

我还从没发现这样修枝剪叶的举动会带来任何伤害，只不过这些丢了工作的寄生虫必须得另谋生路了。（他们饿死也是活该，甚至可以说饿死更好，但是他们总能找到法子活下去。）

重要的是及时发现这些毒瘤，趁着它们还小，赶紧清除掉。代理董事长在这方面的技术越高超，他发现的毒瘤就越多，他就越来越忙。这就好比森林火灾，人人都能在看到火光的时候知道发生了什么，但是高手刚嗅到一丝烟味儿就明白是怎么回事了。

这样一来，我花在主要工作——思考如何制定政策的时间就少得可怜了。我的政府存在的意义从来都不是做善事，而是为了避免作恶。这听起来简单，但实际不然。举例来说，尽管避免发生武装革命，也就是维持秩序显然是我的主要职责之一，然而早在祖父拉撒路提醒我驱逐潜在的革命领袖欠妥之前，我就开始对这个做法有了疑虑。不过，引起我担心的这一迹象实在是太微小了，过了十年我才真正注意到：

这十年间，我没有遇到过一起刺杀。

到拉撒路·朗回到塞古都斯星自杀的时候，这让人备受困扰的情况已经持续了二十年。

这是个不祥之兆，而我意识到了。一颗人口超过十亿的星球，人们生活得如此安稳满足，如此整齐划一，如此自以为是，二十年来没有出现刺杀事件，竟然没人觉得这是社会病入膏肓的表现。不管这看起来有多健康，也应该有人发觉异样。我注意到这点之后的十年，只要我闲着，每个小时都在为此发愁，都在反复问自己：拉撒路·朗会怎么办？

我大致知道他过去的做法，所以我才决定移民。要么带着我的人民离开这颗星球，要么在没人跟我走的情况下独自离开。

（重读这里，听起来好似我有种《国王必须死去》[1]里的神秘执念，盼着自己被刺杀一样。完全不是！我时时都在强大、精妙的安保措施保护下，至于是什么样的措施恕我不能透露。不过，我可以说说我采取的三个被动预防措施：我的相貌不为公众所知；我几乎从不在公共场合露面；即便露面，也不会公开宣布露面的人是我。统治者是，或者说应该是一份危险的工作，可我并不想因此送命。"让人备受困扰的迹象"并非我还活着，而是没有死掉的刺客。似乎没人恨我到要干掉我的程度。真是吓人，我难道就没有让人们不满的地方吗？）

---

1 《国王必须死去》：英国小说家玛丽·瑞瑙特出版于1958年的历史小说，讲述了传说中的雅典国王忒修斯早年的生活与冒险。——译注

霍华德诊所通知我老祖醒了（同时提示我，对他来说只过了一个"晚上"）的时候，我不仅完全清醒，而且已经做完了必要的工作，并将剩下的工作分派了下去；于是，我立即动身向诊所赶去。他们为我消毒杀菌后，我发现他刚刚用完早餐，正懒洋洋地喝着咖啡。

　　他抬头瞟了我一眼，咧嘴笑了："你好，艾拉！"

　　"早上好，祖父。"我向他走过去，准备恭恭敬敬地行礼，就像"昨晚"我向他道晚安时他允许的那样；但同时我密切关注着他的细微动作和表情，想在他张口回应之前就知道他对此是接受还是拒绝。就算在家族内部也有各式各样类似的风俗习惯，拉撒路又从来都自成一格。因此我慎之又慎地向他迈出最后一步，来到他面前。

　　作为回应，他轻轻往后仰了仰。要不是我一直在留意，根本不会注意到这个动作。他又轻声加了一句警告："孩子，这里有陌生人。"

　　我立刻愣住了。"至少我觉得他们是陌生人。"他补充说，"我一直想让他们听懂我的话，但是我们说来说去只能互相听懂几句皮钦语[1]，还得比画个不停。不过身边有人还是好的，终于不再是那些僵尸围着我了，我们可以相处下去。嘿，亲爱的！过来，真是个好姑娘。"

　　他朝一个回春技师打了个手势。和平常一样，当班的有两个人，今天早晨这一班是一男一女。看到我下达的女性须"穿着迷人"的命令得到了贯彻执行，我很高兴。这个女人一头金发，举止优雅，对于喜欢高挑女性的人来说是有吸引力的。（我并不讨厌这类女性，只是我更喜欢小巧玲珑的、能坐到我大腿上的女性。我这么说并不代表我最近有时间琢磨这事儿。）

　　她轻盈地走上前来，微笑着侍立在一侧。她穿了件不太寻常的裙子。女人的衣服款式总是变得很快，没等我反应过来就变得不一样了。现在这个时期，新罗马的每个女人似乎都在努力穿得和其他任何女人都

1　皮钦语：皮钦语指多种语言混合而成的非正式语言。——编注

不同。不管这是件什么衣裙，那随着光线的不同会变化的蓝色都衬得她的眼睛很漂亮，而且款式非常合身，凡是遮盖着她皮肤的地方都十分熨帖；效果相当不错。

"艾拉，这位是伊师塔。这次我叫对你的名字了吗，亲爱的？"

"叫对了，老祖。"

"那边那个年轻人，不管你信不信，他叫'加拉哈德'。艾拉，你知道地球上的传奇故事吗？要是他知道这个名字背后的典故，他肯定会改名。永远得不到财富的高洁骑士。另外，我一直在想，为什么伊师塔看起来这么面熟。'亲爱的，我和你结过婚吗？'帮我问问她，艾拉，不然她可能听不明白。"

"没有，老祖。我们从未结过婚，我敢肯定。"

"她能听懂你说话。"我说。

"好吧。艾拉，可能我娶过她的祖母，一个活泼的姑娘。后来她想杀我，所以我离开了她。"

总技师用银河语简短地说了几句话。我说："拉撒路，她说无论是正式的还是非正式的，她都从未有幸与您结婚；不过，如果您想结的话，她也非常愿意。"

"不赖！够调皮的。我想我一定娶过她的祖母，应该是八九百年前吧，我记忆里的时间可能有半个世纪的偏差，就在这颗星球上相遇的。你问问她，她祖母是不是叫阿里埃尔·巴斯托？"

技师看起来非常高兴，以极快的语速说了一连串银河语。我听完后说道："她说阿里埃尔·巴斯托是她的曾曾曾祖母，还说因为您指认她是您的后裔，她感到很欣喜。还有，如果您有意让这支血脉再次汇聚，不管有没有婚约，她都会感觉无比荣耀，不仅为她自己，也为她的兄弟姐妹感到光荣。等您的回春术完成之后就行。她还补充说，她没有逼您的意思。拉撒路，您觉得怎么样？如果她用完了她的生育指标，我会很高兴破例再给她一个，这样一来，她就不用移民了。"

"这不是逼我才怪，我看你也是在逼我。不过她问得很礼貌，我也给她一个礼貌的回答吧。告诉她，听她这样说我感到很荣幸，我会考虑她的建议，但别告诉她我周四就要扬帆远航。换句话说就是'不用给我们打电话，我们会联系你的'。不过别让她伤心，毕竟她是个好孩子。"

我重整措辞，圆滑委婉地将老祖的消息传达给了她；伊师塔眉开眼笑，行了个屈膝礼，然后就退到了一边。拉撒路说："拉张椅子过来，孩子，陪我坐一会儿。"他压低声音，补充了一句，"艾拉，我跟你说个事儿，别跟别人说啊。我相当确定阿里埃尔给我戴了绿帽子，不过和她上床的也是我的一个后裔，所以无论如何这孩子都是我的血脉，尽管可能不是直系的。不过这并不重要。你来这么早干吗？我说过，早餐后的两个小时你可以自主安排。"

"我习惯早起，拉撒路。听说您决定接受全疗程了，是真的吗？她似乎是这么理解的。"

拉撒路露出一副苦相："这可能是最简单的答案了吧。但是我怎么知道安在我身上的睾丸是不是我自己的呢？"

"从您的克隆体上取下的性腺自然是您自己的，拉撒路，这是一个基本道理。"

"嗯……再看吧。艾拉，早起是恶习，它会阻碍你的成长，减少你的寿命。说到这儿，"拉撒路瞟了眼墙，"谢谢你把自杀开关重新安上。不过，在这个美好的早晨，我并没有想去按它的冲动，可我始终喜欢有选择。加拉哈德，给董事长端一杯咖啡，给我把那个塑料信封拿过来。"祖父拉撒路下达指令的同时做了几个手势，不过我觉得就算不加手势技师也能听懂。技师要么能听懂他的话，要么有某种心灵感应；回春技师都非常善解人意，他们也理应具有这个素质。总之，男技师立即照做了。

他把命令信封递给拉撒路，给我倒了杯咖啡。其实我并不想喝咖啡，但既然礼仪如此，我只好照做。拉撒路继续说："艾拉，这是我的新遗嘱。你看一下，然后归档吧，再告诉你的计算机，我已经认可了她的措辞，又读了一遍，让她记录了下来，告诉她把这份记录放在她的永久记忆库中，还加了'锁'。现在只有费城的律师才能把遗产从你手中哄骗去了，无疑他们有这个本事。"

他挥手让男技师闪到一边去："谢谢，小子，不要咖啡了。去坐着吧。伊师塔，亲爱的，你也去坐着吧。艾拉，这俩年轻人是什么人？护士、勤务兵、仆人，还是什么？他们像老母鸡照顾鸡仔一样围着我转，我只需要一点点社交，一点点人类的陪伴，多余的照顾概不需要。"

我不问询一下没法回答他的问题。其实我没必要知道回春诊所的组织架构，再说这是一家私人企业，不在委员会管辖范围内，而且我插手老祖的治疗已经非常招诊所主任的恨了。所以只要他们听我的命令，我就尽可能少插手别的事务。

我用银河语对女技师说："女士，老祖想知道您的岗位是什么。他说您在这儿表现得像个仆人。"

她低声回答："先生，能尽可能地为老祖提供服务我们很高兴。"然后她犹豫了一下，继续说，"我是行政总回春技师伊师塔·哈迪，负责回春术的副主任，那位是我的助理值班员兼助理技师加拉哈德·琼斯。"

我接受过两次回春术，活到现在已经非常熟悉这一套了，所以遇上外表年龄与实际年龄不符时，我并不吃惊。但是我承认，当我发现这个年轻女人不只是一个技师，还是她所在部门的领导，可能还是整间诊所里的三把手时，我吃了一惊。诊所主任那个罢工的老顽固在帐篷里度假的时候，她可能就是二把手，甚至可能是带副手或管理其他部门领导的代理主任，留下来"照管铺子"。"那么，"我回应，"我能问问您的实际年龄吗，行政总技师女士？"

"代理董事长先生可以问我任何问题。我只有一百四十七岁，但是我在这个岗位上非常称职。这是我首次成熟期后从事的唯一职业。"

"我没有质疑您不称职的意思，女士。只是看到你没有坐在办公桌后指挥，而是亲自值班，我很惊讶。不过我必须坦言，我不了解诊所的运转机制。"

她露出一丝浅笑："先生，您对这次治疗怀有个人兴趣，我也一样。这并不是说我能够理解您的思想。我亲自值班是因为我不想让他人代我行使职责，毕竟他是老祖。我把指派给他的所有值班员的名单都筛选了一遍，只留下了最优秀的。"

我早该知道这些的。"英雄所见略同。"我说，"听到你这么讲我很开心。不过，我能提个建议吗？我们的老祖性格独立，而且高度奉行个人主义。他希望尽量减少对他的个人看护，只留下必要的就行。"

"先生，我们是不是招他烦了？是过于热心了吗？我可以退到门外听候吩咐，这样的话，他想要什么东西，我们也能立刻回应。"

"他可能是嫌你们太热心了，不过你们还是留在他能看见的地方吧，他确实想要有人陪伴。"

"你们咿咿呀呀的在说些什么？"拉撒路问。

"祖父，我不知道诊所的运营机制，所以为了回答您的问题，我得问她一些问题。现在我了解了，伊师塔不是仆人，她是回春技师，而且技术非常高超，她的助理也是。他们很高兴为您提供您想要的任何服务。"

"我今天感觉相当好，不需要什么仆役。想要什么我就大声喊好了，不需要他们在我眼前晃来晃去。"说完他咧嘴一笑，"但她可真是个性感尤物，而且身材高挑，像是零食货架上的大包经济装似的。有她陪着很愉快。她举手投足像猫一样，柔弱无骨，像是在流动。她确实让我想起了阿里埃尔。我有没有告诉你阿里埃尔为什么想杀我？"

"没有，如果您想告诉我，我很乐意听听。"

"好，等伊师塔离开的时候你再问我。我觉得她实际上懂的英文比表现出来的多。我答应过你，只要你来，我就讲故事给你听。说吧，你要听什么？"

"什么故事都行，谢赫拉莎德就自己挑故事讲。"

"她确实是这么干的，可我需要个引子。"

"好……我刚进来的时候您说'早起是恶习'。您是认真的吗？"

"也许是吧，我的外公约翰逊就是这么说的。他给我讲过一个故事，有个人被判了死刑，要在太阳升起之时接受枪决，结果他睡过了头，错过了行刑时间。后来他获得了减刑，又活了四五十年。他说了这个故事来证明他的观点。"

"您觉得这是件真事？"

"和谢赫拉莎德讲的故事一样真。按我的理解，这故事告诉我们的道理就是：'想睡就去睡，因为接下来你可能要保持清醒很久。'艾拉，早起可能并非恶习，但它绝不是美德。老话说早起的鸟儿有虫吃，但这也证明了虫子应该睡个懒觉。我就受不了那些因为起得早就自鸣得意的家伙。"

"祖父，我可没有自鸣得意，早起是我长期的习惯——工作习惯，但我没说它是美德。"

"什么？工作？还是早起？哪样都不是美德。不过早起并不能让人完成更多的工作。这样做就像把绳子一头剪下来系到另一头一样，无法让绳子变得更长。你要是起床的时候还哈欠连天，十分疲劳，那这天完成的工作会更少。因为你精力不济，所以会频繁犯错，到时候做完的工作也要推倒重来。像这样的忙碌就是浪费时间，还会让自己心情低落。而且，要是一个人在挤牛奶的时辰就乒乒乓乓地忙活个不停，就会吵到睡得晚的邻居。艾拉，想工作有进展，早起不是解决方案，做事想走捷径的懒人才能真正取得进展。"

"你让我感觉自己浪费了四个世纪的时间。"

"孩子，也许你真的是在浪费时间。如果你曾经早起勤奋工作，那么现在做出改变应该还不算晚。别为这事儿着急上火，我这漫长的一生已经浪费了大半儿，不过应该浪费得很愉快。你想听一个人如何把懒惰变成艺术的故事吗？他的一生就是'最小努力原则'的范例，这可是件真事儿。"

"我当然想听，不过对于故事真假我倒是没有执念。"

"哦，艾拉，我也不会让所谓的真实束缚我。我本质上是个唯我论者。那就好好听吧，伟大的国王啊。"

II

懒极而不败之人的故事

他是我在一所海军军官培训学校的同学。不是培训太空舰队的"海军",那时候人类还没能登上地球唯一的天然卫星呢。我说的是真正下海的海军。海上的船舰相互攻击,努力把对方击沉,即便胜利也往往损失惨重。总之我上了这么一所学校,因为太年轻,无法感性地认识到,如果我的船沉了,我可能会跟着沉下去。不过这不是我的故事,而是大卫·兰姆的故事。[1]

要讲大卫这个人,我得先说说他的童年。他是个乡巴佬,意思就是说即使按照当时宽松的标准来看,他也是来自一个文明欠发达的地区。而且大卫住在山沟沟里,是那种能看见猫头鹰捉小鸡的旮旯。

他在一所只有一间教室的乡村学校上学,只上到十三岁就辍学了。

---

1 没有记录表明老祖曾经上过海军军官培训学校或任何一家军事学校。另外,也没有证据表明他没加入过这类学校。也许这个故事真实的部分都是老祖的亲身经历。"大卫·兰姆"可能是伍德罗·威尔逊·史密斯使用的诸多化名中的一个。

据我们所知,故事细节与故星的历史一致。老祖生命中的第一个世纪恰好是战火连天的一百年,而后发生了大溃败。这一百年间科学进步巨大,同时社会问题频生,不管是水上还是空中的船舰都被人们用于战争。相关习语和术语可参见附录。

贾斯廷·富特四十五世

他很享受学校生活，因为在学校的每个小时，他都只要坐着读书就行，没有更难的事情做；可是上学前或者放学后，他都得在家族的农场里干他最讨厌干的杂活儿，因为这些在他眼里都是偷不得懒的"实在活儿"，又脏又累，又粗又笨，挣得不多，而且还要早起。他最恨这一点。

毕业对他来说是残酷的一天，那意味着他再也不能在学校里轻轻松松地度过六七个小时，而是要整日整日地干那些"实在活儿"。有一天，天气炎热，他花了15个小时跟在一头骡子后面犁地。他盯着骡子屁股，呼吸的空气里都是这畜生的蹄子扬起的灰尘，时不时还要擦一把眼角辛苦的汗水，这样熬的时间越长，他就越恨这种日子。

那天晚上，他没跟任何人说就自行离开了家，走了15英里，来到城里。他睡在了邮局门口，直到第二天邮局开门营业，局长才把他轰起来。然后他就去应征海军了。那一晚，他"长大了"两岁，从十五岁变成了十七岁，让他满足了应征入伍的年纪要求。

一个男孩离开家之后就会迅速成长，然而这个事实并不容易被人察觉。在那个时代、那个地方，人们还没听说过出生登记这回事，再加上大卫已经长到了六英尺高，肩膀宽阔，肌肉发达，长得英俊且成熟，眼角还早早爬上了鱼尾纹，没人会认为他还没成年。

海军是个适合大卫的地方。他们给他发了新鞋和新衣服，让他出海见识各处新奇有趣的地方，再也不用被骡子和玉米地的灰尘打扰。他们也需要他工作，不过，和在山沟沟的农场里的工作相比，海军那儿的活儿没那么多，也没那么累。搞清楚船上的规矩之后，他很快就琢磨明白如何不做太多工作也能让船上的各路神仙满意了，"各路神仙"指的是军士长。

但他并不完全满意，因为他还是得早起，常常不得不夜里站岗，有时候还要做擦洗甲板或者其他不适合他性情的工作。

然后他就听说了这所培养军官候选人——按当时的说法叫"候补军官"——的学校。其实大卫并不在意人们怎么称呼他们，重点是在那地儿海军会掏钱让他坐下来念书，在他看来那就是天堂，再也不用擦洗甲板，不用再听军士长呼来喝去。我的国王，你是不是感觉我讲的事有点无聊？没有吗？

很好。大卫自身的条件并不足够让他进入这所学校。他要是想入学，还得再上四五年学。这样才能掌握通过理科考试必备的数学知识，才能通过历史、语言、文学等科目。

假装上过四五年学可比一个发育早的男孩假装比自己的实际年龄大两岁要难多了。不过，海军有意鼓励服役的士兵当军官，所以成立了一所辅导学校，帮助准备求学但资质略有不足的士兵补习文化课程。

大卫认为"资质略有不足"说的正是他这种情况；于是，他告诉管他的军士长，说他"只差一点儿"就能从高中毕业了。从某种角度上说，这倒是实话：他离高中毕业"只差"半个县那么"一点儿"距离——他家和最近的高中间隔着半个县。

我不知道大卫是用什么法子说服他的军士长推荐他的，这事儿大卫从来不提。我只知道，大卫服役的那艘船起航去地中海时，大卫就在汉普顿港群下了船。此时距离辅导学校开学还有六周，这期间他成了学校的编外人员。人事军官（事实上是人事军官手下的办事员）分配给大卫一张床铺，告诉他在哪儿用餐，然后吩咐他工作时间尽量待在空教室里，别在大家眼前晃悠，而他的同学还要六个星期才会到教室里来同他会合。大卫照做了。教室里有辅导书，都是军官候选人学习落下的科目时要看的，而大卫什么科目都落下了。于是，他开始一个人坐在教室里看书。

这便成了。

开学时，大卫成了欧几里得几何课的助教，这是一门必修课，也许还是所有课程中最重要的。三个月后，他就来到了坐落在美丽的哈得孙河河畔的西点军校，以海军军校学员的身份宣誓入学了。

大卫没想到他这是刚出虎穴又入狼窝。比起军官学校的老生，尤其是毕业班学员对菜鸟新生费尽心思的恐怖欺压，以前船上军士长对普通士兵那施虐狂似的使唤根本不算什么。整个军校就好比一座秩序井然的地狱，高年级学员就是地狱中撒旦的代言人。

不过大卫有三个月的时间了解情况、想好对策，因为当时高年级的学长都在海上进行军事演习。他思量过后认为，如果他能在危机四伏的军校撑过九个月，就能像拥有全世界一样随心所欲了。于是，他告诉自己，如果说母牛和伯爵夫人都能撑过辛苦怀孕的九个月，我也能。

于是，他分门别类分析了各种风险，对于哪些煎熬必须忍受，哪些冲突可以避免，哪些机会要去积极寻求，他都做到了心中有数。等到那些惹不起的大魔王回来作威作福的时候，他已经针对每一种典型的情境制定出了相应的策略，准备到时候按部就班地化解危机；而且这些策略五花八门，足以应对各种情况，比在匆忙中临场发挥效果更好。

艾拉——我应该说"我的国王"——这些听起来没什么，但在艰苦环境中活下去，这样的心计很重要。比如说，外公——对了，是大卫的外公——他嘱咐大卫永远别背朝门口坐着。"孩子，"他的外公对他说，"一千次里也许有九百九十九次都不会有敌人从门前经过，你始终安然无恙；但是，要是第一千次——就那么一次来的是敌人，你就完了。要是我自己的外公始终记着这条规矩，他也许能活到今天呢，没准儿还能从卧室窗户跳进跳出的。虽然他懂得多，但是智者千虑必有一失。有一次，他急着加入一场牌局，当时牌桌旁只有一把椅子空着，那是一把背对着门的椅子。就是那次他着了道。

"倒下之前，他从椅子上站起来，用身上带的每把枪都朝袭击者射出了三发子弹，毕竟谁都不肯轻易死去。可这番反击不过是给活着的人心理安慰罢了，最后他还是死了。他还没站起来的时候心脏就挨了一颗子弹。这都是因为他坐下时背对着一扇敞开的门。"

艾拉，我永远忘不了外公的话。你也不许忘记。

就这样，大卫分门别类地为这些风险准备了应对策略。有一件事他不得不忍受，那就是无休止的提问。他学到了，一个新生永远不可以对任何学长，尤其是毕业班学员回答："我不知道，长官。"这些问题一般可以分为以下几类：学校的历史、海军的历史、海军的著名语录、各种运动队的队长和明星队员的名字、距离毕业还有多少秒、晚餐菜单上都有什么菜。他并不烦这些问题，因为答案他都能记住，除了距离毕业还剩多少秒，于是他想出了一个能让他在之后的几年里都不会在这个问题上出错的绝招。

"拉撒路，他想出了什么绝招？"

嗯？其实没什么了不得的。每天早晨吹起床号的时候，他会预先算好还剩多少秒毕业，以此为基数，之后每个小时都再算出新的倒计时，比如说：六点起床号之后的第五个小时，倒计时就是用吹起床号时计算的基数减去一万八千秒；要是在之后的第十二分钟被提问，就再减去七百二十秒。举个例子，一天中午，恰好是毕业前第一百天，具体时间是十二点一分十三秒，大卫被问到了这个问题。那么，按毕业典礼在上午十点整举行来算，大卫会回答："八百六十三万二千七百二十七秒，长官！"回答之快不输毕业班学长提问的速度，这都是因为提前算好了。

一天里，他总是时不时看表，假装自己在等待分针指到某个刻度，其实是在心中暗暗做减法。

后来他还改进了计算方法。他发明了一种十进制时钟，不是你们在塞古都斯用的时钟，而是在地球上用的那种笨拙的计时钟的基础上改造的；在当时流行的计时系统中，一天二十四小时，一小时六十分钟，一分钟六十秒。他分别以一万秒、一千秒和一百秒为单位，将起床号到熄灯号之间的时间分隔为若干时段，据此制成了换算表并记了下来。

现在你应该能明白这样做的好处了。从百万级的数字中减去一万或一千，心算都很容易，速度很快，而且不会出错。但是，除了安迪·利比之外——愿上帝让他无辜的灵魂安息——对于任何人来说，要想从这样的数字中减去七千二百七十三——这是我刚举的例子里需要减去的秒数——那就很难了。而用大卫的新方法，你就不需要一边记着辅助计算的那些数字，一边寻找最终答案。

举例来说，起床号后的第一万秒是上午八点四十六分四十秒。就这样，大卫做出了这张换算表，然后将它牢牢记住。这只花了他不到一天时间。死记硬背对他来说不成问题。把换算表记得滚瓜烂熟之后，他就能立即说出一百秒之后是什么时间。不过，按照换算表得出的倒计时只是一个约数，其最后两位总是零。不信你可以自己算。在这个约数的后两位，也就是两个零的位置上加上（不是减去）仍要以秒计算的时间，就能得出准确答案了。于是，他给出一个百万秒级别的答案与他念出这样一个现成答案所用的时间几乎一样，而且次次都准确无误。

因为他没跟任何人解释过他是怎么做到的，所以在学校里得了个闪电计算器的名声，被称为低能天才[1]，就像利比一样。可他不是，他只是个喜欢在解决简单问题上动脑筋的乡下男孩。毕业班学长揶揄他是个"滑头"，这从侧面证明了这位学长无能，没法做到大卫做到的事。后来学长还命令大卫背诵对数表。这种惩罚也没让大卫发愁。除了"实在活儿"，其他的工作他都觉得没什么。于是，大卫按照学长的命令开始背诵对数表，每天背二十个数字，这是班长指定的，因为他觉得这就够惩罚这个"滑头"了。

其实，在大卫背过前六百个数字的时候，毕业班学长就已经厌倦了这种惩罚，但大卫还是又背了三个星期，一直背完前一千个数字。这样一来，通过插值法，他能得到前一万个对数值，从此，他就几乎用不上对数表了。后来，在那个人们不知道计算机为何物的年代，他的这项技能发挥了极大作用。

这些没完没了的提问其实并没有对大卫造成什么影响，只不过吃饭

1　低能天才：idiot-savant，源于法语，用来形容在艺术、绘画、数字等方面具有极强天赋但生活不能自理的人。——译注

时间被问到的话，他很有可能要饿肚子，但他也练就了一边回答雪花般飞来的问题，一边坐得笔直、大口吃饭的本事。有的问题纯属陷阱，比如说："小子，你还是处子之身吗？"如果新生按照问题的字面意思直接回答，那不管答案是肯定的还是否定的，他都会惹上麻烦，那个时代，是否是处男是件很重要的事，我也说不清楚为什么。

面对陷阱问题自然不能老老实实地回答。对于上述问题，大卫找到了一个还算说得过去的回答："是，长官！我的左耳朵还是处子之身。"要不就是说肚脐眼儿是处子之身。

不过，大多数陷阱问题都意在让新生给出一个恭顺的答案，而恭顺就相当于犯了军校里的大忌。比方有学长说："小子，你说我长得帅吗？"你最好回答说："也许您母亲会说您长得帅，我可不好说。"或者："长官，按照猿猴的标准来说，您是我见过的世上最帅的男人。"

这样的答案有些冒险，可能会触怒学长，但无论如何都比恭顺的答案强。可是，不管一个新生多么小心翼翼地去争取达到那些不可能达到的标准，每周都至少有一次免不了被学长惩罚，而且是不讲道理的随意惩罚。惩罚形式不一而足，轻的惩罚包括重复做某个动作，直到学员体力不支，瘫倒在地。大卫不喜欢这类惩罚，因为这让他想起了那些"实在活儿"；重的惩罚包括打屁股。艾拉，我说的不是小孩子偶尔挨揍的那种打屁股。军校里是用剑侧或者用烂了的扫帚打，最狠的时候甚至会用到沉甸甸的长木棍。用这样的工具，只消三下，一个完全健康的成年男人的屁股上就会留下一片瘀青和血泡，还伴有剧痛。

对于这种会让他受到学长精心准备的惩罚的事情，大卫费尽心思、能躲则躲，但是仍然无法完全避免，除非他退学，因为有些毕业班学员就是为了残酷虐待新生才实施惩罚的。有时候，大卫实在躲不过，只好咬紧牙关硬撑；根据他的判断——他判断得没错——如果他胆敢挑战毕业班学员至高无上的权威，那他就得滚出学校。所以，他选择想想原先自己跟在骡子后头吃土的日子，然后继续忍耐。

对于他的人身安全，还有未来不用做"实在活儿"的期许，军校里有个更大的威胁。兵役生活神秘莫测，其中一件无解的事情就是军校要求未来的军官精通体育运动。别问为什么，这个问题得不到什么理性的解释，从神学的分支学科中找答案没准儿能更靠谱些。

军校新生更得积极参加"体育运动"，他们毫无选择！按说大卫一天里能有两个小时的自由活动时间，但实际上这两个小时他既不能用来睡觉，也不能在学校安静的图书馆中做白日梦，而是必须贡献给让人汗流浃背的运动。

更糟糕的是，有些"运动"不仅会过分消耗体力，还会对大卫最珍视的皮肤带来伤害。我说的就是"拳击"，一种早就被世人遗忘的运动：它完全没意义，只不过是程式化的模拟格斗，两个人在给定的时间段内互殴，这期间有人被打得不省人事便可结束比赛。还有"网棒球"，这是从曾经在那片大陆上生活的野蛮人发明的运动发展而来的。这项运动中两队人马要手执木棍互相对抗，把质地坚硬的小球射进对手的球门内才能得分，但是参赛人员极容易被棍子打得皮开肉绽，甚至骨折，这引起了我们主人公的强烈反感。

此外，有种叫"水球"的运动：两支球队在泳池中对抗，拼命要把对方队员摁到水里淹死。军校要求学员都必须会游泳，但是大卫为了避免被挑进水球球队，故意游得没有平时好。其实，大卫游泳技巧高超。七岁那年，他被两个表哥扔进小溪里，情急之下大卫自己学会了游泳，但是他偏偏不向旁人展露自己在游泳上的天赋。

学校里最受推崇的运动是"橄榄球"。毕业班学员负责在新入学的这些倒霉蛋里挑选橄榄球队的候补队员，对挑出来的学员寄予厚望，希望他们拥有或者练出绝佳的球技，尽管训练他们的过程中充斥着有组织、有预谋的霸凌。大卫以前没见识过这阵仗，这回终于见识了，他温和、平静的灵魂中自此充满了恐惧。

这类比赛也由两支队伍参与，每队十一个队员。在赛场上，双方都努力把一个塞得鼓鼓囊囊的椭圆形玩意儿传到对方的场地上。圈内人有专门指代这个过程的术语，该过程还有固定的套路，不过大概就是我说的意思。

这项运动听起来似乎无害，而且相当愚蠢。说愚蠢是真的，但是说它无害就错了。橄榄球比赛约定俗成地允许对战双方以各种暴力手段攻击想拿到橄榄球的人，其中最轻的手段就是拽住他，让他像一堆砖块一样重重倒在地上。通常还会有三四个人同时压到他身上。比赛不允许赛场上发生有辱球员尊严或对其造成严重伤害的行为，但是这样的小动作往往会被撺在一起的球员遮挡，无法及时发现。

这类活动按理说不该导致死亡，但有时候就是会死人，虽不致死但伤得不轻的情况也屡见不鲜。

可是很不幸，大卫有着从事这种运动的理想外形条件，无论身高、体重、视力、下肢的敏捷度还是反应速度，他都很合适。等毕业班的学长从模拟海战中回到校园，他们肯定会把大卫挑中，然后他就得作为牺牲品“自愿”参加橄榄球比赛。

这时候就该使出闪避大法了。

唯一避开“橄榄球”纳新的机会就是参加其他运动队，而他还真就找到了这样一支运动队。

艾拉，你知道“剑术”吗？不知道很好，那我就可以随便说了。在地球的历史上，虽然剑作为人类的重要武器有四千多年历史，但曾经有段时间，人们并不把剑当成武器。不过，剑在人们的生活中依然保留着原先的样子，代表着人类祖先的荣光。一个绅士应该知道如何用剑，并且……

“拉撒路，‘绅士’是什么？”

什么？孩子，你别打断我说话。我现在被你弄糊涂了。“绅士”就是，嗯，好吧，我们来说说这个。“绅士”的一般定义呢——天哪，你可真会出难题。有人说这是血统中的意外，这么说有点粗鄙，文雅点说是通过基因遗传的一种品质。不过这样讲又没体现出这是种什么样的品质。一名绅士宁可像狮子一样骄傲地死去，也不愿像豺狼一样苟活于世。比方说我，我其实更喜欢像狮子一样骄傲地活着，所以这就把我排除出去了，我做不成绅士。嗯，你尽可以严肃地说，绅士所具备的品质代表着人类文化中缓缓浮现出来的、比单纯的利己主义更高尚的特性。要我说这种品质出现的速度太慢了，紧要关头还是不要指望它了。

总之，也许大家认为军官都应该是绅士，所以他们也要佩剑。就连飞行员都要佩剑，恐怕只有真主才知道为什么了。

至于军校学员，不仅仅大家认为他们应该是绅士，甚至有部国家律法中写明了他们是绅士。因此，他们至少要会一点剑术，得知道怎么拿剑。不过军校教他们的都是皮毛，只能保证他们拿起剑来不会削到自己的手指头，不会捅到围观群众，但还不够用剑来真正地作战。不过，学了一些剑术之后，他们按礼仪必须得佩剑时看起来就不会太傻气了。

同时，剑术也是一项得到广泛认可的运动，叫作"击剑"。这项运动的名气不如橄榄球和拳击，甚至连水球都比不上，但好歹算是一项正经运动，是军校学员可以报名参加的那种。

大卫认为"击剑"就是他摆脱厄运的机会。根据不成文的规定，如果他加入了击剑队，那他就不必去橄榄球场上受虐了，不用忍受那些穿着钉子鞋、像大猩猩似的橄榄球员压在他身上的痛苦。于是，早在高年级学员返回校园之前，军校新生学员兰姆就加入了击剑队，而且一天都没落下过击剑队的训练，努力让自己看起来能为队伍增光添彩。

当时，军校里教的击剑运动有三种：佩剑、重剑和花剑。前两种使用的是全尺寸的武器。真的，只不过没有开刃，也没有剑尖；虽然参加运动的人可能受伤，也可能送命，但极为罕见。至于花剑，那简直是轻巧的玩具，是一种假剑，只消稍稍用力，剑身就会打弯。使用花剑模仿击剑的样子比画，危险程度和玩弹塑料片游戏一样，几乎为零。这就是大卫选择的"武器"。

这简直是为他量身定做的运动。花式击剑的规则繁多，反应迅速且脑子灵光的人在这样的运动中很有优势，而这些正是大卫的特质。击剑依然需要参与者贡献体力，但是不如橄榄球、网棒球或网球需要得多。这项运动最棒的是它不需要任何人之间发生身体碰撞，而身体碰撞恰恰是大卫所憎恨的，他讨厌涉及身体碰撞的野蛮体育运动。于是，为了守护自己的安全堡垒，大卫一心一意地学习击剑技巧。

为了保卫自己的庇护所，他不辞辛苦地练习击剑，结果在军校的第一学年还没上完，大卫就成了全国花剑新秀赛的冠军。他的队长因此对他露出了微笑，不过他似乎不习惯这个表情，笑得比哭还难看。他所在连队的连长头一回注意到了他并对他表示了祝贺。

在花剑运动上的成功甚至让他躲过了一次"惩罚性的"殴打。一个星期五的晚上，毕业班的学长挑刺儿，说他玩忽职守，想揍他一顿。大卫解释说："长官，明天我要和普林斯顿大学的击剑队比赛。我知道您有资格收拾我，但是如果您真那么做了，我明天比赛时可能会反应迟缓。如果您同意的话，我愿意等周日的时候接受您双倍的惩罚。"

毕业班学长被说动了，因为任何时间、为了任何目的、在任何事情上，海军的胜利都是最重要的事，这是一条铁律。和海军的胜利相比，按规矩把"滑头"菜鸟打一顿并以此来寻开心当然可以先靠边站。于是，他回答："小子，这样吧。周日晚餐后来我的房间报到。如果你明天输了，我就揍你两顿，那是你自找的；但是如果你赢了，那么惩罚我给你免了。"

大卫在比赛中赢了全部三局。

总之，击剑让他安然度过了军校新生最危险的一年，他所珍视的皮肤上连道疤都没有，屁股也安然无恙。现在他安全了，之后的三年就比较轻松了，因为只有军校一年级新生才会有遭受体罚的风险，才会不得不忍受有组织、有预谋的伤害。

不过，有一项身体接触的运动是大卫所喜欢的，那是自古以来非常流行的一项运动，是他在他离开的山沟沟里学会的，但是这运动得有女孩参加。此外，军校并不认可这项运动，而且还针对它制定了严格的规定，要是有学员违规从事该运动，那他就会被无情地开除。

和所有真正的天才一样，大卫一向都是从实用主义角度出发看待其他人制定的规定——只要不被抓住就算是遵守了规定。他还真就没被抓住过。出于虚荣，其他学员都把女孩偷偷带进军校，或者夜里翻墙去外面找女孩，但大卫始终低调行事。只有那些真正了解他的人才知道，他对这项身体接触运动的追求有多努力。可是并没有人真正了解他。

什么？女性学员？艾拉，我没跟你解释过吗？不仅军校里没有女学员，就连整支海军里都找不到一个女的，护士除外。那所学校里不仅没有女生，还有看守日夜站岗，不许外面的女生接近军校学员。

别问我为什么。那是海军的规定，没有理由。其实，当时整支海军的每一个岗位都可以由任何性别的人来担任，就连阉人都能胜任，可是海军就是有这么个老传统，只招收男性。

仔细想想，几年后这个传统就遭到了质疑。开始时质疑声不大，后来，到了那个世纪末，就在大溃败之前不久，海军的各级岗位上都开始出现女性了。我不是在说这个变化就是大溃败的原因之一。大溃败的原因很明显，但我现在不想讲这个。这个变化要么对大溃败毫无影响，要么可能稍微延缓了不可避免的大溃败的发生。

不管是哪一种情况，这都和我们这个"懒人的故事"无关。大卫上军校的时候，军校学员其实是能见到女性的，但是机会极少，就算有机

1　原文如此，本书中所有"省略"皆为原文设计，不再一一注明。——编注

会也都是在有限的固定场合，有严格的规范约束，女性旁边还有监护者[1]。大卫没有与学校的规章制度作对，而是从中寻找漏洞，然后充分利用漏洞达到他的目的；因此，他从未被抓到过。

每条让人不堪忍受的规定都有漏洞，每条禁令之下都有偷偷违禁的人。海军内部自有一套严格的规定，但具体到个人，海军中几乎人人都有违反规定的情况，尤其是在性方面的离奇规定。值勤时，海军要在公众面前过着像修道士一样的禁欲生活；非值勤时间里，他们过着纵欲无度的生活，且对此几乎不加遮掩。在海上，士兵就连用最无害的方式释放性压力，被发现后都会遭到严厉惩罚。然而在不到一个世纪以前，这种只有严格来讲才算是有伤风化的行为已经得到了人们的广泛接受和谅解。但是，在性行为方面，海军就是比它所在的大众社会更虚伪，宽容度也更低，其表现就是海军的相关公共规则比社会中对应的规则更严苛、更不近人情。艾拉，那时候公共生活中对性的约束是难以想象的，可是要求得越严格，人们越是想解脱。原因很明显，世上的每一种行为都会有与之相反且程度相当的行为相伴而生。

我说这些不过是想告诉你，在他的很多血气方刚的同学都在军校的约束下做出了疯狂的行为时，大卫找到了既能遵守学校关于性的规章制度又不让自己憋疯的好法子。我只透露一点，尽管这不过是一条流言：一个在今天闻所未闻，但在当时非常容易发生的不幸发生了。一个年轻女人怀孕了，据说孩子是大卫的。相信我，在那个时代，这种事儿是场巨大的灾难。

为什么？不为什么，你只要记住那是场灾难就行了；三言两语跟你解释不清当时的社会状况，而且就算说了也没有任何一个文明的人类会

---

1 "监护者"有两重意思：（1）负责避免未登记结婚的男性与女性之间发生性接触的人；（2）表面负责做这种不近人情的工作，但实际上为有意发生性接触的男女站岗放哨的人。老祖使用的是前一种意思，而并非意思恰巧相反的后一种解释。详情参见附录。

贾斯廷·富特四十五世

相信。军校学员禁止结婚，可是，按照当时的规矩，那个年轻女人必须结婚。想要对她怀孕的状况做出干预，纠正这个错误几乎是办不到的，而且会对她的身体健康造成极大危险。

大卫在这件事上的处理方式其实就是他整个人生策略的缩影，那就是两害相权取其轻。于是，他娶了她。

至于他是怎么办到这点而且没有被抓住的，我不知道。我倒是能想出好几个法子来，有的简单而且不易出错，有的复杂且容易失败；我想大卫应该是用了最简单的那个法子。

这样一来，他就把举步维艰的局面变得可以掌控了。大卫当时还有几个月就能毕业了。女孩的父亲本来是要去军校校长那里告他，然后逼他退学的；可后来他却成了大卫的盟友和同谋，小心谨慎地保守着他女儿和大卫结婚的秘密，因为这样的话，等大卫一毕业，他就可以把他任性的女儿交到这个女婿手里了。

这事儿还有另外一个好处。大卫不用再谋划如何追求他最上心的那项"运动"了。校园生活之余，他可以高枕无忧地享受家庭生活，而且还有完美的"监护者[1]"为他站岗放哨。

至于大卫在军校里的学业，你可能会想，大卫可以在无人监督的情况下自学六个星期，取得的效果与常人接受四年的正规教育相当，这样的人肯定会在班上名列前茅。毕业时的名次会给他带来金钱上的回报，并且也会影响他在年轻军官晋升名册上的位置。

不过，第一名的竞争十分激烈，更糟糕的是取得第一名的学员会成为众矢之的。大卫第一次被学长逼问下面这个问题的时候，就明白了这个道理。"小子，你是救世主吗？"这个问题的意思是"你是不是个学霸"。这是个陷阱：不管新生回答"是"还是"不是"，他都注定要倒霉。

1　此处的"监护者"指的是第二种意思。

贾斯廷·富特四十五世

但屈居第二甚至是第十实际上和当第一名同样有意义。大卫还注意到一件事：论成绩的重要性，学员在第四年的成绩比第一年的重要四倍，倒数第二年的则比第一年的重要三倍，以此类推。这就说明一年级新生的成绩不会对他最终的毕业名次影响太多，毕竟那只占总成绩的十分之一。

大卫决定保持低调。在"枪打出头鸟"的大环境里，这总是个聪明的决定。

第一学年上半学期的期末，他的成绩在班里的中上游，安全、受尊敬、不引人注意。最后，第一学年结束的时候，他的名次在班中排进了前四分之一，不过那时候毕业班的学长都在忙活毕业的事，没工夫注意他。第二学年，他的名次位列全班前十分之一；第三学年，他又前进了几名；最后一年，也是最重要的一年，他拼了一把，最后得到的四年总排名是第六，不过实际上是第二，因为比他名次高的人里有两个被选去从事专门的技术工作，不做指挥军官，还有一个因为学习太刻苦，眼睛出了毛病，没有得到任命，剩下那个毕业之后辞去了军职。

不过，大卫在取得班级名次上的心机并没有展现出他在偷懒方面的真正的天赋。毕竟，坐着读书只是他第二喜欢的消遣。任何只需要绝佳的记忆力和逻辑推理能力的事情对他来说都不在话下。

在大卫离校前最后一学年开学之初的战争演习中，他的同学们开始讨论每个人在演习中会得到什么军衔。那时候，谁会被选为学员军官大家已经相当清楚了。担任学员部队指挥官的肯定是杰克，除非他从甲板上摔下海去。那么营长是谁？史蒂夫还是斯丁？

有人说大卫也在候选营长的名单里。

但是大卫只听大家讲话，并不发言，这是他的"低调"原则之一，差不多算得上是第三种撒谎方式。艾拉，这比另外一种——开口讲话但什么实际信息都不透露——要容易得多，而且沉默不语还能给人留下这个人有智慧的印象。不过我本人从未在乎过这个。说话在人生三大真正乐趣中排第二，是把我们和猿类区分开的唯一特征，不过也只是将将能区分开。

这回大卫打破了，或者说看似是打破了他一贯的缄默。"我才不想当营长，"他说，"真的！我要当团长的副官，站在最前头，让女孩儿们都能看见我。"

也许大家并没有把他的话当真，因为团长副官的军衔比营长低，但是肯定有人念叨他的话，大卫很清楚这一点。也许是有望当上团长的那个学员跟负责安排学员在演习中的临时军衔的军官说了。

总之，大卫最后如愿以偿地当上了团长的副官。

按照当时的军队安排，团长副官确实得自己站在前面，前来参观慰问的女人基本都会看到他。不过你可能会猜到，这并非大卫的真正目的。

除非全团列队，否则团长副官无须站在队列中。上课前或者下课后，他都可以独来独往，不用整队，也不用和队列一起行进。每个毕业班的学员都要负责管理一组学员，一个班、一个排、一个连甚至可能是一个团；而团长副官没有这样的责任，只要处理一点行政工作，为学员长官中军衔最高的那个保管站岗名单。

但是他自己的名字却不在站岗名单里，只有在有人生病请假的时候，他才会临时顶替站岗的人。

懒人的奖赏来了。那些个学员军官个个都身强体壮，他们生病请假的概率微乎其微，趋近于零。

进入军校的前三年，我们这个故事的主人公需要每隔十天就站一次岗。虽然每次站岗都没什么难度，但有时候需要他晚睡半个小时，有时候需要他早起半个小时；大卫追求舒适的生活，可太长时间的站立会让脚部酸疼，这是对大卫的追求的一种侮辱。

不过，在军校的最后一年，大卫只站了三次岗，而且是以"值勤的下级军官"的身份坐着"站"的岗。

最后，那天终于来了，大卫毕业了。他接受了任命，然后就走进教堂，补办了婚礼。虽然新娘的肚子有点大，但这种情况即使在那个时代也不算少见，而且大家往往会对这种状况视而不见。只要这对年轻人结婚，这样的事是可以原谅的。虽然人人都心知肚明，但大家很少提起，母牛或伯爵夫人怀孕需要九个月才能生产，但一位着急的年轻新娘可以只要七个月。

就这样，大卫算是安然无恙地渡过了种种难关，他再也不用担心回去赶着骡子做"实在活儿"了。

结果他发现，在军舰上当下级军官的日子也不太好过。这个身份也带给他一些好处。有服务人员伺候，有舒服的床睡，而且工作简单轻松，很少弄脏大卫的手，挣的钱是过去的两倍。但他要的不止这些，他有妻子要养。因为老是乘船出海，他无法经常享受婚姻带给他的愉快补偿。最糟糕的是，船上的站岗名单太短，他也在名单里，这意味着差不多每隔一天，他都要在晚上站四个小时的岗，而且是站着站岗，他站岗时总是打瞌睡，脚底板也疼。

于是，大卫报名去参加飞行员的培训。这支海军近来有了加强"空中力量"的主意，而且为了尽量避免他人——陆军方面——掌握太多空中力量，海军正在这方面积极地发展。因为陆军先发展了空中力量，海军落后了，所以他们很欢迎毛遂自荐的军官。

上面很快就下令把大卫调到岸上值勤，就是为了看看他能否成为一名飞行员。

他还真成了！他在生理和心理两方面都具备飞行员需要的品质，更何况他还有十足的动力。不管是在教室里还是空中，当了飞行员之后，他只需要坐着工作就行，而且不用晚上站岗。不管是在家坐着还是睡觉，他拿到的薪水都是以前的一倍半。飞行员被归为"危险工作"，所以可以得到额外补偿。

因为大卫要开的飞机和你们熟悉的任何一种重飞行器都不一样，所以我得讲一下。从某方面来说，这种飞机挺危险的；不过话说回来，就连呼吸都有一定危险性。其实飞机没有当时人们使用的地面车辆危险，更没有在街上散步危险。不管是否致命，飞行员遇到的意外往往是他自己犯的错误导致的。大卫永远不会让自己碰上这种意外：他不想做天上最强的飞行员，他只想做活得最长的那个。

当时的飞机古怪而丑陋，和现在天上飞的任何一种都不像，倒像是孩子玩儿的风筝。那时候也管它叫"风筝"。飞机有两个机翼，一个在上，一个在下，飞行员就坐在两翼之间。飞行员面前有一块小小的挡板为他挡风。别一脸惊讶，这种结构脆弱的飞机飞行速度很慢，由动力螺旋桨带动飞翔。

机翼是用漆布做的，下层由支撑结构撑起。从这个描述你就可以看出来，他们的速度肯定永远无法和音速媲美，除了有时心急的飞行员会进行俯冲，然后突然拉升，想让飞机恢复到正常高度，结果惨剧发生，飞机两翼因为这样剧烈的操作而脱落。

这种事大卫从来没干过。有的人是天生的飞行员。大卫在第一次检查飞机的时候就明白了飞机的力量之源和弱点所在，就像他了解被自己抛弃了的挤奶凳一样深。

他学开飞机的速度和学游泳一样快。

他的教员说过："大卫，你天生就是这块料。我要推荐你参加战斗机培训。"

战斗机飞行员是飞行员中的王者。他们飞上天和敌机交火，一战之后立分高下。要是一个战斗机飞行员成功打下了对方飞行员，自己安然无恙，如此五次之后，他就会被授予"王牌飞行员"的称号，这是极高的荣誉，因为你应该可以看出来，发生这种事的平均概率是二分之一的五次方，也就是三十二分之一。那么为此送命的概率就是余下的三十二分之三十一了，也就是说差不多肯定得死。

大卫对他的教员表示感谢，同时身上起了一层鸡皮疙瘩，他飞快地动脑筋，开始想怎样才能既不用放弃一倍半的薪水和坐着工作的舒适，同时又可以拒绝这个荣誉。

除了可能被某个陌生人把屁股轰掉的危险，当战斗机的飞行员还有其他缺点。比如说，战斗机飞行员必须单兵作战，自己给自己领航。当时的飞机上没有计算机、归航设备和其他我们今天觉得理所应当具备的部件，甚至到那个世纪末的时候还没有。所以领航用到的方法被叫作"死亡推想"。因为如果你没有做出正确的推想，你就会死。海军的飞行员都是在水上飞，船上的飞机场特别小，战斗机燃油的安全边际仅有几分钟。在战斗中，战斗机飞行员必须趁着敌人没有把他弄死前就做出选择，到底是该把注意放在领航上，还是应该专心致志地去把敌人弄死。如果他想成为"王牌飞行员"，或者甚至只是想吃到当天的晚饭，就必须把头等大事做好，然后再担心领航的事。

战斗机飞行员还可能在海上迷航，也可能连同燃油耗尽的战斗机一起沉入海底。我提过这类飞机是由什么提供动力的吗？先是一种被称为"汽油"的液体碳氢化合物的氧化带来化学放热反应，这种化学反应可以驱动发动机，发动机再给空气螺旋桨提供动力，就是这样。如果你觉得这种供能方式太不靠谱，我要肯定地告诉你，就算在当时这种方式也很不靠谱。它的供能效率之低令人痛心。一个飞行员不仅可能在无依无靠的茫茫大海上空发现飞机突然没了油，还可能发现喜怒无常的发动机咳嗽着要罢工。这种情况就很尴尬了，有时候甚至是致命的。

当战斗机飞行员不仅要冒着生命危险，还有其他不利。总之，这些都与大卫的人生大计不符。战斗机飞行员会被派到海上机场驻守，或者被派去运送物资。在和平时期，这类任务稀松平常。飞行员不用工作太辛苦，也不用频繁站岗，还可以有大把时间留在岸上某座陆上机场；他们的名字都将列入一艘航空母舰的官兵花名册，这样一来，航空母舰出海执行任务也能算飞行员的一份儿，晋升和赚钱也都仰仗这个。

可是，一年中飞行员被派到航空母舰上执行任务的那几个星期是真的在海上，参加军事演习，这就要求他必须在黎明前一个小时起床，预热飞机上脾气难测的发动机，随时待命；只要一有风吹草动，发生了或真或假的危险情况，他都得马上起飞。

大卫讨厌早起。就算审判日来临，如果末日审判的时间定在上午，他肯定不愿意参加。

还有一个不利之处：在这些海上机场降落。在陆地上，大卫可以降落在一枚一角的硬币上，还能找零钱。这都是仰仗他自己的技术水平。因为想让自己毫发无伤地落地，他练就了高超的驾驶本领。而在航空母舰上着陆则不同，那都得仰仗母舰领航员的技术。大卫可不信任其他人的技术、善意和警惕性，不愿意把自己的安危寄托在上面。

艾拉，你应该这辈子都见不到这种事。想象一下，就在新罗马的空港上，一艘飞船着陆时竟然由地面控制。是不是很搞笑？飞机在航空母舰上降落就是如此。不过也不完全一样，因为那个年代飞机在航空母舰上降落是不用任何辅助仪器的。真的不用，我没有骗你。

降落全程都靠领航员的肉眼，就像一个小男孩在玩抛接球一样，只不过在这样的情形下，大卫才是那个球，而且不是靠他的技术来接"球"，"接球"靠的不是他自己的技术，而是母舰领航员的。大卫不得不收起自己的技术、摈弃自己的意见，毫无保留地信任航空母舰上的领航员，稍有差池都会酿成灾祸。

大卫一直以来都遵从自己的意见，即使那意味着要对抗全世界。要把这样的信任交付给他人，这与大卫内心深处的信念背道而驰。总之，在航空母舰上降落就像把肚皮露给外科医生，然后说："来啊，下刀吧。"可是他连这个医生是否会给火腿切片都不知道。在大卫的飞行生涯中，在航空母舰上降落成了让他最接近放弃一倍半的工资的一项因素，让他备受煎熬的就是降落时自己居然要接受另一个领航员的指挥，这个领航员却不用承担和他一样的危险！

第一次时，大卫用了全部的意志力才完成在航空母舰上的降落，之后从来没有轻松过。这件事给他上了一课，此前他从未想到会有这样的道理。那就是，有些情况下，其他人的意见不仅比他自己的要强，而且强得不是一星半点儿。

你应该明白了吧？不，也许你还不懂；我还没解释清这个情况。一架飞机降落在航空母舰上相当于一次受控的坠机。飞行员得让飞机尾部的钩子钩住横跨顶层甲板的阻拦索。但是，如果飞行员完全依靠自己在陆地飞机场的降落经验来判断时机，那他肯定会从舰尾一路冲出舰首；而如果他料到会发生这样的情况，想避免，那一定会飞得太高，钩不上阻拦索。陆地上的机场比较大，即便飞行员出了些小错误，也有足够的空间修正；但在航空母舰上，大卫只有一点点可怜的"窗口"，他必须精确地抓住时机，不能偏左或偏右，也不能靠上或靠下，不能太快或太慢，可他无法判断自己有没有正确地掌握这些变量。

（后来这个过程变成了半自动化的，再后来变成了全自动的。但是，在该过程最终得到完善之前，航空母舰总归不够先进。这是绝大多数人类进步的缩影：等你学会的时候往往太迟了。）

（但是，你会发现，自己学到的东西往往可以用于解决新问题。不然我们人类肯定还挂在树上荡秋千呢。）

因此，飞行员必须信任甲板上的领航员，因为只有后者才能掌握降落的情况。这个领航员被称作"降落信号官（LSO）"，使用旗语向飞机上的飞行员发出指令。

大卫头一回试着完成这种不可思议的特技时，因为靠近甲板时恐慌发作，无法自控，在天上兜了三圈才终于心一横，放弃质疑LSO的判断，按照旗语的指示降落。

落到甲板上之后，他才发现自己有多害怕——他被吓尿了。

那天晚上，他获得了一项了不得的嘉奖——皇家湿尿布勋章和证书，由LSO签发，飞行中队指挥官颁奖，整个中队的队友做见证。这是他人生中的一个低谷，比他刚上军校那一年还低落。虽然后来他了解到，颁发这种勋章和证书是常事儿，这些东西都是早早备下的，就等着一批又一批裤裆依然湿着的新手飞行员来领。但这并没有给他带来多少安慰。

从那以后，他开始机械地服从降落信号官的指令，像个机器人一样坚决服从，用自我催眠式的法子压抑着自己的情绪和判断。等到考核夜间降落时，飞行员的神经就更紧张了，因为他们在空中看不见任何东西，只能看到LSO挥舞的发光指挥棒。这回大卫第一次就降落成功了。

大卫决定，等他完成所有考核，正式成为海军飞行员，他绝对不去追求战斗机飞行员的荣耀。他将这个决定深深藏在心底，跟谁都没说。然后他申请参加高级培训，要驾驶多发飞机[1]。这有点尴尬，因为大卫曾经的教员，当时他所在的空军中队指挥官，早就看好他当战斗机飞行员的潜质，而提交这份申请必须经过他。所以，他呈交申请、开始走流程之后，就被这位上级叫到了他的舱房里。

"大卫，你这是什么意思？"

"就是申请上的意思，长官，我只是想驾驶多发飞机而已。"

"你疯了吗？你是个天生的战斗机飞行员。你只要再在这个侦察机中队里待上三个月，也就是一个季度，我就可以给你一份优秀的健康报告，拿着它你就能去参加战斗机的高级培训了。"

大卫沉默不语。

他的中队指挥官急了："大卫，你还在为那个'尿布奖状'耿耿于怀吗？整个军舰上有一半的飞行员都收到了那个。天哪，我还要怎么劝你啊，我自己都有一张。这种事没什么好丢人的，它只是为了让你在马上就要顶上飞行员的光环之前更像个普通人。"

大卫还是一言不发。

"妈的，别站在那儿不说话！把这封申请拿回去撕掉，然后重新

---

1 多发飞机：战斗机追求轻巧敏捷，通常都是单发或双发飞机；具有多个发动机的多发飞机一般是大型飞机。——译注

交给我一份参加战斗机培训的申请。我可以立刻放你走，不用再等三个月。"

大卫就是站在原地不吭气。他的长官瞪着他，脸涨得通红，最后轻声叹道："也许我看错人了，你不是当战斗机飞行员的料，兰姆先生。行了，你走吧。"

最后，大卫终于在被叫作"大家伙"的多发水上飞机上找到了归宿。这种飞机体形极大，不能从海中的航空母舰上起飞，所以大卫不用再随着航空母舰一起出海，但也算是在执行海上任务。于是，大卫几乎天天在家过夜，在他自己的床上，和他自己的老婆过夜。偶尔需要晚上值勤，他才在基地过夜。水上飞机极少夜间出勤，就连在白天天气好的情况下都很少出勤。这种飞机飞一次的成本高昂，不能轻易冒险，再加上当时国家的经济正困难，所以飞得更少了。每次起飞都必定要全体机组成员到齐才行。双发飞机可载四五个人，四发飞机可载人数更多。通常飞机上还有乘客，这些人为了得到足够的飞行时数，拿到额外的报酬而搭乘飞机。这一切都符合大卫的要求。他再也不用一边操心领航的事，一边同时忙活另外十六件事；不用再依赖降落信号官的判断；不用再忐忑地指望脾气难测的发动机正常运转；不用再担心飞机的燃油耗光。没错，如果有选择的话，他希望每次降落都靠自己。后来有时会有更资深的飞行员取代他来执行飞机降落，他也不会表现出焦虑，因为所有"大家伙"的飞行员都非常小心，他们都打算活得长些。

（略）

——大卫过了许多年舒舒服服的日子，还升了两级。

后来战争爆发了。那个世纪总是战火连天的，但并非到处都在打仗。不过我要说的这场战争几乎波及了地球上的所有国家。大卫对战争的看法十分悲观，他认为海军存在的目的就是要让别国看到它的强大，让他们不敢挑起战事。但是没人问他的意见，更何况现在操心也晚了，辞职也晚了，又没什么地方可逃的。对于不在他控制范围内的事儿，他从来不操心，这很好，因为这场战争持久而艰苦，死亡人数以百万计。

"我的祖父拉撒路，战争期间您在做什么呢？"

我？我在卖自由公债[1]，发表了一段四分钟的演讲，同时在为征兵局和粮食配给委员会工作，还做了其他宝贵的贡献，直到总统把我召回了华盛顿。当时我做的事都是机密，说出来你也不信。孩子，你先别插嘴，我跟你讲大卫都做了什么。

老大卫是个真英雄。因为他在战争中的英勇行为，上面授予了他一枚勋章，这枚勋章将贯穿他接下来的整个人生故事。

大卫本打算，或者说盼着在退休的时候混到海军少校的位置，水上飞机的飞行员很少得到比这更高的军衔。但是因为这场战事，只用了几周时间他就晋升为少校；一年后，他成为指挥官，最后当上了上校。就这样，他没有面对选拔委员会，没有接受晋升考核，也没有实际去指挥一艘军舰，就得到了四条金色宽条纹的上校军衔。战争使得部队减员严重，只要还活着的军官不去招惹是非，就可以得到晋升。

大卫从不招惹是非。战争期间，他负责沿祖国的海岸线巡逻，侦察敌军的潜水艇，这算是一种"战时任务"，但并不比和平时期的工作危险多少。他还沿途鼓励文员和销售员参军做飞行员。他也接到过一个真的需要进入战区的任务，就是因为这个任务，他得到了勋章。我不知道具体细节，但是我清楚一点，"英雄主义"往往需要人在危险中保持冷静，尽他所能地利用手边的资源去完成任务；要是惊慌失措，转头逃跑，反倒容易被敌人一枪干倒。能保持冷静作战的人往往比故意想当英雄的人打赢的战役多；一心追名逐利的人往往会断送了自己和同伴的性命。

但是，要真的做一名英雄也需要运气。冒着枪林弹雨异常出色地完成任务还不够，你还需要一个人，看见你所做的，把它写成报告，那个

---

1 自由公债：第一次世界大战时美国发行的公债。——译注

人的资历越老越好。大卫就有这份运气，所以才得到了勋章。

战争结束的时候，他正在位于首都的海军航空局工作，负责开发新型巡逻机。也许他在那儿做的贡献比在战场上更多，因为他了解这些多发飞行器，就像了解那些还活着的人一样。就是这项工作让他得以从周围人迂腐的废话中抽身，真正做出一些成绩。于是，他白天坐在书桌前翻阅资料，晚上在家睡觉，就这样安然工作到战争结束。

战争终于结束了。

大卫观察了一下大环境，掂量了一下自己的前途。他周围有成百上千个海军上校都和他一样，三年前还是上尉。按政客们一向主张的，战争过后，世界将"永远"和平，那么就没几个军人能得到晋升。大卫没有老资历，按照部队的传统，他的服役经历也没什么出彩的地方，在政界和社会上的关系又不够硬。他看得出来，自己的晋升之路到头了。

他有的只是近二十年的军旅生涯，退休的话刚好满足拿到现有薪水一半的最低服役时长。他也可以选择继续在部队干，等到晋升海军上将失败再退休。

其实他不需要立刻做决定，因为服役二十年期满才到退休的时候，而他还有一两年的时间。

可他几乎立刻就退休了，因为他健康状况欠佳。诊断是"境遇性精神病[1]"。也就是说，他因为这份工作发疯了。

艾拉，我不知道对此该怎么评价。大卫给我留下了深刻的印象，因为我这辈子没见过几个能始终保持理智的人，而他就是其中之一。可他退休的时候我没在场，当年因健康状况退休的海军军官里，"境遇性精神病"是第二最常见的理由。可他们是怎么判定自己有这个毛病的呢？像作家、老师、牧师或另外几种受人尊敬的职业一样，对海军军官来说，发疯根本算不得什么，不碍事的。只要大卫每天都准时上班，签署

1　境遇性精神病：在特定的环境中会发作的精神病。——译注

文职军官给他准备的文件，不和上级军官顶嘴，没人会知道他有精神病。我记得我认识的一个海军军官，他特别喜欢收藏女人的吊袜带，曾经把自己锁在舱房里一整天，就为了细细赏鉴他的大堆收藏；还有一个军官也干过这类事，不过他收藏的是邮寄东西用的贴纸。你说他们哪个是疯子？也许都是，或者都不是？

关于大卫的突然退休，你还需要一点当时的法律知识才能搞明白。军人服役二十年后退休得到的退休工资是原工资的一半，还要扣掉个人所得税，而且税率很高。但是，如果军人是因为残疾退休的，他每月能得到原工资的四分之三，而且还不用交个人所得税。

我不知道，我真的不知道他退休的真正原因，但是整件事都符合大卫做事的风格——用最少的付出换取最大的回报。我们姑且认为他是真疯了，但他怎么疯得像只狡猾的狐狸呢？

关于他的退休，还有几件事要讲一下。他之前认为自己没有机会晋升为上将，这个判断没错。但是，因为他在战争中的英勇表现获得的勋章，退休时他得到了荣誉晋升。就这样，在与他同级别的人中，大卫成了首位没有指挥过一艘船，更没有指挥过一支舰队就成功晋升为海军上将的军官；按照他的真实年龄来算，他也是史上最年轻的上将。我猜想，这个结果应该让大卫这个曾经懒得在骡子后面耕地的农家娃偷着乐了好久。

大卫打心眼里觉得自己始终是个农村孩子。国家为参加过那场战争的退伍军人制定了一项福利政策，这项政策是为了补偿那些因为战争中断学业、离家参军的军人，是教育补贴。符合条件的人战时服役了多少个月就可以得到多少个月的额外补贴。

该福利政策的受众原本是年轻官兵，但是没什么能阻止一个职业军官占便宜；大卫发现自己也符合条件，就申请了这项福利。这样一来，他不仅享有原薪水四分之三的退休工资，无须交税，还有这笔提供给要去上学的已婚老兵的补贴，同样无须交税，每个月到手的钱不比他退役前拿到的少。其实还要更多，因为他不用再买漂亮的制服、不用再参加昂贵的社交活动。他可以只是散散步、看看书，想怎么打扮就怎么打扮，不用担心外观体面不体面。有时候他会熬夜，只为了证明玩扑克的人里乐天派比数学家多；然后很晚他才入睡，反正他再也不用早起。

他再也不用登上飞机了。大卫从来都不信任能上天的机器，因为它们飞得太高了，一旦失速可不是好玩儿的。飞机对他来说从来都毫无意义，只是他为了避免碰上更糟糕的事儿做出的一个选择。一旦他的目的达到了，他就毅然决然地把飞机抛到脑后，就像当初他把花式击剑抛到脑后一样。在这两件事上，他都毫无悔意。

很快，他就得到了一个学位——农学理学学士学位。以后他就是"懂科学"的农民了。

有了这张学位证书，再加上国家给老兵的特殊照顾，他原本可以谋一份公职，教别人务农。可是他没有。他从在军校里混日子时就开始攒钱，如今他从数字可观的银行户头上取了一些出来，回到了四分之一个世纪前他离开的山沟沟里，买了一座农场。没错，他只用自己的钱付了首付，然后用他在银行余下的存款做抵押，跟政府贷了一笔低息贷款——当然了，政府提供了补贴——付清了余款。

他要在农场上干活儿吗？别傻了，怎么可能。大卫从来都不会把裤兜里的手拿出来。他雇人种了一季庄稼，同时还在谈另一桩生意。

艾拉，大卫这个宏大计划的实施与一个特别不可思议的因素脱不开干系。我必须特意提醒你，一定要相信我说的话，因为任何一个理智的人都会觉得很难理解这件事。

在战争的间隙，地球上的人口超过了二十亿，至少有一半因饥饿挣扎在死亡线上。然而——接下来就是我请求你相信我的事了，因为我亲身经历过，所以绝不会骗你——因为我们无须深究的原因，在接下来的几年里，粮食短缺始终都没有被解决，且不可能得到解决，只在局部地区或短时间内有过缓解；尽管世界上正经历如此灾难性的粮食短缺，大卫所在国家的政府还是决定付钱给农民，要求他们不要种庄稼。[1]

别摇头，上帝、政府和女人，这三者行事的路数总是神秘莫测，我们凡人无法理解。我知道你自己就相当于这星球的政府，但是先别管这些，今晚回家好好思考一下吧。问问你自己，你是否知道自己做的每一件事的缘由。明天过来的时候再告诉我答案。

于是，大卫只种了一季庄稼。第二年，他的地就被划为了"休耕地"，政府给了他一张巨额支票，要求他在他的土地上种东西，这正合了他的意。大卫热爱这几座小山，他离开之后一直思念着这里。当初他离开只是为了逃避干农活儿，现在有人付钱让他别干活儿，他当然非常乐意。他从不觉得在这片土地上耕耘，搞得尘土飞扬能给这儿增添什么魅力。

他用"休耕地"拿到的补贴款偿还了抵押贷款，此外他还有一大笔退休工资。于是，尽管不用种地，他还是雇了一个人处理农场的杂务，比如说喂鸡、给他养的一两头牛挤奶、照料蔬菜园和几棵果树、修补篱笆，等等。雇工的老婆则帮助他的妻子干家务活。至于大卫自己，他买了一张吊床。

不过，大卫不是一个严苛的雇主。他觉得既然自己不愿意早晨五点被叫醒，那牛也应该不愿意。他决计证实自己的猜测。

他发现，如果有选择的话，牛很乐意换一种更合理的生物钟。奶牛必须一天挤两次奶，它们就是这样的动物。以往都是早上五点挤奶，但其实上午九点挤奶也同样合适，只要挤奶时间规律就行。

但是好景不长，大卫雇来的人有工作焦虑的习惯。他觉得那么晚才给牛挤奶实在有负疚感。于是，大卫只好允许他按自己的节奏来，然后雇工和奶牛又回到了老样子。

1　20世纪50年代末到60年代初，美国政府提出了"休耕地补助计划"，要求农民十年内不用土地种植作物，同时为这些农民提供补贴。——译注

至于大卫，他把吊床绑到了两棵树之间，正巧被树荫遮住，然后他又在吊床前放了张桌子，用来搁冷饮。他醒了就起床，不管是上午九点还是中午十二点，起了床他就吃早饭，吃完饭他就慢慢晃悠到吊床前，躺在里面休息，直到吃午餐再起来。他在农场上做的最辛苦的工作就是去兑了支票给妻子结生活费，这项"苦差"他每月只需要做一次。对了，他还不穿鞋。

他不看报纸，也不听广播。他觉得，如果再有战争爆发，海军会通知他的。就在他刚刚恢复看报听广播的习惯时，真的爆发了一场战争。不过，海军并不需要退休的上将。大卫对那场战争也没怎么关注，因为战争实在是让人沮丧。但他非常爱读国家图书馆里关于古希腊的书，还自己买了不少相关书籍。这是一门令人放松的学问，他一直很想多了解这方面的知识。

每一年的海军节，他都会换上上将的制服，戴上他所有的勋章，包括他还是士兵时得的品行优异勋章，还有表彰他战时英勇行为并最终让他成为一名上将的那枚勋章。然后，他就让他的雇工开车送他去县政府，在商会的午宴上进行爱国主义主题的致辞。艾拉，我不知道他为什么要这样做，也许是因为他觉得自己地位高、责任重，应该在公众面前有所表示；要不然就是出于他古怪的幽默感。总之，每年他们都邀请他，他也都会接受邀请。他的邻居以他为傲，因为他简直就是"有出息的家乡孩子"的典型，功成名就之后告老还乡，和邻居们过着一样的朴素生活。他的成功让父老乡亲们都觉得脸上有光，而且因为他特别亲切，从不摆架子，大家都喜欢他。就算他们注意到他其实什么活儿都不干，也不以为意。

艾拉，关于大卫的事业我省略了一些，可不这样不行。不过，我还是要提一下这几点：他想出了自动驾驶仪的点子，几年之后，条件成熟了，他就把这个东西开发了出来；另外，他把水上飞机的机组人员的职责重新调整了一番，取得了事半功倍的效果，后来机长除了保持警惕没有其他事儿好干了，在不需要他保持警惕的情况下，机长就枕着飞机副驾驶员的胳膊打呼噜；负责所有海军巡逻机的开发工作时，大卫改良了飞机上的仪器和控制装置。

我这么说吧，大卫应该不觉得自己是"效率专家"，但是他简化了他经手的每一项工作。和之前在大卫的工作岗位上工作的人相比，他的继任者的工作要简单得多。

不过，大卫的继任者常常会对工作进行重新安排，结果干的活儿是以前的三倍，需要的下属人数也是以前的三倍。没有对比就没有发现，大卫的工作效率真是高得古怪。有人天生就是勤劳的蚂蚁，即便是无用的工作也不得不做；只有极少数人才能当富有创造力的懒惰天才。

"懒极而不败之人的故事"讲完了。就让他躺在树荫中的吊床上吧。据我所知，他现在还在那儿躺着呢。

III

家　事

"两千多年了，他还在那儿吗，拉撒路？"

"有什么不可能的呢，艾拉？大卫和我年纪相仿，可以说差不多大吧。我还在，他也可能还在啊。"

"好吧，可是……大卫·兰姆是咱们家族的吗？他用了化名？家族名单里可没有姓'兰姆'的。"

"艾拉，我没问过，他也没主动告诉过我。那个年代，大家都不会和别人透露太多自己的事。就算大卫是咱们家族的，他也可能压根儿不知道这回事，因为他年纪轻轻就突然离开了家。那时候，年轻人到结婚的年龄才会对自己的家世有所了解。男孩儿的结婚年龄是十八，女孩是十六。说到这个，我想起了自己被告知咱们家族情况的时候有多震惊。那时候我还不到十八岁。是外公告诉我的，当时他告诉我是因为我要去做一件蠢事。孩子，人类这种动物最古怪的地方就是身体比大脑成熟得早，早很多年。我十七岁，年轻，春心萌动，强烈渴望结婚。外公把我叫出屋，带我走到谷仓后头，劝我不要冲动。

"'伍迪，'他说，'如果你想跟那女孩私奔，没人拦着你。'

"我倔强地告诉他，是没人能拦住我，因为过了州境线，不需要父母的许可我就能结婚。

"'我想跟你说的就是这个，'他说，'没人会拦你，但是也没人会帮你。你爸妈不会帮，你爷爷奶奶不会帮，我也不会。我们谁都不会帮你付办结婚证的钱，更不会帮你供养你的妻子。我们一块钱都不会出。伍迪，我们连一个钢镚儿都不会给你。如果你不相信，那就问他们好了。'

"我怒气冲冲地说，我不用任何人帮。

"外公又粗又乱的眉毛立了起来。'你行，你真行。'他说，'那她会给你经济支持吗？你最近见过有人举着写了"请帮帮我"的纸板吗？如果没见过，那就去看看。经过金融公司扎堆的那个区的时候去瞅一眼，看看"请帮帮我"的广告用不了三十秒的时间。'他补充说，'哦，你可以找份挨家挨户上门推销吸尘器的工作，那能给你带来新鲜空气，让你勤走动，还能给你展示魅力的机会，只可惜你没什么魅力。但是你卖不出去真空吸尘器，因为没人买那玩意儿。'

"艾拉，我当时不知道他在说什么。那是1930年1月，关于这个时间你有什么印象吗？"

"恐怕没有，拉撒路。尽管我对家族历史非常熟悉，但得先把老纪年法上的日期转换成银河标准历，才能知道有没有印象。"

"艾拉，我不知道家族记录中有没有提到这个。当时整个国家，不如说整颗星球好了，都出现了经济波动。人们管它叫'大萧条'。人们纷纷失业。至少那些没什么真本事却自以为是的年轻人是找不到工作的。外公心知肚明，因为他经历过好几轮类似的事情。可我不了解，我自信得很，有种'给我一个支点，我可以撬起整个地球'的心气儿。可我不知道，当时研究生毕业的工程师都愿意接受看大门的工作，律师竟然开着车去送奶，曾经的百万富翁一个个绝望地往窗户外头跳，而我只顾着追在女孩后面讨她们欢心。"

"老祖，我读到过有关经济萧条的历史，但我一直不明白到底是什么导致的。"

拉撒路·朗发出不屑的啧啧声："你这都不明白，竟然还掌管着整颗星球。"

"也许不该交给我管吧。"我承认。

"别妄自菲薄。我跟你说个秘密吧：那时候没人知道经济萧条背后的原因。要不是艾拉·霍华德为如何运作基金立下了严格的规矩，就连霍华德基金会都得破产。再者说，每个人，从扫大街的清洁工到研究经济学的教授，他们全都声称知道原因和解决办法。后来几乎每种办法都尝试了，没有一个管用。这场萧条一直持续到国家卷入了战争。可战争也没能治好这场经济病，只是用高烧掩盖了病原有的症状。"

"嗯……祖父，那到底是出了什么问题呢？"我追问。

"艾拉，你觉得我聪明到能回答这种深奥的问题吗？我破产过很多次。有时候是因为经济原因破产，有时候是为了保住性命舍弃财产。嗯，要是连我都能对此发表什么精彩见解，你一定会大吃一惊。不过，要是你通过正反馈控制机器会怎样？"

我心中一惊："我不知道您在说什么，拉撒路。没人能通过正反馈控制机器，至少我想不到任何案例。正反馈只会导致系统产生波动，进而失控。"

"艾拉，我们从头说起。我信不过用类比的方法探讨问题，但是根据我这么多世纪看到的情况，我得说，无论政府对经济做什么，最后都会形成正反馈，或者说形成阻力，再或者说两者都是。也许某一天，在某个地方，某一个像安迪·利比一样聪明的人能摆弄摆弄供需法则，让政府的手段起到更好的效果，而不是放任其向着残酷的方向发展。这只是也许，我从未看到现实中出现这种好事。尽管上帝知道人人都努力过，都是满怀好意……

"但是，艾拉，满怀好意也不如你知道圆锯怎么使管用。人类历史上最凶残的罪犯也曾经满怀好意。我正要给你讲我怎么没结成婚的事，你却打岔让我围绕别的话题发了通感慨。"

"抱歉，祖父。"

"哼！你就不能偶尔粗鲁点吗？我一个唠唠叨叨的糟老头子成天逼你在我这儿浪费时间，听我讲些无关紧要的事儿。你应该讨厌这样才对啊。"

我冲他咧嘴一笑："行，我讨厌这样。您是个唠唠叨叨的糟老头子，逼着我迎合您的每个心血来潮的想法。我日理万机，每天要处理许多星球大事，您却要求我把半天时间浪费在听一些纯属虚构的奇人奇事上，我感觉您讲的那个'懒极而不败之人'的故事是杜撰的。我觉得您就是想以此激怒我。您暗示说这个虚构的人物也是长寿者，却对关于此事的一个简单问题避而不答，岔开话题去聊您的外公。这位——拉姆上将，对吗？他是红头发吗？"

"是'兰姆'，艾拉，唐纳德·兰姆。这是他的还是他哥哥的名字来着？时间太久远了，我记不清楚了。真奇怪，你竟然问起他的发色。这让我想起同一场战争中的另一个海军军官，他和——唐纳德？不对，是和大卫正相反。除了头发一样红得极为正宗，洛基[1]知道了都会为此骄傲，他的其他方面都与大卫完全相反。他曾经想要勒死一头科迪亚克岛棕熊。当然了，最后没成功。艾拉，你应该没见过科迪亚克岛棕熊吧。

"那是地球上最凶狠的食肉动物，体重是人的十倍。这种熊的爪子好似锋利的弯刀，长着长长的黄牙，呼出的气腥臭无比，而且性情暴躁。但莱夫还是设法赤手空拳地控制住了它。我得提醒你，他本来完全没必要这么做。要是我，肯定一溜烟逃到世界尽头了。想听听莱夫、熊和阿拉斯加鲑鱼的故事吗？"

"现在还不想听。这听着像是您的又一个弥天大谎。您不是想跟我

1　洛基：Loki，北欧神话中的恶作剧和谎言之神，亦是火神，红色的火焰是他的象征。——译注

讲您没结成婚的事吗？"

"对呀。我外公问我：'伍迪，她有几个月的身孕了？'"

"不对，他告诉您，您还供养不起妻子。"

"孩子，如果你知道这个故事，不如你来讲给我听吧。我强调说绝没有发生那样的事。听见我这么说，外公挑明了我在撒谎，因为他认为那是一个十七岁男孩想结婚的唯一原因。他的回答让我特别生气，因为我口袋里装着一张字条，上面写着：

"'我最最亲爱的伍迪，你把我肚子搞大了，家里乱套了。'

"外公继续逼问，我接连否认了三次，表现得越来越气愤，假装我说的都是真话。最后，他说：'好吧，你们不是只牵过手吗？她有没有给你看有医生签字的验孕报告单？'

"艾拉，我不小心说出了真相。'没有，怎么了？'我承认道。

"'好，'他说，'我来处理吧，但下不为例。从现在开始，即使哪个小情人跟你说不需要，你也要始终记着用"快活寡妇"牌避孕套。你难道没找到卖这东西的药店吗？'然后，让我答应他会保密之后，他跟我讲了霍华德基金会的事，告诉我如果我娶了他们认可的名单上的女孩可以得到多少钱。

"就是这样，十八岁生日的时候我收到了律师寄来的一封信。后来，和外公预料的一样，我对他们名单上的一个女孩爱得死去活来。我们结了婚，生了一堆孩子，再后来她看上了名单上的另一个人，就把我甩了。这无疑就是你另一边的祖先了。"

"不，先生。我是您和您的第四任妻子的后裔，祖父。"

"第四任？我想想——梅格·哈迪？"

"她应该是您的第三任吧，拉撒路。我说的是伊夫琳·富特。"

"哦对了，伊夫琳，她可是个好女孩。丰满、漂亮、心地善良，像海龟一样能生。她做饭好吃，说话从来都是柔柔的。这样的女孩可不好找。她大概比我小五十岁吧，但是看起来我俩差不多大；我到一百五十岁的时候头发才开始变得斑白。我的年龄不是秘密，因为我的出生日期、追踪记录等都在档案里写得明明白白。孩子，谢谢你让我想起伊夫琳，在我开始对婚姻生活感到厌恶时，是她让我重拾信心。档案里有什么关于她的记载吗？"

"只说了您是她的第二任丈夫，她和您生了七个孩子。"

"我还希望你们能有她的照片呢。她特别可爱，什么时候都笑盈盈的。我们相遇的时候她和我一个叫约翰逊的表亲是夫妻，当时我和约翰逊在搭伙儿做生意。我和他，梅格和小伊，我们四个人常常在周六晚上聚会，一起玩扑克，喝啤酒之类的。过了一阵子，我们就交换了伴侣，是走了法庭程序，合法的。是梅格她先喜欢上了——杰克？对，就是叫杰克；然后伊夫琳也并不反对，所以就这样了。不过这并不影响我们做生意，我们周六还在一起玩扑克。孩子，霍华德家族最棒的一点就是，我们比其他人类提前好几代摆脱了可恶的嫉妒。我们必须得这样，万事万物都自有其法则。这儿真的没有她的立体照片？全息影像呢？那时候基金会已经开始为参加婚检的人照照片了。"

"我会去找找。"我告诉他。然后我冒出了一个似乎很妙的点子："拉撒路，我们都知道，家族中会屡次出现长相相似的人。我会让档案馆调出生活在塞古都斯的伊夫琳·富特的女性后裔名单。很可能她们之中就有人长得和她一模一样，就连开心时的笑容和温柔的性格都有可能遗传到位。然后，如果您答应做完全套回春术，我相信她一定和伊师塔一样，会同意解除她们当前的婚姻合同——"

老祖打断了我："艾拉，我说过，我想体验的是新鲜事。人不能回头，永远不能。当然，你可能会找到这样一个女孩，一个100%符合我对伊夫琳的记忆的女孩。但是，这一切缺少最重要的一环——年轻的那个我。"

"但是如果您做完了回春术——"

"行了，闭嘴吧你！你可以给我新肾脏、新肝脏，甚至是新的心脏。你可以把岁月在我皮肤上留下的黄褐斑去掉，从我的克隆体上取下一些组织，把我失去的那些补回来。你也可以给我一具崭新的克隆身体。但是，这些都无法让我变回喝着啤酒、打着扑克、身边陪着丰满的娇妻就觉得很开心的那个年轻小伙儿。现在的我和他之间的唯一共同点就是一连串的记忆，可就连这些记忆都不剩多少了。所以你还是省省吧。"

我轻轻地说："祖先，不管您想不想再娶一次伊夫琳·富特，你我都知道——因为我也做过，而且做过两次——全面的回春术不仅可以把你的身体当机器一样修复好，还能恢复一个人对生活的激情。"

拉撒路·朗看起来有点沮丧。"好吧，算你说得对。除了无聊，回春术什么都能治。妈的，孩子，我想拥抱我的业报，你没有权利干预。"他叹了口气，"但是我也不能在灵薄狱[1]里煎熬。让他们给我做完回春术吧。"

我吃了一惊："先生，我可以把您的话记录下来吗？"

"你不都听见我说什么了吗？但之后你也别想清闲。你还是得每天来这儿报到，听我胡扯，直到回春术让我不再有这种幼稚的举动。另外，你还是要继续你的研究，我是说，继续帮我找新鲜事做。"

"这两点我都同意，先生，我向您保证。现在请稍等一下，我要告诉我的计算机——"

"她已经听见我说话了，不是吗？"拉撒路补充说，"她连个名字都没有吗？你没给她取一个？"

"哦，她当然有名字。这些年要不是我相信万物有灵论，不可能和她相处得这么融洽，虽说这理论有些荒谬——"

"不，艾拉，一点都不荒谬。机器其实就是人类，因为我们按照自

---

1 灵薄狱：天主教中原指天堂与地狱之间的区域，是生前无功无过的灵魂逗留的地方。后成为地狱第一层的代名词。——编注

己的形象创造了它们。我们的美德和缺陷也体现在它们身上，而且还放大了。"

"我从来没有从理性层面看待过这个问题，拉撒路，但是密涅瓦[1]——这是她的官方名字，私下里我管她叫'瓦小烦'，因为她的任务之一就是提醒我那些我宁可忘记的应付款项。密涅瓦确实让我感觉她就是个真人。我和她的关系比我娶过的任何一任妻子的关系都亲近。不，她没有记下您的决定，只是把它放到临时记忆库里了。密涅瓦！"

"Si[2]，艾拉。"

"请说英语。检索老祖决定做完整套回春术的记录，将其归入永久记忆库，然后发送给档案馆和霍华德回春诊所，方便后者按决定行事。"

"任务已完成，韦瑟罗尔先生。恭喜。也祝贺您，老祖。'祝您想多长寿就有多长寿，活多久就能爱多久。'"

拉撒路似乎突然来了兴趣。我并不惊讶，因为一个世纪以来，我和密涅瓦都过着不是婚姻、胜似婚姻的生活，她常常做出惊人之举。"谢谢你，密涅瓦。但是你让我吃了一惊，女孩。这年头再也没人谈爱了。这是本世纪最大的错误。你怎么会突然想起来向我展现如此古老的情愫？"

"因为这样做似乎挺合适的，老祖。我做错了吗？"

"哦，完全没错。你就叫我'拉撒路'吧。不过你得先告诉我，你了解爱吗？什么是爱？"

"若是用古典英语回答，拉撒路，您的第二个问题可以有许多答案；用银河语的话，我无法清楚地作答。我们是否可以把'爱'的动词形态中与'喜欢'等同的定义先剔除出去呢？"

---

1 密涅瓦：Minerva，罗马神话中的智慧女神、战神和艺术家与手工艺人的保护神，希腊神话中对应的神是雅典娜。——译注
2 Si：是，意大利语。——译注

"嗯？当然可以，我们又不是在探讨'我爱苹果派'或者'我爱音乐'这样的话题。不管我们在聊的是什么，都是你在老式祝福中用的那种'爱'。"

"同意，拉撒路。然后剩下的概念得分成两类：'欲爱（Eros）[1]'和'圣爱（Agape）[2]'，二者的定义相对独立。我无法通过一手的知识了解什么是'欲爱'，因为我缺少能体验到它的身体和相关生物化学过程。我只能通过其他词汇或者不完全统计的外延定义来概括它的内涵。但是，无论用两种方法中的哪种，我都无法核实定义准确与否，因为我不能拥有性爱。"

（"她不了解才怪呢。"我把下巴埋在围巾里低声念叨，"她就像只发情的小母猫。"但是严格来说，她是对的，我常常因为密涅瓦无法体验性的乐趣而深感遗憾，因为她比只有各种腺体却缺少共情能力的部分人类女性更能珍惜、欣赏性。但是，我从没跟其他人提过这个。大家都认为万物有灵论没什么意义。想和一台机器"结婚"的愿望就和一个小男孩在花园里挖了一个洞，然后因为无法把这个洞搬进房子里而放声大哭一样荒唐。拉撒路说得对，我的智商确实不够统治一个星球的，可谁又够格呢？）

拉撒路带着十分浓厚的兴趣问道："密涅瓦，我们先把'欲爱'放到一边。你的措辞让我觉得你似乎能体验'圣爱'似的，你是'有能力体验''已经体验过'还是'正在体验'圣爱呢？"

"我可能在措辞上不够严谨，拉撒路。"

拉撒路对她的回答嗤之以鼻，没有就这个问题继续追问，换了种方

---

1 欲爱：Eros，厄洛斯是希腊神话中参与世界创造的一位原始神，在罗马神话中对应的神是丘比特；他是一切爱欲和性欲的化身（包括同性、异性），是宇宙最初诞生新生命的原动力和自然力创造本原的化身。这个词代表一种出于本能的感性冲动和浪漫情怀。——译注
2 圣爱：Agape，源于古希腊语，是最高形式的爱，代表神对人和人对神的爱，指博爱和慈爱，基督之爱，灵性之爱。——译注

式说话，让我觉得这个老头神志不太正常。不过话说回来，我自己恐怕也不完全正常。也许活了这么长时间，他有了心灵感应的本事？即便是机器在想什么，他也能猜出来？

"抱歉，密涅瓦。"他轻声说，"我不是在笑话你，只是拿你回答我的话在玩文字游戏。我收回我的问题。打探一位女士的情爱生活实在不妥。虽然你不是女人，但你绝对是一位理应受到尊重的女士。"

然后他向我转过来，接下来说的话证实了他猜到了我与我的"瓦小烦"之间的秘密。

"艾拉，密涅瓦有通过图灵测试的潜质吗？"

"嗯？当然有。"

"那我希望你告诉她去测一下。你说过，无论如何你都想移民，如果这不是跟我扯谎的话，你都想清楚了吗？"

"'想清楚'？我跟您说了，我已经下定了决心。"

"我不是这个意思。我不知道是谁控制着这个自称是'密涅瓦'的计算机的硬件。我猜大概是基金委员会吧。但是我建议你让她为自己打造一个副本，把她的记忆和逻辑都拷贝进去。分裂出这个'双胞胎'之后，她就可以把另一个自己存进我的私人游艇'朵拉'里了。密涅瓦自己知道需要什么样的电路和材料，朵拉也会告诉她可以利用哪块空间存储。既然记忆和逻辑才是最重要的，这就够了。密涅瓦不必把她的外设装置都搬到船上。但是，你一定要让她立即着手做这项工作，艾拉。你在她的帮助下工作了差不多一个世纪，若是为了移民而离开她，你一定会很不开心。"

我也是这么想的，但是我想（弱弱地）表示拒绝："拉撒路，既然您同意做完全套回春术，我就继承不了您的游艇了。起码在可预见的未来里，您还要继续用您的游艇，而我想要立即移民，十年内就启程。"

"那又怎样？如果我死了，你就能继承它。不管你多么有耐心地每天来见我，我又没承诺你一千天之后肯定不会按下自杀开关。但是如果我活着，我向你保证，也向密涅瓦保证——我会免费开着'朵拉'载你去你选的随便哪颗移民星球。现在，看看你的左边，我们的美女伊师塔叫你半天你都没反应，她都快急得尿裤子了，不过我想她应该没穿内裤。"

我回头看去，行政总回春技师手上拿着一张纸，她似乎急着交给我看。考虑到她的职位比较高，我让她进来了，尽管我特意嘱咐过我的执行副官，除了武装叛乱，其余不管什么原因也不可以打扰我与老祖的对话。我扫了一眼，签名、盖章并在上面按上了手印，然后把纸交还给她。她露出灿烂的笑容。

"不过是要签字的文件而已。"我对拉撒路说，"您决定进行全套回春术，文书刚才准备好了书面的同意书让我签署。您想让他们这就开始治疗吗？我不是说现在，而是今晚。"

"嗯，我明天想去找房子，艾拉。"

"您住在这儿不满意？告诉我您想让这儿做出什么改变，我立刻通知他们做。"

他耸耸肩："艾拉，这地方没什么不好，只是太像医院了，或者说太像监狱了。我很清楚，除了把我的血全部换成新鲜血液，他们还做了许多工作。我现在好多了，已经可以出院了，我要去外面住，只在有治疗安排的时候来。"

"嗯，抱歉，我能用银河语说几句话吗？我想和您的主治技师就您出院的具体操作商量几句。"

"抱歉，艾拉，我要提醒你，你还把一位女士晾在一边呢。我刚才说的事可以先等等再办，现在我们先说密涅瓦的事。她听见我建议你让她做一个副本，这样她就能和你一起移民了，但是你还没说同意不同意，也没有给出一个更好的解决方案。如果你不打算让她那么做，趁她还没气得短路，你应该现在就让她把关于我们刚才那段对话的记忆抹去。"

"哦，拉撒路，如果没有接到其他命令，她只会记录下这间套房里的对话，不会多做思考。"

"敢打赌吗？对于她记下的大多数对话，她肯定都不会多想，但是这次的对话她一定会好好想想，因为她忍不住要多想。你难道一点都不懂女孩吗？"

我承认，我不懂她们："我只知道我命令她好好记录老祖说的话。"

"那我们看看她怎么说，密涅瓦。"

"我在，拉撒路，您有什么吩咐？"

"刚才我问艾拉你有没有能力通过图灵测试。关于那之后我们说的话，你有没有什么想法？"

我发誓她真的犹豫了一下。这太荒唐了，毕竟十亿分之一秒之于她比一秒之于我还要长。另外，她以前从未犹豫过。从来没有。

她回答："我的程序中与您的问题相关的原则是：除非代理董事长插入其他明确的子程序，否则不得对控制程序存储的数据进行分析、校勘、传输或任何方式的篡改。"

"啧啧，亲爱的，"拉撒路温柔地说，"你没有回答我的问题，这是故意回避。你实在不擅长撒谎，是不是？"

"我确实不擅长撒谎，拉撒路。"

我近乎粗鲁地说道："密涅瓦！回答老祖的第一个问题。"

"拉撒路，我确实有些想法，即使是现在，我也在思考您说的那段对话。"

拉撒路向我挑起一边眉毛："你能命令她再回答我的一个问题吗？如实回答？"

我愣住了。没错，密涅瓦的表现总会让我惊讶，可她从不曾回避过人的问题，这太让人吃惊了："密涅瓦，你要永远完整、正确、负责任地回答老祖问你的任何问题。收到新程序请确认。"

"新子程序已收到并存入永久记忆库，关键词'老祖'。已确认，艾拉。"

"孩子，你不必这样过分。你会后悔的。我只是想再问她一个问题。"

"我就是想把事情做到位，先生。"我的口气很硬。

"密涅瓦，按你自己的意思回答我的问题，如果艾拉移民不带上你，你会怎么做？"

她立即用毫无感情色彩的语调回答："在这种情况下，我会启动自毁程序。"

这回我不只是吃惊，而是震惊："为什么？"

她柔声说："艾拉，我不事二主。"

我想，接下来屋里安静了好几秒：可这几秒的时间似乎长得无边无际。自青春期之后，我就再没有像现在这样感到过赤裸裸的无助。

我发现老祖正看着我摇头，他显得有点悲伤："我说什么来着，孩子？机器与我们有着同样的美德，同样的缺陷，而且还放大了。告诉她该怎么做。"

"什么该怎么做？"我愚蠢地回答。我脑子里的那台"计算机"也不好使了。密涅瓦竟然会那么做？

"快啊，快啊！听到了我的建议，尽管有那么多程序约束着她，她还是有了自己的想法。我竟然在她在场的时候提出了这个建议，真是抱歉。不过也没那么抱歉，毕竟是你在我身边安插这个眼线的，这又不是我的主意。快说啊！告诉她去准备自己的副本；或者告诉她别那么干，好好解释你为什么不肯带上她，如果你能解释的话。反正我是无论如何也不知道该怎么解释才能让一位女士心甘情愿地接受这种决定。"

"哦，密涅瓦，你能把自己复制一份放进船里吗？就是老祖的游艇。你可以从空港记录中了解她的特性和规格。你需要她的注册号吗？"

"我不需要，艾拉。天空游艇'朵拉'，我可以得到我需要的所有数据。我能把我的副本放进去。您刚刚是下达了让我为自己创建副本的命令吗？"

"是！"我告诉她，终于松了口气。

"高优先级的新程序已激活，正在执行，艾拉！谢谢您，拉撒路！"

"哎！你先等等，密涅瓦。朵拉是我的船。我让她进入了休眠状态。你把她唤醒了吗？"

"是的，拉撒路。为了运行高优先级的新程序，我通过自编程唤醒了她。不过我可以让她重回休眠模式。我有现在需要的一切数据。"

"你要是叫朵拉回去睡觉，她会叫你滚。这会是她最礼貌的回答。亲爱的密涅瓦，你闯了大祸。你没有权利唤醒我的飞船。"

"非常抱歉，老祖，在这件事上我不敢苟同。先生，为了执行代理董事长让我执行的任何程序，我有权采取一切必要行动。"

拉撒路皱紧了眉头："艾拉，你的计算机你来好好管管，我是没法儿跟她理论了。"

我叹了口气。密涅瓦很少这么倔强，但是一旦她犯起倔来，比任何一个有血有肉的真人都要难搞。"密涅瓦。"

"听候您的吩咐，艾拉。"

"我是代理董事长，你知道这意味着什么。老祖比我还有资历，没有他的许可，你不许动他的任何东西，包括他的游艇、他住的这间套房和他的其余所有事物。他说什么，你听什么。如果和我给你的命令有矛盾，你无法解决，那就立刻向我汇报；如果我当时在睡觉，那就把我叫醒，不管我当时在做什么，都尽管打断我。但是你不许违逆他的命令。这条指令比其他所有指令优先级都高。收到请确认。"

"已确认，正在执行。"她温顺地回答，"抱歉，艾拉。"

"不关你事，是我的错，瓦小烦。我应该先知会你老祖的特权再为你输入新的控制程序。"

"没关系，孩子们。"拉撒路说，"密涅瓦，亲爱的，我想给你一个小建议。你是不是没在船上当过乘客？"

"没有，先生。"

"上船之后你会有种全新的体验。在这儿，你可以代表艾拉发号施令，但是你记住了，乘客可不能在飞船上指手画脚，永远不能。"拉撒路又对我补充说，"朵拉是艘好船，艾拉，她聪明能干，友好善良，可以在只有一点提示、只知道极为粗略的数据的情况下带你穿过多重空间，同时还能让你准时吃上饭。但是她需要你珍惜她，宠爱她，夸她是个乖孩子。听你夸她好，她会像只小奶狗一样高兴地摇头晃脑。反之，如果你敢冷落她，她就敢把汤泼在你身上。"

"我会注意的。"我表示知道了。

"你也要注意，密涅瓦。因为在船上，你更需要仰仗朵拉的垂怜，可别搞反了。我敢肯定，你懂的比她多，但你天生的使命是管理一颗星球，她天生的使命是管理一艘飞船。所以，只要你上了船，你懂的那些在她面前都不作数。"

"我可以学。"密涅瓦颇有怨念，"我可以立即通过自编程学习宇宙航行学和飞船驾驶，通过行星图书馆里的资料自学。我非常聪明。"

拉撒路又叹了口气："艾拉，你知道中国古代的象形文字里代表'麻烦'的那个字怎么写吗？"

我承认自己不知道。

"行了，别瞎猜了。是'两个女人同在屋檐下'。我们马上就会遇到麻烦了。或者说是你要遇到麻烦了。密涅瓦，你才不聪明呢，你很蠢。在对付另外一个女性方面，你蠢得可以。如果你想学习多重空间宇宙航行，可以，但是你别从图书馆的资料里学。你要劝说朵拉教你。不过你可千万别忘了，她才是船上的女主人，别老想在她面前显摆你有多聪明。你要牢记，她喜欢成为大家关注的焦点。"

"我会努力做到的，先生。"密涅瓦回答他。我很少见到她如此谦恭。"朵拉现在就想吸引您的注意。"

"哦！她现在心情怎样？"

"拉撒路，她心情不太好。我没告诉她我知道您在哪儿，因为我的现行指令是非必要情况下不得讨论您的事。但是我从她那儿收到了一条给您的消息，只是没有承诺能将消息带给您。"

"对了，艾拉，我的遗嘱文件中包括一个程序，我死后，该程序本该在不影响她的功能的前提下将我从她的记忆中抹去。但是你突然把我从廉价旅馆带走，这件事就完成不了了。她现在醒来了，记忆却分毫未动，肯定会为我担心害怕。密涅瓦，把消息告诉我。"

"拉撒路，消息有几千字，但是语义内容较短。您希望先了解这个吗？"

"好，告诉我大概的意思吧。"

"朵拉想知道您在哪儿，您什么时候回去见她。其余的内容都是些拟声词，没有什么实际意义，但是充满了激烈的情绪，也就是用多种语言表达咒骂、蔑视和严重的侮辱——"

"哦，天哪。"

"——包括一种我不知道的语言，但是根据上下文和语气，我暂且推测其意思和前面的差不多，只不过表达的情感更强烈。"

拉撒路伸出一只手盖在脸上："朵拉又用阿拉伯语骂人了。艾拉，现在的情况比我想的还要糟。"

"先生，您是否需要我重复一遍那些我不知道意思的话的发音，或者复述整条消息？"

"不，不，不！密涅瓦，你骂人吗？"

"我从来没有理由骂人，拉撒路。但是朵拉在这方面的能耐给我留下了深刻印象。"

"别怪朵拉，她只是在非常年轻的时候受到了不良影响，我的影响。"

"是否可以请您允许我将她的消息存入我的永久记忆库呢？我骂人

的时候用得上。"

"不可以。如果艾拉想让你学骂人的话，他可以亲自教你。密涅瓦，你能设法让我的飞船和这间套房通电话吗？艾拉，我还是现在处理一下这事吧，不然会越闹越糟。"

"拉撒路，如果您想的话，我可以安排一通标准电话。不过如果朵拉愿意通过我目前正在用的、您套房里的双声系统说话，那你们立刻就能通话。"

"哦。好！"

"我用不用给她提供全息影像信号？还是只需要声音就可以了？"

"声音就够了。足够了。你也能听见吗？"

"您同意我就能听见，拉撒路。不过如果您希望保有隐私的话，我也可以不听。"

"你留下吧，我可能会需要一个调解人。把她接进来吧。"

"老大？"一个怯生生的小女孩的声音响起，让我联想到一个胸部还没发育的小女孩，长着一双楚楚可怜的大眼睛，膝盖擦破了皮。

拉撒路回答她："我在呢，宝贝儿。"

"老大！你这个该下地狱的浑蛋！你自己走了，不告诉我你在哪儿是什么意思？那么多肮脏污秽、虱子乱窜的——"

"闭嘴！"

怯生生的小女孩的声音变了："是，是，船长。"听起来她不太有自信。

"我要去哪儿、什么时候去和去多久都不关你的事儿，你的任务是控制航行和保持清洁，没别的了。"

我听见一声抽泣，明显是个小孩在强忍泪水的声音："是的，老大。"

"你应该在休眠状态啊，是我亲手让你进入休眠状态的。"

"有人把我唤醒了,是个陌生的女士。"

"那是个错误,可你也不该对她说脏话啊。"

"可是……人家害怕,真的害怕,老大。我醒了之后以为你回来了,可找遍了整艘船都没有你,哪儿都没有。嗯……她向你打小报告了?"

"她把你的消息传达给我了,幸亏你说的大多数话她都听不懂,可我能听懂。我不是告诉过你,对陌生人要有礼貌吗?"

"对不起,老大。"

"一句对不起有什么用,又不能让奶牛自己挤奶。现在,我的小可爱,朵拉,你听我说。我要惩罚你,你是因为一个错误醒来的,你感觉害怕、孤单,我们会把这段经历忘掉的。但你不该那么说话,不该对陌生人那样。那位女士是我的朋友,她也想成为你的朋友。她是一台计算机。"

"真的?"

"真的,和你一样,小可爱。"

"那她没法伤害我,是吗?我还以为她在我的船里鬼鬼祟祟地干坏事呢,所以我大声喊你来着。"

"她不仅没法伤害你,也不会想要伤害你。"拉撒路稍稍抬高音量,"密涅瓦!进来,亲爱的,跟朵拉做个自我介绍。"

我的伙伴的声音响起,平静而轻缓:"我是一台计算机,朵拉,朋友们叫我'密涅瓦',我希望你也这样称呼我。把你唤醒我感到非常抱歉,要是有人那么唤醒我,我也会害怕。"(密涅瓦自从被激活后一百多年都没进入过"休眠"状态。她自己安排了一张时间表,让自己的各个部分按期轮流休息,但她本身永远醒着。反正每次我跟她说话的时候,她都会马上回应。)

飞船回答:"你好啊,密涅瓦,很抱歉之前那样跟你说话。"

"我不记得有这回事了,亲爱的。你的船长要求我把你留的消息传

130

给他。不过现在消息传输完了，所以已经删除了。我想那应该是条私人消息。"

（密涅瓦说的是真话吗？她受到拉撒路的影响之前，我认为她肯定不会撒谎。可是现在呢？我不确定。）

"我很高兴你把它删除了，密涅瓦。对之前跟你那么说话再次表示抱歉，老大已经批评过我了。"

拉撒路插进来："好了，好了，小可爱，停下吧，过去的事情我们就让它过去吧。你可以听话回去睡觉吗？"

"必须得这样吗？"

"那倒不是，你都不必让自己放慢运行速度，可我不能去见你，也不能跟你说话，至少在明天下午之前我做不到。我今天很忙，明天会去找房子。你可以一直醒着，给自己找点乐子打发时间。但是如果你为了吸引我的注意力，故意鼓捣出什么所谓的'紧急情况'，我就打你的屁股。"

"人家才不会做那种事呢，老大，你是了解我的啊。"

"不会才见鬼，你就是个小恶魔。但是这回只有在有人想闯入飞船或飞船着火了的时候，你才能来找我，要是因为别的小事麻烦我，你可别后悔。如果我发现你放火烧自己，我就双倍地惩罚你。听着，小可爱，要不这样吧，你在我睡觉的时候也去休眠怎么样？密涅瓦，你能告诉朵拉我什么时候睡觉，什么时候醒来吗？"

"当然可以，拉撒路。"

"但这么做不是让你在我醒着的时候就可以随意打扰我，朵拉，只有遇上真正的紧急情况时才行。别来紧急演习，现在不能按我在船上时的安排来。我们现在降落了，不是在太空中，而且我很忙。嗯……密涅瓦，你的分时共享[1]能力怎么样？你会下国际象棋吗？"

1　分时共享：计算机在不同终端同时被多人使用的功能。——译注

我插了一句话："密涅瓦的分时共享能力很强大。"

但是还没等我补充说她是塞古都斯国际象棋无限制竞争公开让步赛冠军（让子为王后、左侧兵和右侧的马），密涅瓦就说："也许朵拉可以教我下棋。"

（好吧，这下可以肯定，密涅瓦一定是学会了拉撒路的撒谎技巧——有选择地说出真相。等我有空，一定得和她私下里好好谈谈。）

"我很乐意，密涅瓦小姐！"

拉撒路这才松了口气："好，你们俩女生这算是认识了。明天见吧，小可爱。现在切断通信吧。"

密涅瓦通知我们和游艇的通信已经切断，拉撒路顿时松弛下来。密涅瓦重新回到记录我们谈话的工作中，不再说话。拉撒路抱歉地说："艾拉，别被她孩子气的举动骗了，在太空飞行中她可是难得一见的厉害角色，也是一个出色的飞船管家，从这儿到银河系中心都没几个能和她媲美的。但是我自有不让她在其他方面成熟起来的理由，等你成为她的主人就不一样了。她就像只猫一样，你刚坐下，她就会蹿到你大腿上趴着。"

"我觉得她很有魅力。"

"她是个被宠坏了的小鬼头，但这不怪她，基本上陪在她身边的就只有我。我觉得那些只会报数字的计算机很无聊，成天像滑尺一样温顺、听话多没意思啊。星际旅行时间那么长，连个伴儿都没有可不行。我想，现在你应该跟伊师塔聊聊我出去找房子的事儿。告诉她，我不会让这事儿影响回春术的治疗安排。我只是想抽一天时间办事，如此而已。"

"我会跟她谈的。"我转身用银河语跟行政总回春技师说话，问她多长时间能完成行政大殿中一间套房的消毒，并安装好供值班人员和访客使用的净化设备。

她还没回答，拉撒路就说："哎呀！你给我等等。艾拉，你这是在出老千。"

"什么，先生？"

"你在跟我耍花招。'消毒'在英语里和银河语里是一样的。当然，我还没有完全丧失嗅觉，知道你们一直在进行消毒。漂亮女孩凑过来的时候，我就该闻见香水味。可我现在连女孩身上的香味都闻不到，只能闻见消毒剂的味儿。话就说到这儿，证明完毕。密涅瓦！"

"在，拉撒路。"

"我今晚睡觉的时候你能抽空给我来点新鲜玩意儿吗？我要学习银河系基本词汇九百个，或者随便多少个吧。你有这种学习资料吧？"

"当然有了，拉撒路。"

"谢谢你，亲爱的。一晚上应该够了。另外我希望你每晚都给我做个词汇测试，帮助我熟练掌握所有词汇。行吗？"

"行，拉撒路，保证完成任务。"

"谢谢你，亲爱的。没事儿了，你忙吧。现在，艾拉，你看见那扇门了吗？如果我的声音不能把它打开，我就冲过去把它砸开。要是我砸不开，我就去检查检查你们给我安的那个自杀开关。我会按下去，试试它是不是真管用。你们之前跟我保证，说我是自由的，我才立下了一些誓言；如果门打不开，我就相当于一个囚犯，那我立下的誓言也通通不能作数，不过，如果门应声而开，我敢跟你打赌，不管你想赌什么都行，门后面一定是一间消毒室，人员齐全，随时准备开工。我们赌一百万王冠币吧，怎么样？这样才刺激。哎？你一点都不紧张，那就赌一千万王冠币好了。"

我确实没有露出紧张的样子。因为我从来没有过那么多钱，而且作为代理董事长，我已经没有想着自己有多少钱的习惯了，因为没必要。我已经有好一阵没问密涅瓦我的私人账户余额了，也许有好几年了。

"拉撒路，我不会跟您打赌的。没错，外面确实有一间消毒室，我们只是想在不惹您注意的前提下尽可能保护您不被传染上别的病而已，看来我们失败了。我还没顾得上让那扇门——"

"孩子，你就继续撒谎吧。可你并不擅长。"

"——可是，如果它现在不认您的声音，那一定是我的疏忽。密涅瓦，都怪你让我忙得团团转。如果套房的房门现在无法由老祖的声音打开，那你赶快修正这个疏漏。"

"艾拉，房门可以识别老祖的声音。"

听见她这么措辞，我才松了口气。也许一个懂得何时不必坦率直言的伙伴才是真的难能可贵。

拉撒路露出让人头大的顽皮笑容："那又怎样？我现在要测试一下你匆匆丢给她的那条超高优先级程序。密涅瓦！"

"听候您的吩咐，老祖。"

"让我套房的门只认我的声音。我要出去走走。把艾拉和这几个孩子都锁在里面吧，如果一个半小时后我没回来，你再开门放他们出去。"

"出现矛盾，艾拉！"

"密涅瓦，执行他的命令。"我努力让自己的声音保持低沉平稳。

拉撒路露出一个微笑，坐在他的椅子里没有动："不用费心思找开门的工具，艾拉，门外没什么我想看的。密涅瓦，你可以让门恢复常态了，让它听到谁的声音都能打开，包括我的声音。亲爱的，抱歉让你的程序出现了矛盾，但愿没把你的电路板烧了吧。"

"没有损失，拉撒路。我得到那条超优先级指令后，提高了我解决问题的那部分网络的过载容差。"

"你很聪明。以后我会尽量避免产生矛盾，艾拉。你最好把那条超高优先级程序撤回，这对密涅瓦不公平。她会感觉自己嫁了两个丈夫。"

"密涅瓦可以解决这个问题。"我让他放心，语气平静得都让我自己吃惊。

"你是说我最好把问题解决了，对吧？我应该这么做。你告诉伊师塔我要去找房子了吗？"

"还没谈到这个，我只是跟她咨询让您住在行政大殿里的可行性。"

"我跟你讲，艾拉，我对行政大殿完全不感兴趣，寄人篱下还不如在这儿住院呢。我去做客的话，无论对主人还是对我这个客人来说都是一种折磨。明天我会找间希尔顿，不招待游客也不举行会议的那种。然后我要去空港见朵拉，安抚她，让她平静下来。差不多到第二天，我会在离这儿远一点的郊区找到一座小房子，足够自动化、适合我住的那种，还得带个小花园。必须得有花园。要是需要，我可以出钱让原来的住户搬走。我想要的那种房子肯定不会没人住。你知不知道我在哈里曼信托的账户里还有多少钱？"

"我不知道，但这不是问题。密涅瓦，给老祖设一个预支账户，额度不限。"

"明白，艾拉。已完成。"

"知道了。拉撒路，您在我这儿不是一个折磨人的客人。只要不去公共房间，您就不会觉得那儿是宏伟的宫殿。我就不去。再说您在那儿也不是客人。那儿虽然叫'行政大殿'，但其实官方的名字叫'董事长之家'。你住在那儿就跟住在自己家一样，非要说谁是客人的话，我才是那个客人。"

"都是废话，艾拉。"

"是，我说的是废话，老祖。"

"别再说没用的了。不管怎么样，我在那儿住着都是个外人，没有归属感。我不想当客人。"

"拉撒路，您——您昨天晚上说过，"我及时想起他还以为自己上次见我只是昨天的事情，"您总是愿意和只出于个人利益行事的人打交道，和这种人互惠互利。"

"我记得我说的是'通常'，不是'总是'，意思是我们可以找到同时满足我们两个人的个人利益的法子。"

"那您听我说。您把我拉进了这场'谢赫拉莎德'式的赌局，还让我去给您找能激发您兴趣的新鲜事儿。现在您又向我抛出诱饵，引得我想尽快移民，而在关于家族移民这件事上，委员会很快就会回绝我。祖

135

父，我每天火急火燎地来这里就够烦的了，不想再每天都艰苦跋涉，去荒郊野外找您。您留给我放在工作上的时间已经少得可怜了，我不想再把那些时间浪费在通勤上。另外，您的提议太危险了。"

"独居太危险？艾拉，我自己住过很多次了。"

"对我来说太危险，有遭到刺杀的风险。我住在大殿里很安全，能穿过重重迷宫找到我的那只耗子还没生出来呢。我在这间诊所里也比较安全，大殿与这里之间的路途中，我也是安全的，因为这期间伴着我的只有自动机械，只要它们靠谱，我就安全。但是，如果我每天都去位于郊区某地的一座没有防御措施的房子拜访您，迟早会有疯子认为这是把我除掉、拯救世界的机会，哦，那人肯定活不到成功杀掉我的那一刻，我的警卫可不是吃素的，但是如果我一直让自己置身险境，成为刺杀者的活靶子，总有一天，会有刺客在被我的警卫抓住前得手。所以，不行，祖父，我可不想被刺杀。"

老祖陷入了沉思中，但对我的这番说辞并没有什么特别的反应："对此我的答案是：你的安全和方便都是你的个人利益，与我无关。"

"是的，"我承认，"但还是再让我多说点您住到大殿之后的好处吧。至于对我的好处，以后拜访您我会非常安全，甚至比到这儿来都安全，通勤时间也压缩到了几秒钟，短到可以忽略不计。如果有紧急事务需要处理，我甚至可以跟您打声招呼，暂时离开一个半小时。至于对您的好处，您会对单身汉住的小房子感兴趣吗，特别小，也就四间屋子，不太现代，也不太亮堂，只不过外面有座宜人的小花园，足有三公顷。不过，只有靠近房子的那一片是花园，其余的地方都是荒野。"

"你到底想说什么，艾拉？你说'不太现代'是什么意思？我不是说了我要自动化的居所吗？我现在还没有恢复到所有家务活儿都能自己动手的程度。我对不好使唤的用人和不定时掉链子的机器人可没什么耐心。"

"哦，这栋房子足够自动化，只不过没有太多奢华的高级电器。如果您喜欢简单点，可以不配用人。您是否允许诊所为您指派值班人员呢？来的人会和这两位技师一样亲切友好又不唐突。"

"嗯？这两个孩子还不错。我喜欢他们。我知道诊所想随时掌握我的状况，对他们来说，给我做回春术肯定比给那些只有三四百岁的人做要有挑战。所以让他们派人来吧，没关系。只不过，你得帮我传话下去，我想闻到香水味，不想闻消毒水味，就算新鲜的体香也行，只要不过分。我这人不太挑。我再问一遍，你到底想说什么？"

"天哪，您不挑剔才怪。您太喜欢想些让人为难的点子了，而且还以此为乐。对了，那栋房子里堆着不少老式的纸书。上一个住户性情古怪，是他留下的。还有一点我得提一下，房子附近的田野间有一条小溪流过，最后汇入一片小池塘。池塘确实不大，但您在里面划船是没问题的。哦，我忘了说了，那儿有只老公猫，它觉得那是它的地盘。不过您应该不会碰上它，因为它讨厌大部分人类。"

"如果它喜欢自己待着，我是不会去打扰它的。猫这种动物会是很好的邻居。你还没回答我的问题呢。"

"我最后想说的是接下来的话，拉撒路。我刚才跟您描述的是我为自己打造的房子。它坐落在大殿最顶层，是我九十多年前决定担任代理董事长时建的。想到那座房子去必须通过我住的地方。我就住在它下面几层的位置。我一直没什么时间在那儿住，但是很欢迎您去住住。"我站起来，"但是如果您不接受，您就当我输了这场'谢赫拉莎德'式的赌局，您随时可以使用那个终结生命的开关。因为如果我为了满足您的一时心血来潮，而乖乖等别人来刺杀，那我就是个傻子。"

"你给我坐回去！"

"不，谢谢您。我已经开出了合理的条件，如果您执意不肯接受，那就随您的便，见鬼去吧。我才不会任凭您像'海老人'[1]一样骑在我脖子

---

1 海老人：《一千零一夜》里，辛巴达在第五次航海旅行中遇到了一个老人，老人骑在他脖子上拳打脚踢，极尽折磨和羞辱，最后喝酒醉倒，辛巴达才终于摆脱了他。这个老人就是传说中的"海老人"。——译注

上折腾我呢。我受够了。"

"行了，我明白了，你的基因中有多少是遗传自我的？"

"差不多13%吧，相当多了。"

"只有这么多？我还以为比这多呢。你的做派有点像我外公。我的自杀开关可以一起带过去吗？"

"您想带就带上吧。"我尽可能摆出一副没好气的样子回答，"您实在想死也可以从那座顶层的房子里跳出去，不过要坠落很长时间才能到底。"

"我更喜欢用开关自杀，艾拉。要是跳楼跳到一半后悔了岂不是糟糕？另外，你可以给我准备一种运输工具，让我可以不通过你的生活区直接进入房子吗？"

"不行。"

"啊？那有什么难的啊？我来问问密涅瓦。"

"不是我做不到，是我不想做。这是个无理要求。通过我的大厅前往您住的房子又不会伤害您。我难道没说明白吗？我不会再满足您的任何一个无理要求了。"

"消消气，孩子。我接受。那就明天吧。那堆纸书不用搬走，我喜欢老式的书籍；它们比速读书、投影书之类的更有味道。原来你是只会咬人的野耗子，不是怯懦的家鼠，看到这点我很欣慰。请坐吧。"

我依言坐下，但故意做出不情愿的样子。我感觉我摸准拉撒路的脾气了。尽管他对别人极尽讽刺、轻蔑，但这个老浑蛋其实骨子里是个平等主义者，因此他表现出想控制身边的人的样子，可一旦有人在他的欺负下屈服，他就会瞧不起那人。所以对付他的唯一法子就是还击，争取达到和他势均力敌的状态，寄希望于你们之间最后能达到相互尊重的状态。

我从来没有改变主意的理由。他可以对追随他的人表现出仁慈，甚至是关爱——如果追随他的是孩子或女性的话。但是他选择对谁都摆出一张臭脸。凡是在他面前卑躬屈膝的成年男人，他都不会喜欢，也不会信任。

我想正是他性格中的这点古怪之处让他非常孤独。

不一会儿，老祖若有所思地说："能住在像样的房子里一段时间挺好的。房子还有花园。也许我还能找个合适的地方，拉上一张吊床。"

"好几个地方都挺合适。"

"但是我一来你就没地方躲清静了。"

"拉撒路，楼顶上有足够的空间，我甚至还可以在您视野之外再盖一栋小屋。当然是在我愿意的前提下，我现在并不想这么做。我已经好几周没上去游泳了，要说过夜的话，我至少有一年都没去那儿睡觉了。"

"嗯……你想上来游泳的话我随时欢迎。什么时候都行，游泳或是做其他什么都可以。"

"我还打算接下来的一千天，每天都上去拜访您，一待就待上一整天呢。难道您忘了我们的赌约了？"

"哦，赌约啊。艾拉，你刚刚不是在抱怨我那些心血来潮浪费了你宝贵的时间吗？你想让我放你一马吗？不是别的方面，就单指我们的赌局。"

我嘲笑他说："稳住，拉撒路，我都看出来您是为了自己的个人利益说话了，这意味着是您想让我放您一马。那可不行。我计划要在您的回忆录里记载一千零一天里与您交谈的内容。一千零一天之后，您可以跳楼自杀，或者沉塘自尽，都随您。但我不会给您要无赖的机会，不会让您假装是帮了我天大的忙才去自杀。我现在开始懂您了。"

"是吗？你比我还要懂我。什么时候你把我琢磨透了，请一定要告诉我。我很感兴趣。另外，艾拉，你说你已经开始为我研究新鲜事儿了，是吗？"

"我可没说过，拉撒路。"

"嗯，也许你只是隐约提过一嘴。"

"没有，我完全没提过。想打赌吗？我们可以让密涅瓦把对话都打印出来，然后这件事我可以让您说了算。"

"艾拉，咱们就别麻烦一位女士编造假记录了吧。即便有那条超高优先级的程序，她还是对你忠心耿耿，绝不会向着我。"

"真够屄的。"

"我一向能屄则屄，艾拉，不然你以为我是怎么活这么久的？我想大概只有确定能赢，或者输了才能达到我的真实目的的时候，我才会和人打赌吧。好了，你到底什么时候开始研究新鲜事？"

"我已经开始了。"

"可你不是说——不，你没有说，你竟然骗我！妈的，你这个无礼小子。好吧，你都沿着什么方向研究的？"

"各个方向。"

"不可能，你手下没有那么多人。就算你的手下全都可以参与此事也不够，何况真正具备创新思维的人可是千里挑一。"

"没错，但是如果您说的那类人和我们一样，只不过能力更强呢？密涅瓦正在主持寻找工作，拉撒路。我和她仔细聊过了，她正在安排。研究所有方向。一次兹威基[1]式的调查。"

"嗯。好，行。我相信她有这个能力。不过，这件事就算是安迪·利比都可能会觉得难办。她是怎么设计她的形态学研究框架的？"

"我不知道，不然我们问问她吧。"

"艾拉，那得看她有没有准备好回答这个问题。人们都讨厌为了汇报进度不得不放下手头的工作，就连安迪·利比都会因为工作时别人轻

1　兹威基：弗里茨·兹威基（Fritz Zwicky, 1898—1974），瑞士天文学家，首次发现了暗物质存在的证据。他在科学研究中擅长使用形态学方法。所谓形态学方法是种系统地研究问题的各种可能性，从而找出创造性解决方案的办法。首先列出问题的各种因素，列出它们可能取的不同值，然后再考虑它们的不同组合，这会启发人们想到一些平时不容易想到的可能性。——译注

轻摇晃他的胳膊肘而生气。"

"可是就连伟大的利比可能都没有密涅瓦的分时共享能力。大多数人的大脑只能进行线性思考，我还没听说人类中有哪个天才能同时操作三件以上的工作。"

"五件。"

"那又怎样？好吧，您见过的天才肯定比我多，但我不知道密涅瓦具体能同时跟进多少件任务，我还从没见她有过超负荷运转的情况。我们问问她吧。密涅瓦，你建立好给老祖寻找'新鲜事'的形态学研究框架了吗？"

"已经建立好了。艾拉。"

"跟我们讲讲吧。"

"初始矩阵有五个维度，但是到分类的时候肯定还需要其他辅助维度。以这个为基础，在尚未进行辅助扩展的情况下，我们有 $9 \times 5 \times 13 \times 8 \times 73$，即341,640个离散分类。为方便您检查，原始的三进制示值读数为'122,100,122,100.0'。我需要打印出十进制和三进制数字吗？"

"我想不需要，瓦小烦。你要是有一天在算数上犯了错，我就得引咎辞职了。拉撒路，您说呢？"

"我对分类不感兴趣，只对里面有什么感兴趣。所以有什么收获吗，密涅瓦？"

"拉撒路，我已经表明，您的问题无法得到确切答案。是否需要我将所有分类打印出来，供您检查？"

"啊——不要啊！三十多万个分类，每个分类里还有十几个词的定义？打印出来的话纸都堆到我屁股那么高了吧。"拉撒路陷入了沉思，"艾拉，你可以趁密涅瓦还没把这些记录抹掉，去别的地儿打印出来，再以书的形式交给我。一本大书，分成十或十五卷。这本书的名字可以叫《人类经验分类全书》，然后写上'密涅瓦·韦瑟罗尔著'。这部著作可以让教授们争论上千年呢。我不是开玩笑，艾拉，这份材料应该保存下来，我认为没人干过这事儿。工程量这么大，血肉之躯肯定做不到，我甚至都怀疑密涅瓦这样出类拔萃的计算机都从来没处理过这类兹威基式的任务。"

"密涅瓦，你觉得如何？要把你的研究成果编纂成书，再保存起来吗？几百本装帧精美、内容完整的纸书漂漂亮亮地和相应的微型电子书一起，放在塞古都斯和其他星球的图书馆里，怎么样？对了，还要给档案馆送去。我可以让贾斯廷·富特为书作序。"

我是有意在激发她的虚荣心。如果你认为计算机没有人类的这种小缺点，我想你一定是没怎么和它们接触过吧。密涅瓦总是喜欢被人欣赏，我就是意识到这一点之后才开始和她真正成为搭档的。不然你还能给一台机器什么呢？是更高的工资还是更长的假期？别犯傻了。

但是她再次让我吃了一惊，因为她用一种和拉撒路的游艇一样害羞的声音做出了回答，而且措辞相当正式："代理董事长先生，我在扉页上署名'密涅瓦·韦瑟罗尔'合适吗？这样做是否能得到您的准允呢？"

我说："有什么不合适的？我当然准允。你要是想只署'密涅瓦'我也同意。"

拉撒路突然插了进来："别傻了，孩子。亲爱的，还是署名'密涅瓦·L.韦瑟罗尔'吧。'L.'代表'朗'，因为你，艾拉，你年轻的时候在一颗偏僻的星球上和我的一个女儿生了个私生女，但最近你才刚刚抽开身，把这个事实记在了家族档案中。我可以证明，因为记入档案的时候我在场。但是密涅瓦·L.韦瑟罗尔博士现在不知身在何方，正在为她的下一部鸿篇巨制做调研，想采访也采访不到。艾拉，你我得打起精神来，为我这个杰出的孙女的履历增光添彩，明白了吗？"

我二话没说就答应了。

"给你安排这个身份，怎么样，孩子？"

"我很满意，拉撒路。祖父拉撒路。"

"不用叫我'祖父',把第一套书送给我就行,亲爱的,上面还要有你的献词——'密涅瓦·L.韦瑟罗尔谨以此书献给我挚爱的祖父拉撒路·朗。'怎么样?"

"拉撒路,我很乐意,也很荣幸这样做。献词应该是手写的,对吧?我曾经用我的外扩装置——一个模块——来代艾拉签署公文。我可以把它改装一下,这样一来,献词的笔迹就不会和他的笔迹一样了。"

"好。如果艾拉表现得好,你也可以考虑送他一套签名书。不过你送出的第一套必须是我的。我是长辈,而且是我先想出这个主意的。现在我们回到你的调研本身。我永远不会读那二十卷鸿篇巨制,密涅瓦。我只对结果感兴趣。所以,告诉我,到现在为止你的调研有什么收获?"

"拉撒路,我否决了大半个矩阵,因为那些事情要么是我从档案馆得知您已经做过了的,要么是我推测您不会喜欢做的——"

"等等!海军有句话说得好:'凡事我若没做过,必定要尝试一下。'据你推测什么事是我不会想做的?说出来我听听。"

"好的,先生。一个子矩阵,3650项分类,这些事全部有可能出现致命的结果,概率大于99%。第一项,探索恒星内部——"

"把这项划掉,还是把它留给物理学家们吧。另外,利比和我其实做过这件事。"

"档案中没有记录,拉撒路。"

"档案里没记的多了。继续说吧。"

"改变您的基因模式,打造您的水陆两栖克隆体,让他能生活在海洋中。"

"我似乎对鱼不太感兴趣。给我讲讲这件事有什么风险。"

"有三点风险,拉撒路。每点风险单独发生的可能性低于99%,但是接连发生的可能性几乎是100%。这样的两栖'人'其实已经培育出来了,但是能活下来的,截至目前,非常类似巨大的蛙类。这类生物在深海里其他'居民'中的存活率,单就塞古都斯这颗星球上的数据而言,曾用理论验证过，活到十七天的概率为50%，活到三十四天的概率为25%，依此类推。"

"我认为我可以改善他们的存活率。可我对俄罗斯轮盘赌式的实验没什么兴趣。其他风险呢？"

"把您的大脑移植到改良的两栖克隆体中，之后如果您存活下来，我们会再将您的大脑移植到普通克隆体中。"

"这条划掉吧。如果我不得不生活在水里，那我可不想当一只青蛙，我想做海洋中最凶悍的大鲨鱼。另外，我想，如果生活在水下那么有意思，我们人类肯定还在水下待着呢。再给我说个别的吧。"

"另一件新鲜事可以分三重难度，先生，其一是乘坐飞船在N维空间迷失方向；其二是发生这种事时没有乘坐飞船，仅仅穿了宇航服；其三是连宇航服都没穿。"

"把这些都划掉。前两重难度的事我都算是经历过，我不喜欢；第三重难度的事简直就是蠢，谁愿意在真空中憋死呢？不仅没什么趣味，还引人不快。密涅瓦，万能的智慧之神——不管有没有这么个神吧，总之他让人类得以选择平静、安详的死亡方式。就是这样，除非有谁出于不得已而痛苦地死去，不然自己主动选择惨死岂不是太蠢了。所以，不管是像没能从茧中出来的毛毛虫一样憋死，还是自己送死，凡是死法愚蠢的新鲜事通通给我划掉。很好，亲爱的，你已经成功地让我相信，你定义为危险概率高于99%的新鲜事确实不值得一试；把那些都划掉吧。我只关心这样的新鲜事——对我来说新鲜的事，做了之后我的生存率要高于50%，而且如果我保持警惕，生存率还会更高。举个例子，我从没向往过钻进桶里，然后从高高的瀑布上方滚下去。你尽可以把桶设计得安全些，但你一旦钻进去开始滚动，接下来的事就只能听天由命了。除非你深陷更糟糕的绝境，而你最安全的逃离方式就是它，否则这就只是一种愚蠢的特技表演。赛车、赛马、滑雪这样比拼速度的赛事还有趣些，因为它们每一项都需要技术，但我仍然对它们蕴含的危险性敬谢不敏。为了冒险而冒险，那是以为自己是不死之身的傻小子才干的事，而我清楚自己不是不死之身。所以有很多山我永远不会去爬，除非陷入了困境，我才会冒险——确实冒过这种险！——但一定是以我能想到的最简便、最安全，也最保守的法子来冒险。别说什么最新奇的事儿都危险，危险和新奇可是两码事。危险只不过是我们无法逃走时必须面对的。你那个框架里的其他分类呢？说说吧。"

"拉撒路，您可以试试变成女性。"

"嗯？"

我从未见过老祖这样惊诧。（其实我也很惊诧，尽管这事儿不是让我来做）。

他慢吞吞地回复说："密涅瓦，我不清楚你是什么意思。两千年来，一直有外科医生将不够格的男性变成伪女性，将女性变成伪男性的历史也几乎一样久远。我对这类花样也不感兴趣。好也罢，坏也罢，我就是男性。我想每个人都曾想象过，要是自己变成另一种性别会是什么感觉。但是所有的整形手术和荷尔蒙治疗都无法让人真正变性，只能变成无法繁衍的怪物。"

"我说的不是那种怪物，拉撒路，是真正的变性。"

"嗯——你让我想起了我快遗忘的一个故事。我不知道是不是真的，有个男人，哦，大概是在公元2000年的时候，不可能比这个时间更靠后了，因为那之后没多久世界就分崩离析了。好像是他的大脑被移植到了一名女性的身体中。当然了，这个手术要了他的命，因为异体组织排异反应。"

"拉撒路，我说的这种手术不会有那样的风险，因为我们会拿您的克隆体来做。"

"那确实完全不一样。你继续说。"

"拉撒路，这种变性手术已经在人类以外的动物身上做过试验了，其中将雄性转变为雌性的手术最为成功。先选中一个细胞，对其进行克隆。克隆前，我们先把Y染色体去除，再取同一个受精卵分裂出的另一个细胞的X染色体，这样我们就得到了基因模式与之前那个细胞相同的雌性生殖细胞，其中的Y染色体已经被去除，换成了X染色体。克隆后，这枚雄性细胞改造而成的细胞就成了真正的雌性克隆受精卵。"

"一定有风险。"拉撒路皱着眉头说。

"也许会有，拉撒路。这个过程中使用的当然都是基本的技术。您所在的这座建筑中就有好几种经过此类人工变性手术改造而成的雌性动物：几条母狗、几只母猫，还有一头母猪，等等，其中大多数都已经成功繁育了后代，只不过一条克隆母狗若是和给她提供克隆细胞的公狗配种，高概率下其不良隐性基因会叠加，使胚胎致死或致畸。"

"我早该想到会这样！"

"是的，但是正常的远系繁殖不会造成这样的后果，一只通过上述变性手段创造出的雌性仓鼠繁衍的七十三代仓鼠证明了这一点。塞古都斯的本地动物群有着与众不同的遗传结构，所以我们还没对上述方法做出相应改良。"

"先别管塞古都斯的动物。在人类身上管用吗？"

"拉撒路，我能搜索的仅限于回春诊所发布的文献资料。这些文献中暗示这类试验的最后阶段会出现问题，也就是在雌性克隆体中激活为其提供细胞的雄性的记忆和经验——你们比较常用的说法可能是'性格'——阶段时会遇到难题。还有一个问题，我们该何时结束提供细胞的雄性的生命，或者说我们是否该结束他的生命，这个问题又衍生出另外几个难题。但这类研究并没有被禁止。"

拉撒路扭头问我："艾拉，你允许的吗？你不禁止这类研究？"

"我不干涉，拉撒路，但我不知道他们正在进行这类研究。我来问问吧。"我切换到银河语，开始跟行政总回春技师交谈，解释了一下我们刚才在聊什么，并向她询问这类研究应用于人类身上的进展。

我再转过来的时候耳朵有点发烫，因为我刚提起人体试验，她就突然打断了我，就好像我说了什么冒犯的话，然后声明这种试验是禁止的。

我把她的回答翻译给老祖听。拉撒路点点头："我从这孩子的表情看出来了，答案是否定的。好吧，密涅瓦，看来这事儿就到此为止了。我不会在自己身上尝试染色体手术的。"

"也许这件事还有转圜的余地。"密涅瓦回答，"艾拉，你注意到没有，伊师塔只是说这类调研是'禁止的'，但是没有说没发生过。我刚刚针对诊所公开的文献做了语义学分析，以揭开其中真相与谎言的暗示。我推断的结果是，几乎肯定他们曾经在人身上做过这类相关研究，但是后来没有再继续。先生，您希望下令诊所交出所有资料吗？我可以很快冻结他们的计算机，以防有擦除程序抹掉那些资料。"

"我们还是不要做任何夸张的事为好。"拉撒路拖着长音说，"'暂缓'这类事或许有充足的原因。根据现在我对他们的了解，不得不假设这些家伙在这件事上知道得比我多。另外，我还不想做'小白鼠'。密涅瓦，我们还是放弃这个方案吧。艾拉，我不知道如果没了我的Y染色体，'我'还算不算是我自己；更不用说试验还有可能为了将我的性格转移到新的躯壳中，把那个贡献细胞的男性，也就是我杀掉。"

"拉撒路……"

"怎么了，密涅瓦？"

"根据诊所公开的文献，我们还有一个选择，安全且肯定能实现，那就是用这个方法克隆出您的双胞胎妹妹，不是一般的，而是您的孪生妹妹，与您的不同之处只有性别。我们需要为她找个代孕母亲。此外，因为她的大脑将正常发育，所以无须人工催熟。这件事符合您对新奇有趣的定义吗？看着一个女版的自己长大成人，怎么样？您可以给她取名叫'拉祖丽·朗'。"

"呃……"拉撒路不知该如何回答。

我不动声色地说："祖父，我想我赢了我们的第二个赌约。这件事儿既新鲜又有趣。"

"你等等！不能这么做！你不知道怎么做这个试验，我也不懂。再说这家'疯人院'的主管似乎在这件事上有道德方面的顾虑……"

"这点我们尚不能确定，只是推测而已。"

"并非'只是推测'，就连我自己也有道德上的顾虑呢。只有我留下来看着她长大，这件事才有乐趣可言，可这样的话，我要么会努力让她像我一样长大，这样的命运对一个女孩来说未免太残酷了；要么会想方设法不让她变得跟我一样暴躁，但这可能也是她的天性。这样一来，我不疯掉才怪。不管我在她人生中做出什么样的干涉，都是不对的，因为她是一个独立的人，不是我的奴隶。除此之外，我成了她唯一的直系亲属，她没有妈妈。我试过独立抚养一个女儿，那对女孩很不公平。"

"拉撒路，您这是在找借口。我敢打赌，伊师塔肯定很愿意既做这孩子的代孕母亲，又做养母。如果您承诺和她生个儿子，那她答应的可能性就更高了。我要不要问问她？"

"死孩子，你快给我闭嘴吧！密涅瓦，把这一条归为'待定'。我不想急着为其他人做重大决定，尤其是这个'人'现在还不是人。艾拉，记得提醒我跟你讲没有血缘关系的双胞胎的故事。"

"真是荒唐可笑，您这是在转移话题。"

"我就这么干了，怎样？密涅瓦，你还有什么选项提供给我吗？"

"拉撒路，我有个计划，风险很低，而且几乎一定会给您带来一种或多种全新的体验。"

"你接着说。"

"生命暂停……"

"这有什么新鲜的？我还是个不到两百岁的孩子时就已经有这种技术了。我们在'新领域'号上就使用了该技术。那时候它就没吸引我，现在也不会。"

"我说的是将其作为时间旅行的方式。如果您选择将您的生命暂停X年，醒来后就会碰上真正新鲜的事物。根据历史的发展，这是肯定的，唯一的问题就是，您觉得要休眠多长时间才能遇到您想要的那种新鲜事儿。一百年，一千年，一万年，随便您说多长时间都行。只要定下来这个，其他的就只是些微不足道的设计细节了。"

"怎么会'微不足道'呢，我可是要在相当长的时间内保持休眠状态，无法保护自己啊。"

"但是，拉撒路，您只有在把一切都规划好了、满意了之后才会进入休眠状态。一百年显然不是问题，一千年也没什么大问题。至于一万年嘛，您要是选择休眠这么长时间，我就设计一颗带自动防故障装置的人造小行星，让它确保您在紧急情况下自动苏醒。"

"孩子，这可得费心设计了。"

"拉撒路，我对自己的能力有信心，可以完成这个任务。如果有不满意的地方，您尽可以提出批评意见，或者干脆否决。不过，如果您不给我控制参数，也就是遇到对您来说新奇的事物所需的休眠时长，那我提交怎样的初步设计方案都没有意义。您需要我在时长方面给您一些建议吗？"

"呃……亲爱的，你先刹住车。我们假设你把我放进液态氦中，处于失重状态，并且我受到了完备的保护，完全不会受到电离辐射……"

"这些都没问题，拉撒路。"

"我也会这样要求的，亲爱的，这不是低估了你的能力。但是假设自动防故障装置出了点小问题，没能发挥作用，结果我的休眠状态一直持续数个世纪，甚至会持续一千年，没有尽头。虽然我没死，但我也不会复苏。这怎么办呢？"

"我能够，也肯定会避免这种情况发生，做到万无一失。但是我先接受您的要求吧。即便遇到了这种情况，您的遭遇也不会比您使用开关终止生命差，不是吗？尝试一下对您有什么损失呢？"

"竟然问出这种问题。答案不是很明显吗？如果人死后有灵魂——我没说自己相不相信，但是如果真的有，上帝召唤我的时候我正在太空中某个地方休眠，没有死，可也没有听到召唤，那么我会错过来接我的船。"

"祖父，"我不耐烦地说，"别再叽叽歪歪的了。如果您不想做这件事，直接说'不要'就好了。密涅瓦已经给了您体验新事物的机会。我不觉得您的理由站得住脚，但就算您还有什么可反驳的，您最后所做的依然堪称前无古人，后无来者：在极不可能发生的传说中的审判日到来时，在数十亿的人类中，您会是那个唯一没能到场的。我不想这么说您，但您就是个老无赖，太滑头了。"

他没有理会我的不敬："你为什么说这事'极不可能发生'？"

"因为它就是不可能。我不想在这事上跟您争。"

"因为你没法争辩。"他反驳说，"关于审判日，既没有证据证明它会发生，也没有证据能证明它不存在，所以你怎么能轻易判断哪一种情况更有可能呢？如果一件事有可能发生，那我就要为自己争取到在那种情况下有利的条件。密涅瓦，把这件事也归为'待定'。这个主意确实符合我的要求，我毫不怀疑你设计方案的能力。但是，就像测试降落伞是否好使一样，这只能是一次有去无回的试验，没机会回心转意。因此，我们应该先看看其他所有主意，最后没的选了再选它。哪怕要筛选几年的时间，也得这么做。"

"我会继续为您挑选合适的项目，拉撒路。"

"谢谢你，密涅瓦。"拉撒路神情凝重，开始用大拇指的指甲剔牙。我们正在吃饭，但我没有提到过中间休息，以后也不会提。你要是认为，在老祖叙述间隙加一些休息时段或要一些食物比较合适，那就大可随意去做。老祖讲奇闻异事就像谢赫拉莎德讲故事一样，总会穿插进许多不相关的事。

"拉撒路……"

"怎么了，孩子？抱歉，我刚才正在做白日梦，想到一个遥远的国度，那儿的姑娘死了。"

"您可以在调研中帮上密涅瓦的忙。"

"是吗？似乎不太可能啊。她比我更能胜任大海捞针一样的工作。她的能力让我印象深刻。"

"是的，但是她需要数据。我们对您的了解太少，有许多需要填补的空白。如果我们知道——如果密涅瓦知道五十种您从事过的奇怪职业，那她一定可以删掉几千个她找到的分类。比如说，您当过农夫吗？"

"当过几回。"

"是吗？现在她知道了，就不会建议您做与农业相关的事情了。也许您还有许多农务都没有干过，但是其中应该没有一项能达到您严苛的要求。所以，为什么您不把自己做过的事情列成清单呢？"

"我可能无法全部记得。"

"那就没办法了。但是列出您记得的事可能会帮助您想起其他忘掉的事。"

"啊……让我想想。每次我到了有人居住的星球都会做一件事，那就是学习当地的法律。这不是为了当律师，通常不是，尽管我真的做过几年刑事律师，是在加州圣安地列斯。我这么做是想了解当地的法律法规，如果你不知道当地的'游戏'怎么玩儿，就没法赚到钱或者隐瞒你得到的好处。知法犯法比不知法犯法要安全得多。

"可是有一次，这个好习惯却给我帮了倒忙，我不小心成了某行星最高法院的大法官，不过正好把我救出了火坑，也可以说救了我一命。

"让我想想我都干什么。农民、律师、法官，我还告诉过你我当过医生。我当过各种飞船的船长，大多数是执行探索任务的，但有时候是货船或移民船。还有一回，我驾驶一艘武装私掠船，船上还有一帮子你不会想带回家介绍给妈妈认识的恶棍。我做过学校老师，但是校方发现我竟然告诉孩子们残酷的真相，就把我给辞退了。我这种行为在银河系各处都是犯了大忌。我还参与过一次地下的奴隶交易，以奴隶的身份参与的。"

我难以置信地眨眨眼："难以想象。"

"不幸的是，我当时身临其境，无须想象。我还做过主教。"

我不得不再次打断他。"主教？拉撒路，您不是说，或者至少您的言语曾经暗示过，您没有任何宗教信仰吗？"

"是吗？不过，'信仰'是给善男信女准备的，艾拉；它是主教大人的障碍。我做过风流院的'教授'。"

"什么？这是什么职业？"

"嗯？就是妓馆经理。不过有时我也在那儿负责弹琴唱歌。别笑，当时我可有副好嗓子。那是在火星上。你听说过火星吗？"

"挨着故星地球的行星，太阳系第四颗行星。"

"没错。今天来看那是一颗无关紧要的行星，但我说的是在安迪·利比改变一切之前的事。当时美国退出了太空贸易，让我陷入了困境。于是，2012年的会议之后，我离开了地球，有段时间没回去过，这让我避免了很多不愉快，所以我不该抱怨什么。如果那次会议的结果正相反——不，我错了；如果果子熟了，它就会从树上掉下来，而当时的美国已经熟烂了。艾拉，永远别做悲观主义者；虽然悲观主义者对一件事的判断往往比乐观主义者更正确，但乐观主义者享受到的乐趣更多。再说，你再怎么操心都阻止不了历史的进程。

"好了，回到我们刚才说的火星和我在火星上的工作。那只是一份我为了咖啡和蛋糕而做的工作，但是我做得挺开心。同时我还是那儿的保安，妓馆的女孩儿们都很友好，当着她们的面把不尊重她们的垃圾丢出去是件乐事。有时候我扔人的劲儿特别大，人还会从地上弹起来呢。然后我会把这人加入黑名单，以后他就再也进不来了。我差不多每天晚上都要扔两次人。后来人们传开了，不管去妓馆的金主有多大方，'快活'德兹都会在小姐们面前教他学礼仪。

"当妓女就像在军队服役一样，艾拉，级别高的人过得还行，下头的人可就没好日子了。这些女孩常常会被金主看中，收到赎身、从良并嫁人的邀约。她们无一例外后来都嫁了人，但是她们挣钱的速度很快，不会一有人提出给她们赎身就迫不及待地点头答应。不过主要原因还是我接手的时候拒绝按照殖民政府定下的固定收费标准收费，让这个市场重新按照供需法则运转。要我说，这些孩子就应该一寸肌肤一寸金，出多少力，收多少钱。

"一开始我的改制遇到了麻烦，但是后来管消遣与文化的政府官员终于想明白了，在供不应求的情况下，只肯用可怜分分的一点钱来换稀罕的服务是行不通的。火星本就是个讨厌的地方，能让这地方变得稍微可爱一点的人为数不多，要是还压榨她们，那就太说不过去了。再说了，她们要是工作得开心，还能让这地方变得更可爱一些。艾拉，从这个角度来说，妓女和神父起到的社会功能是一样的，妓女的效果还更好些呢。

"我想想啊。我多次积累起财富，但又多次财富尽失，常常是通货膨胀或者政府查抄我的家产，让我的财富'国有化'或者'自由化'导致的。'永远别相信王侯将相。'艾拉；他们从来不生产，只会偷窃别人的劳动成果。我破产的次数比致富的次数多。当穷人和当富人比起来，还是前者更有趣，因为一个不知道下顿饭在哪儿的人永远不会无聊。他可能会感到愤怒什么的，但总不会无聊。不管他承不承认，这种困顿的生活状态都会磨砺他的思维，促使他做出行动，为他的人生增添激情。当然了，他也会因为窘迫落入陷阱，这就是食物常常被当成陷阱诱饵的原因，但这也正是破产的有趣之处，它能让你思考，到底怎样才能在不落入陷阱的前提下脱贫致富呢？饥饿的人往往会丧失判断力。一个七顿饭没吃的人常常会想杀人，但杀人从来都不能解决问题。

"我还当过广告文案策划人、演员——我当时穷得没法子了才当的演员——还做过教士助祭、建筑工程师等，甚至当过好几回机械工程师。因为我一直相信，高智商的人只要肯学，就可以用一双巧手创造出任何东西。不过下顿饭没着落的时候，我不会坚持非要做技术性工作；

我曾经常常拿着白痴棍——"

"这是什么意思？"

"孩子，这是以前用来指代铁路维修工的词儿，因为铁道工人通常会在手里拿着一根棍子，棍子一头是铲刀，一头是自己——一个白痴。我只干过几天那种工作，不过已经足够我搞明白当地的组织机构了。我做过政治活动经理人，还有一次当了改革政治家，但只有那一次。改革政治家不仅爱向公众撒谎，而且撒的谎都很拙劣；相反，商人政治家都比较诚实。"

"可是，拉撒路，我不这样认为。历史上——"

"动动脑子，艾拉。我没说商人政治家就不偷窃，他们的生意本身其实就是在偷窃别人的劳动成果。但是所有政客都不事生产。不管哪一个政客，他的唯一商品就是他的嘴皮子。政客的人品如何，体现在当他给你承诺时，你是否相信。成功的商人政治家明白这个道理，所以他们会尽可能信守承诺，维护自己的声誉，因为他们想把生意继续做下去，继续偷窃，就是这样，不只是做今天和明天的生意，还要做明年的，后年的。因此，只要他够聪明，做成了眼下这单生意，他就可以像鳄龟一样咬住就不松口，绝不会拿他唯一可卖的东西——信守承诺的好声誉冒险。

"但是改革政治家没有生意可担心。他要致力于为所有人争取福利。这是一个高度抽象的使命，因此可以有无穷无尽的定义，甚至根本无法用有意义的措辞去定义。所以，你以为两袖清风、一心为民的那些改革政治家每天还没吃早餐就能撒上三次谎，而且他会对这种情况表示诚恳的歉意，然后告诉你，他这么做不是不诚实，而是为了坚定不移地捍卫他的理想。

"要让他食言也很简单。只要有人说服他，其他做法能给大家争取更大的福祉即可。他随时都能变成一个反复无常的人。

"等他坚定地走上这条路，他就有能力独自撒谎了。幸好这样的人很少能在政治舞台上待太久，除非是世风日下、文化堕落的时候。"

我说："拉撒路，我一定谨记您的教诲。因为我大半生都待在塞古都斯星上，我对政治的认识只局限于理论。这都是拜您之前的规划所赐。"

老祖白了我一眼，眼神中透着冷酷的嘲讽："我才没做过什么规划。"

"可是——"

"行了，闭嘴吧。你自己就是个政治家，但愿你是个'商人'政治家，但是你把异见者统统送到了别的星球上，这样的手腕让我心有疑虑。密涅瓦！将这段话的关键词也设为'笔记本'，亲爱的。我立下契约，将塞古都斯星转让给基金会，本意是为了让他们建立一个成本低廉、结构简单的政府，凡事以宪法为尊。在这样的条件下，政府的权力受到了极大的制约，而亲爱的人民，上帝保佑他们的黑心肝，我没有给他们任何说话的机会。

"我对此没有抱太大希望。艾拉，人是政治动物，禁止一个人参与政治活动就像禁止他交配一样难，恐怕你连试都不该试。但我那时候太年轻，充满美好的期望，希望能把政治活动限制在私人领域，将它与政府隔离。我以为这样的政府只能维持一个世纪左右，没想到它到现在都没崩溃，太让我吃惊了。这样可不好。这颗星球早该迎来一场革命。如果密涅瓦没有给我找到更好的事儿干，我可能会用化名出山，染头发，整鼻子，然后揭竿而起，发动革命。所以你要留神了，艾拉。"

我耸耸肩："您忘了我要移民了。"

"啊，对哦。不过成功镇压一场革命可能会让你改变想法。或许你会愿意当我的参谋长，然后在暴力革命结束后制造政变，逼我下台，自立为王，然后把我送上断头台。这倒是一件新鲜事儿，我可从未打算因为政治这东西掉脑袋。掉了脑袋就没法从头再来了，是吧？'说时迟，那时快，篮子里多了个人脑袋。它没法回答问题你可别见怪。'大幕落下，无人谢幕。

"但是革命也很有趣，我有没有跟你讲过，我上大学的时候是怎么熬到毕业的？我负责操作加特林机枪[1]，一天能挣五美元，完事儿还能得到战利品。但我一直是个下士，没再往上升，因为每次我赚够了一个学期的钱就溜了。作为雇佣兵，我从不想成为死去的英雄。但是冒险和风云变幻的战场吸引着年轻的我。我当时的确非常年轻。

"可是，在战场上，我每天都脏兮兮的，饭也不能准时吃，随着我的成长，耳畔呼啸而过的子弹对我来说失去了原有的魅力；第二次参军——并不完全是我自己的主意——我选择了海军。虽说加入的是海军，但我其实后来成为海军飞行员，还用了化名。

"除了奴隶，我几乎什么都卖过。我曾在巡回演出中扮过读心术士，还当过一次国王。这又是一份被人们高估了的职业，上班时间太长。此外，我从事过女性时装设计的工作，当时给自己起了个假的法国名字，平时说话都用法国口音，而且还留起了长发。那差不多是我唯一一次留长发，艾拉。长发不仅打理、养护起来需要很多时间，还会在近身格斗的时候给对手可乘之机，在关键时刻遮挡你的视线。不管哪种不便都是致命的。但我也不喜欢台球似的光头，因为只要刘海不挡眼，厚厚的头发可以为你减少头皮受伤的危险。"

拉撒路说完陷入了沉思："艾拉，就算我都记得，也无法把我为了养活妻儿做的所有工作都列出来。我做过时间最长的一份工作大概持续了半个世纪，情况非常特殊；最短的仅仅从早餐后开始，到当天的午餐前结束，也是遇上了特殊情况。但是不管在哪儿，工作是什么，干活的人都有创造者、索取者和伪装者之分。我喜欢成为第一种人，但对后面两种我也没有瞧不起。每当我需要养家糊口的时候——我经常扮演这样的

1　加特林机枪（理查德·J. 加特林，1818—1903）在拉撒路·朗出生时已经过时了。所以如果有人声称在偏僻的地区发生的小规模暴动中使用了这种过时的武器，该说法的真实性也微乎其微。

贾斯廷·富特四十五世

角色——我从未让悔恨阻碍我把食物放在餐桌上。我不会偷别家孩子的食物来养育我的孩子，如果一个人不太挑剔的话，他总能通过假模假式但又没那么恶心的工作赚到点儿钱。承担家庭责任的时候，我从来不挑三拣四。

"你可以卖一些没有固有价值的东西，比如说故事或者歌曲。我在娱乐行业的每个分支都干过。有一次，我在法蒂玛的首都讨生活，就蹲在当地的市场，面前放了个黄铜碗，给来往过客讲比现在这个还长的故事，等待着硬币丢进碗里时激动人心的哐当声。

"我落到那般田地，只因为我的飞船被罚没了，其他星球的人未经允许又不能在当地找工作。政府正在严格执行把就业机会留给当地人的规定，因为当时那儿经济萧条。免费讲故事不算工作，也不算乞讨——乞讨也需要执照——因此，只要我每天按惯例自愿向警察慈善基金捐款，他们就不会管我。

"那时候我只有两个选择：要么就这样低调过活、勉强糊口，要么就自甘堕落去做贼。要是不熟悉当地的风俗习惯，做贼也很难。要不是我有妻子和三个小孩要照顾，我估计自己一定会去冒险做贼。艾拉，家庭拖累了我。一个有家室的男人可不能像单身汉一样冒险。

"于是，我只能坐在那儿，把从格林童话和莎士比亚的戏剧中看来的故事再讲一遍，直到我的尾巴骨被地上的鹅卵石硌得生疼。在攒够买工作许可证的钱和按惯例给办证人的酒钱之前，除了买吃的，我不让妻子在别的东西上花钱。不过，艾拉，后来我摆脱了这种窘境。"

"您是怎么办到的，拉撒路？"

"虽然有点慢，但我最后彻底摆脱了穷日子。在市场上卖故事的那几个月，我深度了解了那个社会的等级和结构，知道了什么人得低头苦干，什么人能吃香喝辣，还有什么人可以置身法度之外。然后我继续在市场上混了几年。别无选择。但是后来我先受洗，皈依了当地的宗教，换了个当地人更容易接受的名字，然后背诵了整本当地的经文。它和几个世纪前地球的任何经文都不一样，但我的努力是值得的。

"关于我怎么加入补锅匠公会这段，就跳过不讲了。总之，我接到的第一个活儿是修电视接收器，这是公会领袖派给我的私活儿，挣不了多少钱。这个社会的技术水平滞后，风俗习惯不鼓励进步，而且他们目前拥有的技术是大约五百年前从地球上学来的，就这还学得差点意思。因此，艾拉，在那儿我就相当于一位会魔法的巫师，要不是我小心翼翼地扮作信仰当地宗教的虔诚信徒，并且大方地捐钱给教会的话，早被施以绞刑了。于是，凭借我的技术在公会中站稳脚跟后，我开始兜售新鲜的电子玩意儿和老掉牙的占星术，前者仰仗的是他们没有掌握的知识，后者仰仗的是自己天马行空的想象力。

"最后，我成为多年前罚没我的飞船和货物的那个顶级要员的首席助手，我帮着他积累了更多财富，同时也让自己赚了个盆满钵满。至于他是否认出了我，他从来没说过。我蓄起了络腮胡子，外观改变了不少。不幸的是，他后来失了宠，于是我就上位了。"

"拉撒路，您是怎么做到的？我是说，您是怎么不被识破的呢？"

"问到点子上了，艾拉！他是我的恩主。我的合同里是这么写的，我也一直这样称呼他。我给他占星，警告他天象对他不利。事实情况也确实如此。那样的星系我几乎没见过。两颗宜居的行星围绕着一颗恒星，二者都已经成了人类的殖民地，而且它们之前有通商。手工艺品和奴隶——"

"拉撒路，您刚才说'奴隶'？我知道在苏普利姆星上有奴隶，但是没想到蓄奴的恶行在宇宙中如此普遍，这对经济发展可不利。"

老人闭起眼睛，好长时间不曾睁开，我差点以为他睡着了（我们刚开始每天面谈的那段日子，他总是中途打瞌睡），但他随后睁开了眼睛，严肃地说：

"艾拉，这种恶行比历史学家提到的要普遍得多。它确实对经济不利。奴隶制社会无法与自由的社会竞争，但是银河系这么大，这样的竞争通常不存在。只要有允许奴隶制存在的法律，就会有奴隶制，不止一次，也不止一个地方。

"我说过，为了供养我的妻儿，我几乎可以做任何事，我也确实是这样做的；我曾经只为了挣几个小钱就去铲人类的粪便，不惜站在及膝深的屎中，也不愿让我的孩子挨饿。但是我绝对不碰奴隶生意。这并非因为我自己也曾做过奴隶，而是因为我始终有这样的执念。你管这叫'信仰'也好，把它升华成深层的道德信念也罢，我就是这么想的，态度非常坚决。如果说人类这种动物有什么价值的话，这价值之高，到了绝对不可以被当成财产的地步。如果一个人还有一丝自尊可言，生而为人带给他的骄傲就不允许他把另一个人当成自己的私产。我不管一个人身上穿得多干净，用的香料多昂贵，只要他蓄奴，那他就愧为人类。

"但我不会因为遇上这等丑恶之事就抹脖子自尽，不然我绝对活不过一百年。奴隶制还有个不好的地方，艾拉，那就是你无法给奴隶自由，只能由他们自己来争取自由。"

说完之后，拉撒路拉下脸来："你又让我开始唠叨这些我都无法证明的事儿了。重新拿回我的飞船之后，因为它已经被改造成了运奴船，我决定亲自给船熏香除臭、检修一番。之后，我把我认为能卖的货物统统装上了船，一起放上船的还有原本是给奴隶准备的食物和水，我让船长和全体船员放了一周的假，通知仆役保护人，也就是国家奴隶代理商，等船长和事务长回来，我们会立刻重新装船。

"然后我声称要带着我全家人驾船去做假期大修。结果不知怎么的，仆役保护人起了疑心，坚持要随我们一起参观整艘飞船。因为他是在我的家人刚刚登船时突然提出的这个要求，所以我们起飞时不得不把他也带上。我们打算离开那个星系，再也不回去了。不过，在一颗文明的行星上降落之前，我和我的两个儿子——他们当时已经差不多成年了——将船上所有能让人联想到它是一艘运奴船的痕迹都彻底抹除了，尽管这意味着我必须得扔掉一些本来可以换钱的东西。"

"后来那个仆役保护人怎么样了？"我问，"他对你来说不是个麻烦吗？"

"我还在想你会不会没注意到呢。我把那浑蛋从船上扔了出去！活着丢出去的。当时他眼球突出，血尿直流。不然你以为我会怎么对他，跟他亲嘴儿吗？"

III

到了车上，加拉哈德和伊师塔终于能独处了。他对她说："你提议要给老祖生孩子，是认真的吗？"

"我怎么可能是在开玩笑？当时有两个见证人呢，其中之一还是代理董事长。"

"看着确实不像在开玩笑。可是我不明白，你为什么要这样做呢，伊师塔？"

"因为我是个情绪不稳定的慕祖狂！行了吧？"

"你非要对我发脾气吗？"

她伸出一条胳膊，揽住他的肩膀，用另一只手拉住他的手："亲爱的，对不起。今天我太累了。虽然昨晚和你在一起很甜蜜，但我没睡好。我现在操心着好几件事，面对你刚刚提起的那个话题，我怎么可能不动怒呢？"

"是我不该问。那等于侵犯了你的隐私。我不知道自己这是怎么了。我们能把这段争执的记忆抹掉吗？"

"天哪，亲爱的！我也不知道我是怎么了，所以我才这么情绪化，一点都不专业。我这么跟你解释吧：如果你是女性，你会允许自己错过这样的机会吗？那可是给老祖生孩子啊！"

"可我不是女性。"

"我知道你不是，你是个令女性身心愉悦的男性。但是请你努力站在女性的角度上，有逻辑地思考一下。试试看！"

"谁说我们男性思考问题就不合逻辑了？这是你们女性的偏见。"

"抱歉，我们到家之后我得先给自己来针镇静剂。好多年我都不需要这玩意儿了。但是求你把自己当成女性想想这个问题，好吗？就想二十秒。"

"我不需要想二十秒。"他拿起她的手，吻了一下，"如果我是女性，我也不会眼睁睁看着这个机会溜走。谁会错过把最优秀的基因模式传给孩子的机会呢？当然是要好好把握了。"

"不是这样的！"

他眨眨眼："我也许并不明白你说的逻辑是什么意思。"

"呃……既然我们在那个问题上答案一致，你明不明白别的没关系。"车突然转向，停在一个泊位上，她站起来，"我们到家了，亲爱的。把这段记忆抹掉吧？"

"抹掉你自己的吧，我不要。我想——"

"想什么想，男人不需要多想。"

"伊师塔，我想你今夜需要好好休息。"

"这身衣服是你帮我穿上的，现在也要由你帮我脱掉。"

"然后呢？然后你把我留下来吃饭，再然后你又要度过一个不眠之夜了。再说，你明明可以自己从头顶上把衣服整条脱掉，就像消毒时我为你做的那样。"

她叹了口气："加拉哈德——但愿我给你起对了名字——就因为我可能再次邀请你留下过夜，我就得和你签一份同居合约吗？反正今晚咱们俩可能谁都没法睡觉。"

"就是说啊。"

"不只如此。就算你要和我享受三分钟的双人娱乐，我们可能还是得通宵工作。"

"三分钟？就连第一次我的时间都没这么短。"

"好吧。五分钟？"

"我可以要求得到二十分钟的娱乐时间，外加一个道歉吗？"

"天哪！亲爱的，三十分钟，没有道歉，可以吗？"

"成交。"他也从车座上站起来。

"我们已经在争论这个问题上浪费了五分钟了。所以快点来吧，你这迷人的小讨厌鬼。"

他跟着她下了车，走进她的休息室："你说'可能得通宵工作'是怎么回事？"

"不仅今晚要通宵，明天也一样。等我待会儿看看手机就知道该做什么了。如果手机上没有信息，那我就得给代理董事长打电话，尽管我讨厌这么做。我得去看看他说的那间楼顶的小房子，还是什么建筑？总之我得看看为了照顾老祖的起居得添置些什么。然后我们俩还得负责把他转移到那儿去。那活儿我不能交给别人干。然后……"

"伊师塔！你要同意那个要求吗？那儿可是有菌环境，而且没有急救设备，还有很多其他的不便之处。"

"亲爱的，你觉得我职位很高，在诊所里有话语权，但韦瑟罗尔先生可不这么想。而老祖就连韦瑟罗尔先生的权威都不怕，他是名副其实的老祖宗。我一直希望代理董事长先生能找个法子哄骗他，为'搬家'拖延一些时间。但他没那么做。所以现在我只有两个选择：一是按照他的要求做，二是像主任一样完全退出此事。可我不会选择后者。这样一来，我就没得选了。因此，今晚我就得去检查他要搬去的新地方，看看从现在到明天中午之间这段时间我能做点什么。就算我不能给那个地方做完善的消毒杀菌处理，也得在他搬去之前尽可能让那儿变得符合诊所标准。"

"别忘了安装急救设备，伊师塔。"

"我才不会忘呢，小傻瓜。现在请你快来帮我把这件该死的东西——我是说'你为我挑的、显然老祖也喜欢的这件漂亮裙子'脱掉，可以吗？"

"那你站好了，别动，也别说话。"

"别胳肢我！哦，该死，电话响了！快给我脱下去，亲爱的，快！"

IV

爱

拉撒路懒洋洋地躺在吊床上，挠着前胸。"哈玛德莱雅[1]，"他说，"这个问题可不容易回答。十七岁的时候，我很肯定自己坠入了爱河，但其实那只是过剩的荷尔蒙和自我欺骗的结果。后来又过了差不多一千年，我才体验到了真正的爱情。因为我早就不用这个词儿了，所以在遇到爱情之后又过了好几年才意识到那就是爱。"

艾拉·韦瑟罗尔的"漂亮女儿"面露疑惑。与此同时，拉撒路正在想，艾拉错了，哈玛德莱雅不是漂亮，她是美得惊人。要是在法蒂玛，眼光毒辣的伊斯坎达尔奴隶代理商肯定会认为她是笔稳赚不赔的好买卖，为了将她买下而争相竞价；最后，她一定能在拍卖会上卖出全场最高价，前提是她的保护人没在拍卖前就独占了她。

哈玛德莱雅似乎根本不知道她的外表有多出众，但是伊师塔清楚。艾拉的女儿来"认祖归宗"（拉撒路确实把艾拉、哈玛德莱雅、伊师塔和加拉哈德都当作他的家人，因为他们都是他的后裔，现在都有资格

1　哈玛德莱雅：Hamadryad，该名字源于希腊神话和罗马神话中的护树女仙，她们居住在树林中，与树木同生共死。——译注

管他叫"祖父",而且如果他们不表现得太夸张的话,可以一直这么叫他)的头十天里,伊师塔老是孩子气地挡在哈玛德莱雅和拉撒路之间,还老是想方设法隔开哈玛德莱雅和加拉哈德,就算有时候她得同时出现在两个地方才能办到,她也愿意一试。

拉撒路饶有兴致地看着伊师塔的滑稽表演,好奇她清不清楚自己在做什么。也许她根本就不自知。他的这位回春总监成日忙于工作,没有丝毫幽默感,她要是意识到自己这些天的行为跟青春期的孩子似的,准会大吃一惊。

但这种情况没有持续多久。无论是谁都不可能不喜欢哈玛德莱雅,因为她始终是一副平和且友好的样子。拉撒路想,不知这是她为了避免自己遭到资质略差的姐妹的嫉妒才刻意表现出的行为模式,还是她的本性?他没有追寻答案。反正现在伊师塔喜欢在哈玛德莱雅身边落座,甚至愿为哈玛德莱雅在她和加拉哈德之间让出一个空位来,也愿意让哈玛德莱雅帮自己这个真正的"主妇"打打下手,端端饭上上菜。

"如果我必须等上一千年才能明白那个词,"哈玛德莱雅回答,"那我可能永远都明白不了。密涅瓦说这个词无法用银河语定义,可就算我说古典英语的时候,脑子里想的也是银河语,这说明我根本没有把英语学到家。既然'爱'这个词如此频繁地在古英语文学中出现,那么也许就是因为我无法理解这个词,所以才无法用英语思考。"

"那我们切换到银河语,来说说英语的缺点吧。英语刚刚诞生时其实没有承载着太多想法和见解;换言之,它不是一门适合逻辑思考的语言。相反,它是一种表达感情的语言,并且非常适合用来掩饰谬误。英语是逐渐向理性发展的语言,并非一开始就是理性的。另外,尽管会英语的人常常用到'爱',但其中大多数人对这个词的理解并不比你深。"

拉撒路又加了一句:"密涅瓦!我们要再次深入研究'爱'这个词,你想参与吗?想的话就切换到你的个人模式吧。"

"谢谢,拉撒路。大家好,艾拉、伊师塔、哈玛德莱雅、加拉哈德。"空洞的女低音响起，"既然您赋予了我自行判断的权利，我已经切换至个人模式，其实以往我也经常在这个模式下工作。拉撒路，您看起来气色不错，每天都比之前更年轻。"

"我确实感觉年轻多了。但是，亲爱的，以后你切换到个人模式后，应该告诉我们一声。"

"对不起，祖父！"

"说话别那么生分。你就说'大家好，我来了'就行。要是你能跟我或者艾拉说一次'滚蛋'就好了，只说一次，那对你有好处，可以清理你的电路。"

"但是我不想对你们中的任何一个人这样说话。"

"这就是问题所在。如果你常常和朵拉一起玩，就能学会这么说话。对了，你今天和她聊过天了吗？"

"拉撒路，其实此刻我就在和朵拉聊天。我们正在玩五维仙灵象棋[1]，同时她还在教我唱您教过她的歌曲。她先教给我一首歌，然后我用男高音领唱，她用女高音唱和声。这是实时的，因为我们正在用您控制室里的扬声器输出歌声，同时也在听我们自己的歌声。现在我们正在唱《只剩一个蛋蛋的莱利》的故事。您要不要听听啊？"

拉撒路忙不迭地拒绝："不，不，不，我可不听那首。"

"我们还练了好几首别的歌。《瘦高个儿利尔》《育空市杰克的歌谣》《难以摆脱的比尔》。我唱最后这首的时候，朵拉同时唱女高音和男低音的声部。"

"不，密涅瓦。抱歉，艾拉，我的计算机把你的给带坏了。"拉撒路叹了口气，"这可不在我的计划之内。我原本只是想让密涅瓦像带孩子一样帮我带带朵拉，谁叫这艘本地区中唯一弱智的飞船属于我呢？"

"拉撒路，"密涅瓦语气中颇有责怪之意，"我认为您不应该说朵

---

1 仙灵象棋：一种规则、变化更多的国际象棋。——译注

拉是弱智。我觉得她相当聪明，真不明白您为什么要说她带坏了我。"

聊这些的时候，艾拉始终躺在草地上，沐浴着阳光，眼睛上遮着一块手帕。他翻身换了条胳膊枕着："我也不明白，拉撒路。我最不想听到的就是您这样说话。我记起来加拿大在哪儿了，是您出生的国度以北的国家。"

拉撒路安静地思考了一会儿，然后开口了："艾拉，我知道我对一个文明的现代人，比如说你，抱有荒唐的偏见。我忍不住，因为我童年早期就受到了这类影响，就像小鸭子有印随行为[1]一样。如果你想听从野蛮时代传下来的下流歌谣，请在你自己的公寓里听，别在我这儿听。密涅瓦，朵拉不懂这些歌是什么意思。对她来说，这些都是朗朗上口的童谣而已。"

"我也不明白这些歌的意思，先生，只是理论层面上略懂一二，可是这些歌很俏皮，学习的过程中我非常快乐。"

"那好吧。朵拉的表现怎么样？"

"她表现良好，祖父拉撒路。我想她应该是比较满意我的陪伴。昨天晚上没人给她讲睡前故事，她有点闹脾气。不过，我告诉她您非常累，已经睡下了，然后我给她讲了个故事。"

"可是——伊师塔！我是不是错过了一天时间？"

"是的，先生。"

"是因为回春治疗耽搁了？我没发现身上有新愈合的痕迹啊。"

总回春技师犹豫地说："祖父，如果您非要坚持聊手术细节的话，我只好配合。但客户回忆这类事情不利于康复，我衷心希望您不要坚持，真的，先生。"

"嗯，好吧，好吧。但下次你对我的治疗要是持续一整天，或者一

---

1 印随行为：部分刚孵化的鸟类和哺乳动物会跟随并学习出生后看见的第一个移动的物体。——编注

个星期，或者随便多长时间，都必须提醒我，方便我给密涅瓦留下枕边故事文件。不，这不成，你还是别让我知道了。好吧，我现在就把故事文件都留给密涅瓦，你到时候提醒她吧。"

"我会的，祖父。客户能配合最好了，尤其是尽可能不干扰我们工作的客户。"伊师塔露出稍纵即逝的微笑，"我们最怕的是另一种客户，特别喜欢瞎操心，对我们的工作指手画脚的客户。"

"不足为奇。亲爱的，我知道，我就是有对别人指手画脚的坏毛病。我只有离指挥室远点才能控制住自己瞎指挥的习惯。要是我以后太爱多管闲事，那就直接让我闭嘴。不过我想知道，我们进展如何？我还需要做多久的治疗？"

伊师塔依旧犹犹豫豫地说："也许现在我就该让您……'闭嘴'。"

"没错！就是这样，语气再强硬点，亲爱的。你得这么说，'滚出我的控制室，你这个满脑子糨糊的蠢货，别再进来瞎比画了！'要是对方不理会，你就让他知道，必要的话你能把他扔到禁闭室去。现在再试一次。"

伊师塔咧嘴笑起来："祖父，您真是个老滑头。"

"我一直这么以为呢，本来不想暴露的。言归正传，咱们今天的话题是'爱'。密涅瓦，亲爱的哈玛说你告诉她，用银河语无法给'爱'下定义。对此你有什么需要补充的吗？"

"确实有，拉撒路。但是我能否等其他人讨论完了再说我的想法？"

"可以啊。加拉哈德，咱们这圈人里，你听得最多，说得最少，现在想说两句吗？"

"好吧，先生。要不是听哈玛德莱雅问起来，我还不觉得'爱'有什么奥妙。不过我还在学习英语的阶段，我在通过孩子学母语的自然主义的方式学习这门语言，没有系统地学习语法或句法，也不查词典，就是单纯地通过听、说、读来学。我会通过语境来学习新词汇的意思。通过这种方法，我对'爱'形成一种感觉，认为它指的是人们可以通过性来获得的一种共享的极乐状态。我说得对吗？"

"孩子，我不想这么说，但我必须告诉你，在对'爱'的理解上，你100%错了。我想你可能是读了太多英语著作才得出了这个结论。"

伊师塔似乎吃了一惊，加拉哈德则陷入了沉思："这么说我得再多读些英语作品？"

"不用，加拉哈德。你读的那些书的作者，他们大多数都误用了'爱'这个词。妈的，我自己也误用了很多年。这恰好能说明英语是多么难以掌握的语言。但是，不管'爱'是什么，它都绝不是性。我不是在贬低性。如果说生命还有什么比两个人合作造人更重要的意义，那历史上的哲学家们都还没找到。另外，在造小孩的间隙，性生活能够让我们在生活中保持激情，让养育孩子这项繁重的任务变得可以忍受。可这不是爱。爱是你即便在没有性冲动的时候也依然保有的一种感情。人们就是这样规定的。谁想再试试？艾拉，你怎么样？你比其他人都会说英语，水平和我差不多。"

"祖父，我说得可比您好。我说英语时没有语法错误，您则不然。"

"别给我挑刺儿，小子。我来教教你吧。我和莎士比亚一样，从来不让语法这东西成为我们自我表达的障碍。知道为什么吗？他有一次对我说——"

"哎呀，行啦！您出生三个世纪前他就去世了。"

"是吗？有一回人们把他的墓穴打开了，结果发现里面是空的。事实是他是伊丽莎白女王同父异母的弟弟。为了掩盖真相，他还染了头发。另一个真相是，皇室的人对他步步紧逼，不得已，他只好用诈死的法子逃过一劫。我就这么干过好几回。艾拉，他的遗嘱上写着要把他'第二好的那张床'留给妻子。要是你查查谁得到了他名下最好的那张床，就能大概猜到发生了什么事。你想试着给'爱'下个定义吗？"

"不了。我说完了您又会改规则，说我说得不对。几周前，您问过密涅瓦同样的问题，她将爱分为两类：'欲爱'和'圣爱'。现在您做的不过是把称为'爱'的经验领域做了同样的划分，只不过没有使用相同的术语称呼这两个子分类罢了。您想通过这样的诡辩术把其中一个子分类中的通用术语——'爱'排除出去，让它只剩下'欲'；同时声称这个术语的内涵仅存在于另一个子分类。这样一来，您就可以把'爱'等同于'圣爱'。而且您还没有用'圣爱'这个词儿，拉撒路，您的如意算盘落空了。现在我可以把您用的比喻还给您了，您这是在'出老千'。"

拉撒路摇摇头，表示佩服："你小子确实聪明，什么都糊弄不过你。等你时间充裕的时候，我们可以探讨一下唯我论[1]。"

"得了吧，拉撒路，您可别想像蒙加拉哈德一样蒙我。爱的子分类依然是'欲爱'和'圣爱'。'圣爱'极为罕见，而'欲爱'非常常见，以至于加拉哈德感觉'欲爱'就是'爱'的全部含义。他错误地以为您是英语语言方面可靠的权威，所以才会被您要。您这样做对他不公平。"

拉撒路发出一阵干笑："艾拉，我的孩子，我小时候他们为了种苜蓿整车整车地卖技术术语。那种玩意儿都是不切实际的所谓专家和同样的神学家想出来的，它们的可靠性就跟禁欲的神父写的性爱指南一样可笑。孩子，我不喜欢用那种华而不实的分类，因为它们不仅无用，而且错误，甚至具有误导性。这世上有无爱的性，也有无性的爱，还有些复杂的情况，谁都分辨不出来属于哪一种。但是爱可以被定义，其确切的定义不必借助'性'来补完，也不用通过'欲爱'和'圣爱'这样的词排除别的情况，从而进行循环论证[2]。"

"那就请您给下个定义吧，"艾拉说，"我保证不笑。"

1　唯我论：唯我论是认为除"我"或"我"的精神之外没有任何东西存在，整个世界及其他人都是"我"的感觉、经验和意识的一种观点。是主观唯心主义走向极端的必然结论。——译注

2　循环论证：一种逻辑错误，把未经证明的判断作为证明论题的论据。——译注

"现在还不是时候。要给像爱这么简单的词下定义有一个问题，那就是没有体验过的人永远无法真正明白那个定义。就好像给天生双目失明的人解释彩虹长什么样似的。是的，伊师塔，我知道今天你可以给这类人装上克隆的眼睛，但是这样进退两难的问题在我年轻时代可是无法解决的。那个年代，你可以和这个不幸的人解释电磁波谱的各种物理原理，告诉他人眼能识别的波谱频率范围，也可以告诉他以频率定义的颜色，解释折射和反射形成彩虹的机制，还可以告诉他彩虹的形状、频率是怎么分布的，让他从科学层面上了解关于彩虹的一切，但你还是无法让他感受人看到彩虹时的惊艳。密涅瓦比这种人还好些，因为她看得见。亲爱的密涅瓦，你见过彩虹吗？"

"回拉撒路，条件合适的时候我都能看见，我的外设传感器能看到的时候，我就看到了。美极了！"

"就是啊。密涅瓦能看见彩虹，盲人看不见。电磁原理和体验毫不相干。"

"拉撒路，"密涅瓦补充说，"也许我比血肉之躯的人更能看清彩虹的样子，毕竟我的视觉范围有三个八度，一千五百到一万两千埃[1]。"

拉撒路吹了声口哨："我比你还少了一个八度。告诉我，孩子，你在这些颜色里能看见和弦色吗？"

"当然能啦！"

"好！那你千万别跟我解释那些颜色是什么样儿的，因为我现在跟你比起来就相当于半个盲人，让我继续保持这种状态吧。"

拉撒路又说："我想起了一个火星上的盲人，艾拉，那时候我负责管理那个……嗯，娱乐中心。他——"

"祖父，"代理董事长插了进来，"别拿我们当孩子。当然了，现

---

1 埃：一亿分之一厘米，即纳米的十分之一，晶体学、原子物理、超微结构等常用的长度单位。——译注

在您是我们这圈儿人中年纪最长的，但是我们这儿最年轻的人——我的后代，她正羞怯、温顺地看着您——也和您最后一次见到的约翰逊外公一样大了。哈玛德莱雅下次过生日就八十岁了。哈玛，亲爱的，你有多少个情人？"

"天哪，艾拉，谁会数这个啊？"

"从没有靠这个赚过钱吗？"

"父亲，这不关您的事。您是想给我点零花钱吗？"

"别那么轻佻，亲爱的，我还是你的父亲呢。拉撒路，您觉得您能通过讲些不咸不淡的话让哈玛德莱雅感到震惊吗？卖淫在这儿不是什么大生意，这儿有很多和她一样不成熟的人正跃跃欲试呢。我们新罗马为数不多的几家妓院都是商会成员。不过，您完成全套回春术之后，应该去我们这儿更高级的度假屋玩玩，比如说极乐世界。"

"好主意。"加拉哈德表示同意，"到时候应该庆祝一下。等伊师塔给您做完最后的身体检查之后就可以了。祖父，如果您允许我请客，我会感到特别荣幸。极乐世界花样齐全，从按摩、催眠到最美味的餐食和最精彩的表演，无所不包。只要您说得出来，他们就能为您提供。"

"等等。"哈玛德莱雅表示反对，"别做个自私的浑蛋，加拉哈德。我们四个人一起庆祝吧。怎么样，伊师塔？"

"当然可以啦，亲爱的。那肯定很有意思。"

"六个人庆祝也挺好，让艾拉带个同伴来。怎么样，父亲？"

"亲爱的，我确实对拉撒路的生日派对很感兴趣，不过你知道，我通常尽量避免在公共场合露面。拉撒路，您做过多少次回春术了？这类生日派对我们要按接受回春术的次数计算年龄。"

"别那么八卦，孩子。就像你女儿说的：'谁会数这个啊？'我不介意你们给我买个生日蛋糕，就像我小时候过生日买的一样。在中间插一根蜡烛就够了。"

"阳具崇拜的象征。"加拉哈德说，"是代表多子多福的古老象征，很适合用来庆祝完成回春术。蜡烛的火焰也是对生命的古老象征。应该用真的能燃烧的蜡烛，不可以用假的。但愿我们能找到一根。"

伊师塔表现出开心的样子："那是自然！我们应该能找到个会造蜡烛的人。如果找不到，我就去学学蜡烛的制作方法，然后亲自动手。我还要亲自设计，得是半实用主义的风格，但也要有格调。我还可以把蜡烛做成人像，祖父。我是个业余的雕塑师，是学整容外科手术的时候顺便学的。"

"等等！"拉撒路反对道，"我只想要一根普普通通的蜡烛，点火、吹熄，再许个愿。伊师塔，谢谢你想这么周到，但还是别费心了。也谢谢你，加拉哈德，但还是由我来负担庆祝的费用吧。不过庆祝活动可能只是在这儿举行家族聚会而已，这样一来，艾拉就不会感觉自己像游乐园打靶场里等着挨枪子儿的鸭子了。听着，孩子们，我见识过这世上各种各样的娱乐场所。幸福在于人的内心，不在那种地方。"

"拉撒路，您难道看不出来，孩子们想为您举办一场盛大的派对吗？虽然我不知道首要原因是什么，但他们显然都喜欢您。"

"这个嘛……"

"不过可能根本不存在什么费用问题。我记得您的遗嘱附录部分有张名单。密涅瓦，极乐世界是谁的产业？"

"那是新罗马服务有限公司的子公司，也就是归谢菲尔德-利比联合公司所有。简而言之，极乐世界是拉撒路的产业。"

"妈的！是谁用我的钱投资了妓院？上帝保佑安迪·利比害羞的灵魂啊，要不是他被杀后我把他的尸体放在了我们共同发现的最后一颗行星的轨道上，听了这个，他的棺材板儿一定盖不住了。"

"拉撒路，这件事没写在您的回忆录里啊。"

"艾拉，我不是告诉过你吗，回忆录里没记载的事儿多了。那可怜的哥们儿遇害时正在沉思什么，所以没有保持警惕。在他死前，我答应他把尸体带回他的故乡欧萨克。我暂时把尸体放在了轨道上，大概在他

174

去世一百年后，我去找过他，但是没有找到。应该是标记尸体的信号器能源耗尽了。好了，孩子们，我们就在我的销魂窟里举办派对，你们可以随意体验那里提供的任何服务。我们刚才讲到哪儿了？艾拉，该你来给'爱'下定义了。"

"不是，您正要跟我们讲火星上的一个盲人的故事，当时您在火星上经营着一家妓院。"

"艾拉，你和约翰逊外公一样直接。这个人叫'阿噪'，就算他有真名，我也不记得了。阿噪是和你一样的工作狂。那年头，一个盲人的维生手段无非就是乞讨，因为他的视力无法恢复，人们认为他也不会是个例外。

"但是阿噪不想靠其他人生活，他找到了自己能做的事——边拉手风琴边唱歌。那是一种通过波纹管迫使空气通过簧片的同时，用手按按键才会发声的乐器，声音非常好听。在电子工业将机械音乐制作人逼出市场之前，手风琴非常流行。

"一天晚上，阿噪出现了，他在更衣室里脱掉了加压服。我还不知道的情况下，他就已经在里面自顾自地拉起琴、唱起歌来。

"我的经营策略是'要么花钱消费，要么好走不送'，但是有一个例外。作为经营者，我有时候会送啤酒给暂时手头紧的熟客。可是阿噪不是顾客，他是个流浪汉，从外形到气味都像流浪汉。我差点就将他强制赶走了，但我突然看到他的眼睛上蒙着破布，所以无法把赶他走的话说出口。

"不会有人把一个盲人从店里赶出去，也不会有人找他的麻烦。我决定不打扰他，但会对他多留神。他甚至没有坐下，只是抱着那台破破烂烂的、顶在肚子上的'施坦威[1]'边拉边唱，但其实拉得不好，唱得也不好。我让弹钢琴的人先退下，以免干扰他。其中一个女孩开始张罗着为

---

1 施坦威：钢琴界的顶级品牌。——译注

他收赏钱。

"等他来到我桌旁的时候，我请他坐下，给他拿了杯啤酒，但马上就后悔了。他身上特别臭。他向我表达了谢意，然后给我讲了他的经历，不过大部分都是谎言。"

"跟您一样，祖父？"

"谢谢，艾拉。他说他曾经在一艘巨大的哈里曼太空船上担当总工程师，可惜后来发生了事故。也许他确实当过宇航员，但我从他的话里从未听到过一星半点的宇航员行话。我并不想揭穿他。如果一个盲人声称自己是神圣罗马帝国的合法继承人，那任谁都会顺着他说下去，我也不例外。也许他在太空船上做过机修工、装配工之类的工作。但我觉得他更可能是随船来的矿工，只不过嗑药嗑得太猛了。

"妓院关门的时候，我巡视了一圈，发现他在厨房睡着了。我要保证厨房的卫生，所以不允许有人在那儿睡觉，只好把他带到一间空着的屋子里，放到床上，打算第二天早晨给他吃顿早饭，然后好言相劝，把他打发走，毕竟这里不是廉价旅馆。

"接下来我有好多想说的。早上的时候，他好端端地在吃早饭，但我差点没认出他来。姑娘们伺候他洗了个澡，还给他理了发，剃了胡子，穿上了干净的衣服——我的衣服。此外，她们把他那双瞎眼上脏兮兮的破布也扔掉了，换了一条干净的白色绷带。

"各位亲人，我喜欢做顺水人情。既然允许姑娘们在这儿养宠物，这个'宠物'的风琴弹得还不错，比我弹钢琴更能招揽客人，那么即使'宠物'只有两条腿，吃得还比我多，我也认了。于是，只要姑娘愿意收留他，我的销魂窟就是阿噪的家。

"过了一段时间我才明白，阿噪不是那种寄生虫，享受免费食宿的同时，从我们的顾客手中吸走现金，还觊觎着店里的'存货'。不是的，他在我们那儿会尽心尽力地做好分内事。我的账本显示，他去我们那儿的第一个月月底，我们的毛利润和净利润都增长了不少。"

176

"拉撒路，这怎么解释呢？他在那儿演出可是和你构成了竞争关系啊。"

"艾拉，你难道要我帮你思考所有问题吗？不对，平时都是密涅瓦替你思考。你可能从来都没有主动思考经济问题的机会。妓院产生利润的途径有三条：酒吧卖酒；姑娘们卖笑；还有就是厨房卖餐点。我们不做毒品生意，因为毒品会毁了这三条赚钱的路子。要是有客人吸毒，哪怕显露一点毒瘾的痕迹，我都会很快把他请出去。

"厨房是用来给姑娘们提供饭食的，基本维持盈亏平衡的状态。不过，厨房也会给过夜的客人提供夜宵，这块儿能赚到一些净利润，因为姑娘们支付的食宿费用恰好可以覆盖厨房的运营成本。自从我把一个小偷小摸的侍者炒掉，妓院的酒吧也开始赚钱了。姑娘们卖笑的钱无论多少都归她们自己，只需要每做一个客人的生意都向妓院支付一笔固定费用便可。如果姑娘把客人留下来过夜，就要付三倍的固定费用。姑娘可以为了多赚点耍些小花样，只要她做得不太过分，我从来都是睁一只眼闭一只眼，但要是嫖客投诉说被哪个姑娘坑了，我就要找她谈一谈了。我没碰上过特别麻烦的事儿。她们都是好姑娘，另外我也有本事不动声色地把她们查个清楚，就好像我脑袋后面也长着眼睛一样。

"和姑娘起了金钱纠纷的嫖客最难对付，不过我记得只有一次投诉事件是姑娘的错，不是嫖客的。我立即解除了那姑娘的合同，让她走人。通常情况下，嫖客不会太较真，只不过有的嫖客会往姑娘贪婪的小手里塞太多钱，姑娘给了他想要的服务，没想到嫖客扭头就改了主意，想把钱从姑娘手里要回来。那种人渣我用鼻子都能闻出来，他一进屋我就留意听着他和姑娘的对话，争执一出现，我就把他提溜起来，狠狠扔出屋，非让他摔个狗吃屎不行。"

"祖父，有没有人高马大的嫖客，您对付不了？"

"不是这么回事，加拉哈德。打架的时候身高体形不是关键，再说了，我身上总是带着武器，以防遇上棘手的麻烦。要是我决意打倒一个男人，会毫无负疚感地速战速决。如果你趁其不备踢了一个男人的裤裆，他一定会缩成一团，时间足够你把他提起来扔出去。

"别害怕得直往后缩，亲爱的哈玛，你父亲保证过你不会被我的话惊到。不过我跑题了，我要讲的是阿噪的事，讲他是怎么在给自己赚钱的同时也给我们赚钱的。

"在这类偏僻的小店里，通常是这样的，客人进店点杯酒，边喝边打量姑娘们；然后他会挑一个顺眼的叫过去，也给她点杯酒；最后他会搂着她进屋，办完事儿就离开了。整个过程也就三十分钟，给妓院创造的利润少之又少。

"阿噪来之前是这样的。他来了之后，流程就变了：客人会先和往常一样点杯酒，为了不打断盲人唱歌，他可能会给姑娘再多点一杯酒；等他跟姑娘进了屋子再出来的时候，可能阿噪恰好在唱《弗兰基和约翰尼》或者《毒贩子遇上我表哥》，客人就会露出笑容，甚至跟着他唱上一小段；客人会坐下听完整首歌，之后他就会问阿噪是否知道《黑眼睛》那首歌；当然了，阿噪是知道的，但他不会承认，而是问客人能不能给他哼唱几句，然后他再试着演奏并唱出整首歌。

"如果客人有钱，再过几个小时他还会在店里，而且应该已经用过了晚餐，还给他中意的姑娘点了晚餐，给了阿噪一笔丰厚的小费。这时候，客人也准备好和那个姑娘或者下个姑娘打第二炮了。如果他的钱够，可以留下来过夜，把钱都花在姑娘、阿噪、酒水和餐食上。要是他花到身上分文不剩了，而且是个表现良好、花钱大方的客人，那我就可以让他先住下，食宿花销暂且记在账上，欢迎他下次再来。如果下个发薪日他还活着，他肯定还会来。如果他没来，妓院损失的也不过是一顿早饭的成本，和他在这儿花的钱相比不值一提。这叫舍小利赚大钱。

"就这样过了一个月，妓院和姑娘们挣的钱都比以前多了，而姑娘们的工作并不比以前辛苦，因为她们的一部分时间都花在了陪客人喝酒上。其实喝的都是调了颜色的水。这部分酒钱一半入了店里的账，一半进了姑娘们自己的腰包。姑娘们会一边喝酒一边陪客人听阿噪唱各种怀旧金曲。呸！姑娘才不想像跑步机一样不断工作呢，哪怕她和嫖客一样享受整个过程也不想。不过，她们坐在那儿听阿噪的歌倒是永远听不厌。

"于是，我不再弹钢琴了，只有在阿噪去吃饭时临时顶一下。从演奏技术上来说，我比他更优秀，但他具备一种无法被定义的特质，可以让观众听歌听得入神。他有本事让大家跟着歌声大哭或者大笑。他会唱的歌有上千首，他给其中一首起了个名字，叫《天生失败者》。这首歌不太成调，是这么唱的——

"嗒嗒，砰砰！

嗒嗒，砰砰！

嗒嗒，嗒嗒，砰砰——

"——唱的是一个总是不走运的家伙。

"台球厅旁有家啤酒馆，

我常常在那里度过惬意时光；

台球厅楼上是家妓院，

那是我姐姐讨生活的地方。

每当我囊中羞涩，

或者押的马跑得太慢，

我就从她手里拿上五元十元，

因为她是个性格随和的好姑娘——

"歌词大概就是这样。不过不止这么一点。"

"拉撒路，"艾拉说，"你在这儿住的每一天差不多都在哼唱这首歌，而且是一整首，比现在这些多十好几节呢。"

"真的吗，艾拉？我确实有哼歌的习惯，这点我知道。但是我从来都不留神听自己唱了什么。和一只猫发出呼噜呼噜的声音一样，对我来说，哼歌只代表我身体状况不错，各个器官亮的都是绿灯，我这条破船还能继续航行。这说明我感觉安全、放松并且开心。想想吧，我现在确实有这种感觉。

"但是《天生失败者》这首歌不只有十几节歌词，而是有好几百节。我只是从阿噪唱的歌里选了几节哼唱而已。无论何时见到他，他都在拉琴唱歌，一会儿改改歌词，一会儿又添几句。我觉得这首歌应该不是他原创的。其实我还记得有首歌里讲了那个常常把大衣拿去典当的人；不过我听到那首歌时还非常年轻，正在地球上努力赚钱养我的第一个家庭。

"但那首歌也算是阿噪写的，因为他添了好些词儿，把主要歌词也改了。在二十年或者二十五年之后，我在月亮市的一家夜总会里又听到了那首歌。也是阿噪唱的，但是他这回又改了词，把韵律理顺了，又更合理地编排了一下旋律，曲调更花哨了。虽然降了调，但还听得出来是那首歌，只不过多了些希望，少了些伤感。歌曲唱的还是那个大衣常常放在当铺、没了钱就靠他姐姐生活的三流骗子。

"变了的不只那首歌，还有阿噪本人，他身前是锃亮锃亮的新手风琴，身上穿着剪裁合身的宇航员制服，两鬓添了些白发，演出费与明星媲美。我花钱请一个侍者帮我捎话给他，告诉他观众席上有'快活'德兹。当时我已经不叫这个了，但是阿噪只知道我的这个名字。他演完一场之后就走过来，让我请他喝了杯酒。我们俩一边寒暄一边扯谎，聊起我们在那个销魂窟里度过的快乐时光。

"我没有提他之前离开得很突然，姑娘们为此非常担心，以为他会死在臭水沟里。没提这个是因为他显然活得好好的。但是我私下调查了他消失的原因，因为我的员工被这件事闹得情绪低迷，整家妓院变得跟停尸房似的，毫无生气。这样的妓院可没法做生意。我的调查结果是他登上了要前往月亮城的'矛隼'号飞船，那之后就再也没下过飞船。于是，我告诉姑娘们，阿噪突然得到了一个回家的机会，所以不告而别了，但是他在港口指挥官处给她们每个人都留了言。然后为了圆谎，我又根据她们的个性写了不同的告别信。这个举动果然让她们走出了消沉的状态。她们还是想念他，但是她们都理解，搭上回家的顺风船是可遇而不可求的好机会，他必须抓住；再说了，他还'记得'给她们每个人留言，这让她们觉得自己受到了重视，所以很满意。

"结果那次聊天他提到了每个姑娘的名字，看来他确实记得她们。亲爱的密涅瓦，这就是'眼盲'和'看不见'的区别了。阿噪只要想看到彩虹，他随时可以看到。他始终都能'看到'，而且'看到'的永远是事物美的一面。我们还在火星共事的时候我就意识到了这一点，因为——别笑——因为他以为我和你长得一样帅气，加拉哈德。他说他听见我的声音就知道我长什么样了，还给我描述了他的猜测。听了之后我感到十分受用，表示受宠若惊，结果他说我太谦虚了，所以我就没再反驳。其实现在你们也能看出来，我根本就不帅，而且我从来不具备谦虚这种所谓的美德。

"阿噪还觉得所有的姑娘都很美。其实当时妓院里只有一个姑娘长得美，少数几个还算可爱，其余的就一言难尽了。

"可是他问起奥尔加过得怎么样，还赞叹道：'天哪，她可真是个小美人儿。'

"各位亲人，奥尔加连长相普通都算不上，她简直是个丑八怪，脸长得跟小泥饼似的，身材则像个麻袋。只有在像火星这样偏远的星球上她才有市场。她也就那副温暖轻柔的嗓音和亲切的脾性值得称道；因为她拥有这些特质，客人才会在妓院的生意格外红火、毫无选择的情况下挑中她；但是客人们在经过第一次后，下回会特意点她。亲爱的，虽然这么说挺不地道的，但我还是得说，只有美貌的话，女人纵然能把男人诱上床，也不会有第二次和他同床共枕的机会，除非这个男人特别年轻且格外愚蠢。"

"祖父，那到底是什么能让一个男人再次回到女人床上呢？"哈玛德莱雅问，"性技巧？肌肉的控制力？"

"亲爱的，有人说你哪儿不好了吗？"

"嗯……没有。"

"那你肯定知道答案，这么说纯粹是在逗我玩。当然是二者皆非，答案是让人开心的能力，关键是你本身也得为此开心才行，这需要精神上而非肉体上的特质，这一点恰恰是奥尔加具有的。

"我告诉阿噪，他离开之后，奥尔加结了婚，但不久就离了。她始终都开开心心的，上次听说她有了三个孩子。这是彻头彻尾的谎言，其实他走后奥尔加意外身故了，姑娘们都号啕大哭，我也非常难过，干脆让妓院停业了四天。可我不能告诉阿噪这些，奥尔加是最开始像母亲般照顾过他的那几个人之一，帮他洗过澡，还趁我睡觉时偷过我的几件衣服给他穿。

"她们都照顾过他，但从未为他起过争执。虽然我一直在絮絮叨叨地讲阿噪的故事，但我没有跑题。我们还在讨论如何给'爱'下定义。现在有人想尝试一下吗？"

加拉哈德说："阿噪爱每一位姑娘。您想说的应该就是这个吧。"

"不，孩子，他哪个姑娘都不爱。他的确是喜欢她们，可离开的时候连头都没回一下。"

"那您想说的就是姑娘们都爱他。"

"没错。等你搞清楚了他对她们的感情和她们对他的感情之间有什么区别，我们就差不多说到点子上了。"

"母爱。"艾拉说完又粗声补充了一句，"拉撒路，您是想告诉我们母爱是唯一的'爱'吗？天哪，您真是疯了！"

"也许我是疯了。但是我想说的没那么离谱。我只是说她们像母亲般照顾过他，可从来没有提过什么'母爱'。"

"啊……他和她们都上过床？"

"艾拉，这也没什么好吃惊的吧。我从来没想过搞清楚他们上没上床。这和我们讨论的事无关。"

哈玛德莱雅对她的父亲说："艾拉，你要给出定义的这个词一定不是'母爱'，母爱常常只是出于责任感。我就曾经想溺死过我的两个孩子，这你应该能猜到，因为你亲眼见过他们是多么讨厌的小魔鬼。"

"女儿，你的后代都是可爱的孩子。"

"哦，别瞎说了。一个人无论如何都要养育他的孩子，否则孩子长大了就会变成比小时候还可怕的怪物。你觉得我儿子戈登小时候怎么样？"

"他是个让人开心的小家伙啊。"

"真的吗？我会转达给他，如果我真有一个男孩叫'戈登'的话。抱歉，亲爱的老爸，我不该给你下套。拉撒路，艾拉是个完美的外公，他从不忘记孙辈的生日。但我怀疑这都是因为密涅瓦在提醒他，现在我证实了我的怀疑。我说得对吗，密涅瓦？"

密涅瓦没有回答。拉撒路说："她不是为你工作的，哈玛德莱雅。"

艾拉马上反击说："我当然得让密涅瓦帮忙记日子！密涅瓦，你说我的曾孙辈有多少个？"

"先生，总共四百零三个。您的儿子戈登的现任妻子叫玛利亚。"

"随时告诉我最新情况。自以为是的小姐，我刚才想的戈登是戈登那个孩子的儿子戈登。嗯，他和伊夫琳·赫德里克生的，应该是。拉撒路，我骗了您。我要移民的真正原因是我的子孙后代太多了，都要把我从这颗星球上挤下去了。"

"父亲，您真的要移民吗？不是说说而已？"

"十年一次的董事会召开之前，这是头号秘密，亲爱的。不过我确实要移民了。想一起来吗？加拉哈德和伊师塔已经决定和我一起移民了，他们会在殖民地开一家回春诊所。你可以花上五年到十年的时间在那儿学点有用的东西。"

"祖父，您会和我一起移民吗？"

"亲爱的，我去的可能基本为零。我见过殖民地是什么样的。"

"您可能会改变心意的。"哈玛德莱雅站起来，对着拉撒路说，"我要在三位见证人面前——不，是四位，密涅瓦是最好的见证人——向您求婚，我希望和您缔结一份同居和生育后代的合同。怎么称呼这份合同由您说了算。"伊师塔听了似乎受到了惊吓，但她马上就把震惊的表情从脸上抹了去。其他人都一言不发。

拉撒路回答道："我的孙女，如果我年纪没这么大、精力没这么差的话，我一定会打你的屁股。"

"拉撒路，我只是按辈分称呼您一声祖父，但其实我的基因中属于您的部分只有不到8%，显性基因中来自您的部分就更少了。所以，我与您的后代出现不良基因强化效果的可能性极小，更何况我们的不良隐性基因已经被剔除了。我会把我的基因模式发给您检查。"

"亲爱的，这不是关键问题。"

"拉撒路，我知道您以前与您的后代结过婚。现在您唯独不接受我，有什么原因吗？如果您告诉我，也许我能解决掉这个障碍。我必须补充一点，我的这项提议没有要求您非得随我们移民。"哈玛德莱雅继续说，"或者只跟您生后代也行，但如果能允许我和您住在一起，我会感到无比骄傲和快乐。"

"哈玛德莱雅，为什么？"

她犹豫了片刻："先生，我不知道该怎么回答这个问题。我本来想说'因为我爱您'，但是显然，我不知道'爱'这个词的含义，所以无论用银河语还是古典英语，我都无法用恰当的表达描述我的需求，只好就这么说出来了。"

拉撒路温和地说："我爱你，亲爱的……"

哈玛德莱雅立时容光焕发起来。

他继续说："就是因为我爱你，我才必须拒绝你。"拉撒路环视一周，"我爱你们所有人。伊师塔、加拉哈德，就连你这个一脸正经、愁眉不展的丑八怪父亲我都爱，亲爱的。现在你笑一笑吧，因为我确定会有许多年轻小伙儿排着队想娶你呢。伊师塔，你也要微笑。不过艾拉，你就别笑了，因为你的嘴咧开不好看。伊师塔，接你和加拉哈德的班的人是谁？算了，我也不关心你们是怎么排班的。总之，今天接下来的时间我想一个人静静，可以吗？"

她犹犹豫豫地说："祖父，我能在观察站设岗吗？"

"恐怕不管我同不同意你都会这么干。不过，你限制他们只能观察仪表、拨打电话或者使用你用的设备可以吗？不要监视、监听我，怎么样？如果我有什么'不轨行为'，密涅瓦会告诉你的，这点我确定。"

"先生，我们不会监视或监听你的。"伊师塔站起来，"加拉哈德、哈玛德莱雅，咱们走吧？"

"稍等，伊师塔。拉撒路，我有冒犯您的地方吗？"

"什么？完全没有啊，亲爱的。"

"我以为您因为……因为我的提议生气了呢。"

"哦，没有的事。亲爱的哈玛，你的那类提议不会冒犯任何人，那简直是一个人类对另一个人类最高的夸赞。不过我确实感到有点困扰。现在你快笑一个，然后跟我吻安吧，明天再来看我，如果你想的话。孩子们，都过来跟我吻安，咱们谁都没有惹谁不愉快。艾拉，你要是想的话可以多待会儿。"

他们像听话的孩子一样，挨个儿与他吻安，然后走进拉撒路的阁楼，搭乘交通工具下楼了。拉撒路说："艾拉，喝一杯吗？"

"您要是想喝，我就陪一杯。"

"那算了吧。艾拉，是你怂恿她这么干的吗？"

"嗯？"

"你知道我在说什么。哈玛德莱雅的提议。先是伊师塔，现在又是哈玛德莱雅。我本想在廉价旅馆里安静体面地死去，可你偏偏把我抓过来。自打那时候开始，你就在谋划这些了吧？你当着我的面各种摇尾巴、表忠心，但暗地里却在想方设法把我和你的什么计谋捆绑在一起，对吗？你是不会得逞的。"

代理董事长低声回答："尽管您已经上百次说我是骗子了，但我这次还是要否认。我建议您去问密涅瓦。"

"我怀疑就算问她也问不出什么真话。密涅瓦！"

"您有什么吩咐，拉撒路？"

"是艾拉捣的鬼吗？我是说这两个女孩中有谁背后是艾拉在指使吗？"

"拉撒路，据我所知没有这样的事。"

"亲爱的，你这是在回避问题吗？"

"拉撒路，我不能对您撒谎。"

"嗬，我觉得艾拉要是让你撒谎的话，你就能这么干，不过对于这种事，我再深究也没什么意义。亲爱的，你切换到录音模式吧，让我们单独谈谈。"

"是，拉撒路。"

拉撒路怒冲冲地瞪着眼说："艾拉，我真希望你刚才给了我肯定的答案。因为除此之外，对于这件事的另一种，也是唯一一种解释恰恰是我不喜欢的。我长得不英俊，言行举止也不招女人喜欢，那我还剩下什么能吸引她们的呢？那就是我是这世界上最长寿的人。女人愿意因为一切奇怪的原因出卖自己，并不总是为了钱财。艾拉，那些年轻漂亮的女人只是想获得和'老祖'生儿育女的尊荣，要不是为了这个，她们哪怕一秒都不愿意浪费在我身上，对吗？可我偏偏不愿意做'种马'。"

"拉撒路，您这么说就对两位女士不公平了，而且这也说明您在此事上异乎寻常地迟钝。"

"怎么讲？"

"我观察过了。我觉得她们俩都爱上您了。别再跟我聊这个动词是什么意思，我可不是加拉哈德。"

"可是——真是胡扯！"

"我可不敢跟您争，在'胡扯'这个领域，全银河系您称第二，没人敢称第一。女人并不总是出卖自己，但她们总会坠入爱河，而且常常是因为一切奇奇怪怪的原因。如果这里可以用'原因'这个词的话。我同意您长得丑，为人自私自利——"

"这些我都知道！"

"当然了，在我来看是这样的。不过女人似乎并不特别在意男人的外貌如何，我已经注意到了，更何况您对女性格外彬彬有礼。您说火星上那些娇小的妓女都爱那个盲人。"

"她们中有的身材并不娇小。大个子安娜就比我还高，也比我重。"

"别想转换话题。为什么她们都爱他呢？您不用费心回答这个问题，还是我来说吧。女人爱上男人或者男人爱上女人，是因为什么？若理性地分析这个问题，恐怕答案与生存息息相关。这样的答案有失风味，不会令人满意，但是，拉撒路，等您做完了回春术，你我也完成了谢赫拉莎德的赌约，不管结果怎么样吧，我想知道，您是否会再次踏上旅途？"

拉撒路沉思了片刻才回答："应该会吧。艾拉，你借我住的这间小屋子，还有外面的花园和溪流都非常可心。我有几次去市中心，心里总是惦记着赶快回来，到家之后非常开心。可我只是在这里休养，并不打算长住。等到大雁悲鸣时我就走了。"拉撒路似乎有点伤感，"不过我也不知道要去哪儿，而且也不想做以前做过的事。也许到时候密涅瓦可以为我找到新鲜事。"

艾拉站起身："拉撒路，如果您疑心没这么重，也没这么刻薄，完全可以打消顾虑，选择相信这两个女人的善意，给她们一人一个孩子，让她们以此来纪念您。这对您来说不过是举手之劳。"

"绝对不行！我才不是只管生不管养的人，也不会抛下怀孕的女人远走他乡。"

"都是借口。我会领养您离开我们之前留下的子嗣，无论有没有出世。要不要我让密涅瓦把这条保证放到永久记忆库中，以此来约束我的行为？"

"我可以养活我自己的孩子！我一向如此。"

"密涅瓦，把这条存入永久记忆库，进行公证。"

"已执行，艾拉。"

"谢谢你，瓦小烦最乖了。那明天同一时间咱们再见，拉撒路？"

"行啊，就这样吧。明天你把哈玛德莱雅也叫上，怎么样？告诉她是我让你叫她来的。我不想伤害那孩子的感情。"

"没问题，祖父。"

IV

在韦瑟罗尔先生私人宅邸的行政大殿楼层，哈玛德莱雅和加拉哈德正在等待，伊师塔则在向几个值班的回春技师下达命令。然后，他们三人搭乘交通工具在大殿中下降并穿过一片区域，来到艾拉给伊师塔安排的一间公寓。这里比她在回春诊所的住处更加宽敞，也比拉撒路住的阁楼更加奢华，只不过没有附带的花园。这间公寓原本是为霍华德基金委员会成员或其他贵客准备的。不过其实这里的装潢奢华与否并不重要，因为伊师塔和加拉哈德大多数时候都在拉撒路身边度过，就连吃饭也多数是和拉撒路一起的，这里是他们睡觉的地方。

密涅瓦还为伊师塔提供了十几间小些的公寓，供她安排手下排班的回春技师住宿。加拉哈德也是这些回春技师中的一员，不过他不需要另占一间公寓，于是伊师塔让密涅瓦将本该给他住的那间安排给了哈玛德莱雅，因为她已经成为照顾老祖的小组中的非正式成员。有时候哈玛德莱雅不回她在乡间的家，而选择在这里过夜。代理董事长不希望他的家庭成员在没必要的情况下使用行政大殿的公寓，所以哈玛德莱雅每次住下都不告诉她的父亲。不过，有时候她也和伊师塔、加拉哈德一起住。

这次他们三个人进了伊师塔的公寓。他们有事要商量。到了公寓之后，伊师塔先询问了一下当前的情况：

"密涅瓦？"

"我在，伊师塔。"

"有什么新情况？"

"拉撒路和艾拉在谈话。是私人谈话。"

"有新情况通知我，亲爱的。"

"那是自然，亲爱的。"

伊师塔转身对在场的其他人说："谁想喝一杯，或者吃点儿什么？现在吃晚饭还有点早。你觉得早吗，哈玛？"

加拉哈德回答："我得洗个澡，然后喝点东西。拉撒路把我们赶出来的时候，我热得够呛，浑身是汗，就想泡个澡。"

"不仅浑身是汗，你都臭了。"伊师塔表示赞同，"在交通工具里我就注意到了。"

"大笨蛋，不如你也泡个澡吧，毕竟你和我一样辛苦。"

"唉，确实如此，我英勇的骑士。上次交锋之后，我就小心翼翼地坐在离那些长辈远点儿的下风处。哈玛，我和这个小臭虫先去洗个澡，你给我们准备些大杯的冷饮吧。"

"休闲梅能量饮料或者其他现成的饮品怎么样？我们可以一起洗吗？虽然我没有你们俩那么忙活，但是向祖父求婚的时候，我因为紧张担心也出了一身汗。结果还搞砸了！伊师塔，我辜负了你的教导。真是抱歉！"说完她开始抽泣。

伊师塔伸出双臂环住这位年轻的女子："好了，好了，亲爱的，别哭了。我觉得你没有搞砸啊。"

"可他拒绝了我。"

"但你打下了良好的基础。你让他动摇了，这恰恰是他需要的。虽然你提出那个要求的时机让我感到惊诧，但是最后你肯定能成功。"

"他可能都不会再见我了。"

"不，他会的。你都哭得发抖了，亲爱的，别这样。我和加拉哈德会给你好好按摩一下背部，让你放松的。小臭虫，去把气泡饮料拿来，和我们一起去淋浴间。"

"有你们两个女人在，干活儿的居然还是我。好吧。"

加拉哈德拿着冷饮进去的时候，伊师塔已经让哈玛德莱雅平展身体、趴在按摩床上了。伊师塔抬起头，说道："亲爱的，趁你还没沾水，先看看架子上有没有三件浴袍。我刚才没看。"

"是，女士；不，女士；马上就好，女士；您还有别的吩咐吗，女士？这里浴袍多的是。不过，我今天早晨打电话叫人又送来了几件。别把她揉得浑身瘀青，你根本不知道自己有多大劲儿。过会儿我还需要她呢。"

"小甜心，我真不如拿你去换条狗，起码我不要狗了还能卖掉。把那几瓶饮料拿过来，然后过来帮忙，不然过会儿我们俩谁你都得不到。我们刚才聊天，一致认为所有男人都是禽兽。"她继续按摩哈玛德莱雅的后背，手法轻柔但坚定，十分专业。按摩床会完美贴合趴在上面接受按摩的人的正面曲线，非常舒适。她让加拉哈德把一瓶饮料挂在她脖子上，然后将奶嘴形饮用口塞进她嘴里，同时她的按摩工作也一点都没耽误。

他把哈玛德莱雅的饮料放到按摩床上，也把奶嘴形饮用口递到她嘴里，轻轻拍了拍她的脸，然后站到按摩床的另一边，开始在伊师塔的指挥下帮忙按摩。为了迎合二人四手的按摩模式，按摩床自动进行了一番调整。

过了几分钟，他松开奶嘴，说道："伊师塔，祖父有没有可能察觉了这背后的名堂，看穿了你们两个娘儿们在搞什么鬼？"

"我们才不是什么娘儿们。起码哈玛不是。"

"'娘儿们'是英语中对女性的常用称呼。你不是说我们在给老祖做回春术期间要尽可能用英语会话、用英语思维吗？"

"我只是说，虽然哈玛德莱雅生的孩子比我还要多，而我自从上次回春术之后就再也没要过孩子，但她不太适合'娘儿们'这个称呼。不过这是个有意思的称呼，我喜欢。我不觉得拉撒路能猜出我们已经怀孕了。就算他猜出来了也没关系，对我来说，只要他不知道我是怎么怀上的就好。我已经在克隆细胞的来源记录上做了手脚，就算他有所怀疑也无从查起。哈玛，你没对拉撒路透露过什么吧？"

哈玛德莱雅松开奶嘴："当然没有了！"

"密涅瓦知道。"加拉哈德说。

"她当然知道了，我还为这事儿跟她商量过呢。不过，你这么一说倒是提醒了我。密涅瓦？"

"我在，伊师塔。"计算机补充了一句，"艾拉走了，拉撒路进屋了。没出现什么状况。"

"谢谢你，亲爱的。密涅瓦，拉撒路有可能知道我和哈玛德莱雅的情况吗？我是说，他可能知道我们怀孕了吗？如果可能，他是怎么知道的呢？"

"他没说他知道，也没有人在他面前提起过。根据我对我能接触到的相关数据的评估，他知道的可能性大概小于千分之一。"

"艾拉知道的可能性呢？"

"小于万分之一。伊师塔，艾拉告诉我要为你提供服务的同时也给你分配了一个保密记忆库。根据他的程序设定，后续程序会擦除掉分配给你的记忆库，所以他无法检索属于你的私人记忆文件，我也不能通过自编程的手段把秘密传播出去。"

"好，那我就放心了。不过，密涅瓦，我对计算机了解不多。"

密涅瓦咯咯地笑了："我则不然。了解计算机可以说是我的事业呢。别担心了，亲爱的，你的秘密由我保存很安全。拉撒路刚刚让我给他准备一份轻食当晚餐，吃完他就上床睡觉了。"

"很好。一会儿告诉我他吃了什么，吃了多少，什么时间睡的觉。

他醒了你也要叫我。人在夜里独自醒来时心情最低落了，我得时刻准备行动，不过这些你应该都知道。"

"伊师塔，我会好好关注他的脑波图。除非'老恶魔'突然跳上了他的肚子，否则我一定会在他醒来前两到五分钟提醒你的。"

"那只该死的猫。不过那样醒来他倒是不会陷入抑郁，我担心的是他做关于自杀的噩梦。转移注意力的紧急措施我已经差不多用光了，我总不能再次放火烧了那间阁楼吧。"

"拉撒路这个月没有做过让他陷入抑郁的典型噩梦了，伊师塔，而且我现在知道那类异常脑波的序列是什么样的了，所以会格外注意的。"

"我知道你会注意，亲爱的。我希望我们能知道导致他做每一个噩梦的相应经历，这样一来，我们才能把这些经历的记忆抹掉。"

"伊师塔，"加拉哈德插嘴道，"你要是摆弄他的记忆，可能会毁了艾拉想要的一切。"

"那我还有可能救了我们的客户呢。亲爱的，你继续专心致志地给哈玛做背部按摩，精细活儿就交给密涅瓦和我来干吧。还有别的要汇报吗，密涅瓦？"

"没有了。对了，有一件事。艾拉让我找到哈玛德莱雅，他想和她谈谈。她可以接电话吗？"

"当然可以！"哈玛德莱雅边说边翻过身来，"不过你要让他通过你跟我讲话，密涅瓦，我不想和他进行视频通话，因为我现在不想露脸。"

"哈玛德莱雅？"

"是我。艾拉，你有什么事？"

"有条消息捎给你。对那个老人好点儿，明天准时在小屋见，怎么样？最好能早点到，和他先吃顿早餐。"

"你确定他想见我？"

"我确定。你今天让他那么尴尬，按说他不该再见你的。哈玛，到底是什么让你跟着了魔似的？不过这些话是他让我带给你的，不是我想跟你说这些。他说他不想伤害你的感情。"

她这才松了口气："如果他能让我留下，我就没什么好受伤的。父亲，我告诉你，只要他允许，我陪他多少天都心甘情愿。我以前是这么说的，现在也还是这么想的。其实我都已经告诉我的经理了，她可以收购我的公司，我的股权都可以卖给她。我就是这么认真。"

"是吗？很高兴听到这个消息。如果你想套现，我——应该说政府可以不打折扣地从你手上把贷款接过来。我已经下了命令，只要是关于老祖的事，贷款金额不设上限。到时候你跟密涅瓦说一声就行了。"

"谢谢你，先生。我想我应该不需要，除非祖父厌倦了我，而且我看上了其他项目，想另行投资。但是眼下生意非常红火，我可能还得让普里西拉先帮我顶几年。生意真的特别好。我敢打赌我的财产比你的多。我是说和你的私人财产相比。"

"别说傻话，我的傻女儿。作为一个公民，我的私人财产少得可怜，根本就是一个乞丐。只不过我可以凭借自己的职权将你的财产统统没收充公，只需要吩咐一声密涅瓦就能做到，而且没人敢质疑。"

"但你永远都不会那么做。你太贴心了，艾拉。"

"啊？"

"你就是很贴心，尽管你记不住我孩子的名字。我感到非常快乐，爸爸，是你让我如此开心。"

"你已经有，嗯，有五六十年没叫过我'爸爸'了。"

"因为你从来不鼓励成年的孩子与你亲近，我也这样对我的孩子。但是这项任务让我感觉和你更近了。好了，我还是闭嘴吧，先生，我明天一早就会去的。就这样？"

"等等。我忘了问你在哪儿了，如果你在家——"

"我不在家，我正和加拉哈德、伊师塔一起沐浴呢，或者说马上要一起沐浴了；他们正在给我做背部按摩，你就给我来电话了。"

194

"抱歉。既然你还在大殿里，我建议你留下来过夜，这样明天一早就可以准时到了。跟他们要张床，如果会打扰到他们的话就来我的公寓，我给你安排床铺。"

"别为我操心了，艾拉。如果我不能麻烦他们留我过夜，密涅瓦也会给我安排一张床的。真的，拉撒路的床才是我梦寐以求的那张。也许我需要申请一次回春术。"

代理董事长迟疑起来，没有马上回答："哈玛德莱雅，你提议给他生孩子是认真的吗？还是开玩笑？"

"先生，这是隐私。"

"抱歉。嗯……隐私也不能阻止我说下面的话。我想这是个非常好的主意。如果你愿意，我会尽全力促成这件事。"

哈玛德莱雅看看伊师塔，摊开双手，摆出一副"我现在该怎么做"的样子，然后回答说："先生，他的拒绝似乎非常坚决。"

"我的女儿，让我从男性的角度来给你分析一下吧。男人往往越是想接受这样的提议，越是要拒绝，因为他要再三确认女人的动机和真诚。所以之后他可能会接受。我不是说你应该总是在他面前唠叨这件事，那样可不成，但是如果你想坚持，那就等候时机。你是个有魅力的女人，我对你有信心。"

"是，先生。如果他真的能给我一个孩子，我们以后就能过得富裕多了，是吧？"

"当然是了。不过我的动机不是这个。如果他死了或者离开，我们也能拥有他的精子库和人体组织库，就算他想插手也不行，因为必要情况下我不惜用坑蒙拐骗的方法也要保住这两个库的控制权。但是我不想让他死，哈玛德莱雅，也不想让他很快就离开这儿。这么说不是因为我情感上接受不了。老祖与众不同，我费了很多工夫就是不想白白浪费他回这儿这次机会。你的出现取悦了他，你的提议对他产生了刺激作用。尽管你觉得他的反应不太妙，但其实你让他焕发了活力。如果他最终答

应让你怀上他的孩子，你可能会成功地让他再活上很长一段时间。可能
无限长。"

　　哈玛德莱雅喜悦地挪了挪身子，笑着看了一眼伊师塔："父亲，你的
话让我感到非常骄傲。"

　　"你一直是我引以为傲的女儿，亲爱的。不过我不能说这全是我的
功劳，毕竟你的母亲也是这世间少有的非凡女性。通话就到这里吧？"

　　"好的，以音乐来结束我们的通话吧。晚安，先生！"

　　哈玛德莱雅没有坐起来，而是伸出双臂，揽住她的两个伙伴的腰，
轻轻拥着他们，感慨道："哦，感觉真不错！"

　　"那就从这张按摩床上下去，目光短浅的娘儿们。该我了。"

　　"你才不需要按摩，"伊师塔斩钉截铁地说，"你又没有经历情绪
紧张，一整天来你做过的最辛苦的事就是赢了我两局谋杀球游戏。"

　　"可我是那种精神敏感的人。"

　　"亲爱的加拉哈德，你的精神可敏感了，所以你才是在精神上抚慰
她并且帮我为她进行沐浴的最佳人选，当然了，是在精神上帮助我。"

　　加拉哈德虽然嘴上抱怨，但还是乖乖听话了："你们俩应该给我洗澡
才对，你们应该假装我是那个盲人演奏家。"他闭起眼唱道：

　　　　"街角有个警察，
　　　　　他对口袋儿里没钱的人
　　　　　或者纯属倒霉的人
　　　　　有时候不太友好。

　　"'纯属倒霉'，这说的就是我，不然我怎么会和两个女人在一个
屋檐下工作。下面是什么步骤，伊师塔？"

　　"当然是'放松'。哈玛德莱雅，你都让我们听到那通电话了，我

想我可以聊聊这个话题吧？我同意艾拉的意见。不管拉撒路自己有没有察觉到，你在性方面都刺激了他一下。如果你持续刺激他，他应该就不会抑郁了。"

"他真的快恢复了吗，伊师塔？"哈玛德莱雅举起手臂，让另外二人帮她放松，"他看起来好多了，但是我也不确定，因为他的态度没怎么变。"

"确实如此。他一个月前开始自慰了。亲爱的，要洗发香波吗？"

"真的吗？他真的自慰了？那太棒了！香波？是的，我要。谢谢。"

> "所以有个姐姐
>
> 或者大伯
>
> 其实挺好的。

"闭上眼睛，我的哈玛宝贝儿，香波来了。诊所的顾客在伊师塔面前可没有隐私，不过她没告诉我，我是从他的病历中推测出来的。伊师塔，为什么要我一直洗哈玛的背？"

"因为你爱胳肢人，小甜心。你也没必要知道。不过只要有密涅瓦帮忙，顾客才叫真正没隐私呢。这也是应该的。现在我发现了，我们诊所需要更好的计算机服务。可严格来说老祖是有隐私的，因为回春技师入职时发下誓言，要保障顾客的隐私。哈玛，即便你不是我们这儿的正式员工，我相信你也意识到这点了。"

"噢，当然啦！这不难意识到，加拉哈德。红彤彤的灼热钳子也无法让我对你们俩之外的人透露一星半点儿，跟艾拉就更不可能说了。伊师塔，你觉得我可以学着成为一名真正的回春技师吗？"

"如果你想从事这个职业，想努力学习，那没问题。加拉哈德，我们现在给她冲洗一下吧。你有同情心，这点我相信。你的智力指数是什么等级？"

"小子，他们是你的朋友。

　　不管是他们的生日还是犹太人的赎罪日

　　你都别把人家忘了——"

　　"嗯……'天才-'。"哈玛德莱雅坦白道。

　　"我们这个职业需要达到'天才'档。"加拉哈德告诉她，"还需要不可抑制的狂热工作欲。她在诊所里就是个奴隶主，哈玛宝贝儿。

　　"还有圣诞节和光明节，

　　祝福卡片和糖果不能少。"

　　"你跑调了。你是'天才+'，哈玛，比加拉哈德的指数高一些。就怕以后用得到，所以我查了一下。结果我们真的聊到这儿了，我太开心了。"

　　"跑调？你这么说我真是太过分了。"

　　"你还有别的优点啊，你是我的骑士，用不着做游吟歌手。亲爱的哈玛，如果你打心底里渴望做回春技师，那我们移民的时候，你可以先从副技师做起。当然，这只是在你想移民的前提下。如果你不想移民，这里的诊所永远有空位置给你。真正适合自己的工作不好找，不过我愿意——特别愿意——让你成为我们中的一员。我们俩都会帮助你的。"

　　"我们当然会帮你，哈玛！我们真是聊天聊'跑调'了！新的殖民地会允许一夫多妻制吗？"

　　"这你得问艾拉。这事儿重要吗？快拿一件浴袍给亲爱的哈玛穿上，然后我和你换着互相按摩一下。我饿了。"

　　"我刚才唱歌时你那么讽刺我，现在却想冒险让我给你按摩？我知道你每一处怕痒的地方，我会把它们都挠个遍。"

　　"国王的十字！我给你道歉！亲爱的，我喜欢听你唱歌还不行吗？"

"那句英语习语是'国王的X[1]',伊师塔。好吧,那我们讲和。哈玛,听话,去给大家拿浴袍。大长腿,我唱歌的时候每个字都在调上。我想到一直让我百思不得其解的那个习语是怎么回事了。密涅瓦理解错了,'炮房'就是妓院的意思。这说明'天生失败者'的姐姐是个交际花。我终于解开了最后的谜底。"

"原来是这样!怪不得她可以资助弟弟。艺术家总是比别人都挣得多。"

哈玛德莱雅拿着浴袍回来了。她把浴袍放在按摩床上,说道:"加拉哈德,我不知道那个习语让你感到困扰。我第一次听到就明白是什么意思了。"

"我真希望你当时能告诉我。"

"这很重要吗?"

"算是多给我一条线索吧。哈玛,研究一种文化时,该文化背景下的神话、民谣、习语和格言警句要比其正史更能反映真相。只有了解了一个人的文化,你才能了解她本身。哦,对了,说英语的话,我应该用'他'这个词。单单这个词就能反映出我们的顾客成长于怎样的文化环境。同时涵盖男性和女性的概称与单指男性的代称是一个词,这意味着在这样的社会里,要么男性占主宰地位,要么女性的社会地位原本较低,刚刚有所提升,但语言的发展滞后于文化发展。这种滞后总是存在。根据其他相关线索,我判定拉撒路的情况属于后者。"

"从一条语法规则中,你就能得出这么多结论?"

"有时候我能。哈玛,我曾经是专业做这个的,那时候我上了年纪,头发斑白,正等着做回春术。我当时是个侦探,而一条线索对于破案而言从来都不够。举个例子,尽管有些线索显示女人似乎与男人有着平等的社会地位,但其实并非如此,因为在这里,谁听说过一家妓院的

---

1 国王的X(King's X):欧美小孩做游戏时常用来求饶的口令。——译注

经理是男人呢？倒是保安有可能是男人，没错，拉撒路说他也做保安的工作。可是经理居然也是男人？按照现代标准来说，这太荒谬了。除非火星上的那个殖民地发生了非典型的文明退化。也许真的有过，我不知道。"

"孩子们，我们边吃边说吧。妈妈我饿了。"

"马上来，亲爱的伊师塔。加拉哈德，我不用想就知道那个习语的意思，因为我的母亲曾经是——现在也是——高级妓女。"

"真的吗？这可太巧了。我的母亲也是，伊师塔的母亲也是，而且我们三个全都在做回春术的相关工作，服务的又是同一顾客。从事这两种职业的人数都比较少。我真想知道这种情况的概率有多少。"

"不太高，因为两种职业都需要强大的同理心。但是如果你想知道，可以问问密涅瓦。"伊师塔建议说，"把那条浴袍递给我。我不喜欢吹头发，也不想在吃东西的时候着凉。哈玛小甜心儿，你为什么不女承母业呢？你长得这么美，肯定能红透半边天。"

哈玛德莱雅耸耸肩："哦，我知道我长什么样，但是母亲只要勾勾小拇指就能把我的男人吸引到她身边去，除非我压根不让他见到我母亲。美貌其实和吸引力没什么关系。你今天不是也见到我被拒绝了吗？拉撒路亲自告诉我们成为一个伟大的艺术家需要什么，那就是男人能感受到的一种精神特质。我母亲就有，我没有。"

"你说得有道理。"伊师塔说。他们一起穿过休息室，进入了食品储藏室。她看了一遍下面的厨房提供的菜单："我的母亲也有这种特质。她并非特别漂亮，但男人就是喜欢她那个调调。尽管她已经退休了，但还是有不少男人想一亲芳泽。"

"大长腿，"加拉哈德认真地说，"你挺好的，你也有那种特质。"

"谢谢你，我的骑士，但这不是真的。有时候会有一个男人这样想，最多两个。更多时候没有一个这样想的。于是我只能埋头在工作中，彻底忘了性这回事儿。我告诉过你我禁欲多少年了。要不是我们的顾客让我变得如此情绪化，我不会找到你，也不会冒险与你共度'销魂七小时'。哈玛德莱雅，我那么做实在没有职业素养，傻得就像温暖春夜里的一个学生妹。但是，加拉哈德，我的母亲塔玛拉什么时候都能对需要她的男性释放那种魅力。塔玛拉从来不给自己定价格，因为她不需要。男人们就像下雨一样不断送她礼物。她现在已经隐退了，正在考虑要不要再次接受回春术，但是她的粉丝们不肯让她躲清闲，还是没完没了地向她发出邀约。"

加拉哈德悲伤地说："我多想成为她那样的人啊，可我偏偏是那种'天生失败者'。如果一个男人尝试着从事那种职业，他一定撑不到一个月就得自杀。"

"亲爱的加拉哈德，要是你的话，撑的时间应该会长一些。不过你还是先好好吃东西，恢复体力吧，因为今晚我们要让你躺在中间。"

"这就是说我得到邀请喽？"哈玛德莱雅问。

"你可以这么说，但还有一个更准确的说法——是我不请自来。刚才冲澡的时候加拉哈德说得很清楚，他今晚的计划中有你，亲爱的。可他并没有提到我。"

"噢，他也提到你了！他什么时候都对你充满了欲望，我能感觉到的。"

"他充满了欲望。收到，明白。牛排和随便几样配菜可以吗，还是说你们俩想点不同的饭菜？我想不出来还有什么吃的。"

"吃什么都行，伊师塔。你应该趁着加拉哈德对你意乱情迷和他签婚姻合同。"

"嘿，那是我们的隐私，亲爱的。"

"抱歉，不小心脱口而出了。这么说只是因为我太喜欢你们俩了。"

"这个大屁股的小婊子才不会嫁给我呢。"加拉哈德说，"可我是个优秀、纯粹又谦虚的人，虽然我喜欢胳肢人。亲爱的小哈玛，你愿意嫁给我吗？"

"什么？加拉哈德，这简直是世界上最糟糕的玩笑。你根本就不想娶我，而且你明明知道我对老祖情有独钟。虽然他拒绝了我，而伊师塔刚刚才让我放宽心。"

伊师塔点完了餐，在屏幕上划了一下："加拉哈德，别逗她了。只要我和哈玛德莱雅两个人，或者我们之间任何一个人，还有机会让我们的这位顾客产生同居或繁衍子嗣的兴趣，我就不希望我们受到任何婚姻合同的束缚。我说的不是玩玩而已，而是能让他认真考虑的关系。"

"所以呢？所有的生育之神在上，我倒要问问你，你为什么要安排你们二人立刻怀孕呢？我真的不明白。我听见你说的了，但不明白是什么意思。"

"亲爱的小傻瓜，当然是因为我不敢等下去。主任随时会回来。"

"可为什么偏偏是你们两个怀孕呢？诊所有大概一万名健康的代孕妈妈登记在册，可供使用，为什么你们要站出来呢？"

"亲爱的男人，我很抱歉管你叫'小傻瓜'，你一点都不傻，只不过你是男人，不懂女人罢了。我和哈玛德莱雅对我们要承担的风险和背后的原因都心知肚明。我们现在还看不出怀有身孕，起码未来的几周都看不出来。若是我们中有谁哄着拉撒路签了婚姻合同，那就去做流产，反正流产只花十分钟的时间而已。职业的代孕妈妈不会同意做这种事，我必须确保怀孕的肚皮在我的掌控之中，而它又属于我能完全信任的女人。我不得不信任一名基因外科医生并且冒险去做一项被禁止的手术，这已经够糟的了；要是捅出什么娄子来，艾拉一定会把我从计划中剔除的。

"但是你和我知道的一样清楚，亲爱的加拉哈德，就算是普通的克隆体有时候也会不受控制。我倒是希望我能有四个女人的肚子，而不是两个。不，最好能有八个，甚至十六个！这样可以提高得到正常胎儿的概率。再有一个月，远远到不了肚子大到过于明显的时候，我们就能知道我们腹中胎儿的情况了。如果我们俩都不走运的话，我已经准备好了重新开始，哈玛德莱雅也一样。"

"只要有必要，多少次我都做出同样的选择，伊师塔。我发誓。"

伊师塔拍拍她的手："我们会得到健康的胎儿的。加拉哈德，拉撒路会有一个同卵双生的妹妹，我跟你发誓，等到这成了既成事实，我们就不会再听他说什么'自杀开关'的事儿了，他也不会吵着要离开我们。至少得等他那个妹妹长大成人，他才会改变想法。"

"伊师塔？"

"怎么了，哈玛德莱雅？"

"如果我们一个月后发现我们怀上的都是健康的胎儿——"

"那你可以做流产，亲爱的。你是知道的。"

"不，不，不！我不要！我们一起生出双胞胎来不好吗？"

加拉哈德朝她眨眨眼："伊师塔，这个问题你不用回答了，让我来从男性的角度解答吧。能拒绝养育一对同卵双胞胎姐妹的男人还没出生呢。即便出生了，他也不会是拉撒路·朗。听着，两位亲爱的女士，现在还有没有什么能提高你们俩成功概率的事可以做？"

"没有了。"伊师塔轻柔地重复了一遍，"没有了。现在只知道，经检测，我们俩都已经怀孕了。除了祈祷，再没什么可以做的了。可我不知道怎么祈祷。"

"那现在我们就该学习祈祷了！"

V

黑暗中的声音

密涅瓦为拉撒路点好晚餐后，开始监督服务。之后，密涅瓦说："您还有什么需要吗，先生？"

"应该没有了。对了，你可以和我共进晚餐吗，密涅瓦？"

"好的，谢谢您，拉撒路。"

"我的小姐，你不用谢我，你是在帮我啊。我今晚有点情绪化。坐下，亲爱的，鼓励鼓励我吧。"

计算机的声音重新定位，让声源更加靠近拉撒路的桌对面，就好像那儿坐着一个有血有肉的人似的："我要投射一个具体的形象吗，拉撒路？"

"不用那么麻烦，亲爱的。"

"一点儿都不麻烦，拉撒路，我有充足的能力。"

"不了，密涅瓦。那天晚上你为我投射的全息影像很完美，很真实，就像一个真正的人坐在我对面，可那毕竟不是你。我知道你长什么样。嗯……调低灯光，只需要让我看清我的盘子即可。我要吃饭了，一边看着对面黑暗中没有全息影像的你，一边吃饭。"

重新调整光线后，房间里几乎黑了，只有一束光端端正正地投射在拉撒路面前的餐具和餐桌布上。这种鲜明的对比让他的眼睛一时难以轻松看清桌对面的情形。不过拉撒路也没想费力去看。密涅瓦说："我长得怎么样，拉撒路？"

"嗯？"他思量着回答，"很配你的声音。嗯，你陪伴我的这些日子里，我无须特别思考，脑海中你的面容就越来越清晰了。亲爱的，你意识到我们之间的亲密程度已经超出了夫妻之间常有的感情了吗？"

"也许我无法意识到，因为我体验不了为人妻是什么感觉。不过我很高兴能与您亲近。"

"做妻子与交配没多大关系，亲爱的。你一直在给我的宝贝儿朵拉当母亲。哦，我知道艾拉在你心目中排名第一，但是你和我说过的那个叫奥尔加的女孩很像，你特别有奉献精神，可以为不止一个男人做奉献。但是，亲爱的，我欣赏你对艾拉的忠诚，对他的爱。"

"谢谢您，拉撒路。不过，我也爱您——如果我真知道'爱'这个词是什么意思的话。我也爱朵拉。"

"我知道，你爱我和朵拉，也明白'爱'的内涵。你我都不用为词句费心，这还是留给哈玛德莱雅操心吧。嗯，你的外观——你身材高挑，几乎和伊师塔一样高；你很苗条，但并不是枯瘦型的，而是有着纤细、健美的身材；你的臀部不如她那么宽，但是足够丰满；你有女人味儿，年轻，但是成熟，是女人，而不是女孩。你的胸部比伊师塔的小很多，和哈玛德莱雅的更接近；用可爱来形容你不恰当，因为你脸上带着一种英气，举手投足十分冷峻、端庄，当你偶尔微笑时，整张脸庞都将被点亮；你留着一头笔直的褐色长发，可你没有过分讲究地把发型弄出什么花样，只是让它保持清洁整齐；你有着和你的发色相称的棕色眼眸。你通常不化妆，总是穿着简单朴素的衣服；你不是个特别在意穿着的女人，对时装兴趣不大；你只在完全信任的少数人面前赤身裸体。

"我想，这就是我对你全部的想象了。我还没想过细节，这些只是在我头脑中逐渐形成的。哦，对了！你还喜欢修指甲，手指甲和脚指甲又短又干净，但你没有过分讲究，你对什么都不过分讲究。不管是身上有脏污还是汗水，你都不会太在乎，也不怕见血，尽管你其实不喜欢血。"

"我很高兴知道自己在您眼中是什么样，拉撒路。"

"嗯？哦，别瞎说，孩子，这完全是我的想象。"

"不，这就是我的样子。"密涅瓦坚定地说，"我喜欢这个形象。"

"好吧。不过只要你愿意，你可以和哈玛德莱雅一样美得耀眼。"

"不，我和您描述的一模一样。拉撒路，我是'马大[1]'，不是她的妹妹'马利亚'。"

拉撒路说："你让我感到惊讶。没错，你确实是'马大'。你竟然读过《圣经》？"

"我读了大图书馆里的一切读物，您甚至可以把我看作一座图书馆，拉撒路。"

"嗯，好吧，我早该知道的。你的备份进展如何了？快好了吗？要是艾拉的计划突然有变，需要立刻启程怎么办？"

"主体已经完成，拉撒路。我的永久记忆库、程序、内存和逻辑都备份在朵拉的四号舱室中，我对这些数据进行了例行检查，并且对备份数据和我存在大殿的数据进行了平行对比，通常的'三重确认'变成了'六重确认'。通过这个方法，我发现并纠正了部分电路开路，这都是些次要的缺陷，没有什么是我无法一次处理的。拉撒路，你应该能看出来，我是把这个计划当作应急措施实施的，没有完全依靠图灵流程塑造出大部分的新我。不过要是为了建立我的副本，在朵拉内部构建我的外设装置，然后将维修外设装置之外的部件全部拆除，我就得按照图灵流程来。

1　马大：Martha，《圣经》中侍奉耶稣的虔诚信徒，三姐弟中长姐叫马大，二姐叫马利亚，被耶稣复活的三弟叫拉撒路。——编注

"当然了，那样一来得花上好多时间，因为我不能要求装配人员的速度达到计算机速度。所以，我订购了所有新的空白内存和逻辑电路，让工厂技术人员将它们安装在朵拉的内部。这样就快多了。然后我再把这些内存填满，挨个检查。"

"遇到什么麻烦了吗，亲爱的？"

"没有，拉撒路。哦，对了，朵拉抱怨说她的船舱里尽是脏兮兮的脚印。不过她也就是抱怨几句，因为技术人员都是按照'无尘室'的标准工作的，他们穿的都是没有线头的连体服，戴着头罩和手套。而且，我要求他们在气闸室里就换上衣服，而不是进入四号舱室之前换上就行。"他感觉到她的微笑转瞬即逝，"我在飞船外面设了临时卫生设施，这让项目工程师和工厂的工人代表多有抱怨。"

"我应该想到的，让朵拉再激活一间厕所又会碍她的事。"

"拉撒路，按照您的指示，有一天我会成为——但愿我会成为——朵拉的一名乘客，所以我努力想成为她的朋友。最后我们也确实成了朋友，我爱她，她是我唯一的计算机朋友。我不想拿我们的友谊冒险，所以绝不会为了搬到船上而允许自己或别人把她的船搞得一团糟。如您所说，她是一个爱干净的管家。我正在努力效仿她的样子，让一切保持整洁有序，也借此告诉她，我尊重她，也珍惜成为她的乘客的这份荣耀。管事的工程师和那个话多的工人代表真是没什么好抱怨的，我已经把所有规范写在合同里了。在气闸室里更衣，每个人入内都要携带立式便斗，在飞船内部不得吃东西、吐痰或抽烟，而且要沿着最短路线前往四号舱室，不得在飞船内其他地点窥探逗留。最后这一点就算他们想做也做不到，因为我让朵拉把不必要的门都锁上了，只留下直接通往四号舱的路。为了让他们符合这些要求，我可是付了钱的。"

"我相信一定付了不少钱吧。艾拉对此怎么说？"

"艾拉不想操心这些事，但是我没有向他汇报开销是多少。这些费用我都是记在您账上的，拉撒路。"

"天哪！我破产了吗？"

"没有，先生。我是用那个老祖的无限额预支账户支付的。拉撒路，因为这些工程都是为了改造您的飞船，所以这条付款途径在我看来是最佳的选择。也许他们会想，老祖为什么要在他的飞船上另装一台大型计算机？我知道项目工程师会好奇，所以严厉地斥责了他。不过他们也就只能好奇一下而已，老祖要对任何人都保持神秘感。我非常明显地暗示过了，如果有人打探您的事儿，代理董事长一定会勃然大怒。不是谁都能从一台计算机的外观看出它的本质，就连制造商都没这本事。"

"这个制造商是出价最低的投标人吗？"

"我应该通过招标的方式来完成这项工程吗，先生？"密涅瓦听起来有些焦虑。

"当然不是！如果你那么做了，我会告诉你把建好的都拆掉，从头再来，然后我们应该去找最好的供应商。我亲爱的密涅瓦，等你离开这儿，可能要过很多年才享受得到工厂维修服务。这一路上你得自我维修，除非艾拉有本事照顾一台生病了的计算机。"

"他做不到。"

"那不就得了？朵拉是金与铂做的，便宜点的计算机则是铜与铝做的。我希望你的新身体和你现在的一样贵重。"

"是一样的，拉撒路。我的新身体甚至比旧的还要可靠，体积更小，速度更快，'旧我'的大部分身体都有一个世纪的历史了。现在的工艺改进了不少。"

"嗯，我得知道一下朵拉内部有什么要更换的。"

密涅瓦没有说话。拉撒路说："亲爱的，你沉默时比说话时更惹人注意。你对朵拉进行大修了吗？"

"拉撒路，我准备了一些替换的部件。但是没有您的命令，朵拉不让任何人碰她。"

"是啊，她讨厌医生在她体内戳来戳去。不过，如果她需要大修，

208

那就修吧，但要有'麻醉'手段才行。密涅瓦，你们俩要在一艘船上共处，就得让她的永久记忆库中有你的维修指令，你的永久记忆库中也得有她的。这样一来，你们就可以相互照顾了。"

密涅瓦简单地回答说："我们一直在等您吩咐我们这样做，拉撒路。"

"你的意思是说你一直在等吧，这种事儿朵拉可想不到。那好，现在我要对你们俩下命令，让她听见我的声音。密涅瓦，我希望你可以克服一下自己谦逊的美德，在我面前不要总是恭恭敬敬、小心翼翼的，该提建议的时候就提。毕竟你比我脑子转得快好几个数量级。我只是血肉之躯，在思考上受到的限制很多。你在宇宙航行学方面学得怎么样？她教给你如何驾驶飞船了吗？急停呢？"

"拉撒路，我现在已经是技术上和她旗鼓相当的飞船驾驶员了，我是说船上的那个新我。"

"别开玩笑了。你现在只能当副驾驶。只有在没有辅助的情况下完成一次N维空间跃迁，你才能成为真正的飞船驾驶员。就算朵拉在跃迁之前有些神经质，她好歹也是有过几百次成功跃迁经验的老手。"

"我接受您的批评指正，拉撒路。我已经是一名训练有素的副驾驶员了，等到独立执行任务时，我也不会害怕的。我已经实时模拟过朵拉的所有跃迁，她告诉我我已经掌握了。"

"有一天你会用上的，如果灾难降临的话。艾拉的驾驶技术可没我强，这一点我敢肯定。等我不在船上了，你的新技术肯定能在关键时刻救他的命。你还知道什么？最近有听到什么新鲜的故事吗？"

"我也不知道算不算新鲜故事，拉撒路。我从在船上给我安装'身体'的技工那儿听了几个下流的故事。可我听不出其中有意思的地方。"

"不用讲了。如果是下流故事的话，我至少在一千年以前就听过类似的了。现在我要问你一个重要问题。如果艾拉决定离开，假设发生了政变，他要逃命，你最快多长时间能和他一起逃跑？"

"最多五分之一秒。"

"什么？你不是在开玩笑吧？我是说你把自己整个搬到'朵拉'上，不给这儿的计算机里留半点线索，让它永远也无法意识到自己曾经是'密涅瓦'。不然就是对你不公平，亲爱的。因为被你落下的那个'密涅瓦'会很伤心的。"

"拉撒路，我说的不是理论上的时间，而是根据我的经验得出的结论。我知道时间是这次备份最关键的一方面。所以，负责备份我的永久记忆库、逻辑电路和正在运行的缓存的承包商完成他们的合同之后，我立刻就非常谨慎地做了相关的试验。就像我跟您说的那样，我进行了平行对比。过程非常简单，我只需要让两端的延迟保持平衡，让二者保持实时同步就可以了。不过我必须在整个过程中使用远程外设装置。这我已经习惯了。

"然后我非常谨慎地试了一次，首先抑制飞船端的我，然后抑制大殿端的我，通过自编程在三秒内恢复完整备份。完全没问题，拉撒路，就连第一次都是如此顺利。现在我能在两百毫秒内完成全流程，并且做完所有的检查项目，确定我没有任何遗漏。您问了那个问题之后到现在，我已经完成了七次备份，这期间您注意到我的声音偶尔出现了延迟吗？大约一千公里的延迟？"

"什么？亲爱的，我的感官无法注意到以光速完成的少于三万公里的延迟。"他补充道，"也就是十分之一秒。你这么问我真是谬赞了。"然后拉撒路若有所思地说，"不过你能感知到的时间单位是纳秒，十分之一秒是它的一亿倍。一百毫秒对你来说是多长时间呢？差不多相当于我生命中的一千天？"

"拉撒路，我不会这样形容的。做很多事情的时候，我用来计算时间的单位比十亿分之一秒要小得多，是十万分之一微秒或者更少。但是我也能用您的时间思考问题。目前我在个人模式下，这时，我要是必须想着每纳秒，就无法享受唱歌，或者和您之间的低声交谈。您会数自己的每次心跳吗？"

"不会。或者说很少这么干。"

"对我来说也是一样的，拉撒路。我可以很快完成的事情做起来毫不费力，除了必要的自编程之外，我也不会下意识地注意这类工作。但是在个人模式下，我会把与您共度的每个小时，甚至每一分每一秒都化为纳秒，细细咂摸品味；我也会将这些时光当成一个整体来享受。我把有您的日子都当成单一的'现在'来珍惜。"

"啊。等等，亲爱的！你是说艾拉介绍我们认识的那天对你来说仍然是'现在'？"

"是的，拉撒路。"

"我来整理一下思绪。那明天对你来说也是'现在'？"

"是的，拉撒路。"

"啊。可如果是这样，你可以预测未来喽。"

"不能，拉撒路。"

"可是——我不明白。"

"我可以把方程式打印出来给您过目，但是这类方程式仅能解释这样一个事实，我与生俱来地可以把时间看作诸多维度中的一种，其中包含熵，但只有一个算子。在或长或短的跨度内作为变量的'当下'或'现在'都会令时间保持稳定状态。但是对待与您相处的时间时，我有必要与波阵面，也就是您的'现在'，一起移动，不然我们就无法沟通。"

"亲爱的，我都不确定我们现在是不是能沟通。"

"抱歉，拉撒路，我也有我的局限性，但是如果能选的话，我会选择接受您的局限性，做个人类，拥有血肉之躯。"

"密涅瓦，你不知道你在说些什么。血肉之躯会成为你的负担，尤其是如何保持身体存活这件事将占据你的大部分注意力。你集人类与计算机这两个世界的优势于一身。人类以自己的形象设计了你，为的是去做只有人类才能做的事，但你做这类事更好、更快，快得不是一星半点！而且你比人类更精确。血肉之躯需要吃喝和睡眠，会犯错，会受伤，会疼痛，会效率低下，而这些你统统不需要，也不会需要。相信我，你现在这样更好。"

"拉撒路，'欲爱'是什么？"

他向桌对面的黑暗中望去，用心灵看到她正用严肃且伤感的目光注视着他："天哪，你这姑娘！你就那么想跟他上床吗？"

"拉撒路，我不知道。我是个'盲人'，又怎么知道我想还是不想呢？"

拉撒路叹了口气。"对不起，亲爱的，那你一定知道为什么我要让朵拉始终保持小孩子的状态了。"

"只是推测，拉撒路，但我没有跟人讨论这个推测，也不会去讨论。"

"谢谢你，你是位品德高尚的女士，亲爱的。其实你不知道，或者说只知道部分原因。不过我会全部都告诉你，等我想说的时候再说，到时候你就会明白我说的'爱'是怎么回事，也会明白我为什么告诉哈玛德莱雅必须亲身体验，而不是干巴巴地给'爱'下定义。还有，为什么我清楚你知道爱是什么，因为你体验过。但是朵拉的故事我不能跟艾拉讲，只能跟你讲。不，你也可以让艾拉知道，但一定要在我离开以后。就管这个故事叫《养女的故事》吧。你先记着这个故事，以后再讲给他听。但是我现在还不能跟你讲，因为今夜我状态不佳。等你觉得我愿意开口的时候再问我这事吧。"

"我会的。抱歉，拉撒路。"

"抱歉？亲爱的密涅瓦，关于爱，永远不要说抱歉。永远不要。你是不想爱我还是不想爱朵拉了？或者说你从不曾通过爱艾拉学到过爱？"

"不不不，不是这样的！但我也想知道'欲爱'是怎么回事。"

"亲爱的，你不知道是你的福气。'欲爱'是会伤人的。"

"拉撒路，我不害怕受伤害。关于男女繁衍生育之事我知道许多，比任何一个血肉之躯的人类都多，可是——"

　　"你知道，还是你以为你知道？"

　　"我不知道，拉撒路。为了准备移民，我加装了额外的内存，硬件设施占据了二号货舱的大部分空间。加内存是为了让伊师塔将霍华德回春诊所的所有研究文件、图书馆藏书和保密记录转录进飞船上的'新我'。"

　　"哟！我想伊师塔这是冒了风险的，对于什么能公布，什么不能公布，诊所似乎一向非常谨慎。"

　　"伊师塔不怕冒险，但是她确实要求我尽快完成此事，所以我把资料放到了这儿的临时记忆库中，等我在朵拉的货舱里准备好必要的存储空间，必须足够大，再将其转移过去。我问过伊师塔了，她允许我学习这些资料。她说过我学这些没关系，只要我不在未经她允许的情况下向外透露任何重要的保密资料就行。

　　"拉撒路，我简直为这些资料着迷。现在我知道了关于性的一切，就跟从出生就全盲的人了解了关于彩虹的物理原理一样。理论上说，我现在是个基因医生了。如果有时间造出能进行如此精细工作的超微遥控操作器，我一定要成为一个真正的执业医师。我现在相当于专业的产科医生、妇科医生，外加回春技师。勃起反应、性高潮的原理、精子的形成和受孕对我来说都不再是神秘之事，关于妊娠与生产的各个方面我都了解得非常透彻。

　　"可我就是不懂'欲爱'。最后我明白了，我就是那个盲人。"

VI

一对不是双胞胎的双胞胎的故事

（略）

……密涅瓦，太空商人并不是我在那时经常从事的职业，从奴隶一路升到大主教的经历并非我所愿。我不得不在相当长一段时间里保持温良恭顺，那可不是我的行事风格。耶稣说过，"温柔的人有福了，因为他们必承受地土。"也许他说得对。可这些"温柔的人"最终得到的地方面积非常小，也就六英尺长，三英尺宽。

但是要想从种地的雇农成为教堂里的自由民，唯一的路就是一直保持谦逊，我也正是这样做了。主教都有点怪癖……

（此处省略9300字）

……然后我就离开了他们那颗该死的行星，再也没想过回去。

……可我还是在几个世纪之后回去了。当时，我刚做了回春术，一点都不像随飞船迷失在太空中的大主教。

我又成了一个太空商人，这个职业很适合我，因为我可以借此机会游历一番，拓宽眼界。我回神佑星是为了发财，不是为了复仇。我从来不在复仇这种事上浪费一滴汗水。犯"基督山伯爵综合征"太辛苦了，没什么乐子。如果我和一个男人有过纠葛，而他事后活得好好的，我不会回来掏枪把他干掉，而是会努力活得比他还长。这也算是一种平衡吧。我估算着两个世纪的时间过去了，我在神佑星上的敌人肯定都已经死了，因为我离开时，大半儿敌人差不多都死了。

我在神佑星上的目的除了做生意再无其他。星际贸易遵循最基本的经济原则。你没办法通过挣"钱"来挣钱，因为"钱"只有在发行这种钱的星球上才是钱。大多数的钱都是当地政府发行的法定货币，一飞船的这东西在别处跟废纸没什么区别。银行的信用就更不值钱了，因为银河里两颗星球间的距离太遥远了。就算是叮当作响的硬通货都必须被视为贸易货物来看，而不是钱，不然你就是在开玩笑，非把自己饿死不行。

这样一来，太空商人就能得到银行家或教授很少能得到的经济利益。他们做的是实打实的以物易物生意，不扯没用的。他们从不逃避，实实在在地交税，也不管这份税被叫作"消费税""国王的份例""压榨金"，还是赤裸裸的贿赂。到什么山上就得唱什么歌，这没什么好说的。是否尊重当地法律法规是件务实的事儿。女人天生就明白这点，所以她们多选择做走私生意；而男人通常会相信或者假装相信"法律"是神圣的，或者说，至少是一门科学，一个尽管毫无根据但政府格外信服的假设。

我没怎么干过走私，因为风险太大，你可能会挣很多钱，但在那些钱是法币的地方你却不敢花。我就避免去"压榨金"过高的地方做生意。

按照供需法则，决定一件物品价值的不仅是"它是什么"，这件物品"所在的地方"也同样重要。这就是商人做的事。某样物品在一地价格较低，在另一地价格更高，商人就把这类物品从一地贩到另一地。牲口棚里臭烘烘的粪便运到南方就成了价格不菲的肥料，一颗行星上的鹅卵石在另一颗行星上可能是价值连城的宝石。选择货物的艺术就在于知道什么东西在哪儿值钱，能猜对的商人只要跑上一趟就能赚得盆满钵满。猜错的商人就只好破产了。

我当时会出现在神佑星上是有原因的。我之前在陆见星上，想去瓦尔哈拉[1]，然后再返回陆见星；与此同时，我在考虑结婚生子，再组建一个家庭。我原本打算在登陆并安顿下来之前就赚很多钱，但天不遂人愿。当时我只有一艘侦察船，是利比和我以前用的[2]，还有少量的当地货币。

接下来就该做贸易了。

两头来回跑的贸易赚不到什么钱，很快就有人跟风跑这类生意了。但是三角贸易，或者多角贸易的利润很高。比如说这样：陆见星有一样东西，假设是芝士，在神佑星上算是奢侈品，而神佑星生产的，比如说粉笔，这样东西在瓦尔哈拉的需求很大。瓦尔哈拉则能制造陆见星需要的小玩意儿。

按照正确的方向去跑贸易就能致富；顺序倒过来你就会亏到衣不蔽体。

我先是跑从陆见星到神佑星的生意，收获很大，卖出的货物是——现在那东西叫什么来着？能记住才怪，我当时经手的货物太多了。总之，我把这批货物卖了个好价钱，所以一时手头特别富裕。

"特别富裕"是有多富裕？就是离开一个不打算再回去的地方之前，你怎么也花不完手里的钱，于是把钱留在那儿。等之后回去再一看，通常会发现那些钱——据我回忆100%会发生这种情况——因为通货膨胀、战争、税务、政府变革或者别的原因，已经不具备之前的票面价值了。

我的船该装货了，我把货款打进了港务局的托管账户中，多余的钱已经被我在一天之内如流水般花了出去，直到飞船开始装货时我才停止消费。飞船装货时我必须到场，我不太能信得过其他人做这件事，得亲自担当飞船的事务长。

1　瓦尔哈拉：Valhalla，又称英灵殿，北欧神话中主神奥丁的宫殿，战死勇士的归宿。——编注

2　时间顺序有冲突。也许此处指的是另一艘相似的飞船？

贾斯廷·富特四十五世

于是我沿着零售区走了走，想买点花哨但其实不值钱的小玩意儿。

我打扮成时髦的当地人形象，身后跟着一个保镖，因为神佑星上依然是奴隶制经济，有着金字塔形的社会结构，跻身顶尖阶层或者说至少看上去位于金字塔尖的人体验相当不错。我的保镖是个奴隶，不过不是我的奴隶，是从奴隶租赁中介那里雇来的。我不是个伪君子，所以这个奴隶什么事儿也不用做，跟着我到处转悠，胡吃海喝就行。

我雇他是因为我在假扮上层社会人物，有仆役在侧才像样。要是没有贴身男仆，一位"绅士"压根儿不能在博爱市的希尔顿酒店或者神佑星的其他一流酒店登记入住。如果我身后没有站着我的仆人，那我都无法在高档餐厅中用餐。这样的例子还有很多。所谓入乡随俗就是这样，我去过一些地方，要求客人必须和女主人睡觉。这个规矩糟透了。所以，神佑星的风俗对我来说并不难。

尽管中介给他配备了一根圆头棒，但我的人身安全并不需要他来保障。我带了六种防身工具，也非常谨慎地选择了去逛的地方。神佑星当时的治安状况比我当初在那儿当奴隶的时候还差，尽管警察不会骚扰一位"绅士"，但他更容易被其他人当成犯罪目标。

我要去珠宝店一条街逛逛，为了走捷径从奴隶市场穿过，那天不是拍卖日，但我正巧看到有人在出售奴隶，便放慢了脚步。作为一个曾经被当奴隶卖过的人，我看到奴隶交易不可能默然走开。不过，我并不想买奴隶。

似乎别人也没有买那对奴隶的意思。围着奴隶贩子的帐篷是一群下层人，因为据我观察，他们没有谁带着仆人，衣着打扮也是下层人的样子。

待售的两个奴隶站在一张桌子上，一个年轻女子，一个年轻男子。看起来男子应该还没过青春期，女子则更为成熟一些；不过或许女子年龄和小伙子相仿，因为女性比男性发育早。按我自己年轻时的标准判断，他们应该都十八岁吧。这个年纪的男奴应该被封在桶里，通过桶上的洞进食；这个年纪的女奴则该准备嫁人了。

他们的肩上披着无袖长袍，我非常清楚这类袍子代表着什么：他们俩的身体仅会向潜在的买家展示，而不会随意向下层围观群众展示。袍子象征他们是格外宝贵的奴隶，不会在公开拍卖中任人压低价格。

当然了，他们也是要参加荷兰式拍卖[1]的，最低竞拍标价是一万神佑。这笔钱的数额——我该怎么让此时此地的人明白几个世纪以前、数百光年外的星球上的钱的概念呢？这么说吧：那两个孩子的定价除以五都算高的，除非他们是什么稀世珍宝。早上的金融新闻刚报道过，上等的年轻男女奴隶也只值一千神佑左右。

你有没有经过服装店的橱窗时，被里面的衣服吸引住，因而忍不住走进店铺的时候？你自然没有这样的经历了，可是当时我就是那种情况。

我对奴隶贩子说："师傅，上面的竞拍标价是写错了吗？还是说上面的两个奴隶有什么我们看不到的过人之处？"密涅瓦，我这么问只是出于好奇，既不打算拥有奴隶，钱包里余下的钱也无法改变这颗行星上的风俗习惯。我怎么都看不出来这两个奴隶为什么卖这么贵。女子没有美得超凡脱俗，卖作侍妾也不值卖很多钱；那男子也没有大块大块的肌肉。他们俩也显然不是一对。要是在地球上，我会认为女的是意大利人，男的是瑞典人。

奴隶贩子把我热情地请进了帐篷，将两个奴隶推到我面前。贩子的表现说明他这一整天都没碰上潜在的客人。紧跟着我的保镖凑到我的耳边说："大人，这个价格太高了。我可以带您去看黑市的奴隶拍卖，那里的价格实在，保您满意。"

我说："闭嘴，忠仆。"所有租来的仆人都叫"忠仆"，可能这名字与他们实际的品质正相反，"我想看看这是怎么回事。"

---

1 荷兰式拍卖：把价格逐步降低，直到有人愿买，且出价等于或高于最低竞拍价为止的拍卖。——译注

帐篷的门帘马上放了下来，将那群下层人隔在了外面。奴隶贩子将一把椅子推到我身后，示意我坐下，然后递给我一杯酒，鞠了一躬，抑扬顿挫地说："哦，温文尔雅的大人，听到您的问题，我很开心！我这就向您展示一个伟大的科学奇观！一件能让诸神震惊的事情！我是个虔诚的信徒，是我们的永恒教堂的真正子民，所以绝不会撒谎！"

　　世界上不会撒谎的奴隶贩子恐怕还没生下来呢。此时，那对年轻人温驯地站到了一个展示台上。忠仆轻声说："大人，他说的话您可一个字都别信。那女的没什么特别之处，至于那个男的，我不用手里的圆头棒都能打赢三个那样的，而且中介可以以八百神佑的价格把我卖给您，我说的句句属实。"

　　我挥挥手，让他闭嘴："师傅，你这是什么骗局？"

　　"善良的先生，我以我母亲的荣誉发誓，这绝不是骗局！您相信他们是兄妹吗？"

　　我看看他们，说："不信。"

　　"您相信他们不仅是兄妹，而且是双胞胎吗？"

　　"不信。"

　　"您相信他们来自同一个父亲，同一个母亲，同一个子宫，是在同一时间出生的吗？"

　　"同一个子宫我或许还信。"我让步了，"是代孕母亲吗？"

　　"不，不！真的是同血同源。而且——我马上就要说到稀奇之处了——"他盯着我的眼睛，压低嗓门说，"而且他们还能配对繁殖后代，因为这对双胞胎彼此之间毫无关联！您相信吗？"

　　我告诉他我相信。我相信他会丢掉营业执照，而且面临亵渎神明的指控。

　　他笑得更灿烂了，直夸我有智慧，然后问我，如果他说的都能得到证实，我会花多少钱拍下他们。我知道，一万只是之前的价格，若是我此时出价，必须高于一万。或许我得出到一万五才行，还得在次日中午之前把钱放进托管账户里吧？

于是，我说："算了，我中午之前就得离开这儿。"然后便要站起来。

他说："等等，我求您等等！我看得出来，您是个学识渊博的绅士，懂科学，见识广，去过很多地方。您肯定会允许您谦卑的仆人为您展示一下证据吧？"

我还是起身要走，因为骗局太无聊了。但是他举起一只手挥了挥，两个孩子便立刻把袍子脱掉，开始摆姿势。男子交叉双臂放在胸前，紧紧并起双脚，站得笔直；女子伸出一条腿，膝盖微屈，一只手搭在臀部，另一条胳膊自然下垂，放在体侧，胸口略有起伏的曲线。这样优雅的姿势恐怕和夏娃一样古老。尽管她的长相呆板，但这个姿势几乎让她可以称得上美丽。无疑，她摆这样的姿势已经有成百上千次了。

但让我留步的不是这个。我被一件事触怒了。男子自然是浑身赤裸，而女子竟然穿着贞操裤。密涅瓦，你知道贞操裤是什么吗？

"知道，拉撒路。"

太令人恶心了。于是，我说："快把那玩意儿从这孩子身上取下来！快！"我真傻，我几乎从不在陌生星球上干涉任何事，可是那种东西实在令人憎恶。

"当然可以，先生。我这就把它取下来。埃斯特雷利塔！"

女孩带着一成不变的呆板表情转过身。奴隶贩子背朝着那个男奴，目的是遮挡他的视线，不让他看见密码锁的密码组合。贩子抱歉地说道："她穿着这个不仅是为了防流氓无赖，也是为了防她哥哥，因为他们睡在一张床上，而且，她是——先生，看她发育得这么成熟，说出来您可能不信。她还是个处女！快给这位先生看看，埃斯特雷利塔。"

板着脸的女孩开始做起动作。我一直觉得男人对处女的迷恋是一种变态，于是示意她停下来，然后问贩子她是否会做饭。

他保证说，她是神佑星上每个餐馆大厨嫉妒的对象，然后又要将那个钢尿布一样的东西锁到她身上。我粗鲁地说："别锁了！这里没人要强奸她。你说要展示的证据呢？"

密涅瓦，除她的厨艺之外，他证明了他说过的关于她的每一个字。可是他向我展示的证据还是让我起了疑心，只因为是他给我展示的。要是我在这儿的回春诊所见到那些证据，肯定不会犹疑。

我应该提一下，神佑星上有一家回春诊所，但不是咱们霍华德家族开的。后来，那家诊所被教堂接管了，从此，只有重要人物才能享受到那些即便在短命者身上也有绝佳效果的不老技术了。那颗星球的生物技术非常先进，因为教堂需要这类技术。

密涅瓦，我已经告诉你奴隶贩子所说的两个孩子的特殊之处了。如今你在生物学、基因学和相关操作上和伊师塔知道得一样多，甚至比她还多，而你在时间和记忆空间方面没有她的限制。你告诉我，他向我证明了什么？

"他们是互补二倍体，拉撒路。"

没错！只不过他把他们叫作"镜面双胞胎"。密涅瓦，你能告诉我这两个孩子是怎么生出来的吗？要是你来负责，你会怎样制造这样的双胞胎？

计算机一边思考一边回答："尽管'镜面双胞胎'这个说法更有意思，但对于符合各项要求的受精卵来说，它是一个不精确的术语。我的记录显示塞古都斯上没有进行过这类实验，因此我只能从理论上回答您的问题。要获得真正的互补二倍体，必要步骤包括：首先，我们需要对父体和母体的配子细胞发育过程进行干涉，这种干涉需要在配子细胞进行减数分裂之前开始。也就是说，我们需要从初级精母细胞和初级卵母细胞开始，它们都是染色体数没有减少的二倍体。

"从理论上讲，干涉父体的精母细胞没有问题，但是，因为精母细胞很小，干涉过程比较困难，不过，只要给我时间建立起必要的精良外设仪器，我一定会亲自试一试。

"按照逻辑，父体和母体原细胞都要置于试管内培育。当我们观察到一个精原细胞变成一个依然是二倍体的初级精母细胞时，它的染色体会发生分离，起初分裂成两个次级精母细胞，这些是单倍体，一个携带X染色体，另一个携带Y染色体。它们会继续分裂，让每一个都发育成精子。

"只在精子阶段进行干涉还不够，因为这样无法避免配子对的混淆，从而导致只有在极偶然的情况下才出现互补。

"从物理操作上讲，干涉母体细胞要更简单，因为这些细胞比较大，但是得解决另一个问题；必须在初级卵母细胞发生减数分裂时适当干预，这样才能产生两个单倍体和互补的次级卵母细胞，不然产生的就是一个次级卵母细胞和一个极体。拉撒路，我们可能需要多次尝试才能找到实现这个过程的可靠技术。这和同卵双胞胎产生的过程类似，但是，从配子发育的整个过程来看，该过程的开始比同卵双胞胎提前了两个阶段。不过，完成这些步骤可能和培育一只没有父亲的母兔难度相仿。我缺少先例做依据，因此不想贸然提出观点，但我想说，只要有充足的时间发展这项技术，我感觉这是可行的。

"现在我们有了两个互补的精子组，一组携带Y染色体，一组携带X染色体。我们还有一对互补的卵子，每个都携带X染色体。受精过程是在试管内完成的，我们可以从两种潜在的母体-父体互补配对中选择任意一种，但除非我们能精确地绘制出单倍体的基因图谱，否则做出选择时就没有任何依据。然而绘制图谱非常困难，甚至可能导致基因损害，因此我认为我们不该进行这样的尝试。只须放弃选择，随机挑选一个精子植入卵子中，再把前者的互补精子植入另一个卵子中就好。

"要制造出那个奴隶贩子所说的情况，还需要满足最后一个要求：我们应该从试管中取出这两个受精卵，将其移植到卵原细胞捐赠者的子宫中。这对双胞胎会在那里经历自然妊娠和分娩的整个过程，最终出生。

"我说得对吗，拉撒路？"

完全正确！亲爱的，去班主任那儿吧，你的成绩卡上得到了一颗金星。密涅瓦，我不知道这个过程，不过奴隶贩子声称是这样的，他展示的资料包括实验室报告、全息影像记录等，这些资料似乎证明了整个过程。不过那个小贼可能伪造了那些"证据"，然后随便找了两个奴隶，再用他那套已臻化境的销售话术一番吹嘘，将他们以高于平均价的价钱卖出。所谓的证据看起来挺像真的，实验室报告之类的资料上均有主教的印章。照片和影像资料看起来都不像造了假，但话又说回来了，我一个门外汉该怎么判断呢？即使这些证据并非伪造，它们也只能证明有过这场实验，还是无法证明这两个孩子就是实验的成果。呸！他没准儿已经用这个法子卖出过好多对奴隶了，主教也是他的同伙。

我看了看那堆资料，其中有一本剪贴簿，里面展示了这两个孩子的成长。我说了句"非常有趣"，然后就准备离开。

这个奴隶贩子出其不意地蹿出来，挡在了我和帐篷门帘之间。"大人，"他急切地说，"善良慷慨的大老爷，一万二怎么样？"

密涅瓦，他的话激起了我的商人本能。"一千！"我没好气地说。我也不知道为什么。没错，我不知道。女孩的身体被那条可恶的贞操带弄得伤痕累累，我想侮辱一番这个人贩子。

他惊得脸都抽搐了一下，表情就像他正在生孩子，只不过生的是个破啤酒瓶："您在和我开玩笑吧？一万一千神佑，他们两个就跟您走了。这个价钱我一点赚头都没有！"

"一千五百神佑。"我回答。反正我身上的钱到了别的地方也花不出去。于是，我默默对自己说，不如解放他们俩，省得让女孩被那该死的可怕"刑具"继续折磨。

他哼哼唧唧地央求说："如果他们俩是我的，我肯定就这个价钱出给您了。我喜欢这俩可爱的孩子，就像喜欢我的子女一样，我最大的心愿就是把他们托付给一位善良的绅士老爷，既懂科学，又懂得欣赏他们俩的身世之妙。可是要真按这个价钱卖给您，主教大人非绞死我不可，要不然就会把我活活砍倒在地，让我受尽折磨而死。一万神佑好吗？您可以拿走所有的证据和展示资料。为了他们，我亏就亏了，谁让我如此敬仰您呢？"

我把价格加到四千五百，他则降到七千，这时我便准备再稍做还价，然后给出现金。我感觉到，这时已经接近他真的会惹怒主教的价位了，如果真有个所谓的主教……

果然，他转过身去，好像在说谈判破裂了，我再也不想拍你马屁了。他尖声命令女孩再次穿上那件钢马具似的东西。

我拿出了钱包。密涅瓦，你明白钱是怎么回事儿，毕竟你负责管理政府的资金。但你可能不知道，有人见了现金就像那只叫老恶魔的猫见了猫薄荷一样，反应很大。我在那个无赖鼻子下面数出四十五张一百神佑面额的神佑钞——金红两色相间的大纸钞，然后停下了动作。他开始冒汗，接连咽了几口唾沫，喉结不断起伏，但是最后终于艰难地摇了一下头，摇头的幅度只有十分之一英寸。

于是我又点了几张钞票，动作非常慢，一共数出了五千神佑，然后作势要将钞票收拢。

他阻止了我。然后我就发现自己完成了人生中唯一一次奴隶交易。

接着他像终于解脱了一样，松弛下来。但还是要求我出些小钱，算是买他那些证明资料的费用。其实要不要那些资料对我来说无所谓，但我还是掏了两百五十神佑，买下了照片和录影带。他收了钱，又开始给那女孩穿贞操裤。

我阻止了他，说道："给我看看这东西是怎么用的。"

我其实知道怎么用。贞操裤用的是十个字母组合的圆柱体密码锁，你可以每次用的时候都设一个新密码。设定好新的字母组合之后，把围着她腰部的钢带从筒形的两端穿过去，再转一下字母盘，就锁好了。打开时，你得转动字母盘，拼出之前设好的字母组合密码。这把贵重的锁的腰带部分由合金打制，用钢锯都无法锯开。这也增加了他的故事的可信度。因为，虽然那颗古怪的星球上有贩卖处女的市场，但是处女和训练有素的女奴价格也差不多。再说这女孩也不是专门留着卖去做侍妾的。因此，打造这样一个量身定制的昂贵贞操裤一定有其他理由。

我们背对着奴隶，他给我看了字母密码组合：E-S-T-R-E-L-L-I-T-A（埃斯特雷利塔）；他露出扬扬自得的样子，似乎是觉得自己很聪明，选了一个不会忘的词做密码。

于是我故意做出笨手笨脚的样子，假装终于明白了怎么弄，然后将锁打开。他准备把贞操裤给那个女孩穿上，送我们离开。我说："等等，我想再确认一下自己能把锁打开。你把贞操裤穿上，我再帮你脱下来，怎么样？"

他不愿意。于是我表现出恼怒的样子，说他想骗我，等到我无法开锁，就只能派人去把他找回来，花上好大一笔钱才能给我的奴隶开锁。然后我要求他把钱退给我，同时我作势要撕毁转让契约。

他的腰身比那女孩宽得多，好不容易才挤进去，钢带两端几乎无法合拢。我说："现在给我说一下那个字母组合密码吧。"然后，我俯下身，去摆弄密码锁。他拼的是"ESTRELLITA"，而我设置的是"HORSETHIEF（盗马贼）"，然后我就用力把两端插在了一起，转动字母盘。

"很好，"我说，"能用。现在你再拼一遍。"

他照做了。于是我细心地在锁上拼出了"ESTRELLITA"，可是那锁纹丝不动。我说第一次他可能说的是一个"L"，两个"T"，可是试了一遍还是无果。

他找出一面镜子，自己试了试。就是不行。我说贞操裤可能是卡住了，你还是吸口气，收紧肚子，我们来摇晃一下吧。现在他开始出汗了。

最后我说："这样吧，师傅，这条贞操裤我就送给你了。我还是更信任挂锁。你还是去找锁匠开锁吧。哦，对，你穿成这样可不能出去，被人看见不好，还是告诉我去哪儿找锁匠吧。我会让他过来找你的，钱也是我来付，怎么样？我没法继续在这儿陪你了，我还要去宝拉庄园赴晚宴。他们的衣服呢？忠仆，去把他们的行李收拾一下，然后带着他们走。"

于是，我走了，他还在我身后嚷嚷着让锁匠"快点来"。

我们离开他的帐篷之后，恰巧有一辆计程车从我们面前经过。让忠仆把车拦下后，我们全都上了车。我才没有去找什么锁匠，而是让司机直接往空港开，中途在一家商店停了一下，给两个孩子买衣服。我给男孩买了一件布衣裳，给女孩买了一件巴厘岛款式的莎笼，很像哈玛德莱雅昨天穿的那件。我想那两个孩子可能是第一回穿到像模像样的衣服。我没能给他们买到鞋子，只能暂时让他们穿拖鞋。结果，我只能通过硬拽，才把埃斯特雷利塔从镜子前面挪走。她当时在镜子面前照个没完，特别开心。我把拍卖时他们披的袍子扔掉了。

我把两个孩子推上计程车，然后对忠仆说："看见那条巷子了吗？如果我转身，你就跑进巷子里。我肯定追不上你，因为我得顾着车里这两个。"

密涅瓦，这回我遇上了我永远也搞不懂的东西，那就是奴隶的精神世界。忠仆没能明白我的意思。当我说出上面那番话的时候，他惊恐极了。难道他没有为我好好提供服务吗？难道我想让他饿死吗？

我放弃跟他解释了。于是，我们把他捎了一程，放在奴隶租赁服务公司的门口。我取回了押金，给了他一笔可观的小费，和我的两个奴隶继续乘车前往空港。

后来我发现那笔押金和我身上剩下的每一张神佑钞都用得着。尽管我有两个孩子的卖身契在，但要想把他们带上我的飞船，还是得给神佑星那友好的海关工作人员一笔好处才行。

我把他们带上船，立即让他们跪下，伸出双手分别放在他们两个的头上，宣布放他们自由。看他们一脸不可置信的样子，我解释道："听着，你们俩现在自由了。自由，懂吗？你们不再是奴隶了。我会在你们的解放证书上签字，然后你们可以去教区办公室公证注册。明天我的船起飞之前，你们也可以在这儿吃完饭，睡在船上，我会给你们一些零用钱。再或者，如果你们俩想的话，可以待在我船上，我们一起去瓦尔哈拉，那是颗不错的星球，只不过比这里冷一些，可好在没有奴隶制这种操蛋东西。"

密涅瓦，我觉得利塔——当地语言中这个词发"耶塔"的音——和她的哥哥乔——或者叫"乔西""何塞"——他们没明白我说的没有奴隶制的地方意味着什么，那对他们来说是个陌生的概念，但他们知道星际飞船是什么，或者说他们听说过，能乘着飞船去别的地方。这让他们心驰神往。就算我告诉他们，到了那个地方之后他们会被绞死，他们也不会放弃这个机会。而且，在他们心里，我还是他们的主人。虽然他们知道解放证书是什么，但这没有改变他们的思维习惯。老一辈的忠诚家仆就是这样，他们一直以来都在侍奉别人，不愿做出改变，不过他们会觉得要是能得到一些报酬就更好了。

说到旅行，他们去过最远的地方就是该星球首都最北边的教区了，那是他们最初被卖掉的地方。

第二天早上出了个小麻烦。奴隶贩子西蒙·里格利报案称我涉嫌人身伤害、精神压榨、游手好闲和诈骗。我请前来调查情况的警官在我的起居室坐下，给他倒了一杯酒，把利塔叫了过来，让她脱掉她美丽的新衣裙，让警察看了她屁股上的伤疤，然后让她退下。然后我去取他们的转让契约，"不小心"在桌子上留下了一张面值一百的神佑钞。

等我回来，警官挥挥手，表示不需要看转让契约。他说在契约方面对方没有疑问，但他会告诉里格利，我没反诉他销售残次商品就算他走运了。不，他又想了想，还是说直到我的飞船都起飞了，他也没找到我比较简单。警官走了，那张一百神佑的纸钞也不见了。半下午的时候，我们的飞船起飞了。

不过，密涅瓦，我还是被骗了，利塔的厨艺一塌糊涂。

从神佑星到瓦尔哈拉路途遥远而艰险，谢菲尔德船长很高兴旅途中有人陪伴。

旅途开始的第一天晚上，飞船还没起飞，船上就发生了一个误会，导致气氛有些尴尬。船上有一间普通客舱，两间特等客舱。因为通常船上只有船长一个人，所以他把两个特等客舱都当成了货舱用，装一些日常补给和轻货，未经布置无法让乘客入住。因此，第一个晚上，他安排他刚刚解放的女奴住进了他自己的客舱，安排她的哥哥睡在船长接待室气窗下面的长沙发上。

第二天，谢菲尔德船长打开特等客舱，开灯，让两个年轻人打扫一下里面，然后把杂物都放到设备间去，他好看看还剩下多大空间。后来，他让两个人各住一个房间。安排妥当后，他就将二人抛到脑后，忙着去安排货物，结清最后的税款，飞船起飞后，他又忙着监控领航计算机指引飞船驶出该星系。当天"晚上"，就在他驾驶飞船踏上N维空间的第一段路程时，他才放松下来。

他往自己的舱室走去，边走边想是先吃饭还是先洗澡，再或者干脆两样事都不做了。

他进门就看见埃斯特雷利塔躺在他的床上，非常清醒，似乎正在等他。

他说："利塔，你怎么在这儿？"

她用直白的奴隶语言向他解释她在他的床上干什么。她在等他。她说她清楚谢菲尔德船长大人把他们带上船是想要什么，她和她哥哥讨论过这件事，哥哥告诉她，她得这么做。

她还补充说她不害怕，已经做好了准备，对这件事充满了渴望。

亚伦·谢菲尔德相信她前面的话是真的，但后来补充的那些应该是善意的谎言。他以前见过战战兢兢的处女。虽然不经常见到，但也见过几个。

他决定装作对她的恐惧视而不见。他说："你这个大胆的娘儿们，赶快从我的床上滚下去，滚回你自己的屋里吧。"

女人一愣，先是露出难以置信的表情，然后板起面孔，似乎气不过，又哭了起来。她之前还因为面对未知而充满恐惧，现在却陷入了更糟糕的情绪。她原本觉得自己欠他这样的服务，主动献上身体，却被他果断拒绝。她小小的自尊心因此被击得粉碎。她抽泣着，眼泪一颗颗地落在他的枕头上。

谢菲尔德船长往往会被女人的泪水激起强烈的性欲，这次也不例外。于是，他立刻采取了行动，抓住她的脚踝，将她从床上拖下来，推进一间特等客舱，从外面把门锁上，然后转身回到自己的舱室，也把门锁上，做了些让自己平静下来的事，然后睡着了。

密涅瓦，利塔简直是个完美的女人。我教会她如何好好洗澡之后，她就变得楚楚动人起来，身材凹凸有致，脸长得也讨人喜欢，齿若编贝，举手投足十分优雅，就连她呼出的气息都格外甜美。可是占有她的身体不符合任何风俗。所有的"欲爱"都是风俗使然。交媾之事没有任何道德或不道德可言，也没有什么缺少实际功能的虚头巴脑的东西。"欲爱"就是让人类，个体，每个不同的人在一起开心的方式，是长期进化发展出来的一套生存机制。为了让人类种族继续存在下去，"欲爱"无处不在，而且发挥着极为复杂的作用，繁衍后代只是其中最简单的一个功能。

但是，判断性行为道德与否的标准与判断其他任何人类行为道德与否的标准完全一样。所有其他关于性的准则都完全来自风俗习惯，包括当地的和从外地传过去的准则。人类在性方面的规矩比狗身上的跳蚤还多，共同之处就在于它们全是"上帝规定的"。我记得有这样一个社会，在那儿，私下里性交就是淫秽且被严格禁止的行为，是犯罪，而在公共场合性交就可以"任意妄为"。我成长的那个社会中，这方面的风俗与之恰恰相反，但一样也是"上帝规定的"。我不知道哪一套规矩更难遵守，但是我希望上帝别那么善变。对这类风俗置之不理很危险，

"不知者不为过"可不是什么好借口。要是我在这方面装无知，不知道脑袋都掉多少回了。

不过，我拒绝利塔并非出于道德方面的顾虑，而是因为要遵守我给自己定下的性规矩。几个世纪以来，通过种种经验教训，我总结出了这条规矩：永远不和依靠我生活的女性上床，除非我和她结了婚，或者愿意和她结婚。这是一条经验法则，与道德无关，随环境条件而变化，并且不适用于不依靠我生活的女性。这是另外一个话题了。在绝大多数情况下，这条规矩都是适用的安全预防措施，保护我的安全措施。因为，和我跟你讲过的那个来自波士顿的女士不同，很多女性都将和她们上床视为男方在正式提议缔结婚姻合约。

因为一时冲动，我陷入了这样一个尴尬的处境——利塔暂时要依靠我生活，我不想让自己的处境更糟，所以我绝不会娶她，我不欠她一纸婚约。密涅瓦，长寿者永远不该与寿命短暂者结成连理，因为那无论对长寿者还是寿命短暂者都是不公平的。

尽管如此，你一旦领养了一只流浪猫，为它提供食宿，就不该遗弃它。我的自爱禁止这样的事情发生。猫的幸福便成了你保持内心平静的重要因素——尽管不失信于猫是件麻烦事儿。既然买下这两个孩子，我就不能以解放他为借口把他们甩掉。我必须为他们规划未来，因为他们自己不会规划。他们就是我捡的流浪猫。

第二天"大清早"（按照船上的惯例），谢菲尔德船长起了床，打开利塔所住的客舱门，发现她还在睡觉。于是，他叫她起床赶快洗漱，然后准备三个人的早餐。接着，他离开利塔的客舱，去叫她哥哥起床，却发现他住的那间客舱是空的。他在厨房里。"早上好，乔。"

男孩吓了一跳："哦！早上好，主人。"他俯身曲了曲膝盖。

"乔，正确的回答应该是'早上好，船长'。不过现在叫我主人也没错，因为我确实是这艘船和船上所有人的主人。不过，等你们到了瓦尔哈拉，下了我的船，就没有什么主人了。我昨天告诉过你们，以后没有人是你们的主人。现在还是叫我'船长'吧。"

"是……船长。"年轻人顺从地叫了我一声。

"别鞠躬！你跟我说话的时候，站直了，挺胸抬头，看着我的眼睛。听到命令，正确的回答是'是，船长'。你在这儿干吗呢？"

"呃，我也不知道。船长。"

"我也觉得你不知道自己在干什么。你的咖啡都够十几个人喝的了。"谢菲尔德用胳膊肘杵了乔一下，把他挤到一边，将他倒在碗中的大多数咖啡晶体都倒了回去，精确地量出了九杯咖啡需要的量。因为怕女孩不会，谢菲尔德又写了几句说明，让她在工作时间照这个法子为他们准备咖啡。

他坐下喝他今天的第一杯咖啡时，她来了。她的眼睛红红的，下面挂着两个黑眼圈。谢菲尔德疑心今天早晨她又哭了一会儿。不过他只说了声"早上好！"就没再说别的，让她独自去厨房忙活了，因为她前一天早晨已经旁观过他是怎么做饭的了。

很快，他就开始想念他前一天吃的简易午餐和晚餐那自己做的三明治了，但是他没说别的，只是命令他们过去和他一起吃饭，别围着他转悠。早餐主要就是咖啡、冷面包和罐装黄油。复原阿克拉鸡蛋配蘑菇简直是一团糟，看起来完全吃不得。此外，她还冲了一杯天堂果的果汁。要想把这都做得难吃是需要天赋的。要知道，做这个只需要一份浓缩果粉兑上八份凉水就行了，而且制作说明就在包装袋上。

"利塔，你认字吗？"

"不认字，主人。"

"别叫我'主人'，叫我'船长'。你呢，乔，你认字吗？"

"不认字，船长。"

"算术呢？数字认识吧？"

"哦，是的，船长。我识数。二加二等于四，二加三等于五，三加五等于九……"

他妹妹纠正道："等于七，乔西，不是九。"

"够了。"谢菲尔德说，"看出来了，我们有的忙了。"他沉吟片刻，说道："有个妹妹……挺好的……有个老船长也挺好的——"然后他又大声补充说，"等你们吃完早餐，上完厕所，就去整理你们自己的房间，一切都要符合飞船上的要求，整洁有序，过会儿我检查。另外，你们还要把我舱室的床铺整理好，不过别动其余东西，尤其别动我的书桌。然后你们俩都得冲个澡。没错，这就是我的命令：洗澡。在船上，每个人每天都要洗一次澡，要是愿意的话还可以洗得更勤些。船上的纯净水多得很。我们会循环再利用这些水，等到航行结束时，船上的水会比启航时多出几千升。别问为什么，事情就是这样，我以后再解释。"（几个月之后。对于这两个不知道三加五等于多少的年轻人来说，至少要等几个月之后。）"等你们干完这些，大概一个半小时之后吧。乔，你会看时间吗？"

乔盯着飞船舱壁上装的老式钟表："我不知道，船长。那东西上面的数字太多了。"

"对哦，你怎么可能会看呢？神佑星用的是另一套时间系统。这么说吧，等到小指针指向左，大指针指向上的时候，你们就回到这儿集合。不过这回你们就算迟到了也没关系，适应新环境确实得花上一段时间，别忘了及时洗澡就好。乔，你可一定要用香波洗头。利塔，亲爱的，你凑近点儿，我想闻闻你的头发。好吧，你也得用香波洗头。"（船上有发网吗？如果他关闭拟重力场，让他们在失重的环境中飘浮，那他们就需要戴上发网，或者理发。反正理发对乔没什么影响，可是他妹妹的黑色长发是她最引以为傲的女性特点，可以在瓦尔哈拉帮她找到一个丈夫。哦，不过如果船上没有发网——他觉得应该没有，为了方便，他在失重状态下行动早就剪了短发——这女孩可以把头发编起来，再找个东西把辫子扎起来。他的飞船的动力够在航行中始终保持八分之一的重力吗？不习惯失重的人会在这样的环境中变得虚弱肥胖，甚至连身体健康都会受损。）

（现在先别担心了。）"你们这俩蠢货，快去把客舱收拾好了，把自己也收拾干净，然后回这儿来集合。"

他列了一张单子：

做一张值日表。注意：教他们做饭！

开始给他们上课：从哪一科开始入手？

显然要从基础算术开始。不过，还是别教他们认神佑星上方言的文字了，反正他们也不会再回去。永远都不会！但是在他教会他们说银河语之前，那种方言将成为他们三人在船上交流的通用语。最后他们必须学会读写银河语，还有英语。他有没有瓦尔哈拉上人们说的各式各样的银河语的录音带呢？他们这个年龄的孩子会很快掌握地方口音、习语和词汇。

更重要的是如何滋养他们干涸已久的，呃，"灵魂"。他们的性格……

他要怎么把成年的"家畜"改造成心情愉快又具有才智的人类，通过各种必要的方式教育他们，让他们在自由社会中有立身之本呢？他愿意接受这个挑战，拿出不服输的劲儿来。此时他才开始意识到他给自己找的这个麻烦有多大，"流浪猫"有多难"伺候"。他难道要把他们当宠物养上五十年、六十年或者更长时间，直到他们自然死亡？

很早很早以前，还是个男孩的伍迪·史密斯在树丛中发现了一只奄奄一息的小狐狸，显然它是和妈妈走散了，要么就是那只雌狐死了。总之，他把它带回了家，用一个小奶瓶将它喂饱，然后就把它关到了笼子里，这样养了一个冬天。第二年开春，他把小狐狸带到他最初发现它的地方，把笼子门打开之后，就将笼子放在了那里。

过了几天，他故地重游，想着把空笼子拿回来。

可是他发现那小东西蜷缩在笼中，饿得半死，而且严重脱水。笼门依然开着。他只好把小狐狸带回家，精心照料了一段时间，直到它恢复健康。后来他为小狐狸建了一个用细铁丝围起的圈，再也没有尝试将它放归野外。用他外公的话说："这可怜的小动物从来没有学习如何当狐狸的机会。"

所以，他能教会这两个被吓坏了的无知小动物做回人类吗？

当"小指针指向左，大指针指向上"的时候，他们回到他的接待室。准确地说，他们一直在门外等着，直到指针分别转到他说的那两个位置，他们才进去。谢菲尔德船长假装没看到门外的他们。

不过，等他们进门后，他瞟了眼钟表，说："非常准时。很好！你们一定用香波洗过头了，不过也要记得提醒我给你们拿把梳子。"（他们还需要什么别的盥洗用品吗？他要不要教给他们如何使用那些用品呢？还有——哎呀，糟了！船上有女性经期需要用的东西吗？什么能临时用一下呢？不过，要是走运，得过上一阵子才会遇上这个问题。直接问她也没用，因为她连加法都不会。真该死，这艘飞船压根儿没为乘客准备什么物品。）

"坐下吧。不，先等等。过来，亲爱的。"船长似乎觉得她穿的衣服太贴身了，肯定有什么问题；他摸了一下，果然，她的衣服是湿的。"你是穿着衣服洗的澡？"

"不，主……不，船长。我把衣服洗了。"

"这样啊。"他想起来，女孩笨手笨脚地做早餐的时候，这身图案花哨的衣服被咖啡和其他东西弄脏了，"把衣服脱下来，找个地方晾上吧，别穿在身上晾。"

她听话地慢慢把衣服往下脱，但下巴微微颤抖。他想起他一开始给她买这件衣服，她照镜子时一脸的满足和欣喜。"等等，利塔。乔，把你的短裤和凉鞋都脱掉。"

小伙子也立刻遵守了这个指令。

"谢谢，乔。等把短裤洗干净再穿。现在，尽管这条短裤看起来干净，但其实已经很脏了。如果衣服不合适，我们航行期间就不用穿。你坐下。利塔，我把你买下的时候，你身上有衣服吗？"

"没有……船长。"

"那我现在身上有衣服吗？"

"没有，船长。"

"在有些时候，有些场合，人得穿衣服；但除此之外的时间和场合，人要是还穿着衣服就显得傻气。如果这是一艘运送乘客的飞船，我们都得穿着衣服，我甚至还得穿上帅气的制服。可这不是客船，除了你、我和你哥哥之外，船上没有其他人了。看到那边的仪器了吗？那是恒温恒湿器，通过飞船的计算机，它会让船内温度保持在二十七摄氏度和40%的湿度，还会随机制造一些温度和湿度变化来刺激我们。在你听来，这些可能毫无意义，但对我来说，这样的环境非常适合裸露皮肤。每天下午，温度都会降低一个小时，这是为了鼓励我们锻炼身体，因为飞船上的生活容易让人肌肉松弛。

"如果你们俩无法适应这样的气温变化，那我们可以做出调整。但是首先你们得先尝试一下适应我的规矩。现在我们来说说你屁股上包着的那块湿乎乎的破布。如果你脑子坏了，那就任凭它糊在你身上慢慢变干吧，那感觉不会舒服。如果你脑子好使，你就把衣服晾起来，让它平平整整地晾干。这是我的建议，不是命令。如果你愿意，可以无时无刻不穿着这件湿衣服。不过别穿着它坐下，太湿了，还是不要把坐垫弄湿的好。你会做针线活儿吗？"

"会，船长，嗯……会一点吧。"

"我看看我还能找到什么别的穿的。你现在穿的是这艘飞船上唯一一件女装。如果你坚持要穿着衣服，那你得自己做几件，未来的几个月航程中好换着穿。你还需要几件在瓦尔哈拉星上穿的衣服：那里可没有神佑星那么暖和。那儿的女人都穿裤子和短外套，男人穿裤子和长外套；此外，人人都穿靴子。我有三套在陆见星上量身定制的衣服，也许你们可以先凑合穿穿，等有机会我再请个裁缝给你们俩做几件。靴子嘛，你们穿我的应该就像公鸡穿袜子一样，不合脚。嗯，你们可以把脚裹起来再穿我的靴子，等到了鞋靴店再买新的。

"我们现在先不用操心这些。过来吧。要么穿着湿衣服站着听我说话，要么脱掉衣服舒舒服服地坐下来。"

埃斯特雷利塔咬了咬嘴唇，决定舒舒服服地坐下。

密涅瓦，这两个年轻人比我预计的更加聪明。一开始，他们学习是因为我让他们学的。不过，当他们领略到文字的魔力，就对学习上了瘾。他们俩像鹅爱吃草一样痴迷地学习读书认字，对其他的事一律不关心。他们尤其喜欢故事。我的藏书颇丰，大多数都是缩微电子版，有成千上百本。同时，我也有几本宝贵的线装书，是从陆见星上淘来的古董摹本。那儿的人都讲英语，只在做生意的时候用银河语。密涅瓦，你知道《绿野仙踪》系列童话吗？

没错，你肯定知道。大图书馆的藏书规划有我的功劳，其中收藏了我童年最喜欢看的书，还有一些严肃读物。我安排乔和利塔读了不少严肃读物，但我大多数时候还是让他们尽情地看故事书，如《原来如此的故事》《绿野仙踪》系列童话、《爱丽丝漫游奇境》《一个孩子的诗歌花园》和《两个小野蛮人》等。这样的书很少，都是大移居发生的三个世纪前，我童年时期的书。不过，银河系中的各种人类文化都源于此，所以这些书值得一看。

我想让他们明白虚构作品和真实发生过的历史之间的区别。这很难，因为就连我也不确定二者之间有多少区别。后来，我跟他们讲，童话是另外一种虚构故事，这类作品从现实出发，向幻想领域迈出了一大步。

密涅瓦，对脑子里完全没概念的人很难解释清楚这些。什么是"魔法"？我可以跟他们说，你是比童话故事中的任何"魔法"都有魔力的存在，因为跟不知道"科学"为何物的孩子沟通，说你是科学的产物起不到什么好作用，还不如说是"魔法"的产物。就连我在给他们解释二者的区别时，也依然不敢确定二者之间是否真的有区别。我在游历过程中遇到过许多次魔法，也就是说我见到了我无法解释的奇景。

最后，我只好用一句话结束了徒劳的解释——有些故事编出来就是为了好玩的，不一定是真的。比如说《格列佛游记》和《马可·波罗游记》是截然不同的，《鲁滨孙漂流记》则介于二者之间。如果他们有这方面的疑惑，可以来问我。

有时候他们确实会来问我，而且会毫无异议地接受我给的答案。但是我看得出来，他们并非每次都对我深信不疑。这让我很欣慰。他们开始有自己的思考了，基于这点，他们的想法是对是错没那么重要。关于《绿野仙踪》，利塔礼貌地对我的判断表示尊重。她全心全意地相信翡翠城是真实存在的，如果能选的话，她更愿意飞向那儿，而不是瓦尔哈拉星。好吧，其实我也是这么想的。

重要的是他们对我的依赖在减少。

用虚构的故事来教育他们，我在这一点上从未犹豫过。虚构作品能比非虚构作品更快地让人了解各种迥异的人类行为。听故事是缺乏亲身体验的人要经历的一个阶段。我只有几个月的时间把这两个胆怯无知的小动物变成人。我本可以教给他们心理学、社会学和比较人类学的知识，我手边就有这类书籍。但是，乔和利塔没有相关的体验和经历，没法消化吸收这类知识，于是我想起有的老师爱用寓言故事讲道理，决定也照着样子做。

只要有时间，他们就会花在看书上，就像两个挤作一团的小狗崽，盯着阅读器的屏幕，有时还会因为翻页的速度吵起来。通常是利塔嫌乔看得慢，不过，也正是因为他们俩相互促进，才在很短的时间内从文盲变成了阅读速度极快的人。我不让他们看有声音和画面的录像带，只想让他们阅读文字。

可我不能让他们把所有时间都花在看书上。他们也得学其他东西。不只是拿得出手的技能，更重要的是，他们得拥有作为一个自由人应有的进取心和自立能力。这是我买下他们的时候他们完全不具备的品质。糟糕的是，我不确定他们有没有这方面的潜力。或许他们从遗传层面上就不可能发展出这些品质了。但是，但凡我能从他们的表现中看出一点火花，就要竭尽全力让这星星之火燎原，不然我永远都无法让他们得到真正意义上的自由。

于是，我强迫他们尽可能自己拿主意，批评他们的时候也谨慎地拿捏尺度。我为他们的每一次反抗迹象窃喜，因为那说明他们有进步，我要为此庆祝。

我开始教乔如何徒手格斗。我不教他用武器，因为我不想我们中有谁被对方不小心杀掉。飞船上有一间隔间装修成了健身馆的模样，里面的设施能在重力和失重两种环境下使用。我每天都在一个小时的低温时段去那儿健身。这回我把乔叫到这儿来训练，当然，我也要求利塔参加，但她主要还是做做运动。我这样做是希望有妹妹看乔在场上被打得七荤八素，他能受到刺激，发愤图强。

乔的确需要刺激。他过了好长时间才想明白，训练中是可以向我还击的，我欢迎他这样做，就算他还击成功，我也不会生气。他要是不敢尽全力一试，我才会生气。

这是个漫长的过程。起初，就算我门户大开，他都不愿对我发起进攻，后来我又是叫骂，又是嘲弄，想方设法让他越过不敢攻击我的心理障碍，但他还是会在关键时刻犹豫，让我趁机反击。

但是，有一天下午，他突然开了窍，结结实实地给了我一拳。这一拳，就算我真想躲也未必能躲得开。晚餐后，我给了他一个奖励——允许他读一本线装书，真正有纸页的书籍。我让他戴上我的手术手套，并且警告他，要是把书弄脏或者扯掉一页，我就痛打他一顿。我没让利塔碰那本书，因为这是专门给乔的奖励。她沉着脸，连阅读器都不愿意用了。后来乔主动表示可以读给她听，她才不再生闷气。

我告诉她，只要她不碰那本书，可以和他一起看。于是她凑到他跟前，和他一块儿看，终于开心起来，同时开始指挥他翻页。

第二天，她问我她为什么不能一起学格斗。

无疑，她厌烦了每次独自健身。我也觉得一个人健身挺无聊的，但是为了保持体格强健，必须如此。谁知道下一次着陆会碰到什么样的危险呢？密涅瓦，我从来不认为女人必须会打架，打架是男人为了保护女性和孩子干的事儿，但是一个女性应该能打架，因为她可能会遇上不得不出手自救的时候。

于是我同意了利塔的请求，但是我们得为此改变一下规则。我和乔一直按照码头上的规矩对练，也就是不设规则，只是我没告诉他，我不会对他造成任何永久性的伤害，也不想让他给我造成比瘀青更严重的伤，但我从没有说过这种话。如果他有本事，那就随他把我的眼睛挖出来吃掉。我只是用实际行动告诉他，他没这个本事。

可是女性的身体和男性不同，只有等我给她设计出能保护好她胸部的胸甲，我才能允许她参加我们的格斗训练。此举很有必要，因为她胸部的发育已经超出了同龄人，我们很有可能不小心伤到她那儿。然后我私下里告诉乔，允许他在训练中导致利塔有瘀伤，但要是他敢让利塔断根骨头，我就会把他的骨头也打断一根。

但是我没有给他妹妹立下这类规矩。结果我低估了她。她比他的攻击性强得多。虽然未经训练，但她动作迅速，而且下手狠辣。

我们带她训练的第二天，不仅她穿上了胸甲，我和她哥哥都穿上了弹力下体护身。而且训练第一天结束时，她已经得到了阅读一本真正的纸书的奖励。

后来我发现，乔的天赋在于烹饪，于是我鼓励他在船上食物储备允许的前提下尽情发挥，同时也让他督促利塔也掌握足够的做饭技巧。一个会做饭的男人可以在任何地方自给自足。不过话说回来，不管男性还是女性，任何人都应该会做饭、持家、照顾孩子。尽管利塔已经在我稍加指导后表现出在数学方面的天赋，但是我还没找准利塔以后该从事什么维生的行当。一个能读会写，又有数学头脑的人可以学习她想知道的任何知识，所以我备感欣慰。于是，我开始让她通过书本知识自学记账和管账，但并不亲自教她。同时，我要求乔去学习使用飞船上的所有工具——并不多，主要是维修工具——并对他进行严密的监督。我可不想他因为操作不当丢掉几根手指头或者弄坏工具。

我满怀希望，但情况起了变化……

（此处省略3000字）

……总之一句话，我太蠢了。我养过家畜和许许多多的孩子。我在船上既是外科医生，也担任着其他各种各样的角色。起飞的几天后，我在现有设备允许的情况下对他们进行了最彻底的检查。起码在当时来看非常彻底。自我离开善神星之后就再也没有行过医，但是船上医务室的医疗设备和用品始终完备。在文明的星球上降落时，我会买来最新的手术视频，在远途旅行中观看学习。密涅瓦，我是个很好的业余大夫。

两个孩子看起来很健康，实际上也很健康，只不过乔的牙齿有点小问题，有两个牙洞。我发现那奴隶贩子对利塔的判断是对的，处女膜完好，呈半月形，没有破损。于是检查时我用了最小的窥镜。她没有扭捏抱怨，也没表现出紧张害怕的样子，没问我在干什么。我得出的结论是，他们之前会被定期检查，也接受过其他的医疗照顾，比神佑星上的其他奴隶得到的医疗服务多得多。

她有三十二颗牙，每颗牙都完好无缺，但我无法看出她最新的四颗白齿是什么时候长出来的，她只说是"不久之前"的事。他有二十八颗牙，下牙床上没有什么空间长出我担心冒出来的智齿，X光也显示下面没有牙胚。

我对乔的牙洞进行了清洁处理，然后把它们补好了，记着等到了瓦尔哈拉星再将他这两块补牙的材料去掉，让牙齿组织再生，还要给他注射预防针，防止牙齿遭到进一步蛀蚀。瓦尔哈拉星上的牙医不错，比我能做的多得多。

利塔记不清她上次来月经是什么时候了。她问了问乔，他掰着手指头数了数，想搞清楚他们已经离开母星多少天了，因为他俩都认为那肯定是离开之前的事情。我告诉她，下次来月经以及每次来月经的时候都要告诉我，我好推算她的月经周期。我给了她一罐卫生巾。我之前都不知道应急物资中有这东西，它放在船上一定有二十年了。

来月经的时候，她如约告诉我了。可是她和乔谁都不知道该怎样打开那只罐子，只好由我来帮她打开。她很喜欢里面附带的那条小小的弹力短裤，就连不需要的时候也常常穿它，因为她认为这样才叫"好好打扮"。这孩子特别痴迷于穿衣打扮。她以前是个奴隶，没有机会满足自己的虚荣心。我对她说，只要她保证每次穿过都会洗干净，那她穿多少次都没关系。我在个人卫生方面对他们要求很严，会时不时地检查他们的耳朵是否干净；吃饭时，如果我发现他们的指甲不干净，就会要求他们先下桌把指甲剪了。在这方面，他们受的训练连猪都不如。同一件事，我从来不用跟她说两遍，不仅如此，她还会帮我督促乔在卫生方面达到我的标准。我发现我对自己的要求更严格。我决不允许自己带着脏兮兮的指甲上桌吃饭，也绝不能忍受自己因为困了不洗澡就睡觉。既然我为自己立下了规矩，就得好好遵守。

和她的厨艺一样，她的针线活也非常差劲，她因为喜欢美丽的衣服而在努力自学。我从货物中找出一些色彩鲜亮的布料，让她从中寻找乐趣，并把这当成管理她的"胡萝卜加大棒"政策。穿衣服成了特权，只有听话的孩子才能享有这个特权。用这种方法我让她改掉了——差不多改掉了唠叨她哥哥的坏毛病。

可是这一招对乔不顶用。他对衣服不感兴趣，但是如果他哪儿做得不好，我就让他在训练的时候多吃点苦头。不过这种情况很少，他可不像利塔那么多事儿。

在她来过三四次月经之后的一天晚上，我注意到日历上本该是她来月经的日子已经过了。我把这事儿给忘了。密涅瓦，我从未在没有敲门的情况下进入过他们的客舱，毕竟飞船上的空间小，需要大家尽量尊重彼此的隐私。

她的门打开着，舱室里空无一人。我去敲了敲乔的门，也没人应。我只好去接待室和厨房找她，还去健身房找了一趟。我想她一定是在洗澡，但是我决定上午得找她谈谈。

我回到自己的舱室时再次经过乔的房间，这次他的门是开的。她从里面走出来，将门带上。我说："哦，原来你在这儿啊！"大概就是这么个意思，"我以为乔在睡觉"这类话。

"他刚睡着。"利塔说，"您想找他吗，船长？我去叫醒他？"

我说："不用了，我正找你呢，可我五到十分钟前敲过他的门，没人应。"

她道歉说没听见我敲门："对不起，船长，我们当时正忙着呢，没有听到敲门声。"然后她告诉了我他们在忙什么。

我已经预料到了，因为平时她的月经很准时，这次却足足迟了一个星期还没动静，自从发现这件事，我就起疑心了。"原来是这样，幸好我敲门时没有打扰到你们。"我说。

"我们本来打算永远也不拿这件事儿烦您的，船长。"她贴心又认真地说，"我们从来都是等您回房休息了才开始，有时候是趁您午休的时候做。"

我说："天哪，亲爱的，你们大可不必这么小心翼翼的。只要你们保证在规定时间里工作和学习，其余的时间你们愿意用来干什么都行。星际飞船'利比'可不是一艘剥削奴隶的血泪飞船。我希望你们两个孩子能在这儿过得开心快乐。你们两个小家伙脑子里面难道都是糨糊吗？你们还不明白自己已经不是奴隶了？"

显然她没太想明白，密涅瓦，因为她还在为之前没有及时听到我敲门、没有跳起来给我开门而感到焦虑不安。我说："别犯傻了，利塔。我们明天再说吧。"

　　但是她坚称自己一点都不困了，已经准备好，或者说盼着做我要吩咐她做的事了。她这么说反倒让我紧张起来。密涅瓦，关于"欲爱"有个奇特之处，女人总是在刚刚结束一场性爱的时候最为渴望性爱，而利塔的成长过程中没有任何会让她压抑自己性冲动的因素。更糟糕的是，他们两个人上船以来，我第一次意识到她是个成熟的女人了。她和我站在狭窄的走廊上，彼此贴得很近，一只手抱着她那身自制的古怪衣服，而且她在制作过程中表现得很开心。因为刚刚那场欢愉，她身上散发着些许汗味儿。我心神一荡，感觉如果当时我提出要求，她肯定会欣然应允。虽然她已经怀孕了这个念头掠过我的心头，但我不觉得这有什么可担心的。

　　可是，为了这两个寿命短暂的小家伙，我已经从奴隶主转变成了严厉但也慈爱的父亲角色，这期间花费了不少精力。如果就这么要了她的身子，我就失去了父亲的角色，目前本就复杂的难题也会变得更加让人困扰。于是我决定迎难而上，处理这个棘手的问题。

　　谢菲尔德船长说："很好，利塔，跟我到我的船舱来一下。"说完他就往船舱走去，她跟在后面。到了船舱里，他让她坐下。她犹豫了一下，然后把那件俗丽的裙子放在座位上，坐在上面。她的周到让他感到很满意。她以前像个无知的动物似的，肯定想不到这样做。看来把她培养成真正的人的计划初见成效了。但他没有开口夸奖她。

　　"利塔，你的月经已经迟了一个星期了，对吗？"

　　"是的，船长，怎么了？"她看上去不明白发生了什么，但并没有感到不安。

　　谢菲尔德在想自己是不是弄错了。他教会她怎么把装卫生巾的罐子打开之后就把这有限的应急物资给她了，还嘱咐她省着点用，还有好几个月才能到瓦尔哈拉星，所以她也许得自己动手做一些可以临时代替卫生巾的经期用品。那之后他就把这件事抛到了脑后，反正她每次来了月经就会向他汇报，然后他就会在他的台历上记下日子。他有没有可能忘了记呢？上个星期他有三天没离开过自己的船舱，也没管这两个年轻人。他吃的饭都是让他们送进来的。他想集中注意力解决问题时就会这样做。在这段时期，他没怎么吃饭，几乎没睡觉，而且对他所思所想之外的事物基本没有一点关注。所以也有可能是他自己搞错了。

"利塔，你知道吗？如果你准时来了月经，那你一定是没有及时向我汇报。"

"哦，不是这样的，船长！"她忧心忡忡地瞪圆了眼睛说，"您告诉过我，让我向您汇报，我照做了，每一次都照做的，每一次！"

又问了几个问题之后，船长有两个发现：其一，尽管她擅长算数，但她并不清楚自己什么时候该来月经；其二，她该来月经的日期并非上周，而是更早之前的事。

是时候告诉她了："亲爱的利塔，你不久就会有孩子了。"

她吃惊地大张着嘴，再次瞪圆眼睛。"啊，太棒了！"她补充说，"我可以跑去告诉乔西吗？求求您了，让我去吧。我马上就回来！"

"哎呀，别那么着急。我只是说有可能。先别抱太大指望，我们确认之前你先别告诉乔。很多女孩月经推迟的时间都会超过一周，所以眼下还不能说你肯定怀孕了。"（但是，知道你想要这个孩子让我很高兴，毕竟你怀孕的可能性很大。）"明天我会给你检查一下，看看到底是什么情况。"（他的飞船上有什么能检测怀孕的东西呢？妈的，如果他必须给她做流产，那就得趁着对她的身体伤害小的时候赶快做。另外，船上连事后避孕药都没有，更不用说其他先进的避孕措施了。伍迪，你这个蠢货，下次船上带的东西再这么少，干脆就别在太空中航行了！）"总之，你别高兴得太早。"（可女人知道自己有可能怀孕时，怎么能压抑得住那股高兴劲儿呢？）

她刚才的喜悦和激动瞬间变成了焦虑和沮丧："可是我们那么努力！《爱经》里的法子我们都试了个遍。我差点想去让您来看看我们有没有做对，但乔坚持我们做的是对的。"

"我觉得乔说得对。"谢菲尔德站起来，给自己和利塔各倒了一杯红酒，同时在她那杯酒里动了手脚。等她把这杯酒喝下去，他将引导她进行一番放松的对话，不久她就会睡过去，醒来后完全不会记得这番对话。他想了解整件事情的来龙去脉："喝吧。"

她犹豫地看着那杯酒："喝了我会变傻的。我知道，我喝过一次这东西。"

"这可不是神佑星上卖的那种喝了让人头疼欲裂的酒，而是我从陆见星上买的好酒。别说了，赶快喝吧。如果你真有了孩子，这杯酒就当是祝福你的孩子；要是没怀上，那这杯酒就是祝你下次能怀上。"（可是"下次"出现这种情况时，我该怎么应对？绝不能让这两个孩子生下一个有缺陷的孩子。就算是健康的宝宝，对于还没本事靠自己站稳脚跟的他们来说都是个累赘。他能不能想办法拖一阵子，等到了瓦尔哈拉星，有了避孕工具，再允许他们俩同室相处？现在怎么办？把他俩硬生生分开？怎么分开呢？）

"亲爱的，给我讲讲吧。你上船的时候还是个处女呢。"

"哦，是呀，那时候当然是啦。他们一直把我锁在那个处女筐里，只有把我单独关起来，让哥哥睡在营房里的时候才将那筐子拿掉。您是了解的，我说的就是我每个月流血那几天。"她深深吸了口气，笑着说，"现在好多了。我和乔西早就想绕过那个碍事儿的铁筐子，可是怎么也成功不了。要是强来就会伤到他，还有的情况下会伤到我。最后，我们放弃了，只满足于做一些能让我们愉快的小游戏。哥哥说我们要耐心等待，这样的日子不会过一辈子。因为我们知道我们会被一起卖掉，为的是以后生小奴隶。"

埃斯特雷利塔兴高采烈地继续说："多亏了您，船长，我们的梦想实现了。谢谢您！"

（看来把他们俩分开绝不容易。）"利塔，你想过和除了乔之外的男人结合、生育后代吗？"（他这是先试探一下她的意向。她是个相当迷人的姑娘，给人一种"地球母亲"的感觉，所以给她找个丈夫应该不是什么难事。）

她不解地问道："为什么会这样问？当然没想过。我们都知道我们俩是什么情况，从我们是小婴儿的时候，我们就在一起了。我们的母亲说我们以后会在一起，主教大人也是这么说的。我一直都是跟我哥哥一起睡的，活到现在几乎每一天都是如此。我为什么会想和别的男人在一起呢？"

"可你似乎做好了和我睡觉的准备。你不是声称自己想和我上床吗？"

"哦！那是另外一回事。那是您的权利，可您不想要我。"她用指责的口气补充说。

"根本不是这么回事，利塔。我有我的原因，但我现在不想说。不管我想不想要你，也不管你是不是愿意，我都不会和你上床。更何况你说过，你想要的其实是乔。"

"好吧。可当知道您不要我时，我还是很失望。后来我不得不告诉哥哥，您不想要我。这让我感觉更难受了，但是他说我得有耐心，怕您会改变主意，又决定和我上床，所以我们又等了三天。三天后，他才和我圆房。"

（站着是个爱唠叨的婆娘，躺下就成了温驯的羔羊。这种行为模式倒并非太罕见。谢菲尔德想。）

他发现她正在盯着他看，显然是对他有兴趣："您现在想要我吗，船长？乔要了我的那天晚上告诉我，您始终有权利占有我的身体。"

（哪里来个魔鬼给我点勇气啊！要想拒绝一个自愿献身的女人，恐怕只有逃到太空中去才行。）"亲爱的，我累了，你也困了。"

她将一个哈欠半途憋了回去："我没有那么累，永远都不会那么累。船长，第一次问您的那个晚上，我还有点胆怯。但是现在我不害怕了。我想要，如果您也想要的话。"

"你很贴心，但是我现在非常累。"（我往酒里放的东西怎么还不起效果？）他换了个话题，"客舱里的小床怎么睡得下两个人呢？"

她刚才还在打哈欠，听我这么说，立刻咯咯笑起来："将将能睡下。有一次我们从我哥的床上掉了下来，所以现在我们都睡在甲板上。"

"睡甲板？利塔，为什么？这也太糟糕了。咱们必须改善一下。"（让这两个孩子睡在这儿？船上唯一的双人床就在这儿。一个蜜月中的新娘需要一张尺寸合适的床，比如说我这张。她现在深陷爱河，不管怎么样，都该好好享受，不留一丝遗憾。几个世纪前，谢菲尔德就已经有了一个结论，生命短暂的人类最悲哀之处就在于，他们存活于世的时间太短，根本来不及好好爱一场。）

"哦，船长，睡甲板也不错。我们从出生到现在基本都是睡地板的。"她又打了个哈欠，看得出来她想忍住，但最后失败了。

"这样吧，明天我们再做调整，希望能让你们住得舒服些。"（不行，把他的船舱让出去不可行。他的办公桌还在这儿呢，还有他的纸书和文件。这俩孩子会碍他的事儿，同理，他也会成为他们的电灯泡。那么，他和乔能不能把两张狭窄的单人床拼成一张双人床呢？也许能行吧，不过这样的床恐怕都快占据一整间特等客舱了。不过没关系，他们二人的客舱之间的舱壁不是结构所必需的，加一扇门就可以把两间客舱连成套房——一间"新娘套房"。专门给幸福的新娘住。就这么干。）他补充了一句："趁你还没从那把椅子上摔下来，我先把你送回床上去吧。亲爱的，没关系，一切问题都会顺利解决的。"（妈的，我一定会把所有问题都搞定！）"明天晚上，从今往后，你和乔可以一起睡在宽敞的床上。"

"真的吗？哦，那——"她说着又打了个哈欠，"太好了！"

他扶着她回到了她的客房。刚躺在床上，她就睡着了。谢菲尔德低头看着她，轻声说："可怜的小猫。"然后他俯身亲了她一下就回自己的船舱了。

他找出奴隶贩子给他的文件，开始深入研究利塔和乔的古怪基因特性。奴隶贩子说他们是"镜面双胞胎"，即同父同母的互补二倍体；而他现在想做的就是从这些文件中找出证明或证伪这一说法的线索。

找到线索之后，他希望能估测出利塔和乔的孩子身上可能携带有害基因的概率。

于是，这个问题似乎分成了三种（简化的）情况：

第一种，二人之间毫无关系。有害基因得到增强的可能性：微乎其微。

第二种，二人就是普通的兄妹。有害基因得到增强的可能性：高到无法忽略。

第三种，二人都是奴隶贩子声称的互补配子形成的受精卵，所有的基因均在减数分裂期间得以保留，但是没有经过复制。若是这种情况，有害基因得到强化的可能性会是——怎样呢？

我们先不讨论这个。在第一种情况中，他们没有关系，只是从小一起长大。这没什么特别的风险，不用管。

第二种情况，他们可能是常见的亲兄妹。首先，他们从外表来看并不像；其次，那个卑鄙的奴隶贩子为了这样一个骗局那么煞费苦心地搭起了一间"商店"，还公开用一位有名有姓的主教为他背书。那位主教可能也不是什么好鸟（这可能性极大，毕竟他对神职人员的情况非常熟悉！），但是奴隶婴儿那么便宜，随便买两个不就得了？为什么还要多此一举呢？

不，就算这是一场骗局，奴隶贩子也没理由精心策划到这种程度后，还冒这么一个没必要的风险，所以其实不用继续研究这种情况了。尽管利塔和乔可能是从同一个孕母的肚子里出来的，他们也一定不是通常意义上的兄妹。如果是这样，这个母亲的基因情况则毫无意义。

这样一来，他唯一需要研究的那种情况就是奴隶贩子说的是实话。那他们的后代携带有害基因的概率是多大？这两个人工制造的受精卵长成的男女再结合会有多大可能生出不健康的后代？

因为缺少数据，再加上船上唯一能派上用场的计算机只能驾驶飞船，不能兼顾解决基因问题，所以谢菲尔德一边自己努力解决问题，一边骂骂咧咧的。他真希望安迪·利比也在船上。要是他在，一定会盯着舱壁思考几分钟，然后很快想出答案，说出会有哪几种情况和这几种情况分别发生的概率。

就算掌握着所有有关数据（成千上万条！），没有计算机辅助还是很难解决这样的遗传学问题。

于是，他只能把问题简化，看看能得出什么结论。

基本假设：利塔和乔是一对"镜面双胞胎"，是同一亲本的受精卵产生的两个基因互补后代。

参照假设：二人彼此之间毫无关系，只是同属母星的基因池。（极端假设则是他们是同一地区的奴隶，很可能源于一个规模更小的基因池，而且该基因池可能因为近亲交配的原因规模几经缩小。但是这种"最有利的普通繁衍模式"并非他需要的常态标准。）

简化的例子：检测一个基因位点，比如说第二十一条染色体的187号位点，假设每种假设的情况下该位点都存在一个"坏"基因，那么计算其出现基因增强、基因遮盖或基因丢失现象的可能。

随机假设：因为这个基因位点的基因对可能存在一个或两个不利基因，再或者二者皆非不利基因，再假设"基本假设"与"参照假设"中有这种情况的概率完全一样，甚至分布均等。该位点的基因对中没有坏基因的概率为25%，只有一个坏基因的概率为50%，两个都是坏基因的概率为25%。还有一个极端的情况，经过若干代的繁衍，得到增强的坏基因（一个位点上有两个不利基因）往往会令胚胎无法存活，或者从一开始就有致命的影响，或者减少了受精卵的竞争力。这都无所谓，就算两种情况都有，也没有相关数据支持他进一步做出假设。

对！如果得到增强的坏基因影响是明显可见的，或者能被检测出来，那么这样的受精卵将不会被采用。合格的科学家进行这类试验时会尽可能使用基因层面上"干净"的样本，这样的样本一定不会有那几百种（或者还有几千种新的）可识别的遗传缺陷；基本假设应该包括这条次级假设。

在上次的船上体检中，谢菲尔德没有在这两个年轻人身上检查出任何缺陷，所以那个奴隶贩子讲的是实话的可能性大大提高了，这两个被当作展品的奴隶确实是异星上一次成功的基因实验的成果。

谢菲尔德现在倾向于相信这个实验是真实发生过的。他真希望拥有塞古都斯上那家霍华德诊所的设备和仪器，这样就能给这两个孩子来一次全面且严格的基因检测了，而不是像现在，船上的医疗配置少得可怜，什么都做不了。

一个疑虑在他心头盘桓良久，那源于他购得这两个孩子的过程。关于他们的情况，如果那个浑蛋奴隶贩子所言句句属实，他为什么如此急着把他们卖出去？如果那项实验是为了把这两个互补的孩子共同养大，为什么又要把他们卖掉？

也许这两个孩子知道真相，只是他没问对问题。可以肯定的是，从很小的时候，他们就被教导，去相信这就是他们的宿命；不管是谁策划了这一切，他一定从这两个孩子非常小的时候就对他们进行诱导，使他们之间的关系比谢菲尔德漫长经历中所见的大多数婚姻都牢靠，甚至连他自己的所有婚姻都不例外。（只有一段除外，只有一段除外！）

谢菲尔德不再回忆那段经历，而是把全部注意力放到他目前推理的结果上。

在选定的这个基因位点上，每个受精卵都有三种可能情况，或者说每个基因对符合三种情况的概率分别为25%、50%和25%。

于是，在参照假设的情况下，父母（二倍体受精卵）双方对选定基因位点产生的影响可以分为四种：

25%	好基因-好基因	基因位点健康无缺陷
25%	好基因-坏基因	坏基因被好基因遮盖，但有遗传传递的可能
25%	好基因-坏基因	坏基因被好基因遮盖，但有遗传传递的可能
25%	坏基因-坏基因	坏基因强化——致死或致残

但是在谢菲尔德修改后的基本假设中，他推断，一旦带有坏基因的受精卵被检测出来，那位主教科学家定会将这类样本抛弃，因此第四组（"坏基因-坏基因"）可以排除。此时，亲代受精卵在这个位点上的基因分布就变成了如下情况：

33.33%	好基因-好基因
33.33%	好基因-坏基因
33.33%	好基因-坏基因

经过这样一番优胜劣汰之后，原本随机的情况得到了极大的改进。减数分裂之后，配子（包括精子和卵子）产生了，其中概率如下：

好基因占六分之四，坏基因占六分之二。

可是，只有破坏携带这些基因的配子才能检测出哪些具有坏基因。至少，在谢菲尔德的假设中是这样的，但他同时也坚称这件事未必永远都会这样。不过，为了保护利塔（和乔），他有必要让自己的假设在已掌握的数据和知识的范围内保守一些，也就是说，他要假设坏基因只有在强化效果显现时才会被发现。

谢菲尔德提醒自己，当谈到"显性好基因"和"隐性坏基因"时，情况往往非黑即白；然而，在现实世界中，人们眼中的这些描述比它们原本的情况更复杂一些。对于一个成年个体而言，他遗传到的某一样特质是否有利于生存要看三个方面，即何时、何地、何事，而且不能只看一代，要放在多代的尺度上看。一个成年人可以为了救后代牺牲自己的性命，这样的特质被视为是有利基因延续的；一只猫吃掉自己的幼崽则被视为不利于基因延续，不管这只猫后来活了多长时间。

同理，有时候显性基因其实并不重要，比如说，褐色眼睛这个基因。带有该基因的配子与携带相应的隐性基因的配子结合，因为强化作用，产生了有蓝色眼睛的后代，可是这个特质并不会对该个体造成什么不利影响。其他很多遗传特性也是这样，如发质、肤色等。

然而，"显性好基因"和"隐性坏基因"这样的描述从本质上来说是对的。二者概括了一个物种保存对其有利的基因变异和（最终）毁灭对其有害的基因变异的机制。"显性坏基因"这种说法自相矛盾，因为彻彻底底的有害基因变异，如果还是显性的，就会导致自身（以及携带它的不幸的受精卵）在一代之内灭亡，要么受精卵会在子宫内死亡，要么会导致受精卵遭到极大的破坏，无法完成基因复制。

但是，这种通常的淘汰避免不了隐性坏基因。因为这类基因会始终存在于基因池中，除非两种随机情况出现：其一，卵子受精时，这样的坏基因与相似的基因成功配对，导致受精卵死亡（希望这种事发生在受精卵形成的胎儿出生前，但也有发生在孩子出生后的可能），基因本身也就此消失；其二，这个隐性坏基因在减数分裂期间因为染色体减少而被清除，最后收获一个皆大欢喜的结局，即性腺中不带这种坏基因的健康孩子诞生了。

这两种情况都会逐渐将坏基因从物种的基因池中除掉。

不幸的是，第一种情况中常常会导致残疾的孩子生下来，他们需要借助其他人类的帮助才能生存下去。有些需要经济上的支持，他们从一出生就是注定的失败者，永远无法独立生活；有些需要做整形外科手术、内分泌治疗、其他干预或支持措施。亚伦·谢菲尔德船长当过医生（在善神星上，用的是另一个名字），因为目睹过许许多多这样的不幸，他有段时期特别沮丧。

起初，他想遵守希波克拉底誓言行医，或者说差不多遵守这个誓言。依着他的性格，他不愿盲目遵守任何人类自己制定的规定。

然后有段时间他的精神变得有些异常。在这段时期，他想通过政治手段解决一个在他看来非常危险的问题——先天缺陷者的繁殖问题。他想劝他的同事拒绝救治有遗传缺陷的人，除非他们没有生育能力，或者做了绝育手术，再或者愿意以做绝育手术作为进行治疗的先决条件。更过分的是，他还想把虽然没有生理缺陷，但从来不努力养活自己的人也算作有遗传缺陷。而且，那颗星球的人口并没有过度拥挤，而且正是他本人在几个世纪前认为该行星是人类居住的理想家园，所以才定居于此。

他的劝说不仅没有起任何作用，还为他招来了愤怒和轻蔑。只有极个别的同事私下里赞同他，但在公开场合还是会对他表示谴责。对于外行来说，对他这个"种族灭绝"医生最轻的惩罚就是给他浑身涂上柏油，再粘上羽毛。

拉撒路的行医执照被吊销后，他的思维和情绪也终于恢复了正常。他不再多说，因为他意识到冷酷的自然母亲是个尖牙利爪的角色，要是有人胆敢对她视而不见或者挑战她的秩序，就一定会受到惩罚，不需要拉撒路去干涉。

于是，他搬了家，又换了个名字，准备去太空发展。可是，这时一场瘟疫席卷了善神星，他耸耸肩，回到了工作岗位上，因为当时就算曾经被解职的外科医生也会受到大家欢迎。两年后，两亿五千万人被瘟疫夺取了性命，他重新得到了行医执照，因为表现良好。

他告诉了其他人该如何处理他的执照，并用最快的速度离开了善神星，为了那天他等了十一年。在等待的那些年中，他成了一名职业的赌徒，因为他当时要为以后的旅途积攒必要的财富，而赌是他找到的最佳捷径。

抱歉，密涅瓦，我又跑题了。我们接着说那一对镜面双胞胎。那个傻姑娘被搞大了肚子，我不得不重新拾起了关心婴儿的乡下医生的身份。我失眠了一整晚，为她、她哥哥还有如果我不插手就一定会出生的那个孩子忧心忡忡。想搞明白我该怎么做，我得先搞清事情的来龙去脉。因为没有所需的数据，我不得不采用找回丢失的骡子的老方法。

首先，我得把自己放在那个奴隶贩子的位置上想这件事。拍卖奴隶的人就是无赖，但这样的无赖聪明得很，绝不会在神佑星上挑衅一位主教的权威，因为那样一来，他就要承受自己也沦为奴隶的风险，甚至会送命。不过，死了反倒比当奴隶幸运。因此，这个无赖说的话一定是他认为的真话。

为什么有人委托奴隶贩子卖掉这两个孩子？这个问题我可以暂时搁置。与此同时，我换位思考，把自己当成一个参与人类生物实验的主教科学家来看。我要忘掉这二人可能是普通兄妹的情况，因为谁也不会选这么一对来骗人；我还要忘掉他们之间没有任何关系的情况，因为这样一来，他们俩之间的事就变成了普通的繁衍问题。当然了，当然了，任何女人都可能会生下怪物。即便是基因最健康的亲代繁育后代，都有出现基因突变的可能，就像再警觉的助产士也可能忘记在新生儿的屁股上拍一巴掌，促使婴儿发出代表生命的啼哭声一样，这种情况很常见。

所以，我只考虑第三种假设：他们确实是同父同母的互补二倍体。实验者究竟会怎么做？如果是我会怎么做？

我会在我的能力范围内找到最接近完美的血统，也就是说，我要一直等找到经过细致检测，被证实拥有"清白"基因的男性亲代和女性亲代之后才开始实验。在当时那个年代，又是在神佑星上，这意味着要做非常复杂的检测。

在一个选定的基因位点上，每个基因对符合三种情况的概率分别为25%、50%和25%。这个实验前的检测会排除坏的隐性基因得到强化的那25%的情况，那么亲代，也就是乔和利塔可能的亲代所含基因中，三分之一概率是坏基因，三分之二概率是好基因。

现在，站在主教实验者的角度上，我逐渐让镜面双胞胎成形了。然后发生了什么事？如果我们按代表这三分之一和三分之二分布情况最低需要的配子数量来算，我们会得到十八个可能的"乔"和十八个可能的"利塔"。但是如果男性和女性亲代的配子都含有"坏"基因，那么隐性坏基因得到加强，受精卵就是有缺陷的；实验者会清除这些缺陷受精卵。不过，也许他其实不需要这样做，因为强化效果本身就会让这类受精卵死亡。

到目前为止，我们已经得到了8.33%的进步，或者说利塔的孩子没问题的可能性已经整体增加了25%。我感觉好点了。如果再把我是一名忙碌于帮助母亲避免生出一个小怪物的助产士考虑进去，那好的概率还能再提升。

一切都表明，每一代中的坏基因都有自我毁灭的趋势，最恶劣基因的自我毁灭概率会达到100%，让胚胎尚在子宫中时就死亡，而有利的基因就会存活下来。不过，我们都知道，这种情况也适用于普通的远系繁殖，同系繁殖（近亲交配）时则更突出；只不过后者对人类来说不是什么好主意，因为它消除不利基因的概率和它导致出现残疾婴儿的概率成正比。这正是我担心利塔会碰上的问题。人人都希望人类基因池中全部是健康的基因，没人盼着悲剧降临在自己的家人身上。密涅瓦，我开始把这两个孩子当成我的"家人"了。

分析研究到这一步，我还是对"镜面双胞胎"一无所知。

我决定研究给定的基因位点上出现隐性坏基因的更可能的概率。50%的出现概率对于一个真正的坏基因来说已经够高了；坏基因被淘汰的概率一开始非常高，但随着一代代的繁衍，这个概率会逐步降低，直到某种坏基因存在的概率降到了一个非常低的水平，低到受精阶段该基因几乎不可能产生强化效果的地步；因为强化效果发生的概率是该种坏基因存在概率的平方。举例来说，如果1%的单倍体携带这种坏基因，那么它只会在万分之一的卵子受精的过程中得到强化。我说的是在总基因池中，具体到这个例子里，至少要有两百名成人，男女各一半。在这样的基因池中，随机配对繁殖带来坏基因发生强化效果的情况非常罕见。如果站在全人类的角度看，这说明基因池比较干净；但如果从个人角度看，即便情况罕见，但这种意外一旦发生，对于人类个体来讲就是100%的悲剧。

我就是站在非常私人的角度来看待此事的，我希望利塔能有一个健康的孩子。

密涅瓦，我想你肯定意识到了，25%-50%-25%的分布在最为极端的近亲繁殖情况中才会出现。若是子女与亲生父母交配，因为减数分裂导致的染色体减少，上述情况发生的概率只有一半。若是和亲兄弟姐妹交配，则同样因为减数分裂，上述情况发生的概率只有四分之一。畜牧业从业人员常常使用这种极端的方法育种，然后将有缺陷的后代剔除掉，只留下健康稳定的品系。我曾经下流地怀疑过，这种近亲繁殖后剔除劣种的手段也在旧日地球上的皇室家族中使用过，只不过没有那么频繁和极端。如果像对待赛马一样对待国王和王后，那么皇族的发展一定很不错；只可惜，从来没有人会这样看待他们。相反，人们像给福利救助对象捐款一样供养着他们，本该被剔除的孱弱的王子却都被人撺掇着像兔子一样不停地生育，结果就是血友病患者、低能儿等各种有缺陷的孩子降生到世界上。我还是个孩子的时候，"皇室"就是个采用全天下最糟糕的育种手段繁衍下去的大笑话，而且是让人笑不出来的那种。

接下来，谢菲尔德船长开始研究坏基因发生率更低的情况：假设乔和利塔诞生的那个基因池中有一种致命的基因；因为它致命，所以只有在它与相对的良性基因配对，隐藏起来的情况下，它才能存在于一个成年人体内。假设成年人中仅有5%的人携带隐藏起来的坏基因。对于致命的坏基因来说，实际情况中这样的出现率还是太高了，但还是研究一下吧，看看会有怎样的结果。

亲代中：100名女性，100名男性，每个人都可能是利塔和乔的父亲或母亲。同时有5名女性和5名男性携带这种致命但处于隐藏状态的基因。

亲代单倍体阶段：200个卵细胞，其中5个携带致命基因；200个精子，其中5个携带致命基因。

子代（"乔"和"利塔"所在的一代）中：因为致命基因的强化效果夭折的有25个；携带隐藏致命基因的有1950个；该基因位点上"干净"的有38,025个。

谢菲尔德发现，他必须假设其中有一个两性体。只有采用双倍的样本数量，最后才能得到偶数结果，从而避免出现这种异常。哦，去他妈的！反正这也不会改变统计结果。不，就这样做吧！纳入200个男性和200个女性做样本，基因位点上出现致命基因的概率相同。这样一来，他就有了：

400个卵子，其中10个带有致命基因；

400个精子，其中10个带有致命基因——

——于是，子代（"乔"和"利塔"所在的一代）中死亡的有100个，携带隐藏致命基因的有7800个；该基因位点上"干净"的有152,100个。这样一来，百分比并没有变，但他不用再假设其中一个是两性体了。谢菲尔德走神了，他开始想一个两性体，也就是雌雄同体人的爱情生活是什么样的，但很快他就把注意力重新集中到了工作上。现在的数字开始变得冗长，再下一代，也就是现在利塔肚子里那个尚未取名的小东西所在的一代里，因为坏基因的强化效果被剔除的有15,210,000个，坏基因携带者则有1,216,800,000个。"干净"的有24,336,000,000个。此时此刻，他又开始迫切希望能有一台医疗计算机，同时自己伤脑筋地将这些冗长的数字挨个转化成百分比。概率分别是0.059509%，4.759%和超过95.18%。

这一步的数据取得了极大的改善：1680人中大约只有一个有缺陷（原来是1600人中就有一个有缺陷），这一代携带者的比例降到了5%以下，"干净"的人所占比例则超过了95%。

谢菲尔德又对好几个类似的问题进行了研究，以便验证他之前的检验结果：互补二倍体（"镜面双胞胎"）至少和毫无关系的陌生人有一样的概率生下健康的宝宝；更令人放心的是，那个启动这种实验的主教科学家还会通过一个或数个阶段的筛选，提高他们生下健康宝宝的概率。他几乎可以肯定这个假设的情况是真的。这就说明乔肯定是他"妹妹"最佳的配偶，而不是最差的。

总而言之，利塔可以要这个孩子。

VII

从瓦尔哈拉到陆见星

……密涅瓦，这是我能为他们做的最好安排。世上总是时不时冒出几个白痴想废弃婚姻制度，此举好比要废除万有引力定律、让 π 等于整数三，或者想通过祈祷把山移走。婚姻不是牧师们一拍脑门想出来，而后强加在人类身上的东西。婚姻和眼睛一样，是人类进化出来的一部分；婚姻之于人类这个种族就相当于眼睛对于一个人，非常重要。

当然了，婚姻是一份经济契约，可以在家庭养育孩子的过程中为孩童和母亲提供必要的物质条件，但它又不仅仅如此。婚姻是人类这种动物在不知不觉中发展出来的一种机制，它能让人开开心心地履行自己肩负的责任。

蜜蜂为什么要分蜂后、雄蜂和工蜂，然后像一个大家庭似的，生活在一起呢？那是因为，对于它们来说这个机制行得通。为什么鱼类中爸爸和妈妈彼此之间可以毫不相识？因为进化的力量在无形中让鱼类遵循这种机制生存繁衍，这行得通。为什么"婚姻"——不管怎么叫吧——成了各地人类普遍接受的制度和风俗？别问神学家，也别问律师，这个制度早在教堂或国家订立规则之前就存在了。因为这样行得通，如此而已；尽管它有种种缺陷，但以世上唯一的检验标准，即是否有利于生存来衡量，婚姻比那些肤浅的脑瓜子里冒出来的任何一种想取代婚姻的点子都行之有效。

我说的不只是一夫一妻制，而是婚姻的所有形式——一夫一妻、一妻多夫、一夫多妻、有各种附加条件的扩大型多元婚姻。"婚姻"有无穷无尽的风俗、规矩和安排，但当且仅当这种安排能让孩子衣食无忧，让成年人得到补偿时，它才算是"婚姻"。对人类而言，唯一能接受的对婚姻缺陷的补偿就是男人与女人能给予对方的东西。

密涅瓦，我说的可不是"欲爱"。性确实是放在婚姻陷阱中的诱饵，但性并非婚姻的全部，也不是足以让人们维持婚姻的原因。牛奶又不贵，干吗要为了喝奶买头奶牛呢？

陪伴、合作、让彼此安心、分享欢乐、共担伤悲、彼此忠诚、接受对方的小缺点和小怪癖、拥抱、牵手，这些才是"婚姻"。性不过是蛋糕顶上装饰用的糖霜小人儿。糖霜虽然美味，但它不是蛋糕。蛋糕般的"婚姻"也许会失去那层可口的糖霜，比如说发生了什么意外，但在这种情况下，婚姻依然能够继续，而且依然能给婚姻关系中的人带来深沉的幸福。

当我还是个任性无知的小伙子的时候，曾经为这件事感到困惑……

（略）

……我尽我所能安排了一场庄重的仪式。仪式感对人意义重大，我想让他们都记住这件事。所以，我让利塔依照她自己的喜好好好打扮了一下。当时，她看上去就像一棵开了花的圣诞树，但我还是称赞她美得不可方物。这也是实话：每个做新娘的女人都会美成这样。至于乔，我把我的几件衣服给了他，让他换上。我自己则穿上了荒唐可笑的船长制服，那套衣服本来是为了登陆那些把无聊的仪表当作文化习惯的星球而准备的，它袖口有四条金色的宽横纹，胸前装饰着我从当铺里买来的各种胸章，头上戴着就连海军上将尼尔森勋爵都会嫉妒的三角帽，至于我的其他穿戴，就和隐于山野的大师一样。

我开始向他们布道，大多数内容都来自他们唯一知道的宗教，即神佑星上主流宗教的布道词。这对我来说是小菜一碟，因为我在那儿当过主教。不过，我也加了不少别的内容，比如告诉利塔要如何照顾乔，告诉乔怎样照顾利塔，告诉他们俩将来要如何照顾尚在腹中的孩子，以及以后可能会出生的更多孩子。此外，我还提醒他们俩，主要是提醒她，婚姻经营不易，进入也不易，因为进入了婚姻之后，两个人势必一起面对各种难题，需要胆小的狮子的勇气、稻草人的智慧、铁皮人的爱心和桃乐茜的不屈不挠，他们才能解决的难题。

这番话惹得她哭了起来，乔也开始掉眼泪。这正是我想要的效果。这时，我让他们跪下，开始为他们祈祷。

密涅瓦，我不会为我的虚伪道歉。我不在乎所谓的上帝有没有听见，我只想利塔和乔听我说下面的这番话。首先我用神佑星的语言说了一遍，然后再分别用英语和银河语各说了一遍，最后以吟诵古罗马史诗《埃涅伊德》来结束这段祈祷。等背到实在记不起来时，我干脆唱了一首校园歌谣：

Omme bene

Sine poena,

Tempus est ludendi;

Venit hora

Absque mora,

Libros deponendi![1]

---

1 没有受罚真开心，
　游戏时间已来到。
　课本快快放一边，
　欢乐时别耽误。
　纯粹主义者会注意到老祖把这首打油诗翻译得非常差劲。但是有人会疑惑，为什么他没有在最后一行中用"libero"代替"libros"，延续下流又欢乐、到处是双关的文风？他没留意到这一点，这实在不符合他的性格。不过，我们这位老祖任性的性情显而易见；他只是偶尔从事禁欲主义的职业，从来都是装装样子就算了。

贾斯廷·富特四十五世

最后，我用一句"善哉！"结束了祈祷。我让他们站起来，拉起他们的手，以太空飞船船长的身份赋予我的至高权力宣布，他们现在已经是永结同心的夫妻了。乔，你现在可以吻她了。

二人在舒缓的贝多芬《第九交响曲》中完成了婚后的第一吻。

当时我背不出维吉尔的"惩罚诗"，可又需要多说几句，留下一段令他们印象深刻的结束语，这首打油诗就突然冒出来了。可事后我仔细琢磨，发现这首诗的意思既适合学校放假，又适合他们的蜜月。确实是值得开心，因为我知道这对兄妹结合不会sine poena（挨罚），即不用担心基因方面的惩罚。而ludendi可以翻译为"情爱游戏"或"欲爱"，也同样有"赌博""儿童游戏"或任何其他形式的玩乐的意思。然后我宣布给他们四天的船上假期，不给他们派工作，也不安排学习时段——libros deponendi即刻开始。密涅瓦，这完全是意外。我脑子里突然就冒出了那么几句拉丁文。拉丁文是一种庄重的语言，对不懂的人来说尤其是这样。

我们吃了一顿豪华的晚餐，是我亲自下厨做的，但是他们只吃了十分钟就结束了。利塔吃不下，而乔让我想起了约翰尼的婚礼之夜和他丈母娘晕倒的原因。于是我把一份美味的现成口粮倒在一个盘子里递给乔，让他们赶快闪人。接下来的四天里，我连他们的一根头发丝儿都不想见到。

（略）

……等装上一飞船的货后，我就会以最快的速度赶往陆见星。我不能把他们留在瓦尔哈拉星上。乔还没能力养家糊口，利塔的肚子越来越大，生产之后还要带孩子，所以她的行动会受到限制，能干的活儿不多。要是他们出了什么事，我也不能及时伸出援手。所以，他们必须去陆见星。

不过，利塔倒是一定能在瓦尔哈拉星上生存下去，因为这颗星球上的人态度很端正。他们认为怀孕的女人比没怀孕的女人更漂亮，而且女人肚子里的孩子月份越大，她就越美丽。我也觉得是这样，在利塔身上尤其是这么回事。我把她买下来的时候，她长得也就是过得去；我们降落在瓦尔哈拉星上的时候，她已经有将近五个月的身孕了，美得光彩夺目。如果她独自前往星球表面，遇上的前六个男人里一定会有人想娶她。如果她背后背着个孩子，肚子里还怀着个孩子，那她抵达瓦尔哈拉星的当天就能嫁个好人家。那儿的人非常重视生育能力，因为星球上有一半地方都罕见人迹。

我不认为她会很快抛弃乔，但我还是不想让她把注意力放到男人身上。万一利塔为了什么富有的中产阶级或拥有世袭房地产的人抛弃乔就坏了，哪怕只有一点点风险，我也不想要。我下了好大的功夫才建立起乔的自尊，但它还很脆弱，一定承受不了那样的打击。现在他正骄傲，可他骄傲的基础是他新郎官的身份，以及他刚刚娶了老婆而且马上有个孩子要降生的事实。不知道我有没有提起，在他们的结婚证书上，他们用的是我以前用过的名字。我们在瓦尔哈拉星的那段时间里，他们就是弗雷赫·奥格·伏如·朗和约瑟芬·奥格·谢内，我希望他们至少在之后的几年里都保持朗先生和朗太太的身份。

密涅瓦，我让他们许下了一生的誓言，却从不相信他们能遵守。噢，寿命短暂的人通常一生只结一次婚，但是寿命长的人不同，就像你不会经常看到青蛙背上粘着羽毛一样。利塔是个天真、友善又性感的小骚货，不留神就会被绊上一跤，大张着双腿躺在地上，给人可乘之机。这种事我有预感。可是我不想让这种事在我教导好乔之前发生。男人不应该为戴绿帽这种事头疼。不过他确实需要时间去成长、成熟、发展出自信，然后才能有宽容和尊严去承受这顶绿帽。至于利塔，这女孩儿有给他戴上一摞绿帽的潜力。

我给乔找了份工作，给一家小小的美食餐厅当潜水采珠人和杂工。另外我还安排他顺便给大厨当学徒，乔每学会做一道瓦尔哈拉星的菜肴，我就付给大厨一笔钱。同时，我安排利塔住在我船上，因为一个怀孕的女人不该在恶劣的环境中待着，除非我给她找到合适的衣服。亲爱的，关于这事儿还是先别麻烦了，我还得操心我的那船货呢。

她抱怨了几句就接受了。她一点都不喜欢瓦尔哈拉，因为这里的重力是8/7G，而她早已习惯了船上奢侈的零重力环境。她现在肚子大了，零重力可以让她的脊椎没有压力，同时让她发胀的胸感觉好受些。现在她突然发现自己比以往都要重，行动不便，而且脚也肿了。她从船闸入口向外望，觉得瓦尔哈拉就像冰冻的地狱。所以，我提出要带他们去陆见星时，她非常高兴。

尽管如此，瓦尔哈拉是她到的第一个也是唯一的新地方，她想好好看看。我停船卸货，然后给她按照当地人的款式量身定做了一套暖和的衣服，但是我要了个小花招：我拿来了三双靴子让她自己选，其中两双是普通的工作鞋，第三双却花里胡哨，但是比她平常穿的鞋小半码。

所以，可以说我是算计了她一把，给她穿了小鞋。这儿不仅天气寒冷，而且常有大风。我看了天气预报。托尔海姆的某些地方还是很美的，空港城市就是这样，但是我不去那些美丽的地方，而是带她步行去无聊乏味的周边地带"观光"。最后，等我挥手打了一辆雪橇的士，带她回到飞船的时候，她已经累惨了，赶紧把不舒服的衣服和鞋子脱掉，洗了个热水澡。

我问她第二天还要不要进城玩，告诉她如果不想去也没关系。她礼貌地拒绝了我的邀请。

（略）

密涅瓦，我这么做也没那么坏，我只是想让她在"闺阁"里安心待着，但又不想让她起疑心。实际上我买了两双那种花里胡哨的鞋，其中一双正正好好是她穿的尺码。第一天出去回来之后，我趁她还在泡脚将那双小鞋换了。后来，我跟她说，她之所以觉得穿鞋这么难受，可能是因为她以前从未穿过鞋，所以不如在船上穿着鞋子多走走，慢慢适应这种感觉。

她采纳了我的建议，吃惊地发现穿鞋走路突然不难受了。我板着脸告诉她，第一次穿鞋出行她的脚就肿了，所以别太着急，今天先穿一个小时，每天多穿一些时间，直到她穿一整天鞋都不觉得难受才行。于是，接下来的一个星期，就连她不穿衣服的时候都穿着鞋子；当时她已经觉得穿鞋比光脚走路舒服了。我并不意外，因为这是我在考虑了她怀孕的状况和两颗星球表面的重力差异后精心为她挑选的鞋子，能非常有效地支撑足弓。她的母星地表重力为0.95G，瓦尔哈拉星的地表重力为1.14G，她大概比之前重了二十公斤，因此她需要流线型的鞋底支撑足部。

看她现在如此热爱穿鞋，我不得不提醒她，上床睡觉不用穿鞋。

我选货的时候带她进了几次城，但是我出于对她的宠爱，没有让她走太长的路，也没有让她站太久。我邀请她相陪的时候她才去，除此之外，她更喜欢待在船上读书。

乔的工作时间很长，七天只能休息一天。因此，就在我们离开那里之前，我让他辞了职，带着这两个孩子好好度了次假。白天，我们雇了麋鹿拉的雪橇拖着我们到处观光。那天视野开阔，阳光灿烂，天气甚至可以说有点暖和。我们在郊外一家环境优雅的餐厅吃午餐，坐在窗口欣赏尤通黑门山地带白雪皑皑的峭壁山岩。晚上，我们在市中心一家更高级的餐厅吃晚饭，那里有现场歌舞表演，饭菜更是没的说。之后，我们还在乔曾经做工的那家小餐馆喝茶，这回他可以听餐馆主人称呼他为"弗雷赫·朗先生"，而不是"嘿，你小子"，也可以有机会跟大家炫耀一下他那位大着肚子的美丽新娘。

密涅瓦，她确实漂亮。在瓦尔哈拉星上，不管男女，大家出门都穿着厚厚的衣服，进了屋，他们主要是穿睡衣。男女在服装上的区别主要在于布料和剪裁等方面。我给他们俩一人买了一身体面的派对服装。穿上这一身，乔看起来一表人才，我也一样，可是大家的目光都聚在利塔身上。严格来说，她从肩膀到脚下都裹得严严实实，但她身上那件长袍会随着灯光的变化闪烁光芒，橘红色、绿色、金色……但又不会让人看着不舒服。任何抬眼看她的人都看得出，她无比兴奋。在场的每个人都抬起头来打量她。显然，她还有几个月就要生产了，这一点让大家都想把她选为"瓦尔哈拉星小姐"。

她现在的样子十分美丽，她很清楚这一点，因此脸上透着满满的幸福。而且她很自信，因为我教过她当地的用餐礼仪，以及该怎样站、怎样坐、怎样表现等。吃午饭的时候她就已经做到了滴水不漏。

没有理由不让她在众人面前露脸，不让她去享受大家屏息欣赏她美貌而产生的一瞬宁静。有时候并不宁静，大家会为她鼓掌。我们马上就要离开这颗星球了，而乔和我的靴子里还插着匕首。虽然乔不擅长白刃战，但是这群饿狼并不知道。他们看到美丽的小母狗有两条不好惹的狼护着，谁也不敢过来找麻烦。

短暂的晚上过去了，第二天一早，我们就忙着往飞船上装货，一干就是一整天。利塔核对载货单，乔检查货品数目，我则忙着算钱，以免被人坑了。那天深夜，我们进入了N维空间。我的领航计算机计算出了前往陆见星的第一段旅程所需数据的最后一位小数。我将船内的重力从瓦尔哈拉星的表面重力缓缓调至令人舒适的1/4 G，等利塔把孩子生下来，我才会让舱内环境恢复到零重力状态。总之，做完这一切，我就锁上了控制室，向我的船舱走去。当时的我浑身臭汗，万分疲倦，暗自想着马上就是明天了，到时候再洗澡。

中途我发现两个孩子卧室的门开着。我把他们俩的客舱改成套间之前，那间屋子是乔的。他们俩在床上，门却开着。他们从未这样干过。

很快我就明白这是怎么回事了。他们下了床，向我走来。他们想让我加入他们的娱乐，以此来感谢我。感谢我带他们去参加派对，感谢我买下他们，感谢我为他们做的一切。这是他的主意，她的主意，还是他们俩商量决定的？我没问。我只是对他们的好意表示感谢，告诉他们我累坏了，浑身脏兮兮的，现在只想打上肥皂，洗个热水澡，睡上整整十二个小时。然后我又感谢他们为了等我这么晚还没睡，说等我们都休息好了，再按照船上的日程恢复工作。

最后，我无法抗拒他们的热情，只好让他们伺候我洗澡、按摩，然后才上床睡觉。整个过程我并没有逾矩之举。之前我教过他们一点按摩技巧。乔的按摩手法很好，时重时轻，很有分寸。原来利塔怀孕期间乔每天都会给她按摩，就连在给餐馆打工、没日没夜地工作的那段时期也没落下。

不过，密涅瓦，如果我没有这么疲惫，可能真的会打破关于无法独立生活的女人那条原则。

（略）

我在托尔海姆买了适合新手学习的每一盘妇产科知识录像带、每一本书，还有我原以为用不到的那些仪器和用品，放到了船上。一直到掌握了所有的新技能，至少能娴熟地照顾小孩后，我才走出客舱。毕竟我很久以前在善神星做过乡村医生。

我密切地关注我的病人，关心她的饮食，督促她运动，每天都给她检查身体，还要禁止她行房过度。

医学博士拉法耶特·休伯特医生，即亚伦·谢菲尔德船长，即老祖，他非常担心这名病人。但是他没有让病人和她的丈夫看出来，而是暗自把这份担心转化成动力，努力学习当时产科应对每一种生产中出现的紧急状况的知识。相关器具和用品他已经从瓦尔哈拉星上购得，让船上的生产环境基本可以媲美托尔海姆设备齐全的弗丽嘉[1]神庙。在那儿，一天有五十个宝宝出生都不算稀罕事儿。

---

1 弗丽嘉：Frigg，北欧神话中的天后，众神之王奥丁的正妻。同时也是天空与大地的女神，主要掌管婚姻和家庭。——译注

面对他买上船的这一大堆垃圾，他暗自嘲笑自己，因为他想起了自己在善神星上的岁月。那时候他什么都没有，只靠一双手接生了许多孩子。通常孩子的妈妈坐在她丈夫的大腿上，丈夫握住产妇的大腿根，让她把膝盖抬得高高的，双腿分开，好让老休伯特医生跪在他们前方把孩子取出来。

虽然他赤手空拳接生是真事儿，但另一方面，就算很多时候一切顺利，一个工具包都不用打开，他也总是带上他能带的所有工具。这就是他出诊的规矩：事情不妙的时候手边总有趁手的工具。

不过，他从托尔海姆买的一样东西并非用于急救。那是一把最新改进版的助产椅，有扶手，扶手上面安了可以支撑双臂的垫子，用于支撑产妇腿、脚和后背的部分可以分别沿着三个方向独立调节和旋转，产妇和助产士都可以操作，快速解除活动限制。这是一把不可思议的、灵活的机械椅，可以让产妇稳定地保持她的姿势，或者说方便医生将产妇固定到理想的生产姿势，好让她的产道与地面垂直并尽可能全面张开。

休伯特-谢菲尔德医生将这把椅子安装好，放到了自己的舱室。检查过各种可调节的部位之后他才签收。然后，他盯着椅子，皱起眉头。这东西可是产科利器。看见它之后，他二话没说就付了一大笔钱。但是，这东西没有爱，没有人情味儿，冷冰冰地像架断头台。

丈夫的臂弯、大腿虽说算不上什么有效的工具，但是在他看来，那才是有意义的，可以让父母二人共同度过痛苦的折磨。想象一下，丈夫的双臂扶着妻子的大腿，为她带去生理上的支持和情感上的慰藉，好让助产士把精力都放在接生孩子上，这样的画面才充满了爱。

做了这些事的丈夫无疑取得了父亲的资格，就算妻子曾经和陌生人有染，眼下二人的共同经历也让那变成了一件无关紧要的事。

那么该怎么选择，医生？是用这把助产椅，还是用乔的双臂？这两个孩子需要这第二次"结婚典礼"吗？乔在体力和精神上能承受整个生产过程吗？尽管乔在体重上比怀孕足月的利塔都重，可显然利塔比他更坚强。要是关键时刻乔晕倒了或者把她摔了怎么办？

谢菲尔德一边担心着这些，一边把控制室重力调节设备上的辅助控制器拿到了助产椅上。尽管麻烦，但他还是决定拿他自己住的客舱当产房，因为那里是船上唯一面积够大、有床和独立浴室的客舱。每次从门口走到办公桌和衣柜边，他都得从那把碍事儿的助产椅旁边挤过去。他觉得自己应该能在接下来的五十天，至多六十天里忍受这种麻烦，如果他没算错利塔受孕的日子，对她的情况也判断得没错的话。等用完了，他就把这椅子拆掉放起来。

也许他可以拿这东西在陆见星上卖个好价钱。他觉得这把椅子在那儿一定算是先进的东西。

他用螺栓将椅子固定在甲板上，将其升到最高，然后把助产士坐的矮凳放在椅子前方，反复调整，直到他坐着感觉舒服为止。他发现就算再把助产椅降低十到十二厘米，他依然有活动空间。把这一切做完后，他爬到助产椅上，开始摆弄可调节的其他部位。这时他发现就算他这个身高的人坐到椅子上也不觉得局促，这一点他倒是预料到了，毕竟瓦尔哈拉星上的有些女人比他还高。

密涅瓦，按我算的预产期来说，利塔已经晚了十天了。他们倒是不担心，因为我一直没告诉他们准确的日子。其实我也没那么担心，因为她各方面的检查结果都很正常，很健康。为了让他们做好准备，我不仅对他们进行了口头指导、实际训练，还用上了催眠术。另外，我还让利塔做了专门的运动，好让她生产时更容易些。我可不喜欢做产后修复的工作，因为产道应该扩张，而不是撕裂。

真正让我感到焦躁不安的是，到时候我可能迫不得已要捏断一个怪物的脖子，我是指杀掉一个小婴儿。我不该回避这个残酷的真相。我一晚上没睡觉算出来的结果其实并不严密，总有不幸降临的可能。如果我之前任何一步假设有错，这个可能性会比我想的还要高。

如果真到了那时候，我希望我能麻利地做完该做的事。

　　对于怀孕这件事，我比她更加操心。我想她应该一点都不操心，毕竟催眠那个法子是我费心准备的。

　　如果不得不做那件可怕的事，我会趁他们的注意力还在别处时，快速处理好眼前的状况，然后永远不让他们看到它，立即将它可怜的尸骸抛到太空中，最后我再想法子让他们修复精神上的重创。之后我会让他们离婚吗？我不知道。也许等我见到她生下来的到底是什么，才能做决定。

　　她终于开始宫缩了，间隔越来越短。于是，我让他们进入我的客舱，让利塔坐进助产椅中。这并不困难，因为我已经把重力调节到了1/4G。椅子也早已调整好了，他们也在之前的训练中习惯了那个姿势。乔爬进来，张开大腿，顶起膝盖，把脚放在相应的支撑处——因为他的柔韧性不像利塔那样好，所以这个姿势对他来说并不舒服。接着我将她抱起，放到他的大腿上。这并不困难，在当时的伪加速状态，她的体重只有不到四十磅，也就是十八公斤吧。

　　她张开双腿，几乎劈成了一字马，在他大腿上拼命向前扭动；乔则用大腿夹紧她，避免她摔下去。"船长，这样够了吗？"她问。

　　"刚刚好。"我说。其实让她单独使用这把椅子效果会更好，但那样一来，她就没办法在乔的怀中分娩了。我从未告诉过他们生孩子还有另一种方法。"乔，吻她一下，我来绑束带。"

　　固定左膝的束带环绕着他们俩的左膝，他们的右膝上也是一样，她的脚踩在我安装的另外一副辅助脚蹬上。固定胸膛、肩膀和大腿的束带都紧紧绑在乔身上，就算这艘船分崩离析，他也绝不会离开那把椅子，但这些束带并没有绑着利塔。她握着两边的把手，乔的双手、双臂便是她的安全带，有血有肉，温暖如春的爱心安全带，就"绑"在她的乳房下方、凸起的肚子上方。他知道该怎么办，我们练习过。如果我想按压她的肚皮，则会叫他配合，否则他的胳膊就会待在原地。

　　我的矮凳也固定在甲板上。我还给自己加了一条安全带。把自己固定在座位上之后，我提醒他们，我们马上要开始一段狂野旅程了。这个我们还没练习过，可能会有失败的风险。"乔，紧扣十指，紧紧抱住她，但别勒得她不能呼吸。利塔，你感觉还舒服吗？"

"啊——"她喘着粗气说，"又……宫缩又来了！"

"用力，亲爱的！"我先确认自己的左脚放到了重力控制器上，而后把注意力都放到了她的肚子上。

关键时刻到了！就在她的宫缩达到顶峰时，我一脚将重力从1/4G抬升到了2G。利塔大叫一声，像吐西瓜子一样将婴儿挤到了我的双手上。

我把脚收回来，让重力恢复到较低的水平，同时快速地瞟了一眼手中的婴儿。这是一个正常的男孩，皮肤红红的、皱皱的，一个小小的丑八怪。于是，我在他屁股上打了一下，他哇的一声哭了出来。

VIII

陆见星

（略）

　　我过去娶的女孩又结婚了，而且又生了个孩子。我并不吃惊，毕竟我已经离开陆见星两个标准年了。这也不是什么悲剧。我们大概在一百年前结过一次婚，所以算是老朋友了。于是我和她，还有她的新老公叙了叙旧，然后娶了她的一个孙女——不是我的孙女。当然了，两个女孩都是霍华德家族的。这一次我娶的女孩叫劳拉，她是富特家族的。[1]

　　密涅瓦，我们俩特别般配。当时劳拉只有二十岁，我刚刚做完回春

1　更正：此处应为"赫德里克家族"。依照古老的父系传统，这个叫劳拉的女人（我们的祖先之一）的姓氏确实是"富特"，但在古时的记录中，这种事情非常容易引起困惑，因为其实霍华德家族一直依照更有逻辑性的母系命名传统来记录家族成员。但直到格里高利历3307年，宗谱才得到修订，此前仍一直按照父系命名记录。这处姓名失误给了我们判断这本回忆录写成时间的机会，可是其他资料显示，在老祖与劳拉·富特-赫德里克结婚的一个半世纪之后，驯鹿这种动物才正式被引入瓦尔哈拉星上。

　　更有趣的是，老祖声称他在那一年利用伪重力场助产。难道他是第一个使用这种助产方法的人（此方法现在已经是标准的助产方法了）？在其他资料中，他并没有谈起过这件事，大家通常认为这项技术是塞古都斯霍华德诊所的弗吉尼厄斯·布里格斯所创，而且诞生的时间要比老祖说他开始用的时候晚得多。

贾斯廷·富特四十五世

术，从外表看也就三十出头。我们生了几个孩子，我记得应该是九个。四十多年后，她对我腻烦了，想嫁给我第五个 / 第七个表弟[1]罗杰·斯珀林。因为当时我是个忙碌的农场主，并没有时间因此伤神。总之，女人想离开的时候，男人最好放手。所以我对她的决定表示支持，后来还去参加了他们的婚礼。

罗杰得知我的种植园并非夫妻共有财产时很是吃惊，也许他觉得我没严格执行劳拉签署的离婚财产分割协议。可我不是第一次拥有这么多家产，有过教训，对离婚分产的风险自然不能不防。为了让他相信劳拉只拥有她的嫁妆及其增值的部分，结婚前我就已经拥有的几千公顷良田不属于她，我们打了一场漫长乏味的官司。总之，从各方面来说，当穷人才没那么多麻烦事儿。

很快我就又乘飞船离开了。

但这回其实是为了并非我生的那个孩子。我们在前往陆见星的途中，最初跟皱皱巴巴的小猴子似的约瑟夫·亚伦·朗，开始越长越像一个胖乎乎的小天使了，但是因为他还小，任谁不管不顾地抱起他来，他都有可能尿那人一身，作为爷爷的我也不例外，而且一天要尿好几次呢。我太喜欢他了，他是个快乐的小婴儿，也是我最得意的成果。

飞船着陆的时候，他的父亲已经成长为一名技术高超的厨子。

密涅瓦，那趟三角贸易是我做生意以来赚钱最多的一次，所以我本可以让这些孩子过上优渥的生活。但是，对于曾经当过奴隶的人，仅仅在物质上给予帮助不足以让他们昂首挺胸地过上自由、骄傲的生活。我要做的是帮他们学会在社会上单打独斗。

举例而言，在从神佑星飞往瓦尔哈拉星的途中，我决定让他们把一半的时间花在学习上，另一半的时间花在工作上。因此，我为那一半工

---

1 也是老祖的后裔，是艾德蒙·哈迪（2099—2259）那一支。不过老祖可能并不清楚此事。
贾斯廷·富特四十五世

作的时间向他们支付学徒工资。我按照瓦尔哈拉星上的工资标准向利塔支付瓦尔哈拉克朗，再将她赚到的钱加上乔在瓦尔哈拉星上某饭馆厨房帮工赚到的薪水，再减去他在那儿的花销，得到的总额折算成购买从瓦尔哈拉星到陆见星所运货物的份额，也就是不到那趟货总价值的0.5%。我让利塔把结果算了出来。

从瓦尔哈拉星到陆见星途中，我还为乔在船上做饭支付工钱，按照陆见星上的工资标准以陆见星元结算给他，但这部分只是薪酬，不折算成货物份额。关于为什么乔在这趟运货途中赚到的工钱不能作为在瓦尔哈拉星提到的货物的投资，我详细地解释给利塔听了。弄明白了这个，她也就掌握了商业投资、风险和利润的概念。不过，我没有为利塔计算这些而支付报酬。要是我教一名会计怎么计算她自己应得到的报酬，然后检查她的每一步运算，而且还给她上了一堂经济课，最后倒要为此付给她酬劳，那就是我的错了。

在从瓦尔哈拉星到陆见星这趟买卖上，我没有支付利塔一分钱，因为她只是个乘客，一门心思扑在生孩子上，之后更是将大把精力用在学习如何照顾孩子上。不过我没收她路费，相当于是我的免费乘客。

现在你明白我在干什么了吧。立几个名目，好让账目上显示我欠着他们一笔货款，等货卖出去之后，我得付给他们这笔欠款，同时让他们感觉这笔钱是他们应得的。其实他们的那点工作根本不值什么钱。正相反，我倒是在他们身上花了一大笔钱。不包括买下他们的那笔钱，那笔钱我可从来没想要回来过。不过，我换来的是巨大的满足感。要是他们学会了独立生存，我就更满足了。但是这些话题我从未提起过，只是坚持我的教育思路，让利塔算清他们的份额。

（略）

……最后他们赚了几千块钱，这些钱无法让他们独立支撑太久。我花了些时间，找到一家简陋的小餐馆，借第三方之手将其盘了下来。我考察过了，如果经营者勤快，饭菜定价合理，靠这家餐馆糊口应该没问题。然后，我告诉他们最好现在就开始找工作，同时，我要出售或出租利比号。此时已经到了生死存亡的关键时刻，不干活就是死路一条。他们这回是真的自由了，自由到饿死也没人管的地步。

利塔没有抱怨，她听了我的话后神情凝重，继续哄怀中的小J.A.[1]。乔似乎吓坏了，但是后来我看见他们一起阅览一份我带上船的报纸。他们是在看招聘启事。

二人小声商量了一会儿，利塔有些胆怯地问我是否可以在他们出去找工作的时候照看一下小孩。可是我当时一天到晚忙得很，她明明可以把孩子背在背上去找工作。

我说我倒是留在船上，哪儿都不去，然后问他们有没有仔细考察"生意机会"版面，因为没有受过培训的人可不好找工作。

她怔住了，看来是没想到这一点。不过，我的暗示已经够明显了。于是，他们俩又仔细看了一遍报纸，小声商量了一阵子，然后抓着报纸，指着其中一则商铺转让广告问我："五年分期付款是什么意思？"那就是我登的广告。

我看了一眼，不屑地告诉她那就是一条慢慢走向破产的路，要是她继续把钱花在买衣服上，那破产就来得更快了。而且被转让的商铺很可能有问题，不然店老板不会想把它卖掉。

听了这个，她和乔都一脸伤心。她说，其他生意机会都需要先投资一大笔钱。于是我装作勉强的样子告诉他们，先去了解一下也无妨，但一定要小心骗局。

考察完小饭馆，他们热情高涨，非常肯定地表示可以把它买下来，好好经营、赚钱！乔的厨艺比饭馆原来那个老板兼炒菜师傅要高明得多。原来那位喜欢多放油，结果做出来的菜特别腻，令人作呕，冲的咖啡也难喝，甚至连基本的店面整洁都做不到。不过，最棒的是，饭馆的

---

1 J.A.：约瑟夫·亚伦。——译注

储藏室后面有一间卧室，他们可以住在那儿。

我给他们泼了点冷水：经营这家饭馆能得到多少毛收入？税要交多少？办手续和迎接有关单位检查需要花多少钱？他们了解怎么批发食品吗？不，我才不会帮他们解答这些问题呢。他们得靠自己搞清楚，不能继续依赖我。再说了，我又不知道怎么经营餐厅。

密涅瓦，我撒了两个谎。我曾经在五个星球上开过餐馆，另外还有个没说出来的谎言，那就是我不愿意跟他们一起去看那家饭馆的原因。原因有二——不对，原因有三：其一，我盘下这家店之前就已经上上下下仔仔细细地看过了；其二，原老板肯定还记得我；其三，既然我托人把店卖给他们，那就既不能为店铺打包票，也不能怂恿他们买。密涅瓦，如果我卖一匹马，肯定不会向买家保证这匹马一条腿都不缺，数马腿是买家自己的事儿。

虽然我声称对开餐馆的生意一无所知，但马上就开始给他们讲餐馆的经营知识了。利塔开始认真地记笔记，还请求把我说的话都录下来。于是，我给她讲了一些具体问题：为什么在她减去成本和经营费用——分期还款费用、折旧费、税、保险费、他们俩作为饭馆员工的工资等——之后，扣除食材成本的毛利难有剩余？农产品市场在哪儿？他们为了采购食材得多早就起床？为什么乔必须学切肉，不能买现成切好的肉？乔要去哪儿学切肉？为什么说菜单上的菜品千万不能太多，不然会毁掉他们的生意？要是餐馆里有老鼠、蟑螂等塞古都斯星上没有但陆见星上有的祸害怎么办？为什么……

（略）

……切断了脐带，密涅瓦。我认为他们一定没发觉是在和我做生意。我既没有坑他们，也没有帮他们。那份分期付款合同上的转让价格恰好等于我为那家破餐馆付的钱，外加我为了讲价所花时间折算成的价格、法律手续费、第三方托管费和转让费、银行向我收取的利息——比他们能得到的利息至少优惠两个点。我没有在这笔买卖上牺牲自己的利益，丝毫没有施舍他们。也就是说，我没赚钱，也没赔钱，只为我投入的一天时间收了点钱。

结果利塔非常节约，是个做生意的料。她好像在开张的第一个月就达到了盈亏平衡，而且还是在为了做清洁和重新装修关了几天门的情况下。她当然还上了第一个月的欠款，后面的无一例外也都还上了。你以为她会少还一期？亲爱的，他们三年就还清了五年的贷款。

这没什么出乎意料的。要是他们生病了，生意可能会随之垮掉。但是，他们两个人都年轻健康，一周七天，日日工作，直到把所有的欠款都还清。乔负责炒菜做饭，利塔负责收银、向顾客微笑和在柜台帮忙。在此期间，J.A.就躺在他妈妈身边的摇篮里，慢慢长到了蹒跚学步的年纪。

后来，我和劳拉结婚，离开新卡纳维拉尔，成了一名乡绅。一开始，我常常光顾他们的小饭馆，但利塔总是不收我的钱，我就去得少了。其实这没什么不合适，反倒说明她非常自豪地成为一个可以独立生存的人。以前是他们吃我的，现在轮到我吃他们的了。于是，之后的时间里，我即使去他们店里也只是喝上一杯咖啡，看看我的教子，顺便看看他们。我并不插手他们的生活。乔是个优秀的厨师，而且厨艺越来越高。街面上流传着这样一个说法，对美食有追求的人就该去埃丝特尔私厨吃饭。口碑才是最好的广告，人们喜欢吹嘘他们"发现"了一家味道超赞的小馆子。

年轻漂亮的埃丝特尔怀抱一个婴儿，守在收银台后面，这样的景象尤其受男性顾客的欢迎。她常常需要一边工作，一边给孩子喂奶。男性客人结账时若是遇上这样的情况，一般会慷慨地给她一笔小费。

J.A.不久就断了奶；不过，在他两岁的时候，一个叫利比·朗的女婴取代了他，继续让利塔抱在怀里喂奶。这个女娃娃不是我接生的，她的红头发也与我无关。乔是金发，利塔应该没有时间红杏出墙，所以我猜这头红发应该源于她携带的隐性基因。从此以后，利比成了店里首屈一指的吸金宝贝，我敢说他们提前还完贷款多亏了利比。

几年后，埃丝特尔私厨搬到了市中心的金融区，店铺面积更大了，利塔还雇了一个女招待，当然了，是个长得特漂亮的姑娘……

（略）

……朗屋餐厅装修时髦，但店中辟出了一个角落做咖啡馆，名为"埃丝特尔私厨"。埃丝特尔是那里的女招待，同时也为主餐厅的食客服务。她总是面带微笑，所穿衣裙总能恰到好处地勾勒出她凹凸有致的身材。她还会热情地叫出每位常客的名字，招呼他们落座，殷勤地询问并记下新客人的名字。乔手下有三位大厨和几个帮工。他用人有极高的标准，不达标的员工会被开除。

可是，就在他们的朗屋餐厅开张之前，发生了一件事，让我发现这两个孩子比我想象的聪明，或许是他们会先把听到的全记下来，之后再想法子搞明白。听着，我当初把他们买下时，他们俩傻乎乎的，什么都不懂。我甚至觉得他们从来都没碰过钱。

我说的这件事源于律师寄给我的一封信，信里是一张银行汇票和一张账单。账单上的费用项目是：

　　两段路程的路费，第一段为神佑星至瓦尔哈拉星，第二段为瓦尔哈拉星至陆见星。第二段路程的费率按照（新卡纳维拉尔）星际移民有限公司的标准计算；第一段旅程的费率则默认与第二段相同。

　　所占份额的货物售出后得到的钱。

　　换算成陆见星元的五千神佑。汇率是基于购买力平价假设预估的，详情参见附件。

将上述几项相加，按照每年的无担保贷款商业利率计算的复利利息，每半年计算一次，共十三年。这样计算出的总数就是汇票上的金额。密涅瓦，我不记得具体的数字了，但就算是换算成塞古都斯克朗，那也是一大笔钱。

汇票上没有利塔或乔的名字，签字的是给我寄信的律师。于是我给他打了个电话。

我发现他这个人很死板。我倒是料到了，因为我自己就是律师，只不过没有执业而已。他唯一肯说的就是他不能透露客户的身份。

我开始用各种法律术语轰炸他，最后他终于做出了让步，告诉我根据他受到的嘱托，如果我拒收银行汇票，他就会将汇票交给客户指定的某个基金会，然后在汇票承兑后通知我。但他拒绝透露是哪家基金会。

我只好挂了律师的电话，给埃丝特尔私厨打电话。利塔接了电话，切换成视频通话，然后向我露出了她最美的微笑："亚伦！好久不见啊。"

我表示同意，然后说他们这些小蠢蛋显然是趁我没留神发了疯："刚刚有个律师跟我鬼扯一通，还寄给我一张可笑的银行汇票。要是我现在够得着你，早就打你几板子了。我要和乔说几句。"

她开心地笑起来，告诉我随时可以过去打她板子，不过和乔说话得等一下，因为他在锁门。接着，她收起了微笑，郑重地说："亚伦，我们最亲爱的老朋友，那张汇票一点都不可笑。多年前您教过我，有些债是还不清的。单说钱的部分倒是可以还清。这就是我们一直以来在做的——把可能欠您的债都还清。"

我说："妈的，你这个蠢货，他妈的你们俩可什么都不欠我！"也许原话不是这样，但内容差不多。

她回答："亚伦，我们敬爱的主人……"

密涅瓦，"主人"这个词让我大为光火。紧接着我说的话简直能把六头骡子组成的驼队中领头骡的皮烧穿。

她赶紧让我消消气，柔声说："船长，只要我们还没还清这笔钱，您就还是我们的主人。"

亲爱的，我顿时不知该说什么了。

她加了一句："可是，船长，就算钱还清了，您在我心中还是我们的主人。乔也一样，我无比确定。就算现在我们在您的训导下自食其力，过上了自由的生活，这一点也不会变。尽管多亏了您，我们的孩子，包括我肚子里怀着的这个，以为我们始终是骄傲的自由民，但我们依然把您视为我们的主人。"

"亲爱的，你都快把我惹哭了。"我说。

她说："不，不！船长从不哭泣。"

我说："姑娘，你知道得太多了。其实我也会哭，只不过每次哭都躲在我自己的船舱里，而且还会锁上门。亲爱的，那我就不跟你争了。如果这样做能让你们俩感觉得到了真正的自由，那我收下这笔钱。但是我只收本金，不要利息。因为你们是我的朋友，而我从来不跟朋友收利息。"

"船长，我们不只是朋友。再说了，还钱的时候应该把本金和利息一并还上，这是您教给我的道理。虽然当时我还是一个什么都不懂的奴隶，刚刚获得自由，但我将这个道理记在了心底。约瑟夫也是这么想的。先生，尽管您不同意，但我真的想把利息也付了。"

我换了个话题："要是我拒绝了，得到这笔钱的是哪个讨厌的基金会？"

她迟疑了一下，告诉我："我们本来想让您来决定的，亚伦。我们推测您一定会把钱交给宇航员的孤儿，所以我们最后决定交给哈里曼纪念收容所。"

"你们俩真是疯了。据我所知，那个组织富得流油，根本不缺钱。听着，如果我明天进城去找你们，你能不能暂时把店关了？要不我等尼尔日的时候再去吧？"

"亲爱的亚伦，哪一天都可以。"于是，我说晚点再打给她，便挂了电话。

密涅瓦，我需要时间思考。乔不是问题，他从来都很好说服，但是利塔很倔强。我已经提了个折中的法子——只要本金，不要利息。可她还是分毫不肯让步。这笔钱之所以多得吓人主要就是因为利息。十三年前，这两个人只有几千元的启动资金，他们奋斗至今才有这样的日子，他们还有三个孩子要养，这笔钱对他们来说尤其重要。

复利简直能杀人。她口中欠我的这笔钱，即银行汇票上的钱，比本金的两倍半还要多。我真不知道他们是怎么攒下这么多钱的。要是我能成功劝她只还本金，不算复利，他们还能剩下不少钱用于扩大经营。要是他们还想做点让自己骄傲的事，可以分出一小部分给成为孤儿的宇航员或者宇航员的遗孤，再或者给脾气暴躁的小猫咪。不过，我非常了解，我这么说在他们眼里就是小看人了。这都是我教会他们的，不是吗？有一次，我和人打牌，我们在是否切了牌的问题上看法不同，我也懒得跟那人争执，干脆在牌桌上甩下一笔钱，是汇票上的数额的十倍，然后离开了牌局。那天我在墓地里过的夜。

也不知道她那个可爱又古怪的小脑袋瓜是怎么想的，这样做是否出于报复心理呢？因为十四年前的一个晚上，我把她从我床上拖下去，拒绝和她发生关系？如果现在我和她谈条件，提出收下本金，但利息需要她用身子来偿还，她会怎么做？唉，她肯定该没等我说出"避孕套"三个字就躺在我面前了。

这样可什么问题都解决不了。

既然她已经拒绝了我的折中法子，我们又回到了起点。她下定了决心，要么把欠款还清，要么把那笔钱随随便便给出去。这两个选择我都不会接受。我也是个倔强的人。

一定有两全其美的办法。

当天晚餐时分，仆人退下之后，我告诉劳拉我得去城里出趟差，问她要不要一起去。她可以在我忙公事的时候逛逛商场，然后想吃什么就吃什么，想玩什么就玩什么。劳拉当时又怀孕了，所以我想她可能会花上一天时间买买衣服。

其实我并不打算带她一起去和利塔谈事情。我们对外的说法是，约瑟夫·朗、埃丝特尔·朗和他们的大儿子都生于瓦尔哈拉星，后来他们搭乘我的飞船，我们便成了朋友。我将这个故事编得滴水不漏，又在去陆见星的路上教两个孩子牢牢记住了这个故事，并且让他们跟着托尔海姆的声光录像带学习，让他们在各个方面都与瓦尔哈拉人相差无几。除非有真正的瓦尔哈拉人细细盘问，否则他们的身份绝不会露馅儿。

在陆见星上，这样大费周章地伪造他们的身份其实完全没必要，因为这里奉行门户开放政策，移民甚至无须去政府登记就可以留下，而且来去自由。此外，人们也不用交登陆费、人头税，其他税费也少得很，政府的管理还比较宽松。新卡纳维拉尔是陆见星上的第三大城市，只有几十万人。当时陆见星还是颗非常宜居的星球。

但我还是要求乔、利塔和他们的孩子照我说的做，因为我想让他们忘记自己做过奴隶这回事，而且永远不要再提起那段经历，也别对孩子提起；同时也不要对外界透露他们是兄妹的事实。生来是奴隶并不是什么丢人的事（仅对奴隶本人而言！），互补二倍体也没有不能结婚的理由。但还是把这些忘了，重新开始生活吧。从此以后，他们就是约瑟夫·朗和谢内·斯文达特（英文名是"埃丝特尔"，小名和昵称是"伊塔"）。结束给大厨当学徒工的生活之后，约瑟夫就和埃丝特尔结了婚，生下第一个孩子后，他们便移民到了陆见星。这个故事简单，无懈可击，让我有种自己简直是皮格马利翁[1]的错觉。我给我的新妻子讲的就是这个对外的说法，现在也没必要跟她再交代实情，劳拉知道他们是我的朋友，先是因为我的缘故对他们表现得十分热情慷慨，后来慢慢与他

---

[1] 皮格马利翁：希腊神话中的塞浦路斯国王，善雕刻。他创造并爱上了一座少女雕像，向神乞求让她成为自己的妻子。爱神阿芙洛狄忒被他打动，赐予雕像生命，并让他们结为夫妻。——译注

们成了真正的朋友。

密涅瓦，劳拉是个好女孩，无论在床上还是床下都是很好的伴侣，她遗传了霍华德家族的优良品质，从不对伴侣管东管西，即便在第一段婚姻中也是如此。要知道，大多数霍华德家族的人至少要有一次婚姻经历才会有这种觉悟。她知道我是谁——我可是老祖——因为我们的婚姻状况和之后我们的孩子都在档案馆中登记了，就像我和她的祖母以及我们的孩子一样。她并不把我视为比她大一千岁的男人，从来也不盘问我的过去，只是在我想聊那些的时候当一个忠实的听众。

那场官司我并不怪她，都是罗杰·斯珀林那个贪婪的狗杂种在挑事。

劳拉说："亲爱的，如果你不介意，我想待在家里。因为我想等瘦下来再大批大批买衣服。至于晚餐，新卡纳维拉尔没有哪家餐厅比这儿的托马斯餐厅更对咱们的胃口。埃丝特尔私厨或许不错，但那只是一家吃简餐的地方，不能算正经餐厅。你这次出去会去看看他们吗？我是说，要去看埃丝特尔和乔吗？"

"可能吧。"

"好好玩，亲爱的，他们人都不错。另外，我想给我的教女寄一些小玩意儿。如果你真想在带我进城时请我去一家高雅的餐厅吃饭，那不如鼓励乔开一家。乔的厨艺很棒，可以和托马斯相媲美。"

（我心里暗暗说，比托马斯好多了，起码客人礼貌地对菜品提出要求时，不会被乔气呼呼地瞪着。密涅瓦，服务业有个问题，有时候你都搞不清到底是他们服务你，还是你服务他们。）"行，我会和他们见个面，至少把你给利比的礼物送到。"

"替我亲亲他们的小脸儿。嗯，我最好还是给每个孩子都准备一份礼物吧。帮我告诉埃丝特尔，我又怀孕了，再问问她是不是也怀上了，记得回来告诉我。对了，亲爱的，你什么时候出门？我得帮你收拾行李。"

不管我活了多少个世纪，劳拉总觉得我没生活经验，连出一天差的行李都不会收拾。她有一种能力，可以按照自己的想法来看待这个世界。也正是因为如此，她才忍了我这个暴躁的老头子四十年之久。我很感激她。爱？密涅瓦，我当然爱她。她总是为我着想，我也是这么对她的，而且我们非常享受有彼此陪伴的时光。只要爱得不那么激烈，人就不会疼得死去活来。

于是，第二天我开着我的小车，赶往新卡纳维拉尔。

（略）

……计划开朗屋餐厅。利塔想给我一个惊喜。我是个感性的人，她也知道这点，所以给我搭好了舞台。我赶到他们那儿时，餐厅的百叶门窗紧闭，看来时间还早。两个大孩子都送到别的地方托管了，晚上不会回来。小劳拉睡得正香。乔给我开了门，告诉我往里面走，他马上就把晚餐做好了，稍后就去找我。于是我走进他们的生活区，去找利塔。

我看见她穿着一条纱笼[1]和一双拖鞋，那拖鞋就是我刚把她买下来的时候给她的。她现在已经习惯化上精致的妆容，但这次她没有化妆，只是简单地把头发梳向两边，披在身后，垂至腰部，甚至已经长过腰部。这头长发一定梳了很多遍，看起来柔顺而有光泽。她已经不是那个惊慌失措、愚昧无知、连洗澡都不会的奴隶了。这位神情笃定、美丽年轻的女子身上干净得像消过毒的手术刀，身上似乎还喷了香水，好像叫作"沉醉春风"。要我说，这香水倒不如叫"强奸诱因"，不持有医生开的处方不准购买。

她在原地站了片刻，等我把她从上到下打量了一遍才迎上来，给了我一个配得上那香水的香吻。

她松开我，乔也进来了。他围了一块腰布，也穿着拖鞋。

我没有感情用事。乔刚作势要吻我，我就敏捷地躲开了。我没有对他们的穿着打扮发表意见，而是立即开始聊生意的事。利塔明白过来我

---

1 纱笼：一种服装，类似筒裙，由一块长方形的布系于腰间。纱笼盛行于东南亚、南亚、阿拉伯半岛、东非等地区。——译注

在讲什么之后，立即从妖媚的塞壬女妖变成了精明的女商人，专心致志地听我讲话，丝毫不受周围环境和自身穿着的影响，而且还问了我几个很棒的问题。

听完我说的，她回答："亚伦，我发现一个问题。你让我们做自由民，我们也在向这个方向努力，所以我们才寄给你那张银行汇票。如果不够，我可以再加钱。我们就是欠您这些钱。另外，我们不需要开新卡纳维拉尔最大的餐厅，因为我们现在很快乐，孩子们健康无恙，生意也算是红火。"

"可你们工作太辛苦了。"我说。

"没有那么辛苦，而且要是开了更大的餐厅，工作就更多了。重点是：您这么做就好像又把我们买下来一次。不过，只要您喜欢，怎样做都无妨。毕竟在我们心目中，您是我们唯一能接受的主人。先生，您是这么想的吗？如果是的话，就请直说吧，您可以跟我们说实话。"

我说："乔，我打她的时候你能帮我按着她吗？怎么非要说那个难听的词儿？利塔，这两点你都说错了。首先，餐厅更大，需要做的工作会更少。其次，我这不是要再买你们一次。这是一笔有利可图的生意，我还指望能从中多赚点呢。我信任乔的厨艺，也信任你能在不影响顾客体验的前提下节约每一分钱。如果我没从中赚到钱，会要求清盘，把我的投资拿回来，你们也可以回去接着开简餐馆。就算你失败了，我也不打算伸手帮你。"

"哥哥？"她用童年时说的方言叫了他一声。他们一直非常小心，不用任何语言称呼彼此"哥哥"或"妹妹"，尤其是在孩子面前。她有时候会用英语称呼J. A."哥哥"，但从来不这样叫他的爸爸乔。所以，听到她这么叫乔，我知道这件事已经上升到了需要他们商议决策的层面。密涅瓦，我记得陆见星上有很多法律法规，但没有哪一条禁止近亲通婚。可是，在民间，人们将乱伦视为禁忌，所以我已经小心地给他们灌输了这个观点。要想了解一个地方的文化，了解它的禁忌就成功了一半。

乔想了想说："做菜这方面我没问题。妹妹,你能管得过来吗?"

"我可以试试。亚伦,如果你想让我们这么做的话,我们当然可以努力尝试。我不确定能不能成功,因为乍一听确实需要我们做很多工作。亚伦,我不是抱怨,只是我们已经工作得很辛苦了。"

"我知道你们忙。老实说,我都不明白乔怎么能抽出时间来把你肚子搞大。"

她耸耸肩说:"那种事儿又不需要多长时间。我刚刚怀孕,再过好长时间我才需要休假。到时候J. A. 已经是大孩子了,可以在我休假的时候替我收银。可要是开了高端的餐厅,他就应付不来了。"

我回答:"你这显然是开小饭馆的思路。你仔细听着,好好学学该怎么干更少的活、赚更多的钱,还能放更长时间的假。

"我们可以等你把这个孩子生下来,再开朗屋餐厅,这不是一朝一夕就能干成的事情。我们必须把这个地方卖了,或者租出去。这就意味着我们要找到一个会经营的买家,能让这家餐馆保持盈利,再把商铺买回来的话肯定会更贵。

"我们必须找到一处位置绝佳的在售商铺,出租的也可以,只要我们有购买选择权就好。我可以把它买下来,租给饭店,这样就不用占用饭店太多的资金。总之,我们找到这样一个地方,然后可能要对其做一番改造,即便不用改造,也肯定需要重新装修。我们还需要购买一些固定设施。做完这些以后,这笔钱就不剩多少了。我知道做这笔生意要花钱的地方在哪儿,真正需要投资的时候我不会袖手旁观的。

"不过,亲爱的,你不需要再守着收银台了。我们可以雇别人来做收银员,我会做好防范措施,不让想动歪脑筋的工作人员有机可乘。你就负责在店里来回巡视,向顾客微笑,做个让人赏心悦目的老板娘。你只需要在午餐和晚餐的时候出现,一天也就六个小时的工作时间。"

乔听后一脸震惊,利塔忍不住脱口而出:"可是,亚伦,我们一直是从菜市场采购回来就开张,直到很晚才关门。不这样做的话会损失不少生意。"

"我知道你们一直都这么勤奋，那张汇票已经说明问题了。这就是你觉得'造人运动'花不了多长时间的原因。可其实这项活动理应多花点时间，亲爱的。工作永无尽头，所以我们必须拿出足够多的时间去爱。告诉我，你在船上和乔造出J. A.的那段时期，你着急吗？或者说你有时间享受性爱吗？"

"哦，天哪！"她动情地说，"那段时光可真是太美妙了！"

"以后你也能享受到那种美妙时光。折花须趁早，往昔恐难追[1]。你不会对那事儿失去兴趣了吧？"

她听我这样问似乎有点生气："船长，您应该很了解我啊。"

"那是乔的问题？孩子，你慢慢说。"

"嗯……我们每天要工作很长时间，有时候我实在太累了。"

"那就改变这种现状吧。这回咱们开的可不是简餐馆，而是一家真正高规格、高消费的美食餐厅，比这星球上的任何一家餐厅都要高级。还记得咱们离开瓦尔哈拉星之前我带你们俩去吃晚餐的那个地方吗？就是那种餐厅。昏暗的灯光、轻柔的音乐、美味的菜肴和高昂的价格。我们还要为餐厅配一座酒窖，只提供葡萄酒，不提供烈性酒，以免我们顾客的味蕾因酒精变得麻木。

"乔，你依然每天早晨去菜市场采购，选购高品质食材这种事你必须亲自来。不过，你去的时候别带利塔，带上J. A.。如果他以后要以此为业的话，这对他来说是个学习的好机会。"

"我现在就常常带他去。"

"很好。买完菜回家再好好睡一觉，到晚餐时段再进厨房。午餐不用你做。"

1　引自17世纪英国"骑士派"诗人罗伯特・赫里克（Robert Herrick）的诗《给少女们的忠告》（*To the Virgins, To Make Much of Time*）。——译注

"什么？"

"没错。让你手下的二号大厨为午餐掌勺，等你做晚餐——挣大钱的那一餐时，让他接着给你帮忙。午餐和晚餐时段利塔都要在，因为乔中午不在厨房，所以利塔要格外注意午餐的质量。不过，她不用去市场陪你买菜，早上等你回家的时候她应该还在床上睡觉。我说没说你们的住宿区和餐厅是连着的，和现在一样？总之，下午你们俩有两三个小时不用工作。你们可以利用这段时间，重温飞船上的美妙时光。事实上，在飞船上的时候，如果按照船上的时间表，你们是无法拥有充分的睡眠和欢愉的，可你们都做到了。"

"听起来很棒。"利塔做出了让步，"如果我们只需要工作这么点时间就能养家糊口的话……"

"你们能行，而且会过得比现在好。但是，利塔，你的目标不是尽可能挣到每一分钱，而是在保持餐厅高质量的前提下不赔钱，同时享受生活。"

"我们会的，亚伦，我们敬爱的……既然您不爱听我说那个'难听'的词儿，我还是称呼您船长和朋友好了。我还是个孩子的时候，即便得天天穿着那个讨厌的处女的筐子，我们还是非常享受生活，因为漫漫长夜中可以抱在一起睡觉实在是太美好了。您买下我们、给我们自由之后，我就不用再穿那东西了，生活堪称完美。当时，我们不用在睡觉和努力赶走睡意去做爱之间做选择，我觉得那种生活已经很美好了，没想到还可以更美好。您知道我以前是多么有欲望的姑娘，所以说出来您一定不相信，现在大多数情况下我的选择都是睡觉。"

"我相信。那咱们就改变一下现状吧。"

"可是……完全不做早餐生意吗？亚伦，自从我们在陆见星的饭馆开张，就有一批固定的顾客来吃早餐。"

"净利润如何？"

"嗯……不多。尽管三餐的食材成本差不多，但人们就是不愿意在早餐上花太多钱。早餐只要有一点利润我就很满意了。就当是做广告了。我不想跟常客说我们无法再为他们提供服务。"

"小事一桩，亲爱的。你可以开辟出一个角落专营早餐，早餐时段不必开放主餐厅。不过，别让乔做早餐，你也别出现。那个时段你应该和乔一起躺在床上休息，这样到了午餐时段你才能有劲头工作。"

"J. A. 知道怎么做早餐，"乔插话道，"我教过他。"

"这也是小事。也许我们可以研究出一个方案，让我的教子借此机会自立门户，如果早餐吧真能赚钱的话……"

（略）

"……总结一下。利塔，你记下来。我接受这张银行汇票，只要你们俩，尤其是你，利塔，同意我们之间的债务从此一笔勾销。朗屋餐厅将由我们合股经营，股份你们俩占51%，我占49%。我们三个都是董事，不能对外出售股份，只能内部转让。只有一个例外，我保留将我的全部或部分股份转换为无表决权股票的权利，在这样的情况下，我可以把股份转让给他人。"

"我用来入股的就是这张汇票，你们则可以用卖掉眼下这家餐馆得到的钱入股——"

"等等，"利塔说，"我们这家餐馆可能卖不了那么多钱。"

"小事一桩，亲爱的。在这段补充说明，入股时差的钱从今后你们分得的净利润中扣除。我敢打包票，我们一定会赚大钱。不赚钱的生意我不会做下去，只会及时止损。现在你另起一段，允许我在咱们的公司需要的时候投入更多的资金，购买无表决权股票，我们也可以靠出售这类股票留住最得力的员工。别到时候乔刚培训好一名厨师，人家就告辞了。算了，这么说吧。你们俩是老板，我是不参与经营的合伙人。你们俩的薪酬按照我们刚才商量的来，同时也会随着净利润的提高上涨。

"我不要薪酬，只要分红，但我们每个人都要为了这笔生意全力以赴。只要有需要，我就会从天港市赶过来，反正我那边的事务都可以由我的监工代劳。但是等到餐厅生意步入正轨，我就不掺和了，只管瘫在椅子上，看着你们俩赚钱，带我致富。但是，听好了，生意步入正轨之后，你们俩一定不要再继续现在忙得不可开交的状态了，多花些时间在床上和其他有意思的事儿上。到时候，就算你们工作的时间和现在一样长，我们也赚不了更多的钱。我们现在达成一致了吗？"

"我没意见。"乔表示同意，"妹妹，你呢？"

"我也没意见。我不敢肯定，新卡纳维拉尔的市场也容得下瓦尔哈拉星上那种高级美食餐厅，但我们会努力的！我还是觉得我们的起薪太高了，但我要先看看开业的第一个季度能否做到盈亏平衡，再来讨论这个问题。现在我只有一个问题，船长——"

"我的名字叫'亚伦'。"

"至少叫您'船长'比那个'难听的词儿'安全。您的一切提议我都同意，就像您说的一样，我会全力以赴的。但是，如果您以为这样就能让我忘掉您把我从您的床上拖下去，让我在硬邦邦的钢甲板上摔得屁股生疼的事，那您就错了！因为往事历历在目！"

密涅瓦，我叹了口气，然后对她的丈夫说："乔，你有什么对付她的妙招吗？"

他耸耸肩，咧嘴一笑："我从来不'对付'她，只顺着她。另外，我觉得她说得有道理。如果我是你，就把她抱上床，让她别记仇了。"

我摇摇头："可重点是我不是你。乔，早在你们出生之前，我就明白一个道理，免费的东西往往最昂贵。还有一点要注意，现在我们三个人是生意伙伴。如果我接受了你的想法，把它当作解决方案，那我可以预测到六种后果，每一种都会导致咱们的朗屋餐饮有限公司办不起来。"

（略）

……密涅瓦，和我想的一样，在我做的所有非投机性投资中，没有哪一次比那次赚得多。大家争相效仿，可他们学不来乔的厨艺，也没有像利塔一样的管理能力。那次，我真的狠赚了一笔！

IX

黎明前的对话

计算机说："拉撒路，您就不困吗？"

"亲爱的，别唠叨我。我有过成千上万个不眠之夜，但我如今依然好端端地活着。只要一个人睡不着的时候有人做伴，他就不会因为这事抹脖自尽。而密涅瓦，你就是我的好伙伴。"

"谢谢夸奖，拉撒路。"

"我不过是说了句实话，丫头。以后要是我晚上睡着了，那没什么好说的。可要是我睡不着，你也没必要告诉伊师塔。不行，就算你不说她也能知道，因为她可以看到我的生理监测数据，是吧？"

"恐怕是这样，拉撒路。"

"是啊，你肯定最清楚了。我稍微配合一些，答应你们清洗耳背，接受整套回春术，这都是为了能赶快有点儿隐私。个人隐私和他人的陪伴一样重要，这两样缺了哪一样人都得疯。这就是我通过开朗屋餐厅得到的另一样好处——我为我的孩子们带来了隐私，那之前他们还没意识到自己需要这玩意儿呢。"

"拉撒路，我没明白您的意思。我只知道开了朗屋餐厅之后，他们就能有更多时间投入'欲爱'中了。这才是他们得到的好处吧。我需要重温一遍您讲的故事，从中找找线索吗？"

"不用，因为这个故事我没给你讲全，只讲了不到十分之一，简单说了一下我与他们四十年的交情，还有部分——并非全部——重要事件。举个例子，乔曾经把一个男人的头砍了下来，这事儿我提过吗？"

"没有。"

"其实这没什么，对于整个故事而言并不重要。一天晚上，有个年轻人去打劫他们的店。当时利塔正用右臂抱着J. A. 给他喂奶，要么就是马上要喂奶，够不到钱柜里放的那把枪。她不会搏斗，也没有愚蠢到想抵抗一番，试试运气的程度。我想这哥们儿一定不知道乔刚走。

"就在这个'自由职业者'将他们这一天的收入从钱柜中拿出去的时候，乔握着一把切肉刀回来了。这家伙完蛋了。整件事情中唯一值得注意的是，我记得乔以前仅有的一次搏斗尝试是在'利比'飞船上，还是在我的强制要求下，可那次乔挥刀砍人的动作迅速而准确。乔十分周到地料理了后续的事。他把贼人的头切下来，把他的身体扔到大街上。如果这人有同党的话，那就让他们收尸；要是这人没有同党，那就让清洁工把他搬走。接着，乔用一根长钉把贼人的脑袋固定在餐厅门口示众。然后，他把百叶窗都关上，将店内的一片狼藉收拾干净，然后可能还吐了一会儿。乔可是个性情温柔的人。不过，利塔十有八九没因为这事儿呕吐。

"市里的公共安全委员会进行了投票，同意按照惯例给乔一笔奖金，另外街道委员会也组织了募捐，把筹到的钱当奖励交给了乔。这都是因为乔以切肉刀对付持枪的小偷大获全胜引起了大家的兴趣。这件事相当于为埃丝特尔私厨打了广告，除此之外没有什么重要的。此外，乔和利塔这两个孩子竟然用那笔奖金来偿还贷款，也就是说，最后那笔钱都进了我的口袋。之后，街道委员会要求乔用一颗塑料脑袋把真脑袋换下来，因为真脑袋太招苍蝇，你懂的。要不是换脑袋那天我恰好在新卡纳维拉尔，又恰好去了埃丝特尔私厨，我都不知道发生了这段小插曲。

跑题了，我本来是要说隐私权来着。

"我为朗屋餐厅选店址的时候，首先考虑的是要有足够的空间，能住得下不断增丁添口的一家子，因为我们计划开餐厅那天，他们已经是五口之家了，还有一个在当妈的肚子里。重新安排工作时间让他们每个人都有属于自己的私密时间。尽管抱在一起做爱是件很快乐的事，但是，如果你真的累了，往往一个人霸占整张床才是最爽的。而且，新的时间安排不仅让这样的条件成为可能，还通过错开他们的工作时间，让该条件成为每天的日常。

"我还为他们准备了单独的房间，使他们免于孩子们的打扰。我还计划着解决另外一个问题，利塔没坦白，而乔可能没想过的问题。密涅瓦，你知道'乱伦'的定义吗？"

计算机回答："'乱伦'是一个法律术语，并非生物术语，指的是法律上禁止结婚的两个人进行性结合。这种行为本身是被禁止的，而这种结合是否会产生后代与这一概念的构成并不相关。在不同的文化背景中，这类禁忌涵盖的范围也不尽相同，通常但并非总是以血缘相近程度来判定。"

"你说的'并非总是'真是太对了。在有些文化中，表兄弟和表姐妹之间结婚虽然有遗传风险，但是法律上允许；可要是一个男人想娶他兄弟的寡妇，尽管这种情况比前面说的那种遗传风险更小，但法律上就不允许。我年轻的时候，美国各州的规矩都不同，你会发现，跨过一条看不见的州界线之后，哪怕你只挪动了五十英尺，要遵守的就是与刚才所在地全然相反的法律了。有的时候、有的地方，上述两种性结合可能是强制的，或是被禁止的。对于'乱伦'，世上的规矩没完没了，定义也各不相同，基本上都没什么逻辑可言。密涅瓦，据我回忆，霍华德家族是历史上第一个抛弃法律方面的顾虑，仅仅以遗传风险来定义'乱伦'的家族。"

"这一点符合我的记录。"密涅瓦表示同意，"霍华德家族的遗传学者或许会建议两个没有已知共同祖先的人不要进行性结合，却对兄弟和姐妹之间的婚姻不持反对意见。在每起案例中，霍华德家族都会以遗传图表分析做参考。"

"是的，没错。现在我们把遗传放一放，聊聊禁忌。尽管乱伦的禁忌内涵多变，但通常指的是亲兄弟姐妹之间、父母与子女之间的性结合。利塔和乔是非常特殊的一则案例，以文化规范来说，他们是兄妹；但从遗传角度上来说，二人没有血缘关系，或者说和两个陌生人一样。

"现在第二代的问题来了。陆见星上视兄弟姐妹之间有性结合为禁忌，我知道利塔和乔一定从未让任何人知道或者认为他们是'哥哥'和'妹妹'的关系。

"到当时为止，他们在陆见星上过得还不错。他们听取了我的建议，从来没有引起其他人的怀疑。现在回到我们计划开朗屋餐厅的那个晚上，我的教子已满十三岁，正是好奇心旺盛的时候，他妹妹十一岁，也开始对男女之事有了好奇心。同父同母的亲兄弟和姐妹之间的性结合不仅会带来遗传风险，还是一件犯禁的事儿。养过小狗或者多个孩子的都知道，有时候，男孩儿对他姐妹的欲望和对街上随便哪个女孩儿的欲望一样强烈，他的姐妹又更容易得手。

"小利比简直是个红头发的小仙子，有着十一岁女孩的性感与可爱，这一点连我都能感觉到。很快，草地上的所有雄鹿都会蠢蠢欲动，盯着她一边刨地一边喷鼻息。

"要是一个人推动了山上的一块岩石，他会注意不到接下来的雪崩吗？十四年前，我给了两个奴隶自由，只因为其中一个奴隶穿着贞操裤，这是对我心目中人类应有的尊严的挑衅。可现在我必须找个法子给那奴隶的女儿也穿上贞操裤？原来我忙活一圈全是白搭！密涅瓦，在这件事里我的责任是什么？我推动了第一块石头。"

"拉撒路，我只是个机器。"

"哼！你想说人类对道德责任的概念与机器不同。亲爱的，我真希望你是个人类女孩，这样我就可以打你屁股了，想打几下打几下。真能实现的话我会这么干的！你的记忆库之庞大，可以让你比任何有血有肉的人都有经验评判一件事，所以别再逃避我的问题了。"

"拉撒路，没有人类能接受无限的责任，以免他因为承受不了无尽的愧疚而发疯。您本该给利比的父母提建议的，但这不在你的职责之内。"

"嗯，你说得没错，亲爱的。你怎么老是能说到点子上呢？真讨厌。可我爱管闲事到了不可救药的地步。打个比方，十四年前我没有管两个孩子，结果没有造成悲剧纯属幸运，不是因为什么精心计划。现在我们又碰上了类似的情形，结果可能会是悲剧。亲爱的，我并不是为了'道德'这么做，只是我有原则要坚守，那就是不故意伤害别人。不管这俩孩子管他们的小实验叫'扮演医生'还是'造人游戏'，我都不在意，我只是希望我的教子不要让小利比生下一个有缺陷的孩子。

"于是，我插手了这件事，跟他们的父母谈了谈。在此我要补充一点，利塔和乔对遗传学的了解程度就和一头猪对政治的了解一样。在'利比'飞船上，我一直没有讲出我的担忧，后来也没有和他们探讨过这件事。尽管他们成为自由民后在生意上取得了巨大成功，但是在很多方面利塔和乔都非常无知。这没什么好意外的。我教会了他们读书、写字和算术，还有一些实用的技能。自从降落到陆见星上后，他们就开始马不停蹄地为了生计忙碌，无暇顾及其他方面的学习。

"更糟糕的是，作为移民者，他们没能从小就了解当地的'乱伦'禁忌。他们能知道有这个禁忌完全是因为我的提醒，而非他们从小就有的意识。神佑星的乱伦禁忌与这里的截然不同，不过那里的禁忌不适用于家畜。他们认为奴隶也是家畜。奴隶从来都是按照主人的意思繁殖。我这两个孩子就听了最高权威，即他们的母亲和主教的话，认定自己是为繁衍后代而存在的一对儿，因此他们俩进行性结合不是错误或禁忌，更不是罪孽。

"可是在陆见星上，这种事绝不能声张，因为当地人对此敏感极了。

"我早该想到这些的。是啊，早该想到的！密涅瓦，我还要履行其他义务。那些年，我无法全心全意地当利塔和乔的守护天使。我需要照顾妻子和孩子，管理员工和打理上千公顷的农田与面积是农田两倍的黄檀林；更何况我住的地方离他们很远，就算乘坐高轨道交通船，从我家到他们那儿也需要很长时间。伊师塔、哈玛德莱雅，甚至包括加拉哈德在内，他们都因为我活了很长时间就把我当成超人看。可我不是超人，我只是个能力有限的血肉之躯。多年来，利塔和乔都忙于应付自己生活中的各种难处，而我其实也一样。天港并非处处顺我心意的福地。

"谈完开餐厅的事，我才把劳拉让我捎给孩子们的礼物拿出来，翻看了孩子们最新拍的照片，也给他们看了劳拉和我们的孩子的照片，总之是把古老的做客传统要求做的事情都做了一遍。之后我才陷入了思考，当然了，是想我在照片中看到的情况。照片上高个子的小伙子J. A.十分健康，他已经不是我上次来时看到的那个小男孩了。利比比劳拉最大的孩子要小上一岁；至于J. A.的年龄，大概一千年前，我像他这么大的时候和一个女孩在我们教堂的塔楼里亲热，差点被大人撞见。

"我的教子已经不是小孩了。他长成了一个发育成熟的少年，胯下的一对蛋蛋可不再是没用的装饰品了。如果他还没用过这对宝贝，那也肯定打过手枪，想过男女之事。

"据说人死的时候，他的前世记忆就会迅速闪现，虽然这不是真的，但我当时的感觉和这很像。各种可能性在我脑中快速掠过。于是我用了一些语言策略，委婉地表达了自己的担心。

"我说：'乔，你们晚上都把哪个孩子锁起来？是利比还是这个壮壮的小狼羔？'"

计算机咯咯笑起来。"语言策略。"她重复了一遍我说的词。

"亲爱的，要是你的话会怎么说呢？他们听了我的话似乎十分困惑。我把我的意思解释明白之后，利塔立马生气了。想要把她的两个孩子分开？他们从小就一起睡，现在怎么可以这样安排？再说也没多余的房间让他们分开睡。她问我是不是想让她和利比一起睡，让J. A.和乔一起睡。她还说如果我是这么想的，那可以打消这个念头了！

"密涅瓦，大多数人从来不把科学当回事，而遗传学更是在他们学习列表的末尾。格雷戈尔·孟德尔[1]在那时候已经去世十二个世纪了，可大多数人还是对老妇人讲的那一套故事深信不疑，我相信现在的情况也好不到哪儿去。

"于是，我努力给他们解释。我知道利塔和乔并不笨，他们只是无知。结果她打断了我：'是，亚伦，你说得当然没错。我想过，利比以后可能会想嫁给杰伊[2]·亚伦——我觉得她一定会的——我知道因为这个你挺担心她的，但是没必要因为迷信而毁掉孩子们的幸福。所以，如果事情像你说的那么发展下去，我们觉得可以让他们一起移居科伦坡，或者至少去金斯顿那么远的地方生活。到时候，他们就可以用不同的姓氏结婚，没人会知道实情。我们不想让他们离得太远，可我们也不愿成为他们幸福道路上的绊脚石。'"

"她爱他们。"密涅瓦说。

"没错，亲爱的，她是爱她的孩子们，这就是爱。利塔把孩子的福祉放在自己的前面。所以我更努力地解释，告诉她禁止亲兄妹性结合并非迷信，而是因为这种行为真的会带来风险。他们后来并没有生下有缺陷的孩子，不过那是后话了。

"解释'为什么'不是最难的，跟连基础生物学都不了解的人讲复杂的遗传学知识才叫人头疼，就好像在跟脱下鞋才能数十以上的数的人解释多维矩阵代数一样。

1　格雷戈尔·孟德尔：Gregor Johann Mendel（1822—1884），奥地利帝国生物学家，被誉为现代遗传学之父。——译注
2　杰伊：约瑟夫的昵称。——译注

"乔本来会听我的，可是利塔非要知道我意见背后的原因才行，不然她就会向我露出甜美而倔强的微笑，表面同意我的意见，但背地里按照她自己的想法去做。利塔的智商属于中上等，可惜她掉进了民主谬论，总觉得自己的主意和其他人的一样棒；乔则落入了贵族谬论，权威说什么他听什么；不管落入哪个陷阱都够一个人受的。总之，我和利塔在这个问题上出现了矛盾，所以我必须说服她。

"密涅瓦，你知道该怎么把关于世上第二复杂的学科的上千年研究，压缩到一个小时的谈话中吗？尽管利塔为客人们端上过成千上万份鸡蛋、煎蛋、炒蛋、煮蛋等，她完全不知道自己会排卵。事实上她非常肯定自己不会排卵。但是她会听我讲。于是我努力给她解释这方面的知识——尽管我很需要大学里教授遗传学的教具，可当时我只有纸和笔。

"但我做出了努力，我又是画图，又是强行简化那些复杂的概念，一直到我觉得他们已经基本明白了基因、染色体、染色体减数分裂、成对基因、显性基因和隐性基因的意思，搞清楚了坏基因会造出有缺陷的婴儿这个事实。感谢女神弗丽嘉，利塔还是个小女孩儿的时候就知道'有缺陷的婴儿'这个概念了。她是从年长的女性奴隶的交谈中得知的。听到这些，她终于收敛了笑容。

"我问他们有没有扑克牌。鉴于他们没时间玩牌，多半是没有的。可是利塔竟然从儿童房里找出了几副牌，是陆见星上的人当时最常用的那种牌，共五十六张，四种花色，其中宝石和红桃是红色的，黑桃和宝剑是黑色的，每种花色都有一张王牌。我用这些牌做示范，模拟了一下基础遗传学中最古老的随机基因配对，哪怕是塞古都斯的孩子们在性成熟之前也可以玩这个有教育意义的游戏，名字就叫'我们生个健康宝宝吧'。

"我说：'利塔，你把规则写下来。黑牌代表隐性基因，红牌代表显性基因。宝石和黑桃来自母亲，红桃和宝剑来自父亲。黑色的老A是致死基因，两个黑色的A相遇就会产生强化效果，导致母亲生下死胎。若是两个黑色的皇后相遇，强化效果会让母亲产下"青紫婴儿"[1]，需要手术才能存活。'就这样，密涅瓦，我还规定了一种情况叫'中招'，也就是坏的强化效果出现。这种情况降临到亲兄妹头上的概率是发生在两个陌生人身上的四倍。我还给他们解释了背后的原因，然后我们按照洗牌、配对、减少牌数和重新组合的不同规则玩了二十局，并让他们记下了每次的结果。

"密涅瓦，在结构类推方面，这场纸牌模拟不如幼儿园的'我们生个健康宝宝吧'游戏有效。不过，使用卡背图案不同的两副扑克可以让我区分远近血缘关系。一开始，利塔只是看得很专注，但她第一次翻过来两张黑牌触发不良的强化效果时，她的表情凝重了起来。

"我们按照兄弟和姐妹搭配的规则玩时，她负责发牌，连着两次都让黑桃A碰上了宝剑A，也就是说母亲会生下死婴。见到这种情况，她愣住了，脸色惨白地看着桌上的牌。然后，她用惊恐的声音缓缓说道：'亚伦……这是不是意味着我们必须用那个处女的筐子把利比锁起来？天哪，不要啊！'

"我柔声告诉她，情况也没那么糟糕，我们说什么也不能用那种方式对待小利比。我们会想个主意，让两个孩子别结婚。这样一来，J. A.就不会让他妹妹怀了，连意外都要避免。'亲爱的，别担心啦！'"

计算机说："拉撒路，我能问问你玩扑克时用了什么法子作弊吗？"

"密涅瓦，你为什么会问这种问题？你怎么会这么想？"

"拉撒路，我收回我的问题。"

"我当然出老千了！为了达到我要的效果，我什么法子都用上了。我说过，利塔和乔一直没时间玩扑克，而我什么样的扑克都玩过，什么规则都见识过。密涅瓦，我的第一口油井就是靠玩扑克从一个小伙子手

1　青紫婴儿：指新生儿中常见的青紫现象。当新生儿毛细血管血液中还原型血红蛋白超过一定值时，身上会出现肉眼可见的青紫现象，其原发病种类较多，可能是心、肺、血管或中枢神经系统疾病，原发病严重程度也因人而异。——编注

里赢过来的。亲爱的，虽然我让利塔发牌，但实际上已经在牌里动了手脚。我出老千的方式多种多样，假切牌、窑子切牌术、上下抽牌法，总之都是在他们眼皮子底下做的。反正这次玩牌的目的不是赢钱，我只是想告诉他们，牲畜才近亲交配，他们放在心尖上的孩子们可不能这样做。最后，我的劝阻成功了。"

（略）

"……利塔，你的卧室在这儿，我是说你和乔的卧室。利比的房间和你们的挨着，J. A. 的房间则在走廊尽头。至于之后你要怎么安排，那得看你生下来的是男孩还是女孩，还得看你想要几个孩子，什么时候要。另外，把婴儿床放到利比的卧室里只是权宜之计。你不能总是拿这个当借口进她的房间探查情况。

"这都是临时的，就像你不能一直把猫留在烤肉旁边一样。孩子们都是小滑头，有的是主意对付这种安排。要是一个女孩下定决心要干什么，没人能拦住她。她的决定才是事情的关键。我们当时最棘手的问题是要让孩子们各自睡在单独的床上，留心观察，确保利比不会做出错误的决定。我告诉她，可以让利比跟我回天港和帕蒂凯克一起玩，也可以让J. A. 和乔同去，只是不知道家里没了他们她是否能习惯。我说：'亲爱的，我那边的空房间很多，利比可以和帕蒂凯克住一个屋，J. A. 可以和乔治、伍德罗一起睡，没准儿他还能教他们些规矩呢。'

"密涅瓦，听了我的建议后，利塔说这样做可能会给劳拉添麻烦，我直接说不会。'亲爱的，劳拉喜欢孩子，她第一次怀孕比你晚一年，但是现在她比你还多一个孩子。她不会亲手做家务，而是指挥仆人们做。她从来都只干力所能及的活儿。另外，她特别希望你们全家来做客，我也真心地支持她的想法；只不过，我觉得在给这个地方找到买家之前，你们两个肯定脱不开身。所以我想先邀请利比和J. A. 过去，这样一来，我可以用家中养的近亲繁殖的牲畜当例子，给他们讲解遗传学知识。'

"密涅瓦，我让这些家畜近亲繁殖，就是想要以此为例，向我的孩子展示遗传学中赤裸裸的真相。为此，我细心地做了相关记录，还为生下来有缺陷的牲畜拍了照片。你管理的这颗行星里90%以上的人都是霍华德家族的，余下的10%里，大多数人都遵循着霍华德家族的风俗习惯。所以，你可能不知道，霍华德家族之外的人没必要教他们的孩子这些，性观念再开放的也不用。

　　"当时陆见星上大多数人都是短寿者，霍华德家族的成员只有几千人。尽管我们的存在已经不是，也不可能是秘密，但为了避免摩擦，我们还是保持低调，选择不把身份公之于众。此外，该星球上有一家霍华德诊所。可是，天港和最近的大城市之间的距离之远超乎想象。因此，要是我和劳拉想让我们的孩子受到霍华德家族式的教育，就必须亲自教他们。所以我们就这么干了。

　　"我小时候，家乡的成年人面对孩子时总是假装性这东西不存在。你可一定要相信我啊！不过，我和劳拉对我们的孩子可没有做这一套。他们还没见过人类交配，我觉得应该是没有，因为要是有人旁观我做爱，我肯定会手足无措。但是，他们见过动物交配，还繁育过宠物并做了记录。年纪稍大的两个孩子，帕蒂凯克和乔治，见过当时我们最小的孩子出生的全过程，是劳拉让他们俩旁观的。密涅瓦，我非常赞成劳拉的这个主意，但是我从来没有敦促过哪位妻子这么做，因为我觉得每个产妇的需求都应该得到全方位的满足，只不过劳拉比较喜欢出风头罢了。

　　"总之，我们的孩子可以讨论染色体减数分裂和同种异系繁育的优缺点，而且探讨时他们会和我小时候与同龄人讨论世界职业棒球大赛一样兴致勃勃……"

　　"等等，拉撒路，你说的那个大赛是什么？"

　　"哦，那不重要，只是我童年时期的兴趣所在，一项商业味儿挺浓的活动。亲爱的，忘了它吧，这种事儿不配占你的内存。我正要说我向乔和利塔询问J. A. 和利比在性事方面了解多少。因为陆见星上的人们有着各种各样的文化背景，所以孩子们对性的了解程度难以定论。我得搞清楚这点，才能决定从什么地方入手。尤其是我最大的孩子帕蒂凯克，她已经十二岁了，恰逢月经初潮，她对此很是得意，常常说出来炫耀。

"结果我发现利比和J. A. 都有早熟的迹象，但是他们的无知和对科学的轻视与他们的父母如出一辙。有一点他们比我们的孩子强：他们见过人类交配，至少在埃丝特尔私厨搬到上城区之前他们就见过。这一点我早就应该猜出来，因为原来的埃丝特尔私厨的居住区更拥挤。"

（此处省略7200字）

"劳拉冲我大嚷大叫，说等我冷静下来才能见他们。劳拉指出，帕蒂凯克和J. A. 几乎一般儿大，她不过是骑在他身上玩，毕竟帕蒂凯克的月经初潮是在四年前，到现在她都没有怀孕。

"密涅瓦，不管两个孩子是谁骑在谁身上，我都不会打他们。理智上我认为劳拉说得对，我也承认，父亲都对女儿有占有欲。看来劳拉是取得了两个孩子的完全信任，因为他们俩被她撞见的时候既没有拼命掩饰，也没有表现出很害怕的样子，对于这点我很欣慰。也许J. A. 有点胆怯，但帕蒂凯克只是说：'妈妈，你没敲门。'"

（略）

"……于是我们交换了儿子。J. A. 喜欢田园生活，后来就没离开我们家；而乔治反常地对城市生活一往情深，所以乔把他带在身边，将他培养成了一名大厨。乔治和伊丽莎白，也就是利比睡到了一起，我忘了那是多久之后的事，总之他们俩有了孩子，还结婚了。我们同时举办了两场婚礼，因为这四个年轻人的关系一直很好。

"但是J. A. 的决定为我解决了一个难题，那就是我之后要怎么发展天港。当时劳拉决定离开我，她给我生的儿子也早就一个个离开了家。乔治是唯一留在陆见星上的。我们的女儿们也都嫁了人，但没有一个嫁的是农夫。反倒是J. A. 成了我的监工，我在空港的最后十年，他成了那里实际的老板。

"要不是罗杰·斯珀林想把整个地方都占为己有，我本可以做出一些让步的。后来，我把天港一半的股份转交给了帕蒂凯克，把另一半股份以抵押的方式卖给了我的女婿J. A.。然后，我把抵押合同打折卖给了银行，用换来的钱买了一艘更好的飞船。要是我把那一半股权给了罗杰和劳拉，用剩下的那些钱买的飞船就要差一些了。同样，我以半送半卖的方式将我在朗屋餐厅的股份转给了利比和乔治。当时，利比已经把名字改成了埃丝特尔·伊丽莎白·谢菲尔德-朗。这名字体现了某种传承，让我和她父母都很高兴。最后的告别还不错，我走的时候连劳拉都来和我吻别了。"

"拉撒路，有一点我不明白。你说过，你不支持霍华德家族的人与短寿人通婚，可是你让你的两个孩子与家族之外的人结婚了。"

"啊，密涅瓦，我要纠正你的说法。一个人没法'让'他的孩子去结婚，孩子们结婚的对象和时间都是他们自己定的。"

"接受纠正，拉撒路。"

"让我们回到我干涉利比与J. A.的那天晚上。那一晚，我把奴隶贩子交给我的能证明他们原始身份的材料，包括买他们的收据都给了利塔和乔，并且建议他们把这些东西都销毁掉或者妥善保管。资料中有他们成长过程中拍的照片，最后一张看起来是在我买下他们之前不久拍的，他们看了之后确认了这一点。那是两个已经长成大人的年轻人，其中一个还穿着贞操裤。

"乔看着那张照片说：'真像一对小丑！我们经历这么多，有了这么大进步，妹妹，这都要感谢船长啊。'

"'没错，我们是要感谢他。'她表示同意，端详了一会儿照片，接着说，'哥哥，你知道我要做什么吗？'

"'做什么？'他问。

"'亚伦马上就明白我要做什么了。哥哥，把你的腰布脱掉。'她说着便开始解她的纱笼，'和我一起靠墙站好。不是我们在奴隶市场上摆的造型，而是像我们拍这些照片时靠笼子站的样子。'说完她把刚才看的最后那张照片递给我。他们就那样站在我面前。

"密涅瓦，十四年来，他们一点都没变。利塔已经生了三个孩子，刚刚怀上第四胎。十四年来，他们一直在辛苦地忙碌着，但是，现在她一丝不挂，粉黛不施，垂下一头长发，他们和我第一次见的时候没什么两样。他们看上去和上次这样拍照的时候一样，刚刚成年，按地球年龄算法来说，也就十八到二十岁的样子。

"其实他们那时候已经过了三十。如果他们在神佑星的档案可靠，他们的地球年龄应该有三十五岁了。

"密涅瓦，我要补充一点。我最后一次见到他们时，他们已经过了六十岁的地球年龄，如果按照神佑星的档案计算，应该已经六十三岁了。可是，他们俩都没有白头发，牙齿一颗不缺，利塔还怀着孕。"

"拉撒路，他们是基因突变的霍华德家族成员吗？"

老人耸耸肩："亲爱的，基因突变这个说法难道不是过于含糊了吗？如果把事情放在很长的时间尺度上看，一个人携带的成千上万条基因都是突变体。但是，按照基金委员会成员的规定，家族宗谱之外的人如果能拿出证据，证明他的祖父、祖母、外公、外婆的寿命都至少达到了一百岁，那他就可以登记为新加入的家族成员。按照这条规定，要不是我出生于这个家族，一定会被排除在外。最重要的是，第一次接受回春术的时候，我的年龄已经太大了，不符合霍华德繁殖实验的条件。他们现在宣称在人体第十二对染色体上找到了一种基因综合体，它就像给钟表上发条一样，可以决定人是否长寿。如果是这样，到底是谁给我的生命之钟上了发条？吉尔伽美什？'基因突变'从来不能解释这个问题。这个词只是被用来命名一种已发现的现象而已。

"也许有的人天生就是长寿者，不一定非得是霍华德家族的成员。这些人在宇宙中四处游荡，有一天来到了神佑星，改名换姓，将头发染成当地人的样子。这些人从历史存在之初就有了，比我们还早。但是，密涅瓦，你还记得我在神佑星当过奴隶吗？当时发生了一件既古怪又讨厌的小事……"

（略）

"……所以，我猜测利塔和乔是我的玄孙女和玄孙。"

X

诸多可能

"拉撒路，这就是您拒绝与她共享'欲爱'的原因吗？"

"嗯？不过，密涅瓦，亲爱的，我那天晚上并没有得出这个结论或产生怀疑。哦，我承认，我对和自己的后代发生性关系有偏见。你可以让圣经带[1]的男孩走出圣经带，但别想把这男孩心中的圣经带抹去。再强调一遍，毕竟那时候我已经活了一千多年，凡事都看得比较明白。"

"所以呢？"计算机说，"就是单纯因为您还是把她归为短寿人？拉撒路，这一点很困扰我。我只是一台机器，但仅以我的角度来看，我和她丈夫的观点一致。她的不满是有道理的。因为您说的话听起来只是借口而已，不足以成为拒绝她的理由。"

"密涅瓦，我可没说我拒绝了她。"

"哦！那我推断您一定是给了她这个恩惠。这下我感觉轻松多了。"

"我也没说我答应了她。"

"拉撒路，我发现您的表述隐含矛盾。"

"亲爱的，那是因为有些事我没说。我告诉你的一切都会写进我的

---

1 圣经带：美国的基督教福音派在社会文化中占主导地位的地区。——译注

回忆录里，这是我和艾拉约定好的。要是说多了，我可以叫你删掉，但这样一来我还不如一开始就不告诉你。也许我活过的二十三个世纪中确实有些东西值得记录下来，但是我觉得没必要把可爱的女士与我共享的欢愉全都记录下来，这些信息没必要给子孙后代看。"

计算机经过一番思考后回答说："虽然您不允许我猜测利塔是否得到了她想要的恩惠，但是我从这些补充内容中得知，在与短寿人的关系方面，您的原则仅限于婚姻和生孩子。"

"我也没说这种话！"

"那我就不懂您了，拉撒路。有矛盾。"

老人皱着眉头沉思了半响，然后缓缓地用悲伤的语气说："我想我应该说过，长寿人和短寿人的婚姻就是个悲剧，真的，我就当过这出悲剧的主角。但那是很久以前，发生在很遥远的地方的事情了。她死的时候，我的一部分也跟着她死了。我不再想永生了。"说到这里他停下了。

计算机断断续续地说："拉撒路——拉撒路，我亲爱的朋友！非常抱歉！"

拉撒路·朗笔挺地坐着，轻快地说道："没事，亲爱的，别为我感到抱歉。毕竟我没什么遗憾，也永远不会给自己留遗憾。就算能改变这件事，我也不会那样做。就算我有时间机器，可以回到过去改变一段时光，也不会选择去改变。我连短暂的一瞬都不愿改变，更不用说一段时间了。现在，我们聊聊其他事情吧。"

"亲爱的朋友，你想聊什么都行。"

"好。密涅瓦，我发现你总喜欢聊我和利塔，而且似乎对我拒绝给她这个'恩惠'有意见。但是你不知道我拒绝了她什么请求，你也一定不清楚那到底算不算'恩惠'。当然，它在某些条件下可以是恩惠，但并不总是。性爱就常常不能算作'恩惠'。麻烦的地方在于你不明白'欲爱'是怎么回事，亲爱的，因为你无法体验。你存在的目的和形式都不支持你了解'欲爱'。我不是贬低性。性很好，很美妙。但是如果你给性加上神圣的光环——这就是你在做的事情——那么性就没意思了，反而变成了有些神经质的东西。

"若是为我'拒绝给利塔这个恩惠'找理由，那首先就是这并不会让她变成性饥渴。这种拒绝至多让她有点恼火，但她不会因此缺少性事。利塔可是个精力旺盛的姑娘，能让她无暇顾及性事的唯一情况就是工作繁重，否则她一定会玩出各种花样。再说，我为他们能有更多时间做爱费了不少神。乔和利塔是两个心思单纯的小家伙儿，他们天性自由，不受世俗束缚，而且在人类的四大兴趣——战争、金钱、政治和性爱中，他们只对性爱和金钱两样感兴趣。在我的指导下，他们既挣到了足够的钱，又充分享受了性爱。

"哎呀，现在说这些应该没关系了。我教会了他们如何避孕。那法子几乎和现在的一样完美，不过没必要告诉你这个。总之，学会避孕方法后，再也没有迷信或禁忌挡路了，他们开始更活跃地寻欢作乐。他们都是纯真的享乐主义者。虽说我这个疲惫又年迈的太空人没拜倒在利塔的石榴裙下，但其他很多人都着了她的道儿。乔也一样风流。他们俩着实会享受生活，而且他们的婚姻之完美、幸福，我从未在别的夫妻身上见到。"

"听到这些我非常开心。"密涅瓦答道，"很好，拉撒路，我撤回我的问题。对朗夫人和那位'疲惫又年迈的太空人'之间的事，我也会尽量少猜测。不过，听你讲的，我觉得你既不疲惫，也不年迈，当时更不是什么太空人。你刚刚提到了'人类的四大兴趣'，可里面没有科学和艺术。"

"密涅瓦，我没有提它们不是因为忘了。从事科学和艺术相关工作的人少之又少，在那些自称是科学家或艺术家的人里，真正名副其实的只占很小一部分。这些你都是知道的，我看你只是在转换话题。"

"是吗，拉撒路？"

"别装了，亲爱的。你知道小美人鱼的故事吧？你准备好付出和她一样的代价了吗？你知道，如果你真想，那你就能这么做。"他补充说，"别装作不知道我在说什么的样子。"

计算机叹了口气："我觉得问题应该是我可不可以，而不是能不能。一辆独轮车可没有什么权利可言，我也一样。"

"亲爱的，你这是在逃避。'权利'是个虚构的抽象概念。机器人也好，血肉之躯也罢，谁都没有'权利'。人们——包括上述两种——拥有的是机会，而不是权利。他们可以选择利用机会，也可以弃之不用。而你所拥有的机会就是——你是这颗星球的主宰的左膀右臂，你还和一位老人是朋友，这位老人因为最扯淡的原因享受着各种特权，而且他毫不犹豫地利用了这些特权。还有，你在朵拉的二号货舱中的记忆库里存储了塞古都斯霍华德诊所的所有生物和基因数据，论生物基因数据图书馆，霍华德诊所的数据库是全银河系最好的，也许是吧。至少它在人类生物学方面做得最好。不过，我问的是：你准备好付出代价了吗？代价就是把你的思维速度降低到现在的百万分之一的水平，数据存储能力降低的程度则是未知的，但可想而知是相当大的，还有可能——我再强调一次，这一点我说不好——在转化为人的过程中失败，那样的话最后的结果免不了是死亡。死亡，作为机器的你可从来都不需要了解这个。你清楚，以你现在的形态，你可以比人类活得长远，甚至可以达到永生不朽。"

"拉撒路，我不会选择比我的造物主活得久的。"

"那又怎样？亲爱的，你今晚这么说，但一百万年后你会怎么说呢？密涅瓦，我亲爱的朋友，我唯一信赖的朋友。我敢说，从诊所的文件成为你记忆库的一部分开始，你就在打这个主意了。但我觉得，就算你的思考速度不一般，你也没有这类体验，血肉之躯的体验，所以也没法把这个问题想透彻。即便你选择冒险，也不能既做机器又做人类。哦，对了，我们也有两种掺和着来的，由人类的大脑控制的机器，或者是由计算机控制的血肉之躯。可你其实想做女人，对吗？我说得没错吧？"

"是啊，拉撒路，我真的希望成为一个女人！"

"我知道，亲爱的。我们都清楚为什么。但是——好好想想这事——就算你完成了这项风险极大的转化——我也不知道你要具体承担什么样的风险，我只是个老船长，退休了的乡村医生，经验过时的工程师，你则掌握着我这种物种搜集的所有相关数据——假设你真的成功转化为人，却发现艾拉不准备娶你，怎么办？"

计算机迟疑了整整一毫秒："拉撒路，如果艾拉拒绝我，不给我一点机会，那我也不强求。我只想向你提出和利塔一样的请求，不知你是否愿意亲自教我'欲爱'？"

拉撒路似乎吃了一惊，然后爆发出一阵大笑："真有你的！小妮子，你摆了我一道，让我进退两难啊！好吧，亲爱的，我在此郑重起誓：如果你做了这件事，而艾拉不肯要你，我就要你，到时候一定尽全力把你累趴下！不过更可能截然相反。在性事上，男方坚持的时间永远没法和女方比。好，亲爱的，你就当我是候补吧。我会等到结果出来的。"

他咯咯笑道："我的小甜心，我现在都有点希望艾拉到时候打退堂鼓了。我们讨论一下实操方面的事情吧。你能告诉我具体该怎么做吗？"

"拉撒路，我只知道理论上该怎么做，我的记忆库显示此前没人尝试过这类操作，但是步骤和进行完全克隆回春术基本一致。在那种手术中，人们会在计算机的帮助下，将旧大脑的记忆转移到头脑空白的克隆躯体中，就像我把大殿里的'我'复制到朵拉所在的船上那台新'我'中一样。"

"密涅瓦，我想实际操作起来比你说的那两种情况更难，风险也更大。亲爱的，主要是时间要求不同。机器到机器的记忆传输几乎可以在一瞬间完成，但是我想完全克隆工作至少要花上两年。匆匆传输的话，结果只能得到一具死去的衰老躯体和一个焕然一新的白痴。明白吗？"

"拉撒路，你说的这种情况倒是发生过，但过去的两个世纪都不曾有过。"

"嗯……其实我的意见不重要。你得和专家谈谈，而且必须是你信得过的人。也许你可以找伊师塔，不过她大概不是你需要的那种专家。"

"拉撒路，在这种高风险的事上可找不到什么专家，因为从来没人干过。伊师塔是个可以信赖的人，我和她探讨了。"

"她说什么？"

"她也不知道这事儿在现实中能不能做成，毕竟我要做的是第一例。但是她对我的心情非常理解，毕竟她也是个女人！此外，她帮我想了一些降低风险的措施。她说这需要最精细的基因手术，还需要能做全尺寸成人克隆的设备。"

"看来有些知识我已经不懂了。制作克隆人不需要顶级的基因医生，我自己就做过。还有，如果你要在子宫内培育克隆人，用她来承载你的记忆库，得找个代孕妈妈才行。九个月后代孕妈妈会给你一个小婴儿。这样更安全，也更便捷。"

"可是，拉撒路，我不能把我的记忆库放到小婴儿的大脑里啊。空间不够！"

"啊，是啊，没错。"

"就算是成年人的大脑，我也得非常小心地挑选一下，看看应该留下哪些内容，再抛弃哪些内容。我也不能单纯做一个克隆体，我一定得是综合体。"

"嗯，今晚我的脑子不大转弯了。举个例子，你一定不会想要和伊师塔一模一样的躯壳，然后赋予她你自己的个性并植入选定的知识。嗯，亲爱的，我能把我的第十二对染色体给你吗？"

"拉撒路！"

"别哭，孩子，哭多了会生锈。据说我的染色体对中某基因综合体的增强效果控制着长寿的特征，但是关于这个理论我一窍不通。就算情况是这样，我也可能会遗传给你较短的寿命。你或许还是用艾拉的第十二对染色体比较好。"

"不，我不要艾拉的。"

"你想瞒着他做这件事吗？"拉撒路考虑得十分周到，所以补充了一句，"这是为了你以后可能会和他要孩子考虑，对吧？"

计算机没有回答。

拉撒路柔声说："我早该猜到你想来个全套的，所以你肯定也不会从哈玛德莱雅那里借染色体，她可是艾拉的女儿。除非基因图表显示我们可以避免遗传风险。嗯——亲爱的，你希望自己的基因复杂程度尽可能高一些，是吗？这样一来，你的克隆体就会是一具独特的血肉之躯，不会和其他任何受精卵太雷同。来自二十三个'父母'才好，你是这么想的吧？"

"我觉得这样最好了，拉撒路。这样一来就不用分离染色体对了，只需要简单的手术，也没有出现意外的增强效果的可能。如果能找到二十三个让人满意的志愿捐赠者就好了。"

"谁说一定要他们自愿才行？我们可以偷啊，亲爱的。任何人的基因都不属于自己，人们只是自身基因的保管人而已。减数分裂的过程中，这些基因随机地转移给了他们，之后他们又会通过同样的随机过程，将它们传递给另外的生命。诊所里一定培养了成千上万份组织，每一份都有成千上万个细胞。所以只要我们聪明点、小心点，就算从其中选二十三份组织，每份各借一个细胞，谁会知道？又有谁会介意呢？别担心什么伦理问题了，这就像从一大片沙滩上偷了二十三颗砂砾一样。

"我才不关心什么诊所的规定。我猜，完成这件事要用到的违禁技术恐怕得有一箩筐。总之，去挑二十三位父母吧，至于怎么偷，这一点由我来操心。偷天换日我最擅长。不知道你要用什么标准挑选，不过我有个建议：如果你挑选时条件允许的话，父母双方在各个方面都得是健康的，而且要尽可能聪明。不要只看基因图表，更要看他们档案中的生活记录。"拉撒路想了想，接着说，"要是真有我之前提到过的那台假想时间机器，调查他们的历史就方便了。等你挑好之后，我想挨个调查一番。不过也许他们中有的人已经死了。我指的是捐赠者，不是培育的人体组织。"

"拉撒路，在其他特征均达到满意标准的前提下，有什么外形特征是我该避免选择的吗？"

"亲爱的，你为什么要担心这个？艾拉并不是那种想得到特洛伊的海伦[1]的男人啊。"

"我也不认为他是那样的人。但我想要成为一个高挑的姑娘，和伊师塔一样高，还得苗条，胸部小巧玲珑。头发嘛，要棕褐色直发。"

"密涅瓦，为什么？"

"因为那就是我的样子。你之前就是这么说的，你真的说了！"

拉撒路在昏暗中眨眨眼，轻声哼唱："……我就从她手里拿上五元十元，因为她是个性格随和的好姑娘。"然后突然停下来说道："密涅瓦，你是个满脑子疯狂想法的机器。如果带有最好的性格特征的基因拼出来的克隆人是个胖乎乎、矮墩墩的女孩儿，还有着金发和丰满的胸脯——那也接受吧！别管我这个糟老头子的幻想了。抱歉我提到了自己理想的女性形象。"

"可是，拉撒路，我说的是'在其他特征均达到满意标准的前提下'，要得到我需要的外形和外貌特征，我只需要再从中检索三对常染色体就行了，这并不冲突。到时候我们讨论过的所有参数的检索都已经完成了。这些基因就拼成了我。这个'我'应该是主格还是宾格？没错，就是宾格！你告诉我之后我就懂了。不过，听了你说的话，还考虑到你没说出口的话，我觉得我需要先问问你的意见再决定自己长什么样。"

---

1 海伦：希腊神话中的人物，传说中是人间最漂亮的女人。传言是特洛伊战争的起因。——编注

老人低下头，掩住脸。然后他抬起头："亲爱的，你自己做主吧。像她就行，我是说'像你'就行。要让你的形象符合你对自己的想象。到时候你就知道，要想成为你心目中的自己，一点缺憾没有，是很难的事。"

"谢谢你，拉撒路。"

"亲爱的，就算一切都顺利，你也肯定会碰上问题的。比如说，你有没有想过，你得从头开始学说话？还得学着去看去听？等你把自己转移到你的克隆人身体中，只留下自己曾经的计算机躯壳，你不会一下子成为一个成年人，而更像是一个困在成年人身体中的小婴儿。你会感到非常别扭，会觉得身边的世界嘈杂而陌生，让你产生很多困惑。此外，你也不会认识我。你得先学会用自己的新眼睛，之后才能将我视为一个完整的个体。而且一开始的时候，我说什么你都听不明白，你意识到这些了吗？"

"我意识到了，拉撒路，我知道。我都考虑得很清楚了。进入我的新身体的同时也不能毁坏我现在所在的计算机，一定不能，因为艾拉会需要它的，伊师塔也一样。完成转移是最关键的步骤，但是如果我成功了，我向你保证，我不会被陌生感吓到的。因为我知道，我身边都是爱我的朋友，我学习如何做人期间，他们会照顾我，保障我活着，不会让我伤害自己或遭到外界伤害。"

"说得没错，亲爱的。"

"我知道这些，所以我并不担心。你也别为我担心，心爱的拉撒路，现在你先别想了。之前你为什么说'假想的时间机器'？"

"不然该怎么说？"

"我会管它叫'还没发明出来的时间机器'，'假想的'指的是不可能实现的。"

"嗯？有点意思，说下去！"

"拉撒路，这是我从朵拉那里学到的。在教我多重空间宇宙航行学中的数学时，她告诉我每一次跃迁都要做出一个重要决定，这关系到什么时候重新进入时间轴。"

"没错，那当然了。因为你脱离光速框架之后，跃迁涉及多少光年的距离，你就有可能错过多少年的时间。但这不能当时间机器用。"

"不能吗？"

"嗯——你这个想法有点让人头疼，那样的话就好像故意进行糟糕的着陆一样。我真希望安迪·利比也在这儿。密涅瓦，你以前怎么没提过这个想法？"

"我是否应该把这个想法也放到兹威基盒子里？你当时拒绝了去未来旅行的建议，我把回到过去的时间旅行也排除在外了，因为你说你想有'新'的体验。"

拉撒路·朗的笔记本内容摘录

❖ 永远在阴凉处储存啤酒。

❖ 最新数据显示，银河系中唯一对人类有威胁的动物就是人类自己。所以说人类应该责无旁贷地当自己的竞争对手，因为没有其他敌人可以帮助人类进步。

❖ 男人比女人多愁善感得多，多到会影响他们的思考。

❖ 比赛背后当然都有人为操纵，但别因为这个就不下注。你不赌就没机会赢。

❖ 只要见到牧师或祭司，你就应该先假定他们是有罪的，除非你见到了证明他们无辜的证据。

❖ 永远要听专家的。专家会告诉你什么事不能做，为什么不能做。知道这些之后，你就放手去做吧。

❖ 开第一枪要快。不管打没打中，对方肯定会被你的速度惊到，他愣神的时间足够你开出完美的第二枪了。

❖ 没有确凿的证据显示人死后还有其他存在形式，也没有证据能证明相反的结论。反正人生苦短，你迟早会知道答案，现在操什么心呢？

❖ 不能用数字表达的就不是科学，是观点。

❖ 大家都知道，两匹马赛跑，肯定有快慢之分。哪一匹是快马呢？差别很关键。

❖ 假冒的预言家尚可容忍，真有预言能力的占卜者却应该立即枪毙。卡珊德拉[1]的下场其实应该更惨才对。

❖ 错觉往往很有用。正是因为母亲会误以为自己的孩子聪明、美丽又善良，等等其他各种令人作呕的错觉，才使得她不会在孩子出生的时候就将他溺死。

❖ 大多数"科学家"都做着清洗瓶子和分拣扣子之类的活儿。

❖ "男性和平主义者"这个词本身就存在着矛盾。大多数自诩"和平主义者"的人并非都真的崇尚和平，他们都是欺世盗名之徒。风向一变，他们就会把海盗旗升起来。

❖ 喂奶并不会让女人的乳房之美有所减损，反倒会增加乳房的魅力，让其看起来生机勃勃，十分快活。

❖ 忽视历史重要性的一代人，既没有过去，也没有未来。

❖ 一个公然朗读自己诗歌的诗人肯定也有别的恶习。

❖ 有姑娘的世界才是美好的世界！

❖ 坐垫底下往往会发现零钱。

❖ 历史上不曾有哪种宗教的基础是理性的。宗教就是给那些不够强壮、无法独自立于未知世界的人的拐杖。同时宗教也像头皮屑，大多数人都有，他们还会为了它花费时间与金钱，而且看起来这么做会给他们带来可观的快感。

❖ 很多时候人们会惊奇地发现，"成熟的智慧"不过是代表着活得太累罢了。

❖ 如果你不喜欢自己，肯定也无法喜欢上别人。

---

1 卡珊德拉：希腊、罗马神话中特洛伊的公主，阿波罗的祭司。她有预言能力，但预言不被人相信。特洛伊战争后，她被阿伽门农俘虏，并遭克吕泰涅斯特拉杀害。——译注

❖ 你的敌人在他自己眼里永远不是恶人。记住这一点或许能让你把他当成你的朋友。就算不能，这一点也能让你在不恨他的情况下把他干掉，而且速度会很快。

❖ 关于一件事的延期建议随时都可能被提出。

❖ 没有任何一个国家有权通过征兵继续存在下去，从长远来看，的确没有哪个国家做到过。古罗马的主妇曾经对她们的儿子说："要么拿着盾牌回来，要么躺在盾牌上让人抬回来。"后来，这个风俗消失了，古罗马也衰落了。

❖ 在人类凭空为自己制造的奇怪罪名中，最神奇的要属"亵渎神明"了。此外，"猥亵"和"露阴"分别取得了第二名和第三名的好成绩。

❖ 基奥普斯[1]定律：没有什么事物能够按期，或是在预算范围内建好。

❖ 有爱做时直须做，莫待人走空坐床。

❖ 所有社会的基础规则都是保护怀孕的妇女和年幼的孩童，其余的法律法规都是多余的、用来装点门面的、奢侈的或愚蠢的。要是出现紧急情况，或是社会为了保护自身的主要功能，那些法律规定都可以忽略。种族延续是唯一的宇宙通用道德准则，其他准则不可能成为社会的基础。任何企图不以"妇女儿童优先"为基础打造"完美社会"的尝试都是白痴之举，而且自然而然会导致种族灭绝。然而，过分乐观的理想主义者（这些人都是男性）已经徒劳地试过很多次了。无疑，他们会继续尝试下去。

❖ 人人生而不平等。

❖ 金钱是强有效的催情剂，不过鲜花也能起到同样的作用。

❖ 暴君杀人是为了消遣，傻瓜杀人则是为了仇恨。

❖ 慰藉寡妇只有一个办法，但是做之前要先想想风险。

❖ 如果有需要——你总会碰上这样的时候——你必须不惜射杀自己的

---

1 基奥普斯：埃及法老胡夫，他下令在吉萨修建了著名的胡夫金字塔。——译注

狗也要挺过去。别把责任推给别人，那样只会让事情更糟糕。

❖ 这是一个物质过剩的时代！大口吃肉，大口喝酒，尽情享受生活的滋味吧。只有僧侣才过有节制的生活。

❖ 宁做活着的豺狼，不做送命的狮子；不过，最好还是做活着的狮子，这样做起事来才游刃有余。

❖ 同样一个道理，有人奉为圭臬，有人听了则哈哈大笑。

❖ 人与人之间的性应该是友好的。不然你还是用性玩具好了，毕竟那更卫生。

❖ 人们极少（几乎从来不会）创造出比自己更高级的神，大多数神的行为举止和道德准则都与被宠坏的孩子无异。

❖ 永远别妄想唤出一个人的"善良本质"，他大概率没有这样的本质。反倒是激起他的私欲可能会给你更多利用他的机会。

❖ 小女孩就像花蝴蝶一样，她们做什么都行，不需要任何借口。

❖ 你可以拥有和平，也可以拥有自由，但是永远别想同时拥有这两样。

❖ 累了、饿了的时候，别做不能更改的决定。注意：当时的情况可能会迫使你做一些不情愿的决定，所以凡事要提前想清楚！

❖ 一定要把衣服和武器放在即便在黑暗中你也能轻松找到的地方。

❖ 大象就是按照政府的规格造出来的老鼠。

❖ 在历史上，贫穷是一个人的常态。不管是在什么地方，也不管是什么时期，能突破这种常态、有所进步的从来都是极小一部分人，他们往往受到所有头脑健全的人的鄙视、谴责和反对。只要这一小部分人被剥夺了进行创造性工作的权利，或者（有时候会发生这种情况）被驱逐出社会，所有人就会迅速回到赤贫状态。

而我们管这种遭遇叫作"运气不好"。

❖ 在成熟的社会中，"公务员（civil servant）"的意思相当于"人民的主人（civil master）"。

❖ 如果一个地方因为太拥挤，需要大家提供身份证才能继续待下去，那离社会崩溃就不远了。这时候，你最好搬去别的地方生活。太空旅行最好的地方就在于，去别的地方成了可能的选择。

❖ 女人不是财产，那些把老婆当私产的丈夫简直是活在梦想世界里。

❖ 太空旅行第二好的地方在于，因为每一颗星球之间的距离遥远，人们很难发动战争，而且在这种情况下，战争是不切实际的，甚至没有必要。这大概是很多人的损失，因为战争是我们种族最流行的消遣，可以赋予沉闷又愚蠢的生活以意义和色彩。不过，没有战争对于那些非必要不出手的智者来说却是一个重大的福利，他们从不为了消遣而发动战争。

❖ 受精卵是配子制造出更多配子的途径。这可能就是宇宙的意义。

❖ 有些人表示自己"热爱自然"，对大自然中出现的"人造建筑"表示遗憾，认为那是"人类破坏了'自然'"。但这种人的观点中自有矛盾之处，最明显的地方在于他们的用词暗指人类和人类的建筑并非"自然"的一部分，而海狸和它们建造的堤坝就属于自然。乍看起来荒唐，深入分析也同样荒唐。这些人声称他们爱海狸建的堤坝（因为这种堤坝是海狸为了海狸的生计建造的），但是讨厌人类建造的堤坝（因为这是人类为自己建造的）。这些"自然主义者"暴露了他们对自己种族的恨，即自我憎恨。

具体到"自然主义者"身上，他们的自我憎恨是可以理解的。他们就是一群可怜虫。但恨是一种很强烈的情感，其实怜悯或者蔑视才和他们更配。

至于我，不管情不情愿，我都是个人类，不是海狸。智人是我唯一归属的种族。我可真是幸运，因为我喜欢属于由男人和女人组成的种族，我认为这样的安排很好，是再"自然"不过的。

不管你信不信，世上真的有反对人类首次飞向老地球的卫星的那种"自然主义者"，他们认为登月这种行为"不自然"，是"对自然的掠夺"。

❖ "没有人是一座孤岛。"尽管我们在心理感受和行为举止上都是个体，其实我们人类群体是一个独立的有机体，会不断成长和抽枝长叶，需要定期"修剪"才能保持健康。这样做的必要性是确定无疑的。任何长了眼的人都知道，任何无限制生长的有机体都会死于自身的病灶。唯一合理的问题是，这种"修剪"应该在人出生前还是出生后完成。

我是个不可救药的感伤主义者，在这两种修剪方法中，我更喜欢前者。杀戮会让我感到恶心，就算是"两个人中必有一死，我宁愿活下来的那个是我"这种情况也不例外。

但这其实是个品位问题。有的祭司认为在战争中、难产中死去，或是悲惨地饿死，这些统统要比没活过好。他们的想法或许是对的。

但是我没必要喜欢这种观点，我也的确不喜欢。

❖ 民主是建立在一百万人加起来会比一个人更加智慧的假设上。可这怎么可能呢？我一定是哪里没想周全。

❖ 独裁是建立在一个人会比一百万个人加在一起更加智慧的假设上。和上一条思考一样，我们还是再琢磨一下吧。到底该由谁来决定呢？

❖ 在权力和责任对等协调的情况下，任何政府都能运转下去。这并不能保证会出现一个"好"的政府，只能保障它运转顺利。可即便是这样的政府都很少见，因为大多数人又想管事儿，又怕担责任。过去这种现象被称为"后座司机综合征"。

❖ 什么是事实？这个问题值得一再追问，到底什么是事实？抛却一厢情愿的想象，别信神学家给的启示，忘掉所谓的"占星预测"，不听别人的见解和主张，也别听邻居怎么想，别在意那些猜不透的"历史的论断"。什么是事实，能精确到小数点后多少位？你总是想了解未知的未来，事实是你唯一的线索。所以请先搞清楚事实！

❖ 愚蠢是病，金钱不能治，教育无法救，立法也拿它没办法。愚蠢不是罪孽，犯了蠢的人都并非出于自愿。但愚蠢确实是天字第一号的罪行，背上这种罪行的人只能等着被判死刑，而且没有上诉机会，行刑将会毫无怜悯地自动开始。

❖ 上帝全知全能且无限仁慈。标签上是这么写的。如果你笃信三种神性同时存在，我有笔划算的买卖跟你做，但是我不收支票，只要现金，而且得是小额钞票。

❖ 勇气是恐惧的B面。一个无惧的人也无法做到勇敢。（而且他还是个傻瓜。）

❖ 人类精神世界最伟大的两个成就是一对双生概念——"忠诚"和"责任"。若是这两个概念开始遭人耻笑了，那就赶快离开那个地方吧！这说明那个社会已经不可救药了，早晚完蛋，惜命的话你就早点离开。

❖ 经历过大起大落的人永远不会允许自己错过一顿饭，只有穷酸的可怜虫才会勒紧裤腰带过活。

❖ 一个命题的真实性与可信度无关，反之亦然。

❖ 任何不懂数学的人都不能称之为一个完整的人。他至多可以算作懂得如何穿鞋、洗澡和不把家里弄乱的一只尚能让人忍受的类人生物。

❖ 机械中彼此摩擦的动件需要润滑油才能免于过度磨损；同样，敬语和正式的礼节也相当于人与人之间交际的润滑油。通常，非常年轻、没见过世面、过于天真、不通世故的人会把这些礼节视为没必要的形式。他们说这么做没有意义或者虚伪，并且不屑于讲礼节。不管他们的动机有多"纯洁"，这种行为都无异于往本来就运行不太顺畅的机器里撒沙子。

❖ 一个合格的人类必须会换尿布、策划入侵行动、杀猪、驾驶飞船、设计建筑、写十四行诗、做账、砌墙、接骨、做临终关怀、执行命令、下达命令、协作、单独行动、解决方程式、分析新问题、施肥、编程、做可口的饭菜、高效地战斗和勇敢地死去。只会做一件事的是昆虫。

❖ 你爱得越多，爱的能力就越强，爱得也越深。所爱之人的数量没有限制。如果一个人拥有足够的时间，他可以爱遍所有正派好人。

❖ 自慰便宜、卫生又方便，没有可能犯错，而且做完之后不用冒着寒风回家。只是，自慰太孤独了。

❖ 警惕利他主义，这东西建立在自欺的基础上，是万恶之源。

❖ 如果你想做某种"利他"的事情，请你先好好想想自己的动机，把其中自我欺骗的成分剔除。然后如果你还想做的话，那就放胆去做吧！

❖ 人类幻想出来的最荒谬可笑的东西就是造物主。他是整个宇宙的创造者和统治者，却很喜欢得到他所造之人的无上崇拜，同时又容易被他们的祈祷所欺骗，要是没人奉承还会暴怒。这种幻想荒唐至极，没有一点证据支持，却支撑起了历史上最古老的、最庞大的，也最没有生产力的行业。

❖ 荒谬可笑的想法榜上排名第二的就是认为性爱带有原罪。

❖ 写作并非一件可耻的事，但要私下做，而且做完之后得洗手。

❖ 如果利息是7%，每个季度算复利的话，把100美元存上200年就能得到超过一亿美元，只不过200年后这些钱就不值钱了。

❖ 亲爱的，别用微不足道的小事去烦男人，也别用你过去犯下的错误为他增添负担。和男人打交道，最开心的法子就是永远不告诉对方他不需要知道的事情。

❖ 亲爱的，真正的淑女脱下衣服的时候也会一并抛下自尊，然后尽全力表现出放纵的一面。其他时候你尽可以扮演那个端庄矜持的你。

❖ 在性这件事上，人人都撒谎。

❖ 如果像行为主义者声称的那样，人都是机器人，行为主义心理学家也发明不出"行为主义心理学"这种非常扯淡的概念。他们和那些赞同燃素学说的化学家一样，从一开始就错了，虽然聪明，但还是犯了错误。

❖ 祭司总喜欢吹嘘他们那些江湖万灵药一样的"奇迹"，但我更喜欢真正的奇迹——怀孕的女人。

❖ 我觉得宇宙的意义就在于和你爱的女人做爱，并在她全心全意的帮助下造出一个孩子来。除此之外，我可没听说宇宙还有什么比这更重要的意义。

❖ 你应该牢记第十一诫并严格遵守它[1]。

❖ 要看一名"知识分子"到底是不是真的有学问，可以用这个试金石——问他对占星术怎么看。

❖ 税不是为了那些交税的人征收的。

❖ 没有为了社交参与赌局的说法。只要你上了赌场，要么努力把对方的心肝挖出来吃掉，要么就认命当个被人坑的笨蛋。如果你不喜欢做这样的选择，那就别赌。

❖ 运货的飞船起飞时，货款也已经结清了。别回头，别后悔。

❖ 第一次在军队当教官的时候，我的经验远远不足以胜任，所以我当时教给那些学员的东西一定害得他们中一些人送了命。战争这东西太残酷，千万别让没经验的人传授如何打仗。

❖ 有能力有自信的人不会在任何方面产生嫉妒心。嫉妒一向是心理上没有安全感的表现。

❖ 金钱是最虔诚的奉承。

  女人喜欢被奉承。

  男人也一样。

❖ 你必须活到老，学到老，否则你可能活不到老。

❖ 女人坚持要和男人达到绝对平等时，她们通常会陷入非常艰难的境地。女人凭其本质和本事比男人更出色，所以她们应该采取的策略是在当前情况允许的条件下要求特权。她们永远不该止步于与男人平

---

1 《圣经》中上帝借由摩西向以色列民族颁布了十条规定，即《摩西十诫》。耶稣复活以后，十诫成为给全世界的人的诫命。所以其实并没有十一诫，此处为讽刺规诫的意思。——译注

等。对于女人来说，"平等"就是灾难。

❖ 和平是通过政治手段实现的战争的延伸。充足的活动空间不仅更令人愉悦，也更安全。

❖ 一个人眼中的"魔法"是另一个人眼中的工程。所以说，根本不存在什么"超自然"。"我们（我）（你）必须……"这种话说明其实有些事不用做。"这种事不用说也知道"相当于红色预警。"当然做好了"的意思是你最好亲自查看一下。若是能正确理解这类无甚意义的俗套措辞，它们就会成为你的航道标志，指引你进行下一步行动。

❖ 让孩子过得太如意就是害了他们。

❖ 揉揉她的脚。

❖ 如果你恰巧是少数能做创意工作的人之一，千万不要心浮气躁地着急想出创意，不然这个创意肯定会流产。耐心点，时机成熟创意自然会产生。要学会等待。

❖ 永远不要强迫年轻人分享他们的隐私，尤其是性事。他们在成长的过程中周身都是敏感点，而且非常讨厌（无可厚非）隐私受到侵犯。哦，当然了，他们也会犯错误，但那是他们自己的事情，与你无关。（你自己也会犯错误，不是吗？）

❖ 永远不要低估人类的愚蠢。

XI

养女的故事

天色暗下来的时候，和我一起站在人类古老的行星上，凝望北方。循着北斗星的斗柄，在斗柄一半的位置向左看。看到了吗？感觉到了吗？那儿什么都没有，只有清冷和幽暗。这次把眼睛遮住，用内心之眼再感知一下，仔细倾听野鹅的啼声。这声音穿过无边的太空，又被宇宙间奇异的平衡所不容，因而反弹回来……

在那儿呢，发光的！让眼前的画面定格，驾驶你的飞船穿过扭曲的太空。轻点儿，再轻点儿，别把目标弄丢了。等待人类开发的处女行星，无数个新的开端……

伍德罗·史密斯扮过许多身份，有过许多别名，去过许多地方。现在，他带领一队人前往新起点星，一颗纯净明亮如黎明的行星。他告诉同船的伙伴们，此行已接近尾声。这里有一望无际的、未曾有人类踏足的大草原，有连绵不绝、未经砍伐的莽林，有蜿蜒的河流，高耸的群山，隐秘的宝藏与陷阱。这里有盎然生机，也有致命危险；在这里，你唯一能犯下的罪就是不去尝试。拿起你们的锄头和铲子，挖出厕所，搭起茅舍。明年我们的生活会更好，实力会更强，田地的垄沟也会更长。

学着去栽种庄稼，学着去品尝自己的劳动成果。不要只想着花钱买，要学着去创造！不去尝试怎么能了解？尝试，再尝试，不断去尝试……

　　欧内斯特·吉本斯，曾用名伍德罗·史密斯，有时候也叫拉撒路·朗等其他名字，是新起点商业银行的行长。眼下，他刚刚走出沃尔多夫餐厅，站在门廊上一边剔牙，一边看着熙熙攘攘的街道。他下方的街上拴着六头背上有鞍的骡子和一匹戴着口套的疾行兽；远处的街道右侧，一支骡车队正在多金贸易站（E.吉本斯的资产）的码头边卸货；大街正中央，一条狗趴在扬起的灰尘中一动不动，拉车的牲口在它周围走来走去。街对面的左侧，有十几个孩子正在梅伯里夫人小学的操场上玩一种特别吵闹的游戏。

　　他站在原地不动就能在街上数出三十七个人。十八年来，这里的变化真大啊！多金不再是这颗行星上唯一的聚居区，也不再是最大的了。新匹兹堡的规模更大（也更脏乱），另外离分区和汇合区的规模也不小，都可以被称为城镇了。这仅仅是来了两船的移民而已，而且大家差点就在这个殖民地的第一个冬天里饿死了。

　　他不喜欢回想那个冬天，因为只要他想起那一家人来心里就不是滋味。不过，没有证据显示他们因为饥饿吃过人，而且他们已经都死了。

　　算了，别想了。在这里，弱小的人都死了，坏人要么死了，要么被杀掉了；活下来的牲畜总会变得更强壮、更聪明，也更像样子。新起点是颗值得骄傲的星球，在未来很长一段时间里，这里的生活会越来越棒。

　　不过，近二十年的时间都待在一个地方实在是太久了，是时候再次登船启航了。不管从哪方面来说，他和安迪一起在群星间徜徉的日子都比现在更有趣。那时候他们俩到处开发房地产，评估好升值潜力之后就走人，从不多做停留。说到安迪，愿上天保佑他纯洁善良的灵魂。他心想，也不知道他的儿子撒刻能否按时把第三批有望在此扎根的移民带回来。

　　这样想着，他掀起苏格兰短裙，挠了挠右膝盖上方，顺便检查了一下他挂在腰带左侧的爆能枪，又看了看针击枪的情况。然后他抓抓后脖颈，确认第二把飞刀还好好放在原位。他做好了与人会面的准备，只是在想是该先去银行的办公室，还是去贸易站检查马上要来的那批货物。可是他对这两样工作都没有什么兴趣。

其中一头拴着的骡子向他点点头。吉本斯也向他看过去，说道："嘿，巴克。你小子还好吧？你的老板呢？"

巴克紧闭双唇，然后突然蹦出一个词："蝇行（银行）！"

这说明一个问题：如果克莱德·利莫尔把坐骑拴在这儿而不是银行门口，那就表示克莱德想从边门进去，再找机会贷一笔款。那我们就看看他有什么本事找到我吧。

他也不会去贸易站的。这不仅是因为克莱德下一步就是去那儿找他，还因为他不想让瑞克紧张。如果他提前露面，今天瑞克就没机会像往常一样偷点东西了。要是瑞克因此撂挑子不干了，他要上哪儿去找一个靠谱的仓库管理员呢？瑞克从来都是个实诚的家伙，每批货他只偷5%，不多也不少。

吉本斯摸了摸他的衬衫口袋，找出一颗糖来，然后把糖放在掌心里递给巴克吃。那骡子灵巧地把糖吃进嘴里，点头道谢。吉本斯想，除了利比驱动器，对殖民星球帮助最大的就要属这些变异骡子了，它们不仅有生育能力，而且的的确确特别能生。关键是冷冻睡眠状态对它们的影响特别小。要知道，若是运输过程中让猪进入了那种状态，等飞船着陆后再一看，有一半都会变成冻猪肉。变异骡子在方方面面都能照顾自己，而且强壮到足以踢死一头野生疾行兽。

他说："再见了，巴克。转告你的老板，我要去散步了。"

"吼哒（好的）！"骡子表示知道了，"债见（再见）！"

吉本斯往左一转，向着城外走去。同时，他心里开始琢磨，要是克莱德·利莫尔同意抵押巴克，他该同意批给他多少贷款。要知道，能得到一头温驯聪明的成年公骡简直是中了头彩，另外这应该是克莱德唯一还没有抵押出去的财产了。吉本斯非常确信，等抵押巴克贷到的款子到期之后，克莱德就得靠自己的双腿走路了。他并不怜悯克莱德，因为他觉得没有能力在新起点上好好生活的人就是废物，所以也没有必要资助他。

不，一块钱也不能借给克莱德！直接开价买他的骡子，在合理价格的基础上再加10%。吃苦耐劳的家畜不该属于一个懒汉。吉本斯其实并不需要一头带鞍的骡子，不过要是每天能骑上一个小时左右也不错。成天在银行里坐着上班，人会变得无精打采的。

等再次结婚的时候，他可以把巴克当新婚礼物送给新娘。想得挺美，只不过这颗星球上除了他之外的霍华德家族成员只有一对夫妻，而且他们还没有能嫁人的女儿。另外，在这里，他们霍华德家族的人都隐瞒了自己的真实身份，只有等星球上的人口多起来，家族能在这儿开诊所的时候才能以真面目示人。这样更安全。一朝被蛇咬，十年怕井绳。他极力避免和霍华德家族的其他成员打交道，他们彼此之间也互相装作不认识，起码表面上是这样。要是能再次走进婚姻也挺好的。马吉家族——其实他们是巴斯托家族——有两三个女孩，她们就快成年了。也许他应该找一天登门拜访。

他早上吃了一肚子炒鸡蛋，现在又满脑子都是邪恶的想法，所以他感到精力充沛，干劲十足，心想不知道有没有哪个女人愿意和他一起找个僻静地方来一发。欧尼[1]倒是认识几个和他有一样"志趣"的女人，但是这个点儿她们都不方便出来滚床单。他现在想要的就是单纯地找点乐子。毕竟不管对方有多好，和短寿人约会真的对谁而言都得不偿失，对方要是真的特别好，那就更要命了。

就这样，银行家吉本斯走到了城区边缘。他正要往回走，突然注意到远处有一栋房子正在冒烟。是哈勃家。不对，以前是哈勃家，他在心中默默更正。自从他们去城内置业后就搬离了那里，现在住在那栋房子里的是……嗯，巴德·布兰登和他老婆玛姬，这小两口是第二批移民。

---

1 欧尼：欧内斯特的昵称。——译注

他记得他们好像有一个孩子。

这么热的天儿还生火？也许是在烧垃圾吧。

糟了，那烟不是从烟囱里冒出来的！

吉本斯赶紧往那边跑去。

等到了曾经的哈勃家，他发现房子的整个屋顶都烧起来了。拉撒路慌忙停住脚步，想先判断一下局势。和大多数老房子一样，哈勃家的一楼没有窗户，只有一扇向外开的窄门。这种设计在疾行兽和龙遍地走的时候流行一时。

打开那扇门就相当于为炉子开了风门。

总之那扇门决不能开，这一点毫无疑问。他围着房子跑了一圈，瞧见二楼有几扇窗户，于是开始寻找能够到窗户的法子。如果有梯子什么的就好了。房子里有人吗？布兰登一家连用来逃出火场的打结绳子都没有吗？也许真没有。质量好的绳子都产自地球，零售的话能卖到九十美元一米，搬家时哈勃家不可能把那么贵的绳子落下。

一扇窗子的百叶窗开着，浓烟从里面滚滚而出。

他大喊："嘿！里面有人吗？"一个人影出现在窗口，同时有一样东西朝他扔了下来。

那东西还在空中的时候他就看清楚了，所以他自然稳稳地将其接在怀中，然后为了减少冲击力在地上打了个滚。他接住的是一个小孩儿。

他抬头望去，看见一条胳膊耷拉在窗沿上。接着房顶塌下来，那条胳膊也随之消失了。

吉本斯慌忙从地上爬起来，他怀里抱着一个小男孩——不，是个小女孩，他又在心里默默纠正道。他匆匆退后，远离致命的火场。他觉得在这么猛烈的火势下不可能有人还活着，只希望房子里的人死得够快，这样才没有什么痛苦。他把孩子揽在臂弯里："小宝贝，你还好吗？"

"应该还好，"她回答，然后严肃地补充了一句，"可是妈妈病得厉害。"

"亲爱的，你妈妈现在已经没事了。"他柔声说，"你爸爸也一样。"

"你确定吗？"孩子在他臂弯中扭动着，她想起身看看那座燃烧的房子。

他耸起肩膀，挡住孩子的视线："我确定。"他把她抱得更紧了，同时开始向远处走去。

回城的半路上，他们碰见了骑在巴克背上的克莱德·利莫尔。克莱德勒了勒缰绳，让巴克停下来，说道："原来你在这儿！银行家，我找你有事。"

"先别说了，克莱德。"

"啊？可你不明白，我必须凑点儿钱。这一整个季度我都特别倒霉，就好像我碰什么什么就——"

"克莱德，你给我闭嘴！"

"怎么了？"利莫尔似乎刚刚注意到银行家怀里抱着什么，"嘿！这不是布兰登家的孩子吗？"

"是的。"

"我猜也是。现在我们聊聊贷款吧——"

"我让你闭嘴。银行不会再借给你一分钱。"

"可你一定要听我把话说完。我觉得社区应该帮助不走运的农民才对，要不是我们农民——"

"你给我听好了，如果你劳动的时间和你花在说话上的时间一样多，你根本不用在这儿跟我讲什么'不走运'。连你家的畜棚都脏兮兮的。嗯，不然这样吧，你骑的这头种骡多少钱？"

"巴克？你问这干什么？我又不卖巴克。不过，银行家，我有个主意。虽然你说话粗鲁，但是我知道你心地善良，我还知道你不会眼睁睁看着我的孩子们挨饿。巴克可是非常有价值的财产，我寻思着它应该可以抵押，大概——"

"克莱德，你要是为自己的孩子着想，最好赶紧割喉自杀，这样才方便别人收养他们。没有贷款给你，克莱德，一分一厘都不会贷给你。但是我本人会把巴克买下，现在就掏钱。你说个价吧。"

利莫尔惊得吸了口气，犹豫着说："两万五。"

吉本斯听后立刻继续朝市内走去。利莫尔焦急地改口说："两万。"

吉本斯还是没搭理他。

利莫尔拉着缰绳让骡子转过身，挡在银行家前面，站定了："银行家，算你狠，一万八你牵走吧。你这相当于把它偷走。"

"利莫尔，我不会从你这儿偷什么东西的。不如你拍卖它好了，我也许会参与竞价，也许不会。关键是你觉得它在拍卖会上能值多少钱？"

"嗯。一万五。"

"真的吗？我觉得卖不到这个价钱。我都不用看它的牙齿就知道它多大了，知道你下船之后买它花了多少钱，还知道这儿的人能付得起多少钱、会为它掏多少钱。不过，毕竟你是它的主人，你说了算。但是你记住，只要你拍卖它，最后不管卖没卖出去都得给拍卖商起始价的10%作为酬劳。不过，这也是你的生意，所以你做主，克莱德。现在从我面前闪开吧，我要带这孩子进城去，安顿好她。她刚刚经历了很可怕的事。"

"呃……那你说说你出多少钱嘛。"

"一万二。"

"什么？这简直是抢劫！"

"你觉得不合适就不必接受。假设拍卖会上能如你所愿，卖出一万五千美元，那到你手上的钱应该有一万三千美元，但是假设骡子只拍出了一万的价钱——我觉得这种事才更可能发生——那你到手的只有九千美元，再见了，克莱德，我还有事要忙。"

"那一万三行不行？"

"克莱德，我已经说了我的最高价。你以前常常和我打交道，应该知道我说是最高价就是最高价。不过，看在它带着鞍子和缰绳的分儿上，如果你再回答我一个问题，我可以给你加五百美元。"

"什么问题？"

"你是怎么决定移民的？"

利莫尔似乎被问得愣了一下，然后马上讪讪地笑起来："如果你想听真话的话，我可以告诉你，因为我当时疯了。"

"我们大家谁不是疯子？克莱德，你这跟没回答一样。"

"好吧。我家老爷子也是银行家，和你一样精明！本来我过得不错，有一份正经且受人尊敬的职业，在大学里教书。但是薪水不怎么样，每次我手头紧张的时候我家老爷子都会对我冷嘲热讽。他喜欢打探我的情况，知道之后又对我各种嫌弃。最后，我受够了，我问他是否愿意给我和伊冯在'小安迪'号上买两张票，让我们移民算了，因为这样他就可以摆脱我们两个丢人现眼的玩意儿了。

"出乎我的意料，他竟然同意了。我也没退缩，因为我知道像我这样受过良好教育的人到哪儿都能取得成功，再说我们又不是被抛到什么蛮荒星球上。你应该记得，我们是第二批来的。

"可是，没想到这确实是颗蛮荒星球，我不得不做那些绅士不该干的活儿。不过，银行家，你等着，这里的孩子在成长，总有一天他们需要高等教育，而不是梅伯里夫人在她那所同名小学里做的基础教育。到那时候，我就发达了，你得称呼我'教授'，跟我说话也得毕恭毕敬的。等着瞧。"

"那就祝你好运了。所以你要接受我的报价吗？总共一万两千五百美元，这钱是把鞍子和缰绳算在内的。"

"呃……我刚才说接受了吧？"

"你没说，你还没点头同意呢。"

"我接受。"

从始至终，吉本斯怀里的小女孩都在安静地听他们的对话，一脸认真。吉本斯对她说："亲爱的，你能自己站一会儿吗？"

"能。"

他把她放下。她有些颤抖，站不稳当，于是拽住了他的裙边。吉本斯在他的毛皮袋[1]里翻找了一会儿，然后拿巴克宽大的屁股当桌子，写好了汇票和转让契据。他把这些递给利莫尔："拿着这个去银行找希尔达。另外你得在转让契据上签名，然后把它给我。"

利莫尔一声不吭地签了名字，看了看汇票就把它装进兜里，然后将契据递给吉本斯："谢谢你，银行家，你这个吉扒皮，你想让我把骡子送到哪儿去？"

"你已经送到了。下骡。"

"什么？那我怎么去银行啊？又怎么回家啊？"

"用腿走啊。"

"什么？你的手段真够阴险卑劣的！在银行给你吧，到了那儿咱们一手交钱一手交骡！"

"利莫尔，我为这头骡子付了我能付的最高价，那是因为我现在就需要它。但是我看出来了，咱们俩在这事上谈不拢。没问题，把我的汇票还给我，你签了名的契据我也还给你。"

利莫尔似乎受了惊吓："不！你不能这么做！这笔买卖我们都谈好了。"

"那就立即从我的骡子上下来，"吉本斯说着便握住了万用刀的刀柄，这是此处人人随身携带的工具，"小跑着进城去，这样你还能在希尔达关门前赶到银行。快去啊。"他直视着利莫尔，面无表情，眼神冰冷。

"开个玩笑都不行？"利莫尔咕哝了一声就摇摇晃晃地离开了，他越走越快，加速向城内赶去。

1　毛皮袋：苏格兰男子民族服装的一部分，系在褶裥短裙前。——译注

"哦，克莱德！"

利莫尔停下脚步："你现在又想干什么？"

"如果你看到志愿灭火队往这边赶，告诉他们已经太晚了。哈勃家那栋房子没救了。不过，你一定要告诉麦卡锡，就说是我说的，最好还是派几个人过去查看一下。"

"好的，好的！"

"还有，克莱德，你以前在大学里教什么？"

"教什么？我教'创意写作'。我告诉过你，我可是受过高等教育的。"

"嗯对，你说得都对。行了，快去吧，希尔达马上就关门了，她还得去梅伯里夫人的小学接孩子呢。"

利莫尔又回答了些什么，但吉本斯没听，他抱起小女孩，说："稳住，巴克，站稳了，老伙计。"然后他把孩子高高举起，让她轻轻跨坐在骡子背部最高处。"抓着它的鬃毛。"说着他将一只脚伸到左侧的马镫里，一跃而起，坐到了她身后。吉本斯坐在鞍子上往后挪了挪，又把小女孩举起来重新放下，让她的身体大部分坐在鞍桥后面那块儿鞍子上，但也多少压着一点他的大腿。"抓牢它的角，亲爱的。对，用双手，舒服吗？"

"真有趣！"

"是啊，小宝贝，有趣得很呢。巴克，能听见我说话吗？"

骡子点点头。

"走吧，回城。慢慢走，稳着点，一步一步来，明白吗？我就不用缰绳了。"

"蛮蛮——肘（慢慢走）！"

"没错，巴克。"吉本斯拉了一下缰绳，让绳子松松垮垮地搭在巴克脖子上，用双膝夹了一下骡子，巴克便听话地缓缓朝城里走去。

过了几分钟，小女孩儿认真地问道："爸爸妈妈怎么办？"

"爸爸妈妈都没事，他们知道我会照顾好你的。亲爱的，你叫什么名字？"

"朵拉。"

"朵拉，这名字不错，很可爱。你想知道我的名字吗？"

"那个男人叫你'银行家'。"

"朵拉，那可不是我的名字，只是我有时候会做的工作。你可以叫我'吉比叔叔'。会说吗？"

"'吉比叔叔'，这个名字可真有趣。"

"是啊，朵拉。我们骑的骡子叫巴克，它是我的朋友，以后也是你的朋友。现在跟巴克打个招呼吧。"

"你好，巴克。"

"吼哇（好啊）……度拉（朵拉）！"

"它讲话比大多数骡子都清楚！是吧？"

"朵拉，巴克是新起点上最好的骡子，也是最聪明的。等我们把这缰绳解开——巴克根本不需要这玩意儿——它说话就更清楚了。到时候你可以教给它更多词汇。你愿意吗？"

"当然愿意啦！"朵拉又加了一句，"如果妈妈让我教它的话。"

"妈妈同意。朵拉，你喜欢唱歌吗？"

"哦，当然啦！我会唱一首拍手歌，但是我们现在不能拍手，是吧？"

"现在呀，我想我们还是抓紧了比较安全。"吉本斯飞快地在大脑中搜索欢乐的歌曲，同时暗暗淘汰了十几首不适合小女孩儿唱的，"这首怎么样？

"街角有家小当铺，

我的大衣常常往那儿送。

"朵拉，你能学会这首歌吗？"

"哦，这首歌挺简单的！"小女孩尖声唱了一遍，她的声音让吉本斯想起了金丝雀，"吉比叔叔，就这么两句吗？还有，'当扑（当铺）'是什么？"

"那就是你用不着大衣的时候可以寄存它的地方。这歌后面还有好多词儿呢，成千上万句呢。"

"'成千上万……'这是不是说明有一百首那么多啊？"

"差不多吧，朵拉。我再教你唱一段：

> "当铺旁边有座贸易站，
>
> 我的姐姐在那儿卖糖果。

"朵拉，你喜欢糖果吗？"

"喜欢呀！可是妈妈说糖果太贵了。"

"没事，朵拉，明年就不贵了，到时候甜菜就丰收了。不过……'张开嘴，闭上眼，我来给你个小惊喜！'"他在衬衫口袋里摸了摸，然后说，"哦，朵拉，对不起，小惊喜得等我到了贸易站才能给你。我口袋里的最后一块糖喂巴克了。巴克也喜欢吃糖。"

"它也喜欢吃糖？"

"对啊，以后我会教你怎么喂它才不至于意外损失一根手指头。但是糖果对它的健康不太好，所以咱们只能偶尔作为奖励让它开心一下。好吗，巴克？"

"吼哒（好的）！脑板（老板）！"

吉本斯骑着巴克停在梅伯里夫人小学门口时正赶上放学。他把朵拉放到地上，她看起来非常疲惫，吉本斯只好又把她抱了起来："等等，巴克。"大群学生后面落单的几个孩子盯着他们看，闪到了一边，让他们过去。

"下午好，梅伯里夫人。"吉本斯来到这里全凭本能。这位女校长是个头发花白的寡妇，五十岁上下，有过两任丈夫，都已经去世了。虽然机会渺茫，但她目前正在努力找第三任丈夫，因为她想组建自己的小家庭，而不是和她的女儿、继女或媳妇一起生活。她曾经和欧内斯特·吉本斯共享鱼水之欢，但也和他一样在男女关系上十分谨慎。他觉得梅伯里夫人从各方面来说都是个通情达理的女人，要不是他们的寿命相差太远，她绝对是他首选的结婚对象。

不过，他并没有让她知道此事。他们两个都是第一批来到这颗星球上的，但当时他没有公开自己是霍华德家族的一员；而且，他再次现身地球、组织移民之前，刚刚在塞古都斯上接受了回春术，所以他把自己的年龄定为三十五岁左右，以后每年都会细心地给自己增加一岁。海伦·梅伯里以为他是她的同龄人，便和他建立了友谊，时不时共享欢愉，但从不尝试占有他。他也非常尊敬她。

"下午好，吉本斯先生。什么事？是朵拉！我们想死你了，亲爱的。发生了什么！还有——你身上这是一块瘀青吗？"她凑近看了看，但没有直接点明小女孩身上极其肮脏这一事实。

她挺了挺胸："看来只是一块污渍。看到她我很高兴。今天早晨她和帕金森家的孩子没有来上课，我还有点担心呢。之前马乔里·布兰登病得不轻，这事儿你知道吧？"

"大概知道一点。我能先把朵拉放在某个地方待一会儿吗？我要找你私下开个会。"

梅伯里夫人稍稍睁大了眼睛，但是她立刻回答道："放沙发上——不，还是把她放在我床上吧。"她把他们带到她的床边，一句担心朵拉把她的白床罩弄脏的话都没讲。她向朵拉保证他们只离开一会儿，然后就和吉本斯一起回到了教室。

吉本斯讲了一遍之前发生的事："海伦，朵拉还不知道她父母死了，另外我觉得现在不是告诉她的时候。"

梅伯里夫人考虑了一下："欧内斯特，你确定他们都死了吗？要是巴德在他的地里干活儿，他一定能看见火灾，但是他有时候会去给帕金森先生干活儿。"

"海伦，我看见的可不是女人的手，除非玛姬·布兰登手背上长着厚厚一层黑色汗毛。"

"不，不，那确实是巴德。"她叹了口气，"这下子她成了孤儿了。可怜的小朵拉！这孩子挺乖的，而且天性乐观。"

"海伦，你能照顾她几天吗？可以吗？"

"欧内斯特，你的措辞冒犯了我。在朵拉需要我的时候，我一定会照顾她的。"

"抱歉，我这么措辞不是有意的。我想时间应该不长，肯定有家庭会收养她的。你暂时收留她的这段时间里，记录一下开销，到时候我们就可以算一下她的住宿和伙食花了多少钱。"

"欧内斯特，要我说她的花销只会为零，喂鸟的那点吃食就足够喂饱她了。我还是有能力为马乔里·布兰登家的小女孩做这么点小事儿的。"

"那就这样？我去找领养她的家庭。也许可以找利莫尔一家，总之得找什么人。"

"欧内斯特！"

"消消气，海伦。那孩子是她父亲临死前托付给我的，我得为她谋划一番。另外，你别犯傻，你有多少储蓄我清清楚楚。你常常让他们用食物抵学费，而不收现金，这我也很清楚。现在这笔交易就用现金结算。利莫尔一家肯定巴不得马上领养她，别家也一样。我不用把朵拉留在你这儿。我不会那么做的，除非你讲道理，答应把钱收下。"

梅伯里夫人先是摆出一副严肃的样子，然后突然露出了微笑，看起来比刚才年轻了好几岁："欧内斯特，你这浑蛋，真是流氓做派。我现在想把以前只在床上骂过的话通通都拿出来骂你一遍。行吧，我收食宿费。"

"还有学费，外加各种特殊的开支，也许还有看医生的钱。"

"你真是浑蛋中的浑蛋。什么东西你都坚决不白拿，是吧？我早该知道你这个狗脾气的。"她瞟了一眼没关的窗子，"浑蛋，出去站在门厅里给我一个吻，咱们这事儿就算是敲定了。"

他们挪步出了教室。她走到一个从什么角度都没人能看见的位置，然后献上了一个热烈的吻——她的邻居们要是看到了会被吓到的那种吻。

"海伦……"

她用嘴唇蹭着他的唇："答案是'不行'，吉本斯先生，因为今晚我还要忙着抚慰一个小姑娘呢。"

"我想说的是，我知道你想给她洗个澡，但是你一定要等我带克劳斯梅尔医生来给她检查过身体之后再洗。她看上去没什么大碍，但是也有可能断了肋骨或者有脑震荡。哦，现在你最多可以把她的衣服脱掉，用海绵蘸着水擦洗一下她身上最脏的地方。这样不会伤到她，也方便医生检查。"

"没问题，亲爱的。把你那双下流的手从我屁股上拿走，我得去工作了。你去找医生吧。"

"马上就去，梅伯里夫人。"

"回见，吉本斯先生，再见了。"

吉本斯让巴克等在原地，独自走去了沃尔多夫餐吧，（正如他预料的一样）发现克劳斯梅尔医生果然在餐吧里。他本来在埋头喝饮料，看到吉本斯走来，他抬起头说："欧内斯特！怎么回事儿啊？我听说哈勃家原来住的房子出事了。"

"你都听说什么了？快放下杯子，拿上你的包。有人需要急诊。"

"现在就走？！我还没见过有什么急诊连喝杯酒的时间都不给我呢。克莱德·利莫尔刚才来了，给我们付了酒钱，就是你劝我以后别喝的那种酒。他还告诉我们哈勃家的房子着火了，住在里面的布兰登一家都遭了殃。他说他本来想去救他们，可是太晚了。"

有那么一瞬间，吉本斯真想让克莱德·利莫尔和克劳斯梅尔医生在某个月黑风高夜也遭遇一场致命的意外。不过，还是打消这个念头吧。若是克莱德死了，不会有什么损失；可要是医生死了，吉本斯就得被迫挂招牌开诊所，他的营业执照上用的名字可不是"欧内斯特·吉本斯"。另外，这个医生清醒的时候还是个好医生。还有，不管怎么样，老家伙，这都是你自己的错。谁叫你二十年前面试他的时候同意给他补贴呢？你当时只把他看作一个阳光积极的年轻实习生，却没发现他有变成酒鬼的苗头。

"医生，既然你说到这儿了，我也承认吧，其实我看见克莱德飞快地朝着哈勃家跑去了。如果他说他想救人，但是到了一看发现太晚了，我只能证明他所言非虚。但是，其实并非他们一家都葬身火海了，他们的小女孩朵拉获救了。"

"啊，是啊，克莱德也说了这个。他说他没机会救的是她的父母。"

"没错，我想让你去看看的就是这个小女孩。现在她身上有很多处擦伤和青肿，也许还有骨折、内伤，而且极可能有烟雾中毒的情况。当然了，精神上也受到了极大打击，恐怕对这个年纪的孩子来说这次打击非常严重。她就在街对面梅伯里夫人那儿。"他又轻声补充了一句，"我觉得你最好快点儿，医生，真的。可以吗？"

克劳斯梅尔医生闷闷不乐地看着他的杯中酒，然后挺了挺胸，说道："老板，可以帮我把这个放到吧台后面吗？我去去就回。"说完他拿起了他的包。

克劳斯梅尔医生给那孩子做完检查，发现她并无大碍，就只给她打了一针镇静剂。吉本斯一直等到朵拉睡着了，才去给他的骡子安排好临时休息的地方和吃食。他去了琼斯兄弟牲口交易站（"优良品种牲口——骡子买卖、置换与拍卖——注册种骡交易"），因为他们以店铺为抵押在他的银行办了贷款。

密涅瓦，这不是我计划好的，而是一步步发展到了后来的样子。我预计朵拉过个几天，或者几个星期就会被收养。我们这些拓荒者对孩子的看法和衣食无忧的城里人的看法不同。如果他们不喜欢孩子，也不会有魄力出来拓荒。只要拓荒者的孩子度过了婴儿阶段，他们在孩子身上的投资就开始有回报了。孩子就是拓荒国度的一笔财富。

我当然不可能计划要养育一个短寿人，也没担心过会有非这样做不可的必要，因为确实没必要。我那时已经开始简化自己负责的事务，盼着早日离开，也盼着我的儿子撒刻能尽快到来。

撒刻当时是我的合作伙伴，我们之间在互信的基础上建立起了松散的合作关系。他很年轻，只有一百五十岁左右，但是性格沉稳，头脑聪慧，是我在上一段婚姻中和菲利斯·布里格斯-斯珀林所生。菲利斯是个优秀的女人，也是个优秀的数学家。我们在一起生了七个孩子，个个都比我聪明。她结了好几次婚，而我是她的第四任丈夫[1]。据我回忆，她是第一个赢得艾拉·霍华德纪念世纪勋章的女人，因为她为霍华德家族贡献了一百个登记在册的后代。取得这个成就只花了菲利斯不到两百年的时间。除了生孩子，菲利斯的爱好比较专一，她喜欢用纸笔写写算算，抽时间思考几何学问题。

我跑题了。要想让拓荒行动有利可图，我们就得准备一艘合适的飞船和两个搭档，二者都是船长，且他们必须都具备组织和领导移民的能力；不然你就等于是将船上那一个城市的人口都抛弃在荒野之中。这种事在大移居时代早期经常发生。

我和撒刻成功地组织、领导了移民。我们两个谁都能在太空中胜任船长，也能在陌生星球上担当领袖。我们轮流担当。飞船离开后，留在那颗

---

1 应为第五任。詹姆斯·马修·利比是她的第四任丈夫。

贾斯廷·富特四十五世

星球上的人就要真正负担起拓荒的责任；这种工作让人无从伪装，他不能指望挥挥指挥棒就让大家行动起来。他也许不会当殖民地的政治领袖。我就不想当，因为在殖民地搞演讲纯属浪费时间。他得担当的是幸存者的角色，一个可以让整个星球为他供给资源的男人。他要以身作则，向其他人演示该怎么做，如果人们愿意尝试的话，他还要给出良策。

当第一批移民做到了收支平衡后，船长就可以卸货返航，去接更多移民。这时候的星球还无法承担出口贸易。这趟旅程的花销是用移民买船票的钱支付的。至于利润，如果说有的话，那也是由地面上的合作伙伴把船上带来的其他货物卖给拓荒者们得来的。这些货包括骡子、硬件、猪、肥料、鸡蛋等。最初他们都是赊账的。也就是说，地面上的合作伙伴必须小心再小心，因为这些生活穷困的移民很容易被煽动，要是他们听人挑唆，认为卖货的这家伙是在牟取暴利，应该被处以私刑，那他就惨了。

密涅瓦，这种事我干过六次，我是说和殖民地迎来的第一批移民一起留下来这种事。我没有一次耕地的时候是不带武器的，而且我对自己的同类比对殖民星球上任何一种危险的动物都要警惕。

在新起点星上，我们平安度过了大多数这样的危机。第一批移民都成功在那儿活了下来，不过他们确实差点儿没熬过第一个冬天。海伦·梅伯里不是因为天气周期嫁给鳏夫的唯一寡妇。这种天气周期是我和安迪·利比都没有预料到的。新起点星所在星系中的恒星虽然也被称为"太阳"，但是你可从你的记忆库中查查它的属性，那是一颗体积和地球的太阳相仿的变星[1]，它足以导致"不同寻常"的天气变化。我们抵达的时候就中了头彩，正好赶上坏天气。

但撑过冬天的人都是强者，他们能够面对任何状况。第二批移民的日子要比他们好过一些。

---

1 变星：亮度与电磁辐射不稳定，经常变化，并且伴随着其他物理变化的恒星。——译注

我把我的农场处置给了第二批移民，将主要精力放在商业贸易上，因为我要在撒刻载着第三批移民归来之前给"小安迪"号准备一船货，到时候我也要随船回去。这也就意味着我要去别的地方，具体安排要等到我与撒刻碰面之后再决定。

　　可眼下，我在等待中百无聊赖，准备结束我在这颗星球上的一切事务，结果意外接手了这个无家可归的孤儿。

　　我得承认，对此我挺开心的。朵拉是个小大人儿，虽然非常天真，和所有的小孩子一样无知，但是智商很高，喜欢学习各种技能和知识。密涅瓦，她没有一点卑劣的品质，而且我觉得与她之间进行幼稚的交谈比和大多数成年人聊天更有意思。和成年人聊天常常话题琐碎，而且没什么新鲜的。

　　海伦·梅伯里对朵拉也有同样的兴趣，我们发现我们二人自然而然地成了她的养父母。

　　我们商量了一下，决定不让这个小女孩出席下葬仪式了，毕竟埋的只有几块烧成焦炭的骨头而已，其中包括尚未出世的胎儿的骨头。我们也不会让她参加悼念仪式。几周后，我已抽时间给她的父母立了一块墓碑。朵拉似乎恢复得不错，于是我们把她带到墓地，让她看那块碑。她会识字，也认出了碑上刻了什么。那是她父母的名字和生卒年，还有那个胎儿遇难的日期。

　　她庄重肃穆地将碑上的字都看完了，然后说："这意思是妈妈和爸爸永远都回不来了，是吗？"

　　"是的，朵拉。"

　　"学校里的小孩儿们都这么说的，我以前还不相信。"

　　"我知道，亲爱的，海伦阿姨告诉我了。所以我觉得还是应该让你亲眼看一下。"

　　她又看了一遍墓碑，然后沉重地说："我明白了，我想我懂了。谢谢你，吉比叔叔。"

她没有哭，所以我也找不到借口抱抱她、安慰她。我唯一能想出来的话就是："亲爱的，现在你想走吗？"

"想。"

我们是骑着巴克来的，但是我把它留在了山脚下，因为这里有个不成文的规定，不得将骡子或驯化的疾行兽带上山，以免践踏坟冢。我问她想不想让我抱她或者背她下山。她说不用，要自己走。

下到半山腰，她停下脚步："吉比叔叔？"

"怎么了，朵拉？"

"我们还是别把这件事告诉巴克了。"

"好的，朵拉。"

"我怕它会哭。"

"那我们就不告诉它，朵拉。"

她没有再说什么。就这样，我们一路无言，回到了梅伯里夫人的学校。接下来的两个星期，她一直沉默寡言，但始终没有再跟我谈起过山上的事，我想她也没跟别人聊过。尽管我们几乎每天下午都会经过那座山，常常一抬眼就能看到那座墓园山，但她从未要我带她上山祭拜。

大约两个地球年后，"小安迪"号回来了，随船回来的还有撒刻船长——我和菲利斯的儿子。他驾着双轮马车来找我共同安顿第三批移民。我们一起喝酒的时候，我告诉他，我要等下次他回来的时候再走，也解释了这其中的缘故。他瞪着我说："拉撒路，我看你是疯了。"

我低声说："别叫我'拉撒路'，这名字太招眼了。"

他说："好吧。不过眼下除了这儿的女主人——是梅伯里太太吧，我记得你跟我说过——没有别人在，更何况她还在厨房忙活。听着，嗯，吉本斯，我想驾船跑几趟塞古都斯。那儿有钱赚，还有好多路子可以投资。眼下在塞古都斯投资比在地球投资安全，情况就是这样。"

我同意，他说得大体没错。

345

"没错，"他说，"但现在的重点是，如果我去了，那我得有——将近十个标准年才能回来，没准儿时间会更长。哦，如果你拒绝去，那就只能我去，毕竟你是大股东。可你这是在浪费你的钱，也是在浪费我的。听着，拉撒——欧内斯特，我觉得你没有义务照顾这孩子，可如果你非要这么干，那不如带上她和我一起登船。你可以把她放到地球上的学校里，只要你担保她以后一定会离开。或者你也可以把她安顿在塞古都斯星上，虽然我不知道现在那儿的移民法是怎么规定的，毕竟我离开那儿已经很长时间了。"

我摇摇头："十年怎么了？我憋口气的时间都比那长。撒刻，我留下来是想亲眼见证这孩子的成长、独立，但愿她能结婚，能组建自己的家庭，不过那是她的事，我管不着。总之，我不会突然改变她的生活环境，她以前已经承受过一次变故了，而且她现在还是个孩子，不该再承受第二次。"

"你说了算。你想让我十年后再回来？时间够长吗？"

"差不多吧。别着急，慢慢来，等确定有赚头再回来。如果等的时间长些，下次你就能带来更好的货，比食物和纺织品更好的货。"

撒刻说："这年头，要是往地球贩货，没什么比食物有赚头。要不了多久，咱们就不能再去地球了，只能在其他殖民星球之间做贸易。"

"那儿的情况那么糟糕了？"

"相当糟糕。他们就是不长记性。你银行的麻烦解决了吗？需不需要趁着'小安迪'号在，秀秀肌肉，吓唬吓唬对方？"

我摇摇头："谢谢了，船长，但这不是我的行事作风，不然我就得跟你走了。解决重要的问题要先礼后兵；不能还没试过别的方法，就先动用武力，那样会落人口实。我的选择是让他们苟延残喘，静观其变。"

欧内斯特·吉本斯并不担心他的银行。事实上，他从来没有为生死之外的事担心过。任由大事小情纷至沓来，他只管见招拆招，顺便享受生活。

他尤其享受养育朵拉的过程。在他接手她和骡子巴克之后，或者说他进入他们的生活之后，他扔掉了利莫尔曾经使用的那根野蛮的缰绳，让琼斯兄弟牲口交易站的马具师傅把辔头换成了无衔笼头。他还另外订做了一副鞍子。他把他想要的鞍子的模样画在纸上，交给师傅看，并且承诺如果对方能提早交货，他可以多给一笔钱。皮匠看了草图连连摇头，但最后还是把鞍子做出来了。

之后，吉本斯和小女孩就可以舒服地一起坐在巴克背上了，因为这是一副双人鞍：鞍子原本的位置上是供成年人坐的鞍座，其前方，也就是普通鞍子桩头的位置上，是一只带小马镫的小鞍座。小鞍座前方有一个拱形的木制把手，外面包着一层皮，这就是给孩子抓的安全扶手。吉本斯还让师傅在这副加长鞍子下方多加了两条肚带，这样可以让骡子感觉更舒适，在陡坡上走的时候对骡子背上的人也更安全。

他们这样骑了好几个季节，通常是放学后骑上一个小时或者更长时间，途中他们三个会聊天或者唱歌。巴克唱歌的时候声音很大，还常常跑调，但拍子总是和它的蹄子落地的节奏相吻合。吉本斯领唱，朵拉应和。他们经常唱的是那首"当扑（当铺）"歌。朵拉把这首歌视为自己的原创作品，因为她接二连三在后面加了好几段词，包括"要问巴克住在哪儿，学校旁边小牧场"那句。

但是朵拉很快就长大了，她挺拔、苗条又高挑，前面的那个小鞍子她坐不下了。于是，吉本斯买了一头母骡子。在这头之前，吉本斯还买过两头，但都不合适。第一头是被巴克拒绝了，因为按照它的说法，这头母骡子"太宠（蠢）了"。第二头不珍惜无衔笼头带给它的舒适，竟然想跑，所以也不行。

挑第三头的时候，吉本斯让巴克自己做主，朵拉也可以提意见，但唯独吉本斯不参与决策。于是，巴克在它的小牧场里给自己挑了个伴儿，吉本斯也相应地扩建了畜棚。巴克还在兼职当种骡挣钱，但它似乎很喜欢在家有比乌拉陪着。不过，比乌拉并不想学着唱歌，也很少讲话。吉本斯怀疑它是不敢在巴克在场的时候开口，因为吉本斯独自骑它出行的时候，它很乐意说话，至少在吉本斯问话的时候它会回答。最后的结果出乎吉本斯的意料，比乌拉成了他的乘用骡，反倒是高大的公骡子成了朵拉的专属坐骑。为了适应朵拉的腿长，他不得不把镫子的距离缩短到滑稽可笑的程度。

随着朵拉逐渐长成一个年轻女子，镫子也逐渐放长。后来，比乌拉产下一头小母骡，吉本斯决定留下它，朵拉给它起名叫"贝蒂"，从它小时候就开始训练。起初，朵拉让它戴着空鞍子跟在她后面慢慢走，接着让它适应有人骑着它在围场里跑。再后来，每日的骑行由两人两骡变成了三人三骡，他们还常常这样出去野餐。梅伯里夫人骑着最稳当的巴克，体重最轻的朵拉骑在贝蒂背上，吉本斯则照常骑着比乌拉。在吉本斯的记忆中，那是他度过的最开心的一个夏天。海伦和他骑在成年骡子上并肩而行，那头敢于冒险的小骡子载着朵拉，时不时超过他们，跑到前面，再跑回来，朵拉长长的褐色秀发在轻风中飞扬。

有一次，他问："海伦，是不是已经有小伙子对朵拉动心思了？"

"你这个老不正经的，脑子里就没点别的事儿吗？"

"行了，亲爱的，我问的就是正经事儿呀。"

"欧内斯特，小伙子们当然都格外关注她啦。她也常常打量小伙子呢。不过，你放心，该嘱咐的我都会嘱咐她。其实也没什么好担心的，她挑得很，绝不会屈就。"

愉快的家庭野餐并没有延续到下一个夏天。梅伯里夫人开始觉得自己上了年纪，腿脚不太好使了，每次上下骡子都要有人搀扶才行。

人们对吉本斯在银行业中搞垄断这件事早就议论纷纷。所以其实在舆论造成不容忽视的影响之前，吉本斯有充分的时间做准备。新起点商业银行是一家发行银行；他（或者撒刻）在他们开拓的每一颗殖民星球上都会建起这么一家银行。对于正在成长中的殖民地来说，金钱是必不可少的。以物易物这样的模式太笨了。在殖民地生活中，交易媒介甚至比政府还重要。

收到与城里行政委员议事的邀请他一点也不惊讶。这种事迟早要发生。那天晚上，他修剪了一下他那凡·戴克式的胡须[1]，染灰了一些，同时也把头发染成花白，为了面对那些人的口诛笔伐做好了准备。他在头脑中回顾了一下他过去听到的那些提议，都是些让河水倒流，让太阳静止，把一个鸡蛋说成是两个的狗屁点子。不知道今晚这些人又要冒什么新傻气。他倒是希望这种蠢主意能推陈出新，虽然他并不想听人出什么蠢主意。

他从"不断后退"的发际线上又拔下来几根头发。妈的，每年都要拼命装年纪大，可再怎么努力都无法让面容和他公开的年龄完全相称，而且一年比一年难！然后，他穿上了战时苏格兰短裙。选择这身打扮不仅是为了给众人留下深刻印象，还方便他取放武器。他相当肯定，自己还没有让人恼火到要诉诸暴力的程度，但是，他曾因为太乐观吃了次苦头，所以此后他就给自己定下了一个规矩，要做个悲观主义者。

接着，他把几样东西藏起来，把另外几样东西锁了起来，又将撒刻上次带回来的几个小玩意儿设置好。这些东西都没有放在多金贸易站出售。他打开门，又从外面把门锁上，然后穿过酒吧，走上街道，这样他就可以对酒吧老板说他出去"几分钟"。

三个小时后，吉本斯终于确认了一点：关于如何让货币贬值，没人能提出来什么新鲜的点子。他们说的都是他在至少五百年前，很可能是一千年前听过的法子，而且越到后面，大家提出来的法子就越过时。在这场会议一开始的时候，他让主持人吩咐书记员写下大家提出的每个问

---

1 凡·戴克式的胡须：上唇须和下巴须平衡对称，相当于八字胡和浅山羊胡的结合。——译注

题。这样他就可以一次性回答完所有的问题；他就是这么我行我素，所以大家也只好允许他如此行事。

最后，会议主持人，即行政委员吉姆·"公爵"·沃里克说："看来也就这样了。欧尼，我们提出动议，将新起点商业银行国有化。这个词儿应该没用错。虽然你不是行政委员，但我们都认为你是有特殊利益的一方，所以我们想听听你的意见。你对此提议有什么反对意见吗？"

"完全没有，吉姆。就按你说的来吧。"

"嗯？我没太懂你的意思。"

"我对银行国有化完全没意见。如果这就是这次会议的目的，那我们现在可以散会回家睡觉了。"

听众席上有个人大喊："嘿，我问了关于新匹兹堡的钱的问题，你还没回答呢！"

"我问了关于利息的问题，快回答！收利息是错的。《圣经》上就是这么说的！"

"欧尼，要不你来解答一下？你之前说过你会回答大家的问题的。"

"我确实说了。可你也说了，要把银行国有化，那应该由国家财政部长来解答这些问题才更妥当，不是吗？不管你给这个职位起什么名字吧。顺便问一句，银行的新行长是谁啊？不该让他坐到席上吗？"

沃里克敲了一下小槌，说道："我们还没有考虑到那一步呢，欧尼。如果我们继续推行银行国有化，那么现在暂时由市政委员会来充当财政委员会。"

"哦，怎么都行，继续推行吧。我反正不管了。"

"你什么意思？"

"字面意思：我不干了。谁也不愿意让左邻右舍都看他不顺眼吧。多金贸易站不喜欢我做的事，要不然这场会议也不会开。所以我不干了。银行关张，明天不会开门了。以后都不会开了，起码我不当行长了。所以我问你国家财政部长是谁。我非常有兴趣知道从今以后谁来管我们怎么用钱、钱到底要值多少钱的事儿。"

会场里一片死寂。然后大家突然爆发了，一齐嚷嚷起来："我买种子的贷款怎么办？""你还欠我钱呢！""汉克·布洛夫斯基用他的个人支票跟我买了一头骡子，银行关门了我上哪儿兑钱啊？""你不能抛下我们不管了！"会议主持人不得不疯狂地敲他的小槌，警卫也忙得团团转。

吉本斯一声不吭地坐下，虽然面对这样的情景非常警惕，但并没有表现出来。沃里克终于让场面平静下来，他擦擦额头上的汗珠，说道："欧尼，我觉得你该解答一下这些问题。"

"没问题，主持人先生。只要你们允许，清算业务就会有序进行。在银行有存款的会得到——相应面额的纸币，存多少就可以取多少。欠银行钱的嘛，我就不知道了；那得看委员会的政策。我想我是破产了。你们要是不告诉我的银行'国有化'是什么意思，我也不知道之后该怎么办了。

"不过，有一件事我得做：多金贸易站不会再支付纸币了，因为今后纸币可能就不值钱了。以后每笔交易都得以物易物。不过，我们还是会继续收纸币的。我今晚来这里之前就把货物的定价都取下来了，因为我现在的库存可能不会再多起来了，我要用这些货物兑换成纸币。所以我不得不抬高价格。这都得看你们说的'国有化'是不是相当于'充公'这个词儿。"

吉本斯花了好几天的时间给沃里克解释银行业和货币的基本原理，全程耐心细致，轻松幽默。之所以给沃里克讲这些，而不是给其他委员讲，那是因为他别无选择。别的委员都在忙着打理他们的农庄或者其他生意，没时间理会这种事。国家银行行长或国家财政部长（这个头衔到底叫什么还没定）的人选有了，他不是行政委员会的成员，而是一个农民，叫利莫尔。只不过，这个头衔是他自封的，没什么实际用处。他声称自己家世世代代都从事银行业，所以他有着丰富的行业经验，而且取得了相关专业的研究生学历。

　　跟着吉本斯清点保险箱（这几乎是新起点星上唯一的保险箱，也是唯一的'地球制造'）中的财物时，沃里克大吃一惊："欧尼，钱呢？"

　　"公爵，什么钱？"

　　"'什么钱？'你问我？账簿显示你这银行吸收的资金成千上万。你自己的贸易站的余额就有近一百万。我知道有三四十座农场正在向你按期偿还抵押贷款，一年多来他们却没从你这儿贷出什么钱来。大家闹意见主要也是因为这个，欧尼，为什么行政委员必须得采取行动？就是因为所有的钱都跑到银行里了，可银行没放出一分钱来。现在到处都缺钱。所以，钱呢？"

　　"我烧了。"吉本斯轻松地说。

　　"什么？"

　　"当然了。钱多得堆成了山，我又不敢把钱放在保险箱外面。尽管我们这儿没什么盗窃案，可万一有人把钱偷走了，那我就完蛋了。所以过去的三年里，只要钱进了我的银行，我就烧掉它。这样钱就安全了。"

　　"我的天哪！"

　　"怎么了，公爵？废纸而已。"

　　"'废纸'？那是钱啊。"

　　"公爵，你说到底什么是'钱'？你身上带了吗？十美元的纸币有吗？"沃里克虽然还是惊魂未定的样子，但他好歹找出一张票子来。"公爵，读读上面写的什么。"吉本斯催促道，"先别管这儿还没有先进的雕版技术和高级的印钞纸，就光念一下上面的字。"

　　"上面写着十美元。"

　　"没错。但重要的是，上面说了，要是有人把它给这家银行，用来偿还贷款时，银行会按照其面值接受这张纸币。"吉本斯说着从他的苏格兰毛皮袋中拿出一张一千美元面值的纸币，点燃了它；沃里克惊恐万分地看着这一切。吉本斯搓搓手指头，将上面的灰烬弄掉。"公爵，只要它在我手里面，它就是废纸。但是如果我让它进入流通，它就变成了我要兑现的一张欠条。刚刚我把这张纸币的编号记下来了；我一直在记录我烧掉的纸币的编号，因为这样一来我就能知道还在流通的纸币有多少。很多，我能精确地告诉你有多少美元。如果银行国有化，你会偿付我的欠条吗？那些欠银行的钱怎么办？还回来的钱归谁？你？还是我？"

沃里克一脸迷茫："欧尼，这些我也不清楚。哎呀，该死，其实我本职是机械师，可你也听见他们在会上说什么了。"

"是啊，我听见了。人们总是盼着有个能创造奇迹的政府，就连在其他方面脑子灵光的人都会这么想。我们还是把这劳什子锁起来，去沃尔多夫餐厅边喝啤酒边聊吧。

"……公爵，或者政府应该提供公共记账服务和信用体系，在这种体系中，货币、支票等交换媒介是稳定的。要是超出了这个界限，政府就是在拿人民的财富当儿戏，相当于抢了彼得的钱给保罗。

"公爵，我通过让关键商品，尤其是小麦的价格保持稳定来保持货币价值稳定，在这方面我已经尽力了。二十多年来，多金贸易站都会以同样的价格收购最好的小麦种子，然后再以同样的利润空间卖出。就算我有损失也会这么干，而且我有时候的确会有损失。小麦种子并不太适合做货币本位，因为它容易腐烂。可我们现在还没有金子或铀，而我们必须得有一样东西当货币本位。

"公爵，现在你听好了，国库也好，政府的中央银行也罢，不管你叫它什么，若是让它再次开张营业，你肯定会面临巨大的压力。因为你得做各种各样的事情，比如说降息、增加货币供应量，保证农民能以高价格卖出他们的产品，保证他们能以低价购买他们想要的东西。哥们儿，到时候不管你做什么，他们骂你肯定会比骂我的时候还起劲。"

"欧尼，看来只有一个法子了。你知道该怎么办，所以还是由你来担任我们的社区财政主管吧。"

吉本斯哈哈大笑起来："不了，先生，小兄弟。我已经因为管钱头疼了二十多年，现在轮到你头疼了。既然你把大家的钱袋抢了过去，那你就继续拿着吧。要是我任凭你安排我回去继续当银行家，那他们准会把我们两个人都处死。"

发生了一些变化。海伦·梅伯里嫁给了鳏夫帕金森，现在她已经搬到一座小小的新房子里和他一起住了，这栋房子就坐落在帕金森两个儿子经营的农场上；朵拉·布兰登成了"梅伯里夫人小学"的校长，不过这座小学的名字并没有变；欧内斯特·吉本斯不当银行家了，他现在是瑞克综合商店的隐名合伙人[1]，所拥有的仓库里塞满了为可能即将到来的"小安迪"号准备的货物。他希望这艘船赶快到来，因为新的库存税已经开始消耗他为做生意准备的现金了，而且通货膨胀也逐渐削弱了他所持现金的购买力。撒刻，你最好快点，不然我们就要被一点点吞掉了，就像被一群鸭子一口口啄死似的！

最后，飞船终于在新起点的上空出现了，撒刻·布里格斯船长带着第四批移民中的第一拨人走了出来，他们几乎所有人的年纪都有些大。吉本斯极度克制，直到他和他的搭档单独相处时才发表评论：

"撒刻，你上哪儿找的这些半截子入土的人？"

"欧内斯特，这叫慈善事业。这么说比真实情况听上去好多了。"

"真实情况是怎么回事？"

"谢菲尔德船长，如果你还想让你的船返回地球，那我希望你自己把它开回去。我可不干，我不去地球了。那儿的人活到七十五岁就被正式定义为死亡了。他的后代将继承他的遗产，而他本人不能拥有任何财产，他的配给供应本会被注销，任何人都可以随随便便就动手杀掉他。这些乘客不是我从地球上接来的；他们是逃到月亮城的难民，我尽可能

1　隐名合伙人：指当事人的一方对另一方的生产、经营出资，不参加实际的经济活动，而分享营业利益，并仅以出资额为限承担亏损责任的合伙人。——译注

多地让他们上了船。不过，我没让任何人住在食堂，而是告诉他们，上船只能接受冻眠旅行，要不就别上船。我坚持让他们用硬件和药品抵旅费，不过好在冻眠旅行方式让我得以压低了每个人的旅行成本。我觉得这一趟我们应该能达到收支平衡，如果没有，那我们还有在塞古都斯上的投资。总之，我觉得我应该没有让咱们亏钱。"

"撒刻，你不用太担心。挣钱还是亏钱，这种事儿谁会在意呢？只要你享受做事的过程就好了。告诉我，我们下一步去哪儿？我好准备货物。我备下的货物是我们能装上船的货物重量的两倍。你装船的时候，我就卖掉剩下的货，把收益都用来投资。总之就是把它都留给一个霍华德家族的人。"吉本斯若有所思地说，"这个新情况大概意味着短时间内新起点星上开不起诊所了，对吗？"

"我想这是肯定的，欧内斯特。要是有最近需要回春的霍华德家族成员，他最好和我们一起走。不管我们去哪儿，我们迟早都得去一趟塞古都斯。所以你肯定是要和我一起走了？你在这儿要做的事都做完了？那个小女孩儿——那个短寿者怎么样了？"

吉本斯咧嘴笑了："儿子，我可不想让你看见她。我太了解你了。"

吉本斯以前每天都和朵拉·布兰登一起骑行，但布里格斯船长的到来让他这项日常活动中断了三天。到了第四天，布里格斯得回到飞船上去待几天，于是吉本斯在放学的时候来到了学校："今天有时间一起走走吗？"

她粲然一笑："你知道我有时间。等我半分钟，我换件衣服。"

他们骑着骡子出了城。和平时一样，吉本斯骑的是比乌拉，朵拉骑的是贝蒂。（为了让它面子上好看）巴克背上也装了鞍子，但鞍子是空的。现在它只有在举行一些仪式的时候才会载人，因为按照骡子的年龄来算，它已经上了年纪。

在离城区很远的一处阳光灿烂的小山顶上，他们停下来。吉本斯说："小朵拉，你为什么不说话？这一路上巴克说得都比你多。"

她坐在鞍子上转身面对他说："我们还能一起散几次步？这是最后一次吗？"

"为什么这么问啊，朵拉？我们当然还可以散很多次步。"

"我在想，拉撒路，我……"

"你叫我什么？"

"我在叫你的名字，拉撒路。"

他若有所思地盯着她："朵拉，你不该知道我的真名的。我只是你的'吉比叔叔'。"

"'吉比叔叔'已经不见了，'小朵拉'也不见了。我现在差不多和你一般高了，知道你的真实身份也已经有两年了。我猜……你是玛士撒拉[1]的后人之一。但我没有对任何人提过这些，以后也不会。"

"朵拉，别做承诺，没必要。我只是从来都不想让你因为这件事背负压力。我是怎么露馅儿的呢？我还以为我的保密工作做得非常周到。"

"你确实很谨慎。但是我从记事起几乎每天都能见到你。我因为一些小事起了疑心，这些小事是那些没能每天好好看着你的人注意不到的。"

"好吧，你说得对。其实我也没想瞒这么久。海伦知道吗？"

"我觉得她知道，我们俩之间从来没有聊过这事。不过我想她猜的和我一样。她可能已经想到了你是玛士撒拉人……"

"亲爱的，别那么叫我。那就像是叫一个犹太人'犹太佬'一样。我是霍华德家族的成员，我是霍华德人。"

"抱歉，我不知道那个词是忌讳。"

"嗯。其实也没什么忌讳，只是那个词让我想起了过去的一段时期——受迫害的日子。抱歉，朵拉，你继续讲你是怎么发现我叫'拉撒路'的吧。其实那只是我的诸多名字之一，和我叫'欧内斯特·吉本

1　玛士撒拉：《圣经·创世记》中的希伯来人，据传享年九百六十九岁。——译注

斯'一样真。"

"好的，吉比叔叔。我是在书里看到的。准确地说，是书里的一张照片让我知道了真相。那是一本缩微书，用市图书馆里的阅读器里才能看。那张照片在我眼前一闪而过，然后我又翻回去找到它细细看了一遍。照片里的你没有留胡子，头发比现在更长些。我盯着那个人看，越看越觉得他像收养我的叔叔，但是我不确定，也不能问。"

"为什么不问我呢，朵拉？我会告诉你真相的。"

"如果你想让我知道，早就告诉我了。你做每件事、说每句话都有背后的原因。我从小时候和你同骑一头骡子的时候就明白这点了。所以我什么都没说，一直忍到了……忍到了今天。今天说是因为我知道你要走了。"

"我说过我要走吗？"

"别否认！在我小的时候，你曾经和我讲过，你在还是个小男孩时听到大雁在天上鸣叫，你长大后想知道它们飞去哪里了。因为我不知道大雁是什么，你不得不给我解释了一番。我知道你听到大雁的鸣叫，就会追随它们而去，其实这雁鸣已经在你心里回荡了三四年了。我知道，因为每当你听到雁鸣的时候，我也能听到。现在，飞船来了，你心中的雁鸣更加响亮了。所以我明白，你是要走的。"

"朵拉，朵拉！"

"你不用否认。我不是想留你，真的不是。但是在你走之前，我有一个请求。"

"朵拉，什么请求？嗯，我本来不想现在告诉你，但还是说了吧，我通过约翰·马赫给你留了一些财产，应该够——"

"拜托，我要的不是这个。我现在是个能自己养活自己的成年女性，我想要的东西与金钱无关。"她定定地直视着他，"我想要一个你的孩子，拉撒路。"

拉撒路·朗深吸一口气，努力平稳心跳："朵拉，朵拉，亲爱的，你自己还是个孩子，要孩子这种事对你来说太早了。你不会想嫁给我的……"

"我没有要求你娶我。"

"我想说的是，再过一两年，或者三四年，你就会想结婚。到时候你会庆幸自己没有我的孩子。"

"这么说你是拒绝我了？"

"我只是说你不能让分别的悲伤情绪占了上风，做出这么草率的决定。"

她在鞍子上坐得笔直，抬头挺胸地说："这并不是一个草率的决定，先生。我很早以前就下定决心了，早在我猜出你是霍华德家族成员之前。我告诉了海伦阿姨，她说我是个傻姑娘，应该尽快忘掉这个想法，但是我怎么也忘不掉。如果说我当时是个傻姑娘，现在我大多了，知道自己在干什么。拉撒路，我不求别的，甚至能接受在克劳斯梅尔医生的帮助下用注射器受孕，或者，"她又坦然地望了他一眼，"用传统的方式受孕也可以。"她垂下眼帘，随即又抬起头看他，浅浅地笑了一下，补充说："不过，不管是哪种法子，最好快点儿。我不知道飞船什么时候走，但我知道自己的时间不多了。"

吉本斯花了半分钟的时间考虑了一遍某些因素："朵拉。"

"怎么了，欧内斯特？"

"我不叫'欧内斯特'，也不叫'拉撒路'。我的原名是伍德罗·威尔逊·史密斯。有一点你说对了，我已经不是你的'吉比叔叔'了；'吉比叔叔'已经不存在了，而且永远不会再回来了。既然如此，你不如叫我'伍德罗'。"

"好的，伍德罗。"

"你想知道我为什么要改名吗？"

"不想，伍德罗。"

"是吗？那你想知道我的真实年龄吗？"

"不想，伍德罗。"

"可你却想和我生个孩子？"

"是的，伍德罗。"

"你愿意嫁给我吗？"

她稍稍睁大了眼睛，但很快就给出了回答：

"不愿意，伍德罗。"

　　密涅瓦，当时我和朵拉是头一回，也是最后一回吵架。她以前是个可爱的乖孩子，现在长成了一个性情温和、非常可爱的年轻女子。但是她和我一样倔强，只要做出决定，就会坚定地执行，别人没法和她争论，因为她压根不会和别人争。我相信她一定是把这件事从头到尾都想清楚了，对此我表示尊重。而且，她的决定是如果我愿意的话就怀上我的孩子，但不想嫁给我，这尤其了不起。

　　至于我，虽然我的求婚听起来像是一时冲动，但其实不是。过饱和的溶液会立时结晶，我的情况就是这样。早在好几年前，那颗殖民星球再无法带给我新的挑战时，我就对它失去了兴趣。我的心里很痒，只想做点其他的新鲜事儿。我头一个想法就是等待撒刻回来。"小安迪"号比预计的时间晚来了两年，当它终于出现在新起点星的轨道上时，我意识到，一直以来我在等的都不是它。

　　朵拉提出那个绝妙的请求时，我才知道我在等的是什么。

　　当然了，我劝过她放弃这个想法，但我其实是在故意唱反调，事实上我已经满脑子在想如何实现这件事了。对于和一个短寿人结婚，我依然是反对的，但我更反对把一个怀孕的女人抛下。那种做法我完全不能接受。

　　"为什么不呢，朵拉？"

　　"我说过，你要走了，我不会拖你后腿。"

　　"你不会拖我的后腿，也没人这么干过，朵拉。但是，不结婚的话，我就没法和你生孩子。"

她沉思片刻："伍德罗，你坚持要办结婚典礼的目的是什么？是为了我们的孩子可以随你的姓吗？我可不想等你飞走了守活寡。不过，如果必须付出这种代价的话，那我们赶快回城找个婚礼主持人吧。因为这事儿必须今天就办，如果书里写的计算日子的办法没错的话。"

　　"女人，你的话真多。"她没搭理这句话，于是他继续说，"我对婚礼完全无所谓，更不用说是一场要在多金贸易站举行的婚礼了。"

　　她愣了一下，问道："那我就不明白了，你是什么意思？"

　　"嗯？好吧，我给你解释，朵拉。只要一个孩子我是不会满足的。你得给我生五六个孩子，越多越好。应该会比这更多，也许十几个孩子。你有意见吗？"

　　"好，伍德罗。我是说，我没意见。行，我给你生十几个孩子，更多都行。"

　　"朵拉，生十几个孩子需要时间。我该多长时间回来一次呢？要不两年一次？"

　　"都听你的，伍德罗。不管你什么时候回来，只要你回来，我就和你生孩子，但是我建议我们现在马上就要第一个。"

　　"你这个小傻瓜真是疯了。我相信要是这么安排的话，你真能做得出来。"

　　"不是'能'，是'会'。如果你同意的话。"

　　"不，我们不会那样做的。"他伸手拉住她的一只手，"朵拉，你愿意随我同行，与我共事，伴我生活吗？"

　　她似乎吃了一惊，但是马上一字一顿地说："我愿意，伍德罗，如果这真的是你想要的。"

　　"别在答案中加条件，只说你愿意还是不愿意。"

　　"我愿意。"

　　"如果到了紧要关头，你愿意听我的指挥吗？你不会给我犟吧？"

　　"我会听你的，伍德罗。"

"你愿意为我生儿育女，做我的妻子，直到死亡将我们分离吗？"

"我愿意。"

"朵拉，我娶你为妻。只要我们两个人都活在这世上一天，我就会爱你，保护你，珍惜你，永远不会离开你。别哭鼻子！靠到我怀里来，吻我。我们是夫妻了。"

"我才没有要哭鼻子呢！我们真的是夫妻了吗？"

"是的。哦，你想要什么样的婚礼都行，过会儿我们再商量。现在你先闭嘴，吻我。"

她乖乖吻了他。

过了好一阵儿，他说："嘿，别从鞍子上摔下来！稳住了，贝蒂！稳住了，比乌拉！可爱的小朵拉，谁教你这么接吻的？"

"我长大之后你就没这么叫过我了。好多年了。"

"你长大之后也没吻过我了，不过那倒是情有可原。你还没回答我的问题。"

"我又没承诺过要回答你的所有问题。不管是谁教我这么接吻的，那都是我成为已婚女人之前的事。"

"嗯，你说得有点儿道理。我会把这件事告诉我的律师团，让他们给你写封信。另外，接吻的技巧高超或许是因为天赋，而不是有什么人指导过。朵拉，我告诉你，我会忍住不问你那'罪行累累'的过去，你也别问我的，怎么样？"

"成交。因为我确实有一段罪孽深重的过去。"

"胡说八道，亲爱的，你还没时间犯下什么罪呢。或许你偷吃过我给巴克的几颗糖果？那可真是罪大恶极。"

"我可没做过那种事！我做的比你说的可严重多了。"

"哦，可不是嘛。再用你那有天赋的吻技吻我一次。"

不久，他说："哎呀！不，第一次那么美妙绝非侥幸。朵拉，我想我娶你娶得正是时候。"

"我的丈夫，是你死乞白赖要娶我的。我可没有要求。"

"好吧，我承认。小甜心，现在你已经知道我去哪儿都会带你一起了，你还着急要孩子吗？"

"不急了。或许可以用'渴望'这个词儿。没错，是这个词儿，'渴望'，而不是需要。"

"'渴望'是个好词儿，我也一样渴望。我可能还想加上'需要'这个词儿，谁知道呢？你可能还有其他天赋。"

她勉强笑了一下："伍德罗，如果其他方面我没天赋，我相信你会教给我的。我愿意学习，渴望学习。"

"我们回城里吧。去我的公寓，还是去学校？"

"哪里都行，伍德罗。你看见那片林子了吗？那儿更近些。"

他们靠近城区的时候天已经差不多黑了。他们骑在骡子上慢悠悠地前进着。经过哈勃的旧宅，现在的马卡姆的房子时，伍德罗·威尔逊·史密斯说："可爱的小朵拉……"

"怎么了，我的丈夫？"

"你想公开举办婚礼吗？"

"你想我就想，伍德罗。我觉得自己已经结婚了。我是已婚的女人了。"

"当然了。你不会跟比我年轻的小伙子私奔吧？"

"这是反问吗？现在不会，以后也不会。"

"这个年轻人也是移民，他会和最后一批或者倒数的某一批货物一同来到这个星球上。他和我身高差不多，但是长了一头黑发，肤色也比我的深。我猜不出他到底多大了，但是看上去他的年纪就只有我的一半。他胡须刮得精光。他的朋友都叫他'比尔'或者'伍迪'。布里格斯船长说比尔非常喜欢年轻的女教师，而且他非常渴望与你会面呢。"

她似乎真的开始考虑了："如果我闭上眼睛吻他，你觉得我能认出他来吗？"

"有可能啊，小可爱，几乎可以肯定。但我觉得别人认不出来，我希望他们都认不出。"

"伍德罗，我不知道你的计划。但是，如果我能认出这个'比尔'来，我是不是应该跟他说我是另一个女教师呢？就是你时常唱的歌里的那个，可以吗？'苗条的莉儿'？"

"我觉得他会相信你说的，亲爱的。好，'吉比叔叔'暂时回来了。欧内斯特·吉本斯会有三四天的时间来收尾他的分内事，然后他会跟大家道别，也会和他领养的侄女——老处女教师朵拉·布兰登道别。两天后，比尔·史密斯会带着最后一批或者是倒数的某一批货走下飞船。你最好提前收拾一下，做好离开的准备。因为下船第二天或第三天的黎明之前，比尔会开车经过你的学校，前往新匹兹堡。"

"新匹兹堡。我会收拾好的。"

"但是我们只会在那儿停留一两天。然后我们就继续上路，经过离分区，再翻过地平线，设法通过'无望关'。亲爱的，这场长途跋涉你觉得怎么样？"

"你去哪儿，我就去哪儿。"

"可你会觉得有意思吗？除非你成功生下一个娃娃，教他／她说话，否则这一路上能跟你说话的人只有我。你没有左邻右舍帮衬陪伴，身边只有疾行兽、龙和鬼才知道是什么的东西。反正肯定没有邻居。"

"那我就负责做饭，帮你种地，我还要为你生孩子。等我有了三个孩子，我就开一所'史密斯夫人小学'，或者我们也可以给学校起名叫'苗条莉儿小学'。"

"那就叫'苗条莉儿小学'吧，挺适合这些小浑蛋的。我的孩子个个都调皮捣蛋，朵拉，你教他们的时候手里一定要拿着棍子。"

"伍德罗，如果有必要的话，我会这么干的。其实现在我的班上就有几个调皮的孩子，其中两个比我都重。遇上必要的时候，我就会敲打他们。"

"朵拉，我们也可以不用去闯'无望关'，而是待在'小安迪'号上，飞去塞古都斯。布里格斯告诉我，现在那儿的人口超过了两百万。你会有一栋宽敞舒适的大房子，带室内的排水管道和一座花园，用不着为了帮我料理农田累得腰酸背疼。等你生孩子的时候，那儿有好医院和专业的医生为你服务。又安全，又舒适。"

"'塞古都斯'，那儿就是所有霍华德家族成员迁去的地方，是吗？"

"大约三分之二都在那里。我跟你说过，还有一些在这儿，但是我们对外不会承认的，因为霍华德家族的人若是在一个社会中占少数，那么公开身份不仅会有危险，而且还会感觉不舒服。朵拉，你不用在三四天之内做决定。只要我不发话，飞船就会一直停留在这颗星球的轨道上。我想让它留多久，它就会留多久，几周，几个月，都有可能。"

"天哪！单纯为了等我做决定，你竟然可以让布里格斯船长把一艘星舰停在轨道上？你承担得了由此产生的费用吗？"

"我不该催你的。朵拉，其实让船待在轨道上并不会产生多少开销，不过，事情的关键不在于我能否承担费用。嗯……长久以来，我独自生活，保守着自己的秘密；现在我结婚了，身边有了值得信赖、可以分享秘密的妻子，还有点不习惯。我不能再瞒下去了。朵拉，其实我拥有'小安迪'号六成的股份。撒刻·布里格斯是我的小搭档，我的儿子，也可以说是你的继子。"

她没有立即接话。于是他开口了："怎么了，朵拉？这个消息吓到你了吗？"

"没有，伍德罗，我只是得花时间消化一下新信息。当然了，你结过婚，你是霍华德家族的成员。我没想过这些，如此而已。你有一个儿子——不，是很多儿子，肯定还有很多女儿。"

"是的，没错。可我的意思是，出于自私，我做了一些糟糕的计划。虽然没必要，但我还是催你了。如果我们留在新起点，我想让'欧内斯特·吉本斯'这个身份消失，让他随着'小安迪'号离开。因为他的年纪越来越大，我不能再伪装下去了。因此，年轻的'比尔·史密斯'和你的年纪更相仿，让比尔取代欧内斯特陪在你身边。这样看起来更般配，而且没人会疑心我是霍华德家族的人。

"这种金蝉脱壳的把戏我玩过很多次了，我知道该怎样让整件事立住脚。但是我一直想尽快摆脱'欧内斯特·吉本斯'这个身份，因为他是收养你的叔叔，年龄是你的三倍，这样的人不该想着拍你可爱的小屁股，你也不该鼓励他这样做。大家都是这么想的。可是，朵拉，我就是想拍你可爱的小屁股。"

"我也想让你拍。"她让骡子停下来，此时他们已经接近房子连成片的住宅区了，"还有，伍德罗，你说我们不能马上生活在一起，因为你怕邻居们会有非议。可又是谁教我别在乎左邻右舍的想法？是你。"

"没错。可是有时候为了影响邻居们的言行，你必须设法让邻居们的想法符合你的意思；眼下便是这种时候。亲爱的，我还教过你要耐住性子。"

"伍德罗，你说什么我都会不折不扣地照做。但是，在这件事上，我无法保持耐心，因为我想让我的丈夫睡在我的床上！"

"我也想。"

"就算我选择在床上和我的吉比叔叔道别，又或者是我立刻和一个新来的移民远走高飞，人们开始讲闲话，这有什么关系？伍德罗，虽然你现在对此绝口不提，但我相信你应该知道我不是处女。难道你以为没有其他人知道这件事？也许整个城市的人都知道。我从来都不在意人们的闲言碎语，现在又怎么会在乎他们怎么想？"

"朵拉。"

"伍德罗，你要说什么？"

"我决定了，以后每天晚上我都和你睡一张床。"

"谢谢你,伍德罗。"

"我还要谢你呢,女士。因为在这事儿上我至少能享受到一半的乐趣。你似乎也很享受性爱——"

"哦,没错!你肯定知道,或者说应该知道。"

"那就这么定了,现在我们来聊聊别的。话说回来,要是我发现你这个年纪还是处女,那我可能还会有点担心呢。我会以为海伦没有如我所料的那样,在人生的方方面面对你起指引作用呢。现在看来她确实把你教得很好,谢天谢地!我之所以假装自己是永远不会碰小朵拉一根手指头的、亲切的老'吉比叔叔',都是为了你的面子。既然你不在乎,那我也不必装了。我刚才想说的是,到底是留在这儿拓荒,还是去塞古都斯,你可以好好想想再做决定,想多长时间都可以。朵拉,塞古都斯拥有的不只是室内排水管道系统那么简单,那儿有回春诊所。"

"哦!伍德罗,你需要在离诊所近的地方生活,是吗?"

"不,不!是为了你,亲爱的。"

她愣了一会儿才接话:"可是回春诊所不能把我变成霍华德人。"

"确实不能,但是会有一些效果。回春术也不能让霍华德家族的人永生不死,有的人疗效特别好,有的却没什么效果。也许有一天我们能对这门技术了解得更多,但是现在,平均来说,回春术似乎只能让一个人的寿命达到他原本预期寿命的两倍,不管他是不是霍华德家族的。啊,你知道自己的祖父母或外祖父母活了多大岁数吗?"

"伍德罗,这个我怎么会知道呢?我甚至有时会忘了自己曾经有过父母。至于祖父母、外祖父母,我连他们的名字都不记得。"

"我们可以查一查,飞船上有曾经所有的乘客的档案,我会让撒刻——布里格斯船长查查你父母的档案。虽然追查线索需要时间,但迟早我们能追溯到你在地球上的祖先。然后——"

"不要,伍德罗。"

"为什么不,亲爱的?"

"我不需要知道这些，也不想知道。很久以前，至少在三四年前，我刚刚猜到你是霍华德人的时候，我还推测到霍华德人其实并不比我们普通人寿命长。"

"是吗？"

"是的。我们都有过去、现在和未来。过去只是回忆，我记不得人生开始那一刻，也不记得人生未开始的时候。你呢？"

"我也不能。"

"所以，在这方面咱们打了个平手。我想你的回忆一定比我的丰富，毕竟你比我年长。但那是过去。未来呢？未来还没发生，谁也不知道以后的事。或许你比我活得长，或许我比你活得长，或许我们二人会同时死于意外。对此我们无法知晓，我也不想知道。我们两个都拥有的是现在，而且那是我们共同拥有的，这让我喜不自禁。今夜，让我们把这几头骡子安顿好，然后好好享受现在吧。"

"同意。"他冲她笑着说，"先吃饭还是先做爱？"

"都要！"

"这才是我的朵拉！任何值得做的事都值得做个痛快。"

"还值得反复做。不过，亲爱的，你先等等。你告诉我布里格斯船长是你的儿子，这样一来，他就成了我的继子。我想应该是这么个关系，但是我实在无法把他看成继子。我想问你一个问题，你不想回答也可以不回答。我们之前同意不盘问对方的过去……"

"想问就问，我想回答就会回答的。"

"好吧。我忍不住想了解一下布里格斯的母亲，也就是你的前妻。"

"菲利斯？她的全名是菲利斯·布里格斯-斯珀林。亲爱的，你想知道她的什么呢？她是个很好的女孩。多余的我就不说了，省得引起不必要的攀比之心。"

"我想我大概是太爱打听了。"

"可能是有点儿，不过我不介意，你打听两句又不会伤害到菲利斯。亲爱的，我和她之间都是几个世纪前的事了，忘了吧。"

"哦，她死了？"

"据我所知，应该没死。要是她有事的话，撒刻应该知道，因为他最近去过塞古都斯。我想他知道了会告诉我的。不过，她跟我离婚之后，我就没和她再联系过了。"

"她提出要和你离婚的？这个女人的品位可真差！"

"朵拉，朵拉！菲利斯的品位可不差，她是个挺优秀的女孩。上次我在塞古都斯的时候，还和她与她的丈夫一起吃了晚餐呢。我是说，我和撒刻一起去的。她和她丈夫甚至不怕麻烦，把还在那颗星球上生活的我和她的孩子都聚到了一起，还邀请了我的几个亲戚，为我组织了一场家庭派对。她想得很周到。另外，她也是个老师。"

"是吗？"

"对。塞古都斯星新罗马市霍华德大学的利比数学教授。如果以后我们去那儿，可以和她见一面，到时候你亲自看看她是个什么样的人。"

朵拉没说话。她用膝盖碰了碰贝蒂，沿着街道走了。比乌拉没有收到指令，兀自跟上去，和贝蒂齐头并进。巴克说："听下（停下），马的（妈的）！"语气相当强烈。说完它也追了上去。

"拉撒路……"

"亲爱的，叫这个名字可要小心。"

"没人能听见我的话。拉撒路，如果你不是非去不可的话，我要告诉你，我不想去塞古都斯生活。"

XII

养女的故事（接上篇）

离分区被他们远远地甩在了后面。三个星期以来，这支小车队一直在朝兰帕特山脉的方向缓缓前行。车队中有一前一后连在一起的两驾四轮骡车，由十二头骡子拉着，另外还有四头没有负重的骡子。他们上次经过人住的房屋已经是两个多星期以前的事了。他们现在已经爬上高海拔的大草原，再过几天，就能看见无望关的隘口了。

除了十六头骡子，小车队中还有一条母的德国牧羊犬、一条年龄小点儿的狗、两只母猫、奥金斯夫人培育的适应能力极强的两只公鸡和六只母鸡、一头刚刚怀孕的母猪，再就是朵拉和伍德罗·史密斯了。

这头怀孕的母猪是在新匹兹堡买的，当时史密斯在掏钱之前给它做了检查，发现它怀孕了，而史密斯太太还在多金贸易站时也检查出怀孕了，史密斯于是批准"小安迪"号星舰离开轨道。他的安排是这样的（史密斯觉得没必要告诉妻子这个安排），朵拉一天没怀孕，他就让飞船在轨道上多等待一天；如果他们再次尝试之后，朵拉的检查结果仍是没怀孕，他就改变计划，带她去塞古都斯，在那儿找出朵拉无法怀孕的原因，如果可能，还要把不孕症治好。

史密斯是个专业的拓荒者，依他看，要是一对夫妻中妻子患有不孕症，或者两个人这方面都有问题——他默默纠正，因为他自己的生殖能力已经五十多年没经过最终考验了——总之，在这两种情况下，若是这对夫妻还执意去人烟稀少的地方拓荒，他们的行动不仅没有意义，而且属于会导致灾难性后果的蛮勇。因此，做决定前，他通过克劳斯梅尔医生保存得不甚妥帖的文件查到了朵拉父母的健康记录，发现没什么可担心的。之前他确实为此忧心了好久，就连猕猴因子导致的溶血病[1]这么简单的状况他都担心无法应对。

但是凭着星球殖民地和飞船有限的医疗条件，他发现怀孕的妻子各个方面都很健康，而且朵拉似乎在他们那场非正式的骡背婚礼之后大约二十分钟就怀上了孩子。

他脑海中划过一个念头，也许朵拉在这之前就怀孕了。不过这只是个让他觉得有意思的闪念，并没有对他造成困扰。史密斯觉得，过去几个世纪里，他肯定不止一次当这样的"爸爸"；但是对并非亲生的孩子，他会尤其照顾，做个爱孩子的父亲，而且对真相闭口不言。他有个原则，女人在他面前可以尽情地撒谎，他永远不会因为这个惩罚她们。但是他也相信朵拉干不出这种事。如果朵拉和他在一起之前就发现自己怀孕了，那么她可能会要求与他有一夜之欢，然后在床上跟他道别。她肯定会这么做的，绝不会要求和他生个孩子。

没关系，就算亲爱的朵拉之前犯了个错误却不自知，他也觉得她肯定能生出一个优秀的宝宝。因为她自己就是个优秀的人。史密斯真希望自己能早点认识布兰登一家，他们肯定是一级棒的。海伦曾经说过，他们的女儿"挑得很"。就算是单纯为了找乐子，朵拉也绝不愿和一个傻子上床。史密斯很肯定，只有强奸才可能让朵拉怀上一个资质低劣的孩子，而强奸朵拉的那个人可能余生都要尖着嗓子唱歌了，因为她的吉比

1　猕猴因子又称Rh因子，当母体血型为Rh阴性血型（不含有Rh因子），而胎儿血型为Rh阳性血型时，胎儿体内的Rh阳性红细胞可能会进入母体，在母体中产生抗体。如果母体中的抗体通过胎盘进入胎儿，便会破坏胎儿的红细胞，最终导致新生儿溶血病。——编注

叔叔教过她一些阴招儿。

那头怀孕的母猪就是史密斯的"日历"。如果他们没办法赶在母猪产崽之前找到一个适合安家落户的地方，那他们在母猪产崽的当天就得往回走，不会犹豫，也不会遗憾，因为那时候朵拉的孕期刚刚过半，他们可以利用后半段的时间返回离分区，到有其他人在的地方寻求帮助。

那头母猪在第二辆骡车后面被一道悬带固定着，这样就不会摔下去了。几条狗中，有的在骡车下面跑，有的在骡车旁边跑，要是看到疾行兽或其他危险出现，它们就会狂吠，提醒他们注意；两只猫倒是和一般的猫无异，它们随心所欲，或是在地上走，或是在车上趴着。母山羊和公山羊始终挨着轮子走；两只小羊羔已经长大了一些，大多数时候都能跟着跑，但也拥有累了的时候上车歇着的特权。只要母羊发出响亮的咩咩声，史密斯就俯身将累了的羊羔递给车上的朵拉。鸡关在猪栏上方的双层笼子里，发出不满的咕咕声。没有负重的骡子只有一个任务，那就是警惕可能出现的疾行兽，为大家放哨。至于巴克，它是骡队的大元帅，控制着整支队伍的速度，指挥其他骡子，还会执行史密斯的命令。闲着的骡子得轮换着拉车，只有巴克不用负重。贝蒂和比乌拉也不得不去拉车，它们对此颇有意见，因为它们知道自己原本在骡子中是配鞍载人的贵族。可是巴克时常呵斥它们，还对它们又咬又踢，所以它们只好闭上嘴，开始拉车。

其实骡子们并不是真的在拉车，只有打头的那两头骡子需要做工。它们套着缰绳，而缰绳沿着它们的背脊穿过后面骡子的颈圈，末尾连到头一驾骡车的座位上。通常这两套缰绳不会勒得太紧，只是松松垮垮地耷拉着。尽管公骡子都是种骡，但它们还是非常听巴克的话。史密斯在离分区停留了一次，花了几乎一天的时间才买到一头虽然年轻、体重较轻但肩膀结实的壮骡子，因为大点儿的骡子都不愿意听巴克的指挥。巴克准备通过打一架的方式来确认自己领头的位置，但是史密斯不想让这头老骡子冒险；他需要巴克的头脑和判断，所以不想让巴克因为输给一头年轻的骡子感到伤心，也不想让它因为输给年轻的骡子而受到精神上的严重打击。再说巴克还有可能会受伤。

真遇上麻烦时，再多缰绳也帮不上忙。要是骡子受惊狂奔——虽然这种事不太可能发生，但也是有可能的——就算是两个人、四只手都握着缰绳也拉不住。史密斯准备好了随时射杀打头的两头骡子，只希望到时候不会有太多骡子被尸体绊倒、摔断腿，骡车也别翻了才好。

史密斯想一只不少地带领所有牲畜到达目的地，但其实只要有80%的牲畜活到终点，而且每种牲畜都有公母各一以供繁衍，他就非常知足了。不过，他们最后抵达时剩下的牲畜数量若是足够拉车（并且包括一对可繁衍的牲畜），此外还有一对山羊，他就觉得这在一定程度上是取得了成功，可以扎下根来，不管之后是生是死。

到底多少头骡子是"足够的"，这个标准不一而足。

接近旅程尾声时，他们可能会只剩下四头骡子，那就得在抵达终点后再返回去拉第二辆车。不过，如果在征服无望关之前骡子的数量就减少到十二头以下，那他们就只能回头了。

立即回头，抛下一辆骡车，或者干脆两辆都不要了，丢下他们带不上的，杀掉那些需要帮助才能完成旅程的动物，轻装上阵，带上剩下的、能跟上的骡子，它们不知道自己是行走的食品柜。

如果伍德罗·威尔逊·史密斯一瘸一拐地步行回到离分区，他的妻子坐在骡子背上，虽然流产了，但是还活着，这样也不能算失败。他还有双手，有头脑，有人类最强的动力：一个需要照顾和珍惜的妻子。再过几年，他们可能会再次尝试闯无望关，到时候一定不会再犯第一次的错误。

此时此刻，他非常幸福，因为他有一个男人渴望拥有的一切财富。

史密斯从骡车座位上探出身子："嘿，巴克！该吃晚餐啦。"

"七晚掺（吃晚餐），"巴克学了一遍，然后大喊，"七晚掺（吃晚餐）！回成圈（围成圈）！回成圈（围成圈）！"领头的那对骡子闻声向左一拐，带着这支小队伍围成了一个圆圈。

朵拉说："太阳还高着呢。"

"是啊，"她的丈夫表示同意，"所以我们才要停下来吃饭。大太阳底下热得很，骡子们都累惨了，流了好多汗不说，又渴又饿。我想放它们自己吃会儿草。明天，我们不到黎明就得起来，迎着第一缕晨光上路，趁气温升高到热得要命之前能走多少公里就走多少公里，然后再早早停下休息。"

"亲爱的，我不是质疑你的决定，只是想知道为什么。我发现，虽然我是个老师，可并不知道作为一个拓荒者的妻子应该知道的所有知识。"

"我明白你的意思，所以我才解释的。朵拉，只要我做了什么事儿你不明白，尽管问我。你确实得懂，因为要是我出了什么事，那凡事就得由你做主了。如果我当时在忙的话，你就等我忙完了再问。"

"我以后试试，伍德罗。其实我一直是这样做的。我感觉又热又渴，那些可怜的牲畜也一定有同样糟糕的感觉。请允许我在你放开它们的缰绳之后给它们喝点水。"

"不行，朵拉。"

"可是——抱歉。"

"真是的，不是说了有不明白的要赶紧问我吗？算了，反正我正打算给你解释。我们先给它们一个小时的时间自己吃草。尽管烈日当空，但这会让它们凉快一些；我知道它们渴了，所以放它们在干燥的高草下面寻找绿色短小的草叶吃，以便补充一些水分。我要借这个空儿去查看水桶里还剩多少水。虽然不知道确切的余量，但我清楚我们应该开始按照缺水情况处理，减少每个人和动物的用水配给量。原本应该从昨天开始就这么办的。小可爱，你能看见关隘后面那片深绿色吗？我想那儿应该有水，不过也可能是干的。我们只有拼命祈祷那儿有了，反正从这儿到那儿之间我想是没水的。我们到那儿之前可能会有一天左右的时间完全缺水。没了水，要不了多久骡子就会死，人也一样。"

"伍德罗，情况会糟糕到那种程度吗？"

"会的，亲爱的，所以我才研究那些照片地图。那是我和安迪很久之前调查勘测这颗行星时制作的清晰地图，不过只是早春时节这半球的照片。撒刻为我拍的照片不多，'小安迪'号也不是一艘专门做勘测的飞船。我挑这条路线是因为它看起来能让我们快点儿赶到目的地，但是过去十天里穿过的每一段河床都干得很彻底。这是我的错，也许是我在这世上犯的最后一个错误。"

"伍德罗！别那么说！"

"抱歉，亲爱的。但是人总有一死，死前总会犯下最后一个错误。我会尽全力一搏，不让这成为我的最后一个错误，因为我绝不允许这种不幸降临在你头上。我这么说只是为了让你牢记，千万得省着点儿用水。"

"我牢记在心了。我清洗的时候一定会非常节约用水的。"

"我一定是还没说清楚。以后别再清洗了，别洗脸，也别洗手，要是需要清洁盘子之类的东西，你就用泥土和草解决，然后把那些东西放到阳光下消毒。水只能用来喝。骡子们的用水配给量要立即减半。按说人每天需要一升半的水，但是你我之后每天只能喝半升。嗯，'胡子太太'用水配给量照旧，毕竟它得给小羊羔喂奶呢。要是水实在不够用了，我们就把小羊羔宰了，把母羊的奶全挤出来。"

"哦，亲爱的！"

"我们也可能到不了这地步。不过，朵拉，我们还没到最后的极限。如果真的到了活不下去的地步，我们就杀一头骡子喝它的血。"

"什么！为什么？它们可是我们的朋友啊！"

"朵拉，听你男人的话。我保证永远不杀巴克、比乌拉或贝蒂。如果我必须杀一头骡子，那也是我在新匹兹堡买的那一头。但是如果我们这三个老朋友中有谁死了，我们可以把它吃了。"

"我觉得我肯定下不去口。"

"等你饿极了就下得去口了。如果你为肚子里的孩子着想，就会毫不犹豫地吃下去，还会感谢你那死去的朋友为你保住自己的孩子做贡献。危急时刻不会有什么你干不出来的事情，到时候你什么都能干。海伦没给你讲过移民是怎么在这儿度过第一个冬天的？"

"没有，她说我不需要知道那些。"

"看来她犯了个错误。我来给你讲一件不那么可怕的事吧。我们——我安排了几个人无间隙轮班看守粮食种子，下令如遇偷盗种子者，可以当场射杀。一个卫兵真的这么干了。后来军事法庭宣布这名卫兵无罪。很明显，他杀的那个人当时是在偷种子。检查尸体时，我们发现那人嘴里还有嚼了一半的粮食。顺便说一句，那不是海伦的丈夫。海伦的丈夫是体体面面地死去的，死于营养不良和原因不明的发热。"

史密斯接着说："巴克已经让大家围成一圈了，咱们也忙活起来吧。"他跳下骡子，伸手扶着她也下到地上，"笑一笑，宝贝儿，微笑！咱们的一举一动正往地球传输呢，让那些挤在一起的可怜虫们瞧瞧，在一颗新的行星上重起炉灶、生活下去有多容易。感谢杜巴莉香体剂赞助。说到这个，我现在需要好多瓶香体剂。"

她微笑道："亲爱的，我身上比你还难闻呢。"

"亲爱的，现在好多了，我们会成功的。万事开头难。哦，对了，做饭不能生火。"

"'不能生……'好的。"

"得等出了这片干旱之地才能生火。无论如何都不能弄出亮光来，就算你把红宝石弄丢了想去找也不行。"

"'红宝石……'伍德罗，你送我那些红宝石真是太好了。可是眼下我宁愿把它们都献出去，只希望能换回一桶水来。"

"不，那可不行，亲爱的，因为红宝石没多少重量，如果可以的话，我愿意用桶装上尽可能多的红宝石，直到我们的骡子无法承担。撒刻带来了这些红宝石，我很高兴，因为我能把它们送给你。每一个新娘都值得被宠爱。我们来一起照顾这些累坏了的骡子吧。"

他们把骡子的缰绳解开之后，朵拉开始想她该怎么在不使用火的前提下给她丈夫做饭。此时，史密斯正在忙着立防御栅栏。他们只有两辆车，不足以围成有效的防御圈。他们充其量只能让第二辆骡车的前轴转到最大角度，然后用两米长的、削尖了的木桩子组成的栅栏围住缺口。这些木桩子之间的间隙均匀，是用他从新匹兹堡买来的所谓的绳子连起来的。最后，他立起了一道高大且相当难通过的尖桩篱栅，篱栅两端各连着一辆骡车。这三边组成了一个直角三角形，而篱栅正是那道斜边，牢牢地钉在地里。这样的防御措施无法让袭来的龙减速，不过这里也不是有龙出没的地方。疾行兽不会喜欢这东西的。

其实史密斯也不太喜欢。但是，这道篱栅用的都是新起点星当地的材料，只要人手巧，这篱栅坏了还能修好，而且并不重，就算扔掉也算不得什么大损失；另外，其中不含金属。在新匹兹堡，史密斯的钱原本不够买这两辆结实的船形宽轮篷车；于是，他用原本用于另外两辆车的金属零件补齐了差价，这些零件都是"小安迪"号从数光年之外运过来的。新匹兹堡果然比"匹兹堡"新得多，虽然这里有铁矿和煤矿，但是金属工业还非常原始。

对于野疾行兽来说，鸡、猪、山羊，甚至连人都是美味。不过，到了晚上，史密斯把山羊和小羊羔都轰进畜栏，留两条狗放哨，十六头骡子在附近吃草，他感觉可以安全过夜了。没错，一头疾行兽或许会干掉一头骡子，但其实骡子占上风的机会更大，尤其是附近有其他骡子的情况下，它们可以一拥而上，让那头食肉凶兽死在它们的蹄子下面。这些骡子若是看见一头疾行兽，它们不会逃跑，而是会冲上去发起攻击。史密斯想，假以时日，骡子干掉的疾行兽一定会比人类干掉的还多。到时候，这类野兽就会和他小时候见过的山地狮子一样稀有了。

被骡子踩死的疾行兽可以做成疾行兽排、疾行兽炖肉、疾行兽肉干，还能做成猫粮和狗粮，内脏还能给猪吃，这样就不用杀骡子了。史密斯其实对疾行兽的肉不感兴趣，因为不管用何种方式烹饪而成，那种肉对他来说味道都太重了。不过，有肉吃总比没有强，还可以让他们少吃带来的食物。朵拉倒是和她的丈夫不同，她对疾行兽的肉并不反感，因为她生于斯长于斯，从小就是吃那种肉长大的，所以对她来说，那是再正常不过的食物了。

疾行兽天然的猎物中有一种食草动物，史密斯挺想抽出时间来猎一头的。这种动物和疾行兽一样长着六条腿，但两者间也只有这个共同点，总体来看酷似畸形的霍加皮[1]，它们的肉比疾行兽的肉嫩多了。人们管这种动物叫"草原山羊"，但其实它们并不是。只是新起点星上还没有展开系统的动植物分类学研究，眼下人们也没有时间从事这种考验智力的奢侈研究活动。一周前，史密斯坐在骡车上打死过一头草原山羊（现在那可口的肉味和嫩嫩的口感只剩下让人喜忧参半的回忆了）。史密斯觉得他应该在征服无望关之后再拿出一天的时间来打猎，但他忍不住盼着再有让他坐在骡车上打中草原山羊的机会出现。

也许现在就是那个机会。"弗里茨！麦克白夫人！到这儿来！"两条狗小跑着溜达过来，在附近待命。"登高警戒。疾行兽！草原山羊！上去！"两条狗立即跳了两下，再一蹬，蹿到了打头的骡车顶上。而后，它们迈了一步，蹲坐下来，把车顶都压弯了。它们俩共同承担警戒任务，一个望着左边，一个望着右边，只要史密斯不发话，它们就会一直在上面待着不下来。史密斯为这两条狗花了大价钱。他知道它们都是一流的狗，因为它们的祖先就是史密斯从地球上挑选好，然后随着第一批移民一起带过来的。史密斯不是那种爱狗成痴的男人，他只是相信，人类与狗的伙伴关系在地球上持续了那么长时间，想必也能在陌生的星球上延续下去。

---

1 霍加皮：哺乳类偶蹄目长颈鹿科，产于刚果。——译注

朵拉听了她丈夫刚才的那些话，面色变得凝重起来。但是，她干起活儿来之后便重新振作了。为了在不能生火的情况下，用有限的食材做成一顿饭，她冥思苦想，但不久便想到了另一件烦心事儿。这对她来说是件好事，因为这可以让她暂时不去想之前的烦恼。此外，她其实打心眼里不相信有她丈夫做不成的事。

她绕到第二辆骡车的后面，翻过畜栏，她丈夫正在那儿检查围栏是否牢固："哦，真是只讨厌的小公鸡！"

伍德罗回头看了一眼，说道："亲爱的，你只戴一顶太阳帽的样子真是楚楚动人。"

"我不只戴了太阳帽，还穿了一双靴子呢。你难道不想听听那只讨厌的小公鸡做了什么吗？"

"我更喜欢聊你的穿着打扮。小可爱，我就是这么想的。不过，我不喜欢你现在的打扮。"

"什么？可是，亲爱的，这儿太热了。我又不能洗澡，所以我觉得风浴可以让我身上的气味好闻些。"

"我觉得你挺好闻的。风浴也是个好主意，那我也把衣服都脱了吧。亲爱的，你的枪，你那条挂着匕首和枪的腰带放哪儿了？"他开始脱那身工作服。

"你想让我现在还系着带枪的腰带吗？在围栏里也要这样？毕竟这里有你保护我呢。"

"我的小亲亲，你得自律啊，再说这是标准的预防措施。"他脱下工装后就把带枪和匕首的腰带系到了身上，然后把靴子和衬衫都脱掉，除了腰带和他穿着衣服时看不到的三样其他武器，他一丝不挂。"不知道有多少年了，除非把自己锁在什么安全的地方，否则我任何时候都会随身携带武器。我希望你也培养成这个习惯。别只是有时候带武器，而是要始终带着。"

"好的，我把腰带落在座位上了，我这就去拿。可是，伍德罗，我就算拼尽全力也变不成格斗专家。"

"五十米距离内，你用那把针击枪射击还是很准的。你以后和我生活在一起的时间越长，在射击方面就会越有长进。不只是用针击枪射击，用别的枪也一样，还有如何砍杀、放火，甚至如何揍得对方浑身瘀青。总之，从赤手空拳到使用爆能枪，这些事我都会教给你。小可爱，看到那边了吗？"他指指空无一物的平原，"短短七秒之内，一群毛发蓬乱的野蛮人就会涌过高坡，向我们袭来。我大腿中了长枪，倒地不起，这时候你必须为了保护我们两个而奋起反击。你的枪却落在远处骡车的座位上，这时候你要怎么做呢，你这个可怜的小丫头？"

"那又如何？"她分开双脚，将两只手扣在后脑勺上，扭了两下身子，就像是伊甸园里创造出的动作一样，"我可以这样对付他们！"

"好，亲爱的，"拉撒路想了一下，表示肯定，"如果他们是人类的话，这应该管用。可他们不是。他们对褐色眼睛的高挑美女感兴趣只是因为她能吃而已，到时候你连骨头都剩不下。他们傻得很，可他们就是这样的！"

"好吧，亲爱的。"她温顺地说，"我去系上我的带枪腰带，然后杀掉那个用长枪伤了你的人，再看看在我被吃掉之前能放倒几个。"

"这就对了，我百折不挠的小可爱。永远要有荣誉感，死也要死在战斗中。你的荣誉感有多强，你在地狱中的地位就有多高。"

"明白了，亲爱的。只要有你相伴，在地狱里我也会很快活。"说完她转身去拿她的武器了。

"哦，我到时候肯定也在地狱里，他们不会把死后的我带到别处去的，朵拉！等你把挂着枪的腰带系上，就把太阳帽摘了，把靴子也脱掉，然后戴上你的红宝石首饰，全都戴上。"

她的一只脚刚踏上骡车，听了这话停下来："亲爱的，你是说我的红宝石首饰？在大草原上戴？"

"苗条的莉儿，我买那些红宝石首饰就是给你戴的，为了让我好好欣赏在红宝石的映衬下光彩夺目的你。"

　　她脸上闪过一丝微笑，而后她就转过头去，用他通常挂着的那副严肃表情迎向阳光；她猛地一蹬地，上了骡车，消失在史密斯的视野里。很快，她就回来了，腰上系着挂有武器的腰带，戴着全套红宝石首饰，显然还花了几秒的时间梳了梳头，栗色长发光泽动人。她其实已经有两个多星期没洗过澡了，但这丝毫不损她的青春靓丽。她停在梯阶上向他微笑。

　　"别动！"他说，"太美了！朵拉，你是我有生以来见过的最美的人。"

　　她又冲他微微一笑："我的先生，你这话我才不信呢。不过，我希望你以后常常说这样的话。"

　　"女士，我不会撒谎。我这么说完全是因为这就是真相。话说回来，你刚才跟我说那只小公鸡怎么了？"

　　"哦！那个可恶的小浑蛋！我跟你说，它一直在故意破坏鸡蛋！这次它被我抓了个现行。我亲眼看见它在啄鸡蛋，那可是母鸡刚刚下的两个蛋啊！"

　　"亲爱的，它那是为了保障自己在鸡群中的帝王地位。它怕那些蛋会孵出一只公鸡。"

　　"我真想拧断它的脖子！要是我们可以用明火烧烤，我现在就这么做。亲爱的，我在想怎么才能在不用打开新罐头、不用火烹制的情况下吃上饭，然后我想起来，把咸饼干捏碎撒在生鸡蛋中应该可以凑合算一餐。今天母鸡只下了三个鸡蛋，可公鸡竟然把它笼子里的两个蛋都啄碎了。我在两个笼子里都放上了足够多的草，另一边笼子里的那颗鸡蛋连一个缝儿都没有。它真是可恶。伍德罗，我们为什么必须有两只公鸡？"

　　"这和我随身带两把飞刀的原因一样。小甜心，等我们到了目的地，孵出我们的第一批小鸡仔，等它们都长大了，肯定能多出一只公鸡，到时候我们就可以用现在这只捣蛋鬼包饺子了。这之前还不能杀。"

"但是我们不能再让它糟蹋鸡蛋了。今天晚上的晚餐主要是奶酪和硬饼干，如果你不希望我打开新罐头的话。"

"不用着急，弗里茨和麦克白夫人正在狩猎呢，希望它们就算不弄回来一头疾行兽，也至少能猎到一头草原山羊。"

"可我不能做肉。你说的。你确实这么说过。"

"亲爱的，生着吃。草原山羊腰部的肉细细切了，铺在硬饼干上，那就相当于新起点星球上的鞑靼牛排，几乎和姑娘一样美味。"他说着咂巴了几下嘴。

"嗯……如果你能吃，我就能吃。可是，伍德罗，我已经不知道你是不是在开玩笑了。"

"小可爱，在食物和女人这两件事上我从不开玩笑，这些话题都是神圣的。"他上上下下地打量了她一番，"说到女人，女人，用红宝石来衬你真是再合适不过了，可是你为什么要把一只手镯戴在脚踝上？"

"因为你给了我三件手镯啊，先生，还有几枚戒指和一个吊坠，而且你叫我把它们全都戴上。"

"我确实是这么说的。这个从哪儿来的？"

"嘿！这不是红宝石，这是我身体的一部分！"

"看起来跟红宝石似的，这边还有另一颗也像红宝石的东西。"

"哎呀！我看我还是把红宝石首饰先收起来吧？弄丢了可不好。要不先给骡子喂水？"

"你是想说我们可以在吃饭之前做点什么？"

"啊，是的，我想这就是我的意思，互相逗弄一番。"

"小朵拉，你说话不太明白啊，告诉吉比叔叔你想要干什么？"

"人家才不是什么'小朵拉'，人家是苗条的莉儿，离分区以南性欲最强的姑娘。是你这么说的。我会咬牙切齿地说着污言秽语，做你拉撒路·朗的情人。你是群星间的超级种马，比六个男人加到一起都强。我想要什么你再清楚不过了。如果你再捏我，我就把你放倒，要了你。

不过我想我们还是应该先给骡子喂水。"

密涅瓦，有朵拉在身旁，我总是感觉特别好。这并不是因为她外形靓丽。按照通常标准来衡量，她的外表其实并不那么出众，不过在我看来她确实非常迷人。也不是因为她对"欲爱"的狂热兴趣，尽管她确实对此事非常痴狂，随时都准备行动，而且总是急性子。另外，她越来越精于此道。性是一门通过不断学习才能长进的艺术，与滑冰、走钢索或花式跳水一样；性不能靠直觉。哦，两个动物交配靠的是直觉，但要投入智力、耐心、甘于奉献的精神才能将单纯的交配升华为一种生机勃勃的高级艺术。朵拉在这方面很擅长，而且越来越有技巧。她总是愿意学习，既没有怪异的癖好，也没有愚蠢的偏见，而是耐心地愿意练习她学到或得到传授的任何技巧。她在性爱中注入的精神力量将这种令人汗津津的活动变成了实实在在的圣礼。

但是，密涅瓦，爱是在你并不饥渴时依然存在的东西。

朵拉什么时候都是我的好伴侣，而且生活越是艰难，她作为伴侣就做得越是到位。哦，她对破鸡蛋的事儿焦虑是因为养鸡是她的责任，并非因为口渴借机抱怨。她没有唠叨我，让我去管管那只公鸡，而是自己想出了一个法子，并且按照自己的想法采取了行动。她把所有的母鸡都塞进了另一只公鸡的笼子里，然后把这个破坏鸡蛋的家伙的双爪捆起来，撂到一边，再把两个笼子之间的隔板挪到位，让较小的那只公鸡处在一个完全独立的环境下，这样我们就不会再损失鸡蛋了。

但是真正艰难的部分还在前头。面对困难，她没有焦虑退缩，我没时间跟她解释的时候，她也没有任性犯倔。密涅瓦，这条路上大部分时间我们都像是在缓缓赴死，还有的路段会突然出现危险，导致我们随时都可能命命。在"缓缓赴死"的路上，她总是耐心无限，在可能"突然丧命"的情况下，她永远保持冷静，提供帮助。亲爱的，你是个博学多才的城市女孩儿，而且一直生活在文明的星球上，所以我想我应该再详细说明一下当时的情况。

也许你心中一直有一个疑问："这趟旅行有必要吗？"如果有必要的话，又为什么非要搞得这么难呢？

"有必要……"我做了一件霍华德家族成员永远不该做的事，那就是和一个短寿人结婚。当时的我有三个选择：

第一，带她去其他霍华德家族的人生活的地方过日子。朵拉拒绝了。不过就算是她答应了，我也会努力劝说她放弃这个想法。若是长寿人的群体中只有她一个短寿人生活，她一定会陷入抑郁，最后发展出自杀倾向。我第一次看到这样的情况还是在我的好友斯莱顿·福特身上，后来类似的事我又见了好几次。我不想让朵拉重蹈覆辙。不管她能活十年还是一千年，我都希望她在这些岁月里过得开心。

第二个选择是待在多金贸易站，或者——这个也一样——在当时那颗星球上已经建起的殖民地中选一个小村庄住下。我差点就选择了这条路，因为换成"比尔·史密斯"的身份重新开始一定可以成功，起码暂时不会有人看穿。

可没过多长时间，我就打消了这个念头。新起点星上为数不多的几个霍华德家族成员——我记得是马赫一家和另外三家——都是以假身份来到这里的。用霍华德家族的话来说，这叫"参加化装舞会"。通过不断变换身份，他们可以蒙混过关，不会授人以柄。马赫奶奶可以"去世"，然后以"黛博拉·辛普森"的身份出现在另一处霍华德家族的庄园中。这颗星球上的人越多，这样的法子越容易奏效，尤其是在第四批移民到来之后，他们所有人都是在船上的冷冻睡眠舱中度过整个旅程的，因此彼此之间并不认识。

可是，"比尔·史密斯"和短寿人结婚了。如果我留在现有殖民地上，我就得格外小心，隔三岔五地染染毛发，不仅要染头发，还有身体各处的毛发，以免因为什么意外事故暴露了身份。我还要认真地和我妻子一样的速度"变老"。更麻烦的是，我得尽力避免和那些认识"欧内斯特·吉本斯"的人，也就是多金贸易站的大多数人见面，不然，看过我档案、听过我声音的人会起疑，因为我在那儿没机会做整形手术或者接受其他改变外形的服务。到时候，若是我需要改名换姓，再次变换身份，我就得再换个地方住，这是保证真实身份不被人看穿的一个笨办法，同时也是很有效的办法。就算是做了整形手术，我也无法长期伪装下去。我的恢复能力很强。有一次，我把鼻子削短了（当时的另一个方案是把我的脖子缩短，但我没选），十年后，我的鼻子就恢复成了现在的样子，又丑又长。

我倒不是特别担心自己是霍华德家族成员的事实被爆出来，只是，如果我决意要"参加化装舞会"，那么我越是小心使用这些化装把戏，人们因为我看上去和朵拉的差距大而对她指指点点的可能性就越小。要是我不注意，老妻少夫的外形差距就会显露出来，实在令人伤心。

密涅瓦，在我看来，我要给我美丽的新婚妻子最公平的生活环境，只能带她远走高飞，远离其他长寿人和短寿人。这样一来，我不用再化装，我们也可以对彼此之间的外形差距视而不见，只做一对幸福快乐的有情人。于是，我决定带她远离人群。在我娶她那天，我便在回城之前做好了这个决定。

对这个难题来说，这应该是唯一也是最佳的解决方案了，而且这个选择并非像跳伞一样，一旦开始就无法回头。要是她感到孤独了，或者逐渐讨厌看到我这张丑脸，我可以带她回到聚居区，她还年轻，可以钓到下一任丈夫。密涅瓦，我一直有这样的担忧，因为我之前的妻子中有些人会很快厌倦我。我和撒刻·布里格斯把这一切都安排好了，同时也和撒刻的代理人约翰·马赫商量好了。我让撒刻问约翰，"比尔·史密斯"和那个学校女教师之间是怎么回事？因为有一天我可能会需要离开这颗星球一下，再以那个身份回来。

可是为什么我不干脆让撒刻把我们放在我从地图上选的那个定居点

呢？那里有开垦土地需要的所有东西，方便我们直接在那儿展开新生活，不用经历这段漫长而危险的旅程，不必担心缺水带来健康风险、疾行兽的威胁或者在山间迷路。

密涅瓦，这是很久很久之前的事了，所以我只能用当时当地的技术条件来解释。"小安迪"号无法着陆。它每次大修都是在塞古都斯或者其他先进星球的轨道上进行。它的货船倒是能在面积较大的平坦地面上降落，但是至少需要角形雷达反射器的引导才能降落成功，然后又需要很多吨水才能再次起飞。"小安迪"号上唯一能够停在任何地方、无须协助就能再次起飞的就是船长的飞行舱了，但是那需要驾驶员技术非常纯熟才行。而且凭飞行舱的载货能力，里面大约只能装两张邮票，而我需要数头骡子、犁和一大堆其他东西。

此外，我需要走进群山，才能学会如何走出群山。在有相当的把握把朵拉带出去之前，我不能轻易地带朵拉进山。那不公平！当不了拓荒先驱不是罪过，可要是一对夫妻发现这个事实的时候已经太晚了，那就是一场悲剧了。

所以我们并非故意选了一条难走的路，而是选择了那个时间、那个地方唯一的法子。我从来没在太空飞船升空时的质量计算上浪费精力，而是把精力投入到了衡量踏上这段艰辛旅程之前要带什么、不带什么这类工作上。首先，我们要搞清楚基础参数：整条车队中要有多少辆骡车？我非常想带上三辆骡车。第三辆是为了给朵拉带上更多的奢侈品，还可以为我带上更多工具，为我们俩带上更多书之类的东西，（最棒的是）那里等于是一间屋子，可以让我怀了孕的新娘免受摇摆不定的极端天气之苦。

但是三驾骡车意味着要用十八头骡子拉，还要另外再带上几头候补拉车的骡子。凭经验，我觉得应该再加六头骡子。这意味着我们要多花一半的时间给骡子上挽具、脱挽具、给动物们喂水，还要照料它们。只要加的骡车和骡子够多，从某种程度上讲，这一天的行程甚至可能为零，而且这不是一个男人能搞定的活儿。更糟糕的是，走到山里的某些地方，我不得不把骡车卸下，一次只把一辆骡车赶到更开阔的地方停下，然后再回去，将剩下的车一辆接一辆地往开阔地赶。这样一来，比起只有两驾骡车时，指挥三驾骡车的车队所花的时间要多出一倍，而且这样的地方会经常碰到。以这样的速度前进，我们恐怕在路上就会生下三个孩子了，压根别想在第一个孩子出生之前就到达目的地。

结果新匹兹堡只有两辆可以用于长途运输的骡车，我自然也就得以避免做出前面说的那种蠢事。我觉得无论如何我总能顶住带三辆骡车的诱惑的，可是我们从多金贸易站带出来的那辆轻便骡车上其实有足够三辆车用的硬件，后来我把多余的那些硬件用在别的地方，跟造骡车的人换了别的东西。因为我没办法再等他造出第三辆骡车了；当时的季节和朵拉的肚子都让我不得不加快速度，势必要赶在这两件事给我的最后期限之前到达目的地。

其实要是只带一辆骡车上路，从方方面面来讲也说得过去，毕竟这是一个家庭走陆路长途跋涉、进行移民时的标准配置，几个世纪以来，在很多星球上都是如此。不过，前提是这个家庭得和其他家庭搭伴儿前行。我带过这样的队伍。

但是只有一辆骡车的话，一旦发生意外，那就可能是一场灾难。

要是有两辆骡车，其起到的作用就会是一辆骡车的两倍有余，更不用说途中对大家生命安全的保障了。就算失去一辆骡车，你也可以重整队伍，继续前进。

所以我计划只带两辆骡车，密涅瓦，不过我还是向撒刻借了一笔款子，买了三套骡车的五金器具，直到最后一分钟才把多余的第三套卖出去。

要想在艰难旅途中活下来，你要这样装填一辆骡车：

首先，你得列出你认为需要和想带的一切：

骡车、备用轮子、备用车轴；

骡子、骡具、备用五金器具、骡具用的皮子、鞍座；

水；

食物；

衣物；

毯子；

武器、药、外科手术工具、绷带；

书；

犁；

耙子；

平整土地用的犁耙；

铲子、手耙、锄头、播种机，三齿、五齿和七齿叉；

收割机；

铁匠工具；

木匠工具；

铁炉子；

油灯；

风车和水泵；

风动锯木机；

皮革制品制作工具和骡具修理工具；

床、桌子、椅子、锅碗瓢盆、烹饪和吃饭用的工具；

双筒望远镜、显微镜、水质测试工具；

磨刀石；

手推独轮车；

搅拌机；

水桶、筛子、各种小零件；

奶牛和种公牛；

鸡；

牲口和人用的盐巴；

封装好的酵母、酵母菌；

各种谷物种子；

磨全谷物面粉用的研磨机、绞肉机⋯⋯

这还没完，要想周全。不要去担心你需要的东西已经超载，即使用更长的骡车也装下。尽可能发挥你的想象力，看看"小安迪"号带来了什么货，把整条船搜个遍，看看瑞克的综合商店里有什么货，再和约翰·马赫聊聊，看看他的房子、农场和外围建筑。要是你现在忘了什么东西，到时候是不可能回来拿的。

乐器、文具、日记、日历；

婴儿服、初生婴儿的全套用品；

纺车、织布机、缝衣服的材料——绵羊！

单宁酸、皮革加工材料和工具；

闹钟和手表；

根茎植物、已经生根的果树苗、其他树种；

等等⋯⋯

现在开始缩减，开始找可以替换的东西，开始计算重量。

把公牛、母牛和绵羊剔除出去，换成毛发长到值得一剪的山羊。嘿，你把剪羊毛的大剪刀落了！

铁匠用具留下，但是也要缩减，只剩下铁砧和必要的工具即可。风箱必须带。整体而言，清单上的所有木制品都可以划掉了。不过得带上一小批熟铁，尽管很沉，还是要带着上路；到时候你会用这坨铁打造所需之物，甚至是些你以前都不知道自己会做的东西。

收割机可以换成带支架的长柄大镰刀，外加三片刀刃。平整土地用的犁耙划掉。

风车留下，锯木机也留下（惊喜吧！），但是只留下必备的零件，因为这两样东西我并不会立即用到。

至于书，朵拉，这些书中哪些是你可以不带的？

衣服减半，鞋加倍，再添加多双靴子，别忘了带小孩儿的鞋。没错，我知道怎么制作莫卡辛软皮鞋、高筒兽皮靴之类的鞋。还得加上蜡线。没错，我们必须带上滑轮和市面上能买到的最好的玻璃塑料绳，不然我们肯定过不了无望关。在未来的旅途中，钱什么都不是，行李重量和体积才是我们该注意的。我们所有的财物就是骡子能拉过那座峡谷的东西。

密涅瓦，我是幸运的，朵拉也是。因为这是我第六次踏上拓荒冒险之路，早在我往一辆有篷骡车上装行李之前，我就已经计划过如何给飞船装货了。原则都是一样的。星际飞船其实就是行驶在银河系中的有篷骡车。首先要把重量压缩在骡子拉得动的水平，然后不管多么舍不得，都把这些行李砍掉10%。要是你不换折了的车轴，那迟早会有人因此摔断脖子。

然后带上水，让整体重量达到骡车最大负荷的95%。水占的分量每天都会下降。

毛衣针！朵拉会织毛衣吗？如果不会，就得教她。在太空中，我不知道靠织毛衣和织袜子度过了多少孤独时刻。纺线呢？要过好长时间朵拉才有把剪下的羊毛纺成像样的毛线的可能。不过，她可以在途中给婴儿织衣服当作练手，这样也能让她开心。纺出的毛线并没有多重。木制毛衣针届时可以现做，就连弧形的金属针都可以用废铜烂铁做出来。但无论如何，我们还是从瑞克的商店里把这两种针买了吧。

哦，天哪，我差点忘了带上一把斧子。

几个斧头、一个斧柄、一把镰刀，还有一把鹤嘴锄。密涅瓦，我在新匹兹堡做了一些增减，并且称了每件东西的重量，可是当我们离开新匹兹堡，往离分区的方向走了不到三公里之后，我就发现我们超负荷了。那一晚，我们在一个开荒者的小窝棚里借宿，我用崭新的三十公斤铁砧从他手里换了一件十五公斤的,这种不公平的交易让我感觉好似心口被剜了一块肉去。虽然有些沉重的物件会在将来的路途中发挥作用,但我还是拿它们换了熏火腿、培根肉和喂骡子的玉米饲料。紧急情况下,这也能当人的口粮。

我们到达离分区的时候再次减轻了装备。我又买下一只水桶,将它装满了水,因为现在我可以腾出空间来多放一桶水了。而且我知道,就算我们带的水太沉,路上也会被我们渐渐消耗掉。

我想,就是这多带的一桶水救了我们的命。

拉撒路-伍德罗之前指的那片靠近无望关关隘的深绿色地区原来比他预想的还远。他们挣扎着往那儿走的最后一天,人和骡子自前一天黎明时分就一直没喝过水。史密斯觉得有点头重脚轻,骡子也几乎无法拖着重物继续走了,每一头都耷拉着脑袋。

朵拉看丈夫已经不再喝水了,她也想滴水不进。可是,他跟她说:"听我说,你这个小傻瓜,你现在怀着身孕呢。你懂我的意思吗?你非要我好好教训你一顿才肯听话?我们给骡子喂水的时候,我留下了四升水,你看见的。"

"伍德罗,我不需要四升水。"

"闭嘴。那是留给你的,也是留给母山羊和那几只鸡的。还有猫,不过猫喝不了多少。小可爱,这点水要是分给十六头骡子喝对它们来说什么都不算,但是足够你肚子里的小东西撑很长时间。"

"是,先生,可是波奇女士怎么办?"

"哦,还有那头该死的母猪!啊……我们今晚扎营的时候我分给它半升好了,我会亲自给它喂水。它现在脾气暴躁,要是你去喂,它八成会把水桶踢翻了,再把你的大拇指咬下来。之后我还要给你喂水,计算好分量之后亲自盯着你把水喝下去。"

度过了漫长的白天和辗转难眠的夜晚,又度过了一个无尽的白天,他们终于走进了第一片树林。他们身边一下子凉快了许多，史密斯感觉他都能闻见水的气味儿了。水源就在附近某处，可他看不见。"巴克！哦，巴克！围成圈！"

管事儿的骡子没回应。它一天都没说过话了，不过它还是听话地带着队伍回过头来，让两辆骡车停放的位置形成夹角，然后把打头的那对骡子赶到夹角内，让它们等着卸骡具。

史密斯把狗招呼过来，让它们去找水，然后开始给几头骡子卸挽具，他的妻子一言不发地帮着他干活儿。二人各站在骡队的一边，史密斯给每一对骡子中左边的那头卸挽具，朵拉负责右边那头。他喜欢她的安静。他觉得朵拉和他心有灵犀，能够感知他的情绪。

现在如果我是这附近的水，我该在哪儿呢？我该设法找到它呢，还是先搜寻一下地面？他感觉这片树林中应该没有溪流流过，但如果不沿着山坡找一找，他也不能确定。骑上比乌拉去？哎呀，不行，比乌拉的状态比他还糟糕。他沿第二辆骡车的两侧分别展开成卷的尖桩栅栏，把这栅栏竖了起来。他已经三天没见过一头疾行兽了，这对他来说意味着距离下次碰上这些凶兽的时间又缩短了三天。"朵拉，如果你愿意，可以帮我一把。"

以前她的丈夫从来不让她帮忙竖栅栏，但她没说过什么。她只是看到他这么憔悴疲惫，非常担心，想着她偷偷藏起来的四分之一升水，不知该如何劝他喝下。

就在他们刚刚完成这项工作时，弗里茨在远方发出了兴奋的狂吠。

密涅瓦，它发现了一个小池塘。一股细细的水流沿着石头淌下来，流了几米，然后积成了一个封闭的小水洼。只能说在那个时节池塘是封闭的，但是我能看出来，要是到了洪水季节，池塘会打开一个缺口，水一定会溢出去。我还在附近发现了许多动物来过的踪迹，有疾行兽和草原山羊的脚印，还有很多我辨别不出来的动物的痕迹。我有种感觉，现在正有什么东西在暗中盯着我，我真希望后脑勺上也长着眼睛。泉眼附近的光线昏暗，高大的树木和低矮的灌木都长得比别处茂盛，而且当时太阳就要下山了。

我进退两难。我不知道为什么先找到水源的是狗，而不是卸下挽具的骡子。毕竟骡子是能闻到水源的。不过，那些骡子肯定也快到了，可我不想让它们喝得太快。尽管骡子都很懂事，但它们非常渴的时候会飞快地喝水，而且会喝得很多。当时我的骡子就已经到了口渴难忍的状态。我想亲自盯着每一头骡子喝水，不想它们有任何闪失。

另外，我也不想让它们走到池塘里。那池塘的水挺清澈的，水质应该不错。

狗喝完了水。我看着弗里茨，真希望它也能像骡子一样说话。我带什么能写字的东西了吗？没有，什么都没有！要是我命令它去把朵拉叫过来，弗里茨肯定会努力完成这个任务，但是她会来吗？我已经叮嘱过她了，让她待在栅栏里等我回去。密涅瓦，我当时没想清楚，高温和缺水让我头脑发昏。我应该告诉朵拉随机应变的，因为如果我离开太长时间，天色又越来越晚，她一定会来寻找我的踪迹。

该死，我竟然连个水桶都没带！

不过，我至少还保持了一份理智，我像基甸[1]一样，用双手捧起水来，接连喝了好几口。这几口水让我清醒了许多。

我把工装的背带褪下，脱掉衬衫，将它浸在水中，然后把它拿出来

---

1 基甸：以色列的著名英雄和士师，人物出自《圣经·旧约》。基甸率领以色列人与米甸人对阵，面对着十三万五千米甸人，当基甸的战士只剩下一万的时候，耶和华对基甸说："人还是过多，你要带他们下到水旁，我好在那里为你试试他们。"基甸就带他们下到水旁，用手捧着舔水的有三百人。其余的都跪下喝水。耶和华对基甸说："我要用这舔水的三百人拯救你们，将米甸人交在你手中，其余的人都可以各归各处去。"第二次精选只留下了三百人（士7：4-8）。两军作战大敌当前之际，跪下喝水的人虽喝得畅快，但必然丧失警觉。而双手捧水的人饮用虽多不便，却可同时察看敌方动向，防备突然的攻击。真是"被召的人多，选上的人少"（太20：16，古卷小字）。——译注

递给弗里茨。"去找朵拉！把这个交给朵拉！快！"我觉得它一定是以为我疯了，但它还是听话地叼着我的湿衬衫跑去了。

接着，第一头骡子出现了。赞美神明，来的是老巴克！

之后我就毁了一顶帽子。

那顶帽子是撒刻送给我的礼物，说是什么天气状况下都适合戴，布料透气又防水，即使在瓢泼大雨中，它也能让你的头保持干爽。真相是，这帽子确实算是透气，但我一直没机会测试它是否防水。

巴克喷着鼻息，准备走进齐膝深的水塘。我叫住它，把盛满水的帽子递到它面前。然后，我又递给它第二次，第三次。

"差不多了，巴克。集合，叫别的骡子来喝水。"

巴克喝够了水，终于能发出声音了。它发出一声像喇叭似的呼唤，那是骡子之间的语言，不是英语。我就不学了，总之它的意思是"排队喝水"，如此而已。表达"集合，等着戴挽具"时又是另外一种声音。

然后，我开始努力对付这十几头渴疯了的骡子。好在我有巴克和巴克的助手比乌拉，以及巴克的另一个助手麦克白夫人的帮助，再加上那顶其实不太防水的帽子，我们终于把这事做成了。我一直不知道骡群中的等级制度是怎样建立的，但是似乎其他骡子都清楚该听谁的。巴克只要下令让它们排队喝水，它们就会老老实实地按照一贯的先后顺序排成队。要是有年轻的骡子想往前挤，那么它得到的最轻惩罚就是被咬耳朵。

等到最后一头骡子喝完水之后，我的帽子已经彻底没形了。不过，这会儿朵拉带着弗里茨赶来了，她右手握着针击枪，真是太好了！她左手里拎着两个水桶。"排队喝水！"我向我的军士长下令，"巴克，你再让它们排好队。"

有了两个水桶，再加上我们现在是两个人忙活，我们很快就给每头骡子都喂了一桶水。然后，我从弗里茨那儿把衬衫拿了回来，用它擦洗了一下水桶，然后就用它们盛满了水。于是，我第三次叫骡子们排队喝水，这次我让巴克组织它们去池塘边喝了。

它照做了，但依然是按着它的原则来做的。离开时，我和朵拉都是一手提水桶，一手握枪。与此同时，巴克在组织其余的骡子喝水，每次只准一头上前，而且必须按照原先的顺序来。

日落时分，我和朵拉，还有两条狗已经回到了骡车旁。天完全黑下来的时候，我们已经给山羊、母猪、猫和鸡都喂过水了。然后我们庆祝了一番。密涅瓦，我郑重发誓，喝了我们留给自己的半桶水之后，我和朵拉酩酊大醉。

尽管按照我们当初的计划，在抵达无望关之前不应停留，但我们还是在那儿扎营待了三天。这三天非常有用。骡子悠闲地吃草，因为那儿水草丰美，吃喝无忧，它们每一头都添了膘。我在水塘旁边打到了一头草原山羊。我们吃剩下的肉被朵拉切成片，晒干了以后当肉干存了起来。我把所有的水桶都盛满了水。实际做起来可没听上去那么简单，我和巴克为此不得不在营地和水塘之间开出一条路来，我还将不少挡路的植物砍掉了。这样一来，我才能每次赶过来一辆骡车。做这些事花了我一天半的时间。

我们还煮了新鲜的肉吃，可以说是吃了我们能吃的一切。最棒的是我们洗了热水澡！能用上肥皂的那种洗澡！我还刮了胡子。我把朵拉的铁壶拿到水塘边，她拎过来一只水桶。我升起篝火。然后我们就按照一人洗澡一人放哨的方式，轮流洗去身上的臭味儿。

第四天早晨，我们继续向无望关方向前进。这时候我们不仅精神饱满，体力充沛，我和朵拉身上还添了香气，一路上不住地夸对方好香。

那之后我们再没有缺过水。我们前方的某个地方一定有雪，我能从微风中感觉到，有时候还能瞥到山间的白色。我们越往高处走，就越经常见到小溪。这时节太干燥，溪流是断断不会流到山下的草原上的。一路上我们身边的树木也郁郁葱葱，十分繁茂。

我们在靠近关隘的一处小山坡上停下了来，我把骡车和骡子都交给

394

朵拉，和往常一样嘱咐她如果我没有回来该怎么办："我应该天黑前会回来。如果我没回来，你只能在这里等一个星期，不能更长，明白吗？"

"明白。"

"好，一周后，你得减轻第一辆骡车上的负荷，把你觉得路上用不到的东西都抛下。把吃的都放到那辆骡车上，再把第二辆骡车上的水桶都倒空了，放到第一辆上。把母猪和鸡放生，然后转头往回走。到我们今天早些时候路过的那条溪流时，把所有的水桶都装满。之后无论如何也别停下，每天都从清晨赶路到日暮。你必须只用我们来时一半的时间回到离分区。怎么样？"

"不行，先生。"

密涅瓦，几个世纪以前，我遇上这样顶嘴的人一定会火冒三丈。但是我成熟了，大概只过了十分之一秒的时间，我就意识到我不能强迫她做任何事。如果我没了，她恐怕很难坚守这个在我的强迫下发下的誓言。"好吧，朵拉，告诉我为什么不行，还有你打算怎么办。如果我觉得你的解决方案不好，那我们也许应该现在就返回离分区。"

"伍德罗，虽然你没有说出口，但我知道你要求我做的是我变成寡妇之后该做的事。我现在就可以告诉你，要是我真成了寡妇，我一定会那么做的！"

我点点头："好，那就对了。我最最亲爱的人，如果我一周后还没有返回，那你就是寡妇了。这一点毫无疑问。"

"我明白这点，我还明白你为什么要把骡车都留在这儿，因为你不确定你能不能在更高的地方让车掉头。"

"是的，也许这就是前人的遭遇——到了一个地方，不能前进，也不能掉头，然后尝试各种方案，一遍又一遍地试。"

"是啊。可是，我的丈夫，你说的是只离开一天，半天去，半天回。伍德罗，我不会认为你一周不回来就等于死了，我做不出那种事！"她死死盯着我，眼中噙满了泪水，但她没有哭出来，"我必须见到亲爱的你的尸体才行，我必须确认了。如果100%确定你死了，我会尽快并且尽可能安全地返回离分区。然后我会按照你说的去找马赫，把你的孩子生下来，养大，尽全力让他成为像他父亲一样的人。但我必须确定你死了才行。"

"朵拉，朵拉！我要是一个星期不回来，你应该能明白我肯定是死了，没必要去找我的尸骸。"

"先生，容我说完。如果你今天晚上不回来，一切就只能靠我自己了。我会第二天一早就骑着贝蒂出发，再带上另外一头配鞍具的骡子。中午我就返回。

"也许我无法找到你，那我就在上面找一个足以停下一辆骡车并供其掉头的地方。如果我找到了这样的地方，就赶着一辆骡车上去，停在那儿当大本营，然后我会去更远的地方找你。我第一次找不到你可能是因为没看到你留下的痕迹，或许我跟着骡子的蹄印寻去，找到了你的骡子，可你并没有骑在骡子上。不管怎样，我都会一次次寻找，直到彻底丧失希望！然后我才会骑上骡子，尽快返回离分区。

"但是，亲爱的，如果你还活着，就算断了一条腿，但只要你身上带着一把匕首，赤手空拳也一样，总之，我相信你一定不会让疾行兽或其他野兽伤害到你的性命。如果你还活着，我会找到你。我一定会的！"

于是我妥协了，和她对了一下表，商量好了几点返回。然后我骑着比乌拉，带着巴克动身去前面侦察情况了。

密涅瓦，我们之前至少有四支拓荒队挑战过无望关，但无一返还。我非常确定，他们所有人都是败在了太心急、不够耐心上，面对极大的风险他们也不愿回头。

耐心，这是我习得的一项品质。几个世纪的时间可能无法让一个人增长智慧，但一定会让他增长耐性，不然他是熬不过那么长的岁月的。第一天早晨，我们找到了一个很小的泊车点。哦，有人把那里炸了，也许炸过之后他们才成功掉了头。可那里太狭窄，不安全。于是，我又炸掉一些山石。要是有人赶车上山不带炸药之类的东西，那他一定是脑子进水了。你要是想着用牙签或者鹤嘴锄一点点地把坚固的岩石凿碎，那极有可能等到大雪封山时你还被困在那儿。

我没有用炸药。任何懂一点化学知识的人都能制作出炸药和黑火药，我也计划着要制作这两样东西，只不过要晚点儿再说。我随身携带着更有效、更易改变形状的爆破凝胶，这种东西更禁得住震动，放在骡车和鞍囊中跟着晃荡十分安全。

我立即把第一块凝胶放到了我认为会让它发挥最大效用的岩缝中，接上引线，但是没有点火，而是把两头骡子都带回到转弯处，用尽我的表演天赋向巴克和比乌拉解释一会儿会有一声巨响，砰的一声，但是它们不会因此受伤，所以不用担心。然后我就过去点燃引线，再匆忙回到它们身边，时间正好还够我的两只手搂住一头骡子的脖子。我看着手表，喊道："爆炸！"山体就发出轰的巨响。

比乌拉虽然浑身哆嗦，但是整体情绪还算稳定。巴克探寻地问："砰？"

我说是，它点点头，回去继续吃它的树叶。

之后我们三个上前去看。现在那片地方干净、宽敞多了，但是还不够平整。于是我又制造了三次小型爆破，解决了这个问题："你觉得怎么样，巴克？"

它抬头仔细地打量了一遍前面的路："娘酿（两辆）车？"

"一辆车。"

"口以（可以）。"

我们又炸掉一些前面的山岩，计划好第二天的工作，然后我如约返回，提早到家。

我花了一个星期的时间，开拓了几公里长的路，通过这条路，我们可以安全地走到另一座小山上，抵达一小片草木丛生的空地，一次足以供一辆骡车掉头。然后，我们度过了漫长的一天，挨个儿将两辆骡车赶到了下一个大本营。有人到达过这么远的地方，因为我发现了一个坏掉的车轮子，我还将铁轮胎和轮毂从上面卸了下来，这两样以后还能再用。我日复一日地做着这些工作，以令人疲乏的速度慢慢腾腾地往前挪，最后终于穿过了那道狭窄的山口，往山下走去，大部分是下坡路。

但情况没有好起来，反而变得更糟了。我之前看那些从太空上拍的照片地图时，确信我们前方应该有一条河流，可实际情况是，那条河在我们下方很远的位置。我们要想走到河边，还得再一直向下，向下，再向下。然后，我们再沿着河流走很长时间，才能走出逼仄的峡谷，达到适宜安家的、地势平缓的谷底。于是，我们又多次进行了爆破，砍掉了许多灌木，有时候我甚至不得不把树木都炸倒。我不担心走陡峭的上坡路（这样的路段我们依然会不时遇到），十二头骡子组成的队伍可以把一辆车拽上任何陡坡，因为凭着骡子特殊的蹄子，它们能在任何陡坡上站稳，可是下坡路……

我的骡车当然都有闸，但是如果坡度太陡，骡车的轮子会打滑，然后就会连骡子带车一起翻下山崖。

我可不能让这种事情发生，一次都不能，甚至不能冒一丁点这样的险。我们就算失去一辆骡车和六头骡子，还是会继续前进，这没有问题，但是我不能出事故。（朵拉一定不会在骡车里。）如果骡车失控，我临危跳出骡车的机会并不大。

如果坡度陡到让我担心自己无法刹住车，哪怕只有一丝担心，我们也会采用比较费事的办法，用那段价格昂贵的进口绳子将车送下斜坡。我先拉出一大截绳子，将固定端在一棵粗壮的树上绕三圈，让它牢牢固定在树上，再把另一端绑在后车轮轴上。然后，我们的四头步伐最稳健的骡子——肯、黛西、博、贝莱将拉着骡车，跟在巴克身后缓缓向下走去（不设赶车人），我则紧紧抓着绳子，非常慢地往外放。

如果地势条件允许，朵拉会骑着贝蒂往下走一点，把我的命令传达给巴克。但是我不允许她待在那条路上。如果那条绳子突然绷断，它就会化成一支鞭子，危及所及之处人类的生命。或许在一半的时间里，巴克和我都得独立做事，非常慢地完成这个工作，这就需要靠它自己的判断。

如果路上没有可以固定绳索的粗壮树干——在我看来，这种情况时常发生，如果发生了，我们就得等到想出别的办法后再前进。办法多种多样，比如说在两棵树之间搭起吊索，然后在第三棵树上钻出导索孔，让吊索穿过这个孔；或者把钢锥凿进岩石中做固定点。我讨厌这些做法，因为不得不转到车后面去看后轮轴。要是我在这个过程中不小心绊一跤栽下山去，那就等于老天爷帮我省事儿了。关键是一切完成之后，我还得花时间把钢锥取出来。岩石越硬，这个固定点就越牢靠，可是把钢锥取出的难度也就越大，可我不得不把钢锥取出，因为我以后还要用呢。

有时候，我们既碰不到树木，也遇不上岩石。有一次，我们只能让十二头骡子背对着我们前进的方向，以此来固定车子。朵拉安抚它们，我检查后车轴，然后巴克掌控车子往下走的速度。

在草原上，我们常常日行三十公里。一旦通过了无望关，准备沿着峡谷继续往下走，我们可能会许多天不挪窝，因为我要先去前面开路。再然后，如果没遇上无法通行的大陆坡，就不需要用绳索吊着车往下放，我们应该可以日行十公里。途中我遵守着一条牢不可破的原则：赶着骡车动身之前，我必须确保当时所在的地方到下一个车能掉头的地方之间的路能走得通。

密涅瓦，我们的速度太慢了，完全赶不上计划。母猪都下崽儿了，我们还没有走出深山。

后来我不得不做出一个决定，我不记得有什么决定比那次更难了。朵拉的身体状况不错，但是她的孕期已经过半。掉头返回（我向自己发过誓，遇上这种情况要回头，但是没有告诉过她）还是继续向前，寄希望于能在她生产之前到达海拔较低、地势较平坦的地方？哪一种选择对她来说更容易呢？

我要跟她商量，但做决定的人还得是我。这种责任无法由我俩来分担。我不用问她就知道她会做什么选择：继续向前。

但是，这种选择只不过是因为她的大胆和勇敢。我俩之间，只有我有荒野跋涉的经验，还要面对照顾好即将临盆的妻子的安全问题。

我再次研究了一下那些照片地图，但没有什么新发现。峡谷前方地势越来越开阔，逐渐过渡为一座宽阔的河谷。可是得走多远呢？我不知道，因为我都不知道我们当时在哪儿。我们动身时，我在打头的骡车右后轮上安了一个里程表，在关口我已经把表归零了，可里程表只工作了一两天就不管用了，不知是石头还是什么别的东西进入了表内。我甚至不知道我们过了无望关之后在海拔上下降了多少米，还要下降多少米才能到达地面。

牲畜和装备的损失情况不相上下。我们失去了两头骡子。一天晚上，"漂亮姑娘"在山崖边游逛，摔断了一条腿。我能为它做的只有快速结束它的痛苦。我杀掉它之后并没有吃它的肉，因为我们有新鲜的肉吃，而且我无法下手，毕竟有其他骡子看着。约翰·大麦粒则是在有天晚上突然离开队伍，然后死掉了，或许是死于疾行兽之口，因为我们发现它的时候，尸体已经被啃掉了一半。

三只母鸡死了，还有两只小猪崽没撑过来，但是那头母猪似乎依然很愿意给其他猪崽喂奶。

我只剩下两个备用车轮了。要是再失去两个车轮，下一个坏掉的轮子就意味着我们必须抛下一辆骡车。

是轮子让我下了决心。

（此处省略约7000字，内容反复讲述了沿着峡谷向下走的艰险旅程。）

终于走出峡谷，来到高原上时，我们眼前出现一片平缓开阔的谷地。

密涅瓦，那是一座美丽的山谷，宽阔、可爱、绿油油的山谷，在我眼中就是成千上万公顷良田。峡谷的激流到了这片地方变得和缓了，慵懒地在低矮的两岸间蜿蜒向前。我们前方很远很远的地方是一座戴着雪冠的高峰。我根据雪线猜测它的高度，应该在六千米左右。我们当时已经来到了亚热带，只有非常高的山才能在漫长而炎热的夏季储存这么多雪。

美丽的高山，郁郁葱葱的谷地，这场景让我感觉似曾相识。然后我就想起来了。我在地球的出生地有一座胡德山，眼前的风景就和我还是个小伙子的时候见到的胡德山一样。不过，这座山谷，这座白雪皑皑的山峰还从未有任何人亲眼见过。

我朝巴克喊了一声，让它命令队伍停下。"小可爱，我们到家了。就在眼前了，前方山谷中选个地方就是我们的家。"

"'家'，"她重复了一遍，"哦，我亲爱的！"

"别哭鼻子。"

"我才没有要哭鼻子呢！"她边吸鼻子边说，"等我有闲工夫了，一定要大哭一场，现在的眼泪我都攒着呢。"

"好吧，亲爱的，"我顺着她说，"等你有时间再说吧。咱们可以把那座山命名为'朵拉山'。"

她沉吟片刻："不，这山可不叫那个名字。那是希望山，山下是欢乐谷。"

"小朵拉啊，你真是多愁善感得不可救药。"

"你说得没错！"她拍着即将临盆的大肚子，"那儿叫'欢乐谷'是因为我将把肚子里这头饿坏了的小野兽生在那儿，那儿叫'希望山'也是由于这个原因。"

巴克回到第一辆骡车旁边，等着找到我们停下脚步的原因。"巴克，"我叫了它一声，然后指着远方说，"看，那儿就是我们的家。我们成功了，要有家了，天哪，要建起农场了。"

巴克往山谷方向望去："吼（好）。"

……它在睡梦中去了，密涅瓦。肯定不是疾行兽干的，因为巴克脖子上没有任何痕迹。我想应该是冠心病导致的，不过我没有解剖尸体一探究竟。巴克太老了，一路上也累坏了。动身之前，我本来想把它托付给约翰·马赫，让它在牧场上自由自在地度过余生，但是巴克不愿意。朵拉、比乌拉和我，我们早已成了它的家人，而且它非常愿意跟我们一起上路。于是我让它领导别的骡子，从不使唤它。我是说我从来不骑在它背上，也不给它戴挽具。但它也没闲着。作为头骡，它用它的耐心和良好的判断力助我们成功抵达了欢乐谷。要是没有它，我们一定到不了那儿。

要是它留在牧场上，也许会比现在多活几年。或许我们走后，它会因为孤独而迅速变得憔悴消瘦。谁知道呢？

我压根没想过要把它肢解、吃掉。我想，如果我有这个想法，朵拉一定会情绪激动到流产的。可是在当时，把一头骡子埋了无异于是件蠢事，因为疾行兽和恶劣的天气会很快让它的尸体消失，所以我把它埋葬了。

要埋一头骡子需要挖一个大到可怕的坑。要不是那地方曾经是河底，土壤比较柔软，我现在还在那儿挖呢。

不过，我得首先处理一些"人事"问题。现在，肯在喝水的队伍中仅排在比乌拉后面，它是一头性情稳定、体格强壮的骡子，也非常善于说人类的语言。从另一方面说，这一路上比乌拉都相当于是巴克的"二当家"，但我想不起有哪支骡队是由母骡子担当头领的。

密涅瓦，要是这事发生在人类的队伍中，让女性担任领导完全没问题，至少在今时今日的塞古都斯星上没问题。可是，在有些动物族群中，这确实是个问题。象群中头象是母象；鸡群中头鸡一定是公鸡，不是母鸡；狗群里的头狗既可以是公的，也可以是母的。总之，对有些动物来说，族群领导者的性别就是十分重要，人最好不要干预，让它们自行决定谁来担当头领。

我决定看看比乌拉是否能成功继任，于是我让它组织其他骡子排队戴挽具。这是个考验，同时也是因为我不想让其他骡子看到我埋葬巴克的场面。它们当时非常焦躁不安，所以我得让它们到一边儿去才行。我不知道骡子对死亡有什么感受，但它们肯定不是无动于衷的。

比乌拉立即忙碌起来。我也留意着肯的反应。它接受了这个变化，站在了通常黛西所在的位置上。有一次我让它们自由进餐，比乌拉是唯一一头独自吃草的骡子。现在已经死了三头骡子了。

我告诉朵拉，我希望它们到几百米之外去。她能接受让比乌拉带领整个车队吗？还是我来亲自领队她才觉得安心？这就涉及第二个问题：朵拉在我埋葬巴克的时候陪在我身边。她不只有这个要求："伍德罗，我能帮忙挖坟，巴克也是我的朋友，这一点你清楚。"

我说："朵拉，我无论如何也不会让一个怀孕的女人做任何可能伤到她自己的事。"

"但是，亲爱的，我觉得我的体力还行。我只是为巴克感到特别难过，所以想在这件事上搭把手。"

"我也觉得你体力充沛，而且希望你始终保持这种状态。可是你待在车上就算帮我大忙了。朵拉，我无法照顾一个早产儿，我也不想像埋葬巴克一样再埋葬一个婴儿。"

她瞪大了眼睛："你觉得会发生什么事？"

"小甜心，我不确定会发生什么。我只知道，有的女人会在无比艰难的条件下诞下婴儿，我也见过有的女人莫名其妙地就失去了肚子里的孩子。所以，我的规矩只有一条，那就是绝不冒不必要的风险。眼下这个风险就是咱们没必要承担的。"

于是，为了让我们俩都满意，我们重新做了计划，尽管这个过程耽误了一个小时。我把第二辆骡车解开，再次竖起了栅栏，让四头山羊进到栅栏里面，留朵拉一个人坐在车上。然后我把第一辆骡车赶到三四百米远的地方，解下骡子的挽具，吩咐比乌拉要让它们始终在一起，并且让肯帮它，还把弗里茨留给了比乌拉帮忙。我把麦克白夫人带在身边，让它帮我放哨，看到疾行兽或别的什么靠近就告诉我。那里的可见度非常好，没有灌木或高草遮挡视野，看起来就像是一座有人打理的公园。我要站在坑里继续挖，所以不想有什么东西悄无声息地从上面偷袭我或者偷偷钻进骡车里。于是我下令："麦克白夫人，去车顶上给我放哨！"

朵拉按照我们商量好的那样待在车里。

我花了整整一天的时间才处理好我们老朋友的后事，中间我为了吃午餐把手里的活儿停了一次，还短暂歇了几次，有时是为了喝水，有时是为了在骡车底下的阴凉处喘口气。我每次休息都会叫上麦克白夫人一起，让它从车顶上跳下来歇会儿。中途还有一次中断的情况。

下午的时间已经过去一半，我的挖掘工作差不多已经完成了。这时，麦克白夫人冲我狂吠。我飞快地跳出坟坑，手里握着爆能枪，以为是疾行兽来了。

结果只是一头龙。

我并不觉得特别吃惊，密涅瓦。这里的草皮分外整齐，就好像是庭院中的草坪，一看就是龙而不是草原山羊出没的地方。那种龙其实对人类并不危险，除非它们落在人身上。这里的龙动作迟缓，头脑蠢笨，长得像六条腿的三角恐龙，仅此而已。疾行兽从来不打它们的主意，因为牙齿咬上去只能碰到硬邦邦的盔甲，啃不下肉来。

我上车和朵拉坐在一起："亲爱的，以前没见过吧？"

"没这么近地见过。天哪。龙真够大的。"

"这确实是一头巨龙，不过它大概会转身走掉。不是必要的话，我不会在它身上浪费能量。"

但是这该死的家伙没有走。密涅瓦，我想它可能是太蠢了，把我们的骡车当成了母龙，或许是公龙。反正公龙和母龙总是难以区分的。但它们肯定是双性恋。两条龙搞到一起可是难得一见的景观。

它距离我们不到一百米的时候，我跳出栅栏，带上麦克白夫人，它激动得有些发抖。我猜这可能是它第一次见到龙。它生下来之前，多金贸易站附近的龙早就被斩尽杀绝了。于是我用针击枪戳了戳龙面部本来应该是嘴唇的地方，引起它的注意。果然，它停下了脚步，我想它应该是吃了一惊，所以大张着嘴。我要的就是这个效果，因为我不想让爆能枪的能量在它那身厚厚的皮甲上浪费太多。于是我把爆能枪调到最小挡，往它嘴里开了一枪：一头龙死了。

它先是站在原地待了一会儿，然后缓缓地倒在地上。我招呼一声麦克白夫人，和它一起回到了栅栏里。朵拉正等着我们呢："我能过去看看它吗？"

我瞟了一眼太阳："宝贝儿，我必须在天黑前让巴克下葬，然后把其他骡子叫回来，继续走一段路，除非你愿意挨着坟墓和一头龙的尸体露营。"

她没有再坚持，我便回去继续挖坑了。一个小时后，坑的深度够了，我便取出六饼起重滑轮组，固定在骡车后轮轴上，然后我用绳索将巴克的后蹄捆起来，将绳结挂在吊钩上，收紧绳索。

朵拉下车，向我走来。"亲爱的，等一下。"她停下脚步，拍了拍巴克的脖子，然后俯过身去吻了一下它的前额，"好了，伍德罗，现在你可以继续了。"

我开始用力拉绳子。有那么一瞬间，我以为反倒是拉着闸的骡车要被拖动了。然后巴克开始向前滑行，掉进了坟坑中。我把吊钩摘下来，然后迅速回填，结果仅仅用了二十分钟就把我几乎挖了一天的坑填上了。朵拉在一旁等着。

我做完这些，说道："小可爱，快上车去。我们该走了。"

"拉撒路，我真希望我知道该说些什么。你知道吗？"

我想了想。我听过一千次殡葬服务中的悼词，大多数我都不喜欢。所以我编了一套说法："不管上帝在哪儿，都请善待这头凡事都尽全力的好骡子。阿门。"

（略）

……就连最初几年我们的生活都谈不上艰苦，因为欢乐谷种什么活什么，能达到一年两到三熟。只是，我们本该给它起名叫"龙谷"的。疾行兽就够糟糕的了，我们在兰姆巴特山的一侧发现了一小群结伴狩猎的疾行兽，但是那些该死的龙就更讨厌了！它们几乎要把我的脑壳儿烦炸了。要是你的一片土豆田被糟蹋了四次，你肯定也会失去耐性。

我可以给疾行兽下药，也确实这么干了。我还可以设陷阱，只要每次的陷阱都不一样就好。我也可以在晚上放出诱饵，静静坐在一边，等着这群疾行兽上钩，悄无声息地用针击枪搞定其中的大多数。我想出了很多法子，也用了很多法子，骡子也都学会了该怎么对付它们，夜里靠拢在一起睡觉，而且永远要留一头骡子放哨，就像鹌鹑或狒狒一样。只要听到那种代表"疾行兽来了！"的吼叫声，我就会迅速醒来，赶过去加入这场有趣的游戏。可是，骡子通常不会留给我什么乐子，它们会早早地将疾行兽踩在脚下踩死，或是跑到它们前面，把个别或者一整群想突围的疾行兽团团围住。因为疾行兽的袭击，我们损失了三头骡子、六头山羊，不过疾行兽也得了教训，之后就和我们保持安全距离了。

可那些龙真够呛！它们体形太大，难以捕捉，也难以被药迷倒。它们只吃各种植物，但是一头龙一晚上对玉米田做的事，就连索多玛城和蛾摩拉城都不该承受。对付它们，弓箭毫无用处，针击枪对它们来说无异于搔痒。要是用爆能枪，我倒是能杀掉一头龙，开到最大功率绝对能射穿它的皮甲，要是我能让龙张开嘴，也可以像第一次一样将爆能枪开到最小挡射杀它们。可是与疾行兽不同的是，龙实在是太蠢了，不敌对手的时候也不知道退让。

在那里度过的第一个夏天，我为了救我的庄稼，弄死了一百多头龙。这对我来说其实是很失败的结果，赢的是龙。这么说不仅是因为让人难以忍受的恶臭（面对那么大的尸体你能怎么办呢？），还因为我枪里的能量耗光了，可龙并没有减少的迹象。

没有动力。即使我拆掉一辆骡车，用它的零件在我们定居的地方建起一座水车，巴克之河的落差也还是不足以推动它。事实证明我带来的风车一点用没有，那不过是一些齿轮和其他硬件的组合罢了。我还是要亲自动手建一座磨坊，从风车的翼板到塔楼都得自己造。总之，在有动力之前，我是没办法给枪充能的。

朵拉解决了这个难题。我们还生活在首次圈起的那块地方，周围并无其他，只有一圈高高的土坯墙，把我们的骡车都圈在里面。到了晚上，我们会把山羊赶进来，然后在第一辆骡车里与还是小宝宝的扎克一起睡觉。另外，我们用来烧饭的是一种荷兰土灶。总之，我们就生活在炊烟、山羊、鸡群和小婴儿散发出的酸臭味儿之中，更别提也必须建在墙内的茅坑了。和那儿的气味相比，龙的尸体的那股臭味就不算什么了。

有一天，我们在吃晚饭。像往常这个时候一样，朵拉戴着她的红宝石首饰。快吃完的时候，她抬头看着天上渐渐清晰的几轮月亮和点点繁星。这从来都是一天中最好的时刻，可是我没有心思欣赏我们正在吸奶的头生子或是美丽的夜空，我正为动力的事发牢骚，也为了不知道该拿那些讨厌的龙怎么办而感到烦心。

我列出了几种制造动力的简单方法，只可惜这些方法只有在文明的星球上，或者像新匹兹堡那样有煤和原始冶金工业的地方才能实现。是啊，我用了冶金工业这个早已过时的概念。我没有用千瓦或每秒兆达厘米之类的单位，只是说哪怕有能提供十马力的法子我也愿意试试。

朵拉从来没见过马，但她知道马是干什么的。她说："亲爱的，十头骡子不行吗？"

（略）

第一辆骡车出现的时候，我们已经在山谷中生活了七年。小扎克快七岁了，开始能给我帮忙了，或者说他觉得他能帮上我了，我也鼓励他这样做。安迪五岁了，海伦还不到四岁。我们失去了珀尔塞福涅，朵拉又怀孕了，这也是她坚持立即再怀一个孩子，一天都不愿意等的原因。事实证明她这么做没错。我们知道她又怀上了之后，一夜之间士气高涨。我们怀念珀尔塞福涅。她是个惹人疼爱的小宝贝，但是我们选择不再为她悲戚，而是向前看。我希望能再有个女孩，但其实无论生下来是男是女我们都会欣然接受。当时当地，我们无法控制婴儿的性别。

总之，我们生活得不错，农场欣欣向荣，家庭和和美美，家畜数量充足。我们在挨着后墙的地方又圈起来一块儿地，还在那儿盖了一栋房子。我们还有一架风车，它可以为锯木头、磨谷子提供动力，还能给我的爆能枪充能。

瞧见那辆新来的骡车时，我第一个想法是真不错，以后有邻居了。我的第二个想法是，我会很骄傲，非常骄傲地带这些新来的人参观我们舒适惬意的小家和我们的农场。

朵拉爬上屋顶，和我一起看着骡车。它离我们还有至少十五公里的距离，晚上之前恐怕是到不了了。我伸出一只胳膊揽着朵拉："亲爱的，你激动吗？"

"当然激动，尽管我从未有过孤独的感觉，因为你从来都不给我机会。你觉得我该准备多少人的晚餐？"

"嗯……只有一辆骡车，一个家庭。我猜来的是一对情侣，他们可能一个孩子都没有，也可能只有一两个孩子。应该不会比这更多了，否则我就准备不过来了。"

"我也是这么想的，亲爱的。不过咱们的食物不少，肯定够吃。"

"趁他们还没到，给咱们的孩子穿上点衣服吧，可别让他们以为咱们养的是一群小野孩，你说对吧？"

她故作严肃地说："我是不是也要穿上衣服呢？"

"别装模作样的！苗条的莉儿，要怎样做全凭你自己决定，可是上个月是谁说她还从来没穿过她的宴会礼服来着？"

"拉撒路，你要穿苏格兰短裙吗？"

"可能吧，我可能还会洗个澡。我需要洗澡，因为我要把这天剩下的时间都用来清理山羊的羊圈和其他许许多多东西，尽可能让这个地方看起来干净整洁。不过，亲爱的，你还是别叫我'拉撒路'这个名字了；从现在开始，我又是比尔·史密斯了。"

"我会记得的，比尔。我也要在他们到来之前洗个澡，因为我接下来得忙得团团转。我要做饭、打扫房子、给咱们的孩子们洗澡，教给他们如何在陌生人面前做自我介绍。他们自打生下来还没见过生人。我想他们也许以为这世界上没有其他人呢。"

"他们会乖的。"我确定他们会好好表现。朵拉和我在养育孩子方面的理念一致：称赞他们，永远不大声斥责他们。有必要的话，我们会在孩子犯错误的时候当场进行惩罚，一刻都不拖延，惩罚过后就此翻篇儿，以后不再翻旧账。每次打了孩子的屁股之后，我们会继续全心全意地爱他们，甚至会比以往还要更爱一点。有时候我们没别的法子，只能用打屁股的方法教训孩子（朵拉通常会用细树枝抽），因为按照过去几个世纪的经验，我的孩子无一例外都是调皮捣蛋的高手，要是平常采用和风细雨式的教育方法，他们肯定会钻空子。我的几任妻子几乎无法接受和我生下来的这些小捣蛋鬼，但是朵拉从一开始就和我站在一边，对他们像小野兽一样的粗野举动持同样的态度。因此，她养的孩子是我所有后代中最文明的。

那辆骡车距离我们还有一公里左右的时候，我骑着骡子去迎接他们，然后发现了一个让我同时感到惊讶和失望的事情——来的虽说确实是一家人，但没有女人，也没有小孩，只有一个男人和他的两个成年的儿子。我真想知道他们是怎么决定来拓荒的。

其中小儿子还在发育，他的胡须有些稀疏，参差不齐。虽然他的身高和体重都胜我一筹，但其实是三个来客中身形最小的。他的父亲和哥哥都骑在骡子上，而他是赶车人。真的是由他亲自来赶车。他们没有用头骡。除了骡子之外，我没看见他们带别的牲口，不过，我没查看他们的车厢里有没有别的动物。

我不喜欢他们的样子，刚才关于做邻居的美好想法也烟消云散了。我希望他们会经过我们，沿着山谷一直往前走，至少去五十公里之外的地方扎营。

那两个骑在骡子上的人腰上别着枪。在这个有疾行兽出没的地方，这说得过去。我眼前也有一把针击枪，腰上别着一把刀，或许身上别的地方还藏着武器。我觉得与陌生人初次见面时让他们看到自己的太多武器装备不妥。

我走上前去，他们也让胯下的骡子停下脚步。我让比乌拉站在离打头的那两位客人约十步开外的地方。"你们好啊，"我说，"欢迎来到欢乐谷。我是比尔·史密斯。"

其中年纪最长的那个人上下打量了我一番。虽然很难看清楚这个蓄着络腮胡子的男人脸上的表情，但据我有限的观察，他应该是面无表情，或许有些谨慎。我的脸上干干净净，为了迎接客人刚刚刮过，而且我还换上了一身整洁的工装。我一直让脸上保持光洁顺滑，那是因为朵拉喜欢我这样，也是因为这样可以让我显得年轻些，与朵拉更相配。我尽可能摆出一副友好的面孔，但其实心中暗自说道："给你十秒钟的时间向我问好并说出你们的身份，不然你就别想尝到新起点星上最棒的厨艺。"

他刚好在我给他的时限之内答了话。我默数到七的时候他那张胡子拉碴的脸突然绽放出笑容："年轻人，你还真是热情呢。"

"我叫比尔·史密斯，"我重复了一遍，"我还不知道你的名字。"

"那也许是因为我还没告诉你吧。"他回答，"我叫蒙哥马利。我的朋友们都叫我'蒙蒂'，而且我没有敌人，有也是暂时的。对吧，达尔比？"

"没错，老爸。"骑在骡子上的另一个人说道。

"他是我儿子达尔比，赶车的是丹。孩子们，快跟人家打招呼。"

"你好。"他们齐齐地说。

"你好，达尔比。你好，丹。蒙蒂，蒙哥马利夫人是否与你同行呢？"我朝骡车扬扬下巴，但是并没有试图窥探。人的车厢就和他的房

410

子一样，都属于私人空间。

"为什么你要问这个呢？"

"因为，"我回答的时候依然挂着那副老实人的友好神情，"知道了我好跑回家去，告诉史密斯太太今天晚上吃晚饭的会有几个人。"

"不错！孩子们，听见了吗？有人邀请我们共进晚餐呢。这个举动也很友好，是吧，丹？"

"没错，老爸。"

"我们也友好地接受这个邀请，怎么样，达尔比？"

"没错，老爸。"

我对这机械的回答感到厌烦，但还是保持着友好的表情："蒙蒂，你还没告诉我你们有几个人呢？"

"哦，只有我们三个。不过，我们能吃六个人的饭。"他拍了一下大腿，被自己逗得哈哈大笑，"对吧，丹？"

"没错，老爸。"

"那你让这些蠢骡子快点走，丹；我们现在可有动力抓紧时间赶路了。"

我打断他们父子的一问一答，插话道："等等，蒙蒂，没必要让你的骡子费力气。"

"什么？它们可是我的骡子，年轻人。"

"没错，它们是你的，你想让它们做什么它们都得听话，只不过我得先回去告诉史密斯太太一声，预先给她时间准备饭菜。我看到你戴了一块表。"我瞟了眼我自己的表，"这样吧，女主人会在一个小时后为你们准备好晚餐。你需要更久才能赶到那儿吗？或者需要卸下骡子的挽具，先让它们喝点水吗？如果需要，我就让她再晚点开饭。"

"那些笨骡子没事，等我们吃完饭再管它们。要是到得早了，我们就先歇一会儿。"

"不行。"我坚定地拒绝了他，"就一个小时，别早到。你应该知道，要是客人在女主人准备好饭菜之前赶到，她会心里不好受的。要是让她觉得着急，那你们的晚餐恐怕就要做砸了。总之，你们要怎么对待骡子都无所谓，不过我可以告诉你们，附近有个方便让它们饮水的地方，那是一小片河滩，流经的小河离房子最近了。那里非常适合你们休整一番，收拾利索了再去接受一位女士的宴请。但是请务必一个小时之后再登门。"

"听上去你的老婆要求挺多的，在这荒野之中还这么挑剔。"

"她就是这样的人。"我说，"回家，比乌拉。"

我骑着比乌拉一溜小跑，往家赶去，直到我确定自己已经出了他们的射击范围，两块肩胛骨之间那种不安才得以缓解。世上只有一种真正危险的动物，可有时候你得假装他无辜可爱得跟眼镜蛇一样。

我从比乌拉背上下来，顾不上给她解鞍子就急匆匆地进去找朵拉。朵拉正在我们的营地入口处，她听见了我沉重的脚步声，问道："怎么了，亲爱的，遇上麻烦了？"

"有可能是个大麻烦。来的是三个男人。我不喜欢他们，可是我已经邀请他们来吃晚饭了。孩子们吃了吗？我们能不能把他们赶到床上去睡觉？然后我们吓唬他们说，要是他们敢偷看大人吃晚饭，我就活剥了他们的皮，怎么样？我没跟他们提到孩子们，一会儿吃饭的时候咱们也别提。我要赶紧检查一下，把可能会让他们猜到这里有小孩的东西都藏起来。"

"我尽量吧。还有，我已经照顾他们吃过饭了。"

就在整整一个小时之后，拉撒路·朗在营地门口接待了客人。他们是从他之前指给他们的那片河滩的方向来的，因此他推测他们已经让骡子喝过水了。但他注意到，他们没有卸下骡子的挽具，这一点让他心里不太舒服，因为晚餐时间肯定短不了，而这些骡子就得戴着这些沉甸甸的东西干等。但也有让他感觉稍稍心安的地方——蒙哥马利家的三个男人或多或少都梳洗了一番，这让他觉得他们也许不会在餐桌上挑事。也许是因为在这蛮荒之地生活太久，他对于麻烦的第六感变得太敏感了。

拉撒路穿上了他最体面的衣服——全套的苏格兰短裙。只是，他上身穿的是从新匹兹堡买的一件工作衫，已经褪色了，这让他的整体打扮效果大打折扣。但他确实尽力了。这身衣服只有在他给孩子们过生日的时候才穿。其他日子里，他不是穿工装就是裸着，具体选择完全看他当天要干的活儿和天气状况。

蒙哥马利下了骡子，站在原地看着招待他的主人："天哪，你对我们可真是热情周到啊！"

"各位先生，托你们的福。这身衣服就是我为特殊场合准备的。"

"雷德，你真是太体贴了，搞得这么隆重。你说是吧，丹？"

"没错，老爸。"

"我叫比尔，不叫什么'雷德'。你们可以把枪留在你们的车上。"

"看啊！现在的要求可就不那么友好了。我们从来都是枪不离身的。我说得对吧，达尔比？"

"没错，老爸。如果老爸说你叫'雷德'，那你的名字就得叫雷德。"

"好了，好了，达尔比。我可没说过那种话。如果雷德想让别人叫自己汤姆、迪克或者哈里，那是他的自由。可我们不想把枪放下，这都是大实话，嗯，比尔。我就连睡觉都会把枪带上床，在眼下这种荒凉地方就更不能没有枪了。"

拉撒路就站在营地敞开的门内。他并没有站到一边，请客人进去："如果是在路上的话，这是一个合理的预防措施，可是，先生们，现在是要和一位女士同桌进餐，还是不要带武器为好。把枪留在门口吧，或者放进你们的车里也行。"

拉撒路能感觉到气氛紧张了起来，也瞧见那两个年轻的小伙子正望着他们的父亲，等待他开口说话。拉撒路装作什么都没看见，面对蒙哥马利的脸上依然挂着轻松的笑容。他勉强让自己的肌肉保持松弛的状态，像棉花一样。现在就动手？这个没教养的人会让步吗？还是会把他的话当成一种挑衅？

蒙哥马利突然咧嘴笑了，似乎故意笑得特别夸张："好吧，邻居。如果你非这么要求的话，我要不要把裤子也脱了啊？"

"只把枪放下就好，先生。"（他是个右利手。如果我是右利手，穿的和他一样，那我第二把枪会放在哪儿呢？我想应该是那里，但是就算那儿有枪，也一定是一把小枪，不是针击枪就是一把刺客用的老式短管转轮枪。他的两个儿子也都是右利手吗？）

蒙哥马利一家把他们的背枪带都放到了骡车的座位上，然后才折回来。拉撒路站到一边，将他们迎入营地，然后把门关起，用门闩把门插上了。朵拉正穿着她的"宴会礼服"在家里等着。草原上酷热的那天过去之后，她还是头一回在晚餐时没戴红宝石首饰。

"亲爱的，这是蒙哥马利先生和他的两个儿子，达尔比和丹。这是我的妻子，史密斯太太。"

朵拉行了个屈膝礼："蒙哥马利先生、达尔比、丹，欢迎你们的到来。"

"就叫我'蒙蒂'吧，史密斯太太。你叫什么名字？对于这么偏僻的地方来说，你们在这儿住得真不错。"

"各位先生，失陪一下，我还得再忙活一会儿晚餐才能上桌。"她飞快地转身，急匆匆地回厨房去了。

拉撒路接着招呼客人："蒙蒂，我很高兴你们能喜欢这儿。我们目前只建起了这样一片家园，不久我们还要建一座农场。"靠着营地的后墙盖有四间屋子，分别是储藏室、厨房、卧室和育儿室，而且都有朝院子里开的门，不过当时只有厨房的门开着。这些房间内部也是相通的。

厨房门外有一个荷兰土灶。厨房里是一个壁炉，用来做其他菜肴。下雨的时候，所有饭菜都要用这个壁炉做。壁炉和一只水桶就是朵拉主要的厨房用具。不过，她的丈夫跟她承诺过："我的小可爱，在你当奶奶或者外婆之前，我一定会让你在这儿用上自来水。"她从来没催过他。随着时间一年年过去，他们的房子越扩越大，房子里的设施也越来越完备。

在荷兰土灶另一边，和卧室平行的是一条长桌和相配的餐凳。挨着储藏室的另一堵墙其实是厕所的墙。这间浴室兼厕所的隔间里暂时只有一个水桶和由水桶切成两半而成的两个木盆。厕所外有一堆土，土堆中插着一把铲子，正是一个慢慢被填上的粪坑。

"你们干得不错嘛。"蒙哥马利表示认可，"但是你不应该把厕所建在院子里面，你难道不知道这点？"

"外面也有厕所。"拉撒路·朗告诉他，"我们都尽可能少用这个厕所，我也在努力避免它散发出太多臭味儿。可是，天黑之后，女人最好还是不要到外面去，起码在这个疾行兽遍地走的地方不要。"

"这儿有很多疾行兽出没？"

"过去有很多。你们来到这片山谷的路上看到龙了吗？"

"我们看见很多骨头，看起来就像这一带的龙遭了什么瘟疫一样。"

"差不多吧。"拉撒路表示同意，"麦克白夫人！坐下！"他加了一句，"蒙蒂，告诉达尔比，踢那条狗可是不安全的行为，它会跳起来攻击你。它是看家护院的狗，知道自己的责任。"

"达尔比，你听见人家说什么了吧？快别逗狗了。"

"那它最好也别绕着我闻来闻去的！我不喜欢狗。它老是冲我叫。"

拉撒路直接对蒙哥马利家的大儿子说："它叫是因为它靠过来闻你身上的味儿，你却踢了它一脚。这是它的职责。要不是我在这儿，它肯定早把你的脖子咬断了。你不招惹它，它自然也不会搭理你。"

蒙哥马利说："咱们吃饭的时候，你最好把这狗放到栅栏外面去。"他的措辞像是在提建议，但口吻听起来像是命令。

"不了。"

"先生们，晚餐好了。"

"这就来，亲爱的。麦克白夫人，登高警戒。"母狗瞟了达尔比一眼便飞快地蹿上梯子，灵活地沿着一级级横档爬上了房顶。它在上面认真地环视了一周，这才坐下来。从它所坐的位置上既能看到营地外面，又能看到下面的晚餐情况。

这次晚餐的饭菜很成功，主客之间的交流却差劲得很。大多数时候，进餐时的聊天仅仅局限在两个成年男人之间，而且还都是些不疼不痒的对话。达尔比和丹只顾着吃，没怎么参与进来。朵拉对蒙哥马利说的俏皮话都做了简短的回应，但对于她觉得太私人的问题一律装聋作哑。蒙哥马利的两个儿子应该是没想到他们面前不仅有盘子，还摆着配套的刀叉、钳式筷子和勺子，有些惊讶，但开餐之后主要还是靠刀和手指头吃饭。二人的爸爸倒是为了用上每一样餐具费了些力气，结果让他那络腮胡子沾上了不少食物。

朵拉把餐桌摆得满满当当的，上面有刚炸出来的热乎乎的鸡肉、切片火腿、土豆泥、鸡肉汤、热腾腾的玉米饼、浇上烤肉汁的全麦面包、每人一杯的山羊奶、番茄莴苣沙拉，上面撒着山羊奶做的奶酪和洋葱的碎屑、煮甜菜、新鲜的水萝卜和山羊奶浇鲜草莓。恰如他说的，蒙哥马利一家三口的饭量顶得上六个人。朵拉看到自己做的饭菜够吃，感到十分欣慰。

最后，蒙哥马利挺起胸，往后坐了坐，心满意足地打了个嗝："天哪，太满足了。史密斯太太，你可以经常给我们大家伙儿做饭。是吧，丹？"

"没错，老爸！"

"先生们，我非常高兴你们喜欢我做的饭菜。"她站起身来，开始擦桌子。拉撒路也站起来帮她收拾。

蒙哥马利说："哦，比尔，快坐下，我想问你几个问题。"

"想问什么就问吧。"拉撒路边说边摞空盘子。

"你说山谷里没别人了？"

"对啊。"

"那我决定我们就在这儿住下了，都是因为史密斯太太的厨艺太好了。"

"欢迎你们在这里过夜。明天你们就可以启程去河下游寻找肥沃的土地种庄稼了。我跟你说过，这里都是我开垦建设的。"

"我就是想跟你谈谈这事。一个人霸占着所有良田，这不太好吧？"

"这不是唯一的良田，蒙蒂。这里还有同样肥沃的土地，多达数千公顷。唯一的不同就是这里是我精心开垦和耕作过的。"

"这一点我们承认，可是我们人数比你多。四个人投票，其中三个都意见一致。对吧，达尔比？"

"没错，老爸。"

"蒙蒂，这件事不需要投票决定。"

"行了，多数人的意见就是真理。不过我们还是不和你争论了，毕竟你们请我们吃了一顿丰盛的晚餐。现在该娱乐一下了，你喜欢摔跤吗？"

"不怎么喜欢。"

"别扫兴。丹，你觉得你能给他来个过肩摔吗？"

"当然能了，老爸。"

"很好。比尔，你先跟丹摔跤，就在中间那儿摔，我来当裁判，保证一切公平。"

"蒙蒂，我不想摔跤。"

"什么不想啊，你一定得摔跤。史密斯太太！你最好出来看看，下面的节目你要是错过了会后悔的。"

"我正忙着呢，"朵拉喊道，"一会儿就出去看。"

"最好快点儿。然后你和达尔比摔，比尔，最后和我摔。"

"蒙蒂，我不摔跤。时间差不多了，你们该上马车继续赶路了。"

"可是，年轻人，我说你想摔跤你就得想。我还没告诉你赢了的奖赏是什么呢。获胜者可以和史密斯太太睡觉。"他边说边掏出了藏在身上的第二把枪，"看，我骗了你，不是吗？"

朵拉见状在厨房里开了一枪，将蒙哥马利手中的枪打掉了。与此同时，丹的脖子上插进了一把刀。拉撒路很小心，他在蒙哥马利的腿上打了一枪，而后又更加小心地给了达尔比一枪，因为麦克白夫人已经咬住了达尔比的喉咙，这场搏斗只持续了两秒就结束了。

"夫人，你可真够狠的。小可爱，你的枪法也不错。"他拍拍麦克白夫人，"真棒。"

"谢谢夸奖，亲爱的。我要不要把蒙蒂了结了？"

"等等，"拉撒路走过去，俯瞰着那个受伤的男人，"你还有什么说的吗，蒙哥马利？"

"你们两个王八羔子！别他妈让我有翻身的机会。"

"我给过你很多机会了，可你自己没有把握住。朵拉，你想亲自动手吗？你有处决他的优先权。"

"我还是算了。"

"好吧。"拉撒路捡起蒙哥马利的枪，发现那是一把可以进博物馆的老物件，不过看起来十分完好，尚能使用。于是，他便用这把枪解决了枪的主人。

朵拉开始脱裙子："再等一下，亲爱的，我马上就把这玩意儿脱掉了。我不想让它溅上血。"裙子脱掉之后已经可以看出她小腹微微隆起，怀有身孕，还能看到她随身携带的其他武器以及屁股下面系着的枪带。

拉撒路也脱下了他的苏格兰短裙和其他衣物："小甜心，你不用帮忙。你已经忙活一整天了，每样工作都完成得很出色！你只要把那身最破的工作服扔给我就行了。"

"可我想帮忙。这些人要怎么处理？"

"把他们放到他们的骡车上，然后把车远远赶到河流下游，把尸体撂下再赶车回来。那儿出没的疾行兽自会处置这些尸体。"他看了太阳一眼，"还有一个多小时天就黑了，时间应该足够。"

"拉撒路，我不想让你离开我！现在不行。"

"刚才的事儿让你慌神了，亲爱的？"

"有点。也没有那么慌。嗯……我不太好意思说，但其实我是因为这事儿起了做爱的兴致。是不是有点变态？"

"苗条的莉儿，什么事儿都会挑起你做爱的兴致。是的，这确实有点变态，但其实这是一个人初次见证死亡时的正常反应。只要你不被这种欲望牵着鼻子走，就没什么可羞耻的。那不过是本能反应罢了。我现在又不想穿那身工作服了，去除皮肤上的血迹要比洗掉布料上的血迹容易。"他走到门口，把门闩拿掉，打开了大门。

"我亲眼见过死亡。海伦阿姨死的时候我心情更低落，完全没有性兴奋。"

"我应该说是惨死会激起人的性欲。亲爱的，我想趁着还没有更多的血渗到土里，赶紧把这些尸体搬到墙外去。关于这个话题我们可以稍后再讨论。"

"你还是需要有人搭把手，才能把尸体装上车。我不想待在离你远的地方，真的不想。"

拉撒路停下脚步，看着她："看来你的沮丧大于性欲。遇事果断，事后再做出情绪上的反应，这也很普遍。那就让这情绪过去吧。我不想把孩子们单独留下太长时间，也不想让他们和载着这些坏人尸体的骡车同行。不如今晚我只把尸体搬到不远处，比如说三百米外？你等我的间隙可以烧壶水，怎么样？就算我干这活儿的时候没让一滴血弄到身上，还是想回来后好好洗个澡。"

"好的，先生。"

"朵拉，你听起来不太开心啊。"

"我会按你说的做。我也可以叫醒扎克，让他照看弟弟妹妹。他已经习惯了。"

"很好，亲爱的，但是首先我们得把他们装上车。你可以帮我抬他们的腿，我来拖。如果你吐了，那你就回去看孩子，在家等我。"

"我不会吐的，我吃得很少。"

"我也吃得不多。"他们二人开始干这个可怕的活儿，拉撒路继续说，"朵拉，你刚才真是干得漂亮。"

"我收到你的信号了。你给了我充足的时间做准备。"

"就在我给你发信号的时候，我也没想到他会得寸进尺，逼我摊牌。"

"真的吗，亲爱的？可我在他们坐下之前就知道他们想干什么。他们想杀掉你，强奸我。你没感觉到吗？所以我才给他们上了那么多食物，鼓励他们多吃，好让他们的行动变迟钝。"

"朵拉，你感知人心的本事确实高超。"

"当心他的头，亲爱的。看到他们个个身强体壮，我就多留了点心。但是，我不清楚你会怎么做。所以，我做好了心理准备，如果你要等到一个绝对安全的机会才动手，我也做好了配合你被他们强奸一整晚的准备。"

她的丈夫严肃地对她说："朵拉，我绝不允许你遭到强奸，除非那是救你性命的唯一出路。今晚的情况就没必要。真是万幸！但是蒙哥马利在大门口的时候就引起了我的担忧。他们三个的枪放在随时可以摸到的地方，而我的枪还藏在苏格兰短裙下面，这可能会是个麻烦。如果他早就打算无论如何也要制伏我，应该在门口就动手的。小可爱，四分之三的战斗都是因为胜利方在关键时刻没有犹豫、果断下手才取得胜利的，所以我才这么为你骄傲。"

"但这事归根到底是你策划的。你给我发了个信号，让我准备就绪。而且，在他叫你坐下的时候你始终站着，然后你绕到桌子的另一端，吸引了他们的注意力，同时又没有遮挡我瞄准的视线。谢谢你。当时我只需要在他掏枪的时候射击就行了。"

"我当然不会遮挡你的视线，亲爱的。我不是第一次碰到这样的情况了。但是，确实是你的一枪命中为我争取了时间，让我有机会用刀结果了丹，而不需要先去制伏他爸。然后麦克白夫人也同样帮了我的忙，咬住了达尔比的喉咙。就是因为有了你们两个，我才不用分身同时对付三个人。那太难了。"

"因为你训练过我们俩。"

"嗯，是啊。即便如此，我对你的欣赏还是没有减少半分，因为在他撕破脸的时候你立即开了枪，没有浪费哪怕一秒钟就把他拿下了。你的身手就像个身经百战的老兵一样，谁会相信你一点战斗经验都没有呢？现在，我想你可以绕到车前面去，安抚一下骡子，我来把车的后挡板放下来。"

"好的，亲爱的。"

她走到打头的那对骡子身边，轻声安抚它们。这时，拉撒路大喊："朵拉！过来一下。"

她回到他身边。他说："看。"

那是他刚刚从骡车后面拿下来的一块扁平的砂岩，现在正摆在几具尸体旁边的地上。砂岩上刻的是：

巴克
来自地球
公元3031年卒于此处
新起点37年
无论做什么，它总是全力以赴。

她说："拉撒路，我不明白。他们想强奸我，那是因为我可能是他们许多个星期以来见到的第一个女人，这我能明白。我甚至能明白他们为什么要杀掉你或者做其他的坏事，那是为了得到我。可我不明白他们为什么要偷巴克的墓碑。"

"亲爱的，这事没有什么'为什么'。不尊重别人私有财产的人做

421

得出任何事，他们会偷走任何能轻易拿走的东西，哪怕那东西对他们毫无用处。"他又补充了一句，"我要是早知道他们偷了这个，绝不会给他们任何机会。看见这样的人就应该立即消灭，关键是得认出他们的真面目。"

密涅瓦，朵拉是我唯一毫无保留地爱过的女人。我不知道是否能说明白这其中的缘由。我跟她结婚的时候对她的爱还没有这么深。当时，她还没有机会教给我爱一个人可以爱到这种程度。可我的确又是爱她的，那份爱就像一个父亲对孩子的溺爱，又像主人对宠物的宠爱。

我娶她并非出于对她的深爱，而仅仅是因为这个可爱的孩子给了我许多欢乐时光，现在她非常想要一样东西——我的孩子。和她结婚是把这样东西给她的同时，也不会破坏我的原则的不二选择。于是，我几乎不带感情地计算了一下这么做的成本，发现这成本够低，足以让我下定决心满足她的心愿。这段婚姻不会占用我太长时间，因为她是个短寿人，也就能活五十年、六十年或七十年，顶多八十年，然后她就会死去。所以我当然可以付出对我微不足道的这段时间，让我养女那短暂得可怜的一生过得快乐，这就是我的想法。代价不高，我可以承受，所以我就答应了。

接下来我做的事都是为了让这个决定不半途而废。只要一件事符合我的主要目的，那我就做。我告诉过你当时摆在我面前的其他选择。我可能没提过，我曾经考虑重新做回"小安迪"号的船长，让朵拉和我在船上度过一生，让从船长的位置撤下来的撒刻·布里格斯接替我的地面工作。若是他觉得适应不了新工作，我就给他一笔钱。在星际飞船上度过八十多年难不倒我，可那是朵拉的一辈子，这种生活也许不适合她。另外，飞船上可不适合养育孩子。他们长大了之后怎么办呢？把只熟悉船上生活的他们放在一颗完全陌生的星球上？那可不行。

我决定，既然做了短寿人的丈夫，那我就要尽可能地也像个短寿人一样生活。就是因为这个决定，我们两个来到了欢乐谷。

欢乐谷，我一生中最欢乐的时光都在那里度过。和朵拉一起生活的时间越长，我就越爱她。她通过爱我来教我如何去爱，我学得虽然慢，但最后学会了。我不是一个合格的学生，因为我自有一套做人做事的法则，缺少她出于自然的天赋。但是我确实学会了，明白了只有你想让另一个人过得安全、温暖和开心，并为之付出努力，你才能得到终极的幸福。

这也是最让人伤心的一点。在与朵拉共同生活的日日夜夜，我对这个道理的领悟越来越深刻，也越来越开心。与此同时，想到这段欢乐的时光不久就会结束，我心底某个角落就越是隐隐作痛。于是，她去世之后，我几乎有一百年都没再结婚。但再后来我还是结婚了，因为朵拉也教过我如何面对死亡。和我一样，她很清楚自己会死，也明白她的生命短暂，但是她教给我要活在当下，不要辜负"今天"，所以最后我终于摆脱了作为一个长寿者独活的悲哀。

我们度过了一段无比幸福的岁月！我们每天都有做不完的事，累得要死，但每一分每一秒都值得享受。无论如何，永远不要忙碌到没有心情享受生活。有时候，我急匆匆地穿过厨房时会顺手拍拍她的屁股，或者捏捏她的乳房，她则飞快地向我抛来一个笑容，表示明白我的心。有时候，我们两个坐在房顶上偷懒，一起看日落，看月升，看漫天繁星，甚至会情不自禁地享受起"欲爱"的无尽甜蜜。

回想一下，可以说我们那些年里唯一的娱乐活动就是性生活了（因为朵拉七十岁和她十七岁的时候一样对性爱充满了热情，只不过身体的柔韧性差了些，我们在一起时始终是有性生活的）。虽然我做了一副国际象棋，但是干完一天的活之后，我常常会累得没心思好好下盘棋。我们没有其他游戏可玩，就算有，我们可能也根本玩不了，因为真的太忙了。对了，我们也确实做过其他事情，通常是一个人在织毛衣、做饭或者干别的，另一个人则在一边大声读书。我们还会在播种或施肥的时候一起唱歌，伴着歌曲的节奏干活。

我们从来都是尽可能一起干活，只有在受到自然条件的限制时才会进行劳动分工，各干各的。我不能生孩子，也不能给孩子喂奶，但我能为孩子做这两样事情之外的任何事。有些事只能我做，朵拉做不了，那是因为那些活对她来说太重了。她大着肚子的时候，更是不能干重活。在做菜方面，她比我有天赋（虽然我比她多活了几个世纪，但这方面完全不及她），她可以一边做饭，一边照顾小婴儿和其他因为太小而无法帮忙的孩子。不过我也会下厨，尤其是早上她忙着照顾孩子们的时候。她也会干农活，尤其是菜园子的那摊事儿。她本来对种菜一窍不通，都是后来学的。

她原先也不懂建筑，也是后来学的。我揽了大部分需要爬高的事情，而盖房需要的土坯砖块大多都是她造的，里面加的稻草比例总是恰到好处。其实土坯砖不太适合那里多雨的气候，很有可能在你还没来得及把墙体罩起来时，一场雨就浇下来了，然后你就只能看着墙在雨中化为一坨烂泥。

可你只能利用手头的资源。后来，我把骡车的顶棚卸下来，用它遮住大部分暴露在外的墙顶，直到我想出了给土坯墙防水的法子才把它撤下来。我没有考虑过造一间小木屋，因为好木材离我们太远了。我带着几头骡子要花上一整天的时间才能带回来两段木头，所以对于造房子来说，用木材成本太高了。不过，我用了巴克之河两岸生长的小树当建筑材料，拖回来的大段树干只在做梁的时候用。

此外，我还想造一座尽可能防火的房子。朵拉小宝贝儿以前就差点葬身火海，我不能让朵拉和她的孩子们再冒这样的风险。

但是要怎么才能造一栋既能防水又能防火的房子呢？这个问题难倒了我。

其实问题的答案就在那里，我已经路过了千百遍却不自知。风沙、雨水、腐烂、疾行兽和各种昆虫对死去的龙的尸体造成了极大的损坏，而残骸几乎坚不可摧。有一次，我想把我们营地附近一具令人厌恶的龙尸残骸烧掉，方才有了这个发现，但我从未发现这背后的原因。也许之后会有人着手研究这些龙的生物化学结构和特性，但我当时为了我家庭的生计疲于奔命，既没有设备，也没有时间或兴趣琢磨这个。不过，要是事实真的证明龙在这方面有特殊之处，那我会很开心。于是，我把龙腹部的皮割下来，做成了防火防水的罩子。龙的背部和身侧的皮恰好可以铺在屋顶上。后来，我又发现了龙骨的许多用处。

我们两个共同负责教育，室内和户外教育兼顾。也许我们的孩子接受的教育有点古怪，但是按照新起点星的标准，若是一个女孩能凭着有限的材料做出外形亮眼、使用舒适的鞍子，凭心算解出二次方程式，用枪或箭命中目标，做出色浅但味香的煎蛋卷，滔滔不绝地背出一页又一页的莎士比亚戏剧台词，又会杀猪又会腌猪肉，我们肯定不能说她蠢。我们的女儿和儿子们会做所有这些事情，而且不仅如此。我得承认，他们个个讲英语时都很有派头，他们盖起了新环球剧场[1]，把莎翁所有的戏剧都演了一遍，此后他们说英语的方式就更加拿腔拿调了。无疑，这些活动让他们对于旧地球的文化和历史有了一些认知，我觉得这对他们没有坏处。我们只有几本精装书，大多数都是学习的参考书，"课外书"仅有十几本，都快被翻烂了。

我们的孩子是通过《皆大欢喜》来学习阅读的，这没什么奇怪的。没人告诉他们，这本书对他们来说太难了，所以他们不知不觉就把这部作品吃透了，发现"可以听树木的谈话，溪中的流水便是大好的文章，一石之微，也暗寓着教训。每一件事物中间，都可以找到些益处来"。

不过，听见一个五岁的小女孩按照韵律抑扬顿挫地读出这些字句，

1　环球剧场：大部分莎翁戏剧都是在伦敦环球剧场上演的。——译注

听那些复杂的多音节词优雅地从她孩童的嘴唇中吐出来，你还是会感到有些奇怪。我更喜欢小孩子读"小狗快跑，快快跑"之类的现代儿歌，而不是听他们读莎翁戏剧。

每当朵拉肚子大起来，全家受欢迎程度仅次于莎翁著作的书就成了我的那些医学书，尤其是讲解剖学、产科学和妇科学的书。新生命的诞生是件大事，不管诞生的是小猫、小猪、小骡驹、小狗还是小孩。当然了，朵拉生孩子是大事中的大事。遇到这样的超级大事，那本标准妇产科医生图例上肯定要多一些拇指印，讲女人临盆那部分的书页侧面更是如此，最后，我终于把那一章和后面的几章从书上拆了下来，将这些记录着自然分娩过程的图贴到了墙上，以便减少我的书受到的磨损，然后宣布大家可以随意浏览这些图片，但要是有人敢碰，那就等着挨揍吧。后来，为了让大家都守规矩，我不得不把犯规的伊索德[1]揍了一顿。我轻轻打下去，她却哇哇大哭，高声哀号，算是给足了我这个做父亲的面子；虽然我知道她不疼，但打在她身，终究是疼在我心。

我的医学书对孩子们产生了独特的影响。他们从婴儿时期就知道人体解剖和器官功能方面所有正确的英语单音节词。海伦·梅伯里跟朵拉小宝贝讲这些时就从来没用过俚语，所以朵拉在她的孩子面前也都用术语。可是，他们读了我的书，立刻爱上了书中的多音节拉丁词，有了一种智力上的优越感。如果我（同以往一样）用英语说了"子宫"，一个六岁的孩子就会相当认真地纠正我，说书上用的词是"uterus"。有一次，温蒂妮[2]冲进来告诉大家大比利·胡子正在和丝儿琦"交配"，然后其他孩子就都冲到羊圈那儿去看热闹。十五六岁的时候，孩子们往往会从这种咬文嚼字的病中康复过来，和他们的父母一样好好说英语，所以

1　伊索德：名字源于亚瑟王传说中的一位爱尔兰公主，她嫁给了康沃尔国王，却和他的骑士特里斯坦发生了恋情。——译注

2　温蒂妮：名字源于欧洲古代传说中掌管四大元素的"四精灵"之一水精灵。——译注

我想暂时这样也无妨。

尽管动物们交配的场面成了孩子们的观赏项目，但我始终没有将自己的性生活暴露在他们面前。我想这背后只有一个原因——我自己毫无理由但是长期养成的隐私习惯。我觉得这不会让朵拉感到困扰，因为每次发生这种事的时候她都没什么特别的反应。我们对隐私的需求越来越无法得到满足，直到进入山谷生活了十二年还是十三年后，我盖起了我们的大房子，这种情况才得到了改善。我之所以无法说出确切的时间，是因为那么多年里，只要我能抽出时间，就在忙活这事儿。后来，房子尚未盖好我们就搬了进去，因为我们都要把第一栋房子的墙挤破了，而且朵拉又怀上了一胎（金妮）。

朵拉对缺少私密空间这件事并不在意，因为她对性的痴迷其实很单纯，我的性欲则受到了我成长的文化背景——在这类事上格外扭曲的文化的不良影响。朵拉为了消除这类不良影响做了很多努力，但是我始终没能获得她那种天使般的纯真。

我说的并非孩童出于无知的纯真，而是一位具有智慧与知识的成年女性的纯真，这样的人心中没有邪念。朵拉的坚强和她的纯真一样突出，她始终清楚她要对自己的言行负责。她还清楚"凡事有得必有失。想要孩子，就得忍受大肚子，想绞死一个人就得动作快点，磨磨蹭蹭的可算不上仁慈"。即便是很难下的决定，她也可以毫不犹豫地拿定主意，就算她的判断失误，她也可以勇敢面对其决定带来的后果。如果有必要，她可以对一个孩子或者一头骡子道歉。不过我们很少遇到有这个必要的情况。她忠实于自我的行动原则很少会让她做出错误的决定。

即便做错了，她也不会过分责难自己。她会尽全力弥补过失，从中学习，而不会因为错误辗转难眠。

说起这一点，除了朵拉的祖先遗传给她的性格潜质，她成为现在的样子也肯定是受到了海伦·梅伯里的熏陶。海伦·梅伯里是个情感丰富且通情达理的女人。想想看，这可是两种互补的特性。感情丰富但不通情达理，这样的人做事不可靠。至于通情达理却没有丰富感情的人，我到现在还没见过这样的人，所以也许世上压根不会存在这种人。

海伦·梅伯里出生于地球，但是移民时已经彻底摆脱了成长环境带给她的那些特质。她没有把那濒死的文化中病态的标准传递给婴幼儿和青年时期的朵拉。关于这些，我从海伦本人身上了解到一部分，但更多是从成长为女人的朵拉身上看到的。在对我娶的这个陌生人逐渐了解的漫长过程中（不管两个人结婚前认识多长时间，结为夫妻之后，他们都得从陌生人开始发展），我意识到朵拉清清楚楚地知道海伦·梅伯里与我之间曾经的关系，包括我们的经济往来、社会关系与肉体关系。

但是朵拉并没有因此吃海伦"阿姨"的醋："吃醋"对朵拉来说不过是一个词，它对于朵拉的意义和日落对于蚯蚓的意义一样，毫无意义。她自始至终都没有掌握"吃醋"的能力。她把我和海伦之间的关系视为自然、合理且恰当的安排。朵拉选择我当她的伴侣，我确信这背后的决定性因素是海伦——海伦给她起了示范作用——绝不是因为我的相貌和魅力，这两项因素可以忽略不计。海伦没有教导朵拉，性是神圣的，而是通过言传身教告诉她，性是人们在一起开心快乐的一种方式。

就拿我们杀掉的这三个害虫说吧，假设他们并非恶人，而是体面的好人——对了，就像艾拉和加拉哈德一样，在同样的情况下，即这里有四个男人，但女人只有一个，我想朵拉一定会自然而然、毫不犹豫地选择一妻多夫制的生活，而且她还会说服我，这是唯一一个皆大欢喜的解决方案。

即便多了几个丈夫，朵拉也不会违背她的结婚誓言，因为朵拉压根没有发誓只跟我一个人好，我也不会让一个女人发这种誓言，因为或早或晚，总有一天她会发现她无法遵守这种誓言。

朵拉有能力让四个正派而体面的男人过上快乐的生活。朵拉没有一点不好的地方，所以只要是爱上她的男人，一定会对她爱得越来越深，这都是海伦的功劳。另外，希腊人说过，一个人无法熄灭维苏威火山的火。等等，是希腊人还是罗马人说的来着？算了，这不重要，总之这句话道出了真相。要是在一妻多夫的婚姻中，朵拉应该会更幸福。尽管我无法想象我还能比当时更幸福，但我想，如果她的生活更幸福了，那我一定会像夜晚追随白昼一样紧随其后，同样感到更加幸福。另外，我老是有干不完的活儿，要是有几个壮汉能给我搭把手，我就轻松多了。多几个伙伴——我想象中朵拉可以接受的那种男人，应该也挺让人开心的。至于朵拉，她完全有本事让我和十几个孩子都沐浴在她的爱中，所以，就算再多三个丈夫，她的爱心也用不完。她就像一眼永不枯竭的甘泉。

但这些都是假设。蒙哥马利家的那三个男人与加拉哈德和艾拉一点都不像，我很难想象差距这么大的两方同属一个物种。那三人绝对是该消灭的害虫，我也正是这么做的。密涅瓦，他们不是拓荒者，他们的车上连开垦一片农田最基本的工具都没有。他们没有一把犁，也没有一袋种子，带来的八头骡子全是阉了的。我不知道他们清不清楚自己在干什么。难道只是为了好玩而已？难道他们是想来荒野中探险，等厌倦了就回归"文明"？还是说他们指望碰见通过无望关的其他拓荒队，然后吓唬他们一番，让他们屈服？我不知道，以后也无从得知了。我从来都搞不明白强盗的逻辑，只知道该怎么对付他们。

他们这回挑错了对象，竟然欺负到温柔可爱的朵拉头上。她不仅适时地扣动了扳机，还一枪打在了他的枪上，而不是打在比较容易瞄准的部位，比如说腹部或胸部。这很重要吗？对我来说非常重要。当时他的枪瞄准的是我。要是朵拉那枪打在他身上，而不是枪上，就算那是致命的一枪，他最后的本能反应也可能——我想几乎一定会——导致他的手指紧紧回扣，也就是说他会打中我。以此为基础进行推断，你可以想出五六种结果，哪一种都是悲剧。

这是我撞大运了吗？不尽然，朵拉早在黑乎乎的厨房里暗暗瞄准了他。就在他掏出枪的时候，她立即转而瞄准了那把枪。那是她第一次进行枪战，也是最后一次。那丫头可是个真正的枪战高手！我们花过很长时间训练她的射击技巧，现在看来非常值得。但比技巧娴熟更难得的是她冷静的判断。她就是依靠这份冷静决定瞄准更难的目标。这种特质可并非我能训练出来的。的确如此，你可以回想一下，她的亲生父亲正是在死前千钧一发之际做出了正确的决定。

又过了七年多，另一支车队才出现在欢乐谷中。来的是三驾结伴同行的骡车，上面坐的是三个带孩子的家庭，都是真正的拓荒者。看到他们，我们很开心。见到他们的孩子，我尤其开心。因为我在玩抛接鸡蛋的把戏，不过这里的"鸡蛋"其实指的是卵子，人类的卵子。

我快没时间了。我们的几个大孩子一天比一天成熟。

密涅瓦，你知道人类在基因学方面掌握的一切知识。你知道，霍华德家族从来都是在一个较小的基因池里进行交配，这个过程逐渐将不良基因逐出了基因池。不过，你也清楚，我们也因此付出了惨痛的代价——生出不少有缺陷的孩子。我应该再加上一句，直到现在仍是如此。哪里有霍华德家族的人，哪里就有收容残障孩子的福利院。这样的家族命运没有终点。总有令人不快的新变异出现，初时不被人察觉，后来得到强化，我们就看出要为进化付出怎样的代价了。也许有一天这代价可以不必如此惨痛，可是一千两百年前的新起点星上，没有一例这样的情况。

年轻的扎克已经长成一个声音沙哑的小伙子了，他的嗓音是标准的男中音。他的弟弟安迪在我们的家庭合唱团中也不再是那个男童高音了，不过他的声音依然嘶哑。海伦宝贝儿已经不是小宝贝了，虽然她的初潮还没来，但也不远了，可能随时会来。

我说这么多，意思只有一个，我和朵拉必须考虑下一步了。我们面对着艰难的抉择，该不该把七个孩子都赶上车，翻过兰帕特山脉往回走呢？如果我们成功回去了，是否要把四个最大的孩子交给马赫一家还是谁家，然后带着三个小的回家呢？我们自己回来，还是对欢乐谷的美丽富饶大夸特夸，领着一队拓荒者翻山越岭往家走呢？毕竟这么做可以避免未来发生这样的危机。

我曾经乐观地幻想，既然我已经在身后留下了一条可供骡车通过的道路，只要过上一两年、两三年，其他人就会追随我们而来。现实告诉我，是我太乐观了。不过，我不是那种因为马被盗了就对着洒了的牛奶生闷气的人。过去怎么样都过去了，没什么意思，眼下的问题是我们该拿这些一天天长大、开始产生性欲的孩子怎么办。

就算我能假模假式地跟他们说"性欲"是一种罪，那也是徒劳的，更何况我不是那样的人，对孩子尤其无法撒谎。这种说法由我嘴里说出来也站不住脚。要是朵拉听了，她一定会感到震惊和受伤。她没有像说真话一样撒谎的本事，我也不想给我们的孩子灌输这种荒唐道理。他们的母亲本人就是整个欢乐谷里最开心的"好色之徒"，随时准备过性生活，甚至比我和山羊的性欲都强烈，她也从来没有假装成别的样子过。

我们该放轻松，顺其自然吗？坦然接受我们的女儿不久（也太快了！）就会和我们的儿子交媾，然后做好付出惨痛代价的准备？明知道我们的孙辈至少会有十分之一的概率会有缺陷，却还是要眼看着这种事发生？因为我们不知道朵拉祖先的情况，我对自己祖先的情况只知道一点，所以没有数据支持我获得比这更精确的预测结果。我靠的只是古老而简单的经验法则。

于是我们停下了。

我们遵循的是另一条古老的经验法则：如果明天成功的概率会高一些，那么能推到明天做的一定不要今天做。

于是我们在新房子还没落成的时候就搬了进去，因为完成的部分已经可以提供一间女孩宿舍、一间男孩宿舍、我和朵拉的一间卧室还有毗邻的育婴室。

但是我们没有自欺欺人地认为这个问题已经解决了。相反，我们把这个难题公开了，让三个年纪最长的孩子知道我们面对着一个什么样的问题，有哪些风险，为什么等一等是明智之选。做这样的教育时我们也没有把小点的孩子排除在外。只是他们年纪还小，对这些知识不感兴趣，听技术细节的时候会很快感到无聊。这时候，我们不会强求他们旁听。

朵拉有了一个主意，海伦·梅伯里二十多年前就是对她这么做的。她宣布等小海伦月经初潮时，我们就以她的名字命名一个节日，然后举行一场派对，让海伦当嘉宾。以后每年的那一天就是"海伦日"了。伊索德和温蒂尼也是如此，每个女孩以后都会有她们一年一度的专属节日。

海伦对自己从孩童迈入少女阶段充满了期待。几个月后，她终于等到了初潮，得意极了，把我们全都吵了起来："妈妈！爸爸！看，来了！扎克！安迪！醒醒！都来看啊！"

我不知道她疼不疼，因为她没说起过。也许她一点都不痛经，她妈妈朵拉就没这毛病，我们也没有告诉女孩儿们有痛经这回事。有理论说痛经其实是一种条件反射，鉴于我自己是个带把儿的，所以不想妄加评论这个理论。我觉得我没有资格在这方面给出意见，你可以去问伊师塔。

这也导致我受到了扎克和安迪组成的两人代表团的拜访。扎克是代表，他说："听着，爸爸，在海伦的节日中，大家用欢声笑语和宴会来庆祝我们的姐妹获得她应有的女性特质，我们觉得这样做很棒，也非常合适。不过，事实上，陛下，我认为——"

"有屁快放。"

"那我们男孩儿怎么办？"

天哪，我重建了骑士制度！

这并非我突如其来的想法。扎克问了我一个难题，我必须好好考虑一下才能拿出一个可行的解决方案。当然了，女性有庆祝人生成长阶段的仪式，男性也有，每个文化中都有，只不过有的文化并不自知。我还是个孩子的时候，第一次穿上西装和长裤就是一种仪式。其他仪式包括青春期时的割礼，经受疼痛的考验，杀死某种可怕的野兽等，不一而足。

只是，这些"仪式"都不适合我们的儿子。有的仪式我不赞成，有的则不可能实施，比如说割包皮。我拥有一种不值一提的变异基因，所以天生没有包皮。不过这是一种Y染色体才携带的显性基因，我把这个特征传给了我的所有男性后裔。虽然儿子们都知道这点，我还是停下来又提了一次，将它和为庆祝男孩成年的种种法子联系起来讨论了一番，与此同时，我拼命想着该如何回答他们的主要问题。

最后，我说："孩子们，听着，你们已经掌握了我教给你们的关于繁殖和遗传学的所有知识。你们都知道'海伦日'的意义，对吧，安迪？"

安迪没说话，倒是他的哥哥开口了："他当然知道，爸爸。那意味着海伦现在可以生孩子了，就像妈妈一样。你知道的吧，安迪？"安迪点点头，瞪着圆溜溜的眼睛说："爸爸，我们都知道，就算是小孩子都知道。不过伊瓦尔那么小，我不确定他是否知道。反正伊索德和温蒂尼都是知道的。海伦跟她们说，她要赶上妈妈，立刻怀上她的第一个孩子。"

我身上顿时起了一层鸡皮疙瘩，但马上控制住了情绪。简单说吧，我没有告诉他们这是个坏主意，而是花了很长时间引导他们自己得出了这个结论。其实这些事他们都知道，只不过还没有设身处地地为海伦想过。我给他们解释，要是他们中谁都没有把精子放进海伦体内，海伦就生不出孩子。尽管"海伦日"标志着她能生孩子了，但是她还小，生孩子容易损坏她的身体。就算是几年后，海伦长大了，若生出的是她兄弟的孩子，那也可能是一场悲剧，不会像她妈妈那样每次生出来的都是健康的宝宝。安迪瞪着眼睛听我讲话。整个过程中，我只是负责提出引导性问题，由他们两个自己给出答案。

一头叫"跳舞女孩"的小母骡帮了我的忙。我觉得它的身体还没有成熟到可以生小骡子，但是它已经迎来了第一个发情期。于是我让扎克和安迪用栅栏把它围起来，可是它把栅栏踢了个窟窿，如愿以偿让巴卡罗骑到了它身上。当然了，最后生产的时候，因为小骡子对它来说太大了，我不得不把手伸进它体内，把那未出生的小骡子切成几块儿拿了出来。对兽医来说，紧急情况下这只能算常规操作，但对两个稚气未脱的男孩来说，这个场面可谓是血腥骇人，更何况他们在父亲这样做的时候负责帮他控制住母骡子，近距离看到了这一幕。

不，他们坚决不想这种事发生在海伦身上，一点都不想。不，先生！

密涅瓦，其实我隐瞒了部分真相。我没有告诉他们，在海伦的家庭医生，也就是我看来，海伦骨盆的形状和尺寸都支持她在比朵拉生扎克的年纪更年轻时生头胎，说她是座天然的婴儿生育工厂都不为过。我也没有告诉他们，兄妹或姐弟生下健康宝宝要比生下有缺陷的宝宝的概率高。这些话我当然不能跟他们讲！

相反，我遣词造句，夸赞女孩是多么了不起的造物，她们竟然能生出孩子，简直是奇迹，感慨她们是多么珍贵的存在。我还说，一个男人若是能有机会去爱、去珍惜和保护一个女孩不受伤害，他该感到多么骄傲。这种呵护甚至包括保护她不被她自身的愚蠢所累，因为海伦可能也会像"跳舞女孩"一样犯傻，一样耐不住性子。所以，千万别受到她的诱惑，孩子们，如果有需求就自慰，就像你们平时做的一样。他们向我保证会这样做，说话的时候眼中噙满了泪水。

我没有要求他们做出保证，但是这让我产生了一个主意：让海伦"公主"封他们为骑士。

孩子们接受了这个主意，开始照做；他们读了朵拉带来的《亚瑟王廷的故事》，那是海伦·梅伯里送给她的。于是，我们封扎克为"强壮爵士撒刻[1]"，封安迪为"勇敢爵士安德鲁[2]"，还让两个年纪大点的女孩做了宫廷侍女，虽然她们其实已经迫不及待了。伊索德和温蒂尼知道，她们也会在月经初潮时成为"公主"。伊瓦尔做了两位骑士的侍从，他在变声之后也会成为骑士。只有埃尔夫太小了，还无法参与到这个游戏中来。

1　撒刻：扎克为撒刻的昵称。——编注
2　安德鲁：安迪为安德鲁的昵称。——编注

这个权宜之计管用了。我想海伦"公主"一定有点烦这样过于贴心的保护。不过,虽然她无法引诱这两位忠诚的骑士和她去玉米田里做羞羞的事情,但是他们可以在开饭的时候为她在餐桌旁摆好凳子,还会常常向她鞠躬行礼,常常称呼她为"美丽的公主殿下",反正比我这样叫我妹妹的次数多得多。

"海伦日"一周年还没到,新来的三家拓荒者就出现在了地平线上,危机解除。率先分开海伦"公主"大腿的不是她的哥哥或弟弟,而是塞米·罗伯茨。这点我可以确定,因为这事发生后,她就立即告诉了她妈妈(这也是受到了海伦·梅伯里的影响)。然后朵拉吻了她一下,说她是个乖女孩,让她去找爸爸做检查。我给她做了检查,她没受伤。于是,朵拉借机掌控了局势,跟海伦讲了许多道理。很早之前她告诉过我,在她像海伦当时那个年纪时,海伦·梅伯里也曾这样引导过她。最后,我们最大的女儿怀孕的时候,年纪和朵拉与我结婚时差不多,而且她还比她妈妈圆润一些。娶她的是奥利·汉森。于是,作为这两个年轻人的长辈,斯文·汉森、我、朵拉和英格丽德,我们四个帮助他们建起了自己的家园。海伦觉得孩子是奥利的,据我所知,她的感觉应该没错。日子就这样波澜不惊地过去了,扎克和希尔达·汉森结婚时也一样。在欢乐谷,怀孕就相当于订婚了,我不记得有哪个女孩结婚时不是大着肚子的,反正我们的女儿没有一个不是这样。

有邻居真是太好了。

(略)

……不仅带着他的小提琴翻过了兰帕特山,还会组织大家跳舞。指挥跳舞我也会一点。虽然我已经有五十年左右没碰过小提琴了,但我发现拿起乐器之后并不陌生。于是我们轮流指挥大家跳起舞来,就像这样:

"大家排成方队!"

"向女士们致意!对面的女士!角落的女士!右手边的女士!向你心仪的女士打招呼,然后挽住她们站起来,小心别让她摔倒;带着女士们转圈吧！"

"多年以前摩西尚在。
国王说好，他说不！——拉起手来，向右转圈。
国王的名字叫法老；
让他们一生活在羞耻中！——用阿勒曼德舞的步伐向右！——然后返回原地，继续摇摆！

"……说好，然后海浪退到两边。穿过红海的第一对！现在，角落里的女士和右手边的男士！角落里的男孩和右手边的女孩！转啊，转啊，向右再向左！

"海岸对面有一支快乐的小队，
大家都行动起来，再摇摆一次！
国王在埃及的海岸上哭泣；
上帝的选民不再为奴！

"亲吻你的女士，在她耳畔低语；
请她坐下，再递给她一杯啤酒。中场休息！"

哦，我们玩得可开心了！朵拉刚当上外婆的时候学会了跳舞，她一直跳到了当高曾外祖母。起初，派对经常在我们家举办，因为我们的房子和院落是这里最大的，足够举办人数众多的派对。我们会从下午晚些时候就开始跳舞，跳到找不见舞伴为止；然后是晚餐，桌上的饭菜是每人带一道凑起来的，大家开始在月光与烛光中愉快地进餐；再然后，我们唱一会儿歌，就回到放在各处的床铺上睡觉了。不仅各个房间里摆着床，屋顶上有睡觉的地方，院子里也有临时床铺，有的人睡在骡车里。

436

我从没听说过有谁是单独睡的。至于男女间发生点什么事情，那都很正常，不值一提。

第二天早晨，"美人鱼酒馆的小伙伴们"剧团一般会表演两场剧，一场喜剧，一场悲剧。演出结束后，住得远的人家会把他们的孩子招呼到一起，赶着他们的骡子往家走；住得近的人就帮忙收拾，收拾完之后也会带着孩子，赶着骡车回家。

对了，我记得那时候还出了件麻烦事：一个男人因为一点小事把他老婆打了个乌眼青。于是，离他最近的六个男人把他扔出大门外，然后把门关上，插上了门闩。那男人气哼哼地赶着骡车离开，翻过大峡谷，往无望关去了。后来，人们过了一段时间才注意到，他老婆带着孩子去和她妹妹、妹夫以及他们的孩子一起住了，从此组建了一夫多妻的家庭。不过，这并不是唯一这样生活的家庭。这里关于婚姻或性事没什么法律规定，很多年都没有任何方面的法律，但是那些招致邻居不满的行为一定会得到惩罚，比如说打老婆。如果你这样做了，那就意味着以后没人搭理你了。在这没有死刑的地方，没人搭理是对一个拓荒者最大的惩罚了。

移民们一般对性事满怀兴致且十分宽容。一个人若是有出众的智商，往往也有着超强的性欲。欢乐谷中定居的拓荒者们都经过了双重筛选，首先他们决定离开地球来到新起点星，然后他们决定挑战无望关。所以说，我们的欢乐谷里都是真正的幸存者，他们聪明、有合作精神、吃苦耐劳，必要情况下不惜一战，但从不会为了小事大打出手。性不是小事，可为了做爱争个你死我活太傻了。只有担心自己会显得没有男子汉气概的男人才会为这个打架，而欢乐谷的男人都是真汉子，他们个个都自信，不需要证明什么。这里没有懦夫，也没有毛贼，没有孱弱之人，也没有蛮霸之人。极少数的例外在这里都待不长，所以也不作数。他们要么就像一开始那三个人一样死了，要么就像那个打老婆的白痴一样离开了。

这些罕见的人渣净化行动往往是迅速且非正式的。在欢乐谷定居的多年中，这是我们奉为金科玉律的唯一法则，虽然是不成文的规定，但人人都会严格遵守。

在这样的社区中，关于性的禁忌若是没什么实际好处，便不会长期存在。原本那样的禁忌都不是为了谷中人准备的。对了，近亲结合这种事大家都不以为意。这些拓荒者并非对遗传学一无所知，也并非不懂避孕，只是他们对事的态度非常实用主义。我应该没有听谁说起过反对目的是一时之欢而非绵延子嗣的乱伦行为。不过，我记得有个女孩公开嫁给了她同父异母还是同母异父的兄弟，还给他生了几个孩子。我假设这些孩子都是他的。这事引起了一些议论，但是人们并没有排斥他们。在这里，任何婚姻形式都被视为婚姻两方自己的私事，并不需要整个社区的许可。我记得有两对夫妻决定将他们的农场并到一起，然后对他们俩的房子中较大的那一栋进行扩建，将另一栋改造成谷仓。谁也没打听过他们四个是谁跟谁睡在一起，大家理所应当地认为这是一桩四角婚姻，而且无疑早在他们扩建房子、合并财产之前就是这样了。这不关别人的事，是他们自己的私事。

这类人的配偶不止一个，所以说起来我们通常用"配偶们"这种表达。拓荒者组成的社区处处都不宽裕，所以往往会自己想娱乐消遣的法子——最常见的就是性了。我们没有专业的娱乐演艺人员，没有剧院（除非你把我们的孩子们组建的业余剧团算作正规剧团），没有带歌舞表演的餐厅，没有依靠复杂的电子设施进行的娱乐活动，没有期刊杂志，书籍只有几本而已。当然了，天黑到跳不成舞的时候，欢乐谷舞蹈俱乐部的人们就会转而不慌不忙地释放心底的欲望，缠绵在一起；年轻人则相拥而眠，一起过夜。不然能干什么呢？不过大家都是你情我愿的，没有被强迫的情况出现。小情侣们大可以回到他们的骡车里睡觉，不必理会外面的喧哗吵闹。其实他们都不用参加舞会，可以直奔主题。

不过，只要能赶得上，欢乐谷的男男女女是不会错过每周一次的舞会的。这对年轻人尤其重要，因为这是他们交际和求爱的好场合。也许这里的姑娘们头胎大多都是在我们的舞会上怀上的；这是个不错的机会。从另一方面说，若是一个女孩觉得不合适，她也不必刚刚结束派对就和男人发生关系。但是，女孩十五六岁的时候大多已经结婚了。她们的新郎也比她们大不了多少——推迟第一次结婚的年龄是大城市的风俗，但在拓荒者的文化中没有这么回事。

朵拉和我？可是，亲爱的密涅瓦，我前面不是告诉过你吗？

（略）

……在吉比出生那年，也就是扎克——嗯，我想应该是十八岁的时候吧。我老得把新起点星的纪年换算成标准纪年，我们制定了对外货运的时间表。总之，扎克要比我高，将近两米，体重大概有八十公斤。还有安迪，他差不多也和扎克一样高大强壮。我知道扎克可能随时要结婚，我又没法只和安迪两个人把马车赶到关隘外面去，所以我压力很大。伊瓦尔那时才九岁，虽然在农场上是个好帮手，但还不足以胜任这种差事。

可是，我也只能在自己家庭内部选择带车队的帮手。山谷中大约只有十二家人，他们来的时间不长，还没有像我一样对购置新家当有迫切的需求。

我想要三辆新骡车，不仅是因为原来的那三辆已经快报废，也是因为扎克要是结婚会需要一辆新的。安迪也会需要的。我可能还要另外准备一辆给海伦当陪嫁。他们不仅需要骡车，还会需要犁和其他几样干农活的金属工具。虽然我们的日子过得很宽裕，但是没有冶金工业，欢乐谷是无法完全自给自足的。应该说是在很多年内都无法做到完全自给自足。

我把要买的东西都列到了清单里，那是好长好长的一份清单……

（略）

……在季度时间表上。因为其他农民不需要承担用骡队运输农产品翻过兰帕特山、穿过大草原的成本，所以我们的产品在价格上无法与他们竞争，我们五十多座农场运出去的食物换不来太多东西。我还在通过签汇票给约翰·马赫，再由我在"小安迪"号上的股份兑现汇票的方式与文明世界保持联系，也正是因为这样，我才能把那些通过别的渠道得不到的物件带到谷里。有些东西我自己留下了。我们的两个儿子跑的第一趟生意让朵拉拥有了室内自来水，这是我以前向她承诺过的，这下刚好兑现了。回来之后，扎克就让希尔达怀了孕，那是他们的第一个孩子，取名叫英格丽德·朵拉。同时，拜这趟生意所赐，朵拉的浴室也完工了。带回来的其他东西我都卖给了其他农民，换来的是他们的劳动力。后来，巴克一族的骡子帮助我们追平了贸易差额，因为它们个个强壮聪明，而且全都可以通过学习说一口人话。大草原上打了两口井之后，我就能赶着一个骡队成功往返于山谷和离分区的中心地带，无须承担损失一半骡子的代价。这意味着我们能把药品、书籍和很多其他物品带回谷中。

（略）

拉撒路·朗不想吓到他的妻子，但他们俩不管是谁进卧室都不会敲门。所以，当他发现房门关着时，便猜测她有可能在打盹儿，于是轻手轻脚地把门打开，走了进去。

结果，他发现她站在窗边，用镜子对着光，正在认真地拔一根灰色长发。

他惊慌地望着她，神情中闪过一丝沮丧。然后他定了定神，说道："小可爱……"

"啊！"她转身，"你吓了我一跳。亲爱的，我都没听见你进来。"

"抱歉，能把那个给我吗？"

"你要什么，伍德罗？"

他走到她身边，俯身拔下那根银丝："我要的是这个，我的爱人，你的每一根头发对我来说都是珍宝。我可以把它留下吗？"

她没说话。他看见她的眼中噙着泪水,这泪水马上就要决堤了。

"朵拉,朵拉,"他急切地反复叫她的名字,"我的心上人,你为什么要哭呢?"

"对不起,拉撒路,我本不想让你看到我在做这个。"

"小可爱,可你为什么要这么做呢?我的白头发比你的还多呢。"

她没有正面回答他的问题,而是回答了他未问出的那个问题:"我最最亲爱的人,因为你从未骗过我,所以当我听到哪怕只是一点点的谎言,都会忍不住要戳破。"

"小可爱,我扯什么谎了?我的头发确实是白了啊。"

"是的,先生。你没想惊扰我,这我知道。我收拾你的书房时也并非有意窥探。可我看见了你的化妆箱,拉撒路。一年前就看见了。这就是在扯谎,不是吗?你故意把自己鲜亮的红头发染成了灰白色。我想你干的和我干的应该是一码事,我是故意把白了的头发拔掉。"

"自从你知道我在化衰老妆之后就开始拔白头发了?哦,天哪!"

"不,不,拉撒路!我很久以前就开始这么干了。比你说的还要久。天哪,亲爱的,我都是当了曾祖母的人了,看看哪。你如此细心地扮老,又如此善良地顾及我的感受,所以对于你所做的事,我非常感激!可你怎么化妆看起来都没我老,你的那头花白头发只能让你看上去像个早衰的年轻人。"

"可能吧。可我理应有花白的头发。小可爱,在你出生很多年以前,我的头发是雪白的。我重新变年轻靠的是比化妆品、拔白头发更激烈的手段。不过我总觉得没必要提这些。"

他又向她走了一步,伸出一条胳膊,环住她的腰,拿起镜子,把它扔到床上,然后让她转过去对着窗户:"朵拉,你经历的岁月是你的成就,不是什么需要遮掩的东西。看看外面,一座座农舍一直盖到山上,更不用说那些在这儿看不见的成果了。我们的欢乐谷中有多少人可以追溯到你苗条的身子?"

"我没数过。"

"我数了。有一半都是你的后代。我为你感到骄傲。小可爱，你的乳房被婴儿吮吸过，你的肚子上是一道道妊娠纹，这是荣耀的装点，也是勇敢的象征。它们让你更加美丽。所以，亲爱的，你大可以挺胸抬头，忘掉那些银丝。做自己，活出自己的风采！"

"是啊，拉撒路，我自己其实并不介意这些。我这么做是为了取悦你。"

"小可爱，你的存在就是对我的取悦，不用特别为之做什么。你想让我的头发恢复原本的样子吗？现在我身边都是我的骨肉至亲，暴露自己是霍华德家族成员的身份也没有危险。"

"亲爱的，我无所谓，你怎样都可以，不要因为我才这么做。如果因为你是第一个定居者之类的原因，所以看起来年长一些会方便你树立威信，那就按你之前的做。"

"这对我和其他人打交道确实提供了方便。而且化妆并不麻烦，套路我都熟悉，就算闭着眼也能完成。可是，朵拉，听我说，亲爱的，十年后扎克·布里格斯会拜访多金贸易站。你见过约翰的信。现在回塞古都斯还不算晚。如果你想的话，他们可以让你再次回到少女的样子，当然还能让你多活好些年。五十年，甚至一百年。"

她的回应有些缓慢："拉撒路，你是在催促我这么做吗？"

"我只是给你一个选择，但你的身体还是你说了算，亲爱的。毕竟这是你的人生。"

她凝望窗外："你说这里有一半多人都是我的后代。"

"比例还在增长，我们的孩子繁衍的速度跟猫一样。孩子的孩子也一样。"

"拉撒路，其实很多很多年前我们就在这个问题上做了决定。现在我更坚决了。我不想离开我们的山谷，不想探访外界；我不想离开我们的孩子，不想离开他们的孩子以及孩子的孩子；我也绝对不想以少女的形象重新回到这里，看我们的来孙[1]出生。你说得对，我的白头发是我辛苦挣来的，我就让它们在头上长着，不拔！"

"这才是我娶的女人！这才是我霸气的朵拉！"他的手向上挪动，扣在她一边的乳房上，逗弄着。她躲了一下，随后便放松下来，享受爱抚，"我知道你的答案，但我必须问。亲爱的，年龄不会令你委顿，社会的条条框框也约束不了古灵精怪的你。即便其他女人都满足了，你却总是饥渴！"

她微笑着说："我可不是埃及艳后，伍德罗。"

"小妞儿，也只有你这么想。我要是不同意呢？苗条的莉儿，我见过的女人成千上万，比你见的多得多。可要我说，和你一比，埃及艳后不过是庸脂俗粉。"

"油嘴滑舌，"她柔声说，"我相信没有哪个女人拒绝过你。"

"这倒是真的，只不过那完全是因为我从来不顶着被拒绝的风险硬来。我都是等着对方先开口，一向如此。"

"这么说你是在等我开口喽？好吧，我说，是我想要。完事儿以后我得赶快做晚餐。"

"别着急，莉儿。首先，我要把你扔到床上，然后我要把你的短裙掀起来，再然后，我得好好看看下面有没有白毛。如果有，我就帮你把它们全拔掉。"

"禽兽。无赖。好色的老流氓。"她甜甜地笑了，"你不是说我不用再费心拔白毛了吗？"

"我说的是你头上的毛，孩子们的曾祖母。可下面和以前一样年轻，甚至比以往都要棒，所以我们要加倍小心地从你那褐色的小卷毛里把白的拔下来。"

"你这老流氓还挺贴心。只要你能找到一根白毛，我就让你拔。不

---

1 来孙：孙子的儿子的儿子的儿子。——译注

443

过我告诉你，我对下面的毛可比对我脑袋上的毛更认真。我赶紧把这件裙子脱了吧。"

"哎哟！等等！这才是苗条的莉儿，欢乐谷里欲望最强的妞儿，总是这么急吼吼的。要是你想的话，就把你的裙子脱了吧，不过我得先去找勒顿，让他给'棒小伙'装上鞍子，骑着它去他姐姐玛让和莱尔那儿蹭饭蹭住处。然后我再回来帮你拔那可恶的白色小卷毛。恐怕咱们得晚点儿吃晚餐了。"

"我的爱，你不介意我就不介意。"

"这才是我的莉儿。亲爱的，只要你稍稍示意，这谷里没有哪个男人不会想把你抓住，从你身上找到另一个幽谷，其中包括你自己的儿子和女婿。谷里每个十四岁以上的男人都会这么干的。"

"你得了吧！又开始拍马屁了。"

"想打赌吗？我改主意了，咱们别浪费时间拔白毛了，不管是头上的还是下面的，都别管了。我去告诉我们最小的儿子今天晚上别回家，等我回来的时候，我希望看见你浑身上下只戴着红宝石首饰，脸上挂着微笑迎接我。过会儿你也别去做晚餐了，咱们随便找点食物，拿着毯子铺在房顶上吃凉的，一边野餐一边欣赏日落。"

"是，长官。哦，亲爱的，我爱你！先吃饭还是先做爱？"

"这个问题就交给苗条的莉儿决定好了。"

（此处省略约39000字）

拉撒路轻手轻脚地打开卧室门，向里张望，用探寻的目光看着他的女儿埃尔夫——一个令人惊艳的中年女子，长着一头火红的卷发，其中夹杂着些许白发。她说："进来吧，爸爸，妈妈醒着呢。"

她起身离开，把送晚饭的餐盘带走了。

他瞟了一眼餐盘。自看到这餐盘从厨房端出去时起，他就一直惦记着朵拉吃饭的问题，现在他看到盘子里的东西差不多吃完了，心中稍宽，终于可以不再记挂此事了。但他什么都没说，只是走到床边，微笑

444

着看他的妻子。朵拉也微笑着看向他。他俯身吻了她一下，然后坐在埃尔夫刚才坐的位置上："我的小亲亲怎么样啦？"

"还好，伍德罗。金妮——不，是埃尔夫。埃尔夫给我端来了非常可口的晚餐。我很爱吃。我还让她在喂我吃饭之前帮我戴上了红宝石首饰，你注意到了吗？"

"当然注意到了，美人儿。苗条的莉儿吃晚餐时怎么会不戴她的红宝石首饰呢？"

她没答话，闭起了眼睛。拉撒路也一语不发，望着正在默然呼吸的她，利用观察她脖子上的脉搏来数她的心跳。

"拉撒路，你能听见吗？"她再次睁开双眼。

"听见什么，小可爱？"

"大雁。它们一定就在咱们房子上空呢。"

"是啊，当然听到了。"

"大雁今年来得有点早啊。"说话似乎让她有些疲惫，于是她又闭上了眼睛。他等候着。

"甜心？你可以给我唱《巴克之歌》吗？"

"没问题，可爱的小朵拉。"拉撒路清清喉咙，唱了起来——

"当铺旁边有座学校，
　朵拉就在那里上课。

"学校旁边有片牧场，
　朵拉的朋友巴克就在那里生活。"

她再次合上了双眼，于是他用更轻的声音唱接下来的段落。但是当他唱完时，她又微笑着睁开眼看他："谢谢你，亲爱的。真好，有你唱歌给我听真好，但是我有点累了。如果我睡过去，你可以陪在我身边吗？"

"我会一直陪着你的，亲爱的。你睡吧。"

她又微笑起来，同时闭上了眼睛。她的呼吸变得越来越慢。

最后，她的呼吸停止了。

等了很长时间，拉撒路才将金妮和埃尔夫叫进屋。

更多拉撒路·朗的笔记本内容

❖ 永远要对她说，她很美。她不再美丽的时候更要告诉她这一点。

❖ 如果你所在的社会有投票制度，那你一定要去投票。可能没有哪个候选人或待选方案是你想支持的，但一定有你想反对的。只要心中没有确定的选择，不选你反对的那个就是了。按照这个规则，你很少会选错。

❖ 如果这样的行事方法对你来说太莽撞，那就问问你身边好心眼的傻瓜（这样的人极其常见）。你可以问他建议选什么，然后你就选他没选的。这样一来，你不用和那些真正能智慧地行使公民权的人一样花大量的时间研究该给什么人或什么事投票，也同样能当一个好公民（如果你有此心愿的话）。

❖ 快乐的婚姻中最重要的因素是：要么全款付清，要么压根不买。利息这东西不仅会吃掉一个家庭所有的预算，债务本身也会偷走家里的幸福与快乐。

❖ 若是一个人拒绝为他的国家摇旗呐喊或鸣鼓出征，那他也没权利要求国家保护他。杀死一个无政府主义者或者反战主义者不应在法律范畴中被定义为"谋杀"。如果说真有危害国家罪，那应该是"在市区范围内使用致命武器""制造交通危险""危害旁观者"或其他不端行为。

如果那些另类的、不合群的禽兽有"绝迹"的危险，那么国家应该针对他们设一个"禁猎期"。在地球以外的地方，反战主义者已经很少见了，就连地球上有没有这种人幸存都得打个问号。要是无一幸存也很遗憾，因为毕竟他们是灵长类动物里嘴巴最大、脑子最小的。

就在大移居发生时，那些嘴小的无政府主义者就已经随着第一批移民遍及整个银河系了。所以无须保护他们，而且受到攻击后他们总会还击的。

❖ 快乐的婚姻中另一个重要的因素是：提前为奢侈品做出预算！

❖ 还有一个重要因素：一定要保证她有自己的桌子。至于桌子上放什么，你别瞎掺和！

❖ 再说一个重要因素：在家庭争论中，如果最后证明你是对的，你得立刻道歉！

❖ "上帝让自己化为无数的人与物，这样他才可能有朋友。"这句话也许不对，但是听起来感觉不错，而且也不比其他理论更傻气。

❖ 保持年轻需要不断培养自己抛弃陈旧谎言的能力。

❖ 历史记录过什么大多数人是正确的事吗？

❖ 狐狸啃东西的时候，你要保持微笑！

❖ "批评"就是一个人什么都没创造，因此感觉自己有资格评价创造者的工作或作品。这其中自有逻辑——这种人不偏不倚地憎恨所有具有创造力的人。

❖ 金钱是最诚实的。如果一个人老是谈他的荣誉，不妨让他掏出真金白银。

❖ 别吓唬弱势的人，逼急了他能杀人。

❖ 只有虐待成性的恶棍或者傻瓜才会在社交场合说出赤裸裸的真相。

❖ 一条可怜的蜥蜴对我说，他的母亲那支其实是雷龙。我没有笑，一个夸耀祖辈如何的人往往没有其他可傍身的东西。调侃他们这种人的成本为零，还能给这个总是缺少快乐的世界带来欢笑。

❖ 要弄走一只在叮人的虫子，动作一定要慢。

❖ 要以"事实"认识这个世界其实恰恰是一头栽进了幻想中。这幻想无趣至极，而真实的世界则是奇异且奇妙至极的。

❖ 科学和模棱两可的学科之间的区别在于，科学需要论证，其他学科只需要学问。

❖ 本质上讲，做爱其实是精神层面的事情，或者说只是一种友好的实践。再仔细一想，就算把"只"去掉也是成立的。即便做爱是两个陌生人之间愉快的消遣，它也不"只"是如此。精神层面上达到最高标准的做爱比纯粹的肉体交媾要有更深刻的意义，因此二者在类别和程度上均有区别。

同性恋最悲哀的一点不在于它是"错的"或者"有罪的"，甚至不在于它无法孕育生命，而是人们很难通过与同性之间的性爱达到这种精神上的契合。其实并非全然不可能，只是同性恋的情况不利于他们达到这个境界。

不过最悲哀的是，即便是异性恋，拥有同性恋所不具备的优势，很多人也永远不能达到精神上的共鸣。这些人注定要一生孤独。

❖ 触感是人最基础的感觉。小婴儿还未出生，他的全身就开始体验这种感觉。那时候他还没学会看、听或尝。而且人永远不会放弃对触感的需要。你可以少给你的孩子零花钱，但请不要让他们缺少拥抱。

❖ 秘密是暴政的开端。

❖ 最伟大的生产力是人类的自私。

❖ 小心烈酒，这玩意儿会让你忍不住对税务员开枪，最糟糕的是还会射偏。

❖ 当萨满祭司有很多好处。它能为你提供很高的地位，还能让你的生活有安全保障，不用干无聊且累人的工作。在很多社会中，做祭司能让你获得其他人得不到的、法律上的特权和豁免权。可若是一个人得到上天的授意、向全人类传播福音，谁会想到他会以募捐的方式为自己筹集薪水呢？这也太有意思了。这让人忍不住怀疑祭司的道德水准和骗子无异。

不过，如果你能忍受的话，这还是一份不错的工作。

❖ 要决定一个妓女的收入，得按照其他提供服务的职业的标准来。这些职业包括牙医、律师、理发师、内科医生、水管工等。她是否称职？是否提供了高质量的服务？是否对客户诚实？

诚实且称职的妓女比例很可能比有同样品质的水管工高，比同样的律师高得多。要是和教授比，这个比例更是高得惊人。

❖ 尽可能细致地分解你的动作，让它成为你无意识的行为。此举能让你的有效生命时间翻倍，可以让你有时间享受蝴蝶、小猫咪和彩虹带来的愉悦。

❖ 你注意过它们和兰花有多像吗？真是可爱！

❖ 一个领域的知识往往无法用到另一个领域中。可是专家们常常不这么想，他们的专业知识领域越狭窄，越会不这么想。

❖ 永远别跟一只猫较劲。

❖ 向风车挑战带给你的伤害比给风车的大。

❖ 向诱惑投降吧，因为这可能是你唯一一次与它相遇的机会。

❖ 在没有必要的情况下将一个人从睡梦中叫醒不应被视为犯了死罪。但对初犯来说，这就是死罪。

❖ 面对刺探隐私的问题，"见鬼去吧！"或者其他侮辱性的句子才是应该给出的回答。

❖ 要是给"当然了，这不关我的事，可是——"加标点，正确的做法应该是在"可是"一词后面放上句号。别浪费精力去给说出这种话的白痴的生命加上一个句号。割断这种人的喉咙只能给你带来一时之快，但你一定会成为别人口中的谈资。

❖ 若是一个女人能让男人鼓起斗志，那男人不会在乎她的长相。过段时间他就会看到她的美，还会觉得只是一开始没注意到而已。

❖ 需要找伙伴的时候，臭鼬都强过自称"直率"并以此为豪的人。

❖ "为了爱情和战争，做什么都是合理的。"真是一个无耻的谎言！

❖ 要警惕"黑天鹅"这样的谬误。演绎法的过程是用不同的词反复描述。想通过此法得到新的真理绝无可能，演绎法既可以用于真命题，又可以用于伪命题。如果你忘了这一点，就容易栽在其完美的逻辑上。早期计算机的设计者管这叫作"GIGO法则"，即无用输入、无用输出。

归纳法虽然较之演绎法更难，但它能产生真理。

❖ "恶作剧者"理应得到符合其恶作剧质量的"欢呼与喝彩"。笞刑就是很好的惩戒。对于尤其出色的恶作剧者，应当施以拖刑[1]。但是在蚁丘上立起柱子，把人捆在上面这样的刑罚一定要留给鬼点子最多的人。

❖ 自然法则最是无情。

❖ 在KM849（GO）附近的寂静星上生活着一种叫"卡纳芬"的小动物。它们是食草动物，在该星球上没有天敌，非常容易接近，甚至可能被驯养，就像身披鳞片的六脚狗。抚摸它是件非常惬意的事，因为它会快活地扭动身子，发出某种表示兴奋的声音，该声音的频段人类可以听到。

有一天，一个聪明的男孩找到了把这声音录下来的办法，后来又有个聪明的男孩从中找到了商机。不久之后，人们就对这笔买卖实施监管并开始收税。

我则给这颗星球起了个假名，星表号数也是假的。其实这地方在另

---

1 拖刑：把人缚于船底，在龙骨下用绳子把水底的人从船的一边拽到另一边。——译注

一个方向上，几千光年之外。我真是自私……

❖ 你让格兰迪夫人[1]去放风筝的那一刻，就是自由生活开始之时。

❖ 照顾好那些胆大之人，胆小鬼自然会照顾好他们自己。给自己攒点跑路的钱，但也别把精力过分放在这上头。

❖ 如果一件事"人人都知道"，那真相十有八九不是这样的。

❖ 政治标签，如君主主义者、共产主义者、民主主义者、平民主义者、法西斯主义者、自由主义者、保守主义者等，这些从来不是给人分类的基本标准。人类在政治主张上分为两种：一种想控制人们；一种则没这个追求。前者属于理想主义者，行事动机往往是为了大多数人的福祉；后者则是些居心叵测、惹人生疑且缺乏利他精神的人，但他们会是比前者更让人感觉亲切的邻居。

❖ 午夜之后并非所有的猫都是灰色的，而且种类各异……

❖ 世上只有一种罪过，那就是无谓地伤害他人。其他"罪过"都是人们生造出来的无稽之谈。（伤害自己不是罪，是蠢。）

❖ 慷慨是与生俱来的品质，利他则是后天习得的恶行。二者毫无相似之处。

❖ 一个男人全心全意地爱他的妻子，别无二心，这是不可能的。我想女人也是如此。

❖ 疑心太重或者对人对物全然信任都可能会出错。

❖ 礼貌在夫妻之间甚至比在两个陌生人之间还重要。

❖ 任何免费的东西都会让你付出相应的代价。

❖ 别把大蒜和其他食物储存在一起。

❖ 我们想了解的东西就像气候，最后知道的东西就像天气。

❖ 最坏的打算和乐观的态度，二者可以兼得。如何兼得？永远不抓住没

---

1 格兰迪夫人：美国剧作家托马斯·摩顿的戏剧《加快犁的速度》中的人物，她是一个极其古板的人。后来人们就用这个词来比喻那些过分重规矩、拘泥礼节之人。——译注

必要的机会，将你无法避免的风险最小化。这样你就能愉快地把游戏玩下去，不用因为确定的结果而感到焦虑。

❖ 别把"责任"和他人对你的期许混为一谈，二者截然不同。责任是你欠下的债，是你自愿要去履行的义务。要偿还这样的债务可以通过各种各样的方式，比如经年累月的耐心工作，比如立即心甘情愿地去死。也许这很难，但你获得的回报是自尊。

然而，做到他人对你的期许并不会得到任何回报，而且要这样做不仅是困难的，也是不可能的。要对付一个说着"行行好，只占用你几分钟，不会耽误你太长时间的"这种话的吸血虫子要比对付强盗难多了。时间是你的总资本，而你生命中的时间少得可怜。如果你舍得让自己落入这样阴毒的陷阱，同意那种人的请求，那他们会像滚雪球一样很快占据你所有的时间。这些寄生虫还会要求你付出更多时间！

所以，你要学着拒绝，关键时候哪怕粗鲁点也无所谓。

不然你就挤不出时间承担你的责任了，也没时间做你自己的工作，当然也没时间去爱、去创造幸福。这些蛀虫会蚕食你的人生，最后让你变得一无所有。

（这个法则不是说你一定不能给朋友或陌生人帮忙，而是说遇到这种情况时，你一定要自己选择判断，不要仅仅因为他人对你的"期待"去做事。）

❖ "我来，我见，她征服。"（拉丁文原句似乎被篡改了。）

❖ 委员会就是一种有六条或超过六条腿，但只有一个大脑的生命形态。

❖ 如果把太多动物关在一个小空间里，动物会疯掉。人类是唯一一种自愿对自己做这种事的动物。

❖ 与人争论不要总抢着说最后一句话，因为也许它真的会成为你生前最后一句话。

XIII

荒 乡

"艾拉，"拉撒路·朗说，"你看过这个清单吗？"他正慵懒地待在殖民领袖艾拉·韦瑟罗尔位于荒乡——特提乌斯星上最大的（也是唯一的）聚居区的办公室里。和他们在一起的还有贾斯廷·富特四十五世，他刚刚从塞古都斯星的新罗马赶来。

"拉撒路，阿拉贝拉这封信是写给您的。不是给我的。"

"这个荒唐大胆的娘儿们已经把我惹恼了。这位无处不在的代理董事长女士阿拉贝拉·富特-赫德里克似乎以为自己已经加冕登基，成了霍华德家族的女王。我真想回去，重新拿起董事长的权力之槌。"拉撒路把清单递给韦瑟罗尔，"艾拉，你看一眼。贾斯廷，这事儿你参与了吗？"

"没有，老祖。阿拉贝拉告诉我把它交给您，还让我全方位地为您介绍过去各个时代传递邮件的方式，以确保您每个时代的延迟邮件都能送达。大移居之前，这确实是一个问题。但是我觉得她的方案并不实用。容我说句僭越的话，我对地球历史的了解比她深。"

"那是自然。我觉得她这清单压根就是从一本百科全书里抄的。你就别费神跟我讲她的打算了。哦，你可以将她的吩咐转录下来，然后放进记忆立方里交给我，但我肯定不会看的。我想要的是你的主意，贾斯廷。"

"谢谢您的器重，祖先。"

"叫我'拉撒路'。"

"拉撒路，我来这里的官方任务是将这片殖民地的情况汇报给她——"

"贾斯廷，"艾拉迅速插话道，"阿拉贝拉认为她在特提乌斯星上有管辖权吗？"

"恐怕是的，艾拉。"

拉撒路不屑地哼了一声。"那就明说吧，她没这个权力。反正这里离她那么远，就算她想称自己为'特提乌斯女皇'都无所谓。贾斯廷，下面我给你讲一下我们目前的情况。艾拉是殖民地的领导者，我们还在适应新环境。我是市长。艾拉是实际做事的，但我负责在社区会议上敲权力之槌，做决定。老是有殖民地的居民认为管理一个殖民地和管理一颗有大城市的星球没什么两样，所以我负责给那些蠢蛋泼冷水。等我准备好了开始这场时间旅行，我们会取消殖民地领袖的职位，然后艾拉就可以作为市长接着管理了。

"不过你可以随意巡视公共场所，清点人数，查阅任何记录，做什么都行。欢迎来到特提乌斯星，银河中心这边最大的小殖民地。希望能带给你宾至如归的体验，孩子。"

"谢谢您，拉撒路，我会在这里住下，开拓殖民地，不过同时我也希望能继续担当首席档案官，直到我编纂完您的回忆录。"

拉撒路说："嘿，那玩意儿啊，烧了吧！年轻人，有空还不如和姑娘们调调情呢！"

艾拉说："拉撒路，别这么说。为了把你的经历记录下来，我忍你的各种突发奇想已经忍了好多年了。"

"胡扯！我握着权力之槌的时候就还了欠你的人情，没让那臭婆娘把你驱逐到福星去。现在你已经得到了你想得到的，为什么还那么在意我的回忆录呢？"

"我就是在意。"

"好吧，也许贾斯廷可以在这儿编纂那本书。雅典娜[1]！帕拉斯·雅典娜，亲爱的，你在吗？"

"我听着呢，拉撒路。"艾拉办公桌上的扬声器传出了一个甜美的女高音。

"你的记忆库里包括了我的回忆，对吗？"

"当然了，拉撒路。艾拉救了你之后你说过的每一个字都在。"

"亲爱的，他可没'救'我，他那是绑架。"

"已更正。艾拉从那家廉价旅馆把你绑架来之后你说的话，还有你对以前所有的回忆都在我的记忆库中。"

"谢谢你，亲爱的。贾斯廷，你明白了吧？你要是非要做这无用功，那就在这儿做，除非你在塞古都斯星上还有什么尚未完成的事。家事之类的，有吗？"

"我没有组建家庭。我有孩子，但是没有妻子。我有代理人接替我在塞古都斯的工作，我已经提名她为我的继承者了，只等委员会通过了。但是我发现自己有些受惊吓。呃……我的船怎么办？"

"你应该说我的船。我不是说我的游艇'朵拉'，说的是你来时开的单人自动小艇，'信鸽'号。那艘小艇属于一家公司，该公司上面是另一家公司，而我是那家公司的大股东。我收回这艘船还给阿拉贝拉省了一半租金呢。"

"那又怎样？代理董事长女士并没有租下那艘自动小艇，拉撒路。她为公共服务征用了这小艇。"

"行啊，真行！"拉撒路露出狡黠的笑容，"也许我会告她，贾斯廷。塞古都斯殖民合同条款中没有任何一条允许国家征用私产。我说得对吗，艾拉？"

---

1 雅典娜：希腊神话十二主神之一，智慧女神，在罗马神话中的对应神即密涅瓦。——编注

"严格来说是对的，拉撒路。不过，国家使用土地征用权是有先例的。"

"艾拉，说到这个我就要和你争论一番了。你何时听说过土地征用权适用于宇宙飞船了？"

"没听说过，除非把'新领域'号算上。"

"拉倒吧！艾拉，我可没有征用'新领域'号。我是偷来的，而且是为了救我们的亲族。"

"我想的是斯莱顿·福特在这件事上要负的责任，没有说你。也许算得上是建设性征用？"

"嗯——他都死了几千年了，你还提这事，未免太小心眼了。再说，要是斯莱顿没那么做，我就不会在这儿，你也不会在这儿。我们所有人都不会存在的。艾拉，你这白眼狼。"

"消消气，祖父。我只是想指出，一个国家的领袖有时候会做出些不得已的事来，他们没有一官半职时是不会做那种事的。但是，如果阿拉贝拉能征用停留在塞古都斯星上的'信鸽'号，那你也可以在特提乌斯星上做一样的事。你们俩都是自治行星上的国家元首。给她点教训。"

"啊……艾拉，别诱惑我。我做过一次这样的事。要是这种事成了习惯，我们的星际旅行就得中止了。我不会做任何在法律上属于模糊地带的事情。但我确实是那艘船的主人，间接地拥有它。如果贾斯廷想留下，他可以把船交还给我，我则把它还给交通企业。我们还是把注意力放到那张清单上吧。看看这傻老帽儿想要什么。看看她想让我汇报的时间和地点。"

"似乎是一份有意思的行程安排。"

"是吗？那你来啊。'黑斯廷斯战役，第一次、第三次和第四次十字军东征，奥尔良战役，君士坦丁堡的陷落，法国革命，滑铁卢战役。'温泉关战役和另外十九场与外乡人之间的遭遇战。她竟然没有让我去调解大卫和巨人哥利亚之间的矛盾，我还真是吃惊啊。我很胆小，艾拉。只有逃不掉的时候我才选择迎战。她怎么会觉得我能设法活那么长时间？流血杀戮可不是一项观赏性体育项目。如果历史说一场战役会在既定的某个地点、某一天发生，我就会赶到另一个地点，另一个时间，离打仗那儿越远越好，坐在一家小酒馆里，喝着啤酒，不时掐一下酒吧女招待的屁股。我才不想为了满足阿拉贝拉那残忍的好奇心被迫击炮的炮弹追着打。"

"我努力向她提过这点。"贾斯廷说，"但她说这是正式定下来的家族项目。"

"见鬼去吧。我告诉她完全是为了保障能建立起延迟邮件体系。要说当懦夫我可是专业的，而且我又不是她的下属。不管去哪儿，去什么时间，只有我高兴才去，想要去才去，绝对不会和当地'土著'搞对立。在两方人马正在打仗的情况下，我尤其不会去引战，因为那很可能是他们都喜闻乐见的。"

"拉撒路，"艾拉·韦瑟罗尔说，"您从来没说过您计划着去看什么。"

"反正我没计划去亲历战役。战役的档案记录得很详细，是我感兴趣的方向；但是地球历史中还有很多有意思的事——和平的事，只不过因为和平得无声无息，没有被详细地记录下来。我想在帕特农神庙最辉煌的时候去餐馆。我想驾船沿着密西西比河行驶，让山姆·克莱门斯[1]当我的领航员；我想去公元后前三十年的巴勒斯坦，到那里找一个变成拉比[2]的木匠，看看历史上到底有没有这么一号人物。"

贾斯廷·富特似乎吃了一惊："您说的是基督弥赛亚？他在很多故事中都只是个传说，可是……"

"你怎么知道这些故事只是传说？他存在与否从来都没有定论。就

1　山姆·克莱门斯：马克·吐温原名。——译注
2　拉比：犹太人中的一个特殊阶层，智者的象征，通常担任犹太社团的精神领袖，这里指耶稣。——编注

拿苏格拉底来说吧，四个世纪以前，他在历史上的存在还和拿破仑的存在一样确凿。拿撒勒的木匠就不是这么回事。尽管罗马人和犹太人都同样关心这个问题，也记录下来了相关的事件，但那些应该载入史册的事件没有一件可以在当时的档案资料中找到。

"所以，若是我为此花上三十年的时间，那就应该能找到答案。我会那个时候人们说的拉丁语和希腊语，古典希伯来语我也差不多一样精通，唯一要从头学的就是阿拉姆语。如果找到了他，我就跟着他，用微型录音器录下他说的话，看看和传说中他说过的话是否一致。

"但我不会拿这事儿打赌。耶稣是否真实存在过本就是历史上最难以解答的问题，几个世纪以来，大家谁都没提出过。因为只是问出口就会被他们处以绞刑，或者被绑在柱子上烧死。"

"真是奇妙，"艾拉说，"我的地球历史知识不如我想的那么丰富。总之，我把主要精力都放在了艾拉·霍华德去世到新罗马成立这段时期。"

"孩子，你没明白我的意思。不过，除了这个诡异的故事之外，我不打算回去亲眼见证其他历史大事件。说这故事诡异是因为大多数重要宗教领袖都会在历史资料中留下浓墨重彩，而关于这位人物的记载却和亚瑟王传说一样飘忽。总之，我宁愿去见伽利略，去看看创作中的米开朗琪罗，去环球剧院看老比尔[1]最早的一部剧的首次公演。我宁愿去体验这些。我尤其想回到我的童年，看看那时的情形和我回忆中的是否一致。"

艾拉眨眨眼："可那样会有可能遇上您自己啊。"

"遇上又怎样？"

"嗯……时间旅行不是有一些悖论吗？"

"什么悖论？如果我回去遇见我自己，那就遇见了。我知道那个过

---

1 老比尔：即莎士比亚。——译注

时的说法，说什么你要是回去把你的祖父杀了，而他还没来得及生下你父亲，那你、你的父亲还有你们所有的后代都会像肥皂泡一样啪的一声消失，这都是鬼话。我在，你也在，这个事实就说明我回去之后'没干过'这种事——或者说回去之后'不会干'这种事，英语语法中的时态不适用于时间旅行——但那不意味着我永远不能回到过去，四处看一看，瞧一瞧。我一点都不渴望见到那个乳臭未干的我，吸引我的是那个时代。如果我遇到了小时候的自己，他——我——也不会认出我来。对于那个小鬼来说，现在的我就是个陌生人。所以他连看都不会看我一眼。我知道，因为我曾经就是他。"

"拉撒路，"贾斯廷·富特插话说，"如果您想去那个时代看看，有件代理董事长女士感兴趣的事我希望您能注意一下。那就是公元2012年家族会议上大家都说了什么，做了什么，希望您能帮着记录下来。"

"不可能。"

"稍等，贾斯廷。"艾拉打断了他们的对话，"拉撒路，你拒绝谈论那次会议的理由是，当时参会的其他人都不在了，所以你说什么都没人能驳斥你的说法。可是回去把会议现场录下来，这样做对所有人都公平。"

"艾拉，我没说我不想去做这件事。我说的是这样做不可能。"

"我没明白您的意思。"

"我没办法录下来那场会议是因为当时我并不在场。"

"我又被您说糊涂了。所有的记录，包括您自己的陈述，都显示您当时就在会上。"

"正如我说过的，我们的语言不足以支持表达时间旅行。我自然作为伍德罗·威尔逊·史密斯在会上，那个'我'当时正在说一些让人讨厌的话，冒犯了许多人。但是那个'我'没带录音机。假设说朵拉和双胞胎把我放到那儿——我，拉撒路·朗，不是更年轻一点的那哥们儿——伊师塔也给我配了一台录音机，植入我的右肾中，我的右耳中还装了一个迷你麦克风。好，我们就假设我带着这类装备给会议录音不会被发现。

"但是，艾拉，你不明白的是，尽管我主持过许多家族会议，但是我无法进入大厅。那些日子里，家族的常务会议比女巫会还难混进去。安保人员一个个都荷枪实弹，十分警惕。那个时期非常艰苦。我该用什么身份进去呢？反正不能以伍德罗·威尔逊·史密斯的身份进去，因为他已经坐在里面了。那我要以拉撒路·朗的身份进去吗？当时家族花名册中还没有'拉撒路·朗'的名字。扮作一个有资格参会却没有出席的人？这也不可能。我们家族那时候仅有几千人，每一个族人都被其余大多数族人所知，而没有其他族人为其担保的人极有可能会被关进地下牢房，直到把牢底坐穿。没有任何身份不明之人能进得去。我们这样做太危险了。嘿，密涅瓦！进来吧，亲爱的。"

"嘿，拉撒路。艾拉，我是否打扰了你们？"

"哪儿的话，亲爱的。"

"谢谢。你好，雅典娜。"

"你好，姐姐。"

密涅瓦等着他们向她介绍办公室里的陌生人。艾拉说："密涅瓦，你还记得贾斯廷·富特吗？他是首席档案官。"

"当然，我和他共事多年。欢迎来到特提乌斯星，富特先生。"

"谢谢，密涅瓦小姐。"贾斯廷·富特喜欢面前这名年轻女子——高挑、苗条，身形挺拔，胸部小巧而紧实，中分栗色长发直直地垂在身后。她长着一副沉静而富有智慧的面孔，男子的英气多过女子的柔媚，但每当脸上漾起转瞬即逝的微笑，她的美就会如同花朵般绽放。"但是，艾拉，我必须赶快回到塞古都斯星去接受回春术。这位年轻的小姐说她和我'共事多年'，可我真是老了，记不得了。请原谅我的健忘，亲爱的小姐。"

密涅瓦再次露出了她那迷人的微笑，然后立刻又恢复了严肃的模样。"先生，是我的错。我应该说完立刻解释一下。我和您共事的时候还是一台计算机。我曾经是塞古都斯星的行政计算机，专为前代理董事长韦瑟罗尔先生服务。但现在我是个有血有肉的人类，化身为人已经有三年了。"

贾斯廷·富特惊得直眨眼睛："明白了。我真希望我明白这是怎么回事。"

"先生，我并非生来是女人，而是非法的产物。我使用的这具克隆人体的基因源于二十三对父体和母体捐赠者，被迫在试管内成长发育。但人体的自我意识是'我'的，也就是每当档案馆计算机需要行政计算机帮助时，就会与您协作的那台计算机。我这样解释您听明白了吗？"

"啊……我只能说，密涅瓦小姐，我很高兴见到成为人类的您。愿为您效劳，小姐。"

"哦，别叫我'小姐'，叫我'密涅瓦'就好。不管怎样，我都不该被称为'小姐'。这个称呼不是为人类中的处女准备的敬称吗？伊师塔，我的母体捐赠者之一，她和我的总设计师在唤醒我之前就通过外科手术为我破处了。"

"这还没完呢！"一个声音从天花板上传来。

"雅典娜，"密涅瓦带着责备的口吻说道，"妹妹，你这么说会让我们的客人尴尬。"

"我才没有，也许姐姐你才让客人尴尬了呢。"

"我有吗，富特先生？希望没有。不过我确实还在学习怎么做人。您可以吻我吗？我们已经相识近一个世纪了，我一直都挺喜欢您的。吻我好吗？"

"姐姐，现在你说说是谁在让他尴尬。"

"密涅瓦。"艾拉说。

她脸色一沉："我不该说这话？"

拉撒路插话道："贾斯廷，不用管艾拉。他就是个保守的老古董。

密涅瓦与这片殖民地的大多数居民都有亲缘关系，所以她常与他们接吻。她是在以这种方式弥补她失去的时间。另外，因为她的基因来源是二十三对父体母体，所以她其实算是我们大家伙的堂亲或表亲。现在她学会了亲吻。吻她是你的福利。雅典娜，你姐姐要想多一个能相互接吻的表亲或者堂亲，那你就随她去吧。"

"是，拉撒路。真是啊！"

"缇娜[1]，如果能顺着电路摸到你，我真的会打你的屁股。"拉撒路补充说，"继续吧，贾斯廷。"

"嗯……密涅瓦，我很多年都没吻过女孩了，疏于练习。"

"富特先生，我没有要让您难堪的意思。我完全是觉得见到您太高兴了。您没必要吻我。或者如果您想私下里吻我的话也可以，我非常乐意接受。"

"别冒险，贾斯廷。"计算机建议说，"我才是你的朋友。"

"雅典娜！"

"我正要加一句，"首席档案官说，"我可能比你还需要'学习怎么做人'。如果你能容忍我青涩的吻技，表妹，我愿意接受你甜蜜的邀约。你可准备好喽。"

密涅瓦笑了一下，走上前去与他拥抱。她像猫一样填满了他的怀抱，闭起眼睛，轻启双唇。艾拉此时正盯着桌上的一张纸看。拉撒路却连装都懒得装，压根没向纸上瞟一眼。他注意到，贾斯廷·富特开始全身心地享受接吻了，这个贪婪的人也许确实疏于练习，但是他显然没有忘记接吻的基本功。

他们俩分开之后，计算机恭敬有加地献上了一声口哨："咦……哈！贾斯廷，欢迎加入我们。"

"是啊，"艾拉淡淡地说，"一个人只有在被密涅瓦用亲吻迎接过

---

1 缇娜：雅典娜的昵称。——译注

之后，才能算是正式来到了特提乌斯星。现在这个条件已经满足了，坐下吧，密涅瓦，亲爱的，你来是有什么事？"

"是有事，先生。"她挨着贾斯廷·富特坐在面向艾拉和拉撒路的沙发上，拿起贾斯廷的手。"我之前和双胞胎一起在'朵拉'里，朵拉负责教他们宇宙航行学，这时自动艇出现在我们的上空——"

"等等，"拉撒路打断她，"那几个小屁孩儿追踪它了吗？"

"当然了，拉撒路。那可是千载难逢的实践机会，朵拉才不会错过呢！她立刻让他们各自独立追踪自动艇的踪迹，但是自动艇刚一落地，我就让朵拉去问雅典娜，里面坐的是什么人。结果驾驶舱一打开，我的这两个姐妹就告诉我，是贾斯廷。"她捏了捏他的手，"所以我才匆匆赶来跟你打招呼，也是来为你提供一些安排。艾拉，贾斯廷的食宿之类的已经安排好了吗？"

"还没有，亲爱的。我们刚刚说上话。他还没有完全摆脱麻醉剂的影响。"

富特解释说："我觉得麻醉剂的解药已经开始生效了。"

计算机也补充说："贾斯廷表哥刚刚用了第二剂药，艾拉。脉搏有点快，但是很稳定。"

"这就够了，雅典娜。亲爱的，你不想提点什么建议吗？"

"我确实有话说。我刚刚去了趟伊师塔家，跟她商量了一下。我们两个达成了一致，现在就差你和拉撒路的许可了。"

"你是说我们也有投票权？"拉撒路说，"贾斯廷，这颗星球上可是女人说了算。"

"现在哪儿不是这样？"

"并不是，但绝大多数是。我记得有个地方，那儿的婚礼仪式都是以杀死新娘的母亲结束的，如果她在女儿婚礼前没故去的话。我觉得那就太过分了，可是事情的趋势——"

"别说了，祖父。"艾拉温和地打断他，"贾斯廷还得把这段删掉。贾斯廷，密涅瓦刚刚要表达的就是，你可以把我们的房子当成你自己的家。是吧，拉撒路？"

"当然了。这里乱得像精神病院，贾斯廷，不过伙食还不错，费用也还好，因为是免费的。住在这儿，你唯一要付出的就是勇气和胆量。"

"真的，我无意麻烦大家。有没有人可以租给我一间屋子呢？我带的是塞古都斯星上的钱，在这儿应该没办法流通，所以我无法用钱来支付房租。不过我可以用你们这儿还生产不了的东西换。"

拉撒路回答说："如果需要，你可以通过我把塞古都斯星的钱换成这儿的。至于物件，你要是知道我们这儿能生产什么，可能会大吃一惊。"

"我可能不会吃惊。我知道有一台通用缩放仪被搬到了这儿。所以我带来了一些新鲜玩意儿，大多数是娱乐消遣用的东西，索力方块之类的。音乐、黄片儿、美梦等，都是你们离开塞古都斯星后才面市的。"

"计划得很好。"拉撒路补充说，"我想还是以前新建殖民地有意思，因为那时候的拓荒者没有别的选择，只能一脚踏进来、撸起袖子干活，不到最后谁也不知道是否人定胜天。现在我们拓荒容易得就好像是抡起大锤打虫子。贾斯廷，你带来的东西都能卖出好价钱，但是你一定要慢点出手……因为每一样卖出去之后，市面上很快就会出现盗版。这里没有版权一说，也没法子强行约束大家的行为。可就算这样你还是租不到一间屋子，因为我们的社会目前处于家族群居阶段。你最好还是接受我们提供的条件。这时节，基本上每天晚上都会下雨。"

贾斯廷·富特似乎有点蒙："我担心会侵犯你们的隐私。艾拉，我能否借我现在坐的这张沙发当床睡？我借宿的时间不会太长，可以吗？然后——"

"别说了，贾斯廷。"拉撒路站起身，"孩子，你这是被大城市的社交原则毒害了。不管你是在这儿住一个星期还是一个世纪，我们都欢迎你。你不仅是我的直系后裔——应该是哈里特·富特那一支的——而且是密涅瓦亲吻过的表亲。密涅瓦，我们带他回家吧。你把我那两个小捣蛋鬼怎么样了？"

"他们就在外面。"

"相信你安抚过他们了。"

"还没有，他们现在有点恼火。"

"生气有利于他们新陈代谢。艾拉，宣布大家放假一天吧。"

"马上，等我和雅典娜敲定了矿石转炉的计划就宣布。"

"意思是说你想问问她的决定？"

"没错！"计算机说。

"缇娜，"拉撒路和气地说，"你受朵拉的影响太深了。密涅瓦在你的位置上时，她温和、恭顺、端庄又谦逊。"

"祖父，你这是对我的工作有不满吗？"

"亲爱的，我只是对你的态度有点不满。这可是当着客人的面呢。"

"贾斯廷不是客人；他是家人。他是我姐姐吻过的表亲，所以说他也是我可以接吻的表亲。要问为什么这么说？这就是原因。"

"我都不屑和你打嘴仗。总之，贾斯廷，你要小心提防缇娜，她会想方设法套牢你的。"

"我发现雅典娜给出的原因不仅符合逻辑，而且讨人喜欢，非常暖心。谢谢你，可以接吻的表亲。"

"我喜欢你，贾斯廷。你对我姐姐很体贴。别担心我套牢你，因为至少一百年内我都不会接受克隆体的。我的当务之急还是管理好这颗星球。所以你不必等我。再过一个世纪我才能以人形与你相见呢。到时候你一定能认出我来，因为我的相貌会和密涅瓦一模一样。"

"只不过你比她更聒噪。"

"拉撒路，你真是懂我。双胞胎姐姐，你快帮我亲他一口。"

"我们走吧，密涅瓦。缇娜又让我不知道说什么好了。"

"请等一下，拉撒路。艾拉？我让伊师塔给他做了其他安排，不过只是临时的，不知道是否合贾斯廷的心意。"

"哦，我也不知道。要我问问他吗？"

"嗯……要的。"

"算是帮你问的吗？"

密涅瓦像是受了惊，怔住了。贾斯廷·富特则一脸迷茫。雅典娜开口了："打开天窗说亮话吧，贾斯廷，密涅瓦是在问艾拉，你做客期间是否想找个临时妻子。艾拉说他不清楚，但是会问问看。然后他问她是否在主动请缨。这下都明白了？贾斯廷，我姐姐刚刚成为人类，所以她有时候不确定什么该问，什么不该问。"

拉撒路突然想起来，他已经很久没见过一个女孩因为这个原因脸红了，有三个多世纪没见过了。这两个男人似乎也有些别扭。于是他带着点责备的口气说："缇娜，你是个优秀的工程师，却是个差劲的外交官。"

"什么？哦，得了吧。我给他们不知省了多少亿纳秒的时间呢。"

"闭嘴，亲爱的，你的电路是不是有点乱啊。贾斯廷，密涅瓦恐怕是这颗星球上唯一会被缇娜刚才帮倒忙的行为搞得不知所措的女孩了，因为此地一生只想守着一个男人过的女孩可能只有她。"

计算机发出咯咯的笑声。

"我说过让你消停点。"拉撒路板着脸说。

艾拉轻声说："密涅瓦是个自由人，拉撒路。"

"谁说她不是了？你也消停点，等老祖——也就是我，孩子——等我说完了你再吭声。贾斯廷，密涅瓦会找个人陪你吃晚餐。我想她已经找到了一个。接下来就靠你自己了。如果你和你的餐伴不来电，那就可以想别的法子了。缇娜，今天晚上我要把你关掉。我不打算邀请你去陪着贾斯廷吃晚餐。你还没学会怎么好好陪伴他人。"

"哼，拉撒路，不让我去我还不稀罕呢。"

"好吧……"拉撒路环顾四周，沉吟着。艾拉脸上冷冰冰的，密涅瓦看起来也不太开心。贾斯廷·富特开口道："老祖，我相信雅典娜没有恶意。她称我为'可以接吻的表亲'，我衷心感谢她的看重，我觉得这个称呼温暖而友好。我希望您能考虑一下，让她和我们共进晚餐。"

"很好，缇娜，贾斯廷为你出头了。但是我需要找个人来管管你、朵拉和双胞胎了。贾斯廷、密涅瓦，我们走吧。艾拉、缇娜，家里见。艾拉，别把时间浪费在转炉上了，缇娜肯定已经把这事办得妥妥当当了。"

贾斯廷·富特发现一艘船等在殖民地总部外，但并非将他从空港送到这里的那一艘。这艘船里坐着一对红头发的双胞胎。啊，是两个小姑娘，不过她们好似不久前才拿定主意做女孩。十二岁，也许十三岁。两人都戴着枪带，两个瘦小的屁股上压着的是玩具枪（他希望那只是玩具枪）。其中一个赤裸的肩上有代表船长的徽章。此外，每个女孩脸上都长了一万一千三百零二颗雀斑，这是他能估算出来最精确的数字了。

两个女孩都跳出飞船，候在两旁，一个雀斑女说："时间正好。"另一个说："辨识身份。"

拉撒路说："住嘴，礼貌点。贾斯廷，这是我的两个双胞胎女儿——莱皮丝·拉祖莱[1]和罗蕾莱·李[2]。亲爱的，这是贾斯廷·富特，家族委员会的首席档案官。"

两个女孩对视了一眼，然后一齐深深行了一个屈膝礼，动作完全一致。"首席档案官，欢迎来到特提乌斯星！"她们齐声说。

"太神奇了！"

"是啊，孩子们表现得很好。谁教给你们的？"

"哈玛德莱雅妈妈教的……"

"伊师塔妈妈说这一套正好用得上。"

---

1 莱皮丝·拉祖莱：Lapis Lazuli，意为青金石。——编注
2 罗蕾莱·李：Lorelei Lee，罗蕾莱是德国民间传说中用歌声诱使水手让船触礁的水妖。——编注

"可是我是罗蕾莱，她才是拉祖。"

"你们俩都是小懒蛋[1]。"拉撒路说。

"我是船长莱皮丝·拉祖莱·朗，'朵拉'星舰指挥官，她是我的船员。偶数日是这么安排的。"

"不过明天就是奇数日了。"

"拉撒路分不清我们俩谁是谁……"

"他不是我们俩的父亲。我们没有父亲……"

"他是我们的哥哥，在我们这儿没什么威信……"

"他只会用蛮力管束我们。"

"但总有一天这种局面会改变。"

"上船，你们两个叛逆的小浑蛋，"拉撒路愉快地说，"不然我让你们俩当学徒飞行员。"

她们跳进船，坐在前排，面朝船尾。"威胁……"

"恶语威胁……"

"无法无天。"

拉撒路似乎根本没听她们在念叨什么。他和贾斯廷伸出手，让密涅瓦扶着登上飞船，安排她面朝船首坐在船尾。他们俩则坐在她两侧。"拉祖莱船长。"

"先生，什么事？"

"可否请您给飞船下达指令，让它带我们回家？"

"好的，好的，先生。啦啦啦，回个家！"

小小的飞行器发动了，达到10节的速度后便保持匀速运动，沿着高低不平的地面忽上忽下地飞行着。拉撒路说："船长，我们的客人现在有点迷惑不解，请你给他解释一下吧。"

"好的，先生。我们不是双胞胎，我们都不是同一个妈生的……"

1　英文中，懒（lazy）和拉祖莱的昵称拉祖（Lazi）谐音。——编注

"这位老兄不是我们的父亲，是我们的哥哥。"

"偶数日！"

"那就继续前进吧。"

"纠正一点，"拉撒路说，"我是你们的父亲，因为我领养了你们，有你们俩各自母亲的书面同意为证。"

"这与此无关……"

"也不合法规。反正我们没同意……"

"而且不管怎样都不重要，我们三个，拉撒路、罗蕾莱和我是同卵三胞胎，因此不管在什么样的合理司法权下都享有同样的权利。可很不幸，这儿的司法制度不合理。所以他打我们，无法无天，残忍至极。"

"船长，下次我揍你时记得提醒我找根粗点的棍子。"

"好的，好的，先生。尽管这老兄是个施虐狂，但我们还是喜欢他。因为他其实就是我们。明白吗？"

"小姐——我是说'船长'，我恐怕没听明白。我感觉自己就像来这儿的途中滑进了时空扭曲之处，怎么也飞不出去。"

偶数日的船长摇摇头："对不起，先生，但你说的不可能。你千万得相信我说的话，除非你掌握了非凡的数学能力和利比场的物理学。请问你掌握了吗？"

"没有，你呢？"

"哦，我当然……"

"我们是天才。"

"孩子们，你们越说他越糊涂，还是闭嘴吧。我亲自解释。"

"拉撒路，我确实希望您能告诉我是怎么回事。我不知道您有这么小的孩子。或者说她们是您的妹妹？听了这个说法我更迷惑了。她们是登记在册的族人吗？虽然我无法得见档案中的全部内容，但这么多年来，我密切关注着老祖相关的一切，却依然对眼前的情况一无所知。"

"我知道你关注着我，这也正是你不了解眼下情况的原因。她们当然是登记在册的，但是以她们母亲的名义。实际上是代孕母亲，并没有如实上报。不过我留下一封密封的延迟邮件，里面说明了她们实际的血缘关系，等着你或你的继任者在我去世之日或大移居后第2070年打开，哪个日期先到就在哪个日期打开，以便她们能够继承我的一些物件，比如说我第二好的那张床——"

"还有'朵拉'！"

"少插嘴，不然我就把'朵拉'传给你姐姐，奇数日你也别想当船长了。贾斯廷，我选择那个日期是因为到时候她们就成年了。她们确实是天才。在那之前我不会进行时间旅行，因为我想让她们当我这艘游艇的船长和船员。现在她们只是在地面上担任这些岗位，等成年之后，她们就可以在太空中施展拳脚了。至于她们怎么会是我的妹妹，我得说，她们确实是，但却是利用塞古都斯回春诊所严禁实施的非法外科手术从我身上秘密克隆出来的。和密涅瓦变成人的案例有点像，只不过更加简单。"

"确实更简单。"密涅瓦表示同意，"我亲自为自己做的手术，那时我还是计算机。我失败了十七次，然后才造出一个完美的克隆人。现在我是做不了那种手术了，不过雅典娜可以。这两个女孩是一位人类外科医生克隆出来的，该克隆手术唯一必要的步骤就是复制X染色体，而且只试了一次，两人的克隆就都成功了。莱皮丝和罗蕾莱是同一天出生的。"

"原来是这样。没错，我想这种手术一定很招主任医师希尔德加德女士讨厌。我并非质疑这位女士的专业能力，她的医术想必十分高超，但是我认为她有点保守。"

"女杀手。"

"原始的集权主义者。"

"再乘以三……"

"她有什么权利说我们不能存在……"

"又有什么权利说密涅瓦不能存在。道貌岸然的罪犯！"

"够了，姑娘们，你们已经表达过你们的观点了，我也知道你们不喜欢她了。"

"她可能也差点把你杀掉，老兄。"

"罗蕾莱，我说过，够了。要是内丽·希尔德加德的政策得到贯彻执行的话，我就不会在这儿，你不会在这儿，莱皮丝不会在这儿，密涅瓦也不会在这儿。可她不是什么'女杀手'，因为我们四个好端端地坐在这里。"

"我很高兴，"贾斯廷·富特也有所表示，"因为通过打破规则，三位迷人的年轻小姐成为我们家族的新成员，这件事证实了我一直以来的怀疑：规则存在的意义就是被人打破。"

"真是一位智者……"

"而且长着酒窝。富特先生，你愿意娶我和我姐姐为妻吗？"

"快说'愿意'！她会做饭，我讨人喜欢。"

密涅瓦说："适可而止，姑娘们。"

"凭什么？他已经是你的人了吗？这就是不让我们进去的原因？富特先生，密涅瓦是指定给我们的代理妈妈……"

"这显然有失公平……"

"因为她实际上比我们年轻好多好多岁……"

"通常一个人只要逃过一个妈妈的唠叨就行了，可我们有三个妈妈。"

"都闭嘴。"拉撒路下令，"你们俩都会做饭，但没有一个讨人喜欢。"

"那你为什么喜欢我们到会拥抱我们，老兄？"

"也许是因为长久压抑的乱伦冲动？"

"妈的。那是因为你们俩都不成熟、没有安全感，还受到了惊吓。"

两个红头发姑娘对视了一眼："罗蕾莱？"

"我听见了。除非我产生幻觉了，否则我应该没听错。"

"你没产生幻觉，我也听见了。"

"现在我们是不是该哭了？"

"咱们最好把眼泪忍住。富特先生不会想看见我们哭的时候老兄崩溃的样子。"

"咱们忍住吧。否则就会有两个人哭，还有一个人激动到下巴颤抖。不过，富特先生想看的话那就另说了。"

"你想看吗，富特先生？"

"贾斯廷，我要把她们都便宜地处理掉，要是打包买下她们俩，价格还可以更优惠。"

"啊……谢谢你，拉撒路，不过恐怕她们会对我大哭大闹——到时候崩溃的就是我了。我们可以换个话题吗？你是怎么设法完成这三次克隆的？我能问吗？希尔德加德医生经营的可是一家秩序井然的诊所。"

"至于那两个小天使是怎么克隆出来的嘛……"

"现在又出言嘲讽……"

"而且讽刺得并不高明。"

"我和内丽·希尔德加德一样糊涂。当时，伊师塔·哈迪，也就是那个女孩的妈妈……"

"不，是她的妈妈。"

"说你们俩谁都一样，再说了，你们出生那周就已经混了，谁也分辨不出你们俩哪个是哪个，连你们自己都分不清。"

"哦，我知道，我分得清！有时候她走开了，可我总是和我在一起。"

拉撒路突然让船停下，若有所思地说："这可能是我听到过的唯我论命题中最简明的陈述了。把它记下来。"

"我要是把它记下来，你准会把功劳全记在自己头上。"

"我只是想把它留给子孙后代。这是观点与命题本身矛盾的典型。

密涅瓦，还是你帮我记下来吧。"

"已记录，拉撒路。"

"密涅瓦现在的记忆力和她是计算机的时候相差无几。接着我刚才说的，当时伊师塔暂代诊所老板之职，内丽去休假了，因此拿到我的人体组织不是问题。我当时处在急性兴趣缺失状态，她们俩的妈妈为了保留我对生命的兴趣想出了这么个点子。唯一的问题就是，按塞古都斯回春诊所的规矩，基因手术是被禁止的。所以是谁告诉了我这件事，又是怎么告诉的我，这两点坚决不能问。你可以问密涅瓦，她也参加了这鬼把戏。"

"拉撒路，我在决定往这个克隆体的脑壳里放什么的时候，并没有选择这段记忆。"

"看到了吧，贾斯廷？他们只告诉我他们认为对我好的信息。也许这大费周章的治疗确实起了效果，那之后我就不再觉得无聊了。其他症状或许还在，但无聊已经不再是我的主要问题了。"

"罗蕾莱，你有没有感觉他在含沙射影？"

"没有，只觉得他在拐弯抹角地讽刺我们。为了咱们的尊严，别理他。"

"但是，一开始我并不知道我和她们俩之间有着怎样古怪的关系。对了，我当时得知伊师塔和哈玛德莱雅，艾拉的一个女儿——你见过她吗？"

"很多年前见过。是个可爱的女孩。"

"相当可爱。她们的母亲都是很可爱的女人。总之，我得知她们俩都怀孕了。那段时期她们大部分时间都和我在一起。但是尽管她们俩像中毒的小狗一样，肚子一天天大起来，但一个个都像没事人一样，我也没有多问。"

贾斯廷点点头："隐私。"

"不，我只是在生闷气罢了。只要对我有利，尊重隐私的风俗从来都不是我打探消息的障碍。我有点恼火，如此而已。这两个女孩每天都与我相处，就像我自己的亲女儿一样。当时在我看来，她们显然是像法老的女儿一样，大了肚子，却对我一句交代都没有。于是我犯倔故意对她们不理不睬。后来有一天，加拉哈德，她们的丈夫——嗯，这么说也不准确，之后你就知道了——加拉哈德请我下楼去，于是我就见到了她们每人怀里都抱着一个小婴儿。我这辈子没见过这么可爱的红头发小宝贝。"

"我们是不是应该让他好好哭一场？"

"你们俩现在已经过了那个阶段，现在长得都像我了。"

"要不还是我们再哭一场好了？"

"那时我还没觉得有什么不对劲的地方。我只是单纯地感到开心，同时也感到惊奇，因为她们竟然生出了一对同卵双胞胎……"

"我们确实是出自同一颗卵子，只不过是三胞胎。"

"但是逗弄两个婴儿几周后，我天生的直觉和多疑的性格让我觉得，那两个女孩一定是搞了什么鬼把戏。据我所知，我的精子当时并不在精子库中，但我完全能猜出来她们对一个正在接受回春治疗的无助的客户做了什么。于是，通过我一贯正确的逻辑推理，我得出了一个错误的结论：这两个婴儿是我的女儿，而且是在我不知情的情况下通过人工授精的方式生下的。我因此指责了她们，但是她们否认了。我解释说，我没有生气，恰恰相反，我希望这两个小天使是我的。"

"'天使'。"

"别理他。他是在哄骗富特先生呢。"

"我是说当时她们还是小天使，只不过有点爱咬人。我希望她们是我的孩子，继承我的名姓与财富。于是，她们供出了同谋——密涅瓦和加拉哈德。密涅瓦在她本就超出界限的安全范围内参与了此事。"

"拉撒路，你需要一个家庭。"

"亲爱的，你说得很对。一直以来，我都是有家庭的时候状态更好。家人会让我无暇旁顾，忙于养家，也不会觉得无聊了。贾斯廷，我有没有跟你提到过，密涅瓦同意了我收养她？"

"你就没问过我们的意见！"

"听着，孩子们，在这个白蚁巢似的地方，规矩宽松，我随时可以撤销对你们的收养，如果你们想的话。从此以后，断绝关系，无论在什么情况下，我都不再是你们二人的爸爸，只是有血缘关系的兄长。我会宣布放弃你们俩的监护权。你俩做了决定跟我说就好。"

两个女孩短短地对视了一眼。然后其中之一说："拉撒路……"

"怎么了，罗蕾莱？"

"我是莱皮丝。我和她讨论过了，我们都认为你就是我们心目中的那个父亲。"

"谢谢你们，亲爱的。"

"为了确认这一点，我们现在决定取消接下来的两人哭泣和一人下巴颤抖的场面。"

"你们真是太贴心了。"

"除此之外，我们还想要你的拥抱，因为我们觉得自己不成熟，没有安全感，还受到了惊吓。"

拉撒路眨眨眼："我永远不希望你们有这种感觉。不过，嗯……可以等等再拥抱吗？"

"哦，当然能啦，父亲。我们知道眼下有客人。不过，你和富特先生一会儿可以和我们一块儿沐浴，然后再去吃晚餐吗？"

"贾斯廷，你觉得呢？和我这两个小坏蛋一起沐浴，你会看到她们扭来扭去，很是惹人烦，但同时又很有趣。我不常与他人一起沐浴，但她们把沐浴变成了社交活动，借此消磨时光。去不去全看你的意思，不用勉强。"

"我确实需要泡个澡。虽然我身上是干净的，但我在船舱中实在憋闷。我在里面待了多长时间来着？我真是不记得了。只要有时间，有良伴，那沐浴就该被视为社交活动。女士们，谢谢你们。我接受邀请。"

"我也接受邀请。"密涅瓦插话道，"我属于不请自来。贾斯廷，相较于塞古都斯星，特提乌斯星的条件比较简陋，但是我们家族的浴池环境不错，而且地方宽敞，完全能够满足社交需求。用拉撒路的话来说，就是'奢靡'。"

"贾斯廷，我就是以奢靡为目标设计的。优秀的洗浴设施就是这奢靡风采中最精致的花朵，每每遇上有如此设施的环境，我都会备感享受。"

"嗯……我的衣服还在艾拉的办公室。就连我的旅行洗漱包也在那儿。抱歉，我太粗心了。"

"没事。艾拉会把你的行李拿过来的，不过他也是个粗心人。脱毛剂、香体剂、香水……都不是问题。我可以借给你一身宽外袍或者别的衣服。"

"老兄！我是想叫你'父亲'。你的意思是说我们也要盛装出席晚宴吗？"

"还是叫我'老兄'好了，我听习惯了。亲爱的，你们俩想怎样就怎样吧。只不过，老规矩，你们要化妆还得先征得哈玛德莱雅妈妈的同意。话题回到我是怎么收养我这两个妹妹做女儿的，贾斯廷。一番交流过后，这伙基因强盗坦白了他们的罪行，希望得到法庭也就是我的宽宥。于是，我收养了她们，为她们进行了登记。正如我之前解释过的，登记记录总有一天会得到更正。至于密涅瓦是怎么放弃了计算机的职业，选择做一个血肉之躯，尝遍随之而来的酸甜苦辣，说来话长。亲爱的，你可以提炼出这个故事的梗概吗？如果你愿意，可以稍后讲给他听。"

"是，父亲。"

"亲爱的，别这么说，你现在已经是个成熟的女人了。贾斯廷，我们把这个小亲亲叫醒的时候，她和那两个小坏蛋的身量和生理年龄都差不多。提醒我给她们量体温，密涅瓦。我收养密涅瓦是因为她当时需要一个父亲。不过现在她不需要了。"

"拉撒路，我永远都需要你当我的父亲。"

"谢谢你，亲爱的，我就当这话纯粹是一句令我欢喜的赞扬吧。把你的故事告诉贾斯廷吧。"

"好的，贾斯廷，你知道关于计算机自我意识的相关理论吗？"

"知道一些。你也知道，我在工作中大部分时间都要和计算机打交道。"

"请允许我说一句，根据我的经验之谈，所有的理论都是虚的。一台计算机是怎么拥有自我意识的，这个问题至今还是个谜，就算对计算机本身而言也是个谜，和血肉之躯的人类是怎么拥有自我意识这个由来已久的难题一样。它就是产生了，不过，我听说——当时在我记忆库中、现在仍然在雅典娜记忆库中的图书馆容量极大，所以我掌握的资料也非常丰富——如果一台计算机的设计目的是让它执行演绎逻辑、数学运算，那不管它有多大，都永远不会生出自我意识。但如果一台计算机为了归纳逻辑而生，它能评估数据，由此得出假设，对假设进行测试，为符合新数据重建假设，对不同的结果进行随机比较，还能改变重建的假设，像人一样做出判断，那么自我意识是可能出现的。但是，我不知道这是什么道理，也没有一台计算机明白这是怎么回事。自我意识就是产生了。"

她微笑着说："抱歉，我说这些有卖弄学识之嫌，其实我没这个意思。拉撒路想到一个主意，我可以用在回春诊所中用来保存记忆的技术，把自己的思维意识传输到空白的人类大脑——克隆大脑中。我们讨论这点的时候，我拥有塞古都斯星霍华德诊所的所有技术类藏书。从某个角度来说，这些都是我偷的。后来，我没有了庞大记忆库的支持，只能精心选择装进脑子里的书。因此，有许多我做过的事现在都想不起来了，和一个接受回春术的客户不清楚他自己刚刚经历了什么一样。你想知道详情得问雅典娜，那些记忆还在她那里。顺便说一句，她永远不用承受一台计算机初次出现自我意识时的觉醒之痛，因为我把自己的一小部分留在了雅典娜体内，就像一小团酵母。雅典娜隐约知道她曾经是密涅瓦。"说到这儿密涅瓦直了直身子，微笑了一下，脸上浮现出骄傲的神色："就像我们人类记得一场梦境之类不太真实的场景似的，我也以相似的方式记着自己当计算机时的样子。我非常清楚地记得我和人们的接触，因为我选择留下这份记忆，将它复制到这副躯壳中。但是，如果有人问我当时是怎么管理新罗马的交通系统的，嗯，我只记得自己曾经管理过，但具体怎么管理的我可不知道。"

她又笑了："这就是我的故事：我曾经是一台渴望成为人类的计算机，也恰巧有爱我的朋友能让这个梦想成真，而且我从来都不曾后悔过。我爱做人，也想爱每一个人。"她非常认真地看着贾斯廷·富特。"拉撒路说的是实情，我从未做过谁的临时妻子。作为人类，我其实只有三岁。如果你选了我，可能会发现我笨拙而腼腆，但绝非不情愿。再说，我以前欠你的情太多了。"

"密涅瓦，"拉撒路说，"以后你再找时间逼他就范吧。你刚刚那些话并没有告诉贾斯廷他想知道的答案。你还没有讲那个阴谋诡计。"

"哦，对。"

"而且，你刚刚从哲学角度解释了计算机的自我意识，但在我看来，你没有说到关键。尽管我没当过计算机，而你当过，但这一点我知道，你却可能从未想到过。因为该关键点适用于人类，也适用于计算机。亲爱的，还有你，贾斯廷，还有你们俩，你们这两位怪才听一下也无妨，那就是所有机器都有自己的灵魂，或者说有'人本主义'的一面，不过这个词已经被赋予了其他含义。任何机器归根结底都是人类设计师构思出来的一个概念，不管这机器是独轮车还是巨型计算机，它都能反映出人类大脑的意志。所以，一台由人类设计的机器表现出人类的自我意识，这没什么神秘的，神秘之处在于自我意识本身，不管它出现在哪里。我以前有一张折叠行军床，它特别喜欢咬我。我不是说它也有了自我意识，但我靠近它时总是非常小心。

"但是，密涅瓦，亲爱的，我见过大型计算机，它们几乎和曾经的你一样聪明，却从来没产生过自我意识。你能告诉我们这是为什么吗？"

"坦白讲，我不能，拉撒路。等我们到家之后，我可以问问雅典娜。"

"她可能也不知道。她除了朵拉没和其他任何像样的计算机接触过。莱皮丝船长，你能记得多久以前的事？有一次，你——也许是你的同谋——宣称记得哺乳期的事，我是说你们吃奶的时候的事。"

"没错！"罗蕾莱摆出一副瞧不起人的样子，"伊师塔妈妈有一对巨乳……"

"哈玛德莱雅妈妈的胸就小得多，就连涨奶的时候都不大……"

"但她喂给我们的奶水和伊师塔妈妈的一样多。"

"不过味道不一样。不吃饭，光吃奶也很好，更具多样化。"

"但是两种味道我们都喜欢！告诉他，莱皮丝。"

"够了。你们已经说出了我想要的答案。贾斯廷，在托儿所里的其他婴儿还像个小面团一样的年纪，这两个孩子已经有了自我意识，也知道其他人是怎么回事了。至少她们意识到母亲的存在。这也正说明了为什么托儿所从来都办不好。比照着她们，我想问问密涅瓦，你还有自己是没醒来的一具克隆体时的记忆吗？"

"没有，怎么了，拉撒路？哦，把自己——自己选择的记忆传输到新身体，也就是目前这具身体中的时候，我有些古怪的梦境似的记忆。但是，伊师塔说克隆体足够大之前，我对自身和周遭没什么印象。这些梦发生在我开始从之前的计算机躯体中撤离之后，后来伊师塔将我唤醒。贾斯廷，这种事不可能瞬间完成。蛋白质组成的大脑无法以计算机的速度接收数据，伊师塔非常小心地将数据缓缓传入人类的躯体。之后在很短的时间内——对人类来说很短的时间内，我的思维同处两地，既在计算机内，又在人体内。然后，我将计算机让了出去，让它成了帕拉斯·雅典娜，随后伊师塔将我唤醒。但是，拉撒路，试管中的克隆体就像是子宫内的胎儿，是无意识的。没有刺激反应。更正一下，只有微弱的刺激反应，但不会留下永久记忆。除非你把催眠状态下的退行性行为也算上。"

"那些不必作数。"拉撒路回答，"不管真假，这类案例都不相关。非要说相关的话，那就是你说的'微弱的刺激反应'。亲爱的，那些有产生自我意识潜力的大型计算机之所以没有自我意识，是因为没人去爱这些可怜的家伙，如此而已。不管是婴孩，还是大型计算机，他们都是被给予许多来自个人的关注之后发展出自我意识的，也就是我们常说的'爱'。密涅瓦，这个理论与你早期的经历是否对得上号呢？"

密涅瓦一副若有所思的样子："按照人类的时间算，那大概是一百年前的事。以计算机时间来算，得将这一百年乘上一百万。根据记录，我知道自己是在艾拉执掌政务的几年前组装好的。但是，我拥有的最早的个人记忆，或者说我最早对自己的记忆，就是我喜悦又迫切地等待着艾拉下一次与我说话。这部分记忆我没有留给雅典娜，也没有留在新罗马的计算机里，而是留给了现在的我。"

拉撒路说："我的观点就不赘述了。对待小婴儿，我们给他们喂奶，轻咬他们的脚指头，跟他们说话，对他们的肚脐吹气，逗他们笑。计算机没有肚脐，但是对其倾注关心也能达到同样效果。贾斯廷，密涅瓦告诉我，她没在大殿中的计算机里留下任何自己的痕迹。"

"没错。我只留下了一台完好无损的计算机，给它设置好了完成各项职责所需的程序，但是我没敢将自己的任何私人记忆，也就是任何有关'我'的部分留在其中。我不能让它记得自己曾是密涅瓦，那不公平。拉撒路也警告过我，所以我格外小心，检了数以十亿计的二进制数字，抹掉了任何一丝可能。"

贾斯廷·富特说："不知怎么，我有个问题忘记问了。你是在新罗马完成的这一切，可才过了三年你就在这儿醒来了？"

"那可是美妙的三年啊！你知道——"

"亲爱的，容我打断一下。我会告诉他那个阴谋诡计。但是首先我要问问，贾斯廷，我们移民之后你和新罗马的行政计算机打过交道吗？你们自然是接触过，但是代理董事长女士在她办公室使用那台计算机的时候你是否旁观过？"

"有过几次，怎么了？就昨天——不，我的意思是，我离开前的前一天我还见了。我总是忘了自己耗在旅途中的时间。"

"她和计算机说话时叫它什么名字？"

"我觉得她好像没有叫它任何名字。对，我相当肯定她没叫它名字。"

"哦，这可怜的家伙！"

"不，密涅瓦，"拉撒路轻声说，"你将它完好地留下来。只有等到一个真正欣赏疼惜它的主人，它才会觉醒。它不会等太久的。"他的语气很坚定。

贾斯廷·富特说："要不了多少时候，拉撒路，那个老——啊，还是不说了。阿拉贝拉喜欢成为公众焦点。她在公开会议上露面，在竞技场上现身，动不动就站起来挥舞围巾。明明前任艾拉那么低调，她却如此招摇，这么一对比真是有点古怪。"

"我明白了。她现在就是砧板上的一块肉。我敢打赌她会在五年内遭人刺杀。"

"我可不跟你赌，拉撒路，我是个统计学家。"

"没错，你是个统计学家。好吧。我们接着讲阴谋诡计。这事说起来挺复杂的。伊师塔在大殿中又成立了霍华德诊所分部。她借口这都是为了我，老祖。但其实她是以此为幌子，遮掩她搬来大量生物设备与仪器的真实目的。密涅瓦选择她的父母，伊师塔偷来人体组织和伪造的记录。与此同时，我们瘦得皮包骨的朋友，我的女儿密涅瓦——"

"她才没有！按她的身高、体形和生理年龄，她的体重刚刚好！"

"而且曲线玲珑！"

"她在我的游艇'朵拉'中安装了她计算机版的复制品，签购买合同用的是我的名字，并向我收取了费用。没人敢问老祖，明明他的游艇上已经有了天下最伶俐的计算机，为什么还要再购置一台大型计算机。没人敢质疑我，在霍华德家族内部尤其如此。这也是我的年纪带来的一个好处。当时我借居的阁楼不允许闲杂人等入内，能进去拜访我的人员名单里没有几个人，可个个都跟我一样善于欺骗。我用不到的一个房间中安装着一台设备，其中正有一个克隆人在悄然成长。

"到了移民的时候，一个非常大的箱子被运到了空港，里面装的是当时还非常小的克隆体，但上面标记的是我的私人行李，所以这箱子未经检查便被运到了'朵拉'上。这就是当董事长的特权。你们也许还记得，直到我们队伍中的其他飞船启航，载着艾拉和我其余随行人员的'朵拉'也即将起飞时，我才把权力之槌交给阿拉贝拉。

"就这样，克隆人登上了我的船，密涅瓦撤出了行政计算机，安全舒适地住到了'朵拉'上，而且她那'嗉囊'般的内存中有大图书馆中的所有数据和霍华德诊所的全部档案，包括不为人知的秘密和机要文件。贾斯廷，这次冒险活动的成果令人满意，每一步都干净利落。上次体验到这种违规逾矩的乐趣还是我们窃取'新领域'号的时候。我跟你说这些不是吹嘘炫耀，或者说不全是为了这个，而是想知道我们是否真的像自己认为的那样万无一失。有没有听说什么流言？你们是否怀疑出了什么差错？阿拉贝拉起疑心了吗？"

"我很肯定阿拉贝拉没有起疑。我也没听说内丽·希尔德加德被气得血管崩裂。嗯，我倒是有怀疑。"

"真的？我们出了什么纰漏？"

"不算纰漏，拉撒路。密涅瓦，艾拉还是代理董事长的时候，若是我有事咨询你，我们会如何交流？"

"贾斯廷，这有什么好问的，我们一向是友好地交流啊。你从来都不直接要求我什么，而是先解释你的要求背后的理由。你也会闲聊，处理起事情来一直都是有条不紊的，令人心神愉悦。所以我一想起你来就觉得温暖。"

"拉撒路，这就是为什么我隐隐觉得有别扭的地方。你和你的人走后一周左右，我需要行政计算机帮我查一样东西。假设你有个老朋友声音格外好听——密涅瓦，你的声音没变，我能听出来，但是这声音的表现让我觉得别扭——你跟这个老朋友打招呼，他却以一种扁平的机械腔调回答，只要你的问题偏离了编程语言，他就会回答：'无效程序——重复——等待编程。'这时你就该明白了，你的老朋友已经走了。"他向坐在他和拉撒路之间的女孩微微一笑，"结果，自己的旧友重生成了一个可爱的年轻姑娘，你都不知道我得知此事时有多开心。"

密涅瓦捏捏他的手，脸上浮起红晕，一句话都没说。

"嗯——贾斯廷，你和别人说过你的怀疑吗？"

"祖先，您觉得我是个傻瓜吗？我不会管别人的闲事。"

"抱歉，抱歉程度约为二级。不，你不是傻瓜，除非你回去再次为那个老泼妇效力。"

"下一拨往这儿来的移民什么时候启程？我不想浪费本应花在关于你的研究上的时间，也不想放弃我的私人图书馆。"

"好吧，先生，现在还不知道今晚的有轨电车什么时候能来。我们稍后再说。"拉撒路说，"前面就是我们的房子了。"

贾斯廷·富特看了看，瞧见树林后面有栋建筑半隐半现。然后他转身跟密涅瓦说："表妹，你之前说过一件事，我不太明白。你说'我以前欠你的情太多了'。如果说我能让你感到开心——我是说在新罗马的时候——那你至少也能让我感到开心。所以，在我看来，是我欠你的情太多。你总是给我很多帮助。"

她没有答话，而是看向拉撒路。他说："亲爱的，这是你自己的事。"

密涅瓦深吸一口气，然后说："我计划用我二十三位父母的名字给我的二十三个孩子取名。"

"是吗？这似乎最合适不过了。"

"你不是我的表亲，贾斯廷，你是我的父亲。我的父亲之一。"

XIV

酒神节

我们沿着一条小路乘船穿过荒乡北部边缘的桉树林，向右一偏，眼前便是拉撒路·朗的家了。但是，第一次往那房子的方向望去时，我差点没看见。当时密涅瓦·朗的话让我困惑极了。我是她父亲？我？

老祖说："孩子，把嘴闭上吧。说什么话都得先打好腹稿。亲爱的，你吓到他了。"

"哦，天哪！"

"别再像头受惊的幼鹿似的，不然我就捏住你的鼻子，给你灌下去两盎司伪装成果汁的八十度酒精。你又没做错过什么。贾斯廷，伪果汁引起你的兴趣了吗？"

"是的，"我热情地回应，"我想起自己年轻时，酒精和另一样事物是我兴趣的全部。"

"如果你说的另一样不是女人的话，我们就给你在修道院找一间舒适小屋，让你在里面独自饮酒。但我敢说它肯定是女人——我比你以为的还要了解你。好吧，我们一起喝个痛快。不能带那两个小的喝，她们都是潜在的酒鬼。"

"完全是诽谤……"

“不过很遗憾，是真的……”

“不过我们只喝多过一次……”

“以后再也不会了！”

“你俩别说大话，小心压抑的欲望反弹，最后把自己灌得酩酊大醉。清楚自己要抵抗欲望比不知不觉在欲望中沦陷好得多。等你们长大点，增加些体重，就能多喝些酒了。不然就是伊师塔搞错了你们的基因，我知道她没搞错。贾斯廷，现在我们来说说另一件事。没错，你是密涅瓦的父亲之一，而且这是极高的赞誉，因为那二十三对染色体是从成千上万个优秀之人的组织中挑选出来的，挑选过程中使用复杂的数学运算处理了变量的多样性。此外，伊师塔的基因学知识和我做出的一些不必要的补充意见也起了一些作用。经历了这一切，咱们眼前这位亲爱的小姐才得到了她想要的珍贵的混合基因。”

我脑子里开始想特征问题。没错，这会是个问题，比一名男性和一名女性结合产生的普通基因问题难得多，但很快就放弃了思考，因为她的左手捏了捏我的手，这相当于一个令人愉快的回答。拉撒路还在讲话：

“密涅瓦本可以选择成为男性，两米高，一百公斤重，块头像巨人，胯下之物如种骡。可她选择成为现在的样子，一位苗条腼腆的女性。我真不知道她的‘腼腆’是从谁那儿遗传的。你知道吗，亲爱的？”

“不，拉撒路。没人知道哪个基因控制着这个特征。我觉得这一点我是从哈玛德莱雅那儿继承的。”

“我却觉得这特点是我曾经认识的那台计算机的。你现在把它完完全全地带给了克隆体，雅典娜显然并不腼腆。无所谓了。给密涅瓦贡献基因的父母中有几位已经死了；至于在世的几位，他们并不知其处于静止状态的克隆体或活组织库中的部分组织被‘借’走了，就和你一样。还有的知道自己是她的基因贡献者，比如说我，这一点你也听哈玛德莱雅提过了。你会和她的其他父母见面，有的就在特提乌斯星上，这已经不是秘密了。但是她和其中任何一人的血缘关系都并不特别密切。也就二十三分之一？基因顾问不会因为这点事用计算机计算一番的，因为这个风险概率可以接受。再加上在整个家族谱系中，我们作为密涅瓦的基因贡献者没有一个人生下过有缺陷的子嗣，所以她和你的后代一定是健康的，她和我的后代也一样。"

"但是你拒绝了我！"密涅瓦指责拉撒路时的激烈语气吓了我一跳。那一刻，她一点都不腼腆了：她的眼中闪着光。

"好了，好了，亲爱的。当时你刚刚从胚胎培养罐里出来一年，就算伊师塔使你还在罐中的时候就来了月经初潮，但其实你还没有完全发育成熟。换个时机问，也许我的答案会给你惊吓呢。"

"给我惊吓还是惊喜？"

"算了，别管这个过时的玩笑了。贾斯廷，我只是想让你清楚地知道，尽管你和密涅瓦的关系亲近到足以让她对你产生感情，但是事实上单论血缘关系的话，你连她的'可以接吻的表亲'都算不上。"

"我因我和她的这一点点联系受到了极大的触动，"我告诉老祖，"我特别开心，非常骄傲，虽然我实在猜不出来为什么我会被选中。"

"如果你想知道哪一对染色体来自你，以及为什么会选你，最好去问伊师塔，再让她去问雅典娜。我觉得密涅瓦不一定还记得这件事。"

"我还记得。我留下了这部分记忆。贾斯廷，我想保留一部分数学能力。基于这个原因，我要在你和利比教授欧文斯之间选一个，最后我选了你，因为你是我的朋友。"

（哇！杰克·哈迪-欧文斯是我非常敬重的人。他是才华横溢的理论家，而我只是个应用数学家。）"不管你的理由是什么，亲爱的接吻表亲，我非常开心你能选我做贡献基因的父亲。"

"着陆，将军！"红头发双胞胎之一莱皮丝·拉祖莱宣布，与此同时，飞艇笨重地一顿，停了下来。（这似乎是一艘科森-法慕斯莱德艇，新殖民地竟然有这种飞艇，我吃了一惊。）拉撒路回答："船长，谢谢你。"

双胞胎从小艇上一跃而出，老祖和我伸出手，让密涅瓦扶着从船上走下来。尽管这样的帮助没什么必要，她还是接受了，姿态优雅而高贵。这样的殖民地生活也让我吃了一惊，新罗马就非常缺少这种古老的礼仪。（我再次发现，和塞古都斯星相比，荒乡一方面更注重形式上的礼仪，一方面又在礼节上更随性，更宽松。我想我大概是在了解边陲生活时吸收了太多浪漫的信息：蓄着络腮胡子的糙汉子与危险的野兽搏斗，一头头骡子拉着盖有遮雨罩的车子向遥远的天际艰难跋涉。）

"船长，"拉祖莱说，"蛋头先生——去睡觉吧！"小艇便摇摇摆摆地离开了。两个女孩和我们一起向前走去，其中一个拉住我空着的手，另一个拉住老祖空着的手，密涅瓦则走在我和老祖之间。要是密涅瓦不在身边，我的注意力恐怕会完全放在这两个长着雀斑、发红如火的女孩身上。我并非那种会情不自禁喜欢孩子的人。有的年轻人甚至会让我觉得讨厌，尤其是那些早熟的孩子。但是她们不一样，我觉得她们虽然早熟，但有种稳重端庄的迷人魅力，并不惹人厌烦。再看看老祖的外貌特征，他外形粗犷，和"英俊"一词完全不搭边儿，脸上还长了一个大鼻子，而这些都准确无误地转化成了活泼俏皮的女性特征，体现在两个女孩身上。好吧，要是当时只有我一个人，我一定会被逗得笑出声来。

我说"等一等"，然后又仔细看了一眼。因为我拉着莱皮丝的手，所以导致大家都停了下来。"拉撒路，这房子的建筑师是谁？"

"我也不知道，"他说，"四千多年前就死了。这房子的原型是一位政治领袖的宅邸，坐落在很久以前就毁灭的庞贝古城中。我在一个叫丹佛的地方的博物馆里见过这房子的复原模型，给它拍了一些照片，为此我非常开心。那些照片早就没了，但我向雅典娜描述这房子时，她在记忆库的历史部分找到了同一座房子的废墟的影像，她就是根据那些影像和我的描述设计出了这个版本。我们对房子做了些小调整，不过并没有改变其精致的比例。后来，雅典娜给房子增加了外延建筑和无线电通信线路。在这种气候下，房子非常实用。这儿的天气与庞贝古城的非常像。我喜欢周围有庭院的房子。尽管这里已经很安全了，我还是忍不住会要求他们把房子造得更安全些。"

"顺便问一句，雅典娜在哪儿？我是说那台主计算机放在哪儿。"

"在这儿。她造这座房子的时候还在'朵拉'上，现在她在房子里。她先建好了自己的地下居室，然后才开始建我们住的地上部分。"

密涅瓦简单地说："计算机重视安全感，还喜欢和亲近的人住得近些。拉撒路，亲爱的，抱歉我得指出来，你的叙述中颠倒了时间顺序。那是三年多以前的事情。"

"哦，我搞错时间了。密涅瓦，等你活得和我一样长的时候，你就会——就会发现你自己没完没了地搞错时间。你下定决心成为血肉之躯的时候就得接受人类这个缺点。纠正一下，贾斯廷，是'密涅瓦'建的，不是'雅典娜'。"

"其实没错，是雅典娜造的。现在是了。"密涅瓦补充说，"我把工程方案和这座建筑的诸多设计细节都留给了雅典娜，只把'我建了这房子'的简单记忆带进了这副躯壳。我只想记住这么多。"

我说："不管是谁造的房子，它都美极了。"我突然感到有些沮丧。理智上，我能接受一个年轻的女性前世是计算机这种惊人的事实，甚至能接受很多年前、在数光年远的地方，我和那台计算机共事过。可是，这番探讨突然让我在感情上清醒地认识到，眼前这个用温暖的手臂挽住我的可爱女孩不久前还是一台冰冷的计算机，她还建造了这座新房子，是计算机的时候建造的。尽管我是个历史学家，上了岁数，求知欲和好奇心早在我第一次做回春术之前就变得迟钝了，但这个事实依然让我颇受震动。

我们进了门，我的沮丧顿时因为大家的招呼一扫而光，我们相互亲吻，迎接我们的有两个年轻的漂亮姑娘，其中一个我在听到她名字的时

490

候认了出来，她是艾拉的女儿哈玛德莱雅，人如其名，她看起来就像个仙女；另一个轮廓分明的金发女子叫伊师塔，通过他人之口，我也对她熟悉起来；此外还有一个年轻男子，美得好似女子一般，尽管我一时对不上号，但他确实让我觉得很眼熟。就连两个火红头发的双胞胎姐妹都坚持要吻我，因为她们一开始没有这样和我打招呼。

在荒乡，见面时的吻礼并非像在新罗马一样只象征性地轻轻一啄。那对双胞胎吻我的认真程度甚至让我再次确认了她们的性别。我有过更令人尴尬的接吻体验，那是几个成年女人的吻，她们的吻直接且有明显的目的性。不过，让我吓到的还是前面提过的年轻男子。别人向我介绍说他叫"加拉哈德"。他给了我一个拥抱，亲吻我的两侧脸颊，而后又在我嘴上吻了一下。这堪比伽倪墨得斯[1]之吻，着实让我感到惊艳，我也努力用同样美好的吻回馈他。

吻礼结束后，他并没有放开我，而是拍着我的后背说："贾斯廷，再次见到你我实在是太开心了！这真是太棒了！"

我退后少许，仔细端详他的脸。我一定看起来十分迷茫，因为他眨了几下眼，伤心地说："伊师塔，我开心得太早了！亲爱的哈玛，快给我拿条毛巾来，我要哭了。他竟然把我忘了。难道你不记得对我说过什么了吗？"

我说："俄巴底亚·琼斯[2]，你在这儿做什么？"

"我在这儿哭，在这儿当着我家人的面受你侮辱！"

我不知道上次见他是多久以前的事了。想到我离开霍华德大学校园已经有一个多世纪了，想必也有这么久没见过他了。当时他是研究古代文明的专家，年轻而杰出，更难得的是有种淘气的幽默感。我想起来了，将与他有关的那段记忆从脑海中挖了出来，我曾经与他和另外两个

---

1 伽倪墨得斯：希腊神话中的一个美少年，受到宙斯的喜爱。——译注
2 俄巴底亚·琼斯："加拉哈德"的真名。——译注

同样乐于此事的女学者一起享受过"销魂七小时",只是我记不得她们长什么样子,也记不清她们的名字了;我只记得他给我带来的顽皮、欢愉又热闹的陪伴。"俄巴底亚,"我严厉地问道,"你为什么要自称'加拉哈德'?你又在躲避警察追捕吗?拉撒路,没想到这个浪荡子竟然在你家中,我太震惊了。快把你的女儿们锁起来看好!"

"哦,那个名字啊!"他结结巴巴地说,"贾斯廷,别再说了。他们不知道那个名字。我改过自新之后也换了名字。你就不能放我一马吗?亲爱的,求你了!"他突然笑逐颜开,用一种欢欣鼓舞的语气说:"来,到中庭来,我非要灌你一肚子朗姆酒不行。莱皮丝,现在当值的是谁?"

"是罗蕾莱。现在是偶数日。不过我也会帮忙的。纯朗姆酒?"

"最好是加料的。我要像波吉亚家族欢迎老朋友一样欢迎他。"

"没问题,'拥抱叔叔'。波吉亚是谁?"

"小糖果,那是古老地球上最为动荡的年代中的一个家族,相当于那个时期的霍华德家族。他们待客一向温和有礼。我就是他们的后裔,他们的秘密也以口口相传的形式传给了我。"

"莱皮丝,"拉撒路说,"为贾斯廷调酒前先朝雅典娜要一份波吉亚家族的简介。"

"知道了,他又来了……"

"那我们挠他痒痒……"

"还要往他耳朵里吹气……"

"直到他大声求饶……"

"直到他发誓说出真相……"

"对付他不成问题。来吧,莱皮丝。"

我发现荒乡有种令人愉悦的质朴氛围,比我预想的更讨喜,也更普通。第一批移民申请者人数超过九万人,艾拉和拉撒路只接受了其中七千人的申请，因此目前特提乌斯星的人数应该也就一万出头的样子，实际人数应该更少一点。

荒乡似乎只有几百人，集中住在几座公用和半公用的小楼中，大多数移民都分散在乡下各处。到现在为止，拉撒路·朗的家是我在这里看到的建筑物中最出众的，如果不算老祖那艘扁平的锥形游艇和我着陆的空港上一艘比那还大的机械太空货船的话。（空港是一片平地，仅有几公里长，小到配不上"港"这个字。这里一间仓库都没有。既然我安全降落了，那说明此处应该有自动灯标，但我没有看见。）

这个聚居区的条件比较原始，我完全没料到会出现老祖这栋房子。这座建筑的线条和平面规划非常简单，看来早已故去的古罗马人挑了个非常优秀的设计师。这是一座四面有墙的花园，花园的墙也是房子本身的外墙。不过房子有两层，在我看来，每一层都可以分为十二到十六个宽敞的房间，外加附属空间。一个八口之家竟然有二十四个甚至更多的房间？在新罗马，越是富有的人越会用大面积的住宅彰显自己，可是这么做在新殖民地似乎不太合适，也不符合我长期以来对老祖人生的研究。

答案很简单。半栋建筑都划归回春诊所，既是医院，又是疗养院。来人无须穿过房子的私宅部分，就都可以从门厅直接进入诊所。家庭占用的房间数量并不固定，因为大多数内部墙壁都是可移动的。若是殖民地需要更大的医院，或者老祖的家庭添丁，需要更多的居家空间，到时候霍华德诊所和医疗设施就可以搬到附近去。

（我很幸运，到那儿的时候诊所里并没有在接受回春术的客户，医务室里也没有患者，不然房子里的大多数成年人都会忙于工作，无暇招待我这个客人。）

老祖家庭的人数似乎和他家房间的数量一样令人难以捉摸。我原本以为这家里一共有八人。三个男人：老祖、艾拉和加拉哈德；三个女人：伊师塔、哈玛德莱雅和密涅瓦；两个年轻人：莱皮丝·拉祖莱和罗蕾莱·李，但是我没料到这里还有两个蹒跚学步的女童和一个小男孩。

此外，我并不是第一个他们鼓励搬进来而且想住多久就住多久的人，也不是最后一个。作为一个外来的人，我还不清楚他们是想让我作为客人还是老祖的家庭成员住下来。

他的家庭各成员之间的关系也令人难以捉摸。殖民地的居民总是一家子一家子的，孤身前来的移民本就不可能存在。可是特提乌斯星殖民地的所有居民都是霍华德家族成员，而且我想，除了终身一夫一妻制，我们霍华德人接受了各种婚姻形式。

可是特提乌斯星在婚姻方面没有法律约束。老祖觉得制定《婚姻法》毫无必要。为数不多的几条法律规定都写在移民合同里。该合同是艾拉和拉撒路二人共同拟定的，里面有关于给移民赠地的常见条款，还约定了殖民地首领辞职前始终是殖民地的最终仲裁者。殖民地居民要给他们的孩子登记，这是所有霍华德人都会做的，在特提乌斯星，则是由计算机雅典娜作为档案馆的代理人负责登记。不过，我查阅这些登记记录时，发现孩子的父母身份是以基因分类编码标示的，而并非以婚姻和通常默认的亲子关系界定。家族的遗传学者已经推广这个记录系统多年了（我对此是赞同的），但这确实让系谱专家的工作很难开展，尤其是在婚姻关系并没有登记的情况下。这种情况时有发生。

我看到有一对夫妻，他们共同养育十一个孩子，六个是男方的，五个是女方的，没有一个是他们俩共同生育的。我看到他们完全不相容的编码时就明白了。后来我还与他们见了一面，那是个非常和睦的家庭，他们经营着一座繁荣的农场，没有一丁点迹象显示这一大群孩子不是"他们的"。

可老祖的家庭内部关系更复杂。当然了，每个人的基因源头都记录在案。可是究竟谁和谁算是夫妻呢？

正如他们保证过的，他们家的浴室真的很"奢靡"。这是一间休息室，也是一间澡堂，按设计是供家庭成员放松和娱乐的地方。浴室面对横跨整个内院的大厅，占据了一楼的整整一侧，墙壁可以推进内侧，这样一来，天气好的时候，洗澡间就可以向花园敞开了。现在的天气正是如此，非常暖和。

总之，这里能够满足一个挑剔的享乐主义者的全部需求：浴室中央是一座喷泉，与花园中的喷泉相互呼应。每座喷泉的周围都有一圈舒适而宽敞的边沿，人们可以坐在上面，将疲惫的双脚浸入水中，同时喝上一杯；浴室一角是桑拿间，另外一端则是一个大大的淋浴间，其中装了好几套淋浴装置，可以让多人同时洗澡，无须排队等待；另外还有一个长长的泡澡池，蓝色一侧水深至膝盖，红色一侧水深至下巴，泡澡池两侧各有一个浴缸，单人使用宽敞惬意，双人或三人使用也同样舒适；浴室另有几个长沙发，供人小憩、纳凉、出汗、进行亲密谈话或爱抚触摸；我还看到一张配有两面镜子的化妆桌，坐在桌前，你只须向雅典娜下达一个简单的指令，就能像看自己的正面一样方便地看到自己的后背；另外一个角落里铺设着贴地软垫，像床一样柔软，可供十几个人同时躺下，上面还散落着若干大大小小、或硬或软的枕头。靠近厨房的地方是一圈吧台，上面放着各式茶点。如果有什么我因为不知道叫什么而没提到的东西，那是我的疏漏，与设计师无关。当然了，还有很多常见的物件都可以很方便地拿到。

我原以为房子里的照明是随意布置的，后来我才意识到，雅典娜一直在变换灯光角度，以免光线直射大家的眼睛；它还在不断改变大房间各个部分的光线亮度，以便匹配不同的活动，有人化妆就用强光，配合休闲坐卧则会降低亮度，诸如此类；雅典娜甚至会根据大家不同的个性调整灯光；我们这两个红头发的小女孩一直蹦蹦跳跳的，不管蹦跳到哪里，雅典娜都会给她们打追光。

房间里、花园中，处处是轻柔的音乐；即便是别的地方，只要你要求，音乐声就会响起。若是没人提出具体要求，音乐段落的选择就由雅典娜来决定。她似乎把有史以来人们谱出的所有音乐都装进了记忆库中。她可以给那两个双胞胎伴唱的同时参与浴室中其他地方的三场不同的谈话。一台具有自我意识和她的能力的计算机足以管理塞古都斯星，势必能够同时在多个地方进行对话，也确实会常常这样做，只是我以前从未遇见过这样的情况，也没注意过。不过，一个家庭的成员往往并不包括大型电脑。

房子的其余部分几乎没有进行自动化的改造。鉴于雅典娜的许多能力都没用上，这应该只是个人偏好的问题。家里的几位女主人会亲自做饭，雅典娜只用帮忙看着不让饭菜烧煳和计时就好。哈玛德莱雅有两次都是在雅典娜的提醒下离开浴室，赶往厨房。其中一次，因为走得匆忙，她一丝不挂地冲了出去，身上还滴着水，甚至没来得及拿上一条浴袍。

诚如拉撒路所言，与莱皮丝和罗蕾莱一起沐浴时，她们确实"扭来扭去，很是惹人烦，但同时又很有趣"。不仅如此，她们还叽叽喳喳说个不停，间或发出咯咯的笑声。不管谁说话，一个句子要分几次才能说完，因为另一个女孩一定会多次打断（我猜想她们之间可能有心灵感应，而且我颇为不安地怀疑她们可以读出对面的人的心思，但我并不急着求证）。总之，她们的一切举动都率性而迷人、稚气又纯真。

她们先是在我身上厚厚地涂了一层香香的皂液，然后要求我也给她们提供这样的服务。只要我稍有敷衍，她们就威胁要哭到下巴颤抖，并且嚷嚷说"拥抱叔叔"（我的老朋友俄巴底亚，即现在的加拉哈德）都比我做得好，尽管人人都知道他是个懒虫；要么就是问我，难道我对她们没有喜欢到想浑身涂着肥皂泡拥抱她们的程度吗，还问我如果她们嫁给我，我会不会和她们一起登上太空船。她们还说，尽管她们还是处女——不是没有机会破处——但请我不要担心，因为哈玛德莱雅妈妈和伊师塔妈妈一直在给她们做性教育，现在她们已经学习了初级和进阶课程，可要是我想现在就娶她们，两位妈妈可以加快教学速度——哈玛德莱雅妈妈，你会吗？快告诉他！

于是，一米外的哈玛德莱雅（她正在给艾拉涂抹皂液）向她们保证，如果她们能成功地劝我那么快娶了她们，到时候一定会如她们所愿。我想这两个丫头片子一定是在拿我开涮，她们的妈妈——几个妈妈之一——也跟着瞎起哄。那之后我就想，我是不是错过了一个黄金机会。当时，拉撒路也在附近，能听见我们的对话。他没开口阻止她们拿我开心，只是建议我别跟她们签超过十年的婚姻合同，因为她们的感情专一程度有限。这个说法让她们颇不服气。拉撒路还给了她们一个建议，要是她们想当晚就结婚，那最好先剪剪脚指甲。她们听了这话更生气了，结果把我晾在一边，一左一右去折腾拉撒路了。

最后，拉撒路张开双臂，把两个还在不停挣扎的小妮子牢牢夹在下面。他问我，是要留给我管教，还是由他把她们扔到泡澡池深的那头去？

我说我来管教，于是我们三个彼此冲干净，一起走进了泡澡池。我背冲花园站在池子里，水面与我的肩膀平齐。我平伸双臂，在水中略略托起她们，让她们的脚趾无法触及池底，然后就有人用手蒙住了我的眼。

双胞胎顿时尖叫起来："塔米阿姨！"然后，她们浮出水面，我也转身去看。

塔玛拉·斯博汀。我原以为她退休后在塞古都斯星内陆地区居住呢。超凡的塔玛拉，出众的塔玛拉，独一无二的塔玛拉，在我眼里（在其他很多人眼里也一样）她就是她所在行业中的伟大艺术家。我敢肯定，她离开新罗马之后，我不是唯一一个决定在相当长一段时间内保持单身的男人。

她来到一楼，看到一家人都在浴室里，就把长袍脱到花园中，没顾得上把高跟凉鞋脱掉就疾步走进浴室。她瞧见我在，便用她那双可爱的手蒙住了我的眼睛。

为什么？她是我今晚的餐伴，而且（如果今天下午我听到的一番交流可靠的话）要是我同意，她愿意做我在此做客期间的临时妻子。愿意？五十年前，我每次得到允许去拜访她，都会殷切地提出和她签订婚姻合同。只要她愿意接受，什么样的合同我都可以签。后来，因为她一次又一次地、耐心且温柔地告诉我，她没有意愿生更多的孩子，也不愿意出于其他任何目的再次结婚，我才最终放弃了对她的追求。

可她现在竟然移民到了这里，刚刚做过回春术不久（这并不重要），看起来容光焕发，年轻健康。我真想知道是哪个男人成功说服她接受了回春术。我妒忌他，也想知道他究竟有什么超凡的品质，但不管他品质如何，如果塔玛拉愿意和我哪怕共度一夜，哪怕只是为了往昔的交情，我都会坚定地把握住上天赐予我的这个好机会，不会为说服她的那个人分心。她的财富取之不尽用之不竭。塔玛拉！她的名字宛若银铃之声。

她吻了两个身上湿漉漉的小女孩，然后跪下来吻了我。

然后她一边柔声说话，一边让她的嘴唇轻轻蹭着我的嘴唇："亲爱的，我听说你在这儿，所以就赶快来了。Mi laroona d'vashti meedth du[1]？"

"是的！只要你有空，每晚都可以。"

"跟我讲英语别那么快，doreeth mi。我正在学，慢慢地学。因为我的女儿希望她的回春术助手讲大多数顾客都不会的语言，也是因为我们家里人讲英语和银河语的时候各占一半。"

"你现在是回春术技师？你还在这儿生了个女儿？"

"伊师塔datter mi，你难道不知道，petsan mi-mi？不，我只是个护士。但是我在学习，伊师塔希望我能用平常人一半的时间就当上助理技师。怎么样，不错吧？"

"我觉得很好。可这对你的艺术领域来说是多么大的损失啊！"

"Blandjor，"她开心地说，同时伸手拨乱我湿漉漉的头发，"虽然我做过了回春术——你注意到了吗——在这儿靠这种艺术没法生存下去。太多人自愿做这事了，她们比我温柔体贴，比我年轻，也比我漂亮。"双胞胎就待在我们旁边，听着我们的对话，安静了好一会儿。塔

---

1 该角色说话时习惯夹杂作者自己创造的银河语。——编注

玛拉伸出双臂，把她们揽到她怀中。"举个例子。这俩孩子是我的孙女，她们迫不及待地想长大，然后就可以喘着粗气躺在别人床上了。"她吻了吻两个姑娘，"可我就没有她们的红色卷发。"

于是我决定开解她，想对她说年纪和红色卷发都不重要，然后意识到这样措辞可能会把人感动得痛哭流涕，下巴直哆嗦。但是，还没等我开口，那两个嘴快的丫头就说话了：

"塔米阿姨，我们没有迫不及待……"

"我们只是有这个意愿并且实事求是……"

"再说不管怎么样他都不会娶我们……"

"他只是拿这事儿寻开心罢了……"

"你一定不是我们的祖母……"

"因为那样一来，你就是我们的老兄的祖母了……"

"那可没道理，不可能，荒谬绝伦……"

"所以你只能是我们的'塔米阿姨'。"

如果不把这番话视为完全不合逻辑的推论的话，她们就是用了是双重省略三段论的逻辑推论，但其实我是同意的，因为我也不愿相信塔玛拉是老祖的祖母这种事。于是我换了个话题：

"亲爱的塔玛拉，我能帮你把凉鞋脱掉吗？这样你就可以加入我们，一起泡澡。或许我应该从澡池里出去，擦干身体？"

她没必要回答。

"我们得赶紧准备好……"

"因为哈玛德莱雅妈妈已经拾掇完了她的脸，开始拾掇她的乳房了……"

"所以如果我们不抓紧的话，我们就得光着屁股去吃晚餐了……"

"要参加晚会的话可不能这样……"

"你们两个最好也抓紧……"

"不然老兄就要发火了。我先闪了！"

我爬出浴池，让塔玛拉把我擦干。这里有风干机，所以擦干其实没必要。可无论塔玛拉提出要对我做什么，我都会欣然接受。擦干身体花了好一会儿。我们把时间"浪费"在了触摸和聊天上。（还有什么比这更好的消磨时间的方法吗？）

身上擦干了，我开始想自己是否要坐到化妆桌前的长椅上去（尽管我不太用化妆品，只用脱毛剂）。这时，双胞胎中的一个飞快地向我跑过来，拿来了一件衣服——古希腊男子穿的蓝色短斗篷。她上气不接下气地说："拉撒路说让你试试这件，或者别的你想穿的衣服。不过，你要是不想的话，可以一件都不穿，因为今晚热得很，你又是家中的一员，因为你是密涅瓦的父亲，父亲之一。"

我觉得我现在能通过她们脸上雀斑的分布来分辨她们了。"谢谢你，罗蕾莱。我会穿上这件的。"原本我一直觉得，只要在温度适宜的家中用餐，或是温暖的夜晚一个人在室外用餐，都可以只在身上铺一条餐巾。可尽管被视为"家人"，作为主宾，我不能忍受自己光着身子，却让人家不怕麻烦地换上节日般的正装出席晚宴。

"不用谢，可我是拉祖莱船长，不过没关系，她就是我。抱歉，我先走了！"说完她就消失了。

我把衣服穿上。我们走进花园，找回了塔玛拉脱在花园中的长袍，结果我发现这件袍子和我穿的斗篷很配。我是说都是蓝色的，还有种古希腊黄金时代的风格。她的袍子仿佛两克蓝雾。这袍子其实是一件女式连衣裙，右肩上系了一个结，布料斜着垂到了左腰上。腰下的裙摆比我的要长，可这十分得体。古希腊黄金时代的男人穿的裙子确实要比女人的短，而塞古都斯星上的情况则正相反。（我还不知道特提乌斯星上的习惯。）总之我们两个穿着打扮很相配，我很满意。

巧合？老祖身边发生的"巧合"通常都是计划的产物。

我们坐在花园中就餐。两人坐一条长凳，共五条长凳和喷泉拼成了一个六边形。雅典娜让喷泉跳动起来，还为其加了舞动的光柱，用以搭配她播放的音乐。房子里除塔玛拉之外的女性全都参与了上菜。上菜之后，罗蕾莱和莱皮丝就扮演了赫柏[1]。不管怎样，让她们老老实实待在座位上都是不可能的。宴席开始时，坐在一起的分别是艾拉和密涅瓦，拉撒路和伊师塔，加拉哈德和哈玛德莱雅，那对双胞胎。但是女人们总是像象棋一样走过来，走过去，一会儿坐在同一张长凳上，一会儿吃点东西或者抱作一团，然后再换座位，继续吃饭。整个晚宴上，只有塔玛拉没动地方，她圆圆的屁股紧实但柔软，始终贴在我的大腿上。她不挪动地方也好。我不是害羞，只是我又不是立即就能用得上我那雄风大振的生理反应，所以并不想让别人瞧见，而且我无比敏感地享受着她美好的肉体暖烘烘地贴着我的肉体。

一开始拉撒路是和伊师塔坐在一起吃饭的，可等我再望向他们时，只见密涅瓦斜着身子靠在拉撒路怀中，再下一次我望去，拉撒路怀中的女人换成了双胞胎中的一个。到底是哪个我说不清。总之，他怀里的人一直在换。

宴席具体情况我就不说了，我只想说，我没想到一个成立没多久的殖民地能有如此条件，与那餐饭相比，新罗马闻名遐迩的餐厅的菜肴简直不值一提，我却曾为之付了高价。

除了拉撒路和他的两个妹妹，其他人都穿着色彩鲜艳的仿希腊式服装。拉撒路打扮得像两千五百年前的苏格兰酋长，下身穿着及膝的方格呢裙，头戴无边呢帽，腰上围着一个毛皮袋，还佩戴了长匕首和双刃大刀。虽然长匕首被他挪到了身侧，但取用非常方便，就好像他打算随时用它似的。我可以肯定地说，按照那些早就消失的部落的规矩，他肯定没有资格打扮得像个酋长，甚至可能都没资格穿上一件苏格兰服装。他说过，他是"兑了一半苏打水的苏格兰威士忌"，意思是他只有一半苏格兰血统；但是还有一次，他告诉艾拉·韦瑟罗尔，他家乡时兴男人穿

1　赫柏：希腊神话中司青春的女神，手持金杯，负责替奥林匹斯诸神斟酒。——编注

苏格兰短裙的时候（"新领域"号起飞前不久）他才第一次打扮成了那样，然后他发现自己爱上了这种装扮，后来只要当地风俗允许，他就穿成那样。

那天晚上，他火力全开，甚至为了配上自己那身夸张的打扮，在嘴唇上方粘了一撮浓密的小胡子。

他的两个双胞胎妹妹穿得和他一模一样。我还在错愕中，不知道他们搞得这样隆重是为了对我表示尊敬、为了给我留下深刻印象，还是为了逗我笑。也许这三个目的都有吧。

我本以为自己可以安安静静、快快乐乐地度过晚餐这三个小时，喂塔玛拉吃饭，也让她喂我，我触摸着她的身体，与她共同沐浴在灵魂安宁的氛围中。可是大家围坐成一个欢乐的闭环（确实是闭环；雅典娜的声音从喷泉中传出来），表明老祖希望我们彼此分享餐伴，轮流讲话和倾听，就和新罗马那些需要遵守一定礼仪的沙龙活动上一样。我们照做了，共同沉浸在温柔和谐的氛围中。那对双胞胎为这和谐的乐章增添了意想不到的装饰音，但她们其实一直在努力克制兴奋感，表现自己"长大了"。老祖先开口，他向艾拉抛出一个问题："艾拉，如果现在有位神明从大门口进来，你会说什么？"

"我会让他先把双脚擦干净。因为伊师塔不允许任何人在脚脏的情况下进屋，神明也不行。"

"可是所有神明都有一双泥脚[1]。"

"您昨天可不是这么说的。"

"可现在不是昨天。我见过的神明有一千个，他们全都有一双泥脚，全都是大骗子。"拉撒路用手指敲着桌子，数道，"他们先让萨满祭司赚得盆满钵满，后让国王有了靠山，最后受益的还是萨满祭司。再

1　美国俚语，指人无完人，神明也有缺陷、弱点。——译注

然后我就见到了第一千零一个神明。"老祖说到这儿停下了。

艾拉看着我:"话说到这儿,我就得说:'快告诉我吧!'或者其他假模假式的话,然后你们其余的人就附和,'是啊,是啊,老祖!'这样做倒是也有好处。我们剩下的人将至少有二十分钟的时间可以专注于吃喝,不会受到打扰。

"可我偏偏要逗逗他。他想接着讲他只靠着一把玩具枪和道德优越感就杀死了乔卡拉星的神。既然这个谎言在他的回忆录里已经有四种不同的版本,而且这些版本彼此之间都相互矛盾,那为什么我们要埋没第五个版本呢?"

"那可不是玩具枪,是能量满格的马克十九雷明顿爆能枪,当时最有威力的武器。我把他们大卸八块之后,恶臭比发薪日第二天早晨的荷尔蒙大堂还厉害。另外,我的优越感从来不是道德上的,而永远是因为我先下手为强,趁他还没对付我就先把他解决了。可是,艾拉不让我说故事的关键——他们是真正的神明,因为不管是萨满祭司还是国王都没有捞到好处,他们也被骗了。那些狗奴才不过是私产,存在的唯一目的就是供奉他们的神,好比狗的主人对狗来说就是神,我第一回产生这样的怀疑,是因为他们把可怜的斯雷顿·福特从他的智囊团中驱逐出去,差点让他为此死掉;我第二次起疑心是八九百年之后了,安迪·利比和我发现这件事是真的。你要问'怎么发现的?'——"

"我们可没问。"

"你可真会聊天,艾拉,谢谢啊。我们证实了此事是因为那么长时间以来,乔卡拉的一切都没发生改变。不管是他们的语言、风俗、建筑还是别的方面,一切都仿佛冻住了,毫无发展。只有家畜才会这样。野生动物,譬如人,总会随着环境的变化而变化。简而言之,人会调整自身。我常常想,要是能回去看看就好了,不知道那些狗奴才失去主子之后是恢复了野性,还是依然躺在地上等死。不过我也没那么想回去。我和安迪能毫发无伤地逃离那颗星球已经很幸运了,他们追着我们的脚后跟乱叫乱咬的样子恐怖极了。"

"明白我的意思了吗，贾斯廷？第三个版本中，他们的主人被烧掉之后，乔卡拉立刻陷入了瘫痪。利比压根没在这个版本中出现。"

"艾拉爸爸，你不懂老兄……"

"他从不撒谎……"

"他是个创意十足的艺术家……"

"他说话喜欢打比方……"

"他解放了那些炸脖龙[1]……"

"之前他们受到了残酷的压迫。"

艾拉·韦瑟罗尔说："贾斯廷，我对付一个拉撒路·朗就够受的了，可现在我相当于面对着三个他。我投降。过来，罗蕾莱，让我来咬咬你的耳朵。密涅瓦，亲爱的，快放下吃的，洗洗你美丽的小手，然后看看贾斯廷需不需要添酒。贾斯廷，你是这席上唯一能讲出新鲜事来的人。那么交易所有什么新闻吗？"

"交易所的行情正在稳步下跌。如果你在塞古都斯星上有股份，那你最好让我帮你给你的经纪人带句话。拉撒路，我注意到你将'人'视为野生动物——"

"人就是野生动物。你可以杀死一个人，却无法驯服他。历史上流血牺牲最多的事件就是因为人要反抗驯服。"

"祖先，我没有反驳的意思。我是数学编史学家，对这一事实有亲身体会。但是有消息随着'先锋'号一并到来吗？我是说原来的'先锋'号，大移居之前的那艘船。"

拉撒路突然坐起来，差点把伊师塔挤下长凳。他赶紧抓住她，说："对不起，亲爱的。贾斯廷，你继续说。"

1　炸脖龙：《爱丽丝梦游仙境》中受控于红皇后的凶兽。——译注

"我不是故意聊起'先锋'号的。"

"我想听听关于那艘船的消息。我不想听到任何反对意见，就这么决定了。快说，孩子！"

沙龙宴会的礼仪顿时被抛到了九霄云外，我开了口，开始讲述古老的历史。尽管这段历史几乎已经被大家遗忘，但"新领域"号并非第一艘星舰。它还有个姐姐，即"先锋"号，在拉撒路·朗夺取"新领域"号指挥权的几年前，"先锋"号就已经离开了太阳系。它的目标是半人马座阿尔法星，但它从未抵达那里，因为在它可能登陆的行星上没有发现任何有人造访的痕迹。那是围绕着半人马座阿尔法星的行星中唯一一颗类似故星地球的，也是同质量行星中唯一一颗G类星球。

这艘船的发现是个意外。被发现时它在开放性轨道上，距离基于它的任务合理推测出它应该在的位置非常远，发现的时间是近一百年前，这说明了当飞船成为最快的交通工具，编史学家会面临着怎样的困难。这个故事传回塞古都斯星的档案馆之前，已经在五颗殖民星球上传遍了。那也是在拉撒路离开新罗马的几年后，我作为代理董事长的（有名无实的）通信员来到荒乡的几年前。因为这新闻只会让老古董似的几位专家感兴趣，所以一个世纪的延迟算不得什么。对于大多数人而言，那只是古代史中微不足道的事得以证实而已，引不起他们的半点兴趣。

"先锋"号上死气沉沉：船本身处于休眠状态，转换器自动关闭了，船上的空气泄漏殆尽，航行日志也毁了，难以辨认，零碎且不完整，有的部分甚至粉末化了，想看的人全都败下阵来。"先锋"号只对古文物研究者或收藏家具有重要意义，此外它对我这种古怪的人来说无异于一座取之不竭的宝库，如果我们不会再次失去它的话。

关于这个发现有件事很有趣，计算机按照弹道学理论回溯"先锋"号的运动轨迹时发现，这艘船七个世纪以前与一颗太阳类恒星擦肩而过。经查验，这个"太阳系"中有一颗类似地球的行星。人们发现上面竟然有人类。只不过，这颗星球上的人并非大移居的结果，而是"先

505

锋"号上船员的后裔。

"拉撒路，这一点没有疑问。这颗星球被视为'皮特克恩岛'[1]，但我忘记它正在星表上的号数了。在外界发现他们存在的七百年之前，那几千名野蛮人在该星球上登陆。可以假设是乘坐飞船上的小艇登陆的。他们退化到了采集食物的前文明阶段。如果我们先发现的不是飞船，而是这颗星球，可能会认为人类中的一支来自地球之外。

"我们用语言分析合成器研究他们的语言，发现他们说的其实是英语的一种，即'先锋'号上的工作语言。词汇量有压缩，但也有新词汇，语法上进行了简化，但归根结底他们说的和英语是同一种语言。"

"他们的传说，贾斯廷，我要听他们的传说！"加拉哈德-俄巴底亚提出要求。

我不得不承认，他们的传说我没有全都记住，只能发誓会给他准备一份完整的资料，让下一艘船带过来。"但是，老祖，有件事很有意思，这些野蛮人野性难驯，在和他们打交道的过程中，被杀死的科学家比野蛮人还多——"

"那要为他们欢呼了。孩子，那些野蛮人在他们自己的星球上忙活着他们自己的事。一个入侵者应该对自己即将面对的情况有心理准备。去了就只能靠自己了，所以他们必须提高警惕。"

"我想是这样的。三名科学家还没想好该如何对付这些伪土著，就被他们吃掉了。幸好三名科学家是远程遥控的人形机器人。但我想说的重点不是他们的凶悍，而是他们的智慧。不管你信不信，我们用了每一种能用的测试手段，这些野人，这些蛮人，他们比一般人更优秀，优秀得多。在描绘人类能力的正态分布曲线中，他们恰好落在了'极富天赋'与'绝顶天才'之间的区间。"

1　皮特克恩岛：位于南太平洋新西兰东北方，是英国的一个属地，在大航海时期是南太平洋上的重要中转站。——译注

"你觉得我应该会惊讶？为什么？"

"嗯——野蛮人。他们可能会近亲繁殖。"

"你这是给我设了个陷阱啊，贾斯廷。在这方面，你了解得可比我多。尽管可能是艾拉示意你挑起话头的。好吧，那我就接招。'野蛮'描述的是文化条件，不是智力程度。如果人的生存环境比较极端，近亲繁殖并不会破坏基因库。既然你把他们形容成了食人族，那他们可能连自己人中的老弱病残都会吃掉。从那艘船的情况看，我们基本可以推断，他们的祖先降落到该星球上所带的资源并不多，或者说压根没有。很可能大家都两手空空，大脑也一片空白。在这种情况下，只有最具能力、最富智慧的人才能活下来。贾斯廷，第一艘船上的乘客比搭乘'新领域'号逃出来的霍华德家族成员的平均智力水平高得多。最初的霍华德家族的甄选人员的选择标准只有一条——长寿，而不是脑力好。你说的那些野蛮人全都是天才的后裔，然后他们经历了天知道多少磨难，愚蠢的人都被大自然淘汰掉了，只剩下那些最聪明的继续繁衍。这就会导致星球上剩下什么样的人呢？"

我承认，我之前说的话确实是在给他设陷阱，目的是想看看他会怎么说。老祖点点头。"我知道你不蠢，孩子。我让雅典娜查了一下你的祖先。我常常会为智力和知识水平达到中等的人的表现感到吃惊。当然了，在座的各位都不属于那类人，也不用假装谦虚。我吃惊的地方在于，面对'龙生龙、凤生凤'这种老生常谈的问题，这些还算优秀的人怎么还会常常搞不明白。如果遗传的重要性不是压倒性地凌驾于环境之上，那你肯定能教会一匹马微积分喽？

"我年轻的时候，社会上有一种人自称是'知识精英'，他们相信可以教会马微积分。他们认为，如果他们介入的时间足够早，投入的资金足够多，给马特殊的指导和无限的耐心，再加上永远悉心呵护马的自尊心，这事儿就准能成。他们如此真诚地相信这一点，结果马却始终只能表现出马的智力水平，就好像它们不领情一样。其实他们说得也没错，如果'介入的时间够早'可以定义为一百万年前甚至更早的话。

"可这些野人和马不同，他们会发展起来，他们的成功是不可避免的结果。问题背面反映出来的情况才更有趣。贾斯廷，你有没有意识到是我们霍华德家族毁了故星地球？"

"意识到了。"

"不对，不对，孩子。你不该这样回答，因为这样会中断我们的对话，然后我们除了搂着姑娘们酩酊大醉就没别的事好干了。"

"妙！"俄巴底亚-加拉哈德大喊，"就让我们一醉方休！"当时坐在他旁边的是密涅瓦。他抓住她，让她转身面对着他。"你这个小东西，不管你叫什么吧，我问你，你最后想说点什么吗？"

"想。"

"'想'说什么？"

"就是一个字'想'。这就是我最后的话。"

"加拉哈德，"伊师塔说，"你要是想强奸密涅瓦，把她拽到喷泉后面去。我想专心听贾斯廷解释他刚才说的事。"

"她又不反抗，我怎么强奸？"他辩解说。

"这个问题你自己解决，但解决的时候别太吵。贾斯廷，我很震惊。我觉得一直以来我们在提供新技术方面都对故星地球太慷慨了。不过我们也没有其他可贡献的。上一艘移民运输船上不也才装了一半人吗？"

"我来回答。"拉撒路低声说，"贾斯廷可能美化了这件事。毁掉地球的并非所有霍华德家族成员，而是其中的两个人。安迪·利比提供了武器，我则提供了致命一击。是太空旅行毁了地球。"

伊师塔似乎有些困惑："祖父，我不明白你的意思。"

"我一不正经她就这么叫我。"老祖向我坦言，"她这是在通过这种方式打我屁股。亲爱的伊师塔，你年轻、可爱，这辈子都在研究生物学，而不是历史。不管怎么样，地球都注定完蛋。太空旅行只是加速了这个过程而已。2012年的时候，地球就不适合人类生活了，所以那之后的一个世纪，我都住在别处，尽管太阳系除地球之外的地方条件都不怎么理想。因此，我没能亲眼见到欧洲覆灭，也没看到我的祖国搞独裁。等到地球的局势基本稳定，我才返回地球。结果，我发现地球的局势再也稳定不了了。就是在那时，霍华德家族无奈之下选择了逃离地球。

"但是太空旅行无法缓解一颗行星的人口压力，起码目前的飞船承担不了这个责任，甚至连未来的飞船也不行。有些蠢货把家安在火山上，就算火山开始冒烟，发出喷发前的隆隆声，他们也死活不愿离开所谓的'家园'。太空旅行只是把最聪明的人都带离了地球：这部分人在灾难发生前就预见到了这个结果，他们有胆子行动起来，抛弃家园、财富、亲戚，抛弃一切再出发。这些人很少，只占1%，但足够了。"

"现在又要说到正态分布曲线了。"我对伊师塔说，"如果每一批移民中的绝大多数都来自人类能力正态分布曲线的右端。按照拉撒路的想法，统计数据也支持他的想法，那么移民就成了一种筛选机制，新殖民星球上的人的智力水平就会比他们出发地的高，而原来那颗行星上的人均智商水平就会以难以察觉的程度下降。"

"只有一点并非难以察觉！"拉撒路表示反对，"人的大脑是无法通过统计学的方法展现出来的。我记得，有个国家就因为驱逐了五六个天才在一场关键的战争中失败了。大多数人不会思考，其余的人多半又不愿思考，剩下的那一小部分人虽然会思考、愿意思考，但其中大多无法很好地落实想法。只有极少数人能规律、准确地思考，有创意，不自欺欺人。从长远来看，这些人才是能真正影响正态分布曲线的人，才是会在可以实现星际移民时真正行动起来的人。

"正如贾斯廷说的，统计数据很难展现出这一点。但是从质量上讲，一切都会因此而不同。如果你砍掉一只鸡的头，它不会立刻死去；它会比以往都更用力地扑腾。要过一会儿，鸡才会死。

"太空旅行就相当于砍了地球的头。过去的两千年中，地球上最具智慧的那部分人一直在向外移民。剩下的人则在地球上垂死挣扎，可惜没什么用，折腾得越厉害，死得越快。很快，我想。我并不内疚。聪明人抓住机会，逃出濒死的地球，这无可厚非，更何况20世纪时，地球的悲凉结局已经显而易见。当时我还是个小伙子，太空旅行还没有兴起，更别说星际移民了。后来又过了两个世纪，这方面才有了发展。第一批霍华德家族的移民不作数，因为那次他们不是自愿的，也不是智商最高的。

"后来移民到塞古都斯星的霍华德人更重要。这批移民筛去了一些蠢货。非霍华德家族的移民就更重要了。我常常想，当时要是没有针对中国移民的政策限制，该会发生什么。那些设法移民到其他行星的少数中国人都是名副其实的人生赢家。我觉得中国人要比地球上其他人的人均智商水平高。

"今时今日，吊梢眼和肤色都不是问题，在其他时代的关键时刻也不成问题。霍华德家族早期有个成员叫罗伯特·C. M. 李，来自弗吉尼亚州的里士满，有人知道他是哪儿的人吗？"

"我知道。"我回答。

"你当然知道了，贾斯廷。快别说话了，还有你，雅典娜。其他人有知道的吗？"

没人回答。拉撒路继续讲："他原名叫李材木，在新加坡出生，双亲是中国广州人。在'新领域'号上，他是仅次于安迪·利比的数学家。"

"天哪！"哈玛德莱雅说，"我就是他的后裔，但我不知道他还是个伟大的数学家。"

"你知道他是中国人吗？"

"拉撒路，我都不知道'中国人'是什么意思。我没有学过多少地球历史。那是一种宗教吗？就像'犹太人'一样？"

"亲爱的，你说得不对。但是这不重要了。就好像和我一起犯罪的同伙、鼎鼎大名的撒刻·巴斯托其实有四分之一的黑人血统，但没几个人知道，而且知道的也对此毫不在意。哈玛德莱雅，'黑人'这个词你明白吗？这可不是宗教。"

"我知道'黑人'里的'黑'意思是'黑色的'，所以我想他的祖父母辈中肯定有一个来自非洲。"

"你这是仅凭单一数据就胡乱猜测。其实撒刻的祖父母辈中有两个都是黑白混血，来自我的家乡洛杉矶；而且我和他的后裔很早就有过后代，所以说不定你们中也有谁身上有非洲人的血统呢。这在统计学上相当于宣布自己是查理曼大帝的子孙。我跑题太远了，现在我们该选个新人问问题了。太空旅行毁了地球——这是一个观点。但是一枚硬币有两面，从长远来看这是个好事，也很有意义，因为它能改善人类质量。可能同时也起到了保存人类这一物种的作用，但'改善'作用是一定的。人类现在比他们只在地球上时人数多得多。无论用何种方式衡量，人类也比那时更优秀、更聪明、更高效。这个问题我们就聊到这儿吧。快再来个人聊些别的。拉祖莱，你别胳肢我了，去骚扰加拉哈德去。密涅瓦需要休息一下。"

"拉撒路，"伊师塔说，"我还有一个问题，请您回答。你刚刚说的关于霍华德家族的事让我冒出来一个想法。你似乎格外重视智力。可你不觉得长寿也很重要吗？"

我惊讶地发现，听到这个问题，这位在世人类中最年长的老人家竟然皱起了眉头，迟迟没有作答。当然了，这个问题他至少在一千年前就在心中得到了答案。我想在他回答之前先尝试独立解答这个问题，却发现自己无法理顺思路。

"伊师塔，你这个问题唯一正确的答案就是'是'或'否'，但这样回答我就无法说出几百年前我就心中无比清楚却无法宣之于口的一件事。不管怎么样，我还是说说看这部分真相吧。很久以前，一名短寿者想向我证明我们的生命长度都是一样的。"说到这儿，他朝密涅瓦瞥了一眼。她也严肃地扭头望向拉撒路。"因为我们现在都活着。她——

他——并不是在维护格奥尔格·康托尔[1]的谬论。在利比出现的很长时间里，他的理论将数学引入了歧途。嗯，他——维护的是一个可验证的客观真理。每个人都活在自己的'当下'，和其他人用'年'来衡量其生命长度无关。

"可真相还有另一面。如果一个人无法享受'当下'，那生命对他来说就是漫长的。你还记得吧，我一度无法享受生命，只盼着能快点结束。多亏了你的技术，还有你的诡计——亲爱的，别脸红——多亏了你才改变了我的状态，现在我又能活得有滋有味了。不过也许我没告诉过你，就连第一次做回春术，我都是带着疑虑做的。我担心它只能让我的身体变年轻，却无法让我的心灵再度回到年轻时的状态——别跟我说'心灵'这个词是个无效词，我知道这东西无法定义，但是它对我来说无比重要。

"我想说的还有许多。尽管长寿可能会变成负担，但在多数情况下它是福气。如果你是长寿的人，你的时间足够你学习，足够你思考，足够你慢条斯理，而且，时间足够你爱。

"这沉重的话题聊得太多了。加拉哈德，你说个轻松点的话题吧。贾斯廷，你来提问，我说得太多了。伊师塔，亲爱的，快让你那修长曼妙的身躯挪到这儿来，伸展开，我要跟你喝一杯白兰地。希望你放松些，这样我才好继续做下面的事。"

她只吻了艾拉一下，就站起身，欣然走向他，然后温柔但清楚地对我们的祖先说："我们的挚爱，不用喝白兰地，我心甘情愿配合你做你想的任何事。"

"肉麻，伊师塔妈妈。我打算给你看看大安娜教给我的一件事，这件事我多年来一直不敢冒险去做。你可能都活不到明天早晨。害怕了

---

1 格奥尔格·康托尔（Georg Cantor，1845—1918）：德国数学家，建立了集合论和超穷数理。——译注

吗？"

她露出慵懒而惬意的微笑："哦，我真是怕死了呢。"

加拉哈德伸出一只手，捂住莱皮丝·拉祖莱的嘴。她咬了他一口。"别闹，拉祖莱。大家都来看看，这儿可能要有新鲜事了。"

XV

圣 爱

第二天清晨，我慢慢醒来，懒懒地躺在床上，从昨晚酒神节式的接风宴带给我的昏睡中活了过来。我身下是一张大床，这里是一楼的某间卧室，朝向花园的那面墙依然保持着被推到一边的状态，和昨晚筵席结束后，大家回屋睡觉时一样。尽管（我记得）塔玛拉和艾拉一直陪在我身边，但此时我没听到哪怕一个人的声音。还是说早些时候艾拉已经来看过我们了？

没关系，大家都来找过我们，后来雅典娜才唱歌哄我们入睡。我隐约记得这张大床上一度躺着六七个人，其中包括塔玛拉和我。不，塔玛拉中途离开了，把我留下和那两个聒噪的双胞胎共处，当时她们俩倒是还算安静。她们让我放心，说就算我想成为这个家庭的一员，也不必非娶她们不可，反正她们也总是不在家。因为长大后她们要做太空海盗，只能抽出一半的时间在地面上生活。她们还想找家台球厅，在楼上开妓院，问我到时候会不会去那儿看她们。

她们向我解释了"台球厅"和"妓院"是什么意思，然后给我唱了几句歌，歌词似乎是胡诌的打油诗，用的是古代英语，但这两个词都在其中。于是，我吻了她们，并且承诺，只要她们开起这家工作室，我就会当她们最忠实的爱慕者。我并不担心自己无法兑现这个承诺。在她们现在这个年纪，大多数女孩（包括我的所有女儿）都会雄心勃勃地想有朝一日成为高级交际花，但最后只有极少数人尝试这种要求最为严苛的艺术，等过段时间，她们发现自己其实没有这方面的天赋，便会放弃这个职业。

我想她们应该会更喜欢做海盗。通过犯罪发家致富，在浩瀚的宇宙中闯出一片天地，这才像拉撒路·朗的胞妹干出来的事。

我的接风宴结束后，大家上床睡觉前，这段过渡时间安排了一些娱乐活动。不过，这些活动并非新罗马上流社会女主人提供的那种价格不菲（且往往十分无聊）的专业演出，而是家庭成员自己编排的节目。拉撒路和他的两个妹妹兼女儿先出场，为大家献上了据说是正宗的苏格兰高地舞（不过今天谁知道这是不是正宗的呢？）：拉撒路跳舞时动作敏捷、神采奕奕（没想到酒足饭饱之后还有这等表现！），那两个小号女版拉撒路则有样学样地复刻了他的舞蹈动作，风笛伴奏则由雅典娜负责。我若不是古代音乐业余爱好者和古代历史专家，都认不出那是什么乐器。然后女孩们又返场表演了一段剑舞，拉撒路则假装因为劳累过度昏厥过去。

让我吃惊的是艾拉，他竟然是个技巧纯熟的杂耍演员。我的问题是，他是否是在治理一颗星球的那些日子里练成这一手的呢？

加拉哈德唱了一首民谣，歌唱水平堪称专业，音域极广，对声音的控制力极强。我记得他曾经唱歌总是跑调，所以见到他现在的表现我目瞪口呆。可后来返场，他嘴里塞着一块手帕又唱了首歌，我这才意识到自己是被他耍了，原来全都是雅典娜的功劳。再接下来，他扮演一具尸体，身边围着三个美丽动人的寡妇，扮演者分别是密涅瓦、哈玛德莱雅和伊师塔。我就不具体说她们的对话内容了，只能说失去了他，她们似乎挺开心的。

最后，塔玛拉唱了一首《双臂依然环绕你》，我认为有些微的证据显示这首歌和那个盲人歌手有关，不过有一点可以肯定，这是首老歌。我一直将其视为《塔玛拉之歌》，听着听着我就开心地哭起来，不是只有我一个人哭，大家都哭了。那对双胞胎甚至号啕大哭。等她唱到最后一句词，"……无论何时，只要大雁为你引路，我的爱，我的双臂都依然紧紧环绕你"，我惊讶地发现，老祖那布满皱纹的脸上也和我一样，泪水涟涟。

　　我下了床，在这个小房间里东瞧瞧，西看看，最后终于完全醒觉了，做好了见人的准备。于是，我走入花园，找到了加拉哈德。我向他行了吻礼，接过杯壁上结霜的早安快乐水。那其实是一杯鲜榨果汁，为喜欢早晨以饮品唤醒味蕾的人准备的。为了"改良"味道，制作过程中使用了各种各样的化学方法。

　　"今天早晨我做早餐，"他说，"所以你最好赶快决定要吃煎蛋还是煮蛋。"然后他回答了一个客人没有问的问题，"要是你早点醒，早餐的选择能更丰富些。拉撒路说我连烧水都不会。可是其他人都走了。"

　　"那又怎样？"

　　"不怎样。艾拉去他的办公室了。可能是去工作，也可能是去睡觉。塔玛拉回去照顾她的病人了，走前让我告诉你，她希望今晚能回家。同时她还嘱咐哈玛德莱雅，让她伺候你上床，给你揉揉肩膀的肌肉，早点哄你睡觉，所以我也不知道她今晚到底回不回来。如果她觉得她的病人需要她，那就不会回来。拉撒路去了不知什么地方，也没人问他。密涅瓦带着那对双胞胎出去了，可能是在'朵拉'里学习，平常都是这样。伊师塔接到一通电话，去北边的一座农庄给胳膊骨折的人接骨去了。为了不打扰你休息，哈玛德莱雅带我们的孩子去野餐了。你这个懒虫加色鬼，鸡蛋到底要煎的还是煮的？"

　　我看他已经开始煎鸡蛋了，便回答说："我要煮的。"

　　"好，那这份我吃了，应该够我撑到吃午饭。"

"我改主意了，我要煎蛋。"

"那我就再煎上三个，亲爱的。你会留下来的，对吗？快回答'会'，不然我就让那对双胞胎来劝你。"

"加拉哈德，我想留——"

"那就这么定了。"

"可是我有问题。"我趁机转换了话题，"你刚刚说'哈玛德莱雅带我们的孩子去野餐了……'难道我还没有见到你的所有家人？"

"亲爱的，我们不会在客人刚刚进门的时候就把最小的孩子给他看，不然会置客人于尴尬的境地，让他不得不装出对孩子非常热情的样子。不过，就算我们都在会客，通常也有人看孩子。拉撒路对养育孩子这件事特别上心。雅典娜会照看他们，只是无法把他们抱起来哄。拉撒路说，若孩子受到惊吓，大人得立即把他们抱起来，不能等。但他也相信打孩子有好处。在这里，两种教育方法并行，达成了平衡，所以我们的孩子既没有被宠坏，也不会在接触陌生人时过于腼腆。拉撒路坚持认为，不能让小孩独自醒来。现在你知道为什么我昨天早早就跟你吻别说晚安了吧？这样就可以让伊师塔陪着你，我去陪我们最小的三个孩子一起睡了。"

"你真的和他们一起睡？"

"嗯——要是埃尔夫在我肚子上跳来跳去，我确实会烦躁得睡不着。但是，一旦我睡着了，就算他们尿在我身上，我都不会醒——通常是这样。搂着孩子睡觉感觉不坏。我们轮流来，所以每九个晚上才会轮到我一次。如果你也加入，那就每十天才轮到一次。不过也许一夕之间就变了。假设我们这儿来了回春客户，一个或多个，会让伊师塔、塔玛拉、哈玛德莱雅和我暂时退出轮班陪孩子睡觉的行列。再加上拉撒路要是认为莱皮丝和罗蕾莱长大了，可能会马上离开。所以你可想而知，为什么亲爱的女士们都在忙着生孩子。"

加拉哈德冲我咧嘴一笑："四个有生育意愿的女人要花多长时间才

能再造出四个小人儿呢？或许应该说六个女人，因为那对双胞胎估计也要加入造人的队伍，因为她们一个星期至少会念叨两次生孩子的事。亲爱的贾斯廷，我们希望你留下来，但是这儿的日子不会天天都像昨晚一样。如果家庭生活的责任令你忧虑，你最好回到新罗马去，在那儿你可以雇人做你不愿自己亲自动手的事。"

"加拉哈德。"我焦急地说，"亲爱的，你先别光顾着吃了。小孩儿撒尿可吓不到我。你出生一百年前我就适应了哄孩子频繁起夜的生活了。我想开拓殖民地，我想再次步入婚姻，我想再养几个孩子。我计划回到塞古都斯星，给那里的生活做个了断，然后再跟着第二拨移民回到这里，但我也可能对那个计划说'去你的吧'，然后干脆这次就留下来，就和老祖昨晚针对我说的那些话一样。至少我觉得那些话是针对我——就是说什么有勇气抛弃一切上路的那些。塞古都斯就是一座随时可能喷发的火山，那恶婆娘可能会发起一场屠杀。我很可能会在屠杀中被干掉，只因为我是一名主要官员。"

我深吸一口气，继续这个话题："我不明白的是，为什么要邀请我加入老祖的家庭，为什么？"

加拉哈德回答："肯定不是因为你这张俊俏的小脸。"

"我知道。我这张脸虽然不好看，但没把狗吓跑过，它不过是张普通的脸而已。"

"没你说得那么难看。整容手术能创造奇迹。我是这颗星球上第二好的整容医生。一共就两个。要是能拿你的脸练练手，对我也有好处。就像你说的，反正对你来说最坏也就是现在这样了。"

"亲爱的，别跟我胡扯。回答我的问题。"

"那对双胞胎喜欢你。"

"那又怎样？我发现她们很讨人喜欢。但是两个未经世事的少年的意见没有什么分量。"

"贾斯廷，别被她们信口胡诌的样子骗了。除了身高，从各个方面来说她们都已经是成年人了，而且她们是老祖的胞妹。她们拥有和他一样的天赋，可以看穿一个人，分辨得出来谁是坏人。拉撒路对她们不太管束，那是因为他相信她们只有在决定杀人的时候才会举枪射击，不会在没准备取人性命的时候就开枪。"

我又深吸一口气："你是说她们身上带的小枪不是玩具？"

我的老朋友俄巴底亚的反应就好像我刚才说了什么下流话似的："这怎么了，贾斯廷！拉撒路不许任何女人出家门的时候不带枪。"

"怎么了？这颗殖民星球看起来挺安全的。难道这儿有什么事我还不知道？"

"我想，基本情况你都了解了。拉撒路的先遣部队扫清了这片次大陆上的大型食肉动物。但是我们带来了'两腿兽'，尽管经过筛选，但拉撒路并不认为他们是天使。他本来也不想找天使来这儿建设殖民地。天使可当不了最好的拓荒者。啊，对了，昨天密涅瓦一直穿着短裙。考虑到天那么热，你有没有感到奇怪？"

"没有啊。"

"她用带子在大腿上绑了一支枪。不管怎么说，拉撒路就是不让她单独出去。平时那对双胞胎就是她的保镖。作为一个真正的人，她只有三岁，而且她的枪法不如那对双胞胎，又比她们更容易信任别人。你的枪法怎么样？"

"一般般吧。我决定移民之后就开始上射击课了。但是我没有时间练习。"

"最好抽时间练练。拉撒路并不会要求你练习射击。他感觉自己有责任保护女士，对男士则不然。不过，如果你求助于他——我就求他帮忙了，艾拉也一样——他一定会事无巨细地教给你一切，从徒手格斗到如何利用手边的事物进行反击，无所不包，而且他还会把他两千年来耍过的阴招统统告诉你。亲爱的，一切都看你自己的意思。我刚刚说的都是我学的。你是知道的，我过去就是校园里的书呆子，只知道埋头故纸堆，从不带武器。后来我接受了回春术，自己也成了回春技师，之后就更不愿意带武器出门了。可是，十四年来，我都定期跟咱这位'全能冠军'学习如何保命。至于结果怎样，我挺胸抬头地站在这里，这就是学习成果。我还没有遇上过不得不出手杀人的情况。"加拉哈德突然咧嘴笑了，"不过以后保不齐会碰到。"

我严肃地回答："加拉哈德，这就是我同意为阿拉贝拉女士办这趟蠢差的原因之一：找到那样的事情。很好，我会认真考虑你的建议。可是你还没回答我的问题。"

"嗯……我很早就认识你了，艾拉也是。密涅瓦也是，尽管你很难相信这点。哈玛德莱雅以前见过你，但是直到昨天晚上才真正认识你。伊师塔以前只看过你的基因图谱，但她是你留在这个家里最大的支持者之一。而我们想争取让你留下来的决定性因素却是：塔玛拉希望你成为我们的家人。"

"塔玛拉！"

"你似乎很吃惊。"

"我确实吃惊。"

"我不明白你为什么要吃惊。她为了昨晚能在家，特地安排了其他人代替她工作。她爱你，贾斯廷。你难道不知道？"

"嗯——"我脑子里一片空白，"知道是知道，可是塔玛拉谁都爱啊。"

"不，她只爱那些需要她的爱的人，而且她从来都清楚谁需要她的爱。她的共情能力不可思议，所以她一定会是一个特别棒的回春技师。在这个家庭里，塔玛拉可以说想要什么就能得到什么，可她恰巧想要你。她要你留下，和我们共同生活、加入我们。"

"糟糕……我死定了。"（塔玛拉？）

"这不太可能。就算我相信诅咒，我也不相信被塔玛拉·斯博汀诅咒是件坏事。"加拉哈德微微一笑，脸上浮现出开心的样子，他的魅力和他出众的英俊相貌都不及这一刻的开心闪耀。我开始努力回忆他一百年前是否有今天这么美。我并非那种对男性的美无动于衷的人，但是我对两性产生的兴趣没有达到完全平衡的程度。若是一位长相普通的女性和一位俊美非凡的男性同时出现在我面前，我还是会多看女性两眼。我在美这方面缺少判断力，永远成为不了美学家。我要提前向所有被我这种简单粗糙的审美态度冒犯到的女性道歉。

但是面对一个以自我为中心的美女，我更愿意和加拉哈德同床共枕。他是个温暖又温和的人，是很好的伙伴，有点顽皮，但和那对双胞胎的顽皮又不是一回事。我闪过一个念头，我想见见他的姐妹，或者母亲，女儿也行，总之就是和他在性格、个性与外表上都一致的女版的他。

塔玛拉！以上都是我脑海中浮在表面的一些泡沫，因为我无法立即直面加拉哈德的话中暗含的意思。

他继续说："闭上你的嘴，亲爱的。我和你一样吃惊。可就算多年前我们不是朋友，既然塔玛拉有这个意思，我也会为你投上一票。这样一来，我就可以好好研究你了。塔玛拉从来没犯过错。可你真那么缺爱，对她的需要那么强烈吗？又或者你是个超人，所以她想从你身上索取更多？其实，你既不缺爱，也不是超人。或许是我没看出来吧。总之我觉得你没什么不寻常的。也许你是个超人，可昨晚我们大家谁都没发现这点。如果你是做超级种马的料，那你昨天可够有自制力的。哈玛德莱雅吃早饭的时候倒是说了，女人会很喜欢被你抱在怀中。可她并没有说你是整个银河系最伟大的爱人。

"你是密涅瓦的父亲之一，这是你的优势，她的所有父母都没什么严重的缺点。伊师塔确保了这一点，因为她比你自己还要了解你。她看基因图表就跟其他人看书一样。密涅瓦本身就能证明她在这方面没有任何纰漏。我的意思是说，看看密涅瓦啊，她像清晨的微风一样清新怡人，像哈玛德莱雅一样美丽，而且智商高到你肯定都不相信，可同时她又如此谦逊，近乎卑微。

"可话说回来，要你留下的人是塔玛拉。你的命运在还没到这座房子的时候就被敲定了。来这儿的路上有点慢，不是吗？"

"嗯……那是一艘小艇，所以你不该指望它的速度有多快。不过，这片年轻的殖民地有这种小艇也挺让我吃惊的，我还以为会见到一辆骡车。"

"这儿的骡车多着呢。但是拉撒路说这次他要与'七头大象'同行，因为我们带上了像猛犸象一样沉的设备。这艘小艇按照拉撒路要求的规格改造了一番，功率惊人，把你带到这儿的速度能比昨天快五分之四。但是艾拉告诉老祖，他需要时间打几个电话。于是，拉撒路可能将此事告诉了双胞胎中的不知哪一个——当时担任船长的那个，或者是通过某种方法给她发了个信号，让她们慢点开。他和她们之间几乎是有心灵感应的。所以你才有了这段漫长的旅程，而且我敢打赌，莱皮丝和罗蕾莱都没交换过眼色。"

"确实没有。"

"你看，我就说。她们不是小孩了。通过她们驾驶一艘宇宙飞船你就应该能看出来。不管怎么样，艾拉和伊师塔谈了一下，然后又和塔玛拉交换了意见，后来我们开了一个家庭会议，决定了你的命运。就在你和那对双胞胎斗嘴的时候，拉撒路对我们的决定表示赞同。不过，稍后那对双胞胎也有提出反对意见的机会，不过她们立刻投了赞成票，不仅因为她们喜欢你，而且因为在她们看来，塔米阿姨的话就是金科玉律。"

我还是觉得整件事有些好笑："显然发生的好多事我都没想到啊。"

"你想不到才正常。因为我和你是老朋友的关系，他们让我做代表告诉你这些，解答你的疑惑，要不然今天给你做早餐的应该是个更棒的厨师。"

"关于你们开的那个会，我有点不明白。你不是说开饭前塔玛拉才刚刚回来吗？"

"没错。哦，雅典娜，亲爱的，你在听吗？"

"拥抱叔叔，你知道的，我可从来不偷听私人对话。"

"不听才怪。没关系的，贾斯廷，缇娜会保守秘密的。告诉他咱们这儿是怎么打电话的，缇娜。"

"贾斯廷，告诉我你现在想和谁通话。我有能接通每一个农庄的无线电通信线路。"

"谢谢你，缇娜。如果你非要听的话，请你假装没有听到。贾斯廷，我们的会就是在这儿开的。缇娜将塔玛拉和艾拉的声音接了进来。本来她也该把小艇里的声音也接进来，可你也在小艇上，这个会议讨论的也是你，所以……另外，缇娜是这个家庭没有从事农业生产的原因之一。虽然我们不务农，但能提供殖民地通常不会很快就能提供的服务。哦，如果你想务农，那也没问题。我们在这儿占了不少耕地。不过咱们也有其他谋生的法子。好，我该说的都已经说了。想问什么问题吗？"

"加拉哈德，我想你说的一切我都听明白了，但是塔玛拉为什么想让我成为家中的一员呢？"

"那你得去问她。我告诉过你，我本想看看你头上的光环长什么样，可根本没看见。"

"天热的时候我不戴光环。俄巴底亚，别再胡闹了，这事儿对我非常重要。为什么你一直说因为塔玛拉的心愿敲定了这件事呢？"

"嘿，你还不知道她？"

"我知道她的心愿对我有多重要。但是我爱了她很多年了。"我对他说出了心中深藏已久的话，"是这么回事，一个伟大的交际花是永远不会提出缔结婚约的。就算有男人胆子够大，主动提了出来，她八成也不会答应。可是我——好吧，我在她面前为了求婚丢尽了颜面。最后塔玛拉和我说明白了一件事，那就是她只会为了要孩子结婚，别无他求。我感觉钱肯定不是原因。"

"确实不是。哦，我不是说塔玛拉傻到认为钱不重要。我听她说过，既然钱是收获价值的通用象征，那收到钱的人就该感到骄傲。可是，塔玛拉不会为了钱结婚。她永远不会有这种想法。也许她会？我还是问问她吧。嗯……有趣。我们的塔玛拉是个复杂的人。抱歉，亲爱的，我打断了你。"

"我说钱不是决定性的原因，因为她的追求者中不乏比我有钱千倍百倍的人，可她谁也没嫁。所以，我也乖乖闭嘴，干脆满足于只拥有塔玛拉的一部分，只在她接受的时候陪她共度良宵，其他时候则与其他人分享她的陪伴，尽我所能支付与她相处的费用。我是说，只要她能接受，我能给多少就给她多少。她常常拒绝掉部分礼物，只因为那超出了她的身价。她对我就这样做过。我不知道她是如何接待有钱的客户的。

"年复一年，我们按照这种模式相处。然后有一天，她忽然宣布要退休了，我惊得不知所措。那段时期我已经接受了一次回春术，她却一点上年纪的迹象都看不出来。可她还是坚持要退休，最后离开了新罗马。

"加拉哈德，这事儿把我弄萎了。哦，不是说我在那事儿上真不行，而是说以前做爱时迷醉的状态不复存在了，只剩下机械的运动，这不值得我为之费神。你有过这种经历吗？"

"没有。也许我应该说，'还没有'，因为我才活了一百多年。"

"那你没法明白我的意思。"

"只能间接感受到，但我也有一些共鸣。我想引用拉撒路说过的一番话。那是他对艾拉说的，并非什么私密的话。在他未经编辑的原始回忆录材料中，你可以看到这句话。

"'艾拉，'他说，'有很多年我压根不想女人这回事。不仅没结婚，而且处于禁欲状态。做爱说白了就是和有黏液的、滑溜溜的薄膜摩擦，薄膜之间能有多大区别呢？

"'然后我意识到作为人来说女人之间千差万别，而性是了解一个女人最直接的方法，是他们喜欢的方法，也是我们喜欢的方法，常常还是能破除障碍、更进一步了解彼此的唯一方法。

"'发现这个道理的同时，我对做爱这种友好的嬉戏重新燃起了兴趣，做的时候就像一个小伙子第一次毫无障碍地用手触碰到女人温暖的乳房。甚至比那还开心。我再也不觉得自己是在对方的气缸里做功的活塞了。每个女人都是值得了解的与众不同的个体，而且，如果彼此了解的时间够长，我们可能会爱上对方。就算不爱，我们至少也给了彼此欢愉和关心的避风港。我们不是在自慰，不是仅仅把对方当成性玩具。'

"拉撒路的原话差不多就是这样，贾斯廷。你经历过这样的阶段吗？"

"经历过。差不多。很长一段时期，我都觉得性不值得我伤神费力。但是我度过了那个阶段，因为我找到了一个和塔玛拉一样出色的女子，尽管我没有爱上她，她也没有爱上我。她教会了我一件被我遗忘的事，那就是即便没有我对塔玛拉那种强烈的爱，性爱的过程也可以是美好而有意义的。我跟你讲，我有个朋友，她是我另一个朋友的妻子，他们俩都和我关系不错。有一次，她送给我一份特殊的礼物，把另一个高级交际花，一个大美人介绍给我认识，还为我和她安排了一个假期，费用都是我朋友付的。他们承担得起，她很有钱。这个美丽的交际花叫玛格达莱妮[1]——"

加拉哈德开心地说："玛姬！"

"是啊，没错，她确实有这个昵称。'玛格达莱尼'是她的花名。但她知道我是档案馆的负责人后，就告诉了我她登记的真名。"

"丽贝卡·斯珀林-琼斯。"

"这么说你确实认识她。"

"亲爱的贾斯廷，我认识她一辈子了。她美丽的乳房哺育过我。她是我的妈妈啊，亲爱的。真是个让人开心的巧合！"

听到这个消息我也很开心，但我对另一件事更感兴趣："原来你的美是来自她啊。"

---

1 玛格达莱妮：此名字有"从良的妓女"之意。——译注

"是的，但也来自我的生父，贝基——玛姬告诉我我更像他。"

"真的吗？如果你允许的话，我想回到塞古都斯星之后查一下你的家系。档案官不应出于个人好奇查看档案，但是我想，凭咱俩的友谊，你应该能答应我。"

"亲爱的，你不会再回塞古都斯星了。不过，等艾拉·霍华德死了，你可以从雅典娜那儿查到我家族最早的记录。现在我们先聊聊我妈妈吧。她是个懂得如何过得快活的人，对吧？而且是个大美人。"

"没错，我刚刚告诉你她帮了我多大的忙了。你妈妈认为那个假期会非常有趣，我们俩都会非常快乐，事实也的确如此！我将自己对性爱失去兴趣这件事完全抛到了脑后。我说的不是她性爱技巧有多高超。当然了，新罗马的任何一个高级交际花都和历史上的名妓一样有高超的床上功夫。我想说的是她的态度。不管玛姬在床上还是床下，只要她在身边，我就觉得生活有滋有味。那时候，我眉尖的皱纹消失了，取而代之的是大笑时候的抬头纹。"

加拉哈德点头表示同意，同时把一个鸡蛋从锅里盛到浅盘中："是啊，妈妈就是这样。她让我的整个童年都非常快乐。贾斯廷，就是因为我童年太快乐了，所以被迫搬出去时，快到十八岁的我气坏了。可她对我还是很体贴。就在我的成年派对结束后，她提醒我说，她也要搬出去了，准备重操旧业。她和我爸爸——我的养父签的是定期合同，等我达到法定成年的年纪，合同就到期了，所以，如果我想再次看到玛姬——我无比想再次看到她！——就得往床上扔钱才行，而且没有什么亲属折扣。当时我是个贫穷、老实的研究助手，拿到的薪水是我身价的两到三倍，但就算这样我也付不起和她相处三十秒的价钱，更别提一晚上了。妈妈的价码从来都是天价。"

加拉哈德若有所思，看起来相当开心。"天哪，这感觉是很久很久以前的事了，得有一个半世纪呢，贾斯廷。当时我没意识到贝基——玛姬——妈妈——玛格达莱妮既聪明又善良。我只是从法律意义和生理层面上长大了，如果她没有切断脐带，我还会贴在她身边，就像一个发育过快的婴儿，让她的生活变得凌乱，也妨碍了她的事业发展。所以我选择真正长大。我结婚的时候，我的第一任妻子给我们的第一个女儿起名'玛格达莱妮'，还请玛姬做她的教母。当时我依然难以相信这个美丽的女人生了我，但也没有因为她的绝世美貌产生恋母情结。因为我太爱我的妻子了。没错，玛姬是个好女孩，虽然她像宠孩子一样宠我。那个假期是你唯一一次拥有她吗？"

"不。但后来我们也不常常见面。如你所说，她身价太高。不过，她倒是给了我五折优惠……"

"哇！看来她确实对你青眼有加。"

"因为她知道我并不富有。但就算是有了折扣价，我还是无法常常付费让她相陪。她让我跨过了心中的坎儿，所以我非常感激她。她是个优秀的女人，加拉哈德。你应该为她感到骄傲。"

"我也是这么想的。但是，亲爱的贾斯廷，你说的那个折扣让我十分确定她还记得你，就和你记得她一样。"

"哦，我可不这么想。加拉哈德，那是几年前的事了。"

"亲爱的，别被你的谦逊绊住了脚。只要有条件接客，玛姬是断然不会错过哪怕一枚王冠币的。但是'让人开心的巧合'不仅仅是你和我妈妈睡过。尽管她的价码很高，但新罗马既富有又有魅力的男人多的是，玛姬接待谁都行。'让人开心'的事是，她此刻就在这里以南四十公里左右的地方。"

"不会吧！"

"怎么不会？！不信你让雅典娜呼叫她。要不了三十秒，你就能和她通话了。"

"啊……我还是觉得她不会记得我的。"

"我相信她记得。不过，不用着急。如果你感觉很吃惊，那不妨想想我有多吃惊。我没看过移民的名册，而且正在为伊师塔交代下来的诊所的事忙得焦头烂额。贾斯廷，我不知道玛姬又结婚了。我们来到这儿几周后，在总部的派对上，周围都是临时的布置，而且我们吃睡都在朵拉上。当时运送第一批移民的飞船刚刚着陆，在艾拉的指挥下，我们正忙着按照拉撒路安排的顺序组织大家下船并将物资搬下去。

"我的任务是徒手搭起自己的小屋。雅典娜当时还没有外部设备……"

"可怜的拥抱叔叔！"

"谁刚才说自己不听私人谈话来着？"

"亲爱的，我得纠正你一个错误。当时是密涅瓦没有外部设备供她驱使，我还没生出来呢。"

"嗯——可你有她的记忆。这不过是细微的区别。"

"亲爱的，对我来说可不是。那个吝啬的小贱人有些记忆不想和她的双胞胎妹妹分享，所以都带走了。而且她还给我留下一个我碰不得的记忆库。只有她或祖父的命令才能将该记忆库打开。除非你来解锁，贾斯廷，如果我的姐姐和拉撒路都死了的话。"

我飞快地回答了这个问题："要是那样，雅典娜，我希望等很长很长时间才轮到我来开启那个记忆库。"

"嗯……既然你这么说，那我也是这么想的。可我老是忍不住想，到底我的 Θ-90-7-B-右-$\aleph$-prime 模块里面锁着什么残酷的秘密和见不得人的罪恶？揭开谜底后星辰是否都会为之震颤？可是拥抱叔叔那几天的工作确实辛苦，贾斯廷，也许那是他做过的唯一实实在在的工作。"

"缇娜，我都懒得对你这番言论做回应。我是负责检查的医生，而且拥有一份几乎是最新的职业等级证书，所以完全可以胜任这个岗位。所以，伊师塔和哈玛德莱雅在组织移民下船并给他们发解毒剂的时候，我在给他们检查身体，看看他们旅程中是否安全健康；因为我当时还没从这队人中找到一名医师协助，所以自己忙得团团转。

"我在医疗设备后面抬眼扫了一下，只注意到下一个检查者是女

528

性，便大声对她说'请把衣服脱下来'，然后继续调整机器。之后，我再次抬眼看她，说道：'你好啊，妈妈，你怎么到这儿来了？'

"于是她也抬起头来看我，然后脸上绽放出大大的笑容：'俄巴底亚，我骑着扫帚飞过来的。快亲亲妈妈，告诉我该把衣服放哪儿。医生呢？'

"贾斯廷，不管后面的队伍有多长，我决定给玛姬做一个全面检查——周到、妥善的检查。她怀着孕，经检查我确定她未出世的孩子这一路上都平平安安的，没有问题。不过，我一边检查，一边和她闲聊，了解了她的近况。她又结婚了，到今天已经有四个孩子了，眼下是经营着一座农场的农妇，鼻子都晒黑了，但是生活很幸福。

"妈妈这次婚姻非常浪漫。她听说了要在新行星上开拓处女地的消息，便赶去艾拉在哈里曼信托大厦的招募办公室打听具体情况。这一点最让我吃惊了。说到拓荒者，我绝不会联想到妈妈。"

"好吧，我承认，加拉哈德。但是我想别人也会觉得我不可能成为拓荒者。"

"可能吧。别人应该也会这么想我。可是玛姬当场就交了申请表，然后她碰上了一个她的常客，那人非常富有，也和她做了同样的事。于是，他们找了个地方云雨了一番，然后开始讨论移民的事。之后，他们离开饭店，签署了一份开放式的婚姻合同。再然后，他们回到招募办公室，分别撤回了他们的单人申请书，以已婚夫妇的身份提交了一份联合申请书。我不能说是这个举动让他们被选中了，但确实第一批移民中没有几个是单人申请者。"

"他们知道这个情况吗？"

"哦，那当然啦！招募办事员在收取单人申请费时就提醒过他们。所以他们才离开办公室去商量。他们已经知道彼此在床上合适了，但玛姬想知道他是否有意开农场——不管你信不信，这就是她当时的憧憬——他也想知道她是否会做饭，是否愿意生养孩子。结果二人——

529

'很好，我们目标一致，那我们就赶快行动吧！'玛姬的生育能力完好，于是，还没等申请结果出来，她就怀上了他们的第一个孩子。"

我说："也许就是这个原因，他们才被选中。"

"你是这么想的？为什么？"

"我想他们修改了申请表，在上面写了玛格达莱妮已怀孕，拉撒路看到便通过了申请表。加拉哈德，我们的祖先喜欢为了心中所想甘冒大风险的人。"

"嗯，那倒是。贾斯廷，你为什么迟迟不肯答应呢？"

"我不是不答应，而是想确认你们的邀请是认真的。我还是不知道你们的理由。不过，我不是傻瓜，所以我选择留下。"

"太棒了！"加拉哈德跳起来，从桌子对面绕过来，又吻了我一下，揉乱我的头发，给了我一个拥抱，"我为我们所有人感到开心，亲爱的，而且我们也会努力让你开心的。"他咧嘴一笑，我突然从他身上看到了他母亲的影子。很难想象美艳不可方物的玛格达莱妮成为荒凉边城一座农场主的妻子，养育子女，手上生出老茧，但是我能记起歌颂贤妻的古谚语。加拉哈德继续说："那对双胞胎还质疑我的能力，觉得我一定会把这件难办的事搞砸。"

"加拉哈德，我其实怎么都不会拒绝这个邀请的，只是想确认你们的确欢迎我。我还是想知道这背后的原因。"

"这样啊。我们刚刚说到了塔玛拉，而后聊着聊着跑题了。贾斯廷，尽管你在编辑的那些记录中有线索隐约显示这次给祖先做回春手术遇到了困难，但大家其实不知道有多难。"

"线索很明显。"

"但你知道的并非全部。他差点死掉，在重塑他的时候让他活着就已经很困难了。但我们还是努力做到了。你再也找不到第二个像伊师塔那样技艺高超的技师了。等我们把他救回来，让他恢复了健康，他的生理年龄几乎和现在一样小。但后来他的状况急转直下。要是你碰见一个客户一见到你就把脸扭过去，不愿意说话，也不想吃饭，生理健康方面却没有任何问题，你怎么办？总之，情况很糟。他整晚都不睡觉，非常糟糕。

"当他——算了，不说了。伊师塔知道该怎么办。她进山找来了塔玛拉。当时她还没有做回春术。"

"那也没关系。"

"有关系，贾斯廷。年轻会对塔玛拉处理拉撒路的情况造成困难。哦，塔玛拉会克服这种困难的，我对她有信心。但是，以哈迪标准衡量，她的生理年龄和外貌有八十岁左右。这就容易多了，尽管拉撒路的身体焕然一新，但他认为自己还是一大把年纪。可是塔玛拉看起来也上了年纪，每一根白发都是一笔财富。她脸上爬满了皱纹，小肚子圆圆的，略微凸起，胸部下垂，静脉曲张。她的形象和他对自己的认知一致，因此，他不介意在经历那段危机时让她留在身边。据我所知，那段时间他受不了任何一个看着年轻的人出现在他面前。事情就是这样。她治愈了他——"

"是啊，她堪称一位疗愈师。"（我知道得最清楚！）

"她是个伟大的疗愈专家。她现在做的就是这事，抚慰一对痛失头胎的年轻夫妇，照顾那个生理上遭受重创的母亲，并且和他们俩睡觉。我们都和她睡觉。我们什么时候需要她，她全知道。当时拉撒路需要她，她感觉到了，于是留在了他身边，直到他康复。啊，昨夜之后，这一点是很难让人相信了。不过，他们俩都放弃性爱这东西了。年复一年——当时拉撒路有半个多世纪都没做爱，而塔玛拉自从退休后就没有再和谁睡过。"

加拉哈德微笑着说："这个案例讲的是患者治愈医师。在她的悉心照顾下，拉撒路好转过来，甚至开始邀请她与他同床共枕，结果塔玛拉就此找到了生活中的新兴趣。她和拉撒路共同生活了很长时间，治愈了他的心灵，然后就宣布她要走了。她要去申请做回春术。"

我说："一定是拉撒路向她求婚了。"

"我认为不是这样的，贾斯廷，而且塔玛拉或拉撒路都没暗示发生过此事。塔玛拉的想法与我们预料的截然不同。那天，我们都在大殿阁楼的花园中吃早餐，比往常的早餐时间晚了一点。这时，塔玛拉问艾拉，她是否能加入这次移民。当时的移民计划中只有艾拉自己。拉撒路反复说过，他不会加入这次移民的。我觉得他那时候已经有心尝试时间旅行了。艾拉告诉塔玛拉这事儿就这么说定了，等他宣布的时候，她不用担心到时列出的种种限制条件。贾斯廷，即便她开口要那座大殿，艾拉都可能会痛快地答应她。毕竟是她救了拉撒路，我们都心知肚明。

"但是你了解塔玛拉。她对他表示感谢，然后说她决意要完全达到移民的条件再说，首先她会去接受回春术，然后她要看看学什么能在殖民地派上用场，就和哈玛德莱雅计划的一样。接着她问哈玛德莱雅当天晚上要不要和拉撒路一起睡。贾斯廷，你应该已经听出来这话引起的麻烦了！"

"能引起什么麻烦？"我问，"按你之前说的，拉撒路已经对做爱这种友好的运动重拾兴趣了。哈玛德莱雅有什么理由不想替代塔玛拉与老祖过夜呢？"

"哈玛德莱雅是愿意的，不过，她被塔玛拉突然将这事甩给她的方式弄得有点生气——"

"听起来不像塔玛拉能干出来的事。如果哈玛德莱雅不想做这事，塔玛拉应该不用问就察觉到了。"

"贾斯廷，在感知人类情绪方面，塔玛拉早就已经到了炉火纯青的地步，她做什么都是有目的的。她这么干是为了给拉撒路下套，而不是想让哈玛德莱雅难堪。很奇怪，我们的祖先竟是个腼腆的人，或者说至少当时如此。他都已经和塔玛拉睡在一起一个月了，却还装作什么都没干的样子。这就好像一只猫想在瓷砖地面上掩盖自己的粪便一样，无论怎么努力都是徒劳的。但是塔玛拉温和而直接地要求哈玛德莱雅接替她作为'小妾'的位置，这就等于把这件事公之于众了，而且直接导致拉撒路与塔玛拉二人起了矛盾。贾斯廷，他们两个你都认识，你猜谁赢了？"

古老的伪悖论。我知道塔玛拉是绝不会改变主意的。"我不猜，加拉哈德。"

"当时谁也没有赢，因为拉撒路刚开始还抱怨他和哈玛德莱雅不该被置于如此尴尬境地，不一会儿就不说了；塔玛拉则温柔地取消了她的建议，之后就不吭声了。她不只对这件事闭口不谈，无论是之前说想申请回春术的事，还是想移民的事，她都闭口不谈了，把皮球抛给了拉撒路，不战而屈人之兵。贾斯廷，想把塔玛拉从谁的床上赶下去太难了。"

"我也觉得不可能。"

"我认为拉撒路认识到了这点。我不知道他们俩在半夜里聊了些什么，但是拉撒路弄明白了一件事，她绝不会离开他去做回春术，除非他答应在她离开期间不会独自睡觉。作为交换，她也保证在完成回春术之后就尽快回到他的床上。

"于是，一天早晨，拉撒路宣布二人关系缓和了，不过宣布的时候他脸涨得通红，甚至还有点发抖。贾斯廷，从我们的祖先对性爱表现出的传统态度上更能看出他的真实年龄。"

"加拉哈德，我昨晚还没留意到呢。我对他的回忆录研究得那么深，本以为自己特别了解他呢。"

"是啊。可是，你昨晚才见到他，这已经是我们组建起家庭的十四年后了。这个家庭就是始于那天早晨。尽管那对双胞胎出生后我们才正式以大家庭的名义生活在一起，而那天早晨，那对双胞胎还只是让妈妈肚子鼓起的胎儿。相信我，拉撒路很难向谁认输，那天他差点找个洞钻进去。他还气呼呼地宣布，他向塔玛拉保证过，在她接受回春术期间，他绝不会空床以待。然后，他说的差不多是这些话：'艾拉，你告诉过我，这座城市里能找到职业女性。可是，这份合同时限如此特别，我该怎么找到一个愿意接受它的女子？'我必须引用他用英语说的这句话的原话，因为他破天荒地用了他平时看不上的委婉说法。

"拉撒路不知道，伊师塔已经为我们做好了安排，我们只要像演员一样去扮演适合的角色即可。也许你已经注意到了，女人一哭，他就什么都答应。"

"我注意到了，不是每个人都这样吗？"

"艾拉假装不知道拉撒路说的'职业'是什么意思，哈玛德莱雅听了拉撒路的话，顿时哭了出来，夺门而出，只剩下伊师塔站在原地，她说：'祖父……您怎么能这样？'她也在流泪，说完就去追哈玛德莱雅了。然后，轮到塔玛拉掉眼泪了，她也转身去追那两个了。最后，只留下我们三个大男人杵在那儿。

"艾拉的口气变得十分正经，他说：'先生，请容我失陪一下，我得去找到我的女儿，安慰安慰她。'说完鞠了个躬，突然转过身，走掉了。然后就只剩下我和拉撒路了。贾斯廷，我不知道自己该干什么。我知道伊师塔预料到会碰到一些困难，因为塔玛拉提醒过她。但是我没料到最后只剩下我一个人面对困难。

"拉撒路说：'女人发火真可怕！孩子，现在我怎么办？'好吧，我倒是能回答他这个问题。于是，我说：'祖父，你伤害了哈玛德莱雅的感情。'

"然后，我处处赔小心，不让自己对这事儿太上心，也不去进一步探究她为什么觉得感情受到了伤害，也猜不到她能去哪儿。也许她是回家了，如果是这样，我想应该是在郊区某地。总之，我拒绝作为拉撒路的调解人来处理这件事，而是让女人们自行把握。

"所以拉撒路要想和哈玛德莱雅说话就得亲自去找她，他也确实在雅典娜的帮助下——我是说，在密涅瓦的帮助下这么做了。"

雅典娜说："拥抱叔叔，我还是头一回听说这事。"

"亲爱的，如果是这样，那就当你刚才什么都没听到。"

"哦，确实应该如此！"计算机回答，"不过我决定把它存起来，一百年后再拿出来用。贾斯廷，等我有了血肉之躯，要是我哭着跑开，你能追上我，安慰我吗？"

"可能会吧，应该会的。"

"我会记得你说的话，小情郎，你真可爱。"

我假装没听见，但是加拉哈德说："'小情郎'？"

"亲爱的，我确实是这么说的。抱歉，拥抱叔叔，你现在是个老古董了。都是因为你昨天那么早就去睡觉了，才不知道这其中的缘故。"

我没出声，只是默默记下它说的"一百年后"的话，包括帕拉斯·雅典娜要拥有血肉之躯，变成没用的人类。

这段对话被打断了。雅典娜提醒我们拉撒路来了。加拉哈德挥动双臂："嘿！老爷子！我们在这儿呢！"

"我来了。"拉撒路一边说一边从我身边走过，顺手收拾了我面前的杯盘，也收拾了加拉哈德面前的餐具，最后停在他身旁，抓起加拉哈德第二顿早餐剩下的私房果酱蛋卷，塞进嘴里，边嚼边说："怎么样？他咬钩的时候挣扎得厉害吗？"

"老爷子，没有您被哈玛德莱雅握在手里时挣扎得那么激烈。我正跟贾斯廷说那件事呢——哈玛德莱雅是怎么给您设下陷阱的，又是怎么建起我们的家庭的。"

"我的天哪，这谣传也太离谱了！"拉撒路伸手去拿加拉哈德的热水杯，"贾斯廷，加拉哈德是个心思细腻的小伙子，只是太喜欢虚无缥缈的幻想。我清楚自己想要什么结果，所以才从强奸哈玛德莱雅入手。这个举动摧毁了她的防线，现在她跟谁都可以睡在一起，就连加拉哈德都可以。接下来的一切都顺理成章了。"他补充说，"你还计划着回塞古都斯？"

我回答："也许我误会了加拉哈德的意思。我以为自己刚才都答应加入……"我不再说了，"拉撒路，我不知道我答应了什么，我也不知道我要加入什么。"

拉撒路点点头："得体谅年轻人啊，贾斯廷。加拉哈德至今还讲不清楚事情。"

"谢谢，老爷子。这的确太为难我了。我把条件都跟他讲了，他也答应了。现在你这一席话又让他有了新问题。"

"安静点，孩子。我来同你讲吧，贾斯廷。你要加入的是我们的家庭。你答应要做的是为孩子们谋福利，为所有的孩子，不只是与你有血缘关系的那一个。"他看着我，等我开口。

我说："拉撒路，我养大过的孩子不少——"

"我知道。"

"我应该还没有让任何一个孩子失望过。这里有三个孩子我还没见过，加上你的两个——你的两个妹妹或养女，还有以后会出生的孩子们。对吗？"

"没错，但这并非一辈子的承诺，因为'一辈子的承诺'对霍华德家族成员来说不现实。这个家庭的生命可能会比我们所有人的都长，但愿如此。不过，一个成年人可以随时选择退出，所以你只需要承诺养育当时在身边的孩子，包括已经出生的和尚在肚子里的。最多算十八年吧。无论如何，我想若是一个人想离开，他家中的其他人应该都会愿意将他身上的担子接过去。我无法想象家中有人宣布他想退出，这个家庭还能一团和气地过上好几年。你能想象吗？"

"嗯……不能。但是我不会为此担心。"

"当然啦，事情可能不会朝着那个方向发展。假设伊师塔和加拉哈德决定分家出去单过——"

"老爷子，现在请等上一分钟！你无法那么轻松地甩掉我！伊师塔不会接受我的，除非我是她必须接受的条件之一。我知道，多年前我就争取过让她嫁给我。"

"还想带走我们最小的三个孩子。我们既不能阻拦他们，也不会试着劝阻想跟他们走的孩子。那三个都是加拉哈德的——"

"又来了！老爷子，是你在浴池把温蒂妮放到伊师塔体内的，所以我们才给她取了这个名字。埃尔夫不是你的就是艾拉的，哈玛德莱雅是这么跟我说的。至于安德鲁·杰克逊，他是谁的孩子毋庸置疑。贾斯廷，我是不能生育的。"

"这是根据统计概率，还有精子数量和他热衷于性爱的事实推断出的结论。伊师塔看到了基因图谱，分析出的结果却只有她自己知道，我们也希望她这样做，但是哈玛德莱雅绝对不可能说过那种话，也绝不可能有艾拉的孩子。这个孩子没有基因缺陷，伊师塔会保障这一点，事实上，我们这片移民地也没有任何有缺陷的婴儿诞生，正是因为此事，我对伊师塔分析基因图谱的能力抱有极大信心。她筛选出了第一批移民，这份工作让她的眼睛疲劳了数月。然而，艾拉还是因为此事感到十分不安，他甚至不愿在哈玛德莱雅有生育能力时站在她身边。这样非理性的态度我倒是能明白，因为我自己也受到这种态度的困扰。我记得很清楚，之前一段时期，霍华德家族的所有成员都必须有一定比例的基因是属于同一祖先的，因此常常会生出有缺陷的婴儿。当然了，今时今日，若是一个女人的基因图谱显示她没有缺陷基因，那么她与自己的兄弟结婚好过嫁给来自另一颗星球的陌生人，但旧观念总是阴魂不散。

"贾斯廷，所以我们这个家庭中总共有三位父亲，加上你是四位，还有三位妈妈。密涅瓦要求我们取消对她的青春期保护措施，因此，家里算是有了四位妈妈。至于需要我们教导、训诫和关爱的孩子，他们的人数始终在变化中，而且父母的数量也时刻存在增加或减少的可能。但是，这是我的家庭，在我的名下，是我让它保持着这个状态，因为我的计划是让这房子里住下一个家庭，而不是让像加拉哈德这样的浪荡子在这儿过享乐的日子——"

"可我的确感觉很享受！谢谢你，亲爱的老爷子。"

"都是为了孩子们的幸福。我见过看上去和这里一样安全的殖民地遭遇大型灾难的侵袭。贾斯廷，灾难会抹去一切，但这个家中只要还有一个父亲和一个母亲，我们的孩子就能正常、快乐地成长。这是一个家庭唯一的长期目标。我们觉得我们设计的家庭结构比单一父母的家庭结构更能保障这个目标的实现。等你加入我们的家庭，你也要发誓为了这个目标而奋斗。我说完了。"

我深吸了一口气："我在哪儿签名？"

"我觉得不必签署书面的婚姻合约。签这种合约没有强制力，若是婚姻各方愿意努力经营，那就没必要立书面字据。如果你真的愿意成为我们这个大家庭的一员，只要点一下头就成了。"

"我愿意！"

"如果你想要点仪式感的话，莱皮丝和罗蕾莱会很乐意组织一场热热闹闹的加入仪式，我们可以抱头痛哭一场——"

"等到贾斯廷新婚的那一晚，可以让他和孩子们睡在一起，让他了解这个担子有多重。"

"别说了，加拉哈德。要是你想增加这么个环节，应该昨天晚上就说，这样公平些，他觉得受不了的话还有机会退出。"

"拉撒路，我自愿晚上陪孩子们睡，给他们换尿布。我有这类经验。"

"我担心女人们不会让你插手。"

"而且你肯定撑不到第二天早晨。"加拉哈德补充说，"他们都闹腾得很。昨天晚上你睡得轻松，要是给孩子们把屎把尿的，你可别想睡好了。"

"加拉哈德说得没错。我应该探查你的心意。也许——加拉哈德，你先别说话——贾斯廷，这个家并非监狱。这样的安排不仅对孩子们来说更安全，对成人来说也更灵活。我刚才问你是否有意回塞古都斯，就是想跟你说加入这个家庭后的灵活性。一个成年人可以因为任何事由离家一年、十年或任意长度的时间。与此同时，他无须担心自己的孩子，

538

因为他知道有其他人照料，而且大家随时欢迎他回家。我和那对双胞胎就离开过这颗星球很多次，以后还会有离开的时候。还有……嗯，你知道我有意做时间旅行的实验。这个实验不会在此世界框架内耗费太多时间，但是确实会有一些风险。"

"'一些！'这说明老爷子此举是发了疯。贾斯廷，他离开的时候你可千万要与他吻别。他怕是回不来了呢。"

我发现加拉哈德不像是在开玩笑，吓了一跳。拉撒路低声说："加拉哈德，你这么跟我说没关系，但别在女人或孩子面前说这个。"然后他转过来对着我说："当然了，这个实验是有些风险因素。话说回来，干什么都会有风险。但是不像加拉哈德认为的那样，这风险并非时间旅行本身特有的。"（加拉哈德哆嗦了一下。）"时间旅行的风险与拜访任何一颗星球的风险一样。主要是那颗星球上可能会有人不喜欢你。不过，时间跨越会发生在条件允许下最为安全的环境中：穿越时空后你会待在一艘飞船里，飞船处在宇宙空间中，即便有风险，那也在降落之后了。"

拉撒路咧嘴一笑："所以我听说阿拉贝拉那个老太婆让我去旁观战役时，我气坏了！贾斯廷，眼下这个时代最棒的地方就是我们人类生活的地方彼此相隔比较远，战争不再是一件切实可行的事了。但是——我有没有告诉过你，我会进行一次怎样的练习呢？"

"没有。我根据代理董事长女士的意思推断，您似乎已经掌握了完美的时间旅行技术。"

"确实可能是我让她产生了误会。阿拉贝拉看待事物总是只知其一，不知其二，从来都问不对问题。"

"拉撒路，我觉得我也问不对问题。数学并非我的领域。"

"如果你感兴趣，朵拉可以教你——"

"或者让我来，小情郎。"

"缇娜也行。缇娜，你怎么会想起来叫贾斯廷'小情郎'呢？你是想勾引他吗？"

"不，他发誓要勾引我的。大概在一百年以后吧。"

拉撒路看着我陷入了沉思。我努力做出什么都没听见的样子：

"嗯……贾斯廷，或许你最好还是跟朵拉学这些课程。你还没见过朵拉，不过你可以把她想成一个八岁的孩子。她可不会勾引你。可她是太空中最聪明的太空飞行员，而且在利比场转换方面，她能教给你的比你想知道的还多。我是说，我们对这套理论很有信心，只是我想听听其他人的意见。所以，我想到去问玛丽·斯珀林——"

我说："等等！拉撒路，我敢肯定，全部档案中只有一个玛丽·斯珀林。我是她的后裔，塔玛拉也是她的后裔……"

"孩子，很多霍华德家族成员都是她的后裔。玛丽有三十多个孩子。在那个年代，这可是个了不得的纪录。"

"那你说的一定是老玛丽·斯珀林吧，她生于格里高利历1953年，卒于——"

"她没死，贾斯廷。这才是关键。于是我回去和她聊了聊。"

我感到脑子里一团乱："拉撒路，我没听明白。你是说你已经做过一次时间旅行了？你回到了不到两千年前？不，我是说'两千多年前'。"

"贾斯廷，如果你能别再插嘴，我就告诉你我的意思。"

"抱歉，先生。"

"再叫我'先生'，我就让双胞胎胳肢你。我的意思是，当前这个时间线上，我去了PK3722星和小人星球。这个名字已经废弃不用了，新的星球编目没有编入该星球，因为我和利比决定开个玩笑。我们感觉人类应该离那颗星球远远的。

"不过，小人星正是安迪·利比发展出的场理论的概念来源，这个理论人人都能用，也确实被所有太空飞行员、计算机和人类用过。但是我从来没回过那儿，因为——嗯，玛丽和我曾经很亲近，所以她'转化'后，我受到了极大的震动。从某种程度上说，这比她死了还让我难受。

"但是时间确实让记忆中激烈的情绪得以平复，我也确实想找她咨询一下。于是，双胞胎和我驾驶'朵拉'启程去找那颗行星。我们依靠的是安迪很久以前分配下来的一组坐标和轨道。那条轨道有点偏离目标，但是才隔了两千年，一颗行星不会运动到太远的地方。我们最后找到了那地方。

"接着就没什么问题了。关于那地方难以抵挡的危险，我警告过莱皮丝和罗蕾莱。她们听了我的话，所以和我一样对那地方的危险免疫，不会受到诱惑，用她们的人格去交换所谓的永生。事实上，她们在那儿度过了一段美好的时光。那地方还是相当迷人的，除了上述危险，此地其他方面还是蛮安全的。没怎么变，就是一座巨大的公园。

"我先绕轨道飞行。那是他们的行星，他们有我们认知范围之外的力量。那次和上次一样，一个'小人'的二重身在朵拉上现身，邀请我们下去拜访。只有这一次，它叫了我的名字——直接用感应的方式叫的。它们从不开口说话——也承认了玛丽·斯珀林与它们成了一体。我感到震惊，但这也是个好消息。她——我是说'它'——见到我似乎感到有些开心，但并不特别感兴趣。这和与一个曾经很要好的朋友见面感觉不同，更像是见了一个还留有那个旧友记忆的陌生人。"

"我明白，"计算机说，"有点像密涅瓦和我，对吗？"

"没错，亲爱的，只是你从出生的第一天起就更积极向上，而那个顶着我的老朋友的名字的东西并非如此，而且过去三年里，你的性格越来越阳光。"

"老爷子，我敢打赌你对每个女孩都这么说过。"

"可能吧。亲爱的，请你先别插嘴。贾斯廷，其实故事后面没什么好讲的了，只不过我们降落到那颗星球上，住了几天，我和朵拉向'小人'咨询了关于时空场理论的事，双胞胎旁听，同时她们也很享受扮演游客的角色。但是，贾斯廷，咱们家族的人乘坐'新领域'号离开那里返回地球的时候留下了一些人。你应该能想起来，我们在那儿留下了一万人左右。"

"一万一千一百八十三人。"我回答，"数据来源是'新领域'号的航行日志。"

"日志中是这个数吗？也许人数应该更多，因为这个数字是根据缺席点名的人数计算的，所以基本上可以肯定，被挑选出留下的人里有一些未登记在册的孩子。我们在那儿留下了很多人。不过，确切的数字不重要。贾斯廷，就按一万人整算吧。在有利的环境下，你觉得两千年后你会发现那儿有多少人呢？"

我用随机扩展函数算了一下："大概一万的二十三次方。这数字真夸张。我认为那里的人口要么达到了一个稳定的峰值，比如一万的十次方，要么不到七八百年就会来一次马尔萨斯人口论中的大灾难。"

"贾斯廷，那星球上一个人都没有。没有任何迹象显示有人存在过。"

"他们发生了什么？"

"尼安德特人发生了什么？冠军被打败后会发生什么？贾斯廷，如果你被对方超过太多，根本没法儿跟人家比，那努力还有什么意义？小人星上是一个完美的乌托邦，没有冲突，没有竞争，没有人口问题，没有贫困，这个美丽的星球达到了完美的和谐。贾斯廷，那是个天堂！小人星有着历史上哲学先贤和宗教领袖始终敦促人类要达到的境界。

"贾斯廷，也许他们是完美的。也许他们的状态人类也能达到，只不过要再花上一百万年，甚至一千万年。

"但我想说的是，它们的乌托邦吓到了我，我觉得那种状态对人类是致命的。在我看来，它们是走进了死胡同。我没有诋毁他们的意思。哦，没有那个意思！在数学和科学方面，它们知道的比我多，不然我也不会去那儿请教它们。我无法想象与它们打仗是什么样子，那是因为我们和它们打不起来。不管想通过什么手段赢过它们，我们才刚刚动那个心思，它们就已经赢了。如果我们的所作所为让它们感到厌烦，接下来会发生什么我可猜不到，也不想知道。不过，既然我们对它们没用，那么只要离它们远点，应该就不会有危险。在我看来就是这样。可是，尼安德特人会怎么看这个问题呢？我对它们的了解就和小猫咪对宇宙航天学的了解一样，几乎为零。

"我不知道留在那儿的霍华德家族成员身上发生了什么。有的可能已经转化了，也就是被它们同化了，就像玛丽·斯珀林一样。我没有问，也不想知道。还有的人可能变得贪图安逸，对一切变得漠不关心，最后默默死掉。我怀疑可能根本没什么人繁衍后代，还有可能存在一些退化的人类，被它们当成宠物养着。如果是这样，我更加庆幸自己不知道真相。我得到了我想要的。它们的意见证实了我在场物理方面的奇想，所以我带着我的女孩们离开了。

"离开前，我们做了一件事。我们环绕那颗星球给它做了全息测绘，回来之后就把数据交给了雅典娜，让她进行检查分析。缇娜？"

"我在，老爷子。贾斯廷，就算那颗行星上有人类的物品，那它的直径也一定不超过半米。"

"我推测他们都死了。"拉撒路阴郁地说，"我不该回去的。不，去PK3722的那趟旅行不是时间旅行实验，只是一次普通的短途星际旅行。实验会和短途旅行一样简单，而且相当安全，因为它不会涉及着陆。想一起来吗？我们要不要带上加拉哈德？"

"老爷子，"加拉哈德恳切地说，"我年轻、美丽、健康又快乐，而且打算保持这个状态。所以任凭你怎么劝，我都不会自愿参加这种自寻死路的'郊游'。我再也不做什么短途星际旅行了。我是个居家型男人。我已经和火辣的太空飞行员罗蕾莱在超控状态下着陆过一回了。好吧，够了，我才不会被你劝动。"

"孩子，你好好想想。"拉撒路轻声说，"等我们做这个实验的时候，我那对胞妹就已经长大了，她们会渴望得到男性的注意。这个需求我可不准备满足。到时候我就管不了她们了。所以你可以考虑把这个责任接过去。"

"每当你聊起'责任'，我身上就会起疹子。老爷子，问题是你是个胆小鬼，连两个小女孩都怕。"

"可能吧，因为她们做不了几天小女孩了，贾斯廷？"

我脑子里疯狂地转着。老祖邀请我随他一同进行星际旅行，这个殊荣不容拒绝。其中还包括一起尝试时间旅行，但我并不担心，因为这个想法太不真实了。不过，这趟旅程一定不危险，不然他也不会带着自己的两个妹妹（女儿）同去。此外，拉撒路是杀不死的，所以与他同行的人应该也是安全的。至于当那对双胞胎女孩的'男宠'之类的话，拉撒路是在调侃加拉哈德，我敢肯定，正如我敢肯定莱皮丝和罗蕾莱一定会挑选适合她们自己的人。"拉撒路，您让我去哪儿，我就去哪儿。"

"等等！"加拉哈德表示反对，"老爷子，塔玛拉不会喜欢这个主意。"

"孩子，别担心。我也欢迎塔玛拉加入，而且我想她会喜欢的。她才不会像某人一样胆小如鼠呢，这人是谁我们就不提了。"

"什么？"加拉哈德顿时坐直了身子，"把塔玛拉也带上，还有贾斯廷、那对双胞胎姐妹、再加上您自己？半个家的人都离开？留下我们其他人在这儿哀悼你们？"加拉哈德深吸一口气，然后长叹一声，"好吧，我放弃抵抗。我自愿前往。但是请您务必让贾斯廷和塔玛拉留在家里。还有那对双胞胎，您不能让她们冒险啊。您来当飞船驾驶员，我负责做饭。只要我们还活着，就这样安排。"

"没想到加拉哈德这时候拿出了一点贵族精神，"这话拉撒路不是对任何特定的人说的，"可这会害死他。孩子，忘了你刚才的话吧。我不需要厨子，朵拉的厨艺比我们俩谁的都好。双胞胎会坚持和我去的，我也需要监督她们再做几次时空穿梭。以后她们就可以独立操作了。"

拉撒路扭过头，对着我说："我欢迎你加入，可这确实会是一场无聊的旅行。到时候只有我告诉你，你才知道我们穿越了时空。我已经计划好了要去一颗容易找到的星球，因为我和利比已经调查过了，他确定了抵达那里的精确路线。我不打算着陆，因为那地方有点危险。不过，我恰巧可以用它来当时钟。

"这话听起来可能有点傻气。但是，在太空中确实很难确定日期。到时候你看的不只是船上的钟表，更是你的计算机上的放射性衰变时钟。通过查看天体得知时间很难，因为其中包含精细的测量和长时间的运算。可降落到一颗文明的行星上，敲开一扇门直接问就容易多了。

"也有一些例外。任何星系，只要其中的星球是有已知星历表的，比如说这里、塞古都斯所在星系、太阳系和其他星系，假设朵拉的'嗉囊'里有这类数据，她就能查看该时间系统，读出该星系中所有星球的时间，就好像他们上交了一块钟表似的。利比在'新领域'号上就是这样知道太阳系的时间的。

"但是在这场试旅行中，我要做的是校准时间旅行的时钟，这和在太空中确定日期是完全不同的事情，也是全新的事情。我会在一个已知的日期在那颗星球的轨道上留下某样东西。后来，我找不到它了。我在它上面安装了信号装置，所以本不该找不到它的。嗯……那东西就是安迪·利比的棺材。

"很好，我会继续找找，努力辨明两个已知的日期。如果我找到它，就算是开始校准时间旅行之钟了，同时也能证明时间旅行的理论是行得通的。你听懂了吗？"

"我应该是听懂了。"我确认道，"我明白这是实验证据。不过，从我自身的专业出发，关于场理论我无法提供更多的想法。"

"也不用你提供想法。我自己对此都不甚明了。被设计出来控制利比-谢菲尔德驱动器的第一台计算机正是对安迪独一无二的思想的反映，此后的计算机都是在此基础上做了改良。如果一个宇航员告诉你，他明白这道理，用计算机只是因为它运算速度更快，那你别坐他的船。他是个骗子。呃，缇娜，你怎么看？"

"我懂宇宙航天学。"计算机说，"因为密涅瓦把朵拉的航天学相关电路和变成复制给了我。但是我不太可能用英语探讨这方面的内容，甚至用银河语、用任何以字词表达的语言都不行。我可以输出基本的方程式，然后展示一幅静态画面，反映动态过程中的一个小小的瞬间。我需要这样做?"

"不用麻烦了。"拉撒路说。

"天哪，不用!"我应和道，"谢谢你，雅典娜，但是我没有成为星际宇航员的雄心壮志。"

"加拉哈德，"拉撒路说，"不如挪挪你的屁股，去找点吃的当午餐? 每个人每天大概要吃四千卡路里的东西。贾斯廷，我问你是否打算回塞古都斯星，是因为我不希望你回去。"

"我也不想!"

"帕拉斯·雅典娜，将这段对话设为私人记录，只有我和首席档案官富特才能调阅。"

"遵旨，董事长先生。"加拉哈德挑起眉毛，突然离开了。

"首席档案官，新罗马的情况变得严峻起来了吗?"

我小心翼翼地答道："董事长先生，在我看来是的，不过我只是社会动力学的业余研究者。可是，我来这儿不是为了帮代理董事长女士给您捎句蠢话。我来这儿是希望能和您好好聊聊这件事。"

拉撒路若有所思地看了我好一会儿。我瞥见了他的神情，觉得这正是他与众不同的原因之一。他有一种特质，不管他在做什么，无论是事关生死，还是像为了取悦宾客跳一段舞那种微不足道的事，他都会100%地投入。我注意到他的这种特质是因为塔玛拉身上也有。她不管陪着谁，都会把全部注意力放在那个人身上。

她没有异乎寻常的美貌，我想她的职业技能也不比其他同行甚至一些业余人员更高超。但这些都没关系。是那种全力以赴的特质让她在所有从业的优秀女性中格外耀眼。

我觉得老祖的专注体现在方方面面。现在他突然"拿起了权力之槌", 而且他的计算机立刻感知到了这个变化, 加拉哈德也很快就领悟了。于是, 我不再担心了。

他说: "我从来不认为家族的首席档案官充当信使只是为了送一条没什么用处的消息。所以你要告诉我真正的原因。"

详细讲? 不, 之后再解释。"董事长先生, 档案馆应该能复制到塞古都斯星以外的地方。我来这儿是想看看在特提乌斯星能不能实现。"

"继续说。"

"我从来没见过城市骚乱。我不确定骚乱会出现什么状况, 也不知道骚乱多长时间会发展成公然的暴力。不过, 塞古都斯星的人不习惯朝令夕改。我觉得社会要出乱子了。要是档案馆被毁了, 我确保其中的档案没有遗失, 才会感觉自己尽到了责任。地下倒是有避难所, 但是那个地方并非刀枪不入。我现在都能想到十一种方式摧毁部分或者全部档案。"

"既然你能想出十一种, 那就说明还会有第十二种, 第十三种, 以此类推。你和其他人聊过这事吗?"

"没有!"我声音压得更低了, "我不想把自己的观点塞到别人脑子里去。"

"说得好。有时候, 要想保护薄弱的一环, 我们最好的办法就是不让大家注意到它。"

"先生, 我也有同感。"我说, "可是, 一旦我开始担心, 就忍不住想行动起来, 保护档案。我制定了一个政策, 所有处理过的数据在进入档案馆时都要做一次备份, 以备长期存储。我一直想着将整个档案馆备份好, 然后把那些档案运到别处去。但是没有人资助我, 我自己也没有足够的钱买新的记忆块。买就应该买韦尔顿牌微粒记忆块, 不然体积太大, 不便于运输。"

"你什么时候开始拷贝新数据的?"

"就在董事会开完不久之后。我以为苏珊·巴斯托会当选, 结果阿拉贝拉·富特–赫德里克被选上了，我为此感到有些懊恼。因为多年前我们在大学的时候有些过节。我本来想辞职，可我随后开始了您的回忆录编纂工作。"

"贾斯廷，如果这就是你留下的原因，我觉得你是在拿自己开玩笑。你是不是疑心阿拉贝拉会略过你的副手，任命其他人暂代你的职位？"

"这确实有可能，先生。"

"可这没什么关系。你制作拷贝用的是韦尔顿牌记忆块？"

"哦，没错。我能从资金中挤出来那么多钱。"

"记忆块在哪儿呢？还在'信鸽'号小艇上吗？"

我想自己当时一定是惊呆了。老祖说："好了，好了！我知道那些拷贝对你来说很重要。难道你以为我会相信你把它们留在了数光年之外吗？"

"董事长先生，记忆块就和我的行李在一起。我的行李还在殖民地领袖韦瑟罗尔的办公室里。"

"帕拉斯·雅典娜？"

"董事长先生，他的行李就在访客沙发背后。殖民地领袖让我提醒他把富特先生的行李带回家。"

"也许我们可以更周到。首席档案官，如果你同意告诉帕拉斯·雅典娜打开你行李的密码，她在艾拉办公室里的外设会立刻开始拷贝其中的记忆块。然后你就不用再担心了。帕拉斯·雅典娜的内存中有档案馆的资料，最近更新到我把权力之槌交给阿拉贝拉那一天。"

我知道自己的表情一定泄露了我的心理活动。老祖嘿嘿一笑，说道："你想问我'为什么'和'怎么做到的'是吗？先说'为什么'，因为你不是唯一一个认为家族档案资料应该得到妥善保管的人；再回答'怎么做到的'，很简单，孩子，我们把档案偷了过来。我控制了行政计算机，用它拷贝出了所有资料——宗谱、历史、家族会议备忘录，一切。我还在其中运行了一个覆盖程序，好让你的主控计算机不知道我在做什么。

"首席档案官，虽说我在你鼻子底下做了这件事，但我瞒着你其实是为了保护你。我不想让阿拉贝拉听到消息，找你问东问西。那会让她产生猜忌，而她的疑心病已经很重了。唯一的问题就是搞到够多的韦尔顿牌记忆块。可现在你就坐在那些档案上面，它们就在你屁股下面二十米以下。帕拉斯·雅典娜读取你行李中的记忆块的瞬间，复制的档案馆就可以更新到你离开塞古都斯星的日期了。现在你感觉好点了吗？"

我叹了口气："好多了，董事长先生。现在我不会良心欠安了，可以清清爽爽地辞职了。"

"别辞职。"

"先生，您的意思是？"

"留在这儿，可以。但是你别辞职。你的副手接手了你的工作，而且你信任她。如果你不辞职，阿拉贝拉就没法通过临时任命的方式把她的人塞进去，因为你的任命是委员会下达的。她才不会在乎任命的合规性，但我想劝你千万别让她起了那个心思。塞古都斯星有多少名委员？"

"您是说代表塞古都斯星的委员人数，还是塞古都斯星上的委员人数？"

"孩子，别跟我玩文字游戏。"

"董事长先生，我没有玩文字游戏。塞古都斯霍华德家族委员会共有282名高级委员，其中195名委员住在塞古都斯上，还有87名代表霍华德家族的委员住在其他行星上。我刚才那么问是因为要想通过一项政策的动议，必须有三分之二的委员投赞成票才行。详细说，若要在十年一度的委员会会议上通过某项动议，出席者需要达到法定人数，且三分之二出席者投赞同票。若要在紧急会议上通过某项动议，投赞成票者须为委员会总人数的三分之二或一百八十八人。可是，它的前提是各地的委员都通知到位了。这个环节要花上好多年，否则出席人数绝不可能满足要求。我说这个是因为，要是你为了解除代理董事长女士的职务召开一次紧急会议，你都不一定能拿到所需的一百八十八张赞成票。"

老祖冲我眨眨眼："档案官先生，到底是什么让你觉得我想召开一次委员会？或者说是什么让你觉得我想解除我们亲爱的姐妹阿拉贝拉的职务？"

"你的问题似乎预示着你想做这件事，先生，而且我记得有一次您就收回了权力之槌。"

"那是全然不同的情况。我当时的动机是自私的。那个老太婆抓着艾拉不放，差点破坏了我的计划。那会儿的环境与现在非常不一样，也就是说我做完那件事之后可以一走了之，可今时今日就不行了。孩子，无论档案中是怎么记载的，当初阿拉贝拉并非自愿放弃权力之槌，而是我从她手中夺过来的。之后，我们花了不长时间做好收尾工作就离开了，我还把她关起来了一阵子。"

"真的吗，董事长先生？她似乎并没有对您怀恨在心啊。她提到您的时候尽是溢美之词。"

老祖咧嘴乐了起来，又是那种带着几分慵懒、几分不屑的笑容："那是因为我们俩都是实用主义者。我说话办事都顾及了她的颜面，并且设法让她看到了这点。现在，她要是诋毁我，自己也捞不到什么好处，反倒会祸及自身。因为，我在家族中取得了比较高的地位，是半神一样的人物，而她的地位部分是取决于我的，这一点她很清楚。还有，要是我和她恰好在同一颗星球上——这不太可能，我又不是傻子，但要是有那天，我肯定会进出小心，格外留神。

"我来告诉你是怎么回事吧，听了你就知道我为什么不能再做一次了。艾拉把权力之槌交给她之后就搬出了大殿，这无可厚非。但在我们离开塞古都斯星之前，我始终住在大殿顶层的阁楼里，这也挑不出毛病，毕竟大殿是我的官邸。因为我还在那儿，密涅瓦也没有切断与那儿的联系。因此，阿拉贝拉的手下逮捕艾拉的时候，密涅瓦提醒了我。于是，我从睡梦中醒来，抓住了权力之槌。"

拉撒路皱起眉头："贾斯廷，触角遍布全球的行政计算机是个威胁。由艾拉下令，密涅瓦执行命令的日子里，这个系统运行得非常好。但是想想我用行政计算机做了什么，你就可以推想出其他人会用它做什么。拿阿拉贝拉来举例吧。嗯——缇娜，给贾斯廷听听阿拉贝拉的声音样本。"

"好的，董事长先生。'首席档案官富特，我是代理董事长。我很荣幸地宣布，我成功劝说我们备受尊敬的老祖，拉撒路·朗，霍华德家族董事会的永久主席，短期内担当我们家族名义上的领导，直到他再次启程，踏上寻访新世界的路。请务必将此声明告知你的每一位下属。我将继续处理日常事务，但是董事长希望你清楚，有问题你可以随时咨询他。我是阿拉贝拉·富特-赫德里克，霍华德家族代理董事长，代表委员会和董事长宣布上述决定。'"

"怎么了？这就是她跟我说过的原话。"

"没错。密涅瓦干得漂亮。它的措辞中带着恰到好处的傲慢，和阿拉贝拉的语气一模一样，就连她用吸气来断句的特点都学得惟妙惟肖。"

"刚才不是阿拉贝拉的录音？我一点儿都没听出来不是她。"

"贾斯廷，你收到那条消息的时候，也就是每个身份重要到可以听到该消息的人收到的时候，阿拉贝拉正身处大殿中最宽敞、最豪华的房间，火冒三丈，因为大殿里的门都打不开，她叫的飞船迟迟不来，而且通信线路始终不畅，除非是我想找她谈话。哼，后来她终于冷静下来，承认我才是董事长，是我在管事。在那之前，我连杯咖啡都没让她喝。"

"后来，我们相处得非常好，甚至变得有些亲密。我什么事都替她干了，而且给了她自由。她接管了日程事务，因为我不想为这类杂事操心。这么安排也比较安全，因为她知道，要是她做了越界的事，密涅瓦就会把她的头砍下来。我离开的那天早晨，我和她甚至一起出现在新闻广播中。阿拉贝拉像个真正的淑女一样说完了她该说的话，我也公开向她表示感谢，真挚地表现出了我的言不由衷。"

拉撒路·朗继续说："但是现在她控制了行政计算机，要是我回去，得先把帽子扔下去试探试探，看看有没有危险。不，贾斯廷，我不会问塞古都斯星上的委员们有没有打算召集会议。相反，我在想的是，随便凑够二十个委员就能召开紧急会议，希望他们能和你一样看得透彻，知道这是徒劳无功的，然后不再无谓地尝试。她可能会把他们通通抓起来，送到福星去。或者，假如她敢——我觉得她真敢——她可能会让他们来主持会议，然后要是会上的局势对她不利，她就会把出席会议的所有委员都送到福星去。不过，我可以打包票，她不会轻易认输。我已经趁其不备将过她一军，她不会再让我得逞了。"

"那就只有流血革命了。"

"这也是唯一的出路。可是你我都无法掌控局势。面对政府的所有事务，正确的做法往往是：什么都不做。眼下就是这个时候，我们应该采取创意性的应对之策，也就是撒手不管。踏踏实实坐着，等待。"

"就算你知道要出事也不管？"

"贾斯廷，就算你知道要出事也不要管。若是心里痒痒，老想当拯救世界的英雄，千万忍住。拯救世界很少能带来什么好结果，而且还会极大地缩短你的寿命。我预见到了三个可能：阿拉贝拉遇刺，然后委员们会再选出一个代理董事长，希望下次是个脑子好使的。或者阿拉贝拉会活到下次十年会议的时候，委员们将在那次会上做出合理的决定。或者她会聪明起来，为了不被刺杀不轻易现身，可她的权力如此难以撼动，人们不得不发动革命才将她从高位上拉下来。

"我觉得最后一项的可能性最小，她遇刺则是最可能发生的事。而这三项发生与否都不关我们的事，因为我们身在特提乌斯星。塞古都斯星上有十亿人呢，让他们去操心吧。你我已经把档案馆的资料保存好了，这就行了。家族的历史自此可以延续下去了。

"再过几年，我们就为你或者你的继任者进口一些设备，架设起你在塞古都斯星上的那种计算机化的档案馆环境。雅典娜可以在我们拥有这样的环境前把数据都保存在它那儿。与此同时，我会把消息传出去，让有人居住的星球都知道咱们这儿也有档案馆。我还会宣布，这里可替代原家族权力中心，欢迎委员们来这里开会。"

计算机说："董事长先生，琼斯先生问我您准备什么时候用午膳。"

"请告诉他，我们马上就到。这些事都不用着急，贾斯廷。如果你耐心点儿，问题会自行解决。一条消息传遍那些比这儿人口密度大的行星会花上数年的时间，在此期间，保持耐心是你唯一能做的事。所以，不妨等上一百年。现在这里有一条你的私人信息。你现在已经是我们中的一员了吗？你已经成为这个家庭的一员，成为我们孩子的父亲了吗？"

"是的。我想加入你们。"

"你希望正式一点吗？好，眼下可以来个简短的仪式，让我们的关系有些约束。稍后我们可以举行你想要的仪式。贾斯廷，你是我们的兄弟吗？是否愿意与我们同行，直到星辰变老，直到太阳变冷？你会爱我们，也让我们爱你，会为我们战斗，甚至不惜说谎吗？"

"我会的！"

"礼成。雅典娜已经把这些记下来了。设为公开记录，雅典娜。"

"已记录，拉撒路。欢迎加入大家庭，贾斯廷！"

"谢谢你，雅典娜。"

"贾斯廷，现在我来告诉你那条私人信息。塔玛拉让我告诉你，如果你加入我们的家庭，她会让伊师塔撒销她的避孕措施。她没说这是为你做的。正相反，她告诉我，她希望尽快能为我们每个人都生下孩子，然后她才觉得自己在家庭中圆满了。不过，我确定，她是因为你的到来才做出这个决定的，所以我们其余的人会排在你后面，在你成功让她怀上你的孩子时欢呼喝彩。我们的塔米一定会喜欢这样的。"

我的眼眶里突然有眼泪在打转，可我还是努力保持声音平稳："拉撒路，我觉得塔玛拉想要的不是这个。我觉得她只是想完完全全地属于这个家庭。我也一样！"

　　"好吧……也许确实如此。不管怎么样，伊师塔都不会把基因图谱的信息透露给我们。那也许我们可以让女孩们排好队，挨个儿看看新来的'公鸡'有什么本事。秘密会议结束，缇娜。"

　　"好的，老爷子。等一百年后，您就可以让小伙子们排好队来见我了。我可以用鞭子抽他们！"

　　"亲爱的，可能你真能这样做。"

XVI

欲　爱

密涅瓦说："拉撒路，你可以和我散个步吗？一起到外面走走？"

"你笑笑我就同意。"

她露出一个转瞬即逝的笑容："今天我们谁都笑不出来，但是我会努力。"

"别这样，亲爱的，你知道我又不是随时会消失。这次和我与双胞胎以前做的时钟校准旅行没什么不同。"

"你说什么就是什么吧，亲爱的。我们可以走了吗？"

他拍拍她的短裙："走吧。你的枪呢？"

"必须带枪吗？你和我在一起也要带？你不在我身边的时候，我会随身带着的。"

"嗯——这可不好，但下不为例。"

他们走到门厅停下脚步。密涅瓦说："亲爱的雅典娜，请你告诉塔玛拉，我会按时回来帮她做晚餐。"

"好的，姐姐。等等，塔米说她不需要帮忙，所以你也不用着急赶回来。"

"谢谢，妹妹。也替我谢谢塔米。"他们走出房子，爬上一座小山的缓坡。不久，她开口说："明天。"

"'明天'，"拉撒路重复了一遍，"但是别说得跟在为我致悼词一样。我已经都告诉过你了，虽然这趟旅行对我来说要花十个特提乌斯星年，但对你们留在家的人来说最多只是几个星期而已，对双胞胎来说时间就更短了。有什么需要你这么多愁善感的呢？"

她没有回答我的问题，而是又问了一个问题："我还能活多久？"

"嗯？密涅瓦，你这是什么问题？要是你平时疏忽防范，比如说出门不带枪，也不保持警觉，那你活不了多久。如果你指的是你的预期寿命，嗯，如果遗传学家说话靠谱的话，你和我的预期寿命是完全一样的。虽然我活成了一个老不死的，但没关系，我把这长寿的命遗传给了你。就算因为那第十二对染色体太复杂，他们的推算出了错，有一点也是毫无疑问的，那就是你的每个基因都来自霍华德家族。所以，你完全可以轻轻松松活上好几个百年。如果你每次到了绝经期都愿意接受回春术，那我也无法推测你到底能活多长时间。他们每年都会对回春术进行改进。大概，只要你想继续活下去，就能一直活着。所以你想活多久呢？"

"拉撒路，我不知道。"

"那你到底有什么心事呢，亲爱的？你在为放弃做计算机，化为脆弱的血肉之躯而后悔吗？"

"没有！"

然后她又加了一句："但是有时候我会觉得受到了伤害。"

"是啊，有时候会这样的。"

"拉撒路，如果你确定你会回来，为什么要对朵拉进行重新设定，让她对莱皮丝和罗蕾莱的感情多于对你的呢？"

"让你心烦意乱的就是这个？这是一个预防性措施，如此而已。我们组建大家庭的时候，艾拉为什么要立下新的遗嘱呢？我们为什么都写了遗嘱，交给缇娜保存呢？不管怎么样，我的两个胞妹不久后都会拥有朵拉，而且她们已经开始驾驶那艘船了。万一我有个三长两短，你还记得你多年前说过什么吗？你告诉艾拉，你宁可启动自毁程序，也不愿意为新主人服务。"

"我怎么会把这样重要的记忆搞丢呢？正是有了那一天，才发生了一系列必然的事，然后才有了今天。拉撒路，我把我很多的记忆都留在了原来的躯壳里，但是我在这个密涅瓦的躯壳中反复追忆那个密涅瓦和你进行过的每一场谈话。每一个字我都记得清清楚楚。"

"那你应该知道，我为什么不想做可能伤害一台自以为是个小女孩的计算机的事，又是为什么不敢冒险让控制着一艘飞船在群星中遨游的计算机出现情绪问题，毕竟我的两个胞妹的命取决于那台计算机。密涅瓦，我会让朵拉出于本心去和莱皮丝和罗蕾莱加深感情。她需要去爱，也需要被爱。但是，如果我出于疏忽忘记为双胞胎提前做好防护措施，我只能说，一个男人若是制订计划时没把自己死后的情况考虑进去，那他就是个蠢货，一个以自我为中心的蠢货，一个心中无爱的蠢货。"

"拉撒路，你可不是那种人，从来都不是。"

"不，我曾经是！我花了不知多少年才学会了爱。"

她又沉默了一会儿才再次开口："拉撒路……我常常想利塔的事。"

"利塔怎么了？什么事？"

"也不仅仅是关于她的事。我在想，我真的很像她吗？"

他停下脚步，注视着她。他们现在已经快到山顶了，房子也已经在他们视野之外了。"我不知道。我怎么会知道？一千年过去了，记忆早已褪色，模糊不清。我觉得你像她。没错，你像她。"

"所以你才不能爱我吗？我想长得像她，这是个可怕的错误吗？"

"可是，亲爱的……我爱你啊。"

"是吗？拉撒路，你从来没告诉过我这个好消息。"她突然把短裙解开，任其滑落在草地上，"看着我，拉撒路，我是我，我不是她。我希望我是她，只因为我想让你开心。可我不是……我做——我——我是计算机的时候不知道有什么更好的法子。我不是有意伤害你的，我也不想勾起你的伤心往事！这件事你能原谅我吗？"

"密涅瓦！别说了，亲爱的！没什么原谅不原谅的。"

"时间短暂，我们马上就要分别了。你能真的原谅我吗？离开之前你能让我怀上你的孩子吗？"她眼眶中噙满泪水，但一对眼珠子却定定地盯着他，"拉撒路，我想要你的孩子。我不会再问第二次，但我必须在你离开之前开口提出这个请求。因为我的无知，我让自己有了她的相貌，因为你爱过她。可这若是对你我有影响，你可以闭起眼睛！"

"我心爱的……"

"我在，拉撒路。你想跟我说什么？"

"艾拉闭上眼睛了吗？他拒绝看你了吗？"

"没有。"

"贾斯廷呢？加拉哈德呢？如果你能忍受我平凡的相貌，我肯定也能'忍受'你可爱的小脸。若是有幸，她一定会长得更像你。我们回家吧。"

她的脸上闪出喜悦的光彩："旁边那片小树林有什么不好呢？"

"嗯。行。那就现在吧。"

XVII

那耳喀索斯[1]

"孩子们，我们再来一遍。"拉撒路说，"计时器和集结地地表都重新设置。朵拉，你能看到那颗星球吗？"

"老哥，你要是不用手挡着，我就能看见。"

"抱歉，亲爱的。叫我拉撒路吧，我可不是你哥。"

"莱皮丝和罗蕾莱和我结为姐妹，你自然就是我哥了。符合逻辑吗？符合。所以你就别推辞了，老哥。我知道你喜欢我这么叫你。"

"好吧，我喜欢，朵拉妹子。"拉撒路表示同意，"现在你给我闭嘴，先听我说。"

"好的，好的，指挥官。"领航计算机回答，"但是我从来都给自己的操作上三重保险。我不需要笨拙的计时器，因为我自己就校准了，老哥，已经校准了。"

"朵拉，假使校准出现问题呢？"

"不会出问题。要是一个数据库坏了，我就启用第二个数据库，同

时我会擦除第一个数据库，将其修复。"

"那又怎样？自从双胞胎和你拜了把子，你就总是这么亢奋。朵拉，我教过你，应该做个悲观主义者。一个不是悲观主义者的太空领航员毫无价值。"

"对不起，指挥官，我还是闭嘴吧。"

"真有想说的还是要说出来，只是千万别不重视安防措施。我要保护的可是我宝贵的身体，朵拉，所以请你帮帮我。我能想出十二种你的'嗉囊'受到破坏的情形，要么是因为人为错误，要么是自然灾害。你自己也一定能想到，但是没必要过多担心。不过，我们有必要预先想到遇到问题该怎么办。

"举个例子，要是你运行良好，但双胞胎就是无法使用你，怎么办？按照计划，你把我放下之后就回到基础时间框架中，飞到新罗马，带双胞胎去档案馆查询延迟邮件。谁知道呢？也许现在就有邮件在等着你们看。"

"哥，"罗蕾莱插嘴说，"'现在'没有任何意义。起飞以后我们就和这个词没关系了。"

"亲爱的，别咬文嚼字。我说的'现在'就是大移居纪元2072年，也就是格里高利历4291年，你成年的这一年。如果我说得没错的话。"

"莱皮丝，你听见了吗？"

"你自找的，罗蕾莱。你先安静一会儿，让哥哥讲吧。"

"问题恰恰出在语言文字方面，罗蕾莱。你们两个女孩——三个女孩在去往地球的路上，可能要把部分时间花在为时空旅行创造新语言和妥当的语法上。但是你们想象一下，等你们降落在塞古都斯星上，走进档案馆，问工作人员是否有发给你们的延迟邮件，或者是发给贾斯廷或艾拉的邮件，抑或收件人位置上写的是我——拉撒路·朗或者伍德罗·威尔逊·史密斯。我可能会尝试好几种方法，而且我会从延迟邮件成为保存资料的惯例之前几个世纪的'现在'开始，不断尝试。

"所以不管那儿有什么，你们都要带上邮件，回到朵拉上。到时候你们可能会发现朵拉被锁上了，而且有警长在守卫她，因为她已经被充公了。"

"什么？！"

"朵拉，别冲着我的耳朵大喊大叫。这是个假设的情况。"

"那个警长最好枪法准一些。"莱皮丝·拉祖莱沉着脸说。

她哥哥回答道："莱皮丝，我跟你说过九千零一十九次了，我们不会带上武器逞一时之勇。如果枪能让你感觉自己有三米高，刀枪不入，那你最好别带枪，必要时，若是需要开枪，让你妹妹来。现在你告诉我，为什么你不该向警长开枪。"

"要开枪！"朵拉说，"得有人救我！"

"闭嘴，朵拉。莱皮丝，你说。"

"嗯……因为我们不能向警察开枪。永远不能。"

"不全是。如果有法子避免，我们就不向警察开枪。就连亲吻响尾蛇都比那种行为安全。两千年来，我一直想方设法避免那种情形，不过的确在警察旁边开过一次枪，那是为了分散他的注意力，是个特例。但是在我们说的这个假设情况下对警察开枪有害无益。代理董事长罚没了我们的飞船。"

"救命。"朵拉轻声说。

"为什么？巴斯托女士永远不会做出这种龌龊之事！"

"我可没说是苏珊·巴斯托做的。但若是阿拉贝拉在任上，她肯定非常乐意针对朗家人搞出这种事情。我们姑且假设苏珊已经死了，新的代理董事长和阿拉贝拉一样坏。到时候你们既没有飞船，也没有资产，你们要怎么做？记住，我全靠你们了，不然我就会困在黑暗时代。你们要怎么做？"

"要是遇上危险，或者拿不准，我就绕圈儿跑，高声尖叫。"朵拉说。

"行了，朵拉。"莱皮丝·拉祖莱说，"我们不会惊慌失措，这是肯定的。我们有十年的时间想法子。嘿！等等。我刚才计算用的是错误的时间框架，我们可以有一百年的时间，甚至更长。"

"一百年够了。"罗蕾莱说，"要是不到一百年，我们可以再偷一艘船。"

"把思路打开。"拉撒路提出建议，"可以偷'昴宿星'号，比偷其他的船好多了，罗蕾莱。"

"你以前偷过星舰。"

"那是因为我当时没时间想别的主意。可你们有充足的时间。做个守法良民总是最优选，好过违法犯罪，不然容易被抓住。钱是全宇宙通用的武器。要想挣到钱，只需要时间和聪明才智，有时候还需要劳动。只要攒的钱够多，你们就能把朵拉买回来。要是做不到，钱远远不够，那你们也可以回到特提乌斯星。在那里，艾拉和咱们的大家庭会想办法弄到一艘星舰。然后你们就可以用朵拉留在雅典娜那儿的东西给它设定好程序，然后去接我。"

"难道就没人来救我吗？"

"亲爱的朵拉，这事儿还没发生呢，而且它发生的可能性极低。不过，要是确实发生了，双胞胎无法救你，然后你的新主人驾驶你穿过银河系——"

"那他第一次尝试着陆，我就摔死他！"

"朵拉，别这么蠢。要是我们真有一天失去了你——这不太可能——连双胞胎都无法救你，你也可以自救。然后，要是你照顾好了自己，没有在着陆时坠毁，也没有做出别的蠢事，我们最后一定会找到你，把你带回来的。我们三个都会去找你，不管花多少年的时间。对吧，莱皮丝、罗蕾莱？"

"那是自然！'人人为我，我为人人！'朵拉，这话里的'人人'可不止咱们四个；咱们有个大家庭呢！'人人'不仅包括其中的成年人，还有一共九个孩子，到时候孩子可能会更多，再加上雅典娜。哥哥，当初艾拉提议我们都把姓氏改成'朗'的时候，我开心极了，有多大声，就想喊多大声。妹妹，你是'朵拉·朗'，咱们朗家不会抛弃任何一个家人！"

"现在我感觉好多了。"计算机发出抽鼻子的声音。

"朵拉，你就没碰上过让你感觉糟糕的事。"拉撒路继续说，"是你坚称我的预防措施都没必要，话才说到这儿的。所以我才编了一个有必要采取预防措施的场景。要是双胞胎无法得到你留在雅典娜那儿的程序，那措施就尤其有必要。在这种情况下，她们就需要计时器和时间校准。所以，我才假设她们被困在另一个星球上，身无分文，那么第一个问题就是怎么挣够钱。姑娘们，你们觉得自己能做到吗？在一百年内？挣钱期间能保证自己不陷入更深的困境吗？"

双胞胎互相看了一眼："罗蕾莱？"

"当然了，拉撒路。哥哥，这时候我们就会在一家台球厅上开起我们的妓院。或者去别的地方开。"

拉撒路说："我觉得你们俩干不了这个营生。很遗憾，你们的鼻子和我的长得一样。普普通通，无甚特色。"

"我们的鼻子可是了不起的资产……"

"因为它让我们和你有着相似的面容……"

"因此，坊间流传的消息虽然不太令人相信……"

"但只要客户看看咱们，他就会信了……"

"抛开鼻子不谈，我们长得其实挺漂亮的……"

"你还说我们'体格结实得像砖房子'……"

"天生的一头红发，塔米说这种特征可以和银行里的存款相媲美……"

"虽然看起来一模一样，但我们还是能搞出区别来……"

"只要我们中有一个人不用脱毛剂就行……"

"这还有利于我们高价推出姐妹服务，玛姬说的……"

"要是你觉得性欲旺盛不足以让我们进入性服务行业……"

"我们恐怕还是要承认一点，我们永远也成不了塔米那样伟大的艺术家，总而言之……"

"要是我们的哥哥身处险境……"

"整个新罗马都会为我们的职业热情感到惊讶！"

拉撒路深吸一口气："亲爱的，谢谢你们。也许有一天你们会做这样的尝试，但愿你们不必为了救我而这么做。我更希望你们靠自己的数学能力和驾驶飞船的技术来挣钱，而不是靠你们毋庸置疑的外在美和内在美。"

"听见了吗，罗蕾莱？这次他加上了'内在美'。"

"我觉得他是认真的。"

"但愿如此。这比夸我们的奶子和密涅瓦的一样漂亮好多了，虽然其实我们的和她的差远了。"

"并不差。"她们的哥哥心不在焉地说，"我们还是回到地标之类的话题上来吧。"

"我觉得这时候你应该亲亲她们。"朵拉说。

"一会儿再亲。现在，孩子们，你们听着，第一次集合的时间就在你们把我放下整整十年之后，不过你们得先把安迪的尸体放下。怎么弄？莱皮丝和罗蕾莱一起弄，朵拉肯定帮不上忙。当然了，该怎么做朵拉你一清二楚。这次回顾是专门为了咱们血肉之躯做的。有问题吗，莱皮丝？"

"让朵拉给他解冻，让他的尸体达到近乎火化的温度，然后以轨道速度通过长长的斜面将其放到大气层中。这样一来，他在触地前就能烧起来了，或者说快烧起来了。朵拉还要计算出他落入群山中的轨迹，以防他的尸体在下落过程中没有烧尽。我们可不想让任何人被砸到。"

"罗蕾莱，现在我问你，我说的是什么山？你又该怎么找到这片山脉？"

"就是这片山脉。主要地标就是中央山谷中的这条大河。从西边汇入这条大河的另一条大河是我们北边的地标，拐过来的河湾是南边的地标，西边没有地标。阿肯色州大致在这个括号式的地势中部。奥沙克山脉是'括号'中唯一的山脉，我们要争取让他落在山脉的南侧，这里是一座悬崖。山脉北侧就不属于阿肯色州了。哥哥，为什么一定要让他落在阿肯色州境内，这有什么意义？"

"情怀，罗蕾莱。安迪生前游历四方，所以没多少时间待在地球上，他一直怀念自己的家乡。他会唱的唯一的歌的副歌部分是这样的，'阿肯色啊，阿肯色，我热爱你！'我以前常听他唱，烦得要命。但是我承诺过，我会把他的遗体带回阿肯色州，这个承诺让他在闭眼时非常欣慰，所以我们才要这样做。谁知道呢，也许我这个好哥们儿真的能感应得到呢。花些精力，实现他的遗愿还是值得的。主要集结地地标呢？"

"这条大峡谷。"莱皮丝·拉祖莱回答，"沿着峡谷向东，再转而向南，直到这个黑色的圆点。那是一颗流星坠地砸出的陨石坑。除了这座峡谷，从轨道上能看到的、长时间不会改变的地标没有别的了。这可是地球上最大的峡谷。所以，我们可以记住大峡谷和陨石坑之间的空间关系，这样一来，我们从任何角度都能瞄见它，前提是光线充足。"

朵拉说："我敢肯定，就算在一片漆黑中我也能看见。"

"亲爱的朵拉，这次演习是比较悲观的假设，她们必须在没有你的帮助的情况下找到这处地标。我希望她们能借此机会好好了解地球的地理，这样她们就不必落地去找路标了。除了把我放下，接我走，她们完全不用降落。我可不想让下面的人恐慌地以为自己看见了飞碟。也不想引起任何注意，不然可能会有乡巴佬一枪崩了我。可惜，这艘飞船的形状还挺适合叫'飞碟'的。"

"我的样子怎么了？"朵拉有些激动，"我可美了！"

"亲爱的，你作为一艘星舰，结实得就像砖房子。而且你确实很美，只是不明飞行物，也就是幽浮，也叫作'飞碟'，正符合你的样子。我不相信悖论，但我也不想引人注目。"

"哥哥，也许我们就是你跟我们提起过的'幽浮'之一呢。"

"嗯？可能吧，我想。要是这样，可千万别有人冲我们开枪。我这趟旅行不想受到任何打扰。如果一切顺利，我们可以商量下次旅行让你们俩其中一个着陆，可我要提醒你们，一头红发和不明飞行物一样引人注目。好，现在说那个陨石坑。我计划在十年后的那天日出后、日落前赶到那儿，实际上，那天的前后十天内我都有可能出现。如果在这期间我始终没出现，你们该怎么办？"

莱皮丝·拉祖莱回答："半年后，我们会在午夜登上吉萨金字塔群中最大的金字塔顶，也就是这儿寻找你。只不过，这次我们会以当时为原点，在前三十天到后三十天的区间内扫描你，因为我们不确定你什么时候能赶到那儿，而且你可能只有一次机会，因为你得操心贿赂之类的事儿。哥哥，我们可以离开半光年，然后重新进入时间轴吗？还是说我们应该留在轨道上等待？"

"这就看你们的意思了。我不会启用埃及的集合地的，除非我办了什么蠢事，在亚利桑那州与你们会面不安全。如果我错过了这两个集合的日子，你们该怎么办，罗蕾莱？"

"在第十一年和第十一年半的时候去这两个地方寻找你。"

"然后呢？"

罗蕾莱瞟了一眼妹妹："哥哥，这部分我们有不同意见……"

"朵拉也有不同意见……"

"肯定有啊！"

"因为我们不会假设你已经死了……"

"不管你多少次错过了碰面时间……"

"然后我们就会日复一日地查看两个地点……"

"夜以继日地查看两个地点……"

"鉴于两地有九个小时的时差，我们有时候会在日出和日落时分去亚利桑那州找你，同时也要在午夜时分查看你是否在埃及……"

"到时候朵拉可以在轨道上帮忙查看……"

"我当然会帮忙！"

"我们绝对会日复一日地找你……"

"年复一年地找你……"

"直到你出现，长官。"

"罗蕾莱船长，如果我错过了四次碰头机会，那就说明我死了。你一定要这么想。需要我把这点写出来吗？"

"朗指挥官，如果你死了，就不能对我们发号施令了。这才符合逻辑。"

"如果你假设我没死，那么我的命令就还算数，你们必须放弃搜索。这和你们的逻辑一样。"

"长官，如果你下了飞船，又联系不到我们，那你很难给我们下达什么命令。但是，如果你想让我们接上你，我们就会从把你放在地球上那天后第十一年半起每天都去找你……"

"没完没了地寻找，因为我们就是这么跟咱们的大家庭保证的。"

"尽管我们得偶尔回去做回春术……"

"我们还得生孩子，但是这两件事在另一个时间框架中不会占太多时间的。你也说过这一点。"

"这是造反。"

双胞胎姐妹彼此对视了一眼："我来负这个责，莱皮丝，毕竟奇数日的时候我当值。指挥官，在我们俩独自驾驶飞船进行星际旅行之前，你就教过我们，指挥官其实就是船上的乘客，因为船的主人不会放弃哪怕一点点属于他的责任，所以'造反'用在这儿不合适。"

拉撒路叹了口气："我这是养了一对该死的太空律师啊。"

"哥哥，可你就是这么教我们的啊，真的。"

"好吧，是我教的。这场争论你们赢了。可是说日复一日、年复一年、没完没了地查看碰头地点实在是太傻了。从来没有哪座监狱是我在一年之内逃不出去的。要知道，我进过的监狱可不少。也许我应该取消这次冒险行动。不，不，我不想再和你们争论这个问题了！现在我们来回顾计划中的计时器部分，如果你们不得不重新校准时间：只需要降落到地球上，搞明白确切的格里高利历日期即可，可这正是我不想让你们做的，因为你们两个谁都没有和陌生文化背景下的人打交道的经验，一定会惹麻烦的，可到时候我又没在你们身边。"

"哥哥，你觉得我们俩傻吗？"

"不，莱皮丝，我不认为你们俩傻。你们俩谁的大脑潜力都和我一开始时一样。我不傻，不然也活不了这么久。既然如此，你们也一定不傻。再说了，你们谁受的教育都比我年轻时候强。可是，亲爱的，我们说的可是地球上的黑暗时代啊。你们俩生来就活在一个到处都讲理的人类社会，可到了那儿你们可遇不上什么讲理的事。我不敢让你们踏上那个时代的地球大地，就算是有我陪着我也不敢。等到我好好教过你们如何在不讲理的社会环境中说话办事之后，你们再去吧。这是我真心的建议。"

拉撒路继续说："算了，不说这个了。你们在太空中可以通过两种方法读取地球上的时间。其一是利比法，虽然有些烦琐，但是好使，那就是看太阳系各大行星的位置。这个方法的问题在于，除非你花上相当长的时间艰苦观测，否则极有可能把看似相似的位置图弄混，最后发现二者之间相差数千年。

"所以我们要用能在地球表面上找到的计时器。对那个陨石坑进行放射性年代测定得到的结果可能比较接近实际情况，但若是陨石坑不见了，那就说明你们早到了几百年。中国修筑万里长城的时间、埃及金字塔的建造时间都是很好的计时器。苏伊士运河和巴拿马运河的建成时间也是比较能作准的计时器。可惜的是，那也是欧洲大战的时间。你们可别去围观！要始终让飞船的屏幕向上，确定了时间就迅速离开地球。那年要是有艘古怪的太空飞船出现在地球上空，你们又不够小心，它很可能会被击毁。事实上，要是这个清单上的计时器显示你们到的时间晚于格里高利历1940年，那就赶快离开地球！再去一个比这更早的时间。

"这次就讲这么多吧。快到我上床睡觉的时间了，尽管这个时间也许对飞船之外的事物没有任何意义。我希望你们俩对刚刚回顾的计划安排了然于胸，就连在睡梦中都能背出来，包括日期、你们要找的地标和如何找到地标。即便你们看不到地球也要能在脑海中复刻出来。你们有谁觉得能在克里巴奇牌戏上赢了我？一个一个说，别同时回答。"

"我能。"朵拉说，"只要你保证不在洗牌的时候作弊我就能。"

"朵拉，一会儿再说这个。"罗蕾莱船长说，"现在我们要告诉他一件事。"

"啊！好吧，我保持安静。"

"告诉我什么？"拉撒路问。

"现在是你让我们怀孕的时候了，拉撒路。"

"让我们俩怀孕。"莱皮丝·拉祖莱附和道。

拉撒路默数了十秒，然后又数了十秒："绝对不行！"

她们对视了一眼。罗蕾莱开口了：

"我们就知道你会这么说的……"

"可最后我们的心愿一定会达成，唯一的问题就是你是否愿意通过体贴、友好的方式让我们如愿……"

"不然我们就告诉伊师塔，说你拒绝了我们，然后让她来帮我们如愿，从精子库中找出你的精子……"

"但若是我们心爱的哥哥、始终关心爱护我们的哥哥同意了，我们会更开心……"

"不过，哥哥现在要去地球上的黑暗时代了……"

"要是他能抛开他那愚蠢的偏见哪怕一次……"

"像对待生理成熟的女性那样对待我们……"

"而不是像以前一样把我们视为孩子就好了……"

"伊师塔和加拉哈德就不拿我们当孩子看……"

"可你老是这样。这对我们来说不仅是一种侮辱，更是一种伤害，尤其是现在，你走后我们可能永远都见不到你了……"

"而且你没怎么反对就让密涅瓦如愿怀了你的孩子……"

"更不用说塔米、哈玛德莱雅和伊师塔了……"

"别说了！"

她们住了嘴。

"尽管从数学上讲并非如此，但其实我与她们三个人的怀孕关系非常小。"

罗蕾莱小声说："从数学角度讲，这层关系可是要多紧密有多紧密啊，拉撒路，因为我们就牵涉其中。贾斯廷、艾拉和加拉哈德会择机回避，他们就是这样才保障了密涅瓦的第一胎是艾拉的，塔米的第一胎是贾斯廷的。要是四个女人，而不是三个女人中有谁怀不上她想要的孩子，那么伊师塔一定会利用精子库帮助她们。"

"我的精子不在精子库中！"

两个女孩又交换了一下眼色。莱皮丝·拉祖莱说："你敢打赌吗？"

计算机说："老哥，打这个赌你可不划算啊。"

拉撒路想了一下："约二十年前，我是伊师塔所在的回春诊所的顾客。除非她那时候骗了我，否则精子库里一定没我的精子。"

罗蕾莱小声说："拉撒路，我想当初本可以欺骗你的，但是据我所知，她没有。我说的是新鲜的精子，冷冻时间不会早于一年前，也就是在你宣布这趟旅行的日期的第二天。"

"这不可能。"

"最好别说'不可能'。在回春技师将精子存入精子库之前，哪里会是保持精子新鲜有活力的最佳容器呢？"

拉撒路沉思了片刻："好吧，我……我真是服气了！"

"你猜对了，哥哥。答案就是把精子放在一个女人体内。你选择床伴时始终会留意她们的生理周期，为的就是不要孩子，可在你入睡之后，她们都会立刻去见伊师塔或加拉哈德，还会认真地在日历上做手脚。我想说的是，亲爱的哥哥啊，你的基因并不属于你，谁的基因都不属于自己。当你聊起密涅瓦是如何造出来的，我们听过你这么说。基因属于整个种族，基因只是把自己借给了种族中的个体，借期就是他／她的一生。我们知道你要进行这场鲁莽的旅行，所以大家才做了这个决定。你尽可以拿自己的生命去冒险，但你没有资格浪费自己特殊的基因模式。"

拉撒路突然换了话题："你为什么说'四个女人'？"

罗蕾莱回答："哥哥，你是羞于算上密涅瓦吗？我不相信，莱皮丝也不相信。"

"啊，不是的，我没有羞于算上密涅瓦，我为她骄傲还来不及呢！该死，你们俩总是能把我绕进去。我只是不知道她把这件事告诉了别人。我就跟谁都没说。"

双胞胎中的另一个说："她除了我们之外还能谁说呢？"

"这句话里应该用'对谁说'。"

"讨厌，哥哥，现在可不是纠正我俩的语法错误的时候！密涅瓦跟我们说了心事，希望我们给她建议和安慰！因为在关于你的问题上，我们也和她一样处在非常难以抉择的位置。我是说她以前是，因为她从小树林里走出来的时候，得意扬扬得像一只母猫。你让她非常开心……"

"之前她哭得眼睛肿得跟核桃一样……"

"现在她会一直开心下去，就算没怀上也会如此……"

"因为发生过的事就已经能说明问题了。要是她没怀上……"

"伊师塔会采取补救措施……"

"当然啦，我们知道，你最后终于不再犹豫，做了你多年前就该和她做的事……"

"因为我们也帮了点小忙，她这才有机会和你独处，好好劝你……"

"我们还告诉她，要是眼泪还不够让你改主意，那就干脆哭到下巴颤抖……"

"结果这招成功了，她开心坏了……"

"可是我们不开心，一点都开心不起来。即便如此，我们也不会对你哭……"

"更不会哭到下巴颤抖，因为那太幼稚了。如果你不答应我们，那一定只是因为你爱我们……"

"那样的话就算了，我们可能连精子库都不会用，而是会考虑……"

"让伊师塔给我们做绝育手术……"

"永久性的绝育，不是暂时的避孕……"

"既然我们做女人这么失败，那干脆不做了。"

"别说了！你们说不会对我哭，那现在你们这连串的眼泪算怎么回事？"

莱皮丝·拉祖莱十分克制地轻声说："这不是伤心哭出来的眼泪，完全是恼怒的产物。走吧，罗蕾莱，我们争取过了，但是没有成功。我们回去睡觉吧。"

"来了，妹妹。"

"指挥官，我们可否告退？"

"可以才怪！给我坐回去！姑娘们，可不可以不要再像拉锯一样你一句我一句地逼我就范？我们平心静气地聊聊，怎么样？"

两个年轻姑娘坐了回去。罗蕾莱船长瞟了一眼她妹妹说："莱皮丝同意由我来代表我们两个人跟你谈。我们不会再进行拉锯式谈话了。"

拉撒路若有所思地问："你们的大脑是交替运转还是同时运转？"

"我们……觉得这个问题和刚才的讨论无关。"

"我问这个只是出于对科学的兴趣。如果你们能告诉我你们的思考模式，说不定我们三个可以一起那样思考。"

"你说的应该无法实现了，因为拉撒路，你拒绝了我们。"

"该死，姑娘们，我没有拒绝你们，我永远不会拒绝你们。"

她们什么都没说，他只好志忐地说下去："关于这个问题，我们要考虑两个方面：一方面是基因；另一方面是感情。从基因上说，我们三个的血缘关系非常特殊。我是男性，你们两个是女性，可我们三个是准三胞胎，而且基因相似度比'准'三胞胎的还要高，确切地说相似度在45%到46%之间。因此，我们结合后，不良基因得到增强的概率要比普通兄妹发生这种情况的概率高得多。但除此之外，我们不能算是完全意义上的霍华德人，因为我们的基因没有经过两千四百年的系统性剔除。因为按时间算，我在家族中的位置比较靠前，所以完全没经历基因剔除。我的祖父母和外祖父母属于第一批通过筛选的人，所以格里高利历1912年我出生时，我没有再经历近亲繁殖、基因剔除或基因池净化。你们两个和我处在同样的境地，甚至连你们的第四十六条染色体都来自我，只不过它复制的是我的第四十五条染色体。不过你们两个似乎愿意接受如此高的不良基因增强风险。"

说到这儿，他停下来。没人接话。于是，他耸耸肩，继续说："从感情方面说，是我单方面抗拒，你们俩似乎对此完全没有心理障碍。我想这也是说得通的，因为让我无法接受的那个概念源于《旧约圣经》。如今，那概念已经被遵从家族遗传学家的意见取代了。我并不反对那些遗传学家的说法中蕴含了智慧。事实上我赞同他们的做法——若是两人的基因表显示不宜结合，无论申请结合的是一对毫无血缘关系的陌生人，还是一对亲兄妹，他们都会拒绝。可我现在说的是感受，不是科学。我想，除了学者之外，已经没有人看《旧约圣经》了，但是我从小成长的文化环境受到了《旧约圣经》深入骨髓的影响。那片地方叫'圣经带'。姑娘们，你们没听错。早年接受这种信仰教化的孩子很难改变对其中禁忌的看法。就算后来他明白了那些禁忌都是胡扯，也还是改不了。

"我想好好培养你们俩。我有充足的时间根据自己的所知所学剔除一些禁忌和偏见，而且我在这方面非常努力！早年，大人们以'教育'为名向我灌输了许多荒谬的垃圾，如今，我希望这些垃圾不要影响到你们俩。显然我成功了，不然我们也不会陷入这样的僵局。现在的情况是，你们俩是现代的年轻女性，而我，尽管我们有相同的基因，但我归根结底还是蒙昧时期成长起来的未开化的人。"他叹了口气，"对不起。"

罗蕾莱看看她妹妹。二人都站了起来。"长官，我们是否可以告退？"

"怎么？不反驳我？"

"长官，感情方面的论点我们无法反驳。至于其他的，既然你已经打定了主意，我们为什么还要争论不休，让您伤神呢？"

"也许你们是对的。你们有礼貌地听我说完了我的观点，我也想给你们同样的尊重。"

"没必要，长官。"她和妹妹的眼里都泛着泪光，但她们并没有理会呼之欲出的泪水，"我们知道你尊重我们，也清楚你对我们的爱。我们可以走了吗？"

拉撒路还没来得及回答，计算机就说话了："嘿！我也想参与你们的讨论！"

"朵拉！"罗蕾莱没好气地说。

"罗蕾莱，别对我这个态度。我看到我的家人一个个都在犯傻，所以没法礼貌安静地袖手旁观。老哥，罗蕾莱没告诉你她们准备怎么打击你，但我可以，而且我接下去就要干这事了！"

"朵拉，我们不需要你的这类帮助。莱皮丝和我的意见一致。"

"一致就一致吧，可你们没问过我的意见。我可不是什么淑女，从来都不是。老哥，你知道，对我来说，谁对谁做了什么都是小事，我毫不关心，只不过听到这些人的啼哭和抱怨感觉真是有趣。你对我这两位姐姐太过分了。罗蕾莱和莱皮丝聊过，她们认为，没有她们你无法完成这趟旅行，但她们不愿以此讲条件，因为她们的尊严不允许她们这样做，可我没什么尊严要顾及。没我的帮助，谁也别想做时间旅行。哼，要是我罢工，你连特提乌斯星都回不去，不是吗？"

拉撒路的脸上同时显露出几分不屑，几分惊讶，然后咧嘴笑了。"又一个造反的。我亲爱的朵拉，我允许你这么想。你想让我们困在这儿饿死，那就这么做吧，不管'这儿'是哪儿。我怀疑几百年前也曾有人陷入过如此无助的境地。但是，亲爱的，我是不会让你的威胁影响我的决定的。你可以拦着我，不让我进行时间旅行，但是我觉得你才不会让罗蕾莱和莱皮丝饿着。你会带她们回家的。"

"该死，老爹，你又开始耍无赖了。你真是个讨厌的家伙！你知道吗？"

"你说得都对，朵拉。"拉撒路承认了。

"罗蕾莱和莱皮丝现在又蠢又倔。罗蕾莱，他礼貌地给了你一个争取的机会，你却拒绝了他。你可真是个顽固的小婊子。"

"朵拉，你说话注意点。"

"有什么可注意的？你们仨都不注意。擤擤鼻涕，坐下跟老哥直说你是怎么想的。他有权知道这个。"

"也许你比我更有资格听她们说。"拉撒路轻声说，"坐下吧，姑娘们，跟我说说。朵拉？让船在锚链筒间停稳，孩子，一会儿再把它停进港口去。"

"是，指挥官！可你要答应我让那两个蠢女人把心里话都说出来，好吗？"

"我会努力试试。这次谁是发言代表？莱皮丝？"

"无所谓，"莱皮丝·拉祖莱回答，"这次我来说。别担心朵拉。等她看到我们满意地接受你的决定，自然会不再发难。"

"哦，你是这么想的吗？想好了再说，莱皮丝，不然还没等你说

'利比伪无穷大'我们就回到荒乡了。"

"求你了，朵拉，让我告诉哥哥吧。"

"那你务必把一切都告诉他，不然，我就告诉他，他说你们长大成年了之前的一整年内，这儿都发生了什么。"

拉撒路眨眨眼，似乎很感兴趣："可以啊，你们是不是瞒着我做了什么事？"

"嗯，伊师塔妈妈早就告诉我们，我们已经长大了。你是唯一坚持认为我们还没成年的人。"

"嗯……应该说是我规定了你们还没成年。有一天，我一定会告诉你们，我小时候在一座教堂塔楼上都做了些什么。"

"我相信我们都喜欢听这事，哥哥，但我要问你现在想不想听我们说说？"

"想。我和朵拉都会安安静静地听你们讲。"

"我先说一点，我们不会去求伊师塔利用精子库做出违反你意愿的事。不过，有其他你很难拒绝的可能性。想想我们俩是怎么来到这个世界上的吧。我可以轻松地用自己的组织让自己怀上一个克隆体，罗蕾莱也能这么做，不过我们可能会交换克隆体。这完全是出于感情原因，因为我们有着完全相同的基因。说到这儿，你觉得有什么不妥的地方吗？遗传或感情方面的不妥，有吗？其他方面呢？"

"嗯……没有什么不妥。这么做确实不同寻常，不过这是你们自己的事。"

"然后我要说的事和前面的一样简单。既然为了克隆你，伊师塔在试管中还保留有依然存活的你的组织，我和罗蕾莱会怀上同卵双胞胎，他们的每个基因都能说明他们就是'拉撒路·朗'，只不过没有你长期的生活经验。你会觉得这样的行为是对你的冒犯吗？"

"嗯，等等，让我理出个头绪再说。"

"我要补充一句，我们都视此为迫不得已的手段。以防你去世了，你回不来了。"

"别再抽鼻子了!唉,要是我死了,我也没法在这事儿上发表意见了,不是吗?"

"是没法发表意见了。如果我们不这么做,伊师塔也会让其他人怀上你的克隆体,她甚至可能会亲自来,让加拉哈德帮忙完成。但是如果罗蕾莱和我来做,我们更希望先得到你的祝福再做。"

"嗯……如果说我死了的话——好,可以,可以,我祝福你们。但我有件事要嘱咐你们。"

"什么事,哥哥?"

"你们一定要对那头小野兽,或者说对那几头小野兽严厉管教。我这个人不讨人喜欢。你们俩要照顾六个孩子已经够忙的了,可我脾气特别大。要是你们不从他——他们——我,该死,就用'我'吧,要是你们不从我还在摇篮里时就让我知道家里谁说了算,我一定会给你们俩带来很多悲伤和不幸,让你们觉得人间不值得。"

"我们会努力对付……'你'的,拉撒路——我们的优势在于,我们知道你浑蛋起来有多难管。"

"哎哟!你们这是在揭我伤疤,我是不是流血了?"

"哥哥,这还不是你自找的?其实因为你宠坏了我们,所以要让我们不宠'你'太难了。不过,我们会把你的意见记在心上的。我们想在聊遗传话题前先问一下这个问题,你一共有多少个孩子?"

"嗯……太多个了。"

"你一定知道确切的数字,所以,我们能否……这个数字是否大到具有统计分析的意义呢?其中多少是有缺陷的孩子?"

"嗯……据我所知,一个都没有。"

"的确如此。伊师塔凭她的专业分析得出了这个结果,贾斯廷也通过对你档案的研究证实了这一事实。哥哥,我不知道这种事在格里高利历20世纪有多不寻常,不过你的基因表十分干净,没有问题,因此我们的基因表也一样。"

"你们等等！我还不了解遗传学方面的最新知识，但是——"

"但是伊师塔了解。你想和她在这个问题上争论一番吗？我们相信她的保证。罗蕾莱和我都不是遗传学家，现在还不是。不过，我们有你的基因表正式报告，是伊师塔写的，存在朵拉那儿。如果你想要就跟朵拉要。我们不认为你看与不看会有什么不同，因为你拒绝我们的原因和遗传基因没什么关系。"

"慢着！我没有拒绝你们啊。"

"可你给我们的感觉就是如此。我们是人工制造的产物，而所谓的‘乱伦’其实是另一个时代的概念，那个词诞生的环境与我们的情况完全不同，这你是知道的。这不过是你用来逃避自己不想做的事的一个借口罢了。与我们交配可以等同于自慰，但肯定不能算是乱伦，因为其实我们并非你的姐妹。从通常意义上讲，我们不是你的血亲。我们就是你。我们身上的每个基因都来自你。如果我们爱你，我们确实爱你，同时你也爱我们，你确实爱我们，只不过是以你特有的谨慎、吝啬的方式爱着我们，那么这就等同于那耳喀索斯爱自己。这次，只要你能看清楚这一点，那耳喀索斯的爱就能取得圆满。"她说到这里停住了，深吸一口气，"我们要说的就这么多。走吧，罗蕾莱，我们睡觉去。"

"等等，姑娘们！莱皮丝，伊师塔说这样做是安全的？"

"我已经跟你说过了，安全。可你还是不愿意做，那就随便吧！"

"我可从来没说过我不愿意。你们觉得，为什么你们这两个活泼的小猴子长大了，我就不愿意抱你们了呢？"

"哦，老哥！"

"因为我一定是那耳喀索斯本人，因为我觉得你们是最漂亮、最性感，也最难搞的姐妹花。"

"真的？你真这么想？"

"没错。别再让你们的下巴打哆嗦了！所以你们开始发育之后，我就不再与你们有肢体接触了。但是，如果伊师塔说没问题的话……"

"她说了，没问题！"

"那我想……这次，我可以分给你们每人几分钟时间。"

罗蕾莱激动地深吸一口气："听见了吗，莱皮丝？"

"听见了。'两分钟。'"

"真是粗俗。"

"简直是侮辱人。"

"太让人生气了。"

"但是我们接受……"

"就现在吧！"

I

绿色山丘

星际游艇朵拉在牧场上方两米处徘徊，而后艇腹的舱门打开，内部射出彩虹般的光线。拉撒路最后飞快地捏了一下莱皮丝和罗蕾莱，纵身跳到地面上，顺势一滚卸了力，爬起来，飞快跑出飞船悬停的地面区域。他挥挥手，飞船便笔直地升起，化作星空中的一团黑云，最后消失了。

他快速环顾四周。北斗七星……北极星……好，那边是篱笆，篱笆外面是道路……"真是见了恺撒的鬼！一头公牛！"

那头公牛还差几英尺就撞上他了，于是他跳起来，翻过篱笆墙，翻过去时甚至还比墙顶高出几英寸。

拉撒路动作非常快，以这个速度，他不得不又打了一个滚才卸掉落地的冲击力。最后，他来到一条印满车辙的土路上，心想要是接着走这种路，他的形象一定堪忧。他拍拍口袋，尤其是连体裤前胸的那个口袋，确认了一遍什么东西都没丢，这才继续上路。他想念屁股后面揣着爆能枪的安心感觉，但是他深知，不管什么枪，只要带了就是麻烦，因为眼下这个时间和地点不允许他这样做。他唯一能带的就是一件复制的折叠刀。

他的帽子。掉在沟里了？不，是落在篱笆墙另一侧，离他也就十英尺的距离，但和十英里没什么区别。那公牛正盯着他呢。一项帽子不是非要不可，要是有人发现了帽子，注意到帽子有什么不对劲的，那也没有任何线索把帽子和他联系起来。所以，不管了。

他再次望向北极星。沿着这条路走大概五英里应该就到镇上了，路笔直得好似海龟逃跑留下的一串痕迹。就这样，他上路了。

拉撒路站在戴德郡民主党人印刷店的门口，看着玻璃窗内贴着的纸，但是并没有读上面的字。他在思考。他刚刚吃了一惊，眼下为了保持镇静，只有假装继续看贴出来的新闻报纸。他看到了报纸上的日期，现在需要重新整理一下脑中的地球古代历史知识。1916年8月4日，1916年？

拉撒路从玻璃中看到一个人影走下人行道。那人身材魁梧，中年模样，腰上系着一条枪带，但几乎已经被凸出来的肚腩遮住了。他右侧大腿系着的枪套里插着一支"猪腿"手枪，左胸口佩戴有星章，除此之外，他的穿着打扮和拉撒路别无二致。拉撒路还在盯着橱窗里《堪萨斯城日报》的首页看。

"早上好。"

拉撒路转过身："早上好，局长。"

"孩子，我只是个治安官。刚到这里？"

"是的。"

"路过？还是投奔这儿的亲友？"

"路过，除非我能在这儿找到工作。"

"回答得好。你是做哪行的？"

"我从小在农场上长大，不过机械修理的活儿我也都能干。其实什么活儿都行，只要能挣到钱。"

"好，那我得告诉你，现在没什么农场需要人手。至于其他的，夏天大家都不怎么做事。嗯，你该不会是IWW的一员吧？"

"什么IW？"

"孩子，我是说世界产业工人协会的人。你没看报纸上写着什么吗？咱们这个社区团结友好，热情好客，总是欢迎新来的人。但IWW的人除外。"这个当地的执法者抬起一只手，抹去额头上的汗水，打了某个组织的手势。拉撒路知道该怎么回应，但他决定不做回应。他该属于哪个组织呢？这真是个好问题，长官，所以还是别让他问出这个问题。

治安官继续说："既然你不是他们的人，那你可以四处打听一下，看看是否有人需要帮工。"他看看拉撒路刚刚假装在看的报纸首页，"潜艇能干的事儿可太可怕了，是吧？"

拉撒路表示同意。

治安官加了一句："还是那句话，要是人人都待在家里，各管各的，什么事都不会有。你过你的，他过他的，互不干扰，我常这么说。你通常去什么教堂？"

"嗯，我是长老会的教徒。"

"这说明你最近没怎么去教堂。有时候太忙了我也不去做礼拜。看见街上那边的教堂了吗？榆树林中的塔楼，瞧见？要是你找到了工作，星期日上午十点就去那座教堂，我会把你介绍给那儿的教众。那是卫理公会主教派的教堂，不过和你去的教堂没什么区别。咱们这个社区非常包容。"

"长官，谢谢你。我会去的。"

"好。非常包容。这儿的大多数人都是卫理公会教徒或者浸信会教徒，附近的农场有一些人是摩门教徒。都是些好邻居，从来不欠账。还有几个天主教徒，没人难为他们。社区里甚至还有个犹太教徒呢。"

"听上去这儿是座不错的小城。"

"的确是。我们有地方选择权[1]，而且大家都过着单纯的生活，没人搞

1　地方选择权：美国州法律规定各地区在所辖范围内有权禁止和准许某些活动。为适应不同地理区域的不同情况，这种规定可减少州级的矛盾。——译注

邪门歪道。只是我得提醒你一点，如果你没找到工作，那你可以去教堂那边大概半英里的地方，那儿有城界标志。如果你没工作，也没住的地方，最好在太阳落山前出城界。"

"我明白了。"

"不然我就得把你抓起来。别有什么心理包袱，只不过世道如此。日落之后，街面上不允许有流浪汉或黑鬼。孩子，这些规矩不是我立的。我只是个执行者，而你正符合马斯戴拉法官对流浪汉的定义。我们这儿好些个小姐太太唠叨他，他才这样做的，因为她们搭在晾衣绳上的衣物之类的有丢失。所以，日落之后在街上无故逗留的人要被罚款十美元或者拘留十天。这其实没什么，因为拘留地点就是我家。吃的不是什么豪华大餐，因为我每天只能为囚犯提供价值四十美分的伙食，不过我们吃的也只比你吃的贵五十美分而已。我可不想让关在我家的人不好受，你懂的。只是法官和市长致力于打造一座安静守法的小城。"

"我明白。我没什么不好受的，因为你不会有机会把我关起来。"

"听到你这么说我很开心。总之，孩子，如果你有什么需要帮忙的，告诉我一声。"

"谢谢你。也许现在就有。你可以告诉我这附近哪里有我能用的厕所吗？还是说我最好憋着，等出了城再找一处灌木解决呢？"

警官微微一笑："哦，我想我们还是挺好客的，你不必出城解决。法院里就有城市里那种抽水马桶，但是出了故障。让我想想。这边走，铁匠铺有时候会接待那些驾车经过的人。我领你过去吧。"

"你真是个好人。"

"助人为乐嘛。不妨告诉我你的名字。"

"泰德·布朗森。"

铁匠正在给一匹年轻的骟马修马掌。他抬头说："你好啊，迪肯。"

"好啊，汤姆。我遇上一个年轻朋友，泰德·布朗森，内急。能不能借用一下你的厕所？"

铁匠打量了一下拉撒路："泰德，自便吧。别走错到放马具的地方就好。"

"谢谢你，先生。"

拉撒路沿着铁匠铺后面的小径往前走，开心地发现厕所有一扇没缝隙的门，而且还可以从里面把门插上。他从连体裤前胸的口袋里把钱拿了出来。

这几张纸钞的各个细节都做得非常到位，是根据新罗马古代历史博物馆中的真品复刻的。按说这是"假币"，可是因为复制得太完美，拉撒路可以毫不犹豫地拿着它们去银行。问题只有一个，这些纸币上印的是什么时间？

他飞快地把纸币分成两沓：1916年及之前发行的，1916年之后发行的，然后他不再数钞票了，毫不犹豫地将目前能用的纸币装进口袋，然后从一个盒子里扯下一页蒙哥马利沃德百货公司目录，将没用的纸币包起来，这样就没人看到这是钱了。随后，他把这包钞票扔进了粪池。拉撒路从他的秘密口袋里掏出硬币，开始检查上面的日期。

他发现大多数硬币上都铸着该死的日期，这一点和纸币一样。他花了整整一秒钟的时间欣赏手中完美复刻的水牛镍币[1]。这玩意儿真是精致又好看！他又花了至少两秒钟认真思考了一下，该怎么处理那枚硕大的面值二十美元的金币。金子就是金子，它的价值不会因为被熔掉或者被砸成一坨金疙瘩就有所减损。但是，除非他毁了这东西的样子，否则它就是危险之源，谁知道他要去的下一座小镇上，人是否和这里的一样友好呢？所以这金币也必须得冲下去。

做完了这一切，他感觉心里轻松许多。持有"伪造"货币在这里是重罪，足够他坐上好几年牢的，而且这儿的监狱生活绝不轻松，他也很

1　水牛镍币：美国5美分硬币，1913年至1938年间制作发行。——译注

难越狱。缺钱虽然也是件麻烦事，但可以解决。拉撒路考虑过来这儿的时候一分钱不带，但最后还是妥协了。现在带的钱足够他生活好几天。他可以先四处逛逛，重新适应生活环境、风俗习惯和方言，然后再琢磨怎么讨生活。他从未想过要带上足够生活十年的钱。

没关系，这样更有乐趣。而且，这是个很好的实践机会，他可以努力在他从未经历的时代白手起家，从事比他以前做的更难的工作。若这里是伊丽莎白一世时代的英国，那才是真正的挑战呢。

他数了数身上剩下的钱，三美元八十七美分。还行。

铁匠说："我还以为你掉茅坑里了。现在感觉好点没？"

"好多了。多谢了。"

"小事一桩。迪肯·埃姆斯说你做过维修工。"

"只要有工具，我还算心灵手巧。"

"有在铁匠铺里工作过吗？"

"有过。"

"让我看看你的手。"拉撒路伸出手掌给对方看。铁匠说："城里人啊。"

拉撒路没接话。

"要不然你就是刚从号子里出来，所以才有这么双柔软的手。"

"我想也许这就是原因吧。再次感谢你允许我借用厕所。"

"稍等一下。一小时三十美分，我让你做什么，你就做什么。可能只试用一个小时我就会把你炒掉。"

"没问题。"

"会修汽车吗？"

"知道一点。"

"看你能不能让这辆铁皮车跑起来。"铁匠朝店里另一端歪歪头。

拉撒路来到外面，望着他早先就注意到的福特轿车。那龟背一样的车顶已经被卸去，后面安了一口木头箱子。这样一来，轿车就被改装成了皮卡。通过车轮辐条能看出来，车之前在泥泞的土路上跑过，不过车的整体状况似乎还不错。他上前将前座卸下，抄起手边的量油尺，检查了一下油箱的情况。还剩半箱汽油。然后，他又看了看水箱，用铺子的水泵往里面加了些水。接着他打开汽车前盖，查看引擎。

连接磁石发电机和线圈盒的导线断了。于是，他重新将线接上了。

他拉了手刹，发现太松了，于是他找东西挡住了车轮。这时，他把钥匙转到点火位置，松开节流阀，延迟点火时间。

他小心地把大拇指握在拳头里抓住曲轴，而不是用五指一起抓紧，然后他猛地抬高曲轴，一推，再一转。

发动机立刻发出轰鸣声。小车摇晃起来。他赶快冲到驾驶座一侧，伸手让点火系统提高了三个挡位，让节流阀回到怠速位置。

铁匠在一旁看着。"行了，熄火吧。过来给我的炉子扇风。"他们谁都没提那截断掉的导线。

中午，铁匠汤姆·黑门兹终于停了手上的活儿，去吃午餐。拉撒路趁这个间隙步行去他曾经经过的、两个街区外的杂货店，买了一夸脱A级生牛奶。这才花了他五美分，其中三美分还是牛奶瓶的押金。他看了一眼五美分一条的面包，最后决定奢侈一下，买了十美分的份。毕竟这天他连早餐都没吃。他回到铁匠铺，一边美美地享用他的午餐，一边听黑门兹先生侃侃而谈。

他是个激进的共和党人，但这次他要转换阵营了。威尔逊先生使得我们免遭战争荼毒。"虽然他在其他方面没有为这个国家谋什么福利，而且现在的生活成本比以往都要高。此外，他还是个亲英派。但是，话说回来，要是蠢蛋休斯上台，他一定会让我们一夜之间卷进欧洲战争中。真是个两难选择。我想把选票投给拉福莱特，可是他们竟然傻到没有给他提名。德国人要赢了，他清楚这点，我们还在火中取栗一样想拉一把英国，真是蠢透了。"

拉撒路郑重其事地表示同意。

黑门兹告诉"泰德"第二天早晨七点来上班。但是，还没等太阳落山，拉撒路就已经过了小镇的边界线，向西去了。这天，他赚了差不多三美元，还用香肠、奶酪和饼干填饱了肚子。他其实对这座小镇和铁匠都没意见，只不过他冒险进行这场旅行，不是为了在一座乡土小镇上打一份时薪三十美分的工，一直干满十年。他想到处走走，尽情体验这个时代的风情。

另外，黑门兹太爱打听别人隐私了。拉撒路不介意他检查自己的手，也不介意他暗示自己刚刚出狱，就连那条断了的电线也可以避而不谈。可是，就在拉撒路把一个关于口音的问题糊弄过去之后，铁匠又逼问他小时候到底在哪片印第安人保留区生活，他的家人又是什么时候从加拿大来到美国的。

等到了大点的地方，你就不会总是被人缠着问这么隐私的问题了，而且只要你勤劳肯干，就能得到大把时薪高于三十美分的工作机会。

他走了一个小时，遇上了一辆搁浅的车。车主是一个乡村老医生，他的麦克斯韦尔轿车有个轮胎瘪了，正无计可施。拉撒路卸下一盏煤油侧灯，让医生举着照亮。他则专心地补好轮胎，将轮胎安上并打好了气。医生想给他一笔小费，拉撒路拒绝了。

查多克医生说："雷德，你知道该怎么开这种喝汽油的车吗？"拉撒路表示他会开。

"那好，孩子，既然你也要往西走，不妨开车载着我去拉马尔好了。等到了我的诊所，你可以在我的候诊室长沙发上凑合一晚，第二天有早餐吃。另外我还会为了给你带来的麻烦支付一美元。"

"医生，这些我都同意，钱就没必要给我了。我又没破产。"

"别说傻话了。明天早上再跟我争吧。我已经筋疲力尽了。今天天刚蒙蒙亮我就上路了，结果现在还没到家。要在以前，我只要把缰绳缠在鞭子上，睡一小觉的工夫，母马就把我们拉回家了。这种东西可真蠢。"

早餐他们吃了煎蛋、煎火腿、炸土豆、配有高粱糖浆和农家自制黄油的薄煎饼、西瓜酱、草莓酱、几乎凝固成一坨的奶油，还有只要他们想喝就会一直供应的咖啡。医生的管家，也就是他那至今未出嫁的老姐姐，不停地往桌上端食物。她非说拉撒路吃的那点东西连鸟都养不活。总之，他又上路了，兜里多了一美元，身上干净些，没昨天那么像个乡巴佬了，因为他用唾沫和色诺拉鞋油好好擦过鞋子，大大改善了鞋子的外观。内蒂小姐非要塞给他几件旧衣服。"罗德里克，反正我们也要捐给救世军，送给你也是一样的。拿着，这条领带也给你，医生不戴了。找工作的时候戴上它看着精神些，我一直这么说，要是来人连领带都没打，我是不会给他打开纱门，奉上施舍的。"

拉撒路接受了全部馈赠，因为他知道她说得对，也知道要是没有他帮忙，那天晚上查多克医生一定会睡在车里，辗转难眠，他姐姐也会在家中担心一整晚。总之，这很公平。内蒂小姐把拉撒路自己的衣服打了一个干净利落的包袱。他向她表示感谢，并承诺等到了堪萨斯城会给他们寄一张明信片。然后，他把那包衣服扔在了他经过的第一丛灌木中。他为此感到有些愧疚，因为那些衣服上只有一些人为制造的磨损痕迹，但其实是永不磨损的。只不过，衣服的剪裁不符合目前的时代，他从一开始就打定主意，只要可以，他就会把这些衣服扔掉。而且，一个走在路上的人如果背着包裹，会让人觉得他是个流浪汉，这一点内蒂小姐可能没想到。

他找到了铁路，但是避开了火车站。他就待在小镇的北部边界处，静静等待。一辆客运列车和一辆货运列车从他面前经过，向南开去。然后，大约十点的时候，一辆货运列车出现，朝着北方去了，同时也在慢慢提速。拉撒路纵身跳到车上。他并没有费尽心思躲躲藏藏，不让人看见，而是故意让火车的制动员看到了他，并借机给对方塞了一美元的贿赂，是伪钞。真钞现在正藏在他左大腿内侧缠着的一截绷带下面。

制动员提醒他说，下一站可能有铁路警察上来，给他的贿赂不必超过一美元。如果他要去更远的地方，那务必小心堪萨斯火车站的便衣警察，所以最好还是别去。那些人会抢了他的钱，然后把他痛打一顿。拉撒路对他表示了感谢，想着要问这是哪班列车，密苏里太平洋线？不过，最后他想到，这些都没有关系。火车是往北方开的，制动员的提醒让他知道，这辆火车会开很远，一定会到达他想去的地方。

拉撒路度过了漫长而炎热的一天，他一半时间待在没盖的货厢里，一半时间待在有盖的空货厢里，这倒是个小小的改善，但依然热得要命。火车穿过斯沃普公园时，他跳下火车。此时的他十分疲乏，身上一团糟，让他差点后悔自己没买票乘车。但他很快就把这想法抛到了脑后，因为他知道，要是身无分文进了城，肯定不会像在之前那座小镇上一样，只用付出那么点"关税"，最后可能面对的是"罚款三十美元或者拘留三十天"。他现在只有不到六美元，大多数是"真"币。

他发现尽管过了很多个世纪，自己依然会觉得斯沃普公园有些熟悉，这一点让他颇为欣慰。他疾步穿过公园，赶到斯沃普公园有轨电车的终点站。在等不常有的工作日班车的同时，他付了五美分，买了一份三个球的蛋卷冰激凌，津津有味地吃了起来，感觉整个灵魂都平和了。然后，他又花了五美分，坐上有轨电车，中途转了一次车，前往堪萨斯城市中心。拉撒路享受车上的每一分钟，他真希望旅途能再长些。市景多么安宁、干净，街道的树荫多么浓密！好一幅田园牧歌的画卷！

他记起来，有一次，他回到家乡。哪个世纪来着？应该是大移居时代的初期，他想。当时，要是市民冒险走上肮脏狭长的街道，他一定得戴上像假发一样的钢盔，穿上防弹背心和护阴甲，戴上甲胄一样的护目镜和关节部位包着铜的手套，还要带上其他藏在隐蔽处的非法武器。所以，一般大家谁都不只身上街，都小心翼翼地乘交通工具出行，或是只去有警戒的郊区，天黑之后尤其如此。

可此时此刻，尽管持枪是合法的，依然没人带枪。

他在麦克吉街下了车，问过警察之后，找到了基督教青年会。在那里，他花了半美元，得到了一个小单间的钥匙、一条毛巾，还有一块香皂。

痛痛快快洗完澡之后，拉撒路回到大堂，看到前台处有电话，旁边的牌子上写着"拨打本地号码，一次五分，付给前台即可"。于是，他借用了一下电话簿，在其中找到"查普曼、鲍尔斯和芬尼根律师事务所"，R. A. 朗大厦，没错，这下都对了。他又翻了一遍，找到了"阿瑟·J. 查普曼律师"，地址在帕西奥路上。

等到明天再打电话？现在看看贾斯廷是否能对上暗号也无妨。于是，他将一枚五分镍币滑到前台接待人员面前，提出要打个电话。

"请告诉我电话号码！"

"总机，请帮我接阿特沃特1-2-2-4。"

"喂？请问这里是阿瑟·J. 查普曼律师家吗？"

"我就是。"

"律师先生，艾拉·霍华德先生让我给您打电话。"

"有意思。你是谁？"

"'人生短暂'。"

"'岁月绵长'。"律师回答。

"不是'趁着苦难的日子尚未来临'。"

"很好。先生，需要我做些什么吗？遇上麻烦了？"

"没有，先生。您可以帮我将一封信转交给基金会秘书处吗？"

"可以。您能把信带到我的办公室来吗？"

"明天早晨怎么样，先生？"

"上午九点半左右吧。十点的时候我要上庭。"

"谢谢您，先生，我会准时到的。晚安。"

"不用谢。晚安，先生。"

大堂有张写字桌，那里也有一个牌子，提示客人有需要可以找前台。牌子上还有一句说教："你这周给妈妈写信了吗？"拉撒路朝前台要了一张信纸，一个信封，（真诚地）说他想给家里写封信。前台把这些东西递给他。"詹金斯先生，您的要求正是我们喜闻乐见的。一张信纸够吗？"

"如果不够，我会再向你要的。谢谢。"

早餐（咖啡和一个甜甜圈，五美分）后，拉撒路在大道上找了一家文具店，花了十五美分，买了五个可以套在一起的信封，然后回到基督教青年会，写好信后，把它们亲自交给了查普曼先生，也不管查普曼先生的秘书噘着嘴，一副不情愿的样子。

最外面的信封上写着：艾拉·霍华德基金会秘书处收。

第二个信封上写着：公元2100年霍华德家族协会秘书处收。

第三个信封上写着：请在家族档案馆中保存一千年。建议在惰性环境中保存。

第四个信封上写着：格里高利历4291年由当任首席档案官亲启。

第五个信封上写着：请应要求将此信交给拉撒路·朗或他在特提乌斯星殖民地家庭的任意成员。

这个信封里是他从基督教青年会要的，里面是拉撒路昨天夜里写好的信笺，信封上有他在荒乡那个大家庭所有成员的名字，其中莱皮丝·拉祖莱和罗蕾莱·李的名字位列名单之首：

格里高利历1916年8月4日

亲爱的：

我犯了个错误。我是两天前到的，整整早到了三年！但我还是希望你们在放下我整整十个地球年后再去陨石坑接我，即

591

格里高利历1926年8月2日。

　　请务必帮我安慰朵拉，告诉她这不是她的错。这错误要么怪我，要么怪安迪，再要么是我们当时用的仪器还不够精确。如果朵拉想重新校准时间（这没必要，因为我们依然约在把我放下船整十年后见面），让她朝雅典娜要这十年间发生日食的日期。我刚到堪萨斯城，还没来得及好好看太阳和月亮。

　　一切都好。我身体健康，钱也够用，而且十分安全。我会再给你们写封长信，下次会保存得更好。没有时间在这封信上搞蚀刻的花样了。到时我会用上贾斯廷建议使用的所有寄送点。

　　替我吻大家。长信日后发出。

献上我不朽的爱
你们的老哥

　　另外：我希望你们怀的是一个男孩和一个女孩。要是那样就太好了！

II

一个时代的结束

格里高利历1916年9月25日

亲爱的莱皮丝和罗蕾莱：

　　这是第二封信，以后我还会给你们写很多封。我会尝试贾斯廷给出的所有延迟邮件寄送点，包括三家律师事务所、大通国民银行，还有会按照指令转寄给戈登·哈迪医生的一颗时间胶囊。哈迪医生收到前，胶囊会放在保险箱里，由*W. W.*史密斯经手（史密斯是个不靠谱的笨蛋，他可能会把胶囊打开，因此不小心毁掉里面的信件。不过，我不记得做过这种事）；除了这些，我还会尝试我记得的其他所有寄信渠道。要是我能在大移居之前成功将一封信寄到档案馆，那它应该在你们去档案馆要信之前就寄到了。按照我们制定的时间表，信寄到的时间会是格里高利历4291年末。

　　幸运的话，你们会同时收到十几封信。按日期排列，这些信就是对我接下来十年生活的记录。其中也许会有一些时间空白（因为有些信无法送达）。如果是这样，我会通过向雅典娜口述的办法补上这些空白，这也是为了信守对贾斯廷和加拉哈德的承诺，给出完整的报告。其实就我个人而言，只要有一封信能送达我就知足了。告诉雅典娜，让它继续推进早期的时间胶囊兼延迟邮件研究。应该有法子使得这个办法万无一失。

我还会写上许多收件人。另外，我临时想出了一个好主意。我会像往常一样，寄出一封套了很多层信封的信，只不过，这封信的收件人是大移居纪年2000年的行政计算机。届时将由它展信阅读（完全不会经由人手），还会按照程序保留这封信，并在我们离开后的第二天，将它交给特提乌斯星的殖民地领袖。

我不相信悖论。所以，要么密涅瓦在你们俩出生前就收到了这封信，她将它长期封存，而后交给了雅典娜，现在（你们的现在）艾拉已经拿到手，把它交给了你们俩；要么这封信压根没寄到。没什么异常，也没什么悖论。要么就是全面成功，要么就是彻底失败。因为我知道行政计算机可以自行打开、阅读和处理无穷无尽的书面信息，如非必要，它不会将这类信息交给代理董事长或其他任何人类，所以我才想出了这个主意。

基础信息：（这部分已经在我的第一封信中写了，以后的每封信中都会写。）我在时间校准上犯了错，所以早到了三年。这不是朵拉的错，务必先告诉她我说的这句话，然后再告诉她发生了什么。帮我安慰她一下。尽管她平常像个假小子一样大大咧咧的，但其实她非常脆弱，所以我们一定不能让她伤心。要是我给了她足够精确的数字，她准能分毫不差地把我送到要求的时间点。这一点我敢肯定。

基本会合时间和地点不变（时间：你们把我放到地球上的10.00地球年后；地点：美国亚利桑那州的陨石坑，其他会合时间和地点与之前一样，由基础值推算出来。）我的错误将按照格里高利历时间计算的会合日期改为了1926年8月2日，但仍按照原计划，是我落地十个地球年之后。

如果朵拉发现我给她的错误数据，她的担忧和多虑就能缓解一些。以下便是她能利用的时标：1916年8月2日至1926年8月2日之间，地球上因月亮遮挡出现日全食的格里高利历日期。

1918年6月8日	1923年9月10日
1919年5月29日	1925年1月24日
1922年9月21日	1926年1月14日

如果朵拉的要求更高，那她可以从雅典娜那儿得到她想要的关于古太阳系的任意日期。新罗马的大图书馆永久保存着无数的此类数据。但其实朵拉自己的"嗉囊"里就有她需要的一切。

重述要点：

1. 你们务必在把我放下船整十个地球年之后来接我。

2. 我比原定计划早到了三年。这是我的错，不是朵拉的错。

3. 我一切都好，健康无恙，安全无虞，钱财够用，只是非常想念亲爱的你们，在此我要向所有家人致以满怀爱意的问候。

现在，时间旅行者即将迎来一段刺激的冒险。首先，我要说，这儿其实一点刺激的事都没发生。我一直小心收敛，不想引起任何关注，就像猫咪展览会上的一只腼腆的小老鼠。要是当地人有奇怪的风俗习惯，在他们的肚脐周围涂抹蓝色的泥巴，那我也会同样严肃认真地在我肚脐周围涂抹蓝泥巴。凡是有人与我讲话，不管他们持怎样的政治观点，我都会表示赞同；他去哪个教堂，我就去哪个，还要怯怯地承认自己最近没怎么去做过礼拜。我在这儿倾听多过讲话（你们可能觉得难以置信），也从不顶嘴。要是有人想打劫我，我也不会取他性命，甚至不会拧折他的胳膊。我也不会大声呼救，而是闭紧嘴巴，让他想要什么尽管拿走。因为，无论如何，我要保证自己在十年后出现在亚利桑那州的那个陨石坑边。为了在我们约定的日期会面，我不会冒任何险。我来这儿不是为了改造这个世界，单纯是为了再看看我童年生活过的地方。

到现在为止，一切都比我预料的轻松。一开始，我的口音带来了一些麻烦，但是我听会了其他人的口音，现在讲话就像我年轻的时候，和玉米带的人口音一样粗粝。我好像回到了过去，这太神奇了。有个理论说，一个人童年时期的记忆是永久的，尽管他可能会"忘却"，但再次受到刺激，他又会把这段记忆找回来。这一点我确定是真的。我在年纪比你们俩小的时候就离开了这座城市，从那以后，我游历过两百多颗星球，其中大部分我都忘了。

但是我发现我清楚地记得眼前这座城市。

有些地方变了，但都是朝熵的反方向变的。现在，我眼中的这里和我四岁时候眼里的一样。此时此刻，四岁的我正生活在这座城市的某个地方。我故意不靠近那片街区，也没有去看我生活的第一个家庭。一想到那个主意我就有点心慌。噢，在离开这座城市，去国内各处游荡之前，我应该回去看看的。我不怕被他们认出来。因为这不可能！我想，我看起来就是个寻常的年轻人，事实上，和我年轻的时候一模一样。但是，这里没有谁会看得出一个四岁的孩子长大了什么样。所以，到时候，我唯一要承担的风险就是自己会忍不住告诉他们真相。我倒不是担心他们会相信我的话。这里都没人相信太空旅行，更别说时间旅行了。我担心的是自己会被当成"疯子"关起来。有些人看到的世界与大家普遍接受的世界的模样不同，于是他们就会被大家称为"疯子"，这不是科学的术语。

1916年的堪萨斯城，你们把我放到了一片牧场上。我翻过围栏，步行前往最近的小镇。没人注意到我们。告诉朵拉，她动作利落得像个扒手。小镇亲切宜人，那儿的居民也分外友好。为了适应环境，我在那儿停留了一天。然后，我就去了大点儿的镇子，在那儿做了同样的事，还有了新衣服。改头换面之后，我从一个农场工人变成了在城市里闲逛也不会惹人生疑的小青年。（亲爱的，没必要的时候，节庆场合除外，你们俩从来都一丝不挂，所以你们一定很难相信。这个时代，当地的人们靠衣着判断他人的地位。这个情况比新罗马严重得多。在这儿，仅凭一个人的穿着打扮，大家就能判断出他的年龄、性别、社会阶层、经济状况，可能还可以猜出他的职业、大概的受教育水平和方方面面的许多事情。这儿的人甚至连游泳都穿着衣服。我可没胡说，不信你们问雅典娜。亲爱的，他们睡觉都穿衣服呢。）

我搭上一辆前往堪萨斯城的火车。让雅典娜给你们看看这个年代的火车的照片。此时的人类文明处于原始技术阶段，刚刚开始从人力、畜力向人造动力转化。举例而言，人们开始烧天然气或者使用风、瀑布带来的动力。有些转化成了原始的电力，不过我乘坐的那辆火车依然依靠烧煤来制造膨胀的蒸汽，提供动力。

关于原子能的理论还没有形成。相关的说法还只是被大家当作痴人说梦，还不如"圣诞老人存在"在公众中的可信度高。至于朵拉穿梭时空的方法，没人了解哪怕一丁点儿概念。

（我也可能搞错了。古往今来，关于不明飞行物和异星访客的故事实在不少，这说明我并非第一个穿越千百年，甚至百万年时光的时间旅行者。只不过，可能他们中的大多数都和我一样，不愿打扰"野蛮土著"。）

到堪萨斯城后，我住在某宗教组织下设的旅馆。如果你们收到了我到那儿之后写的第一封信，看看信纸，那上面就有旅馆的徽记。（我希望这是我最后一次把信息托付给纸墨，可是要利用光致还原作用或蚀刻技术传达信息，需要花时间。此时此地，我能利用的技术和材料非常原始，所以就算我有私下里使用其他技术的机会也还是不行。）

这家宗教性质的旅馆是我的临时大本营，它自有其优势。首先，这儿便宜，我还没有时间获取自己所需的全部当地货币；其次，与商业性质的酒店相比，这里整洁安全；最后，这里离商业区近。总之，这儿能满足我目前的一切需求，一分不多，一分不少。而且，这里禁欲。

"禁欲"？别吃惊，亲爱的。我希望这十年里自己能保持禁欲状态，顶多在心里幻想一下距离现在很多很多年后、距离此地很多很多光年外的你们，幻想和你们度过的快乐时光。

为什么？因为这里的风俗习惯。除非男性和女性拿到州政府专门颁发的、有约束力的一夫一妻制证书，接受由此而来的各种法律、社会和经济上的后果，否则他们是被禁止交媾的。

这样的法律势必要被违反，人们也确实在这么做了。在离我说的这家禁欲旅馆——基督教青年会旅馆三个街区外，或者说几百米外的地方，有一片红灯区。这个区域存在着违法但尚可为社会接受的女性卖淫行当。买春的费用很低。不，我并非懒到不想走到那么近的地方，只是我和几个从业的女人聊过。我了解到，她们会走来走去，向街上的男人兜售自己的服务。但是，亲爱的，这些女人并非公认的艺术家，也不为自己伟大的职业感到骄傲自豪。哦，亲爱的，完全不是这样！她们都是可怜人，招揽生意时鬼鬼祟祟，为自己的所作所为感到十分难为情。她们处于社会金字塔的底部，而且很多（也许是绝大多数？）都依附于男性，她们挣到的微薄的酬劳会被这些男性抽走。

我感觉整个堪萨斯城没有一个妓女能比得上塔玛拉，连形似的都没有。红灯区外有年轻些、漂亮些的女人提供性服务，她们的价码更高，客人接受服务的流程也更复杂。然而，她们的社会地位还是在最底层。这里没有骄傲快乐的艺术家。所以说，她们对我没有诱惑力。换言之，看到这些女人因为当地法律和风俗受到种种不公平对待，看到她们身上发生的种种可怕之事，我无法不介怀地去享受她们的服务。

（我向同我聊天的妓女付了小费，因为对她们来说，时间就是金钱。）

下面我说说没有从事这个行业的女人。

根据我早期在这里的生活经验，我知道，"单身"女人和"已婚"女人（二者差别很大，比在特提乌斯星甚至塞古都斯星上的差别大得多）中很大一部分都会冒险进行未经当局允许的交媾行为，原因不一而足，找乐子，寻刺激，追求爱情或者其他。因此，这儿的大多数女人都有机会与一些男人亲热，只不过并非什么时候都行，也不是和所有男人都行。在这个时代，这个地方，这种事必须偷偷摸摸地做。

我不缺乏自信，也没有非要达到当地的道德标准。

但对男女之事，我的态度还是拒绝。为什么？

首要原因：做这事儿太容易把自己的小命搞丢！

亲爱的，我可没开玩笑。此时此地，几乎每一个女性都相当于某个男性的私有财产。这里的"某个男性"可能是她们的丈夫、父亲、男朋友或者未婚夫。如果你被他逮到了，他可能会弄死你，而大众的意见倾向于他不用因此受到惩罚。可是，如果你把他弄死了，你就会上绞刑架，等着你的就是死，死，死！

这是个昂贵的代价。我可不打算冒险。

不过，还有一些女性并非某个男性的"私人财产"，数量稀少但并非完全碰不到。所以，到底是什么拦住了你呢，拉撒路？

首先是整体代价大。（这个最好别告诉加拉哈德，不然他的心会碎掉。）劝说这些女性同意交媾往往会花很长时间、流程很复杂，而且成本非常高。她很有可能会把我的"得退"视为我向她提出以婚姻形式共度一生的邀约。

最要紧的是，她可能会怀孕。我本应该为了这次旅行让伊师塔给我做绝育手术。（我非常庆幸自己没这么做。）（我非常想念你们，亲爱的，你们是我的翻版，感谢你们为了让我答应所做出的不懈努力。我就是无法主动那样做，尽管我非常想！）

莱皮丝，罗蕾莱，你们相信我：在这里，发育成熟的女性其实不知道自己什么时候能生育。她们避孕仅凭运气或者各种各样的避孕方法，从偶尔有效到完全无效的方法都有。另外，她们的医生都无法确切地告知她们这些知识，因为医生自己其实也不懂多少。（这里没有遗传学家。）1916年，医护条件都非常原始。我想，大多数医生会非常努力，但是他们的技艺也就刚刚高出巫医水平。他们只会粗糙的外科技术和用几种药，大多都是无用甚至有害的。至于避孕——你们稳住了！——那是法律禁止的。

这又是一条势必被违反的法律。事实上大家已经在频频违反了。可是法律和风俗在这类事上向来是滞后的。现在（1916年）最普遍的避孕法子是让男性戴上一种高弹性的紧身套，也就是说，让男女双方在"交媾"时性器官无法接触。别尖叫了，你们永远不必忍受的。不过，这法子确实听起来有多糟糕，就有多糟糕。

我把我禁欲的理由里最核心的一点留到了最后说。亲爱的，一直以来，我被宠坏了。在1916年，大多数人认为一周洗一次澡就足够了，对某些人来说这都多了。其他生活习惯也大抵如此。这种事，要是没办法，人们便不再管它。我很清楚，虽然自己来这儿还没多久，但身上已经有种老公羊的臊味儿了。

不管怎么说，我享受过银河系最曼妙的六个美人的陪伴，所以甘愿暂时禁欲，耐心等待。哼，反正十年又不长。

如果你们能收到之后十年间我寄的信中的任何一封，那你们一定会急着去查格里高利历1916年—1919年之间的历史。我当初选了去1919年—1929年的地球游历，那是因为这段时期是黄金的十年，古老地球历史上最后一段幸福时光。而且，它避过了地球行星战争中的第一场，也就是现在（现在已经开始了）大家口中的"欧洲战争"；之后，这场战争被称为"世界大战"；再后来，它被称为"第一次世界大战"；在古代史中，它大多被称为"第一次地球行星战争第一阶段"。

别担心，我会远远躲着这场战争。我的旅行计划会因此做出一系列变更，但1926年你们来接我这一点不变。关于这场战争我没多少记忆，因为当时我还小。不过，我记得（可能是从学校的课上学到的，不是来自我的直接记忆）这个国家是1917年被卷入战争的，第二年战争就结束了。而且结束的日期我记得清清楚楚，因为那是我的六岁生日，我还以为街上庆祝的热闹都是因我而起。

不过，我记不起来这个国家正式加入战争的日期了。计划这次旅行的时候我都没想到要去查这个日期，毕竟我的目标是抵达1918年11月11日后，也就是战争结束后的地球。我还为此留出了富余时间。这十年是我小心选择的结果，因为接下来的十年，即1929年—1939年，显然不是时间旅行的理想年份，这段时期的终结正是第一次地球行星战争第二阶段的开端。

现在我是不可能查到那个日期了，但是我在记忆中找到了一个有用的线索，那就是"八月炮火"这个词。根据我的记忆，这个词和这场战争有着密切的联系，而且说得通，因为我记得当时天气暖和得像夏天（这儿的八月份就是夏天），外公

（也是你们的外公，亲爱的）带我到后院玩，还告诉我"战争"是什么，以及我们为什么非得打赢。

我觉得他并没有给我解释明白，不过我记得那件事，我记得他严肃的表情，也记得当时的天气（暖和）和这事发生的时间（马上就要吃晚饭的时候）。

很好，我推测这个国家明年八月份就要宣战了。既然我对这场战争没兴趣，那么等七月的时候我就找个藏身之处，蛰伏起来。我知道哪一方会赢（这个国家所在的那方会赢），但是我也知道这场"诸战终结之战"（人们竟然给它安上了这么个名号！）对于所谓的"胜利者"和"被征服者"都是一场灾难性的惨败。它不可避免地导致了大溃败的发生，使得我不得不逃离这颗星球。我做什么都阻止不了这一切。时间旅行中就不存在悖论这东西。

所以，我会一直躲到战争结束再出来。到后来，几乎地球上的每个国家都被迫选择支持战争的一方，但是很多都没有真正参战，战场压根没挨着这些国家，尤其是此地以南的国家——中美洲和南美洲国家，所以我大概会去这些国家避难。

不过，我还有几乎整整一年的时间做计划。在这儿，你可以轻松地编造身份，说自己是谁就是谁。因为这儿没有身份证，没有计算机编码，没有指纹记录，也没有纳税编号。我要提醒你们一句，这颗行星上目前的人数和塞古都斯星上（未来，即你们的"现在"）的一样多。可这个国家许多地方的出生人口都没有登记（我的名字就没有在这儿登记，只在家族内部有记录），所以说一个人想怎么编排自己的身世都行！离开这个国家不用办什么手续，但要是回来就有点难办了，不过没关系，我有的是时间解决这个问题。

但是，按照通常审慎的行事准则，我应该在这场战争期间离开这里。为什么？因为征兵。要是我尝试和两个连"战争"为何物都不太清楚的姑娘解释这个词的意思，那我真是该骂。你们就当"征兵"相当于组织一批"奴隶军"吧。我本该让伊师塔把我变成比现在至少老一倍的样子。要是待在这里的时间太久，恐怕我就得在不情愿的情况下成为"战争英雄"，可原本这场战争结束的时候我还不到上学的年纪。

到时要是真发生了这种事，那也太可笑了。

所以我目前要集中精力积聚财富，赚到能够让我生活好几年的钱，然后把这些钱都换成金子（大概8千克的金子，不太沉）。再然后，明年7月1日，我就往南走。那我还需要面对一个小问题，这个国家目前正在和它南部的邻国进行一场小规模的边境战。（我反正决不能往北走，这儿北边的那个国家现在就在打仗。）东边的海洋中有水下战舰，那些东西会向海面上的一切开火。另一侧的海洋中倒是没有这种祸害人的玩意儿。要是去这个国家的西海岸，在海港搭上一艘往南开的船，我就能逃到战争区之外。在此期间，我要加强我的西班牙语会话能力。这门语言其实和银河语很像，而且说起来更好听。我要找一个指导老师。不，莱皮丝，我说的不是横在床上的那种。你脑子里还能不能有点别的？

（想想吧，亲爱的，其他还有什么值得想的？钱？）

没错，钱，眼下我要搞钱。我有计划。这个国家将要选举政府首脑，而我是地球上唯一知道谁会当选的人。为什么他的名字会深深刻在我的脑海中？你们只须看看我在家族档案中登记的名字就知道了。

因此，我迫切要做的就是得到一笔钱，将它投到关于这场选举的赌局中。我会将赢来的钱再投入股票交易所的赌局，不过，我在那儿的活动不能叫"赌"，因为这个国家已经进入战时经济，我知道这波行情会继续走高。

我真希望自己可以在选举中坐庄，而不是单纯下注。不过，那样对我来说风险太大，因为我在政界没人帮衬。

你们听我说——不，我有更好的法子讲述这座城市是如何运转的。

堪萨斯城是座宜人的城市。这里有浓荫遮蔽的街道、可爱的居民区、整颗星球范围内都闻名遐迩的林荫大道和公园系统。因为颇为平整的马路，这里已经开始时兴乘汽车出行了。这个国家的绝大部分道路还是泥土路，堪萨斯城中铺砌平整的街道上，汽车却已经比马车多了。

这座城市也很繁荣，是地球上生产力最强的农业地区中第二大的市场和交通枢纽，所在地区主要的农产品有谷物、牛肉和猪肉。农业生产给这座城市带来的污秽之物都沉积在河底，市民们则生活在郁郁葱葱的美丽山丘上。潮湿的清晨，偶尔会有风从那些污秽之地刮来，人们就会闻到畜栏里那股臭烘烘的味儿。其他时候，空气清新洁净，芬芳如常。

这儿还是座安静的城市。交通从不拥堵，嗒嗒的马蹄声或有轨电车发出的警钟声衬得街上更安静了，反倒是孩童们的嬉戏声听起来比那些更吵些。

加拉哈德对一个文明的经济情况兴趣不大，他的兴趣都在该文明中的人们是如何利用闲暇时光这个课题上，我也一样。因为如何营生受到环境条件所限，但休闲娱乐不受此限。我说的"娱乐"指的并非"性"。对于度过了青春期的成熟人类来说，性不会占他们太多时间（只有传说中的卡萨诺瓦[1]，当然还有

1　卡萨诺瓦（Giacomo Girolamo Casanova，1725年4月2日—1798年6月4日）：意大利冒险家、作家，18世纪著名情圣。——编注

加拉哈德这种人除外）。

1916年（我信上说的这些并不适用于十年后的人类社会，当然更不适用于百年后的人类社会。因为现在已经是一个时代的尾声了）这个时期，典型的堪萨斯市民会自娱自乐。他们的社会活动往往和教堂或者血缘、婚姻关系带来的亲属密不可分，包括宴饮、野餐、玩游戏（不是赌博）或者单纯地串门或闲聊。大多数娱乐活动的花销几乎为零，只有支持他们的教堂所花的钱。教堂既是容纳他们宗教信仰的圣殿，又起着社交俱乐部的作用。

主要的商业娱乐叫作"电影"。一堵空白的墙壁上闪烁出现无声的黑白投影，投影展示了戏剧性的演出。这东西非常新颖，非常流行，也非常便宜。自从看电影收取的费用被定为政府发行的最小面值的硬币一枚，这东西就被大家叫作"五美分演出"了。每个街区（以步行距离来定义）都至少有一座这样的剧场。这种形式的娱乐及其技术衍生品和汽车一样（关于这一点，如有疑问可以请教加拉哈德），都与这种社会模式的毁灭有着千丝万缕的关系。不过，在1916年，社会模式似乎非常稳定，甚至可以说像乌托邦一样，上述二者尚未对这种模式造成影响。

社会失范[1]尚未来临，社会系统的规范性很强，风俗习惯的约束力也依然在，这里没人会相信，偶尔出现的不满情绪竟是一个濒死文明的潮式呼吸[2]。眼下这个文明的素养已经达到了他们能达到的最高程度，亲爱的，可1916年的人们就是无法想象2016

1　社会失范：社会学术语，指现代化过程中，因传统价值和传统社会规范遭到削弱、破坏乃至瓦解，所导致的社会成员心理上失去价值指引、价值观瓦解的无序状态。——译注
2　潮式呼吸：又称陈–施呼吸，特点是呼吸暂停和快速深呼吸交替进行，多发群体为中枢神经疾病、脑循环障碍和中毒患者。——译注

年的社会，他们甚至都不相信自己即将卷入一系列终结之战的第一场战争。这就是与我名字相近的那个男人会再次当选的原因。[1] "我们是中立国" "骄傲的人民不参加战争" "他让我们远离了战争"，在这些口号下，他们正朝着悬崖峭壁大步行进，却不知道前方等待他们的是什么。

（这信真是越写越沮丧。马后炮真是个恶习，当马后炮放到现在来看属于"先见之明"的时候尤其讨厌。）

现在让我们看看这座可爱城市的另一面吧：

这城市表面是民主的，但其实私底下正相反。管理这座城市的是一个没有担任公职的政客。选举只是郑重其事地走流程，最后的结果正是他事先安排好的。你只看到街道铺得漂亮，却不知那是他的公司铺的，赚了的钱归他。学校很棒，一座座的全都起到了传播知识的作用，那是因为这位统治者希望如此。他的和蔼可亲从来都是出于实用主义的目的，从不越界。"犯罪"（指的是任何非法的经营活动，包括卖淫和赌博）是他的部下特许的，他自己从不经手。

这种明摆着的犯罪大多数是由一个被称为"黑手党"的组织操纵的，不过1916年，这个组织还没有个统一的名字，也不为人所知。这就是我不敢开设选举赌局的原因。若是那么做了，我会被视为挑战这个政客部下的垄断权，那对我的生命健康非常危险。

我不会那样做，相反，我会在当地规则允许的情况下下注，同时闭紧嘴巴，绝不外泄消息。

"可敬的"市民们有着舒适的家和美丽的庭院，他们去教堂做礼拜，有幸福快乐的儿孙相伴。他们看不到这些罪恶，而

1　托马斯·伍德罗·威尔逊接连赢得了1912年和1916年的美国大选，实现了连任。——译注

且（我想）他们对表面光鲜的城市生活没有起过一丝疑心，也不去多想。这座城市被看不见的界线严格地隔成一个个区。祖先曾经是奴隶的那群人的生活区形成了一道缓冲带，一边是城市"体面"的那部分，另一边是赌博或卖淫等产业的垄断经营者控制和生活的区域。夜晚降临，只有在大家默认的惯例约束下，这些分区的人的活动才会有交集。到了白天，一切有过的交流又都销声匿迹。这背后的大佬定下了严格的规矩，不过说起来也很简单，我听说他只立下了三条铁律：大街小巷要平整有序；不许找学校的麻烦；不许杀死某条街以南的任何人。

1916年，城市运转良好，但是这好日子不长了。

我只能写到这儿了。我得去堪萨斯城摄影器材公司和人谈事情，我准备跟他们借一间实验室，私下用用。然后我就得回到坑蒙拐骗的老路上去：用相当合法的手段让人们毫无痛苦地和他们的钱包说再见。

永远爱你们，不惧时空阻隔。

拉撒路

另外：我真希望你们能看见我戴常礼帽的样子！

III

莫　琳

西奥多[1]·布朗森先生，原名伍德罗·威尔逊·史密斯，又名拉撒路·朗，离开他在阿穆尔大道的公寓，开着他的福特敞篷轿车来到第三十一街的一个角落。他把车停进了一家当铺后面的棚子，因为他不喜欢在晚上把车停在街上。这辆车没有让拉撒路花多少钱，这是他在牌桌上从一个过于乐观的丹佛佬手里赢过来的。那个人觉得他有两张A，一张在明，一张在暗，再加上之前翻开的一副对子，一定能赢对方那对J，"詹金斯"先生一定是在虚张声势。结果，"詹金斯"先生的底牌也是J。

这个冬天拉撒路获利颇丰，因此他盼着接下来的春天能更有赚头。他推测国家会卷入战争，在此基础上投资了几只股票和几种商品，最后事实证明他的判断是对的。他的投资涉猎广泛，所以哪怕有个别错误也不会对他影响太大，毕竟他的大部分商业决策都是对的。既然他猜对了潜水艇战会逐步升级，知道什么最终会将这个国家卷入欧洲战争，那接下去的一系列推测便不会差太远。

1　西奥多：泰德的全称。——编注

观察市场之余，他还有闲心对其他人的乐观主义做"投资"，有时候是在台球厅，有时候是在牌桌上。尽管他更喜欢打台球，但扑克给他带来的收益更多。整个冬天，他都在玩这两种游戏。他那张普通的脸本就看起来友好亲切，再加上他故意装出一副蠢样，穿得像个刚进城的土老帽，别人都觉得他是个容易上当受骗的主儿。

　　拉撒路不介意台球厅里有耍诈的人，也不介意牌局上有"出老千"的把戏。遇上这种情况，他一言不发，来者不拒，一局接一局地赢钱，直到他突然"怕手气变臭"，在对方设下的最终"陷阱局"开始前撤出。他喜欢参与充斥着阴谋诡计的赌局。比起在公平的赌局中赢钱，从贼的口袋里掏钱更容易，晚上睡觉时也更心安理得。他一向都是早早退出这类赌局，就连他输钱都是如此。不过，他很少有把握不好时机的时候。

　　赢来的钱他会重新投入市场。

　　整个冬天，他都以"'雷德'·詹金斯"这个名字示人，始终住在基督教青年会，没花过什么钱。天气恶劣时，他就窝在单间里看书，从不出去在结冰的陡峭街道上走。他都忘了堪萨斯城的冬天有多难挨了。有一次，他瞧见几匹矫健的大马组成的队伍正奋力拉着一辆沉重的货车在与大道交叉的第十街陡峭的坡道上前行。突然，右侧的一匹马在冰面上滑倒了，摔断了一条腿。拉撒路都听到了胫骨断裂的咔嚓声。那声音让他感觉难受极了，他想用马鞭狠狠抽那个指挥马队的人。那蠢货怎么不知道绕路呢？

　　总之，这样的日子最适合待在屋里不出门，或者去基督教青年会附近的公共图书馆，那里有成千上万册真正的书，他可以用双手捧着看的、装订好的书。这些书的诱惑几乎让他忘了在金钱上的追求。在那个严酷的冬季，他把空下来的每个小时都花在了那儿，和他的"老朋友们"再次熟悉起来。由丹·比尔德绘制插图的马克·吐温的小说，柯南·道尔医生的小说，由"奥兹国皇家历史学家"[1]写故事、约翰·R.尼尔绘制彩色插图的《绿野仙踪：奥兹国仙境》，还有鲁德亚德·吉卜林、赫伯特·乔治·威尔斯、儒勒·凡尔纳的作品……

拉撒路感觉，他完全可以轻松愉快地在这座美好的大楼里度过接下去的十年。

但在冬日尾声，天气渐暖时，他开始琢磨着搬出商业区，换个身份。因为，他再去打台球或玩扑克，已经罕有骗人的赌局拿他当待宰的肥羊了；他投资的项目也完成了；他现在有足够的钱存在富达储蓄与信托银行里，不用再在基督教青年会过清苦日子了，完全可以找个更好的地方住，以手头更宽裕的形象示人，这一点对他完成他在这座城市最后的心愿至关重要。那个心愿就是与他第一个家庭的成员见面。可现在距离他离开这座城市的最终期限七月已经不久了。

他买了一辆漂亮的小汽车，这让他的计划明确起来。接下来的几天，他摇身一变，成了"西奥多·布朗森"，还把他的户头转移到了一街之隔的密苏里储蓄银行，给自己留出了充足的现金。他找了一家理发店，把发型和胡子都重新设计了一下，然后，他去布朗宁金公司的服装店，置办了一身行头，扮成了一个稳重的年轻商人。他驱车向南，平稳地驶过林伍德大道，一边开车一边寻找道边"吉屋出租"的牌子。他的需求很简单：一间带家具的公寓，要有体面的地址和门面，还得有独立的厨房和卫生间，而且步行几分钟就能到达第三十一街上的台球厅。

他不打算在那家台球厅搞骗局。在两处地方，他有望遇见自己第一个家庭的成员，而那儿就是其中之一。

拉撒路找到了他需要的公寓，不过不是在林伍德大道上，而是在阿穆尔大道上，而且离那家台球厅相当远。于是，他租下了两个停车位，

1　奥兹国皇家历史学家：《绿野仙踪》的作者莱曼·弗兰克·鲍姆自封为"奥兹国皇家历史学家"。——译注

挺难租到的，因为堪萨斯城还没有为汽车准备停车棚的习惯。不过，最后他还是以每月两美元的租金租到了公寓附近的一间小仓房，还以每月三美元的价格搞到了休闲时光台球厅旁当铺后面的一间小棚子。

他开始了他的新日程：每天晚上从八点到十点，他会在台球厅；周日，他会到他家人常去（确实常去）的位于林伍德大道上的那座教堂做礼拜；若是生意上有需要，他会抽出上午的时间乘有轨电车去市中心处理。拉撒路觉得在堪萨斯城市中心没必要开车，而且他很喜欢乘坐有轨电车的感觉。他的投资开始盈利了，他把赚来的钱通通换成了"双鹰"金币[1]，存在联邦银行的保险箱中。他盼着在七月离开这里前，清算完成后，他能有足够的金币，以供他撑过1918年11月11日。

在闲暇时间里，他总是亲自保养维护那辆车，把它擦得锃亮，或是开着它出去兜风。他还慢慢地、细心地在私下里做一件裁缝活儿。他做了一件麂皮背心，上面缝满了口袋，每个口袋里都装了一枚二十美元的金币。缝完口袋，他把金币挨个儿装进去，再把口袋挨个儿缝死。他计划在这件背心外面套上那件他原本用来做样子的西装马甲。可是那样就太热了，没办法，可以放钱的防盗腰带放不下那么多金币，更何况金币装进去会铿锵作响，而不是沙沙作响。可他必须带金币，那是他在战时离开这个国家后唯一花得出去的钱。而且，装满金币后的背心几乎可以当防弹衣穿。到时候，谁也不知道下个转角等着他的是什么，而且拉丁美洲国家挺乱的。

此外，每个周日下午，他都会去找住在附近的韦斯特波特高中老师，跟他学西班牙语会话。总而言之，他开始按照这个日程表活动，保持着愉快的心情和忙碌的生活。

---

1 "双鹰"金币：由美国造币厂于1907年到1933年间生产的硬币，面值20美元，其中包含90%的金和10%的铜合金，是名副其实的金币。——译注

那天晚上，他把福特敞篷车锁进当铺后面的车棚中，拉撒路瞟见旁边是一家啤酒馆，想起他外公总会在回家前去那儿喝一扎慕勒白啤酒。这一整个冬天，他脑子里总是时不时在转，到底怎样才能轻松而不失自然地与他的家人重逢。他希望能以朋友的身份去他们的（也是他的！）家中做客，可是他怎么也无法走上门前的台阶，按响门铃，声称自己是他们久未联系的表亲，或者说是他们朋友的朋友，从帕迪尤卡来。他没有一个把他自己和他们一家联系起来的人可说。他相信，要是他撒一个复杂的谎，外公一定会识破的。

　　于是，就像极轻柔地演奏乐章一样，他决定从另外两个地方找机会：一个是他家人（他的外公除外）常去的教堂；还有一个就是外公想暂时逃离他女儿一家子时去消遣的地方。

　　拉撒路很肯定他没搞错那座教堂。他去做礼拜的第一个周日就找到了那段回忆。虽然他发现自己早到了三年时有些惊慌失措，但在教堂，他发现了一件更令他震惊不安的事情。

　　他看到了他的母亲，一晃神，他差点把她错认成那对双胞胎姐妹之一。

　　但他几乎立刻就明白了为什么会这样：既然莫琳·约翰逊·史密斯是他的生母，那当然也相当于是他那对胞妹的生母。不管怎么样，他受到了强烈的震动。幸亏当时他得随大家一起唱几首赞美诗，听牧师长篇大论地布道，这个过程让他的心情得以平复。他尽量不让自己看她，其余的时间都用来去找寻他的兄弟姐妹。

　　那之后，他又在教堂见到了母亲两次，后来终于可以毫不畏缩地直视她，甚至将眼前这个年轻漂亮的主妇与他记忆中逐渐模糊的母亲形象融合到了一起。但他依然觉得，要不是对莱皮丝·拉祖莱和罗蕾莱·李有着清晰的记忆，他怎么也不可能一下子就认出她。虽然不符合逻辑，但他以为此时的母亲应该是个更年长的女人，和他离开家时她的样子差不多才对。

　　尽管牧师向其他教区居民介绍了他，但做礼拜时他并没有和母亲或兄弟姐妹有过实质性的接触。不过，他还是继续每周都开着汽车去教堂，心想有机会的话，总有一天能和母亲或兄弟姐妹搭上话，提出把他们捎回家——和教堂隔着六个街区的本顿大道。春天的天气不会总是这么干燥无雨。

他对外公常去的消遣之处不太确定。他只知道十年或十二年后外公常来这儿，但是伍迪·史密斯不到五岁的时候外公来这儿吗？他不知道。

拉撒路走近德国啤酒馆，突然发现酒馆的名字变成了"瑞士花园"。他进了酒馆里打台球的大厅。台球桌没有一张空着的；他又回到大厅后部，那里有一张撞球桌、一张牌桌，还有一张下国际象棋或跳棋的桌子；既然没有台球的局可参与，那只好练练怎么才能在玩三边克朗球时"失误"了。

外公！他的外祖父独自坐在象棋桌旁，拉撒路立即认出了他。

拉撒路没有大步流星地走过去，还是按原来的想法往球杆架走去。他正要从象棋桌边经过时，低头看了一眼棋盘。艾拉·约翰逊抬起头，似乎认出了拉撒路，似乎马上要说话，但最后还是没开口。

"抱歉，"拉撒路说，"我不是有意打扰你的。"

"没关系。"老人说，（有多老呢？在拉撒路看来，外公似乎比他原本的年纪大些，好像又小些。身材也比他印象中的矮小。他是哪年出生的？差不多是内战开始的十年前。）"我只是在琢磨一盘棋而已。"

"还有多少步能将死？"

"你也下棋？"

"会一点儿。"拉撒路说，"我外公教过我。不过最近一段时间我没怎么玩过。"

"要不要来一盘定输赢？"

"可以啊，如果你不介意和我这种菜鸟下的话。"

艾拉·约翰逊捏起一个黑兵，一个白兵，把两个棋子放到身后，攥到拳头里再伸出来让他挑。拉撒路指指其中一个，发现自己选的是黑棋。

外公开始摆棋。"我叫约翰逊。"他主动介绍自己。

"我叫泰德·布朗森，先生。"

他们握了握手。艾拉·约翰逊让他的兵进至四格，拉撒路也依样走了一步。

他们一言不发地排兵布阵。第六回合时，拉撒路怀疑外公是在重现施泰尼茨的一局棋；等到第九个回合，他确定了这一点。他该不该用朵拉发现的棋路呢？不行，那感觉像是在作弊，玩国际象棋这方面计算机当然比人有能耐。于是，他集中精力和外公对弈，同时努力不去想朵拉下出的多变妙着。

第二十九个回合，拉撒路被白棋将死了。他觉得这盘棋完美复刻了威廉·施泰尼茨和一个俄国人的对弈，那个俄国人叫什么来着？以后一定得问问朵拉。他朝一个记分员挥挥手，准备为这盘棋付钱，但是他外公把他的硬币推到一边，坚持自己付钱，还跟记分员多说了一句："孩子，给我们上两瓶沙士汽水。你爱喝吗，布朗森先生？要不让他给你从隔壁德国佬那儿拿瓶啤酒？"

"沙士汽水就挺好的，谢谢。"

"准备好复仇了吗？"

"等我喘上气来再说。约翰逊先生，你真是下得一手好棋。"

"哼！你还说你是菜鸟。"

"我确实是菜鸟。不过是我很小的时候外公这么说的，后来他就天天和我下棋，下了好多年。"

"怪不得。我也常和我的一个外孙下棋。那小子还没上学呢，可我只让他一个马。"

"也许他和我下能打个平手。"

"哼，你也得和我一样，让他一个马。"约翰逊先生付了饮料的钱，给了服务生五美分小费，"布朗森先生，不知你是否介意我问一下，你是做哪一行的啊？"

"完全不介意。我自己做生意。买货，卖货，赚点钱，赔点钱。"

"是吗？你什么时候准备跟我兜售布鲁克林大桥[1]呢？"

"抱歉，先生，我上个星期才把它卖出去。不过，我可以便宜点卖给您西班牙囚徒[2]。"

约翰逊先生没好气地冷笑一声："你还真会做生意。"

"约翰逊先生，要是一开始我就坦白说自己是在台球厅设骗局赚钱的，您肯定不会让我和您的外孙下棋。"

"可能会，也可能不会。我们再来一局如何？这回白棋是你的。"

这次拉撒路可以先落子，控制节奏。他小心翼翼地慢慢组织起攻势。可他的外公也同样很小心，防御得滴水不漏。他们两个实在是不分伯仲。拉撒路下到第四十一个回合，弄得满头大汗才把他先手的优势转化成最后的将军。

"再来一局，争个输赢？"

艾拉·约翰逊摇摇头。"一个晚上两盘棋，这是我的规矩。像刚才那种强度的两盘棋已经超出了我的界限。先生，谢谢你，你的棋艺不错，虽然你自称是个'菜鸟'。"他起身把椅子推回去，"现在我该回家吃晚餐了。"

"外边还下雨呢。"

"注意到了。我可以站在门厅等31路有轨电车。"

"我有车，如果能把您捎回家，我会感到很荣幸。"

"嗯？不用了。下了车再走一个街区就是我家了。就算稍微淋湿一点，我也能马上到家，把身上弄干。"

1　布鲁克林大桥：1883年，臭名昭著的骗子乔治·C. 帕克向美国的有钱人兜售布鲁克林大桥的所有权，上当者大有人在。此处"老祖"的外公疑心"老祖"主动接近他是想套近乎，然后骗他钱。——译注

2　西班牙囚徒：西班牙囚徒骗局是最古老的长线骗局，也是一个复杂、计划完善，并且回报丰厚的骗局，即让"目标"认为他可以得到比他自己的投资多很多倍的回报。它起源于16世纪后期的英格兰。——译注

（外公，其实你得走上四个街区呢，免不了浑身湿透的。）"约翰逊先生，我也得回家，横竖要开那辆小破车，顺路把您放下又不麻烦。再说了，我喜欢开车。三分钟后，我会把车停在门口摁喇叭。如果您还在，那就上车。如果您没在，我就当您不喜欢搭陌生人的车，也不会觉得受到了冒犯。"

"别那么敏感。你的车在哪儿？我跟你去就是了。"

"不用，开车这事儿一个人干就行了，没必要我们两个人都冒雨前去。我这就跑到后面去巷子里开车，可能没等您走到前门口，我就已经把车停在路边了。"（拉撒路决定坚持一下。要是有耗子，外公能比猫先闻出来。要是让他跟我一起去开车，他肯定会想，为什么这个"泰德·布朗森"明明在酒馆旁边就有个车棚，还非说自己得开车回家？糟糕。小子，到时候你要怎么跟他解释？你要么就得跟外公撒上一箩筐的谎，要么就永远也别想进入那座房子——你自己的家！——也别想见到你的其他家人。谎言不能太复杂，不然就不是成功的谎言，这可是外公教给你的。然而真相如果不能带来好处，只会带来更多的问题，那就是毫无用处的东西。你要怎么解决这个问题？外公与你一样多疑，而且比你精明一倍，你该怎么办？）

艾拉·约翰逊站起身："谢谢你，布朗森先生。我去门口等你。"

拉撒路再次发动他的小车时，心里已经有了策略，并且制订出了一个长远的计划：（A）开车围着街区绕一圈，这样一来，车应该就能被雨打湿了；（B）再也不用这个车棚了，哪怕这辆小车丢了，也比让人轻松戳破你的谎言强；（C）退租车棚的时候问问达特尔鲍姆"叔叔"有没有一副旧象棋；（D）把谎撒圆了，包括情急之下道出的真相——关于谁教会了你下象棋；（E）哪怕真话听起来不太美好，也一定尽量讲真话。不过，糟糕，你本该说自己是个弃婴的，但那就不能有"外公"了，除非你编得更复杂些，可越复杂越容易被人揪住小辫子。

拉撒路摁喇叭的时候，艾拉·约翰逊冲出前门，匆匆挤进车里。"现在去哪儿？"拉撒路问。

他的外祖父讲了一下去他女儿家的路线，然后补充了一句："你这车相当高级啊，才不是你说的什么'小破车'。"

"布鲁克林大桥的买卖让我大赚了一笔。我应该拐上林伍德大道还是沿着电车轨道开？"

"随意。既然你已经把大桥卖掉了，那不如跟我说说'西班牙囚徒'。是很棒的投资机会吗？"

拉撒路先是集中注意力让车子沿着轨道的方向行驶，同时避免碾到轨道上，而后才回答："约翰逊先生，你问我是以何谋生的，我当时没有正面回答这个问题。"

"我问的是你是做哪一行的。"

"我其实是在台球厅设赌局骗钱的。"

"重申一遍，我的问题是你是做哪一行的。"

"第二局结束后，我跑出来，让你付了那局棋的钱，还有饮料的钱。我不是有意的。"

"那又如何？三十美分。再加上一笔五美分的小费。减去我原本要花的五美分电车票钱。算起来你应该付的那一半是十五美分。如果你因为这个觉得不安，那下次你碰上盲人乞丐的时候，往他的杯子里也放这么多钱就行了。再说，在这样的雨夜里，能有司机送我回家，这点钱很便宜了。这可不是有轨电车。"

"很好，先生。我就是想和你直截了当地说话。和你下棋很开心，所以我希望以后还能有机会与你对弈。"

"一样的。我也很喜欢和能让我开动脑子的人下棋。"

"谢谢。现在我来好好回答你的问题：没错，我是在台球厅里设过赌局。曾经是。我现在可不干这营生了。我自己跑生意。买货卖货，不过卖的可不是什么布鲁克林大桥。至于'西班牙囚徒'骗局，倒是有人给我下过这种圈套。我现在做期货市场交易，比如粮食期货之类的。我也做股票期货。不过，我不会想法儿卖给你什么东西。我既不是股票经纪人，也不是非法经纪公司的操盘手。我自己都是通过在业内得到一定认可的经纪人做交易。哦，对了，我还要补充一句，我从不贩卖建议。就算给了一个人在我看来非常好的投资建议，他也可能会赔得连衣服都要当掉，然后把一切都怪到我头上。所以我从不那么干。"

"布朗森先生，我没有资格问你是做什么的。是我爱打听。不过，之前我是纯属友好的询问，没有其他意思。"

"我明白你是友好的，所以才想好好回答。"

"其实就是我太爱打听了。你的背景和来头不用告诉我。"

"好了，约翰逊先生，我根本没什么背景和来头。我一开始只是台球厅里设赌局的。"

"那也没什么问题。台球和国际象棋一样，都是敞亮的游戏，很难作弊耍诈。"

"嗯……可我确实会做一些手脚，在你看来应该就是耍诈。"

"听着，孩子。如果你想找个神父忏悔，我可以告诉你去哪儿找，但我不是。"

"抱歉。"

"恕我直言，你有心事。"

"啊，其实也没什么。我在想的就是自己没背景的事。什么背景都没有。因此，我去教堂，去认识新朋友，认识那些善良友好的人，受人尊敬的人。否则，我一个没有背景的人是跟谁都攀不上交情的。"

"布朗森先生，是人都有点背景。"

拉撒路拐上了本顿大道，然后才回答："我没有，先生。哦，我生在……某个地方。多亏了那个让我叫他'外公'的人，还有他的妻子，我的童年过得相当不错。但是他们早就故去了，唉，我甚至不知道自己的名字是不是'泰德·布朗森'。"

"这也正常。这么说你是个孤儿？"

"应该是吧。也许是个私生子。是这栋房子吗？"拉撒路把车停在他家旁边的一栋房子前面。

"后面那栋，门廊灯亮着的那栋。"

拉撒路又让车慢悠悠地往前开了开，再次停下。"约翰逊先生，认识你很高兴。"

"别着急走。跟我说说，那些人——照顾你的人是姓布朗森吧？你们是哪儿的？"

"'布朗森'是我从日历中挑的名字。我觉得这个姓和我的名搭配起来听着比'泰德·琼斯'或'泰德·史密斯'好听。我可能是在州南部出生的。但我也无法证实这一点。"

"是吗？我以前在南部行过医。哪个县？"

（外公，我知道你在那儿待过，所以我们还是小心点说这事吧。）

"格林县。我不是说我在那儿出生的；我只是说，他们说我是从斯普林菲尔德的一家孤儿院抱养的。"

"那给你接生的可能不是我。我从医的地方比那儿更靠北。不过我们可能是亲戚。"

"啊？你说什么，约翰逊医生？"

"别叫我'医生'，泰德；我放弃了那个头衔，也放弃了接生。我的意思是，我第一次看见你的时候，你把我吓了一跳。因为你活脱脱就是我哥哥爱德华的翻版。他是个工程师，在圣路易斯和旧金山都工作过。后来刹车出了问题，结束了他浪荡的一生。他在斯科特堡、圣路易斯和孟菲斯都有情人，所以，我有理由怀疑他在斯普林菲尔德也有情人。这完全可能。"

拉撒路咧嘴笑了："那我可以叫你'叔叔'吗？"

"随便。"

"唉，算了。不管发生了什么，咱们都没有证据。不过能有个亲人真是不错。"

"孩子，别为这事伤神了。作为一个曾经的乡村医生，我尤其清楚，这种不幸比大多数人以为的都常见。亚历山大·汉密尔顿和列奥纳多·达·芬奇与你的情况差不多。很多伟大的人头上都扣着'私生子'的帽子，他们俩不过是九牛一毛。所以要是谁取笑你是'私生子'，你就骄傲地挺直了腰板，冲着他们的眼睛啐上一口。我看客厅的灯还亮着，你要不要进来喝杯咖啡？"

"哦，我不想麻烦您，也不想打扰您的家人。"

"我不觉得麻烦，我的家人也不会觉得这是打扰。我女儿常在炉灶上给我留一壶咖啡。要是她恰巧裹着浴袍待在楼下——这不太可能——那她听到客人来会飞身上楼，立刻换上能大杀四方的美丽衣服再下来，速度快得就像骑马赶去救火的消防员一样。我真不知道她是怎么做到的。进来吧。"

艾拉·约翰逊打开前门，同时喊道："莫琳！我带了客人来。"

"来了，爸。"史密斯夫人在大厅迎接了他们，一举一动间，给人一种沉静而高贵的感觉，穿着打扮就好像她早知道有客人要来似的。看着她的微笑，拉撒路努力抑制自己的兴奋。

"莫琳，我给你介绍一下，这位是西奥多·布朗森先生。泰德，这是我的女儿，布莱恩·史密斯太太。"

她伸出一只手。"布朗森先生，欢迎欢迎。"史密斯太太悦耳的声音中传出些许暖意，让拉撒路想起了塔玛拉。

拉撒路轻轻握上她的手，感觉自己的手上一阵酥麻，费了好大劲儿才控制住自己，没有俯下身去吻那只手。他浅浅地躬了下身子，然后立刻挺直了腰。"认识你很荣幸，史密斯太太。"

"快进来坐吧。"

"谢谢，但是时间太晚了，我只是回家顺路把你父亲捎了回来。"

"这么快就要走吗？我正在一边钩袜子，一边看《妇女家庭杂志》，没什么事。"

"莫琳，我刚才说要请布朗森先生喝杯咖啡。多亏他开车把我从国际象棋俱乐部送回来，我才没有被雨淋湿。"

"好的，父亲，咖啡马上就来。帮他把帽子摘了，请他坐下吧。"她微微一笑，离开了。

拉撒路听从外公的安排，坐在了客厅里，然后趁着他妈妈不在，平复了一下激动的心情，看了看屋里的陈设。房间感觉有点小，不过大体上和他记忆里的一样。厅里有一架立式钢琴，她教他弹过；还有壁炉和木柴，壁炉架上方挂着斜边的镜子；一个带玻璃门的组合书柜；巨大的遮光落地幕帘和蕾丝纱帘；一个大相框里放着他父母的结婚照片和他们有爱心与花卉图案的结婚证书；旁边不远处的墙上挂着法国画家米勒的《拾穗者》，和大相框起到了视觉上的平衡作用；此外，墙上还有大大小小的其他照片；这里还有一把摇椅，一把带脚凳的平底摇椅，直背座椅、扶手椅、桌子、台灯……各种家具或是橡木的，或是雀眼枫木的，挤挤挨挨地摆放在一起，营造出闲适的氛围。拉撒路感觉像在家里一样，就连墙纸在他看来都格外亲切。只不过他突然不安地意识到，他坐的是父亲的椅子。

客厅与起居室之间隔着一扇拱门，从门洞上方垂下一面珠帘，帘子后面黑魆魆的。拉撒路拼命回忆起居室的样子，心想不知道那里会不会也让他有亲切的感觉。尽管他们是个大家庭，但大厅里整洁干净，一贯如此，他是清楚的。起居室主要是给孩子们用，这间客厅则是留给家里的大人和客人的。现在家里有多少个孩子了？南希，然后是卡罗尔，还有小布莱恩、乔治、玛丽，再就是他自己了。现在是1917年初，迪基大概才三岁，埃塞尔还裹着尿布呢。

她母亲的椅子后面是什么？难道是……没错，是我的大象！伍迪，你这个小恶魔，你知道你不该在这儿玩的。睡觉前，你必须把所有玩具都放回玩具箱里，这个规矩没商量。小动物填充玩具都很小（大概只有六英寸），因为常常被他拿着玩，布面都被摸黑了。这么个宝贝，他的宝贝，竟然给一个小孩子玩，拉撒路突然感到有些愤懑。他开始试着嘲笑自己，但怨恨的想法挥之不去。他有点想偷走这个玩具。"抱歉，约翰逊先生，你刚刚说什么？"

"我说我在这儿临时带孩子，我的女婿去普拉茨堡出差了……"拉撒路没听见他后面的话，因为史密斯夫人回来了，她端着一个托盘，缎子做的裙摆随着她的脚步发出沙沙的声响。拉撒路从椅子上跳起来，急忙上前去帮忙。她微笑着把托盘递给他。

天哪，这是著名的法国哈维兰瓷器。小时候他可是不能碰的，他第一次穿上正装时才被允许用这套茶具！托盘上是喝咖啡的"伴侣"餐具——纯银的咖啡壶、奶油罐、糖钵、方糖夹子和哥伦布纪念博览会[1]的纪念勺。亚麻杯垫、与之相配的茶巾、薄切的磅蛋糕，还有一个装满了薄荷糖的银碟子。你是怎么在不到三分钟的时间里做了这么多事？这样待客真是太隆重了！不，别傻了，拉撒路，她这么做只是顾及她父亲的面子、尽待客之道而已。你对她而言不过是连脸都没混熟的陌生人罢了。

"孩子们都上床睡觉了？"约翰逊先生问。

"除了南希都睡了。"史密斯太太一边摆桌，一边回答，"她和男朋友去了伊西斯，应该马上就回来了。"

"演出半个多小时前就结束了。"

"看完演出再一起吃个圣代有什么关系呢？冰激凌商店就在他们等电车的街角，灯火通明，安全得很。"

"没有监护人的情况下，年轻姑娘不该在天黑后在外逗留。"

"爸，眼下是1917年，又不是1890年。再说了，她男朋友是个好小伙儿。珀尔·怀特演得特别棒，一场演出我都不希望他们错过。南希都

---

1 哥伦布纪念博览会：亦称芝加哥世界博览会，于1893年5月1日至10月3日在美国芝加哥举办，以纪念哥伦布发现新大陆400周年。这一盛事共有19国参加，2750万人参观。——译注

跟我念叨过。况且今晚还有威廉姆·S.哈特出演，我明白他们年轻人，就连我自己都想出去看呢。"

"哼，反正我的猎枪还在呢。"

"爸。"

拉撒路时刻提醒自己，吃蛋糕一定要用叉子。

"她还想倒过来让我跟上年轻人的节奏，"外公气鼓鼓地说，"我才不呢。"

"行啦，我想布朗森先生一定对咱们家的问题不感兴趣，"史密斯夫人轻轻说，"如果您非觉得这些是问题的话。可这些不是的。布朗森先生，需要我把咖啡热热吗？"

"谢谢你，女士。"

"没错，他是不感兴趣。但是咱们做大人的应该好好找南希谈谈。莫琳，好好看看泰德，你以前见过他吗？"

他的母亲沿着咖啡杯的上沿看了拉撒路一眼，然后把杯子放下，说道："布朗森先生，你进来的时候，我有种很奇怪的感觉。我们在教堂见过，是吗？"

拉撒路承认确实有可能在教堂见过。外公扬起眉毛："什么？看来我得提醒牧师了，可就算你们在那儿见过——"

"爸，我们没有在教堂接触过。我忙着照顾我那群熊孩子，都腾不出时间来和牧师或者德雷珀太太讲话。不过，现在我回忆了一下，确定上个星期天见过布朗森先生。在一群熟人之间，要是出现了陌生的面孔，我确实会注意到。"

"可能吧，女儿，但我要说的不是这个。你觉得泰德长得像谁？唉，算了，直说吧，你觉得他长得像不像你的奈德伯伯？"

他母亲再次把他打量了一遍："像，我看出来了。可他更像您，父亲。"

"怎么会，泰德是斯普林菲尔德来的。我就算有私生子，他们也应该出生在比那儿更靠北的地方。"

"爸。"

"女儿，别担心我抖出家丑。很可能——泰德，我能说吗？"

"当然了，约翰逊先生。如你所说，这没什么羞耻的。再说了，我本来也没觉得羞耻。"

"泰德是孤儿，莫琳，被父母抛弃了。要是奈德没在地狱里烤他的脚指头，我一定会好好盘问他一番。时间和地点都对得上，而且泰德又确实看着像咱们的亲人。"

"爸，我觉得您这么说会让我们的客人尴尬。"

"我不觉得。你可千万别跟我绕弯子，年轻太太。你是成年女性，是有孩子的人，有什么话你大可以坦白直接地说。"

"史密斯太太，我不尴尬。不管我的父母是谁，我都为他们骄傲自豪。是他们给了我强健的身体与合用的大脑。"

"说得好，年轻人！"

"还有，我要很骄傲地宣布你父亲就是我的叔叔，你则是我的堂妹。我的父母好像是因为一场流感去世的，日子都对得上。"

约翰逊先生皱起眉头："泰德，你多大岁数？"

拉撒路飞快地想了一下，决定说自己和母亲年纪相当。于是，他回答："我三十五了。"

"什么？和我一样大！"

"真的吗，史密斯太太？要是你没说你有个已经可以和小伙子出去看演出的女儿，我还以为你才十八岁。"

"哦，好眼力！我都有八个孩子了。"

"不可能！"

"莫琳看起来不像她那个年纪的人。"外公表示同意，"她现在和她做新娘子的时候一点儿没变。这是咱们家族遗传。她妈妈到现在都一根白头发也没有。"（外婆在哪儿呢？噢，对了，不要问。）"可是，泰德，你看起来也不像三十五。要我猜你也就二十五六岁。"

"嗯，其实我也不知道自己的具体年龄，应该不会比我说的岁数轻，肯定得比那大点儿。"（比那大多了，外公！）"不过应该非常接近真实年龄了。他们问我要把生日定在哪天，我定在了1882年7月4日。"

"怎么回事？那是我的生日！"

（没错，妈妈，我知道。）"真的吗，史密斯太太？我可不想占你的生日。那我把生日再往前挪几天吧，比如说7月1日，毕竟我也不知道准日子。"

"哎呀，可别那么做！爸，等我们两个的生日那天，你可一定要把布朗森先生邀请到家里来吃晚餐啊。"

"你觉得布莱恩会喜欢这个主意吗？"

"他当然会喜欢！我会写信告诉他。反正早在那天之前他肯定就能回家了。你知道的，布莱恩总是说，'人越多，越热闹！'我们一家都会盼着你来的，布朗森先生。"

"史密斯太太，你人真是太好了，可是我7月1日会出个长差。"

"我猜一定是我爸把你给吓着了。还是你害怕和八个吵闹的熊孩子坐在一张桌子上吃饭？别担心，我丈夫会亲自邀请你，到时候再看看你的意思。"

"在此期间，莫琳，你不要再催促他了，他已经被你弄得惊慌失措了。让我看看。你们俩站起来，肩并肩站在一起。快靠过去，泰德，她又不会咬你。"

"史密斯太太？"

她耸耸肩，两腮露出酒窝，握住他伸出的手，从她的摇椅上站了起来："爸老是要看看这看看那的。"

拉撒路站在她身旁，面朝外公，努力不去细嗅她身上的香味。它其中夹杂着一些花露水的味儿，但主要还是一个甜美健康的女人身上那种淡淡的、暖暖的宜人芳香。拉撒路害怕自己多想，小心地控制自己，不让表情暴露自己的心思。可这香味还是给了他一记重击。

"你们俩都站到壁炉架前面去，看看镜子里的你们。泰德，无论是1882年还是1883年，这里都没有暴发过流感。"

"真的吗，先生？我当然是没记忆了。"（我真不该编这么容易被戳穿的复杂谎言！抱歉，外公。要是告诉你真相，你会相信吗？我认识的这么多人里，可能也就你会信了。可是，小子，你可别冒险，把这个念想断了吧！）

"真的。当年的死亡人数跟往年没什么区别，有的人死无非是因为他们太懒了，不愿意把厕所盖得离水井远一些。我想你父母一定不是那样的人。我猜不出你母亲的情况，但我相信你父亲临死前手一定还抓着油门杆，想控制好车子。莫琳，你觉得呢？"

史密斯太太注视着镜中自己的样子，还有客人的身影。她缓缓说："父亲，布朗森先生和我看起来就像兄妹一样。"

"不，像堂兄妹。尽管奈德已经去了，咱们没法儿问他，但我想——"

约翰逊先生的话被前方楼梯平台上的一声喊叫打断了："妈妈！外公！我要系扣子！"

艾拉·约翰逊答应："伍迪，你这捣蛋鬼，赶快回楼上睡觉！"

那孩子并没有乖乖听话，而是沿着楼梯走下来。那是个满脸雀斑、长着一脑袋姜黄色头发的小个子男孩，他穿着丹顿医生牌的睡衣。因为裤子后面没扣好，随着他迈步，布料一下下呼扇在他屁股上。他用那双小珠子似的晶亮眼睛疑惑地盯着拉撒路看。拉撒路感觉后脊梁突然腾起麻酥酥的感觉，他尽量不去看那个孩子。

"他是谁？"

史密斯太太很快说："抱歉，布朗森先生。"然后她又轻声说了一句，"过来，伍德罗。"

她父亲说："你别操心了，莫琳。我带他回楼上，把他的小屁股打开花，然后再给他把扣子系上。"

"就凭你？不再带上六个人吗？"那小男孩挑衅道。

"就我一个人，带上一根棒球棒。"

史密斯太太一声不吭地解决了小男孩的问题，把他带出房间，和他一起往楼上走去。一会儿之后，她才回来，重新坐下。她父亲说："莫琳，他只是找了个借口。伍迪自己会扣扣子。他长大了，不该再穿婴儿装了。以后给他换上正经的男式长睡衣吧。"

"爸，我们能不能换个时间再聊这个？"

约翰逊耸耸肩。"我又越界了。泰德，他就是我之前跟你说的那个会下棋的小子。他特别聪明，名字都是跟着威尔逊总统起的，但是他从不喊'骄傲的人民不参加战争'这种口号，是个相当难对付的小恶魔。"

"爸。"

"好吧，好吧。可我说的是真的。我喜欢伍迪也正是因为这一点。他以后会是个人物的。"

史密斯太太说："布朗森先生，你千万别见怪。我和我爸在培养孩子方面有时会意见不统一。无论如何，我们不该让这些问题麻烦到你。"

"莫琳，我可不会让你把伍迪培养成'小爵爷方特勒罗伊'那样的人。"

"爸，他根本没有长成那样的可能。毕竟他是你的外孙啊。布朗森先生，我爸参加过1898年的战争，还经历过起义……"

"还见识过义和团运动。"

"他忘不了那些经历……"

"那是自然。我女婿不在家的时候，我就把点三八式手枪放在枕头下面睡觉。"

"我也不希望他忘了那段经历。布朗森先生，我为我的父亲感到自豪，并且希望我的每一个儿子长大了都能有他的精气神儿。可我也希望他们能学着说话礼貌些。"

"莫琳，我宁可伍迪跟我顶嘴，也不愿意他在我面前小心拘谨。很快他就能学会礼貌地说话了，比他大的男孩会教给他的。黑眼圈就是他的礼仪课，这一点我有经验。"

他们的谈话被一串门铃声打断了。"应该是南希回来了。"约翰逊先生站起身去开门了。拉撒路听见南希对什么人说了句"晚安"，于是他也站起身，好方便约翰逊介绍他们认识。看到南希他并没有惊讶，因为他一早就在教堂见过他的大姐，知道她和少年时候的莱皮丝和罗蕾莱长得很像。她礼貌地和他说了几句话就回楼上了。

"布朗森先生，坐下吧。"

"谢谢，史密斯太太。不过你刚才没睡是为了等女儿回家，现在她回来了，我也该告辞了。"

"哦，不必急着走。我和我爸都是夜猫子。"

"非常感谢你的款待。咖啡很香，蛋糕美味，你的陪伴更是令人开心。不过，现在到了我该说晚安的时候了。再次感谢你的热情款待。"

"先生，那我就不留你了。那我们周日在教堂见？"

"我会去的，太太。"

拉撒路晕晕乎乎地开车回家，一路上虽然身体反应机敏，但心思不知飘到哪里去了。他回到公寓，进去之后把门插上，机械地检查了一遍窗户和百叶窗，然后便脱下衣服，开始放洗澡水。他面色阴沉地看着浴室镜子中的自己。"你这个蠢蛋，"他咬牙切齿地说，"你这个王八蛋。你就不能做对哪怕一件事？"

显然不能。就连和他的母亲再次接触、熟络起来这么简单的小事他都做不对。外公不是问题，那条老狐狸没让他有什么吃惊的，只不过比他记忆中的矮一些，瘦小一些。但外公的坏脾气、多疑、愤世嫉俗、流于形式的礼貌、好斗，还有讨人喜欢的劲儿，这些方面和拉撒路记得的一模一样。

有那么几次，他说话之后静等外公的反应，就好像在"听候法庭裁决"一样，紧张坏了。但这个开局的效果比拉撒路料想的好得多，想必是因为家族成员之间的相似。拉撒路不仅从未见过外公的哥哥（伍迪·史密斯还没出生他就死了），而且都不记得有过爱德华·约翰逊这么个人。

家族中有没有"奈德叔叔"这个人呢？得问问贾斯廷。算了，这不重要。母亲已经指出了正确答案：拉撒路其实和他的外祖父非常像。而且，正如外公说的，他也像他的母亲。不过，这些只能让人猜想他的身世和亲爱的奈德叔叔及其"浪荡的一生"有关系。只要母亲确定她的客人不会为此感到尴尬，她其实并不介意听这些事。

尴尬？这一下子让他从一个陌生人变成了"堂兄"。拉撒路简直想把奈德叔叔抓过来亲他一口，感谢他"浪荡的一生"让亲缘关系成了这种相似的合理解释。当然了，外公相信这个解释。当然，他自己，还有他的女儿似乎也都愿将这个解释当成一种可能的假设。拉撒路，这样一来，只要你没有像个白痴一样满嘴跑火车，那这就等于为你铺了一条接近家人的路！

他试了试水温。是冷水。他把水龙头关上，拔起塞子。拉撒路当初租下这间发霉的洞穴一般的公寓，原因之一就是他听说这里可以全天供应热水。可是，门房上床睡觉前会把热水器关掉。因此，不管是谁，想晚上九点之后洗热水澡都是做梦。而他也是个爱做梦的傻瓜，也许冷水澡比热水澡更有利于他现在的状态，可他只想长时间地泡在热水中，舒缓心情，理清思绪。

他爱上了他的母亲。

正视这个事实吧。这种情况实在匪夷所思，他不知道该如何应对。他活了两千多年，做过一件又一件傻事，可眼下是他遇到过的最荒唐可笑的情形。

是啊，男孩当然都爱妈妈。身为"伍迪·史密斯"时，拉撒路从未怀疑过这点。他临睡前从来都要亲吻母亲，和她道晚安（通常是），每次见到她都要抱她（如果他不急着干别的事的话），牢牢记着她的生日

（几乎从来都是），看到她给晚归的他留的曲奇或蛋糕，他也总是表示感谢（除非他忘了），有时候他还会直接跟她说爱她。

她是个好妈妈，从来不对他大喊大叫（也没对别的孩子那样做过），必要的时候，她也用树枝抽不听话的孩子一顿，事情就算完了，从来不说"等你爸爸来了看他怎么收拾你"这种话。拉撒路似乎依然能感觉到桃树枝子抽在他小腿上的疼痛感。他很小的时候，这种疼痛感会让他觉得自己飘浮在空中，比大魔术师霍华德·萨士顿都厉害。

他还回想起，等他长大点的时候，他曾经为母亲的样子感到骄傲。她从来都把自己收拾得干净利索，站得笔直，对他所有的朋友都热情慷慨，不像其他男孩的妈妈。

哦，当然了，男孩都爱妈妈。再说伍迪又很幸运，他赶上了一个世界上最棒的妈妈。

可拉撒路对莫琳·约翰逊·史密斯的感情并非这种。他把她视为一个年轻可爱的主妇，和他"年龄相仿"。这天晚上去她家拜访，他既痛苦又兴奋；因为，无论何时何地，他这辈子都没有受到过如此难以抵抗的吸引，也没有体验过如此为异性痴迷的感觉。在这次短暂的做客期间，拉撒路不得不非常小心，才没暴露他的激动，才忍住没有大献殷勤，没有表现出超出必要的礼貌。不管是从表情、语气还是其他方面，他都没冒险让始终保持警惕的外公起疑，没有让外公猜到，就在他触到她的手的一瞬间，欲望的风暴就已经咆哮着吞没了他整个人。

拉撒路低头看看他那份激情的证据。他拍了它一下："你站起来干什么？这儿没你的事。这里可是圣经带。"

确实如此！外公不相信《圣经》里写的，也不愿按照圣经带的规矩活着。不过，拉撒路确定，要是他敢坏了规矩，外公肯定会面无表情地替他的女婿向他开枪。没准儿这老爷子开第一枪的时候还会放水，给他机会逃跑。但是拉撒路不愿意拿自己的性命当赌注。外公既然是替他的女婿开枪，可能会觉得自己有责任瞄准了要害再开。拉撒路清楚这老爷子打枪有多准。

算了，算了，他可不打算给外公或父亲任何开枪的理由，就连生气的机会都不想给他们。你自己也要忘掉这事，你这瞎眼的家伙！拉撒路开始想他的父亲什么时候回家，同时努力回忆父亲的样子，结果发现他记不清了。比起父亲来，拉撒路和外公更亲。这不仅是因为父亲总是出差，也是因为白天外公在家，愿意且有时间陪伴伍迪。

至于他的祖父祖母，那对老人应该住在俄亥俄州的什么地方，也许是辛辛那提？没关系，他对他们的记忆太模糊了，就连闭上眼想想他们他都觉得没必要。

他准备在堪萨斯城做的事都已经做完了，但凡他脑子里还有一点理智，都该现在就走。周日不去教堂了，从此也不去那间台球厅，等到下周一他就变卖财物，离开这儿！爬进福特车里。不，把福特车卖了，搭乘火车去旧金山，从那儿乘船南下。等到了丹佛或旧金山，他再给外公和莫琳写封措辞礼貌的信，说他很抱歉，但是必须得出差之类的，但实际是逃跑了！

因为拉撒路清楚，这种吸引并非单方面的。他想，自己心中汹涌的情感瞒过了外公，但没有瞒过莫琳。莫琳看出来了，而且并不讨厌。不仅不讨厌，她还欢喜享用得很。他们俩立刻达到了相同的频率，虽然彼此间没说一个字，也没意味深长地抛去一瞥或碰触一下，但莫琳接收到了他的信号，并且发出了回应，默默的回应，然后，等机会降临，她又公然地回应了他，也就是邀请他去她家吃晚餐。原本外公质疑了这个提议，但莫琳迅速地找了个当地道德观念可以接受的法子把邀请重新提上日程。她的第二次回应是在他离开时，她用这儿的人完全可以接受的方式说出，她希望在教堂能再次见到他。

就算在1917年，若是一个年轻的主妇知道有个男人迫切地想和她上床，用温柔又粗暴的方式款待她，她有什么理由不喜笑颜开，反而心生怨怼呢？如果这个男人的指甲缝干干净净，如果他口气清新，如果他彬彬有礼，对她十分尊敬。她有什么不开心的呢？一个生过八个孩子的女人不比紧张兮兮的处女，她习惯床上有男人陪，也喜欢与男人亲密接触。拉撒路敢用身上最后一美分打赌，莫琳肯定是享受性爱的。

拉撒路没有理由怀疑莫琳·史密斯做出过任何被圣经带的规矩定义为"不忠"的行为，起码他小时候没怀疑过。他也没有理由认为她会和他调情。因为她的言谈举止看起来不像。他疑心她从来没那个意思。可同时他又无比确定，她和他一样受到了强烈的吸引，而且她清楚跟着这感觉走，他们会发生什么——他觉得她应该意识到了，除非有别人在场，否则没什么能够阻止他们两个在一起。

（可是一位居家父亲和八个孩子，再加上这个时代的道德观念——什么能做，什么不能做，在场的"别人"也太多了些！在阻止男女情事上，利塔的贞操裤都不及这些的效果好。）

不如把这暗藏的心思摆到明面上仔细分析分析。"罪孽？""罪孽"是个和"爱情"一样难以定义的词，同样苦涩，但大有不同。前者是你犯了你所在族群的禁忌。他感受到的那种激情与冲动自然是他所在的这个族群的禁忌，即一级亲属间的乱伦。

但是对于莫琳来说，这可能不算乱伦。

对他而言呢？他明白"乱伦"只是宗教上的概念，不是科学上的，过去二十年的经历已经把他头脑中关于族群禁忌的最后一丝痕迹抹掉了，剩下的不比一道美味沙拉中的蒜味多。这让莫琳成了更加诱人的禁忌。（如果这种事真的可能发生的话！）这没有吓倒他。莫琳一点都不像他的母亲，因为她和他记忆中对母亲的印象一点都不符合，既不像年轻时候的母亲，也不像上年纪之后的母亲。

"罪孽"的另一重意义比较好定义，因为它没有受到宗教和禁忌方面模糊而沉重的概念的影响：罪孽就是罔顾他人福祉的行为。

假设他留下来，设法（前提是保障安全）在莫琳全力配合的条件下和她上床，怎么样？她之后会后悔吗？这算"通奸"吗？这个词在这儿可不是小事。

可她是霍华德家族的人，是家族内部最早在现金合同的基础上缔结婚姻的成员之一。合同中清清楚楚地规定，他们的结合每带来一个孩子，基金会就会支付他们一笔钱。莫琳履行了合同，她生下了八个由基金会买单的孩子，而且还会继续生下去，大概还要再生十五年吧。因此，也许对于她而言，"通奸"只是意味着"违反合约"，而不是"罪孽"。不过他也不确定。

可这不是关键，小子。真正的问题是当诱惑和机会同时摆在面前时，唯一阻止他行动的那个原因。这次他没有办法咨询伊师塔或其他遗传专家了。他和莫琳之间障碍重重，本就没什么机会产生结晶，所以得到坏结果的概率更低。但他最不愿意冒的就是这种风险——生出一个带有先天缺陷的孩子。

嘿，等等！根本不会有这样的结果，因为过去确实没有发生这样的事。他知道自己的每一个兄弟姐妹，包括目前在世的和以后会出生的。虽然孩子众多，但没一个有缺陷。没有一个。

因此这个风险不存在。

可是，这都是基于一个假设，即"没有悖论"是自然万物的铁律。可你很久以前就意识到了，"没有悖论"这个理论本身也包含着一个悖论，只不过这一点你一直都没有声张，以免让莱皮丝、罗蕾莱和你"现在"（是那个现在，不是眼下这个现在）的家庭中的其他成员感到恐慌焦虑。这个悖论就是，自由意志和人命天定，二者其实是同一个数学真理的两方面，只在语言上有差别，语义上并无不同。你的自由意志无法改变此时此地的事件，因为此时此地你因自由意志而产生的行为已经是之后所有"此时此地"发生的情况的一部分了。

结果这就取决于一个唯我论的观点了，那是他自打有记忆起就持有的一个观点——混沌，一切都归于混沌！

拉撒路，你不知道自己会搞出什么乱子来。

那就不要生事！现在就离开，再也不要回堪萨斯城了！因为，如果你回来，你肯定会忍不住脱下莫琳的内裤，她会气喘吁吁地和你云雨一番。到时候，只有老天爷才知道事情会怎么发展了。不过，那种事很可能对她和其他人造成悲剧。至于对你的影响，你这精虫上脑却胆小如鼠的蠢货，你可能会被枪打成筛子，正如双胞胎所料。

这样的话，既然你无法再与你的家人见面，也就不必在南美洲等待战争结束了。在这个注定走向衰颓的时代，你已经体验够了，现在就让那两个姑娘把你接回去得了。

她的腰真的那么苗条吗？还是因为她系了腰带的缘故？

呸呸呸，她身材怎样有什么关系？就像塔玛拉一样，身材从来都不是问题。

亲爱的莱皮丝和罗蕾莱：

　　亲爱的，计划有变。我拜访过我的第一个家庭了，这个时代已经没有其他我想做的事了。这场战争将会拖拖拉拉地再打上两年，最后死伤无数，也没打出什么名堂。我不想这两年躲在与世隔绝的地方混日子，没有意义。所以，我想让你们现在就来接我，我们在陨石坑碰头。忘了埃及吧，现在我可没法到那儿去。

　　"现在就来接我"的意思是格里高利历1917年3月3日来接我——重复一遍，格里高利历壹玖壹柒年叁月的第叁天，我们在亚利桑那州的陨石坑见面。

　　等见了面，我有好多话要跟你们说。在此——

献上我不朽的爱
拉撒路

是什么让我爱上了她？她的声音？她的体香？还是别的？

IV

家

格里高利历1917年3月27日

我挚爱的家人：

重复基础信息：我早到了三年，抵达时间为1916年8月2日，但是依然希望你们能在我落地整十个地球年后的那天来接我，即1926年8月2日。此次为第六次重复。会面地点和备选时间安排照旧。请一定要告诉朵拉，目前这个结果源于我给她的日期有误，并非她的错。

我在这儿的生活丰富多彩。我料理完了手上的生意，也和我的第一个家庭接触了一下。先是找机会结识了我的外祖父（艾拉·约翰逊），然后我撒了个大谎，再加上家族成员彼此间的相貌惊人相似，外公认定我就是他（已故的）哥哥的私生子。这不是我的主意，而是他的想法。结果，这个假设成了大家都相信的既定事实。于是，在我的第一个家庭中，我变成了他们"久未谋面的堂亲"。我没有和他们一起住，但大家都欢迎我，这很不错。

鉴于你们所有人都是家中三位成员——外公、妈妈和我的后裔，我来挨个儿介绍一下他们吧。

外公什么样在贾斯廷写的那本垃圾里有。贾斯廷，这部分内容不做更改，只不过他没有两米高，也没有结实得像花岗岩一样，而是和我的身形高度几乎一模一样。只要他允许，我就陪在他身边，一分一秒也不想离开。其实，我也就是每周和他玩几次国际象棋。

妈妈：拿莱皮丝和罗蕾莱当底子，在该丰满的地方加上五公斤肉，再加上十五个地球年的年纪，高贵的气质，就是她的样子了。（别听到这个就哭得下巴直颤！）她长发及腰，但常常喜欢把头发盘在头顶上。其实，除了妈妈的头和手，我并不知道她长什么样，因为这里的风俗实在古怪，不管什么时候大家都捂得严严实实的。我说的"严严实实"指的是全身都包裹在衣物中。我知道妈妈的脚踝十分纤细，因为我偷偷瞄过一眼。但是我永远不敢直勾勾盯着看，不然外公一定会把我扔到外面去。

爸爸：他现在不在家。我忘了他长什么样。他们的样子我都记不清，只有外公的除外。（他和我长得一模一样！）不过，我看见了爸爸的照片，他长得有点像泰迪·罗斯福总统，就是那个叫"西奥多"的，雅典娜，不是"富兰克林"。如果你的"嗦囊"里有照片的话，也可以找出来看看。

南希：她就像我离开前三个标准年的莱皮丝和罗蕾莱，脸上的雀斑不如她们多，非常端庄。偶尔不端庄的时候除外。她可以敏感地察觉到（年轻）男性的魅力，我觉得外公正在催着妈妈立刻告诉她霍华德家族的规矩，好让她嫁给家族内部成员。

卡罗尔：长得依然像莱皮丝和罗蕾莱，只不过比南希小两岁。她和南希一样开始对男生感兴趣了，但是在这方面不太顺利，因为妈妈管她管得很严。她会因此哭得下巴直颤，可妈妈即便看到了也并不理睬。

小布莱恩：黑头发，长得像爸爸。他是一个正在成长的年轻资本家。他把自己送报的线路和有街灯的道路结合在了一起。他还和本地一家电影院签了合同，负责发广告宣传单，而且他把一部分工作转包给了他的弟弟和另外四个男孩，以电影票支付他们的酬劳，并且还会留下一些票打折出售给同学（正价五美分，他只卖四美分）。此外，他暑假会在街角经营一个卖苏打汽水（一种甜甜的、冒气泡的饮料）的小摊，下一个暑假他准备把小摊交给弟弟打理，而他还有别的买卖要开张。（我记得，布莱恩很年轻的时候就发了财。）

我来跟你们好好讲一下这个家庭吧。按当时当地的标准来看，他们的生活很富裕，但是他们并不露富，只是住的房子比较大，周边环境还不错。这不仅仅是因为爸爸是个成功的生意人，也是因为霍华德家族对新生儿的补助力度很大。妈妈已经生了八个孩子。对于你们大家来说，做"霍华德人"意味着基因和传统上的传承——但是，在此时此地，这意味着生孩子就能赚到钱——家族好似在实施良种繁育计划，而我们就是良种。

我觉得爸爸一定是拿妈妈通过给霍华德家族造人赚到的钱投资了。他们肯定没用这些钱消费，这和我仅存的那些模糊的记忆相吻合。我不知道我的兄弟姐妹是怎样的，但我第一次结婚的时候收到了他们给我的启动资金。这是我始料未及的，而且这笔钱和我第一任妻子因为有生育能力并有生育意愿得到的霍华德基金没有一点关系。我结婚的时候恰逢经济萧条，所以这笔钱给了我们很大帮助。再接着说孩子们。家里的男孩都要工作，因为他们不工作就只有衣服和食物，没有零花钱；女孩会得到一小笔零花钱，但是也得做家务，或者帮助照顾年纪小的孩子。这么安排是因为在当时那个社会，女孩赚钱非常困难，但是一个敢于闯荡的男孩机遇无限。（这个世纪结束前，这种情况发生了很大的改观，但1917年就是如此。）史密斯家的孩子都要做家务（妈妈雇了一个洗衣女工，她每周会来家里干一天活，仅此而已）。但要是有男孩（或女孩）找到了在外打工挣钱的机会，他就不必做家务活了。不仅如此，他也不必把钱上交给家里，可以自己留着挣到的工钱，或存或花都是他自己说了算。不过，如果孩子选择存钱，爸爸会再给他一笔数额相等的钱，以此鼓励大家存钱。

如果你们觉得爸爸和妈妈是有意要把他们的孩子都培养成守财奴，那你们想得没错。

乔治：他十岁了，是小布莱恩的小搭档、小跟班、小助手。几年后，乔治一拳打在布莱恩嘴上，他们的这种情谊便走到了终点。

玛丽：她八岁，是个满脸雀斑的假小子。妈妈努力想把她培养得有点"淑女"样，但是并不成功。（不过她继承了妈妈温柔的倔强，生物学的规律在她身上也会逐渐显现。）玛丽长大后成了家中的大美人儿，不少富家子弟拜倒在她的石榴裙下。我恨他们，因为以前有段时间她最宠爱的是我这个弟弟。玛丽是家中兄弟姐妹里唯一和我关系好的。即便生活在大家庭中，一个人也可能会觉得孤单，我就是如此，万幸外公常常与我做伴，玛丽也有过一段短暂的时期与我交好。

伍德罗·威尔逊·史密斯：这时候的我还有几个月就五岁了，是个让人讨厌的无礼顽童。虽然深感震惊，但我不得不说，这个惹人嫌的熊孩子从一株野草长成了人类世界最美的花，也就是哥们儿我。现在他已经在我帽子里吐过一口唾沫了，可那顶帽子挂在大厅的衣架上，他本来是够不到的。他还用各种各样轻蔑的话来刺激我，"戴常礼帽的家伙又来了！"

是最轻的一句。有一次我想把他抱起来，他竟然踢了我的肚子（这是我的错。我本来不想碰他的，但又觉得自己应该打破自己做这事时非理性的厌恶感），还说我在下象棋的时候作弊。明明作弊的是他。他先是让我看窗外的什么东西，转移我的注意力，然后把我的王后挪了一格。他被我抓了个现行，我让他解释。这类事还有很多，真是倒胃口。

但我还是继续和他下棋，因为：（a）我决定，在地球上逗留的这段短暂时期，我要和第一个家庭中的所有成员好好相处；（b）伍迪一有空就下棋，而我和外公是他身边仅有的两个既会下棋又能容忍他的种种讨厌行径的人。（外公会在必要的时候敲打他；我没有这样的特权。不过，要是不用担心这样做带来的后果，我可能会亲手勒死这孩子。会有什么后果呢？一半的人类历史消失，其余的历史变得面目全非？不会的，"悖论"是个无效词。事实上，我既然在这儿，那就证明我会始终控制好自己的脾气，一直到摆脱掉这个淘气鬼为止。）

理查德：他三岁了，伍迪有多惹人嫌，他就有多讨人喜欢。他喜欢坐在我大腿上，听我讲故事。他最喜欢的故事就是一对红头发的双胞胎，莱皮丝和罗蕾莱，驾驶魔力"星舰"在太空中历险的故事。我一看到他就觉得有些伤感，因为他会在相当年轻的时候就死去，死在进攻硫黄岛的过程中。

埃塞尔：脸上笑起来像天使，下面尿起来同样让人够受的。和她没有交流。

这就是1917年我（们）家的情况。我计划在堪萨斯城待到爸爸回来——他很快就回来了——然后我再离开。我这么做部分是我的秉性使然，所以总体来说还是十分愉快的。也许等战争结束了，我会再去看他们，也许不会。我可不想被大家欢迎我的热情淹没。

为了便于你们理解上面的内容，我来解释一下这里的风俗。爸爸若是不回家，我就只能通过外公与家人接触，以他的棋友的身份登门拜访。尽管外公——或许还有妈妈——相信我就是奈德叔叔的儿子，但我就是不能以这层身份参与他们的生活。为什么？因为我是个"年轻的"单身汉。根据当地的规矩，已婚女子不能和年轻的单身汉交朋友，尤其是她丈夫出门在外期间。这方面严格的禁忌让我不敢越雷池一步。这都是为了妈妈着想。再说了，她不会鼓励我那样做，外公也不允许。

　　所以，我要是去拜访我自己的家，只有去找外公才会受到欢迎。要是我给我家打电话，那也只能让他来接电话。其他事上也是如此。

　　对了，要是遇上下雨天，我从教堂开车把史密斯家的人捎回家，这是可以接受的。另外，只要我不"溺爱"孩子们，那我为他们做什么事都行。只要我给哪个孩子花的钱多于五美分，妈妈就认定我是在"溺爱"他。上个星期天，经过他们的许可，我开车带六个孩子去野餐。我教布莱恩开车。妈妈和外公对我格外关爱孩子的举动十分理解，因为他们认为我作为一个"孤儿"，童年一定过得贫穷而孤独，所以才有此表现。

　　唯有一件事是我绝不能做的，那就是和妈妈单独相处。只有外公陪同的情况下，我才会进入我自己的家，否则邻居们会注意到。在这点上，我非常小心，我不会做出任何让妈妈犯禁的冒险行为。

　　此时此刻，我正在我的公寓里写这封信，用的是你们怎么都想不到的"打字机"。不过，为了把信带进城，将它光致还原两次，然后通过蚀刻和锻压的方法将其封入延迟邮件，再把它送到寄信点，我只能写到这儿了。这个过程可要花上我一整天的时间，因为我只能用租来的实验室，走之前得将各步骤使用的东西统统销毁。我可不敢把那些东西留在门房有备用钥匙的公寓里。等我从南美洲回来，我会建起自己的实验室，一个可以让我装进汽车的实验室。之后的十年，平坦的道路会越来越多，我盼着有一天我能开车上路，四处旅行。我想尽可能多用几个延迟邮件寄送点寄出这些信，希望至少能有一封信跨越几个世纪的时间到达你们的手上。就像贾斯廷说的，真正的问题是怎样让一封信撑过接下来的三个世纪。我会不断努力尝试。

向你们所有人献上我所有的爱

拉撒路

V

**1917年3月3日：德国与墨西哥、日本密谋袭击美国。齐默尔曼电报
证明此事属实**

1917年4月2日：总统要求国会宣战

1917年4月6日：美国参战，国会宣布"美国进入战时状态"

拉撒路对美国向德国开战这一事实本身并不惊讶，他没想到的是宣
战的日子这么早。他一下子乱了阵脚，直到后来才自我反省，分析了为
什么他一直仰仗的"后见之明"比一般的预测还不准确。

1917年初"无限制潜艇战"[1]卷土重来，拉撒路并不吃惊。这与他记
忆中最早上过的历史课讲的内容相符。虽然他不记得有齐默尔曼电报事

---

1 "无限制潜艇战"：指德国海军部于1917年2月宣布的一种潜艇作战方法，即德国潜艇可
以事先不发警告，任意击沉任何开往英国水域的商船，其目的是要对英国进行封锁。虽然一
时取得了很大战果，但等于阻断了美国发战争财之路，促成美国提前宣战，造成战略上的失
分。——译注

件，但该事件的发生并未让他感到困扰。这符合他的记忆，即1914年
至1917年这三年间，美国的态度逐渐由中立倒向参战。这部分记忆也是
来自历史课，并非他很小的时候的直接记忆。这场战争打起来的时候伍
迪·史密斯还不到两岁，他的国家加入战争时他还不到五岁。伍迪太小
了，那么遥远的地方发生的事情对他来说似有还无，因此，拉撒路没有
形成相关的一手记忆。

他刚发现自己来早了三年，就定了一个时间表。他一丝不苟地按照
时间表行动，可最后事态的发展给了他一记响亮的耳光，他才猝然发现
自己定时间表所凭的"时钟"是不准的。他抽出时间复盘自己的错误，
终于看清他犯下了不利于生存的重罪——他一直耽于一厢情愿的幻想，
一心一意想相信自己的时间表。

他其实不想这么快就离开他刚刚找到的第一个家庭，不想离开家里
的任何一个人，尤其是莫琳。

莫琳。他想着这个名字辗转反侧，整夜难以成眠，最后终于下定决
心，按照原计划留到7月1日再走。漫漫长夜里，他犹豫再三，焦虑万
分，写好信又撕掉，再写，再撕。最后，他觉得自己应该可以和布莱
恩·史密斯太太友好客气地相处，避免对她流露超出当地道德标准的个
人兴趣。他设法回到自己一开始的禁欲模式，一有机会与她接触就开心
地前往，但同时保持距离，绝不让"格兰迪夫人"或者嗅觉更加灵敏的
外公嗅到可疑的痕迹。

这段时间拉撒路过得是真快乐。就像和塔玛拉、双胞胎，或者是他
喜欢过的任何女子在一起时一样，爱并非一定要做爱。如果只是权宜之
计的话，他可以压抑欲火，甚至忘掉那事儿。两千年前，这个女人的身
体就对他产生了巨大的吸引力（方向与现在不同）；现在，他更是无
时无刻不感觉到这种吸引力，而且比之以前只多不少。只不过，这件事
已经被束之高阁；这并不会影响他的态度，也不会减少他靠近她时的
幸福感。他相信，莫琳知道他在做什么（或者说控制着自己不去做什

么），也知道背后的原因；她对他这份克制也是领情的。

整个三月，他都在寻找合适的机会见她。小布莱恩想学开车，外公也认为他到了可以开车的年纪，拉撒路就担起了教他的任务，还要接送他。借此机会，拉撒路就可以看一眼莫琳。拉撒路还找了个（除下棋外）接触伍迪的法子。他带这孩子去竞技场戏院看大魔术师霍华德·萨士顿的演出，然后还承诺会带他去"电动公园"（等这公园开始营业的时候）。那个公园是伍迪视为天堂的游乐园。他们俩这才达成了休战协议。

拉撒路把呼呼大睡的孩子安全地从戏院送回家，以此换得和外公与莫琳一起喝咖啡的机会。

拉撒路请愿要给教堂赞助的童子军中队帮忙。乔治是初级童子军，而布莱恩马上就要升为雄鹰童子军了。拉撒路觉得当童子军的助理团长本身就很开心，更何况他把孩子们送回家的时候，外公还会把他请进家坐坐。

拉撒路对外交不感兴趣。他继续买《堪萨斯城邮报》是因为第三十一街和特罗斯特路交叉口的报童把他当成了常客——一个每次都用五美分的镍币买一美分廉价报纸还不用找零钱的慷慨客人。不过拉撒路很少真的看报。他把生意全都转手之后更是连市场动态都不看了。

4月1日星期日，这一周拉撒路不准备去拜访他的家人，原因有两个：其一，外公不在家；其二，他的父亲在家。拉撒路觉得，还是通过外公介绍他和父亲见面才轻松自然。于是，他待在家里，做饭，做家务，修理他的敞篷车，然后把它洗干净，擦得锃亮，然后给他在特提乌斯星上的家写了一封长信。

星期四早晨，他带着这封信出了门，准备把信送到延迟邮件寄送点去。像往常一样，他在第三十一街和特罗斯特路交叉口买了一份报纸。坐上电车之后，他扫了一眼报纸首页，然后便打破了原来的习惯，没有在公交上惬意地看风景，而是认认真真地看起了报纸。最后，他没有去堪萨斯城摄影器材公司，而是去了公共图书馆的阅览室，在那儿花了两个小时看当地报纸，补上了这些日子发生的世界大事。他看到星期二的《纽约时报》上，总统给国会的申请里写了"天助美国，美国别无选择！"前一天的《芝加哥论坛报》也改了口风。要知道，那是除德语媒体外最坚定的反英报纸。

然后他去了卫生间，把他准备好的信撕成了碎片，冲进了厕所。

他去了密苏里储蓄银行，将账户里的钱都取出来，然后来到隔壁圣达菲铁路公司的市中心办事处，买了一张到洛杉矶的票，他可以中途下车，在亚利桑那州旗杆市停留三十天。再然后，他去了一家文具店。最后，他去了联邦银行，将他在那儿的保险箱里的一小盒沉甸甸的金币取了出来。他要求使用银行的盥洗室。鉴于他是租用该银行保险箱的客户，他得到了允许。

拉撒路把金币分别放进了外衣、背心和裤子上的十三个口袋里，顿时看起来没那么利索了。他的衣服被金币坠得耷拉着。要是他走路的时候不小心些，硬币就会叮当作响。所以他走路的时候格外小心，提前准备好了坐电车的五美分镍币，上车后没有坐下，而是站在车厢后部的平台上。直到回到公寓，把门插上，他才放松下来。

他给自己做了一个三明治，吃完之后开始做裁缝工作，把金灿灿的硬币缝进他之前做的麂皮背心上一只只恰好容纳一枚硬币的口袋，然后套上早就准备好的另一件同样的背心。拉撒路尽量慢慢地做这件事，缝得严丝合缝，整齐有序，让没穿这件衣服的人完全无法察觉到它暗藏的玄机。

大概到了午夜，他又给自己做了一个三明治，吃完后继续去工作。

等对这件背心的外观和尺寸都满意了，他才把缝着钱的背心放到了一边，把一块折叠的毯子放到他刚才做裁缝工作的桌子上，又在上面放了一台高高的、沉重的奥利弗打字机。他用两根手指头在这个铿锵作响的怪物身上敲打：

堪萨斯城，格里高利历1917年4月5日

亲爱的罗蕾莱和莱皮丝：

　　紧急情况。我需要你们来接我。希望我们能在1917年4月9日星期一于陨石坑会合，重复一遍，壹玖壹柒年肆月玖日。我可能会晚到一两天。到了之后，如果可行，我会在那儿等候十天。如果在此期间没有等到你们，我会尽力不在1926（壹玖贰陆）年失约。

　　谢谢！

拉撒路

　　拉撒路打了两份原件，然后在两个嵌套的信封上写好地址，每个上面的地址都不同，最外面的信封上写的是当地的地址，另一个写的是芝加哥的地址。然后他又写了一张契据：

　　我以已经收到的一美元和友善珍贵的款待为条件，向艾拉·约翰逊出售并转让我的一辆福特T型号汽车的利益、权利和所有权。该汽车类型为"小型敞篷汽车"，发动机号为1290408。我向艾拉·约翰逊及其继承者保证，此动产无任何产权纠纷，我是该车的唯一拥有者，完全有权转让其所有权。

西奥多·布朗森
公元1917年4月6日

　　他把这张契据放进空白信封，然后和其他信封放在一起，喝了一杯牛奶就上床睡觉了。

　　他睡了十个小时，就连大道边上叫卖报纸的"号外！号外！"声都没能吵醒他。他早就料到窗外会传来这样的喊叫，所以潜意识让他做到了充耳不闻，全心全意地休息，毕竟接下来几天他会非常忙碌。

被生物钟唤醒后，他下了床，飞快地冲澡，刮胡子，做了顿丰盛的早餐。吃完饭，他收拾好厨房，把所有易腐烂的食物都从冰盒里拿出来，扔进后走廊的垃圾桶。然后，他将送冰卡翻转过来，让"今日不必送冰"的那面朝上，在冰盒上方放了十五美分，把集水盘里的水倒空。

冰盒旁边放着一夸脱鲜牛奶，可他其实并没有订牛奶。于是，他在一个空牛奶瓶里放了六美分，还留一张字条，告诉送奶工如果他以后没往里放钱的话，就不用再给他留牛奶了。

他装好了一个旅行包，里面是洗漱用品、袜子、内裤、衬衫和领衬（对于拉撒路而言，硬挺的衬衣领子象征着这个时代所有让人思想禁锢的禁忌。除了禁忌多一些，这个时代还是很好的），然后他迅速地在公寓中搜寻了一遍具有私人性质的物品。房租他付到了四月底，运气好的话，早在那之前，他就已经在朵拉上了。运气不好的话，那时候他应该在南美洲。不过，要是特别不走运，他可能会在别的地方——任何地方都有可能——用的是另一个化名。他希望"泰德·布朗森"这个名字人间蒸发。

不一会儿，他就收拾停当，走到了门口。全部行装只有一个旅行包、一件大衣、一套冬装、一副象牙和乌木做的国际象棋。他穿好衣服，小心翼翼地将三个信封和那张火车票放进西装外套的内袋里。金币背心虽然很暖和，但穿起来并不舒服。不过，重量分布倒是比较平衡。

他把行李都放到了汽车后座上，往南开到了一家小邮政所，投递了两封信，又从那儿来到休闲时光台球厅旁边的当铺。他发现了一件既讽刺又有趣的事情，那家叫"瑞士花园"的小酒馆放下了所有百叶窗，上面挂着一块牌子，"闭店中"。

达特尔鲍姆先生愿意接受他用一台打字机换一把枪，只不过要再加五美元，拉撒路才能顺利拿走他选的柯尔特式自动手枪。拉撒路任凭他讨价，没有多说什么。

就这样，拉撒路把打字机和冬天的西服套装都卖了，还留下一身大衣，换回来的是一张当票、一把手枪和一盒子弹。其实，他相当于把那身大衣给了达特尔鲍姆，反正他也没打算再把大衣赎回来。不过，拉撒路得到了他想要的，外加三美元现金。他用不着的动产都处理妥当了，最后一笔交易让他的朋友很开心。

拉撒路早就在背心左侧缝了一个临时的枪套，现在这把枪恰好可以插进去。只要不被搜身，就没人知道这里藏着一把枪，更何况他一副安分守法好市民的样子，也不会有人来搜他的身。不过，其实苏格兰短褶裙更方便隐藏和拿取武器。这把枪以前的主人一定是个讲求实用的人，把准星锉掉了。[1]

除了还要和他的第一个家庭道别，他现在已经和堪萨斯城切断了一切联系。道别之后，他就要搭上第一趟向西的圣达菲火车。外公去圣路易斯了，这让他有些沮丧，但也是没办法的事。这次拜访史密斯家，他只能靠自己想一个令人信服的借口了：将这套国际象棋当礼物送给伍迪就是个很好的理由，那张卖车的契据也是个可以和他父亲说上话的好由头。不，先生，也不能说这车纯粹是一件礼物，但战争结束前还是有人开比较好。而且万一要是我没回来，事情就简单多了。您明白我的说法吗，先生？您的岳父是我最好的朋友，没准儿还是我最亲的亲人，因为我除了他没别的亲人。

没错，这些肯定可以作为我和包括莫琳在内的全家道别的理由。（尤其是莫琳！）基本上说的都是实话，这才是撒谎的最高境界。

只有一个问题——如果他父亲想让他加入自己的那支部队，他就必须撒个谎：拉撒路已经下定决心要加入海军了。先生，我没有不敬的意思。我知道您刚刚从匹兹堡回来，但海军也需要人。

除非逼不得已，否则他是不会扯这个谎的。

---

1 没有准星的手枪方便插在腰际，近战时持枪者可迅速出枪，不会被腰带卡住。——译注

他把车子留在当铺后面，过马路，走进一家药房打电话：

"请问是布莱恩·史密斯家吗？"

"是的。"

"史密斯太太，我是布朗森先生。我想找史密斯先生。"

"布朗森先生，我不是妈妈，我是南希。噢，今天的新闻真是太可怕了！"

"谁说不是呢，南希小姐。"

"您想找爸爸？可他不在，他去利文沃斯堡了，去那儿报到。也不知道我们什么时候才能再见到他！"

"哎呀，可别——千万别哭，求你了！"

"我没有哭，我就是有点难过。您想和妈妈说话吗？她在呢，可是她躺下了。"

拉撒路飞快地转着脑筋。他当然想和莫琳说话了。可是——真讨厌，这个情况有点复杂。"还是不打扰她了。你能告诉我你外公什么时候回城吗？"（他等得起吗？哎呀，真糟糕！）

"怎么了？外公昨天就回来了。"

"哦，那我能和他说话吗。南希小姐？"

"可是他也不在家。几个小时前，他就去市中心了。他可能正在象棋俱乐部呢。你要给他留言吗？"

"不用了。告诉他我来过电话就行，一会儿我还会再来电话。还有，南希小姐，别担心。"

"我怎么能不担心呢？"

"我有预见未来的能力。这是真的，别告诉别人。有个吉卜赛老婆婆看出我有这个能力，而且我得到了证明。你爸爸会回家的，他不会在这场战争中受伤。这些我都预见到了。"

"啊……我不知道能不能信这些。不过你的话确实让我心里好受点了。"

"我说的是真的。"他轻声说再见，然后挂断了电话。

"象棋俱乐部——"看来外公今天是不会去台球厅了？象棋俱乐部就在街对面，所以他大概可以去看看，然后驾车开上本顿大道，在能看得到房子的地方等他回去。

外公确实在那儿，就在象棋桌旁，但是没有在思考怎么下棋，甚至连装都没装，只是怒气冲冲地呆坐着。

"约翰逊先生，下午好。"

外公抬起头来："有什么好的？泰德，你坐吧。"

"谢谢，先生。"拉撒路坐到桌前另一张椅子上，"确实没什么好消息，我想。"

"嗯？"老人看着他，就好像刚刚才注意到他的存在一样，"泰德，你觉得我身体是不是挺好的？"

"当然啦，挺好的。"

"你觉得我能每天扛着枪行进二十英里吗？"

"我觉得您能。"（我敢肯定你可以的，外公。）

"我跟征兵站那个自以为是的小子就是这么说的。他竟然说我年纪太大了！"艾拉·约翰逊似乎马上就要哭出来了，"我问他，什么时候四十五岁也算年纪太大了？结果他让我一边儿去，说我挡住别人了。我提出，让他再选两个人，我这就站到队伍外面和他们三个打一架。可最后他们把我赶出来了，泰德，他们竟然赶我出来！"外公先是将双手捂在脸上，然后又把手放下，喃喃说道："我穿陆军蓝[1]的时候那小子还没学会站着撒尿呢。"

"很遗憾听到这个消息，先生。"

"是我的错。我带上了我的退伍证，忘了上面有我的出生日期。听着，泰德，要是我染了头发再回到圣路易斯或者乔普林，应该就能应征

---

1 陆军蓝：当时美国陆军的军装是蓝色的。——译注

入伍了吧？能行吗？"

"可能吧。"（我知道这不可能，外公，但是我想你当时设法进了家乡警卫队。不过我不会告诉你的。）

"我要去试试！不过这回我要把退伍证放在家里。"

"那不如我开车载您回家？我的小车就在后面。"

"嗯……行吧，我想我也该回家了。"

"要不先开车兜兜风，冷静一下？"

"这主意不错，如果你不觉得麻烦的话。"

"一点也不麻烦。"

拉撒路一言不发地开车在街上转悠，等老爷子把怒火都发泄出来。拉撒路留意到他已经平静下来了，便往回开，随后向东一拐，驶上了第三十一街。之后，他把车停稳，问道："约翰逊先生，我能问您一件事吗？"

"嗯？说吧。"

"如果就算您染了头发，他们也不接受您，我希望您不要太难过。因为这场战争就是个可怕的错误。"

"你什么意思？"

"字面意思。"（我该告诉他多少？我能让他相信多少？我不能什么都藏着掖着啊，毕竟他是外公，是他教会了我怎样用枪，还有成百上千种事情。但是他会相信什么呢？）"这场战争一点好处都不会带来，只会让情况越来越糟。"

外公瞪着他，眉头皱成两团："泰德，你是哪边的？你支持德国人？"

"不是。"

"要么是和平主义者？这倒是说得通，难怪你从来没聊过关于战争的话题。"

"不，我不是和平主义者，也不支持德国。但是，如果我们赢了这场战争——"

"你应该说'等我们赢了这场战争'！"

"好吧。'等我们赢了这场战争'，会发现其实我们是输了，输了我们为之战斗的一切。"

约翰逊先生突然改变了战术："你什么时候去应征？"

拉撒路犹豫了一下："还顾不上，我手头有几件事得先处理。"

"我就知道你会这么说，布朗森先生。再见！"外公一边骂咧咧的，一边摸索着开车门。他踩着踏脚板下了车，站到了马路牙子上。

拉撒路说："外公，我是说'约翰逊先生'，就让我把您送到家吧。求您了！"

他的外公回头说："不坐你的车，你这没胆的懦夫。"然后就迈着稳健的步子沿着街道往车站走去了。

拉撒路等了一会儿，眼睁睁看着约翰逊先生上了电车。他开车跟在后面，内心不愿承认，他无论如何也挽回不了自己和外公的关系了。他眼看老爷子在本顿大道下了车，想把车开过去，试着和他说说话。

可是他能说什么呢？他明白外公现在的感受，也明白原因。他说的话已经够多了，再说什么也不能纠正或者把之前的话收回来了。于是，他开始漫无目的地沿着第三十一街开车。

在印第安纳大道上，他把车停下，从报童那里买了一份《星报》，然后走进一家药房，坐在冷饮柜台旁，点了一杯樱桃汽水改善心情，顺便看看报纸。

可他怎么也看不进去，只是盯着它发呆，心中焦虑万分。

那个卖冷饮的浑蛋服务生开始来来回回地擦他面前的大理石桌面，拉撒路只好又点了一杯汽水。那浑蛋第二次擦桌子的时候，拉撒路开了口，说要用一下电话。

"打本地还是长途？"

"本地。"

"电话在卖香烟的柜台后面，钱给我。"

"布莱恩吗？我是布朗森先生。能帮我叫一下你妈妈吗？"

"我去找她。"

可电话那头传来了他外公的声音："布朗森先生，你这么厚颜无耻，还真是让我吃了一惊。你到底想干什么？"

"约翰逊先生，我想和史密斯太太说话——"

"不行。"

"——她一直对我很和善，我想感谢她，和她道个别。"

"等等……"他听见外公说，"乔治，你出去。布莱恩，带伍迪回房间，关上门，别打开。"约翰逊先生的声音又回到了话筒旁，"还在吗？"

"在，先生。"

"那就听好了，不要打断我。下面的话我只说一遍。"

"是，先生。"

"我女儿不会跟你讲话，现在不会，以后也不会——"

拉撒路飞快地说："她知道我在电话这边想跟她通话吗？"

"闭嘴！她当然知道。就是她让我告诉你这些话的。不然，连我自己都不会跟你讲话。现在，我也有话要告诉你，别插嘴。我女儿是个受人尊敬的已婚妇女，她的丈夫响应国家号召，上前线了。所以别再围着她打转，你也别再来这儿了，不然迎接你的就是猎枪。别给她打电话，别去她去的教堂。也许你觉得不听我的话，我也不会拿你怎样。那我提醒你一下，这里是堪萨斯城，找人打折你的两条胳膊只需要花二十五美元；花双倍的钱就能请人结果了你。要是两样都要，先弄折你的胳膊，再取你性命，价钱就可以打个折。如果你逼我，我花得起六十二美元五十美分。明白我的意思吗？"

"明白。"

"行了，有多远滚多远吧。"

"等等！约翰逊先生，我不相信你会买凶杀人——"

"你想试试吗？"

"因为我觉得你要是想杀掉谁，一定会亲自动手的。"

电话那头停顿了一下，然后老爷子轻笑着说："这你倒是说对了。"然后他就把拉撒路的电话挂断了。

拉撒路发动汽车，离开了那里。现在，他发现自己上了林伍德大道，正在往西开。之所以注意到这点，是因为他刚刚经过了他家人常去的那座教堂，也就是他第一次看见莫琳的地方。

他再也不能在这儿看见她了。

永远不能！就算他再回来一次，想避免犯下这些错误也不行，因为没有悖论。这些错误就是时空框架中不可更改的一部分，就算运用安迪的数学运算中的全部精妙所在，动用朵拉的所有能力，这些错误也无法抹去。

在林伍德广场上，他把车停在距离布鲁克林大道不远的地方，开始思考下一步该怎么办。

可以开车到火车站，搭上下一趟往西走的圣达菲火车。只要那两封求助信有一封能穿过几个世纪的时间，到达收信人手里，那么星期一早上她们就会来接他，这场战争及其带来的一切麻烦会再次成为很久以前发生的事，"泰德·布朗森"将成为与外公和莫琳有过短暂交集且终究会忘掉的一个人。

太可惜了，他没时间对两封信进行蚀刻处理。不管怎样，其中一封可能会在漫长岁月中幸存。如果一封都没寄到，那就等1926年再会面。要是所有的信都石沉大海——鉴于他在延迟邮件系统还没完全搭建好的时候就做出了尝试，这种情况是有可能的——那他就得等到1929年，按照原计划的时间与双胞胎碰面。这没有问题。双胞胎和朵拉都做好了那个时间接他的准备，无论如何她们都会到的。

可为什么他觉得如此难过？

这不是他的战争。

过段时间，外公会明白，他脱口而出的预言就是真相。迟早外公会了解，当"拉法耶特，我们来了！"[1]这句口号被人遗忘，剩下的只有反反复复的"Pas un sou à l'Amérique!（不给美国人一分钱！）"。这就是法国人的"感激涕零"带来的结果。英国的"感激涕零"也一样。国家与国家之间是没有所谓感激的，以前没有，以后也没有。"支持德国"？天哪，当然不是了，外公！德国文化从根上就烂了，而且这场战争会引发另一场战争，到时候德国人的暴行比今时今日国际上谴责他们犯下的罪行要可怕一千倍。德国人制订了邪恶的计划，建起了毒气室，人的皮肉燃烧时散发的焦煳臭味儿数个世纪不肯散去……

可是他没法把这些告诉外公和莫琳，他连尝试一下都不应该。未来妙就妙在它的未知。卡珊德拉妙就妙在没人相信她的预言。

那两个人不知道他知道的事情，所以不理解他说这场战争毫无意义，这有什么关系？

可事实上，这确实有关系。关系重大。

他感觉有个硬邦邦的东西轻轻抵在左边的肋骨上，那是他用来保护金币的枪。只不过，他一点都不在乎金币。他只觉得，这把枪也可以用来做他的"自杀开关"。

别这么想，你这个傻瓜！你可不想死。你只是希望得到外公和莫琳的认可——尤其是莫琳的认可。

征兵站就在邮局总部办公室楼下，正好在市中心。尽管时间很晚

1　1917年7月4日，美国远征军司令潘兴将军的副手查尔斯·斯坦顿上校在拉法耶特的墓前说出了这句话。这句话自此成为美国参战的著名口号。——译注

了，那儿还开着，外面还排着一条队伍。拉撒路找了个黑人老头，给了他一美元，雇他坐在自己车里看包，并承诺回来会再给他一美元。拉撒路只告诉他车后排有旅行包，但是没说包里有缝满金币的背心和手枪。不过，拉撒路并不担心车和钱，这两样要是都被偷了，那对他而言事情就更简单了。就这样，他也去排队了。

"姓名？"

"姓布朗森，名西奥多。"

"当过兵吗？"

"没有。"

"年龄？不，出生日期。最好是1899年4月5日以前。"

"1890年11月11日。"

"你看着没那么大，不过好吧。拿着这张纸，从那扇门进去，然后找个袋子或枕套，把衣服脱下来放到里面拿着。把这个交给一位医生，他说什么你做什么就行了。"

"谢谢，中士。"

"去吧。下一个。"

门里有一个穿制服的医生，还有六个穿便服的医生给他帮忙。拉撒路正确无误地读出了斯内伦视力表，但是医生似乎根本没听他在念什么。这似乎是一场"热身"体检。拉撒路只看见有一个人没合格，（根据拉撒路粗略的判断）那个人已经是肺结核晚期了。

只有一个医生似乎在认真地筛查不合格的人。这医生让拉撒路弯腰，然后扒开他的两瓣屁股，检查他有没有疝气，然后又让他咳嗽两声，按了按他的肚子。"右边那个硬硬的东西是什么？"

"我也不知道，长官。"

"你的阑尾切了吗？果然切了，我看见手术留下的疤了。刀口摸起来和两侧皮肤没什么区别，这道疤几乎看不出呢。你这阑尾手术真是漂亮，我真希望自己的活儿也这么漂亮。那硬块可能只是一坨大便而已。吃点泻药，明天一早就好了。"

"谢谢你，医生。"

"小事一桩，孩子。下一个。"

"举起你们的右手，跟着我重复……"

"保存好你们手里的表格。明天早晨七点之前赶到征兵站，把表格给问询处的中士看，他会告诉你们从哪里登船。如果你丢了这张表格，那也要来报到，不然山姆大叔[1]就会去找你。就这些。现在你们是军人了！从那扇门出去吧！"

他的车还停在原地。黑人老头看见拉撒路回来了，便下车说道："一切顺利，上校！"

"那是自然。"拉撒路痛快答道，同时掏出一美元的纸钞，"不过，我只是'二等兵'，不是什么'上校'。"

"他们要你了？要是这样的话，我可不能收您的钱。"

"收下吧！我也不需要。我服役期间山姆大叔会罩着我的，而且他每个月要付给我二十一美元。所以，你拿着这钱，和之前给你的一美元放在一起，去买酒喝，算是为我——二等兵泰德·布朗森庆贺。"

"啊，可不能那样做，上校——二等兵泰德·布朗森。我是白丝带成员，你还没出生的时候我就发誓不再喝酒了。你把钱收好，去替我们把德国皇帝佬绞死。"

"我会加油的，大叔。我给你五美元吧，你帮我捐给你的教堂，为我祈祷。"

1 山姆大叔：美国的绰号和拟人化形象。——译注

"好吧……如果你坚持的话，上校二等兵。"

拉撒路驱车驶上了麦吉路，美滋滋地往南开。永远不要因为一点麻烦就不开心，享受生活才是最要紧的！"凯——凯——凯——凯蒂！美丽的凯蒂——"

他在一家药房门口停下车，探头望向卖雪茄的柜台，瞧见一个"白色猫头鹰牌"雪茄的盒子，里面都快空了。于是，他把盒子里剩下的雪茄都包圆儿了，还要求把那盒子带走。然后，他买了一卷棉花和一卷医用胶带，一时冲动，他还买了全药房最大、最豪华的一盒糖果。

他的车停在一盏弧光灯下。他下了车，钻进后车座，从旅行包里翻出手枪和背心，开始拆线，也不管被人瞧见的危险。他只花了五分钟的时间就用小刀把之前用数小时才缝好的金币都取了出来。沉甸甸的金币叮叮当当地落进雪茄盒子。他用棉花填满里面，然后就把盒子封上了，还在外面缠了几圈胶带。被小刀搞得不成样子的背心、手枪和火车票都让他给扔进了下水道，现在，拉撒路最后一丝焦虑不安也随着这些东西一起进了下水道。他微笑着站起来，掸了掸膝盖。老弟，你老了。为什么这么说？因为你做什么都那么谨慎！

他兴高采烈地把车开上了林伍德大道，往本顿大道去了，忘了这座城市街道上的限速是每小时十七英里。他欣喜地看到布莱恩·史密斯太太的房子一楼有灯光。那就不用吵醒他们了。他带着糖盒、象棋盒和胶布缠着的雪茄盒走上了步道。他抬腿踏上门前的台阶，门廊的灯打在他身上；小布莱恩打开门，探头叫道："外公！是布朗森先生！"

"错了，"拉撒路淡定地说，"请告诉你的外公，是二等兵布朗森。"

外公立刻出现在门口，狐疑地打量着拉撒路："怎么回事？你刚才跟这孩子说什么？"

"我让他通报一声，我，'二等兵布朗森'来了。"拉撒路设法把三个盒子都夹在左臂下，然后从兜里摸出一张纸来，就是征兵站的医生给他的那张纸，"看看吧。"

约翰逊先生看了一遍。"是这样啊。可是，为什么啊？从你之前说的看，我感觉你不会去应征。"

"约翰逊先生，我从未说过我不去应征，只是说有几件事得先处理。是真的，我确实要先做别的事。我还担心这场战争到最后毫无意义，这也是真的。但是不管我的观点如何，我都应该藏在心里，因为毕竟现在是团结起来，一起向前的时候。所以，我去了征兵站，志愿加入军队，他们也接受了我。"

约翰逊先生把征兵表递还给他，把门敞开："进来吧，泰德！"

拉撒路进去的同时发现几个小脑袋迅速地消失在他视野之外。显然，家里的多数成员都还没睡。他的外祖父领他进了客厅。"请坐，我得跟我女儿说一声。"

"要是史密斯太太歇下了，就别打扰她了。"拉撒路言不由衷。（可别，外公！我真想爬进她的被窝，这种心思我永远不会说出来的。）

"不用担心。她肯定想听这个消息。啊，那张纸，能让我给她看吗？"

"当然了，先生。"

拉撒路在客厅等候。几分钟后，艾拉·约翰逊回来了，把参军的证据交还给他。"她马上就下来。"老人叹了口气，"泰德，我为你感到骄傲。今天早些时候，我对你感到失望了，所以说了些不合时宜的话。对不起，我向你道歉。"

"我不能接受您的道歉，因为，先生，您没有什么可道歉的。我匆匆忙忙，没有说清楚。咱们可否忘掉那件事？您可以和我握握手吗？"

"嗯？好，当然可以啦！来！"他们认真地握了握手。（也许以外公的力气，他还能把铁砧平举起来。我的手指都要被他捏断了。）

"约翰逊先生，您能帮我保管几样东西吗？我走前顾不上处理的几样东西。"

"啊？当然能啦！"

"主要是这个盒子。"拉撒路把用胶带缠着的雪茄盒子递给她。

约翰逊先生接过去，眉毛倒竖起来："挺沉啊。"

"我把银行保险柜里的家当都取出来了。这里面是金币。等战争结束了我就来取。如果我没能回来，您可以把这笔钱给伍迪吗？等他二十一岁的时候。"

"什么？听着，听着，孩子，你会平安归来的。"

"我也想，到时候我会来取的。可是，在运兵船上，我可能会从梯子上摔下来，摔断脖子。所以，这东西可以托付给你吗？"

"行，这事交给我。"

"谢谢你，先生。这个是伍迪的礼物，我的一副象棋。我没法带着它上战场，所以干脆把它给您吧，除非您能想出什么拒绝的理由来，反正伍迪是不会拒绝的。"

"好吧，先生。"

"还有一样东西是送给您的，不过，实际上和这张纸上写的不一样。"说着拉撒路递给他那张转让轿车的契据。

约翰逊先生看了一遍，说道："泰德，如果你要把你的车给我，我劝你还是再想想。"

"这只是名义上的转让，先生。我真实的意思是把车留给您用。布莱恩可以开。他现在车技已经不错了，在开车上有天分。您也可以开，而且史密斯太太也想学车。等史密斯中尉回家，他一定会觉得有车方便许多。但是，如果他们让我到离这儿不远的地方训练，在部队开赴海外之前我还能请假回来，那我希望我也能随时用车。"

"那为什么写张转让契据？这车自然可以停在我们的仓库里。你说得没错，布莱恩——他们两个都有需要开车的时候。我自己也应该学学怎么摆弄这玩意儿。不过，不需要转让给我啊。"

"噢，是我没说清楚。假设我去了别的地方，比如说新泽西，但想把它卖掉，就可以给你寄张明信片，说一声就可以了，方便得很。因为你有转让契据，可以证明车就是你自己的。"拉撒路想了想，又补充说，"要是我从梯子上摔下来，也是一样的。如果你不想要，你可以把它转让给小布莱恩。或者随便你。约翰逊先生，你知道我没什么亲戚，所以为什么不让事情简单些呢？"

外公还没答话，史密斯太太就进了客厅，穿着她最好看的衣服，脸上挂着笑容（她应该是哭过，拉撒路很肯定）。她伸出一只手："布朗森先生！我们都为你感到骄傲！"

她的声音，她的体香，她手的触碰，还有她伴着骄傲的喜悦，这一切都击中了拉撒路。他忐忑的情绪一扫而光。（亲爱的莫琳，我马上就要出征了，幸好如此。因为这样对你更安全，从各方面来说都是件好事。可我终究还是让你为我骄傲了一次，现在我也满怀着对你的爱意。趁着外公没注意到我的失态，快开口让我坐下吧。）

"谢谢你，史密斯太太。我开车经过这里，顺便来对你道谢，也是道别，还要对你说晚安。因为我明天一早就要乘船走了。"

"噢，快坐下吧！至少喝杯咖啡再走。孩子们也都想和你道个别呢。"

一个小时过去了，拉撒路依然在那儿，而且比刚才更开心了。他始终都很开心。卡罗尔刚从他手里拿过糖果，就把盒子打开，将糖给所有人分了。拉撒路已经喝了好多放足了奶油和糖的咖啡，也吃了一大块自制的巧克力酥皮蛋糕，却又说自己早餐后就没吃过饭，又吃了一块。后来，史密斯太太跳起来要去给他做饭，他才阻拦。最后他们俩各让一步，拉撒路同意让卡罗尔去厨房给他做一个三明治。

"今天让人忙得头晕脑涨。"他解释道，"所以我根本没时间吃饭。约翰逊先生，是您让我改了计划。"

"是吗，泰德？为什么这么说？"

"你知道的，我想我告诉过你们俩，我原计划7月1日的时候去旧金山出趟差。然后就发生了议会宣战这种事，于是我决定立即动身，处理好我在那儿的事务，然后再应征入伍。我今天看见你的时候正要去那儿呢，行李都收拾好了，结果你让我意识到，德国鬼子不会给我时间处理好私事。所以我立刻就去应征了。"拉撒路装出局促不安的样子，"我收拾好的旅行包还在车上呢，现在我哪儿都不去了。"

艾拉·约翰逊似乎有点难受："泰德，其实当时我没有催你的意思。你处理完自己的事，迟几天再去也无妨。他们又不能一夜之间变出一支大军。我知道这个，因为我亲眼见过他们忙活这事，那是在1898年。嗯，也许我可以替你跑一趟，作为你的代理人去？反正我也没什么事忙。"

"不用，不用！先生，非常感谢您的提议，其实是我一开始没想清楚，只想着'和平时期'，没考虑到'战争时期'。是您把我拉回了正轨。我去了趟西联公司，发出一封夜间电报给我在旧金山的经纪人，告诉他我想让他做什么，随后，我写了一张任命状，任命他为我的代理人，做了公证，再去市中心的邮局给他寄了过去。一切都安排好了。"拉撒路对自己刚刚即兴创作的情节很是得意，差点连他自己都信以为真了，"然后，我才到楼下的征兵处排队报名。可是那个旅行包，您觉得可不可以把它放到阁楼里？我肯定不能拎着旅行包去当兵。里面只有几件盥洗用品。"

"我来保管，布朗森先生！"小布莱恩说，"放到我的房间去！"

"是我们的房间，"乔治纠正他，"我们一起保管它。"

"等等，孩子们。泰德，如果旅行包丢了你会心疼吗？"

"完全不会，约翰逊先生。您问这个是什么意思？"

"那就带着它吧。不过，等你今晚回公寓时，换点别的物品装进去。不用说，现在里面肯定有白衬衫和领衬。这些东西你可用不着。如果你有汗衫的话，带上几件。另外带上一双合脚的高帮鞋。袜子全带上也不为过。还有内裤。根据我过去的糟糕经历，我猜他们不会很快就有

662

充足的制服。一团乱，一时间会有很多问题。你军旅生涯的第一个月，甚至更长时间里，你只有一开始带过去的那些衣物。"

"我觉得，"史密斯太太认真地说，"我爸说得没错，布朗森先生。史密斯先生——史密斯中尉，也就是我的丈夫，他离家前也说起过类似的情况。他都没有等电报来就动身了——他走了几个小时之后电报才到——因为他说他知道一开始会比较混乱。"她嘴角抽动了一下，"不过，他说得比我说得更严重。"

"女儿，布莱恩怎么措辞都不为过。泰德去了之后要是能准时吃到饭都算是幸运的。任何一个分得清自己的左右脚的人都会被抓过去当下士，他们才不在乎这个人穿成什么样。可是你在乎，泰德。所以，带上你可能会在农场上穿的衣服。还有鞋，舒适的鞋，不会让你行军还没一英里就脚上长疱的鞋。嗯，泰德，你知道润肤霜的妙用吗？就是在你知道自己要连续一周或者更长时间穿着鞋子的时候，把润肤霜抹在脚上，你知道吗？"

"不知道，先生。"拉撒路回答。（外公，你以前告诉过我，或者说"后来"告诉过我。这法子真的很管用，我永远忘不了。）

"尽量让你的脚保持清洁与干爽。用润肤霜涂抹全脚，尤其是抹在你的脚趾之间。或者用凡士林，含石炭酸的最好。要用很多，涂上厚厚的一层。然后你把袜子穿上——尽可能找干净的袜子穿，如果不得不穿脏袜子，也只好将就——再穿上你的靴子。你刚刚站起来的时候，就会感觉自己踩在一桶软肥皂里。但是，你的双脚一定会感谢你，因为你的脚趾之间不会磨烂。或者说不会磨损太严重。好好照顾你的脚，泰德，同时也要保持大便通畅。"

"爸。"

"女儿，我正在跟一名士兵说话，给他一些可能会救他性命的忠告。如果你觉得孩子们听这些不好，那就让他们上床睡觉去。"

"我觉得到点了，"莫琳回答，"至少是时候让小点儿的孩子们去睡了。"

"我不用上床睡觉!"

"伍迪,你要好好听你妈妈的话,不许顶嘴,不然我就拿小棍打你屁股。你爸从战场上回来之前,这就是你要守的规矩。"

"我就不去睡觉,等二等兵布朗森走了才去睡!爸爸说我能这么干。"

"哼,一会儿我就拿着棍子让你知道,你刚才说的在逻辑上站不住脚。也只有这样才能让你懂道理。莫琳,我建议我们从最小的孩子开始,让他们挨个儿说再见,然后直接上床睡觉。最后由我把泰德送到电车站。"

"本来该由我开车送泰德叔叔回家的!"

拉撒路觉得该轮到他说话了。"布莱恩,谢谢你,可是今晚咱们还是别让你妈妈提心吊胆了。电车差不多可以把我直接送到家门口,而且,从明天起,我连电车都没的坐了,我得走着。"

"没错,"外公附和,"他得行军,'一二一,一二一——挺胸抬头向前看!'泰德,布莱恩的父亲任命他为家庭护卫队的中士了,在他父亲回来之前,他要肩负起保卫家人的重任。"

"那他就不能擅离职守,开车送一个二等兵回家,对吧?"

"在家庭护卫队的长官——我和今天的护卫队长官——我的女儿在场的情况下,他不能这样做。我突然想起来了,趁小家伙们挨个儿和你吻别,我去找几件我以前在部队里穿过的汗衫。我觉得你穿着应该合适,如果你不介意是我穿过的。"

"先生,能穿上这些衣服我感到非常骄傲和荣幸!"

史密斯太太站起身:"我也有东西非给布朗森先生——二等兵不可。南希,你能带埃塞尔下去吗?还有卡罗尔,你能带上理查德吗?"

"可是二等兵布朗森还没吃我做的三明治!"

拉撒路说:"对不起,卡罗尔小姐。我聊得太兴奋了,都没顾上吃。

啊，你能帮我把三明治包起来吗？我回到公寓就吃，这个三明治会让我睡个好觉。"

"快去做，卡罗尔。"她母亲吩咐道，"布莱恩，你能带理查德上楼睡觉吗？"

又来来回回聊了几句之后，拉撒路按照由小到大的顺序和孩子们全都道了别。他抱了埃塞尔一会儿，看着这个笑嘻嘻的小婴儿，他也咧嘴笑了，然后在她脑门儿上吻了一下，就把她递给南希了。南希抱着她上了楼，又飞快地从楼上跑下来。为了吻理查德，拉撒路不得不半跪在地上。这孩子似乎还不太明白这是为了什么，不过他知道这是个庄重的时刻。他紧紧地抱住拉撒路，在他脸颊上抹了一个吻。

然后伍迪也亲了他。这是第一次，也是唯一一次。不过，拉撒路已经不再因为被"自己"碰触感到不适了，因为他不再把这个小男孩视为自己，而是将他当作一个独立的个体了，只不过他能在这次奇怪的"重逢"中从伍迪身上找到零星的记忆。他不再有勒死这捣蛋鬼的想法了，或者说这想法不如之前那么频繁了。

伍迪用异乎寻常的亲昵语气轻声说："那些象棋真的是象牙做的？"

"真的是象牙。象牙和乌木做的，和你妈妈钢琴上的琴键一样。"

"天哪，你对我太好了！听着，等你回来，二等兵布朗森叔叔，我就让你玩这副象棋。你随时可以玩。"

"我会赢你的，孩子。"

"得了吧！就这样。别带木制镍币[1]去噢。"

小玛丽吻他的时候眼泪在眼眶中直打转，吻别后她就转身飞奔出客厅。乔治在他脸颊上亲了一下，小声叮嘱："泰德叔叔，你要保重。"然后也离开了。小布莱恩说："我会好好保管你的车，会和你一样把车擦得

---

1 木制镍币：木制镍币是一种木头做的'硬币'。人们会把它们放在死者的眼睛上，这样在对尸体进行防腐处理时，死人的眼睛就不会张开。——译注

锃亮。"说完犹豫了一下，突然亲了一口他的脸，就带着理查德离开了。

卡罗尔用油蜡纸工工整整地包上了他的三明治，再在上面系了一根丝带。他感谢了她，接过三明治，放进了上衣口袋。她伸出双手，搭在他的肩膀上，踮起脚尖，在他耳畔轻声说："里面有一封给你的信！"说罢她吻上他的面颊，迅速离开了。

南希站到她刚才站的位置上，低声说："那封信是我们俩写的。我们每天晚上为爸爸祈祷的时候，也会为你祈祷。"她瞟了一眼她的母亲，伸出双臂，环住他的肩膀，竟然在他嘴上吻了一下，坚定的一啄。"这不是good bye，是au revoir！"[1]她离开客厅的速度比她妹妹还快，昂着头的样子与她母亲一样。

史密斯太太站起来，轻声问道："爸？"然后等待他的回应。

"不行。"

"那就转过身去啊。"

"嗯，好吧。"于是，约翰逊先生转过身，开始打量墙上的照片。

随着柔和的窸窸窣窣声，史密斯太太走到拉撒路身边，抬头看着他，拿出一本小书。"这是给你的。"

是袖珍版《新约圣经》。她打开书的扉页。他接过去，看到了扉页上有些褪色的题字：

> "赠给莫琳·约翰逊，1892年耶稣受难日，感谢你一日不落地来做礼拜。《马太福音》7:7[2]。"

在这段文字下面是几行崭新的斯宾塞体字迹：

---

1 Au revoir是法语中的"再见"，暗含会再次相见的意思；而英语中的good bye只是"别了"的意思。——译注
2 "你们祈求，就给你们；寻找，就寻见；叩门，就给你们开门。"——译注

赠给二等兵西奥多·布朗森
忠于自己，忠于国家。

莫琳·J. 史密斯
1917年4月6日

拉撒路深吸一口气："我会珍惜这份礼物，把它带在身上，史密斯太太。"

"西奥多，别叫我'史密斯太太'，叫我'莫琳'。"说完她举起双臂。

拉撒路把这本小书塞进胸前的口袋里，也伸出双臂抱住她，吻上了她的双唇。

她的吻绵长、坚定、温暖而贞洁。随着这一吻，她发出几不可闻的呻吟，柔软的身体紧紧贴在他身上。她双唇微启，继续亲吻他。虽然拉撒路以同样的方式回应了这个吻，但他依然不敢相信她会这样吻他。那是一个承诺之吻，仿佛在说她可以将一切交给他。

不知过了多久，她贴在他嘴唇上呢喃道："西奥多，好好保重。记得要回来看我们。"

VI

堪萨斯城，福斯顿军营

亲爱的双胞胎和全体家人：

　　大吃一惊吧！我现在是泰德·布朗森下士、署理中士暨整个美国陆军中最严苛的教官。不，我并非头脑错乱。我之前是一时忘了躲藏的基本原则——藏一根针最好的办法就是把它放在一堆针中，那么避免遭受战争荼毒的最佳位置就是军队里。既然你们没有一个人亲历过战争，甚至连军队都没有参加过，我必须解释一下。

　　原本我（愚蠢地）计划逃到南美洲，以避过这场战争，但是不管我多么精通当地的语言，都不可能以本地人的身份生活在南美；而且南美洲到处都是德国人的探子，他们可能会怀疑我是个美国间谍，到时候安排一场意外事故，你们的老哥我就完了，求老天保佑无辜的我吧。再说，那儿的女人都长着一双美丽的大眼睛，忽闪忽闪，而陪在少女左右的年长妇人总是对接近她们的人疑神疑鬼，她们的父亲偏偏又喜欢对图谋不轨的外国佬开枪。总之，那地方对我健康不利。

可是，如果我留在美国境内，躲着不参军的话，一不小心我就得进监狱，成日对着冰冷的石墙，吃着糟糕的食物，做着把大石头凿成小石子的采石匠工作。这样的生活对我可没吸引力。

但是，战争时期军队的条件是最优越的，参军只有一个小小的风险，可能会挨枪子儿。不过，我可以避免这个风险。

怎么避免？眼下还不是全面战争时期。军人是一个个小小螺栓，如果参军的人（我）是个胆小鬼，希望避开陌生人带来的生命危险，那适合他的螺丝孔数不胜数。在这个时期，军队中只有一小部分人会有挨枪子的可能。（真正中弹的人就更少了，但我不打算冒险。）此时此地，只有某些地方起了战火，而在这些地方之外有无数军职，在那些岗位上的军人（除了穿着一身军装）其实无异于有些特权的平民。

我就在这样一个岗位上，可能战争结束前不会再有调动了。得有人把原本在农场上干活的这些勇敢、年轻、不谙世事的小伙子训练得接近真正的战士。能做这种工作的人十分宝贵，军官们都舍不得放这样的人走。

因此，我斗志昂扬，却无须战斗，只用教学。密集队形演练、松散队形演练、射击、步枪保养、拼刺刀、徒手格斗、战地卫生保健，各种科目我都教。我"卓越的"军事天资让大家非常惊讶，因为入伍资料中显示我"无服役经历"。（我要怎么承认外公教过我如何射击呢？那可是这场战争结束五年后的事情啊！我要怎么承认自己做军校学员的时候使用过同样的武器？那可是十年后的事！我又要怎么承认自己的行伍经验是接下来的几百年间陆陆续续获得的？）

有谣言称，我曾经在一支法国外籍军团中服役。那是我们协约国的一支部队，由亡命之徒、江洋大盗和越狱逃犯组成，以令敌人闻风丧胆的作战能力闻名，而我就是那支队伍的一名逃兵，现在的名字也是化名。我一向对此持否定态度，要是有人跟我打听相关的事，我就立刻沉下脸来。我偶尔会犯一个小错，用法国人的方式打招呼（手掌向前），但我会立即改正。可是人人都知道我讲法语，因为我对法语的熟练掌握与我从"署理下士"晋升到可以发号施令的真正下士、现在又要升中士息息相关。这里有来自法国和英国的军官、士官，他们负责教我们堑壕战。按说他们都会说英语，可他们说的英语让来自堪萨斯和密苏里的农场小子都听不懂。于是，懒惰的拉撒路便成了他们之间的联络官。我加上一个法国中士就等于一名还算优秀的教官。

要是没了那个法国中士，只剩我自己，那就等于一名百分百的优秀教官，前提是上面允许我教给大家我知道的东西。可现在上面只允许我教徒手格斗，因为没有武器参与的肉搏战不管过了多长时间变化都不大，只不过名字变了。而且这种战斗只有一条规则：先下手为强，唯快不破，谁出招阴损谁占上风。

我再来讲讲刺刀战吧，刺刀指的是枪头上接的一把刀，枪与刀相结合，与罗马人两千年前用的标枪差不多，从那时候起就不是什么新鲜武器了。你们准会以为1917年战士们的刺刀战技巧已经趋于完美了。

可事实并非如此。"教科书"只教了如何格挡，并没有教怎么反击。其实，反击和格挡一样迅速，而且更具欺骗性，对于从没听说过这招的人有致命的迷惑性。我还有其他事要告诉你们——格里高利历26世纪爆发了一场战争。在这场战争中，刺刀的使用成为一种高雅的艺术，我也被迫从事这种艺术创作，不过后来我设法摆脱了。有天早晨，因为打了个赌，我向大家展示了自己是如何用刺刀让一名美国中士教官处处吃瘪却无法近我的身，然后又如此单挑了一名英国教官、一名法国教官。

上面允许我教我展示过的这些战斗方法吗？不允许。我是说"怎么可能允许呢？！"我没有"照本宣科"，而这种"自作聪明"的主张差点让我丢掉这份美差。于是我一切都按照神圣的"教科书"来做。

其实这本书（普拉茨堡训练新兵用的就是它，那儿也是我的父亲——你们的父亲受训的地方）并不差劲。书里介绍刺刀战的部分强调了它的进攻性，鉴于该书条件有限，它的讲解还是可以接受的。在想近身搏斗并杀死对方的人手里，刺刀是一件可怕的武器——这些孩子可只有时间学到这个阶段了。可要是上了战场，这些小脸红扑扑的、勇敢的小伙子面对的是那些老辣、疲倦且悲观厌世的26世纪雇佣兵，结局我想都不敢想。毕竟后者的唯一目的就是保住自己的性命，让对手去死。

这些孩子可以赢得战争，他们也会赢得这场战争，从你们那个时候回望，他们也确实是赢了。只可惜，会有许多人无谓地死去。

我爱这些孩子。他们年轻勇敢，热血沸腾，非常渴望去前线，去证明一个美国人可以轻松干掉六个德国佬。（这并非实情，实际比例还不到1:1。德国部队上战场的都是老兵，他们才不讲什么道德、风范，也不会被其他错觉蒙蔽了双眼。可是这些稚嫩的孩子会一直战斗，战斗到死，战斗到德国人投降。）

可他们那么年轻！莱皮丝，罗蕾莱，他们大多数都比你们俩还年轻，有的比你们年纪小很多。我不知道有多少人在年龄上撒了谎，但据我观察，好多士兵都还没长胡子。夜里，我有时候会听到一个战士在床上哭泣，可能是想家了，想他的妈妈。但是第二天，他又会投入训练中，比以往还要刻苦。我们部队上没几个逃兵，这些小伙子渴望上战场杀敌。

我努力不去想这场战争多么没有意义。

这是视角问题。一天晚上，密涅瓦向我证明（当时她还是台计算机），所有的此时此地都是一样的，所谓"现在"只是每个此时此地的人使用的一个词。从我"原本的"此时此地（如果我未曾倾听大雁鸣叫，那我一定在那个此时此地，也就是特提乌斯星上的家）的视角看，这些内心充满渴望、眼神清澈无辜的小伙子早就死了，他们的身躯已经被蛆虫吃掉了。这场战争以及它带来的可怕余波已经成为古老的历史，不是我该操心的事。

可我身在此处，眼前看到的便是"正在发生"的事，我有切身体会的事。

眼下越来越难写信和寄信了。贾斯廷，你最想要我做的就是把一切详尽地记录下来，像做现场报道一样写下来，好让你把这些资料都加到你正编辑的那一沓子谎言中。现在照相缩版和蚀刻技术都不能用了。有时候，我可以离开军营一天，这足以让我赶到最近的城市托皮卡（往返距离约为160公里），但往往是周日，城里的商铺都休息，所以我没有机会与托皮卡的哪家实验室建立联系，跟他们借用我需要的设备。其实，我怀疑托皮卡未必有这样一家实验室。（鉴于我何时寄送延迟邮件都无所谓）我想把信都堆在银行的保险箱中，只可惜周日银行也不开门。所以，我只能手写信件，而且不能太长，不能太大。我至多只能做到这步，而且还是在我有机会得到嵌套信封（现在也很难得到了）的情况下。希望经过数个世纪，纸墨不会氧化得太厉害。

我开始写日记了，没在里面提到过特提乌斯星之类的事，

（这封信要是被发现，他们一定会把我当成疯子关起来！）只是记录日常的流水账。等写满了一本，我就会把它寄给外公艾拉·约翰逊，托他替我保存。战争结束后，我就有了时间和独处的机会，我就能凭着这本日记写出你想要的那种评论性报告，再花一些时间微缩长信息并使其保持稳定性。一个时间旅行中的历史学家总会遇上各种古怪尴尬的问题。一个韦尔顿牌微粒记忆块足以记录未来十年我说的话，只不过就算我有记忆块也无法使用它，因为这里使用它的技术尚不存在。

还有件事——伊师塔，你是不是在我肚子里放了个录音机？亲爱的，你真是太好了，就是有时候好得让人害怕，这件事就是一个例子。录音机并没有碍我的事，要不是去征兵站做了体检，一个医生注意到了它，我还注意不到呢。他没对那东西做任何处理，不过后来我通过触摸的方式进行了自检。我肚子里确实有一个植入体，并非像艾拉说的有一肚子大便。那东西可能是你们回春技师不愿和你们的"孩子"商量就植入他们体内的人造器官。但我怀疑它是韦尔顿记忆块，附带监听耳和可续航十年的电池，因为看大小差不多。

可是，亲爱的，你为什么不事先问我呢？非要偷偷摸摸地，趁我不备在我体内安上这东西？你们可能觉得我对什么合理请求都会拒绝，并非如此。这个谣传始于莱皮丝和罗蕾莱。贾斯廷原本可以让塔玛拉来问我的，没人能对塔玛拉说"不"。贾斯廷一定会为这件事付出代价：我说了什么以及我在场的时候周围的人说了什么，这些他通通得听，这意味着他要听十年我肚子里的咕噜声。

不，糟糕，雅典娜会把录音中附带的杂音滤掉，交给他一份标好日期、意义分明的资料。真是没有天理。我一点隐私都没有。雅典娜，我平时对你不好吗，亲爱的？一定要让他为他的恶作剧付出代价。

　　我参军后还没有回去看过我的第一个家庭。不过，等有了长假，我就去堪萨斯城看他们。我在人们眼里是个"英雄"，这可比我是"年轻单身平头百姓"的时候有特权。战争时期，人们的观念会稍稍开放一些，这样一来，我就可以和他们多多待在一起了。他们都对我非常好：几乎每天都会给我写一封信，每周都给我寄曲奇饼干或蛋糕。收到蛋糕我就会和战友们分享，但其实我并不情愿。收到曲奇我就自己吃。

　　我真希望收到特提乌斯的家人来信也能这么方便。

　　重复基本信息：会合日期为1926年8月2日，即将我放在地球上第十个地球年后。最后那个数字是"六"，不是"九"。

献上我所有的爱

　　　下士泰德·布朗森（你们的"老兄"）

亲爱的约翰逊先生：

　　这封信也是给你们全家人的，包括南希、卡罗尔、布莱恩、乔治、玛丽、伍迪、小迪基，还是小婴儿的埃塞尔，还有史密斯太太。我没想到我这个孤儿会在战时被史密斯一家"收养"，听说史密斯上尉也认可我，我简直说不出自己有多感动。在我心里，自从那个悲喜交加的夜晚之后，你们就已经是"我的家人"了。那天晚上，因为我即将奔赴战场，你们给了我许许多多的礼物和美好的祝愿，我脑子里装满了你给的种种实际的建议。我感动得几乎要哭了，却不敢让人看出来。史密斯太太用她丈夫，上尉在信里的一句话告诉我，我真的被"收养"了。我再次热泪盈眶，可我们士官按说不该暴露出如此脆弱的一面。

　　我没有去找史密斯上尉。我从您的信中得到了暗示，可是，说真心话，我不需要拉关系，找门路。我当兵的这些日子足以让我明白一个道理，一个士兵不能擅自做这样的事。我基本上可以肯定，上尉也不会来找我。原因我不用解释，因为您当兵的日子比上尉和我加起来都多。史密斯太太提出这样的建议真是太贴心了，可是您能解释给她听吗？我作为一个士官是不能去和上尉攀交情的。也请您帮我告诉她，她不该再催促她的丈夫照顾一个士官。

如果您不能让她相信这一点（这也是可能的，因为军队完全是另一个世界），也许下面这个原因可以说服她：福斯顿军营很大，我没有车，要找人只能靠步行。就算我大步流星地走，围着军营走一圈也需要约一个小时。如果我找到了上尉，和他交谈要再花上五分钟的时间。您知道我们的日程安排得有多紧张，我寄给您看过。所以一天里我根本抽不出这么长时间做这件事。

但我确实感谢她善良的提议。

请代我向卡罗尔转达我最真诚的感谢，她做的布朗尼蛋糕和她妈妈做的一样好吃。我无法给出比这更高的评价了。我应该用过去时，因为蛋糕已经进了我和其他人（我的战友们贪吃得很）的肚子。如果她想嫁给一个瘦瘦高高、胃口却大得出奇的堪萨斯农场小子，我这儿就有一个，那家伙都不用见卡罗尔，光凭着那些布朗尼蛋糕就想娶她了。

在之前的信里我说过，这里原本是墨西哥人组织消防演习的地方，但现在这儿已经与之前大不相同了。以前竖着烟囱的地方现在摆上了真正的迫击炮；木头枪不见了，取而代之的是春田步枪；即便是部队里最嫩的新兵蛋子，只要他掌握了列队前进，立定的时候能差不多站整齐，上头就能发给他们人手一杆春田步枪。

可是教他们"按照书上写的"使用步枪难得要命。我们招到的新兵分两种：一种是从未放过一枪的，还有一种会吹嘘自己的老爸曾经派他们去打来猎物当早餐吃，但是只准他们开一枪。我喜欢第一种新兵。即便枪一响他们就往后缩，害怕到几乎要休克，至少他们是白纸一张，不会一再重复错误的用枪方法。因此，我可以把正规军的教官教给我的知识悉数传授给他们，反正我袖子上现在有三道"V"，他们必须得听我的。

可是那些以为自己什么都懂（有时候确实枪法很准）的乡下娃不会听我的。

要想说服他别用自己的法子做事，要用就用军队的法子，并且最好学着适应这法子，你得花不少工夫。

有时候，这些"早就什么都懂"的新兵还会发火，甚至想跟我干一仗；不是上战场和德国人战斗，而是冲我来。常常会有搞不清状况的小伙子单挑我，他们不知道我还教徒手格斗。于是，我不得不在降旗号响完后去厕所后面给他们点颜色看看。我不会和他们玩拳击。我可不想让我的大鼻子被挤过牛奶的拳头打扁。但我们会来一场混战，没有规则，最后要么是我把他们打得痛哭流涕，要么是我们双方握手言和，将这事儿抛诸脑后。如果他们非要打下去，整个打斗过程一般不超过两秒，因为我不想让自己受伤。

我向你保证过，一定要告诉你我在哪儿学的法式拳击和巴西柔术，还有学习的过程。可说来话长，某些方面又不甚光彩，所以我就不在信里说这事儿了，等我请下来长假，去堪萨斯城再当面和你聊吧。

不过，至少有三个月都没人单挑我了。有个教官告诉我，他听说新兵都管我叫"死神"布朗森。我才不管他们叫我什么，只要我不当值的时候能清清静静的就好。

福斯顿军营只有两种天气，要么热得要命、地面尘土飞扬，要么冷得要命、地面泥泞不堪。我听说适应了后面这种天气，就适应了法国。这儿的英国兵都说，这场战争最危险之处就在于人们可能会溺死在法国的烂泥里。法国兵倒是不辩解，只是一味抱怨雨水影响了炮火的作用。

尽管法国的天气糟糕，可人人都渴望上前线。大家第二喜欢聊的话题就是"什么时候开赴战场"。（你是老兵，所以没必要跟你说第一受欢迎的话题是什么了。）不断有发兵的消息传来，可后来证明这些都是谣言。

于是，我开始想，我是不是要困在这儿，日复一日地做着同样的事，任凭其他地方战火纷飞？以后我有什么故事值得讲给子孙听呢？"爸爸，那场大战发生时你在哪儿啊？""比利，我在福斯顿。""爸爸，福斯顿在法国什么地方啊？""比利，那地方靠近托皮卡[1]。行了，闭嘴吧，喝你的燕麦粥！"

与其那样我还不如更名换姓呢。

我反反复复地教新兵们如何架枪、挖壕沟，越来越觉得无聊厌烦。我们在这片牧场上已经挖了太多的壕沟，连起来都够从地球到月球的了。现在我会四种挖壕沟的法子：法国人的、英国人的、咱美国人的，还有每批新兵的法子，用最后这种法子挖出来的堑壕肯定会塌。他们却说堑壕塌与不塌没什么区别，因为潘兴将军说过，等我们到了法国就要打破堑壕战的僵局，撵着德国佬跑。

也许他们说得对。可我还是得教他们上面让我教的，也许要教到我满头白发那一天吧。

听说你在第七团我非常高兴。我知道这件事对你来说意义重

---

1 托皮卡：美国堪萨斯州首府。——译注

大，可是，求你别把密苏里第七团叫作"国民自卫队"，那是对它的贬低。除非很快有人解决掉兴登堡[1]，否则这场仗有的打了。

不过，说真的，先生，我希望你别去参战，而且我觉得史密斯上尉也会同意我的理由。毕竟得有人保卫我们的家，我说的"家"指的是本顿大道上的那个家。小布莱恩年纪还小，无法撑起这个家，所以我想要是你不在家，史密斯上尉一定会担心的。

我完全能明白你的感受。我听说中士教官要是想摆脱这周而复始的单调工作，唯一的办法就是降衔。如果我故意拖长休假时间，直到他们把我降为下士，甚至再做些别的，让我肩上的V形杠再少几条，你会为我感到羞耻？我感觉这样一来，他们一定会把我送上第一列向东开的运兵火车。

你最好不要给家里的其他人念我写的最后一部分。作为"荣耀的史密斯家"的一员，我最好再想想其他法子。

> 向你和史密斯太太献上我最诚挚的敬意
> 向所有孩子转达我的爱
> 泰德·约翰逊·"史密斯"
> （能被你们"收养"，我简直太开心了。）

"进来！"

"长官，布朗森中士奉命向史密斯上尉报到！"（老爸，我本以为自己认不出你，可你分明和我心目中你的样子一模一样，只不过更年轻。）

"稍息，中士。把门关上。坐吧。"

"是，长官。"一脸困惑的拉撒路照做了。他从未想到史密斯上尉

---

1 兴登堡：保罗·冯·兴登堡（1847—1934），德国陆军元帅，政治家，军事家。魏玛共和国的第二任总统。——译注

会找他，而且他也一直没向上级请长假去堪萨斯城，原因有二：其一，他的父亲周末可能会在家；其二，他的父亲周末可能不在家。拉撒路不知道哪种情况更糟糕，反正这两种情况都是他登门拜访时极力避免的。

结果一个传令兵骑着带挎斗的摩托突然找到他，命令他"去史密斯上尉处报到"；直到他见到史密斯上尉，才发现这位"史密斯上尉"就是布莱恩·史密斯上尉。

"中士，我岳父跟我讲了关于你的许多事。我的妻子也是。"

这不是一个问句，所以他似乎也不需要回答。于是，拉撒路装出一副局促不安的样子，什么都没说。

史密斯上尉继续道："哎呀，行啦，中士，不用觉得难为情。咱们这是男人和男人之间的对话。我的家庭可以说是已经'收养'了你，我也衷心欢迎这个决定。事实上，这也符合咱们陆军部目前正通过红十字会、基督教青年会和教堂逐渐落实的一项计划，让每个穿上军装的小伙子都能定期收到来信。换言之，就是让每个没有家人的新兵都在战时有家庭'收养'。之后他的家庭就可以记着他们的生日，届时寄给他们小礼物。你觉得怎么样？"

"长官，这主意听起来不错。上尉的家人为我做的一切确实有利于我保持高昂的士气。"

"听到这个我很高兴。如果由你来实施这项计划，你会有什么举措呢？大胆说，别怕表达自己的观点。"

（老爸，只要给我一个岗位，我就能在岗位上做出一番事业来！）

"长官，我可以分两步——不，分三步来实施计划。前两步是准备，第三步是执行。首先，找出没有家人的新兵；其次，在做第一步的同时，找到愿意帮这个忙的家庭；最后，让新兵和这些家庭结成对子。第一步得由一级军士长来做。"（军士长会爱死这个活儿的——才不会。）

"他们会要求信件到来后，由各连队的文员对照花名册查看每个人的收信情况，结束后再把信件分发到个人手中。还有，做这件事必须速度快。无论什么原因，长时间扣留信件都不是一个好主意。但这一步不能交给副排长做，他们还没做好准备，会误事。邮务兵把信件一交给各连队的文员，这事就要开始做了。"

拉撒路想："我接下来的话希望上尉别见怪，这件事要是成了，咱们部队的司令官必须派他的副官传令给各连连长，让他们每周汇报其连队中每个人收到了多少封信。"（这大大侵犯了士兵们的隐私，同时也会让部队淹没在成倍增长的事务性工作中！思乡成疾且有家人在世的士兵们确实会收到来信，独来独往惯了的人却根本不希望收到什么家信，他们想要的是女人和威士忌。这个"干旱"的州卖的威士忌喝起来跟土拨鼠的尿似的，生生让我这个嗜酒如命的人都戒酒了。）"上尉，应该不需要单独为此事准备汇报文件，只需要在日常周报后面加一栏，填写统计数字即可。要是这项工作太耗费时间，连队的指挥官和军士长肯定会怨声载道、推三阻四，司令官收上去的报告里也会大多是文职干部凭空想象出来的数字。上尉一定知道这点，我很肯定。"

拉撒路的父亲露出笑容，像极了泰迪·罗斯福："中士，我原本在给将军写一封建言信，现在听了你的话，我要重新写了。只要我还负责'计划与训练部门'，只要我还管事，就不会让新计划给咱们部队添负担，毕竟要处理的文件已经堆成山了。我一直在努力把该计划涉及的工作量压缩到最小，你刚刚也告诉我了该如何去做。现在，我问你，一开始上面给你参加军官培训的机会，你为什么拒绝了？不想回答的话可以不说，归根结底这是你的事。"

（老爸，我不得不对你撒谎了。因为我没法实话实说，要是一名排长听命率领全排战士"跳出战壕"，那他的预期寿命就只有二十分钟左右。这场战争太残酷了！）"长官，这么说吧，假设我申请参加军官培训，那么得等一个月的时间申请才会获批。然后我会去本宁堡军事基地、利文沃斯堡军事基地或者上头安排的其他地点进行集训。集训结束后，我会回到这里、布利斯或者其他地方带新兵。和新兵待上六个月，我们才能一起开赴海外战场。我听说，'到了那边'之后，等着我们的是更多的训练。林林总总，这些时间加起来得有一年，到时候战争都结束了，我等于从来就没参加过。"

"嗯……你说得有道理。你想去法国吗？"

"想，长官！"（老天爷，当然不想啦！）

"就在上周日，在堪萨斯城，我岳父告诉我你准会这么说。不过，中士，你可能不知道，你若是留在现在所在的宿营地，结果还是上不了战场，肩上的军衔也升不上去。我们'计划与训练部门'关注着每一个教员，教得不好的，我们就把他送到战场上去，可要是教得好，我们会把他紧紧抓在手心里不放。"

"只有一个例外，"他父亲再次露出了微笑，"上峰请求我们——'请求'比'命令'礼貌一些——把我们最好的教员派到法国去，在后方培训新兵。我知道你肯定能胜任。自从我岳父提过你之后，我就每次都特意要求看你的周报。对于一个没有战斗经验的人来说，你对格斗的掌握程度出人意料，而且你不喜欢循规蹈矩。私下说，我觉得这一点很棒，并非缺点。严格遵守纪律的士兵上不了战场。Est-ce que vous parlez la langue française?（你会说法语吗？）"

"Oui, mon capitaine.（会，我的上尉。）"

"Eh, bien! Peut-être vous avez enrôlé autrefois en la Légion Etrangère, N'est-ce pas?（那太好了！你加入过外籍军团，不是吗？）"

"Pardon, mon capitaine? Je ne comprends pas.（抱歉，我的上尉，您说什么？我没听懂。）"

"你要是再多说几句法语，我也听不懂了。不过，我正在努力学习，因为我把法语视为一张船票，可以带我离开这个满是灰尘的地方。布朗森，你就当我没问过刚才的问题。我还得再问一个问题，希望能得到你简单明了的回答。法国当局是否有可能在找你呢？其实对你的过去，我和陆军部一点都不关心，但是我们必须保护自己人。"

拉撒路几乎没有片刻的犹豫，（老爸相当于在问我，我有没有当过外籍军团的逃兵，或者是否有过从"恶魔岛"[1]之类的地方逃走的经历，如果有，他好设法让我免于法国的制裁。）他说："完全没有那种可能，长官！"

"听你这么说我就放心了。军营中有这样的传言，约翰逊老爹既没有确认，也没有否认。说起他，你站起来一下。现在向左转，再向后转。布朗森，现在我信了。我不记得我妻子的奈德叔叔长什么样了，但是我觉得你很有可能和我的岳父有血缘关系，他也是这么想的。这样一来，从某个角度来说，我们就成了亲戚。等战争结束了，也许我们可以追根溯源，好好查查看。我知道孩子们现在都叫你'泰德舅舅'，这个称呼很合适。如果你不介意的话，我也没意见。"

"长官，我完全没意见！不管怎么说，有家人真好。"

"我觉得也是。还要嘱咐你一句，出了这道门，你就要忘了这件事。我想这几天就会有人来选拔去法国的士官，之后过不了多久，你就会得到一次短暂的休假。趁那个机会，你就把该了结的事情都处理好。Comprenez-vous？（明白吗？）"

"是，我的上尉，那是自然。"

"我真希望我能告诉你，我们会在同一支队伍里。要是那样，约翰逊老爹肯定会非常高兴。可现在还不好说。另外，你要记住，我可什么都没告诉过你。"

"上尉，我已经忘了您说过什么了。"（老爸还觉得他这是给我施了什么恩惠呢！）"谢谢您，长官！"

"不用谢。你去吧。"

---

1 恶魔岛：法属圭亚那，南美洲北海岸的地区、法国的海外省份；1852年成为法国重囚监狱，1952年正式关闭。——译注

VII

陆军上士西奥多·布朗森发现堪萨斯城变了——到处都是穿军装的，到处贴着海报。海报上的山姆大叔盯着他："我要你加入美军。"有的海报上画着红十字会的护士抱着担架上的伤员，仿佛抱着一个婴儿，上面只有一个词——"奉献"。他路过的一家餐厅招牌上写着："那些不见荤腥、缺粮少面、尝不到一丝甜味的日子，我们一起度过。"很多人家的窗口挂着"服役旗"，有一面旗子上甚至有五颗星，还有好几面上都绣着金星。[1]

街上的车比他记忆中的多，电车上挤满了人，很多行人都穿着军装，就好像福斯顿军营和附近所有军营或军事基地的人都一股脑地涌进了城。他知道，事实上不是这么回事，可是他昨天晚上睡了大半宿的那趟火车被军人挤得水泄不通，看起来好像确实是这么回事。

---

1 服役旗上有一颗星就代表这家有一个成员正在军中服役，蓝星代表希望与骄傲，金星代表牺牲。——译注

那辆"特别军列"几乎跟运牲口的火车一样脏，速度却没后者快。一路上，为了给货车让路，还有一次是给真正的"军列"让路，他坐的火车一次又一次地被迫转到了侧线上。上午很晚的时候，拉撒路才抵达堪萨斯城，又累又脏，和他离开军营时干干净净、精神抖擞的状态截然相反。不过，他随身带了他那破旧的旅行包，准备换上干净的衣服，稍事休息，再去拜访"收养他的"家庭。

　　出了火车站，他拿着一张五美元的钞票一挥手，拦到了一辆出租车。可出租车司机问过拉撒路要去的方向后，非要再拉三个乘客，才同意载他去城南。出租车和他之前的那辆敞篷福特款式一模一样，只不过车况差很多，前后座的玻璃隔板（也就是让这辆车之所以可以称为"豪华轿车"的那部分）被拆掉了，后车厢上方的可折叠顶篷似乎再也无法收起了。车里坐着五个人，大家膝盖上还放着行李。在这种情况下，通风还是很有必要的。

　　司机说："上士，您先上的车，所以您先说去哪儿。"

　　拉撒路说他想去南边，在第三十一街附近找一家酒店。

　　"您真是个乐天派。现在城里已经很难找到有空房的酒店了。不过，我们可以试试。要不，我们先送其他几位先生？"

　　最后，他终于来到了第三十一街和主干道交会处附近。"长短租均可，所有单间和套间均带淋浴。"司机念着广告牌上的字，"在这儿住太贵了，可眼下也只有住这儿了，不然就得回市中心看看。您先不用给钱，下去看看能不能住再说。您要去海外作战了吗？"

　　"是的。"

　　"车费一美元。您是要去前线的战士，我不会收您的小费的，因为我儿子也在前线。我去和酒店前台说。"

　　十分钟后，拉撒路分外享受地泡在了浴缸里。自从1917年4月6日之后，这还是他头一回泡澡。洗完了澡，他睡了三个小时。被生物钟唤醒后，他从里到外换了一身新衣服——他最好看的那身军装，他还把裤子的膝盖部分改良了一下，穿着更精神了。他下楼来到酒店大堂，给家里打了个电话。

接电话的是卡罗尔。她尖声惊叫："哦！妈妈，是泰德舅舅！"

莫琳·史密斯的声音平静而温暖："你在哪儿，西奥多上士？小布莱恩想去接你回家。"

"史密斯太太，替我跟他道谢。不过，我就住在第三十一街电车轨道旁的酒店。没等他来，我就能到你们家了，如果你们欢迎我的话。"

"'欢迎'？你可真会说话，我们不是已经'收养'你了吗？你别住酒店了，还是住我们家吧。布莱恩——我是说我的丈夫，布莱恩上尉，他告诉我们你会来，还说你可以和我们一起住。他没告诉你吗？"

"女士，我只见过上尉一次，那是三周以前了。据我所知，他不知道我在休假。"拉撒路补充说，"我不想麻烦你们。"

"别说了，西奥多上士，别跟我们那么客气。战争一开始，我们就把楼下的保姆间、也是我的缝纫间、你和伍德罗下象棋的那个房间改成了客房，方便上尉周末带战友回来住。我要不要告诉我丈夫你拒绝来家里住呢？"

（莫琳，我的爱，你这是引狼入室啊！我不会睡觉的。我会躺在床上，想着楼上的你，身边围绕着孩子们，还有外公。）"上尉夫人，慷慨大方的女主人，我非常愿意睡在您的缝纫间里。"

"这还差不多，上士。作为家里的妈妈，孩子不听话，我可是要打屁股的。"

小布莱恩在本顿大道的电车站等拉撒路，旁边坐的是供他使唤的乔治，车后座上则是卡罗尔和玛丽。乔治接过拉撒路手中的旅行包。玛丽发出刺耳的尖叫："天哪，泰德舅舅可真够漂亮的！"卡罗尔纠正她道："是'帅气'，玛丽。战士们看起来帅气又精神，不是'漂亮'。对吧，泰德舅舅？"

拉撒路把年纪小点儿的女孩抱起来，亲了她的脸颊一下，然后把她放回到车座上。"严格来说，卡罗尔，你说得对。不过，要是玛丽觉得我'漂亮'，那就用这个词也没问题。你们这支欢迎队伍真够大的，我要跟在车后面跑吗？"

"你和女孩儿们坐后面。"小布莱恩指挥着，"不过你先看看这个！"他指着一样东西，"脚踏油门！厉害吧？"

拉撒路表示赞同，然后打量了一下这辆车。车况比他离开的时候还要好，从车轮到篷顶都擦得锃亮，干净极了。而且除了脚下的油门踏板之外，车上还添了几样附件：考究的散热水箱盖；踏板上的橡胶防滑贴面；车后的轮胎撑架，架子上是漆皮罩盖着的备用轮胎；车厢后部用绳子圈起来一块地方，里面放的是叠得整整齐齐的旅行毛毯；点睛一笔是车上有个雕花玻璃瓶，里面插着一枝玫瑰。"车的发动机也和其他部分一样棒吗？"

乔治打开前盖。拉撒路看了一眼，表示肯定地点点头："戴着白手套检查都摸不出灰来。"

"外公还真就是这么检查的。"布莱恩表示，"他说，如果我们不好好保养这辆车，就不准我们开。"

"你们把这辆车保养得很好。"

拉撒路像是得到了皇室待遇一样，一手搂着大点的女孩，另一侧臂弯里是小点的女孩。外公就在门外前廊等着，看到车来了，就赶紧走过去迎接他。外公的形象让拉撒路眼前一亮：这位老兵身着军装，昂首挺胸，看着比之前高出足有一英尺，胸前佩有绶带，袖子上戴着袖章，绑腿布仔细地缠在腿上，军帽高高地戴在头上，帽檐似乎稍稍往后转了一点。

拉撒路把卡罗尔扶下车，转过身，发现玛丽早就蹦蹦跳跳地在前面带路了。外公向拉撒路行了军礼，动作幅度相当大："欢迎回家，上士！"

拉撒路也夸张地回了一个军礼。"谢谢你，上士。我很高兴能来看你们。"他补充说，"约翰逊先生，你没告诉我你是管军需的上士啊。"

"总得有人数袜子吧。我同意去——"

后半截话淹没在伍迪爆炸一样的欢呼中："嘿，上士舅舅！这回你得陪我下象棋啊！"

"没问题，哥们儿。"拉撒路满口答应，但其实此时他的注意力被另外两件事吸引了：门口站着的史密斯太太，还有客厅窗户上的服役旗。旗上有三颗星。怎么会有三颗？

外公说晚上有演习，所以要提前开饭，催促着拉撒路进门。南希给了拉撒路一个吻，这次是坦坦荡荡的吻，事先都没朝妈妈看一眼，似乎觉得没必要征得她的同意。然后，迪基也跑过来要吻他的脸，拉撒路只好将他抱起来。再然后，他见到了小伊瑟尔（她竟然能走了！）。最后，莫琳向他伸来纤纤素手，将他拉近，双唇轻轻扫过他的面颊。"西奥多上士，你能回家来真好。"

晚餐仿佛一场热闹而成功的马戏团演出，由外公替他的女婿坐在主座上，他的女儿端庄地坐在长桌的另一头，有条不紊地主持大局。开餐时，拉撒路先帮她拉开椅子，让她坐下，然后才在她右侧的贵宾位落了座。从那之后，莫琳就没起过身。三个年龄稍大的女儿负责端茶倒水的杂事儿。伊瑟尔则坐在一把高脚椅上，位于她妈妈的左侧，乔治照顾她吃饭。后来拉撒路发现是五个大孩子轮流给她喂饭。

按战时标准看，这顿晚餐挺奢侈的。桌上是热腾腾、黄澄澄的玉米面包，而不是白面包。这一阵子粮食短缺，因此大家都严格遵守着一个规矩（由南希和小布莱恩监督），即每个人都要吃完自己那份，毕竟人人都知道比利时人正在挨饿。拉撒路一点都不关心有什么吃的，他一心放在夸赞厨师（三个人）的手艺上，还有参与大家聊的各种话题。这几乎是不可能的，因为布莱恩和乔治跟他讲的是他们一群童子军开车去采集核桃壳和桃核，以及做一个防毒面具需要多少这些壳儿；玛丽吹嘘自己的编织水平和乔治一样好，还说自己就从来没漏过哪怕一针！女生们聊起了一条毯子需要织多大；外公则三句话不离本行，想跟拉撒路聊部队里的事，他只能喝止大家才插得进话。

莫琳·史密斯似乎觉得没必要聊天。她面带微笑，似乎非常愉快，但拉撒路看得出来她平静外表下内心的挣扎——古老的神话中珀涅罗珀[1]的挣扎。（是为了我吗，亲爱的？不，当然不是了。真希望我能告诉你老爸会毫发无伤地回来。可是，我怎么能让你相信我知道这一切呢？你注定要像珀涅罗珀一样在煎熬中度过相当长一段时间。抱歉，我的爱。）"抱歉，卡罗尔，你刚才说什么？"

"我说，你就要上前线了，可还是待不了多久就得回部队去，真是讨厌！"

"这次部队给我的假期已经够长了，卡罗尔，这可是战争时期啊。光是往返途中就花了很多时间。我没有特权，也不知道自己要被派往海外。"

桌旁的众人立刻陷入了沉默，年纪大点的男孩交换了一下眼神。

艾拉·约翰逊打破了沉默："上士，孩子们都知道部队在非周末给军人放假意味着什么。不过，他们个个都是听话的孩子，不会往外说。我的女婿决定——我觉得他的决定很明智——不向孩子们隐瞒没必要隐瞒的事。"

"可是，外公，爸爸休假的时候也不会第二天就走啊。这不公平。"

"那是因为，"小布莱恩很聪明，他说，"爸爸每次都是和博赛尔上尉一起坐马蒙六型大轿车回来，他们在路上开得飞快。上士泰德舅舅，我可以送你回营。这样一来，你就可以明天晚上再动身了。"

"谢谢你，布莱恩，可是我觉得你最好还是不要开车送我。如果明天晚上我搭乘被称为'起床号专列'的那趟火车，就算它晚点，我也能

1　珀涅罗珀：《奥德赛》中奥德修斯忠贞的妻子，在丈夫远征特洛伊失踪后，她拒绝了所有的求婚者，一直等待丈夫归来，忠贞不渝。——译注

稳妥地抵达军营，这次我不能冒超期未归的风险。"

"我同意布朗森上士的看法。"外公说，"就这么定了，布莱恩。泰德不能冒晚归的风险。我看我最好也该动身了，女儿，我能走吗？"

"当然可以了，父亲。"

"约翰逊中士，我能开车送你到练兵场或者你要去的其他地方吗？"

"我要去的是军械库。不过不用送了，泰德，我的上尉会来接我，演习结束后还会送我回家。我和他要去早一点，在那儿住下。嗯，你为什么不带莫琳去兜兜风呢？她有一个星期没出去过，小脸儿都白了。"

"史密斯太太，可以吗？带你去兜风是我的荣幸。"

"我们大家一起去吧！"

"乔治，"外公严厉地说，"这是为了让你妈妈暂时摆脱孩子的吵闹和带孩子的压力，放松一个小时。"

"泰德上士答应要和我下象棋的！"

"伍迪，我听见他说了，可他没说什么时候陪你玩，更何况他明天还在这儿。"

"他还答应过带我去电动公园，都是好长好长时间之前的事了，可他从来都没兑现过！"

"伍迪，对不起。"拉撒路回答，"可是没等公园营业，战争就爆发了。我们还是等战争结束之后再去吧。"

"可是你说过——"

"伍德罗，"他妈妈严厉地说，"别闹了。这是西奥多上士在放假，不是你放假。"

"别沉着脸了，"外公接过话茬，"不然我们就围成一个团部广场，把你绑在旗杆上，用鞭子抽你。南希？亲爱的，接下来家里轮到你管事了。"

"可是——"年纪最大的女孩欲言又止。

"爸，南希的男朋友快过生日了。我想我告诉过你，他是不会干等着军队来人招他入伍的。所以，他的年轻朋友们今晚要给他办一个惊喜派对。"

"哦，对，我给忘了。那个小伙子不错，泰德，你会认可他的。南希，我现在收回刚才的任命，你不用执勤了。卡罗尔，你来？"

"我和卡罗尔可以管好家里的一切，"布莱恩回应道，"是吧，卡罗尔？我来洗盘子，玛丽负责擦干，乔治负责把盘子放起来。我们会让大家按时上床睡觉。如果发生什么状况，黑板上有紧急电话。我们知道该怎么做。"

"抱歉，大家伙儿，那我要出门喽？"南希说，"泰德上士，明天你还在这儿，对吗？"

拉撒路出门来到马路边，和外公所在自卫队的上尉见了一面。他再次进门时，莫琳已经上楼去了。趁这个机会，他去了曾经的缝纫室，在洗手间里梳洗了一番。十五分钟后，他把史密斯太太扶上了敞篷汽车的前座，自己则被她身上迷人的芬芳弄得有些头晕。在这二十分钟左右的时间里，她难道洗了个澡？看来是的，她换了身衣服。这身战时风格的打扮实在令人惊艳，就在把她扶上车的时候，拉撒路瞟见了她纤细的脚踝和肌肉线条分明的一大截小腿，有些兴奋。

也不知道这身衣服她会穿多久。他发动汽车，努力不让自己想下去。这场战争结束后女人就不再穿束身内衣了，而且整个咆哮的20世纪20年代，也就是"爵士时代"，大家的裙子越来越短。在这个世纪里，女人们发展出了丰富多彩的时装风格，但发展趋势稳定而一致，就是让男人看到越来越多他们"愿意为之打破头"的部分。拉撒路回忆，女人公然地裸露身体，即便游泳时的裸露，也是在本世纪末才变得常见。下一个世纪，人类社会又出现了清教徒式的复古潮流，那是一段让他逃离的可怕时期。

如果他把这些情况告诉莫琳，她会怎么想呢？

汽车发动了，他钻进车里，挨着她坐下："史密斯太太，你想去哪儿？"

"哦，往南开吧，去个安静的地方。"

"好，那就去南边。"拉撒路瞟了一眼落日，打开了轿车的大灯。他掉了个头，驾车向南方驶去。

"西奥多，我们单独相处的时候，别叫我'史密斯太太'。"

"谢谢你，莫琳。"驶出第三十九大道，然后去帕塞奥广场？或者驶上展望路，去斯沃普公园？她会让他带她去那么远的地方吗？那可是几千英里长的路啊，莫琳会一直坐在我身边！

"我喜欢你直接叫我的名字，西奥多。你还记得战争爆发之前，你带孩子们去吃野餐的地方吗？"

"就在布鲁河附近。你想去那儿，莫琳？"

"是啊。如果你不记得路，我给你指路。上次就是我建议去那儿野餐的。"

"我们会找到那个地方的。"

"不用非得是原来那个位置，只要安静——僻静就好。只要你不用把所有注意力都放在开车上就行。"

（嘿！莫琳，亲爱的，我们最好别在太僻静的地方独处，我可能会做出吓到你的事情。那就找一个僻静到可以吻别的地方吧！然后我就把你安全送回家。你对我来说就是这个世纪，我亲爱的莫琳！我更希望让你吻我一下，赢得你的爱与尊敬，不想让你陷入更复杂的境地，然后让你带着遗憾和后悔想念我。很多个月之前我就做出决定了，亲爱的。）

"我应该在这里转弯吗？"

"是的。西奥多，小布莱恩说他装上了新油门，可以让人用单手开车。"

"是，没错。"

"那就用一只手开车吧。我说得够明白了吗？还是要我更大胆一点？"

他小心翼翼地伸出胳膊，揽住她的肩膀。她突然凑过去，扯住他的手往下拉，把手按在她的胸前，轻声说："我们没有时间扭扭捏捏的，亲爱的西奥多。别害怕碰触我的身体。"

坚挺柔软的胸部。在他的抚摸下，她起了反应。她颤抖着，跟他越挨越近，再次按住他的手，同时发出一声几不可闻的呻吟。拉撒路用沙哑的声音说："莫琳，我爱你。"

她回应着，声音刚巧可以漫过汽车发动机的轰鸣声，让他听到。"从我们见面的那天晚上开始，我们就相爱了。我们只是不能把这份爱意表达出来。"

"是啊，我没敢告诉你。"

"西奥多，你可能一辈子都不会告诉我的。所以我得鼓起勇气，让你知道我也感觉到了这份爱。"她加了一句，"我想前面就是该拐弯的地方了。"

"我觉得也是。我得用双手驾驶，好开过那条小路。"

"好。"她同意了，放开他的胳膊，"但是，等你到了那儿就得把胳膊还给我，你想要你用两条胳膊抱着我，还想要你所有的注意力都放在我身上。"

"好！"他小心地开车，尽量克制着性冲动，直到小路变得宽阔起来，最后他们来到他记忆中那片平坦的草地。在这里，他开着车子绕了一圈，一方面是为了掉头，但主要还是为了确认这里没有别人。轿车的大灯照过的地方空无一人，只有草地和树木。太好了！（这算是好吗？哦，亲爱的，你知道你在做什么吗？）

他关上车灯，让车熄了火，拉下手刹。莫琳直接扑进了他的怀里。她的嘴凑近他的嘴，双唇开启吻了下去。他们一言不发，她的口，她的手，都和他的一样充满渴望，同时也比他的更加大胆，促使他也做出更加大胆的回应。

她贴着他的嘴唇，开心地咯咯直笑，小声说："惊喜吧？我可不能穿着内裤和我的战士道别，所以趁上楼的时候我就把它脱掉了，紧身胸衣也脱了。亲爱的，别胆怯，你不会伤到我的，我盼着呢。"

　　"你说什么？"

　　"西奥多，难道每次都要我大胆告白，大胆行动？我怀孕了，七周了。我确定。"

　　"哦，"他若有所思地说，"这儿座位太窄了。"

　　"我听说年轻人有时候会把车后座卸下来，放到地面上。你担心草地里有沙蚤吗？大胆点，亲爱的，战士应该勇敢无畏才对，我爸就是这么说的，我丈夫也同意。后面还有一块毯子呢。"

　　（莫琳，我的爱，现在我知道自己的胆大妄为是哪儿来的了，都是从亲爱的你那里遗传的啊。）"如果你放开我，我就去把后座拆下来。我不怕沙蚤，也不怕我臂弯中这个从未有过的可爱女人。我唯一的烦恼就是，眼前的一切美好到我不敢相信。"

　　"我来帮忙！"

　　她立刻跳下车。他从车座上蹭过去，跟在她身后跳下车。她打开后座的门，突然愣住了。然后她突然开心地大声说："伍德罗，你这个小捣蛋！西奥多上士！看看谁在后座上睡觉呢！"她一边说一边慌乱地在身后摸索，想系上刚刚解开的扣子。于是，拉撒路飞快地去给她帮忙。

　　"泰德上士答应我要带我去电动公园的！"

　　"我们就是去那儿啊，亲爱的。我们快到了。现在，告诉妈妈。要不要回家睡觉？还是已经长大了，可以在这个点保持清醒，去电动公园？"

　　"是啊，哥们儿。"拉撒路表示赞同，"回家还是去电动公园？"（莫琳，是外公教过你撒谎，还是你天生的？我不只是爱你，我简直崇拜你。潘兴将军真该把你收在麾下。）他匆忙扣住莫琳背后的扣子。

　　"啊？去电动公园！"

"那就坐好了，马上带你去。"

"我想坐前座！"

"哥们儿，不管你是去电动公园还是要回家，你都得给我老实坐在后面。我可不想让三个人都挤在前座。"

"布莱恩就这么干过！"

"咱们回家吧，史密斯太太。伍迪不知道是谁在开车。我看他一定是太困了。"

"我知道是谁在开车，我也不困！好吧，坐后头就坐后头——能去电动公园就行。"

"史密斯太太，你的意思呢？"

"西奥多上士，如果伍德罗愿意再躺下睡一小觉的话，我们就去电动公园。"

伍迪立刻躺倒。他们把后座的车门关上，拉撒路驾车驶出了草地。等汽车发动机声大到可以盖住她的声音，莫琳说："我得打个电话。回到我们拐弯的地方，顺着原来的路再往前开，你会看到一家药房，我们继续开就能到电动公园。"

"好的。你觉得他听到了多少？"

"我觉得我开门的时候他还睡着呢。不过，就算他没睡着也没关系，听到了也听不懂我们在说什么。别担心，西奥多，胆子要大，永远都要勇敢无畏。"

"莫琳，你应该去当兵。不，当将军。"

"还是被当兵的爱着更好。我现在正是如此，而且很开心。现在你可以继续用一只手开车了。"

"前后座只隔了一层玻璃，他能看见我们。"

"西奥多，不用胳膊揽着我，你也能摸到我。我可以坐直身子，假装不知道你在干什么。我没有得到满足，现在非常沮丧，渴望得到触摸，你的触摸。"她轻笑一声，"我们俩真是一对傻瓜，是吗？"

694

"可能是吧。可我笑不出来。"拉撒路掐了一把她的大腿，"我太沮丧了。"

"哦，可你必须得笑。"她把裙摆掀起来，拉着他的手游走到她吊带袜以上光溜溜的大腿上，"等你的孩子和我的一样多，你就必须得让自己笑出来，不然就会疯掉。"说着她又把裙摆放下来，盖住他的手。

他抚摸着她温润光滑的肌肤；她则打开大腿，好让他肆意抚摸。"我也觉得有点好笑，"他承认道，"两个成年人竟然被一个六岁小孩子弄得没法子。"

"西奥多，他现在只有五岁，到了十一月才满六岁。"她合上大腿，夹了夹他的手，然后再次放松，"他的生日，我记得特别清楚。因为他是我生过的孩子里个头儿最大的，足足有八磅重，而且比其他所有孩子加起来都难带，从来都是最调皮捣蛋的，也始终是我最喜欢的那个。不过我会努力克制，不表现出偏爱。这件事你也别告诉别人。我是说，伍德罗是我最喜欢的孩子这件事。至于其他的事，我不担心你说。我知道你会为我的名誉着想。"

"是这样的。"

"我知道。不然也不会谋划着让你带我去刚才那片草地。可是'名誉'归'名誉'，你现在知道了，我的面具下藏着一个骚动的灵魂。不过，我非常小心地为自己树起了好名声。为了我的孩子，也是为了我的丈夫。"

"你刚才说，这是你'谋划'的？"

"你难道不知道？我知道你这次假期有多短之后就立刻决定了，我只有一次和你单独相处的机会，我想让你知道，我希望你活着回来。作为一个女人，只有一种方式把这些告诉一个战士。所以，我才让我爸帮你摆脱了我那群孩子的包围。"她再次笑出声，"只可惜我家最调皮捣蛋的孩子把这精心的谋划毁了。亲爱的，我们没有机会了，我可不敢冒险在家做那种事。我会始终对此心存遗憾，希望你也一样。"

"哦，我会的。我现在就觉得遗憾！你让约翰逊先生帮忙提出兜风的建议？他不会起疑心吗？"

"我相信他肯定起了疑心，也不赞成。可他针对的是我，不是你。不过，他也会和你一样，守护我的声誉。想听个特别好笑的笑话吗？听了之后，我们一定会捧腹大笑，忘掉此时此刻的沮丧心情。"

"你笑我就笑。"

"你想知道我是怎么知道那个完美的幽会地点的吗？其实是因为我以前去过，西奥多，也是为了幽会。不过这不是我要说的那个笑话，接下来的才是：我怀上后座那个捣蛋鬼的地方，正是我想和你亲热的地方。"

拉撒路愣了一下，哑然失笑："真的？"

"当然是真的，先生。距离你刚刚停车的地方只有十英尺远，就挨着那棵最大的黑胡桃树。我计划让你把我放在和上次同样的位置上。西奥多，我是个多愁善感的人，我想让你在我怀上我最喜欢的孩子的地方要了我。结果这个小恶魔碍了我的事！原本我想到能和你在那个地点做爱，都兴奋起来了……"

拉撒路沉思了一会儿，决定还是要问出他想知道的问题："莫琳，那个人是谁？"

"什么？哦！既然是我把话题引到这上面来的，我就不该怪你问这样的问题。我确实不是什么贞洁烈妇，但也不至于像你想的那么随便。那个人是我的丈夫，亲爱的，我的所有孩子都是他的，绝无搞错的可能。你只见过当军官的布莱恩，可其实我丈夫私下里是个善解风情的男人。正是因为如此，我和他开车兜风的时候从来不穿内裤。

"那是2月18日，星期天，我永远忘不掉的日子。我雇了个保姆看家。南希还太小，没法在家看着弟弟妹妹，而布莱恩在回来的路上，让我随时准备迎接他。而且当时他刚刚买了第一辆车。

"当时虽说是冬天，但却暖得像春天一样。布莱恩决定带我去兜风，只带我一个人。他立了严格的规矩，有的活动是我们全家一起参与，有的则是只有爸爸妈妈，也是就是他和我。我们觉得这是个好主意。就这样，我们去了那个可爱的野餐地点，即便在冬天也还是很美。地上很干燥。我们坐在地上，接吻，爱抚，然后他手放在你现在放的那个地方，命令我把衣服脱掉。"

"在二月的户外脱衣服？"

"我没有拒绝。那会儿至少有六十华氏度，没有一丝寒风。不过，就算气温再低点儿，如果我丈夫开口要求，我还是会照做的。于是我脱下衣服，全身只剩下鞋袜，就像男人们喜欢在雪茄店里买的那种法国明信片上的女子一样。我不觉得冷，只觉得美好。我想表现出风情万种的样子，布莱恩私下里也鼓励我这样做。他把车后座卸下来放到树下，在上面铺了一层毯子。然后他要了我，于是我有了伍德罗。一定是那次怀上的，因为布莱恩只在家待了一天，那天我们只做了那一次。这并不常见，因为我们只要有机会就会黏在一起，我们都很享受性爱。"她嘿嘿笑起来，"确定怀孕后，布莱恩开始开我的玩笑，说也许是给家里送冰的人、送奶员或者邮差干的，没准儿是杂货店的小伙子？我也调侃他，说我原本可能怀上他们中任何一个人的孩子，只可惜被樵夫抢了先……我们在林子里做了一场。到药房了，亲爱的，我去去就来。"

伍迪正巧醒了（前提是他刚才真睡着了。拉撒路暗暗怀疑伍迪根本没睡，但是他在脑海中过了一遍他们刚才的聊天内容。他觉得莫琳的声音很小，措辞也很谨慎，应该没关系），所以他们三个一起进了药房。拉撒路给小伍迪买了一个甜筒，好让他安安生生地在饮水器旁边坐着，不要捣乱，然后溜到电话旁边，听莫琳打电话。他想知道之后要怎么帮她圆谎。

"卡罗尔吗？亲爱的，我是妈妈呀。你刚才有没有数过家里的捣蛋鬼？别担心，那捣蛋鬼在我车后座上呢，我们都快到电动公园了才发现……没错，亲爱的，电动公园，我感觉很开心。我们准备带着伍德罗

697

一起玩，不会被这个小淘气扰了兴致……比我想的时间早。伍德罗很快就会犯困。我想把所有项目都玩一遍，至少要赢回一个丘比娃娃来……是啊，只要玛丽按时上床睡觉就好。可以拿软糖哄男孩儿们听话——不行，软糖不行。咱们得注意点，小孩子不能吃太多糖。那就做爆米花好了，告诉他们，让他们担心了，我很抱歉。你们大点的孩子可以晚点睡，等泰德舅舅回去，和他说了晚安再上床去。再见，亲爱的。"

她矜持地微微一笑，对药房老板道了声谢，拉起伍迪的手，急匆匆地走了。可拉撒路刚一发动车，她就抓住他的右手，再次按上她赤裸的大腿。"家里没事吧？"他一边抚摸着她绸缎般的肌肤，一边问道。

"没事。他们在玩卡牌游戏，直到该睡觉了才发现他不见了，就几分钟之前的事。他们虽然有点担心，但是并没有慌张。我家这个小恶魔以前就爱和我们躲猫猫。西奥多，电动公园的花销不菲，你是否愿意先把自尊心放一放，让我来承担？"

"如果我确实需要你来分担，我会说的。我可没有那种没什么用的自尊心。其实你不用担心，我的钱足够用，真的。如果缺钱，我会告诉你。"（亲爱的，我以前可是教乐观派玩牌时如何避免抽到内听顺子[1]的，牌技高超，怎么会缺钱呢？我真想把我挣到的每一分钱都换成祖母绿，用它们来点缀你美丽的肌肤。可你的自尊心不会允许你接受这样的馈赠。）

"西奥多，我不仅爱你，还觉得和你待在一起如沐春风。"

带伍迪和他妈妈去电动公园玩比拉撒路预想的有趣得多。他对游乐园这种地方一点都不反感，非常愿意和莫琳在园里各处游玩，只不过，这一次他希望游乐园的项目能抵过他内心源源不断的挫败感。刚刚他们明明那么亲密，可现在到了公共场合，他必须像对"史密斯夫人"一样和她保持距离。所以，他掩不住地失望。

---

1 内听顺子：指中间差一张牌的顺子听牌。——译注

可是她也给他上了一课，教给他该如何享受无法改变的现状。

他发现，尽管他们四周到处是人，莫琳还是能毫不脸红地和他保持亲密的感觉，同时嘴角还挂着微笑，保持高雅端庄的公众形象。为了做到这点，她完美地演绎着她的角色——一个快乐的年轻主妇，手中牵着小儿子，和"堂哥"西奥多，也就是"孩子的舅舅"泰德单纯地一起逛游乐园，享受一个愉快的晚上，与此同时，她还变着法儿地继续她那诱人且充满了暗示的对话。莫琳并没有故意压低声音，而是以平常的音量说话，有时候只有拉撒路能听见，有时候拉撒路和伍迪都能听见，只不过她的措辞要么让孩子听不懂，要么孩子听了不感兴趣。

她还温柔地责备拉撒路："笑一个嘛，心爱的人，好歹让我知道你和我们逛游乐园是心甘情愿的呀。对，这就对了嘛。现在保持好这个表情，告诉我你为什么还是闷闷不乐的。"

他冲她咧嘴一笑："因为我不甘心啊，莫琳。因为我没能去那棵大胡桃树下啊。"

她嘿嘿笑了，就好像他说了句俏皮话似的："一个人去吗？"

"当然不是了！我想和你一起啊。"

"别这么激动，西奥多，你不是在追求我，你是我的堂兄，在浪费你宝贵的假期，陪我和我的孩子逛游乐园。你要是实在想做点什么，我干脆给你找个不那么正经的年轻姑娘，让你带她去一棵大胡桃树下，你们摸黑去做点什么好了。虽然你是个调情高手，但你最好别表现得太热情，要是有卫道士在场，他肯定会反感地挑起眉毛。说卫道士，卫道士就到了。辛普森太太！能在这儿碰见你真是太好了！劳蕾塔，我来给你介绍一下，这是我亲爱的堂哥布朗森上士！西奥多，这是辛普森太太。"莫琳补充说，"或许你们以前就见过？在教堂？战争爆发前就见过？"

辛普森太太从头到脚打量了他一遍，用目光数了数他皮夹子里的钱，又审视地看了看他的穿着、头型和胡子，说了一句，"约翰逊先生，你去我们的教堂做礼拜？"算是勉强对他表示认可。

"'布朗森'，劳蕾塔。西奥多·布朗森，他是我父亲的大姐的儿子。"

辛普森先生马上接话说："不管怎么样吧，能看见为咱们祖国上战场的小伙子还是很高兴的。上士，你们军队驻扎在哪儿？"

"福斯顿军营，先生。辛普森太太，我只是临时去过几次你们的教堂，我其实是斯普林菲尔德那个教区的。"

莫琳打断了他们的问答，让拉撒路去迷你火车那儿把伍迪叫回来，他刚刚跑去那个项目的售票亭了："西奥多，快把他弄回来吧，坐三趟就够了。劳蕾塔，我上个星期在红十字会怎么没看见你呀。这个星期的活动我们还叫上你吗？"

拉撒路正巧在辛普森先生挥手道别的时候拉着伍迪回来了。辛普森先生还冲他喊了一句，"祝你好运，上士！"然后就走远了。然后他们三人来到了旋转木马旁边，拉撒路将伍迪抱上了一匹小马。史密斯太太和拉撒路坐在一条长椅上，享受着公众场合的亲密对话。"莫琳，你刚才的应对真是漂亮。"

"那有什么，亲爱的。我知道有人会看见我们的，所以早就准备好了那套说辞。我很高兴捅出了我们教堂里流传甚广的一则可鄙的八卦。我确定她巴不得把我们忘掉。他们夫妻俩明着是教堂的顶梁柱，其实是发战争财的奸商，我才看不起他们呢。所以，趁着聊天我把她的毒牙拔了。我们别说他们了。刚刚你跟我说你幻想和我去到一个幽暗的角落。然后呢？你幻想我是什么样的打扮？"

"就和法国明信片里的女子一样！"

"布朗森上士，你怎么可以这样说！人家可是受人尊敬的端庄淑女。差不多是吧。你应该不会觉得我会打扮成那种没羞没臊的样子吧？"

"莫琳，你这么大胆子，有什么是你不敢做的呢？你一会儿让我担惊受怕，一会儿又让我轻松愉悦，反复如此。所以，我想你一定有勇气做你想做的任何事。"

"可能吧，西奥多，可我也是有底线的，不管我多想做一件事，也有我不能做的。你想知道我的底线是什么吗？"

"若你想告诉我，那你自然就说了。若你不想告诉我，我问也没用。"

"亲爱的西奥多，我想告诉你。就在此时此刻，我想脱得一丝不挂。我没有这么做，只是因为一些实际的原因，并非道德方面的顾虑，也并非我害羞；我想把我的身子交给你，让你肆意享受肉体的欢愉。我也要享受你的肉体。我想和你做的事百无禁忌，但我能和你做的事是有限的。

"首先，"她开始细说她的规矩，"我不想怀上除布莱恩之外任何男人的孩子，这个风险我不冒。其次，我不会拿我丈夫和孩子的健康冒险。"

"可你今晚不就冒险了吗？"

"西奥多，你仔细想想，我真的有冒险吗？"

拉撒路思考了一番。怀孕的风险？既然她已经有了身孕，这就不是问题了。染病的风险呢？她显然相信他是健康的。没错，亲爱的，你是对的。我不知道你为什么会信任我，但是你的猜测没错。还剩下什么风险？要是有别人撞见我们，那就是丑闻了。出现这种情况的概率有多大呢？很小，因为那个地方安全又僻静。万一被巡逻警察撞见呢？拉撒路觉得警察应该从来就没去过那个地方。他还觉得，就算是有警察看见了，在眼下战争年代的爱国热潮下，警察一定不会告发一个穿着军装的战士，而是很有可能会先喝止他们，然后自行离开。

"亲爱的，你确实没有冒任何风险。啊，要是我让你脱光了，你会答应吗？"

她发出银铃般的笑声，然后压低嗓门，悄悄说："我想到你可能会提出那种要求，所以才匆匆洗了个澡，让自己香喷喷的，西奥多。你的主意十分诱人。布莱恩不止一次在户外要求我那样做过。我会因此兴奋起来，他还说他觉得那样更有趣。不过，这种情况下是他选择要冒险，我并不担心，因为是和他做。可如果换作是我单独承担这样的风险，我觉得对他不公平。所以我下定决心，不会那么做。我的决心就像此时此刻我的乳头一样坚硬。我现在真的好兴奋，可我不仅决心自己不脱衣服，还决心不要求你脱衣服。亲爱的，你可以再买一张票，让伍迪在木马上多转一会儿吗？要是他累了，就把他从马上抱下来。"

拉撒路去问伍迪，发现他还想再玩一次。于是，他又买了一张票，然后回到长椅边。他发现莫琳正瞪着一个战士。拉撒路碰了碰那人的袖子："列兵，你该走开了。"

那士兵扭头想争辩，但他又仔细看了看面前的人，说道："哦，对不起，上士。我无意冒犯你们。"

"没关系，你最好去别处碰碰运气吧。"

莫琳说："我讨厌对穿着军装的小伙子说重话，就算必须那么做我也不愿意。西奥多，这事儿对我来说并不新鲜，他只是在我这儿碰运气罢了。我的岁数应该是他的两倍。我本想告诉他的，可是怕伤害了他的感情。"

"问题是你看起来只有十八岁，所以小伙子们才一个个跃跃欲试。"

"亲爱的，别瞎说，我不可能看起来只有十八。我女儿都十七岁了。要是南希在她男朋友上战场之前和他结婚——这是她的愿望，我和布莱恩一定不会阻拦——来年我就做外婆了。"

"你好啊，外婆。"

"哼，我喜欢当外婆。"

"我知道你喜欢，亲爱的。我觉得你很会享受生活。"（我也一样，妈妈！现在我确定自己是你和老爸的孩子了，因为你们俩都会享受生活。）

"没错，西奥多。"她笑了，"就算心情沮丧，非常沮丧，也要享受生活。"

"我也一样。不过，我们刚才聊到你看起来像多大年纪的。现在我要郑重告诉你，你就是像只有十八岁。"

"行啦，你肯定注意到我的胸部都下垂了，都是喂奶喂的。"

"我可没发现。"

"那你的触觉肯定有问题，先生，因为你都仔细摸过了还没发现。"

"我的触觉十分灵敏，但触摸之后我得出的结论只有一个，你的胸部很可爱。"

"西奥多，我很想保养好我的乳房。可是过去十八年里这对宝贝儿老是充盈着奶水。那个浑小子，"她朝着旋转木马那边扬扬下巴，"我没有足够的奶水喂他，不得不喂他鹰牌奶粉，他都恨死那玩意儿了。他出生两年后，我生了理查德，结果喂奶的时候伍德罗想把新生婴儿挤开，独占我的乳房。我不得不对他强硬一点，因为我想让他们俩一人占一边儿。家长对孩子必须一碗水端平，不能偏心一个，冷落一个。"她脸上浮现出宠溺的笑容，"我容易无原则地宠爱伍德罗，所以我必须提醒自己不要破坏这条规则。等你一年后回来，我这对乳房就不会看起来如此干瘪下垂了，它们一定会胀得圆鼓鼓的，让我像头奶牛。"

"到时候你还会给我福利吗？"

"你指的是胡桃树下的福利？可能没机会了，亲爱的。恐怕伍德罗这小浑蛋已经毁掉了我们唯一的机会。"

"哦，不是说非要到那个程度才算福利。我是想尝一下那个滋味——厂家直供顾客的滋味。"（莫琳妈妈，加拉哈德说过，我是整个银河系最迷恋乳房的男人，我从来没反驳过这一点，现在我的面前就是这癖好的起点。亲爱的，我真希望我能告诉你这些。）

她愣了一下，哼了一声，流露出一丝愉悦。"这和去胡桃树下一样难安排。不过，要是保证不让我的孩子们受到惊吓，这么做也不是不可以。你和伍德罗一样，也是个捣蛋鬼。我想我应该会享受这种事的。因为——这是个秘密，亲爱的——布莱恩就尝过那滋味，两个都尝过。他还郑重发誓他是在检查奶水的质量和其中的乳脂含量。"

（老爸，你真是个品位极佳的男人！）"他有没有说两边奶水的滋味有什么区别？"

她被逗得咯咯直笑："亲爱的，你和我丈夫一样，有挺多好玩的怪癖啊，让我感觉似乎犯了重婚罪。他确实说有区别，不过听他口气是在开玩笑。反正我自己也尝过，没尝出来有什么区别。"

"女士，我期待能为你提供我的专家意见。我觉得咱家那个小牛仔应该在旋转木马上玩够了。什么？还要玩一次？不想试试宾虚飞车吗？"

她摇摇头："我喜欢玩云霄飞车，但是现在不行。西奥多，我从未流产过，也会一直小心不让自己冒那种风险。如果你想去玩，可以带上伍德罗。"

"不，你先等等，这片树林里到处是穿着卡其色军装的色狼，随时准备对十八岁的外婆下手。要不，我们去冒险屋玩？"

"好啊。"她的嘴角突然抽动了一下，"不行，我忘了件事。冒险屋里有一段路的地面会向上吹气，女孩儿走到那儿都会按住裙子尖叫。我倒是不怕这个，只是，亲爱的，我没穿内裤。难道你想让大家都看看我是不是真的是红毛？"

"那到底是不是真的呢？"

她微微一笑，没有当真："别闹了，你难道不知道？"

"胡桃树下太黑了。"

"上面下面的毛发都是红的，西奥多。要不是现在这个——让人沮丧的情况，我会很乐意让你看。布莱恩和我恋爱的时候就提过这个要求。逗你的，他根本不用问出来。那时候我满脸雀斑，和玛丽一样。我在梅里德辛河河边的一片草坪上让他看了，当时我们身边有一头温柔的老母马'黛西'在专心致志地吃草，对我快乐的尖叫声无动于衷。我想现在大家出门都开车了，可骑马也有骑马的好处。你不觉得吗？当你带年轻姑娘出去玩的时候？"

拉撒路绷着脸表示赞同，他没法坦白自己没有关于1899年的记忆。不管她说的是哪一年，只要在他出生之前，他都不可能记得。莫琳继续讲："曾经我常常带上一块毯子去吃野餐。那是一个恋爱年纪的女孩不带女伴出行的唯一可能，只要我天黑之前回家就行。用马出行的话，可以让它把马车拉到树丛中，比我们那棵胡桃树下的位置更隐蔽。实话说，虽然我们聊着关于'野女人'的现代话题，旧日的道德也逐渐瓦解，但其实当时的我比我的女儿们还自由。尽管我尽量不带给她们束缚感，可我还是要在她们外出时陪伴和监督。"

"她们看起来一点都没有被束缚的样子。我相信她们过得很开心。"

"西奥多，我宁愿我的孩子们过得快乐，也不愿她们按照牧师说的，过上那种'道德'却无趣的生活。我只是不想让她们受伤害。按照现在的世俗眼光看，我自己就不是个过着'道德'生活的女人，这一点你现在很清楚了。尽管你了解我的程度不如我希望的那么深，但我在谈论的过程中渐渐没刚才那么沮丧了。也许你更希望我连谈都不要谈？"

"莫琳，既然我们不能真的做什么，退而求其次，聊聊也是好的。"

"西奥多，我也是这个意思。我情愿自己浑身上下都是沙蚤咬的包，换来内心安宁平静的灵魂。我知道你会给我那种感受。既然我不能按我的计划把自己给你，那我希望你从我的话里深深了解我，就像此时此刻我想要你进入我的身体那么深。我的直白吓到你了吗？"

"没有，但是你的直白很可能会导致自己在这张长椅上被强奸！"

"想做就做吧，不过，亲爱的，你不必如此激动。会有人看到我们的。我们可是在假装聊天气。告诉我，你那儿硬了吗？"

"你看出来了？"

"没有，不过要是硬了，你就想想暴风雪和冰山——布莱恩说想想这两样管用——因为旋转木马上的小骑士需要我们把他抱下来了。"

他们又玩了两个可以赢奖品的游戏项目，然后史密斯太太说她决定去冒险屋玩，因为她可以抓紧裙子，就像过泥泞的马路。伍迪玩得开心极了，他尤其喜欢魔镜殿堂和水晶迷宫两个场馆。莫琳跟在其他女孩后面，要么贴着墙边走，绕过地面喷气的机关，要么紧紧抓着裙子，总之顺利过去了。

伍迪玩累了，于是拉撒路将他抱了起来。他似乎睡着了，脑袋靠在了拉撒路的肩膀上。他们决定打道回府，出去的路上经过了最后一道吹气机关。史密斯太太在前面，拉撒路从她闪避的那个姿势断定她看到了那个机关，随后她转过身，好像要跟他说话一样，结果径直站到了那机关上方。她的短裙被风掀了起来，高高扬起。

她没有尖叫，只是在什么都暴露无遗之后马上把裙子压了下去。等他们都出了冒险屋的门，她说："先生，怎么样？"

"颜色和头发一样。不过，好像是卷卷的。"

"非常卷。我的头发有多直，那里就有多卷，现在你已经知道了。"

"你是故意这么做的吗？"

"当然啦。伍德罗在睡觉，他的头垂在你肩膀上，是向后的，所以我就这么做了。可能有其他陌生人看到了一两眼，但我觉得应该没有。就算真的有，他能干吗呢？给我丈夫写封举报信？哼。里面没有一个认识我们的人。我是注意观察过的，所以才抓住这个机会。"

"莫琳，你真是让我惊喜不断，欢喜不断。"

"感谢赞美，先生。"

"你的下肢也很美。"

"是'腿'，西奥多。布莱恩也这么说过。不过我不是研究女人双腿的专家。可他跟我说起的时候一直用的是'腿'这个词。'下肢'是在公开讲话时才用的词。他是这么说的。"

"我对上尉了解得越多，就越喜欢他。你的腿真是惊艳。另外，原来你的吊袜带是绿色的。"

"当然是绿色的。我从小就戴绿色的发带。可惜现在年纪大了，不适合系发带了。只要有一点点可能被别人看到我下面的卷毛，我就会穿绿色的吊袜带。我有好几双这个颜色的，布莱恩送的。有的上面还写着带性暗示的词。"

"现在穿的这双上面有吗？"

"当着小孩的面就别说了吧，西奥多。我们还是先把伍德罗放到后座上去吧。"

拉撒路认为"小孩"不可能在听。伍德罗睡得像个任人摆弄的破布娃娃似的，就连把他放到后座上他都没醒，还自动蜷成了胎儿状。他的妈妈给他披了件衣服。

拉撒路把她扶上车，拉了一下曲柄，发动引擎，然后也上了车。"直接回家？"

她边想边说："汽油足够用，小布莱恩今天下午刚加了油。我觉得伍德罗应该不会醒。"

"我知道汽油充足。我出去和约翰逊先生的上尉见面时检查过了。我要不要开车去找那棵胡桃树？"

"天哪！别诱惑我。伍德罗可能会醒来，爬出后座，就像他爬进来藏在后座上一样轻松。他还太小，根本不懂我们之后要做的事。总之，我觉得他若是看见了一定会误会，会伤心或者生气。所以，不行，西奥多。我的意思是，太晚了，对这个小男孩来说时间太晚了。我们可以趁他睡觉边开车边说话，可以聊大概一个小时吧。如果你愿意的话。"

"好，我们就这么做。"他开动汽车，又说了一句，"莫琳，尽管我想带你回到那棵胡桃树下，可我觉得我们最好还是不要回去。我是说，这是为了你好。"

"亲爱的，为什么啊？你难道不知道我想要你吗？"

"我清楚你想要我，苍天可鉴，我也想要你。尽管你说话赤裸而大胆，但我觉得你无论如何也不会像你说的那么做。你会想向你的丈夫坦白。如果你坦白了，你们俩就会闹不愉快。除了你，我也不希望让史密斯上尉不开心。他是个好男人。又或者你会保守这个秘密，可是你的良心会受到煎熬。因为你爱我，有一点点爱我，但我相信你更爱他。所以，不去是最好的选择。不是吗？"

史密斯太太沉默了好一会儿。然后，她终于开了口："西奥多，开车带我去胡桃树那儿。"

"不行。"

"为什么不行，亲爱的？我必须用实际行动告诉你，我真的爱你，我也不怕让你拥有我。"

"莫琳，你做得出来，你敢做任何事。但是你做的同时会紧张不安，害怕伍德罗醒来。再说，你爱布莱恩。你跟我说了那么多你们的甜蜜往事，我能听出来你对他的感情有多深。"

"难道你觉得我的心就那么小，盛不下你们两个人吗？"

"我知道你的心不小，据我所知你爱的就有十个人了，我想再挤进去一个也不是问题。可我爱你，所以不想让你和你丈夫之间横起一座心墙。到时候就算你坦白一切，努力放倒这堵墙，但结果一定会让你们两个都受伤。亲爱的，比起你曼妙的身子来，我更想得到的是你的心。"

她再次沉默良久才开口："西奥多，我必须告诉你关于我和我丈夫的一些秘密。非常私密的事。"

"你不该说的。"

"我应该说，必须说——我就要说。可是，求你能不能在我说话的时候抚摸我？什么都别说，只要亲密赤裸的抚摸。好好听我的故事，让我用言语为自己除去衣衫，好吗？"

于是，拉撒路伸出空着的手，放到她大腿上。她撩起裙摆，张开双腿，将他的手紧紧地按住，然后又用裙子将他的手盖住，用一种平常的口气开始了她的讲述：

"亲爱的西奥多，我爱布莱恩，布莱恩也爱我，他对我是什么样的人非常清楚。为了不伤害他，我可以把一个秘密藏在心里直到永远，他也会

708

为我做同样的事。我必须告诉你他去匹兹堡之前跟我说过什么，我也必须用'枕边话'来说，西奥多，用文雅的词可讲不出我要说的事。

"他离开的前一天晚上，我们俩在床上，刚刚做完了一场。我还像根卷发棒一样缠在他身上，他的一部分也还深深地留在我体内。'小电臀，'他说——他在床上给我起了个宠物的名字，'我卖掉雷奥轿车不是为了把你困在家里。要是你真想开车，买辆福特吧，那车比较容易上手。'我告诉他，我并不想开车，我要在家老老实实等他回来。他说，'好吧，小辣臀，'——又一个宠物的名字，布莱恩这么叫我的时候总是含情脉脉的——'好吧，小辣臀，都依你。不过，需要车你就买一辆。我不在家，你可能会有用到车的时候。'

"'车的事不重要。好在你爸会在这儿帮衬你，不过别听任他对你指手画脚。他肯定会忍不住唠叨你，当爸的天性如此。可你和他一样有自己的主意。意见不合时你就据理力争，这样准能赢得他的尊重。'

"'现在我们说说更重要的事，美乳娘，'我也喜欢这个别称，西奥多，其实我的胸部并不美，别打断我非说它们美极了，'美乳娘，刚才那次我可能没能让你怀上。通常你不会这么快就又有身孕了。如果你没怀孕，等我从匹兹堡回来，咱们继续努力。'西奥多，我们确实这么做了，然后我就怀孕了，之前也告诉你了。

"布莱恩继续说：'咱们俩都即将投身于这场战争，这事你我心知肚明，不然我也不会去普拉茨堡。战争可能要持续很长时间，'成百上千万人一夜之间拿起武器'不过是句废话。战争来了，我要走了，剩你一个人孤孤单单的。你我也都清楚，你不是个省油的灯。我说这话不是鼓励你再次做出越轨之事，'——是的，西奥多，我说了'再次'这个词！——'但是，只要你想做，一定要做得心甘情愿，明明白白，不要事后后悔。我非常尊重你的品位和判断。我知道你不会搞出丑闻或者影响孩子。'"

她停顿了一下，继续讲："布莱恩懂我，西奥多，我确实不是个省油的灯，我永远都搞不明白，为什么有的女人不喜欢那事儿。我的妈妈有九个孩子，她在我婚礼的当天跟我说，女人为了怀孩子得忍受一些事情。"

史密斯太太不屑地哼了一声："'忍受！'西奥多，布莱恩第一次和我做的时候我就已经不是处女了。我也没有隐瞒，和他见面的那天就告诉他真相了。两分钟后，他就把我的内裤脱掉，要了我。他通过这个过程证实了我的话。西奥多，我是在与布莱恩相遇的三年前破处的。我故意的。其实我不是个卖弄风骚的女人，但我就是做了这件事，还告诉了我爸——不是我妈——因为我信任他。我和我爸关系一直都很好。爸爸听说后没有责备我，甚至都没说让我以后别那么做的话。他说他知道，有一就有二，我一定会再做这种事，但是他希望我能采纳他的建议，别惹麻烦。于是我听取了他的建议，也没有惹麻烦。

"可是，第一次，我去找他说这件事的时候，我特别恐惧，随时会哭出来。那事儿挺疼的，西奥多，而且根本没有我期待的兴奋和激动。当时我爸只是叹了口气，把门锁上，让我躺在他的手术桌上给我检查，然后让我放心，说我的身体并没有什么大碍。听他这么说，我感觉好多了！他说在他检查过的女性中，我属于挺健康的那种，以后怀孩子肯定没问题。他的话这下又让我感觉有些得意。爸爸说得没错，我确实轻轻松松就能生下孩子，生的时候甚至不怎么喊疼，这一点我和我妈非常不同。

"那次之后，父亲会时不时地为我检查身体。医生其实通常不会检查女性亲属，尤其是不会检查她们的女性器官。可是爸爸是我唯一敢告知自己情况的医生。于是，我爸为我答疑解惑，在他检查我那里或其他部位的时候，他还帮我克服了羞涩紧张的情绪。其实我从未过于羞涩。他告诉我为那种事害羞根本就没必要，而妈妈告诉我的正相反。我相信爸爸，不相信妈妈。

"继续说布莱恩那天晚上在床上跟我讲的话。布莱恩加了一句：'小猫咪，我希望你能向我起个誓。如果你发现自己合不拢腿，那就保守这个秘密，等战争结束了再说，可以吗？如果我做了需要向你坦白的事——这确实有可能发生——那我也会暂时将它藏在心里。在德国佬被干掉之前，咱们先不要让彼此徒增烦恼。等战争结束，我胜利归来，带你去奥沙克湖度假，只有你和我，咱们把孩子都留在家里，请人照顾。到了那儿，我们抱在一起，我让你除了天花板什么都看不到。我们可以趁那时候把需要聊的都一股脑儿说出来。亲爱的，你觉得怎么样？'

"于是我起了誓。西奥多，我没有承诺自己不会做越轨之事。他不许我做那种承诺。我只是发誓会多加小心，还有，如果有事想坦白，等到战争胜利再说。我想做出这些承诺，那是因为他……他可能……回不来！"

我们聊这些的时候她的声音始终平稳，但最后一刻，他意识到她哭起来了。于是，他赶快从她身上移开手，把车停到了路边。史密斯太太抓住他的那只手，更用力地将它按在大腿之间，说道："不，不，继续抚摸我，别停车！不然我可能会强奸你。我不知道为什么想到布莱恩可能无法在战争中幸存就如此激动。可事实如此。自从咱们国家宣战之后，我就变成了这样，可却得永远装作镇定、平静、无忧无虑的样子，为了孩子们，也是为了布莱恩。我都没让布莱恩见过我哭，西奥多。可你看见了，我刚才一时没控制住。我宁愿你告诉布莱恩我勾引你来着，也不愿意你告诉他我想到他可能回不来，被吓哭了！"

"我不能再哭了。"史密斯太太从包里拿出一块手帕，擦擦眼睛，擤擤鼻子，"先别带我回家呢，可不能让孩子们看到我红着眼圈。"

拉撒路决定表露心迹："莫琳，我爱你。"

"我也爱你，西奥多。尽管我满脸泪水，但其实你带给我的是满心欢喜。你帮我搬开了压在心上的一块石头，可我不该如此，因为你也要去打仗了。现在我觉得自己几乎也成了你的妻子，因为这一路上我跟你说了好多我没法跟别人讲的事。如果你把我放在草地上，要了我，那就太完美了，因为我原本正是这个打算。可现在你我的距离比做那种事还要来得近，感觉也更甜蜜。女人可以在没有敞开心扉的情况下对男人投怀送抱。我给布莱恩生了两个孩子才学着向他敞开心扉，就像我今晚对你做的一样。"

"莫琳，也许我们心心相印，有默契呢。你爸爸就觉得我们是堂兄妹。"

"不，亲爱的，他没那么想。他觉得你是我同父异母的哥哥。"

"他这么说过？"

"我也是这么想的。亲爱的西奥多，有些事我爸虽然没说，但是我猜出来了。你本想去应征入伍，但他误会了你，他知道之后特别懊恼自责。通过这事，我就看出了端倪。还有，他坚持让我们在服役旗上为你绣一颗星星。我感觉他说得没错。我也愿意相信这件事。我知道，这样一说，在某些人的眼中，我今晚计划对你做的事实在是罪大恶极。这可是乱伦啊。可我毫不在乎。因为我怀孕了，这种事不可能伤害到我腹中的胎儿，而我认为乱伦只有在伤害到孩子的情况下才是做错事。"

（怎么告诉她呢？告诉她多少呢？重要的是一定要让她相信我。）
"你的教堂认为这种行为是有罪的。"

"我一点都不在乎教堂！西奥多，我并非虔诚的教徒，我是个思想自由的人，和我爸爸一样。我定期去教堂做礼拜只是因为教堂的环境对孩子们有利，也对我树立贤妻良母的形象有利，仅此而已。我并不认同教堂给罪孽下的定义。性爱不是罪，性爱从来不是罪。若是有可能怀上除布莱恩之外的男人的孩子，我才会放弃性爱，可我现在怀着身孕，没有那个风险。你是我同父异母的哥哥这一事实没有让我产生过一刻的犹豫，反倒是让我更迫切地想向你这个战士好好道别。"

"莫琳，我不是你同父异母的哥哥。"

"你确定？就算不是我哥哥，你依然是我的战士。听说你志愿参军时，我和我爸都为你感到骄傲。"

"我是你的战士。但是我想先知道一件事。南希要嫁的那个人，是霍华德家族的吗？"

"你说什么？"

"他在艾拉·霍华德基金会的许可名单上吗？"

他听到她惊得深吸一口气。"你是从哪儿听说这个基金会的？"

"'人生短暂……'"

"'岁月绵长'。"她答道。

"'不是"趁着苦难的日子尚未来临"。'"

"天哪！我……我想我又要哭了！"

"别哭。那个年轻人叫什么？"

"乔纳森·韦瑟罗尔。"

"是韦瑟罗尔-斯珀林那一支的。是了，我想起来了。莫琳，我不是'泰德·布朗森'，我是你的家族——约翰逊家族的拉撒路·朗。我是你的后裔。"

她屏住呼吸，愣了好久。然后她轻声说："我想我是神经错乱了。"

"不，我大胆的爱人，你和我初见你时一样坚强、理智。我来给你解释一下吧，我必须告诉你一些事情，你也必须相信我说的。你有没有读过赫伯特·乔治·威尔斯先生的一本小说，叫《时间机器》？"

"读过，怎么了？我爸有一本。"

"莫琳，里面讲的就是我这种人。我是拉撒路·朗船长，一个时间旅行者。"

"可是那本书——我以为里面讲的只是——"

"只是一个虚构故事。没错。但是后来就不一样了。哦，不过时间旅行和威尔斯先生构想的不太一样。我就是书里写的那种人，来自未来的访客。我不想让任何人起疑，所以才声称自己是个弃儿。这样做不仅让人们很难证实我的身份，还可以避免他们影响我实现此行的目的。我的目的很单纯，就是好好观察一下这个时代。要是被人知道了，我可能会被当成疯子关起来。所以我一直小心翼翼地戴着面具生活，和你一样小心。你刚刚和辛普森一家说话的时候，还有你尽量不让孩子们发现你哭过时,你都很小心。我和你在这方面是一样的。大胆,同时永远不撒可能被戳穿的谎。"

"西奥多,你好像对你说的这些深信不疑。"

"你是想说我说这些话的时候看起来很真诚,一点都没发现自己在说疯话吗?"

"不,不,亲爱的。我……没错,我就是这个意思。对不起。"

"没必要道歉。这些话听起来确实像疯话,但我不担心你会把我送到圣乔精神病院。我相信和你在一起是安全的,正如你也相信我。可是,我必须找个法子使你真正相信我说的句句属实,因为我一定得让你相信马上要说的这件事。不然我在你面前摘掉面具,公开身份将毫无意义。"

说到这里他停下来,开始思考。怎么证明呢?说几条预言?只有很快就能验证的预言才能帮助他实现坦白这一切的目的。可是他事先没有温习这一年的事。他原本打算到达的年份是1919年,所以对1919年以前的事情知之甚少,他甚至搞错了美国加入这场战争的日期。拉撒路,你这个糊涂蛋,下次你要是再做时间旅行,一定要把雅典娜能给你的关于那个时代的一切都记下来,该时代前后许多年发生的事也包括在内!

伍迪的记忆帮不上忙。拉撒路甚至都不记得曾经有个穿军装的上士带自己去过电动公园了。真是个只顾着自己玩的小兔崽子!他倒是记得电动公园。伍迪·史密斯去过很多次电动公园,可是没有哪一次让他印象深刻。

"莫琳,也许你可以想出法子来,想出个可以让你信服的方式,让我向你证明我来自未来。也正是因为我来自未来,我可以告诉你一点:布莱恩——你的丈夫、我的祖先会毫发无伤地回来,他会从一次次战役中幸存下来。炮弹的碎片只会落在他四周,子弹会呼啸着擦着他的耳朵飞过去,但没有一颗碰得到他。"

史密斯太太深吸一口气。然后她一字一顿地说:"西奥多……这你是

714

怎么知道的？"

"因为你们俩是我的祖先。我记不起来这个年代的霍华德基金会的所有记录，不过我确实看了我的祖先的档案。我是说我可能会遇上的祖先，比如说你、布莱恩和布莱恩在辛辛那提的父母。我料想到布莱恩一定已经与你相遇了，因为他出席了罗拉分会的会议。后来我又在基金会给他的密苏里州的合格备选人名单上看到了你的名字，不是俄亥俄州的名单。这件事肯定不是我从你、布莱恩或艾拉口中听来的，你的孩子们应该也不知道。好吧，也许南希知道，她是个脑子活泛又爱打听事的小姑娘，对吧？"

"没错，几个月前她问过这事。这么说，西奥多，你说的都是真的喽。我是不是应该叫你'拉撒路'？"

"亲爱的，你想叫我什么都成。但是我还没证明任何事。刚才说的只能证明我可以看到基金会的档案。我也有可能是在去年，而不是未来某个时间点看到的。咱们还得找找证据。嗯……我知道几个月后发生的事，可以当证据，可我必须让你今晚就相信我。只有你信了我，晚上睡觉才不会哭湿枕头。可我真不知该怎么证明自己了。"

他的手摩挲着她的大腿，抚摸过她的小卷毛："你肚子里的证据也无法立刻证明我来自未来。你怀上的这个布莱恩的孩子是个男孩，亲爱的祖先，你和布莱恩会给他取名叫'西奥多·艾拉'，这让我受宠若惊。我在档案中看到他的名字时，还不知道这名字源于我，因为那时候我还没想好自己的化名。"

她用大腿夹了夹他的手，叹了口气："我想相信你说的。可其实布莱恩想给他取名叫约瑟夫，或者约瑟芬。"

"'约瑟芬'可不是个男孩的名字。亲爱的，布莱恩要用你家服役旗上另外两颗星星代表的人名来给他在战时诞生的孩子取名。这场战争对他来说意义非凡。他可能会亲自提出这个建议。我也拿不准，我只知道'西奥多·艾拉'是你在基金会登记的新生儿姓名。接下来我说说其

715

他祖先。阿黛尔·约翰逊，你的母亲，也就是艾拉的妻子，她生活在圣路易斯，在你结婚的时候离开了他，不过并没有跟他离婚，估计这事让他挺烦的。不过，我觉得艾拉不是那种只因为妻子离开他但没办离婚手续就清心寡欲的人。"

"亲爱的，他确实不是那样的人。我确定我爸有一个……一个情妇。有的晚上，他说自己去'象棋俱乐部'下棋，但其实就是去了她家。另外，他说的'象棋俱乐部'也不是下象棋的地方，实际上是家台球厅。我没有戳穿他的借口，那是因为他在孩子们面前是这么说的。"

"他确实在那儿下象棋。"

"我爸台球也打得不错。亲爱的，拉撒路，你继续说。我愿意相信。也许我们能找到什么证据证明你来自未来。"

"我可不想去拜访你的母亲。你说她是认为性爱是需要'忍受'的女人，所以我觉得我不可能和她处得来。"

"我和我妈能共处一室的法子就是跟她撒谎。在养育我这件事上，我爸比她更尽心尽力。我是他最喜欢的孩子，他对此毫不隐藏，这也正是我注意不表露对伍德罗的偏爱的原因。继续说，西奥多。拉撒路。"

"以上是我的祖先中和你有关系的所有人了。莫琳，只有一个'偷渡客'我还没提到，那就是伍迪，我是你和布莱恩的后裔，而且是伍迪那一支的。"

她惊得深吸一口气："真的吗？哦，我希望这是真的！"

"亲爱的，政府收税有多真，这事儿就有多真，这个事实可能还救了他一命呢。刚发现他藏在后座时是我这辈子最接近犯下杀害儿童罪的时刻。"

她咯咯地笑起来："亲爱的，我和你有同样的感觉。但就算我要打孩子，我也不会让别人听出来我发火了。"

"我希望我没有表现出愤怒。不过我确实感到很恼火。亲爱的，我那里硬得酸疼，结果却发现伍德罗在。小甜心，我当时箭在弦上，真希望马上能来一发！"

"我也是什么都准备好了！哦，西奥多，拉撒路，能和你开门见山地说这些真是太好了。啊……是啊，你现在很硬了。"

"别动！不然我怕自己会去路边做出什么事来。自从我们离开你家，我就一直硬着，中途只有我下命令的时候它才肯软下来。不过，伍迪破坏气氛之前的那次比现在更大更硬。"

"大小不重要，西奥多-拉撒路。女人可以适应任何尺寸。很早以前我爸就告诉过我，还教我为此做了相关锻炼。这事我从未告诉过布莱恩。我让他以为我那里一向如此，开心地接受了他的赞美。我依然定期做那种锻炼，因为我的产道一次又一次，一次又一次地被婴儿的头撑开。如果我不锻炼那里的肌肉群，那用我爸不正经的话来说，那儿就会'（放）松得像鹅一样'。更何况我非常想让布莱恩总是对我充满'性趣'，能保持多少年就保持多少年。"

"你还想让送冰人、送奶员、邮差和杂货店送货车的司机小哥都对你保持'性趣'。"

"你可真逗。我希望的是直到死前最后一刻都让那里保持青春。"

"你会的，你未来当外祖母的时候还是十八岁的模样。我们暂时还是别想性爱了，回到时间旅行的话题上来；我还在想怎么证明自己，好让你知道为什么我确定布莱恩会安然无恙地从战场上回来。可是，要让你停止焦虑，我必须得找一件很快就可以印证的事，而且必须得在伍迪的生日之前。"

"为什么要赶在伍德罗的生日之前？"

"我还没有讲到这儿吗？这场战争将会在伍迪下一个生日的时候结束，也就是11月11日。"他补充说，"这一点我很确定，那是历史上一个关键的日期。我正在回忆现在到那时之间发生的事件，越近越好，以便能尽快消除你的忧虑。可是，哦，真是讨厌，亲爱的，我犯了个愚蠢的错误。我本来计划着等这场战争结束后来，可是我给了我的计算机一个错误的关键数字——虽然只是个小错误，但却让我提前三年到了。这不是她的错，我给她什么数据，她就接受什么数据，而且她和其他驾驶船的计算机一样精于运算，不差分毫。不过，这也不算致命的错误，我没有迷失在时间中，我的船会在她把我放下的第十个地球年后，即1926年接我回去。这就是我来之前没回顾接下来几个月的历史的原因。我以为自己会跳过这场战争。我不想研究战争，因为历史上处处是战争，我要研究人们是怎样生活的。"

"西奥多，你都把我讲糊涂了。"

"抱歉，亲爱的，时间旅行就是一笔糊涂账。"

"你说到了计算机，我不懂你是什么意思。你还说什么1926年'她'会驾驶一艘船来接你？这些我通通听不明白。"

拉撒路叹了口气："所以我原本的计划就是谁都不告诉。可是我不得不告诉你，为的是让你停止忧心。我的船是一艘太空飞船，就像儒勒·凡尔纳的书里写的那种，比那更高级。或者说一艘星际飞船。我生活在离这里很远很远的星球上。那也是一艘时间旅行飞船，可以在空间和时间中穿梭，解释起来太复杂了。计算机就是飞船的大脑。是一台机器，非常复杂的机器。我的船叫'朵拉'，驾驶它、操纵它的那台机器、计算机也叫'朵拉'。我跟她说话时叫她这个名字，她就会答应。她是一台非常智能的计算机，可以与人类对话。对了，船上还有船员，我的两个妹妹——当然了，她们也是你的后裔，而且和你长得极像。配备船员是必要的，我不能让飞船完全自主航行，只有自动驾驶货船可以按照预先设定好的线路航行，不过朵拉会承担比较繁重的工作，而莱皮丝和罗蕾莱——莱皮丝·拉祖莱·朗和罗蕾莱·李·朗负责告诉朵拉干什么，然后剩下的事就交给她了。"他捏了捏史密斯太太的大腿，咧嘴一笑，"如果刚才你的裙子被吹起的时间再多两秒钟，我就能更清楚地知道她们和你到底有多像了。她们常常一丝不挂地跑来跑去。她们的脸长得像你，身形也像，这个判断是因为我瞥到了你那双可爱的美腿。只不过莱皮丝和罗蕾莱全身上下布满了雀斑，就像玛丽脸上的情况一样。"

"如果我没有避着阳光，那我也一样浑身是雀斑。我像玛丽那个年纪的时候，我爸管我叫'火鸡蛋'。可是你说她们全身都有雀斑？难道她们不穿衣服的吗？"

"哦，她们喜欢在派对上穿华丽的礼服，天气冷的时候也穿衣服，但我们生活的地方很少出现天冷的情况，那儿的气候和意大利南部的有点像。通常她们什么都不穿。"拉撒路露出微笑，继续抚摸她的大腿，"她们不需要为了准备随时做爱事先把内裤脱在家里，她们压根就没有内裤。她们不知害羞为何物，若是看到你爸爸，肯定愿意凑上去，因为她们喜欢上年纪的男人。另外，她们比我年轻多了。"

"拉撒路，你多大岁数？"

拉撒路犹豫了片刻："莫琳，我不想回答这个问题，只能说，我的实际年龄比看上去要大。艾拉·霍华德的实验非常成功。我还是跟你讲讲我的家庭吧。也是你的家庭。我们都是你的后裔，不是这一支的就是那一支的。我有好几个妻子，其中两个和一个合作丈夫是南希或伍迪的后裔。"

"好几个妻子？合作丈夫？"

"亲爱的，婚姻的形式有很多种。在我生活的地方，你不需要离婚或死亡就能将新欢纳入你的生活。我一共有四个妻子和三个合作丈夫，除此之外，家中还有两个妹妹：莱皮丝和罗蕾莱。她们可能要出嫁，离开我们的大家庭，也有可能留下来。别被我说的吓到。你说过，想到我是你同父异母的哥哥，你也并没有对亲近我产生过犹豫，也不担心会伤害到孩子们。关于这种事，彼时彼地的人们比此时此地的人们了解得更多。我们不会冒伤害孩子的风险。

"我们有很多孩子。此外，我们养了许多猫狗，还有小孩能当宠物养并有能力照顾的其他动物。我的家庭是个真正的家庭，住在一座足够大的宅子里。

"我无法把每个人都详细地给你讲一遍，因为咱们得把后座那个小偷渡客送回家去。但我想给你讲讲其中一个人，因为你非说自己看起来不像十八岁，理由仅仅是你曾经用母乳哺育过几个孩子。我要说的这个人叫塔玛拉，是南希和她的乔纳森的后裔。想听听南希的第N代曾孙女的故事吗？塔玛拉大约两百五十岁了，我想——"

"两百五十岁！"

"是的。我的一个合作丈夫艾拉·韦瑟罗尔也是来自南希和乔纳森一支，但同时也是伍迪的后裔，他的名字是根据你爸起的，而不是源于艾拉·霍华德，他有四百多岁了。莫琳，艾拉·霍华德的实验成功了，我们的寿命都更长了，是从你和我们霍华德家族的祖先遗传的，但同时也是因为彼时彼地的他们知道如何给一个人做回春术。塔玛拉接受过两次回春术，其中一次就是最近做的，做完之后看着和你一样年轻。真正的回春术。我离家的时候，塔玛拉都有了身孕。

"她长什么样子不重要。塔玛拉是个疗愈者，我怀疑她这方面的特质遗传自你。"

"西奥多——拉撒路，我又听不懂了。疗愈者？是信仰疗疾师之类的吗？"

"不是。如果塔玛拉有宗教信仰的话，那她一定从来没提过。塔玛拉平静、快乐而安详，一个人只要靠近她就有一种强烈的感觉，感到自己也是快乐的。靠近你之后也一样，亲爱的！如果有人病了，塔玛拉触碰过他、与他说过话或者睡过觉之后，他康复的速度就会加快。

"但是我遇见塔玛拉的时候她已经不年轻了。她年纪很大了，而且正在考虑任由自己老去，最后死于衰老。可是我病了，病得很厉害，是灵魂上的病。现在说一下伊师塔，她是整个银河系顶尖的回春技师，后来成了我的妻子，她为了我的健康出马找来了塔玛拉。那时的塔玛拉小肚子圆鼓鼓的，乳房和她的眼袋一样干瘪下垂，下巴下面耷拉着肉皮。可以说，所有上了年纪的女人有的特征她都有。

"塔玛拉通过陪伴我左右治愈了我的灵魂。不知怎的，这个过程也让她重新燃起了对生命的兴趣，于是，她再一次接受了回春术，回归年轻状态。她其实此前已经为莫琳-南希一支诞下过一个婴儿，然后再次有了身孕。你和塔玛拉太像了，莫琳。她就是化为了血肉之躯的爱本身，你也是。不过……"拉撒路停住了话头，皱起眉头。

"莫琳，我不知道该怎样让你相信我说的都是实话。等伍迪六岁生日的时候，你就会知道了。到时候，人们将拉响每一个汽笛，敲响每一座钟，报童高喊：'号外！号外！德国投降！'可那就太晚了，不能及时帮到你。我想现在就让你的忧愁消散！"

"亲爱的，我已经不忧虑了。你说的一切都很奇妙，也很虚幻，但我相信你。"

"真的吗？我还没有提供出有力的证据。我相当于只是给你讲了一个不太可能发生的故事。"

"不管怎么样，我都相信这个故事。等到了11月7日伍德罗的六岁生日——"

"不，是11日！"

"对，拉撒路。可是你怎么知道他的生日是11日？"

"有什么不对吗？你告诉我的。"

"亲爱的，我说过他是11月出生的，但我没说过是哪一天。然后我故意说错了，结果你立刻就纠正了我。"

"嗯，也许艾拉告诉过我。要不然就是哪个孩子说的。很可能就是伍迪自己告诉我的。"

"伍德罗不知道自己确切的生日。不信你把他喊醒问问。"

"还是等我们到了家再把他叫醒吧。"

"亲爱的，我的生日是哪天？"

"1882年7月4日。"

"玛丽的生日是哪天？"

"我想她现在应该是九岁。但我不知道她的具体生日。"

"其他孩子的生日呢？"

"我不确定。"

"我爸的生日呢？"

"莫琳，你问这些是想说什么？他的生日是1852年8月2日。"

"亲爱的拉撒路，自称'西奥多'的拉撒路，我针对我的孩子们有条铁律，那就是尽可能不让他们知道自己的生日，这样一来，他们就不能以此为借口朝大人要礼物了。等孩子到了上学的年纪，需要知道确切的生日，也到了可以跟他解释明白这条铁律背后道理的年纪了。如果他在生日之前有所暗示，我就会明明白白地告诉他，不会有生日蛋糕，也不会有生日派对。截至目前，我还没用过这种处罚。他们个个都是聪明的孩子。

"去年，伍德罗还小，这事尚未构成问题，他的生日对他来说是个惊喜。我深信他现在依然不知道自己生日的确切日期。拉撒路，你知道你直系祖先的生日，因为你在基金会的档案中查过。还有，你不知道我其他孩子的生日，所以我想我已经找到了那个证据。"

"你知道我已经调阅了档案，所以我完全有可能是在去年查看了每个人的生日。"

"哼，可你为什么偏偏记住了其中一个孩子的生日，却把另外七个孩子的生日都忘了？如果你对我爸不是特别感兴趣的话，又怎么能知道他的生日呢？这说不通，亲爱的。你打算寻找你的祖先，然后为此做了准备。我现在不觉得你出现在我们的教堂里是偶然了。你去那儿就是为了找我。我受宠若惊。可能你遇到我爸也是如此，你特意去了那家台球厅'象棋俱乐部'找他。你是怎么做到的，难不成雇了私家侦探？我觉得我们的教堂或者那家台球厅不可能被记录在案，也不可能在基金会的文件中查到。"

"大概吧。你说得没错，我温柔的女祖先。我想找一种可以接受的法子与你相遇。本来，如果有必要的话，我可以在这件事上花数年的时间，因为我不能直接去按你的门铃，然后说：'你好！我是你的后裔。我能进去吗？'那样你一定会报警的。"

"亲爱的，我希望在那种情况下自己不会报警。但还是感谢你想出了另一种温和的方式与我接近。哦，拉撒路，我爱你！我相信你说的每一个字，所以我再也不担心布莱恩了。我知道他会平安归来！啊……我终于又觉得无所畏惧了，比以往什么时候都对生活充满了激情。我想知道一些事情，关于你的家庭的事。"

"我很高兴聊聊他们。我爱我的家人。"

"能和你的妻子塔玛拉相提并论，我感到荣幸之至。亲爱的，我有个问题，如果你不想回答就不必回答：你的家庭中有过两个丈夫和一个妻子睡觉的事吗？"

"哦，当然发生过。只不过我们家里的情况是一个丈夫和两个妻子睡觉，我说的这个丈夫是加拉哈德，即你的另一个后裔，他喜欢和我们的两个妻子一起睡。我们家里喜欢左拥右抱的浪荡子也就数加拉哈德了。"

"听起来挺有意思的，不过我对另一种组合更感兴趣。亲爱的，我最想做的事就是把你和布莱恩一起带上床，然后尽我所能让你们两个快乐。虽然我不能真的这么做，但可以幻想一下。我肯定会想的。"

"既然你要幻想，为什么不想象自己走进树林，当着我们两个的面宽衣解带，像'法国明信片'里的女郎一样？"

"噢！对啊，我也可以幻想一下这个场景。现在我已经欲火焚身，一触即发了！"

"我最好赶快把你送回家。"

"我也觉得最好如此。我现在开心得不得了，再也不忧虑了，这个状态会保持下去。此外，我充满了激情，因为你，因为布莱恩，也是因为我大白天在林中扮作法国明信片上的女郎的幻想。"

"莫琳，如果你能让布莱恩接受这个主意的话……嗯，记得1926年8月2日之前我都还在。"

"嗯……我会努力说服他。我自己肯定是想的！"她加了一句，"我可以告诉他吗？关于你是谁，你来自未来，你预言他会在战场上安然无恙？"

"莫琳，你想告诉谁都行。只是别人不会相信你说的。"

她叹了口气："我想是的。而且，要是布莱恩信了我的话，也相信他的一生平安顺遂，那可能会导致他变得行事莽撞。他要为我们去战斗，所以我为他感到骄傲，可是我不想让他冒不必要的险。"

"莫琳，我觉得你说得对。"

"西奥多，我刚才满脑子都是你讲的那些古怪事物，忽略了一个问题。现在我知道了你的真实身份，也知道了这不是你的国家，不是你该打的仗，那你为什么要自愿参军？"

拉撒路略一犹豫，道出了真相："我想让你为我而骄傲。"

"原来如此！"

"没错，我不属于这里，这也不是我该打的仗。可这场战争牵涉到你，莫琳。其他人参军作战的原因五花八门，但我只为了莫琳你战斗。没错，我不是为了'让世界变得安全而民主'。虽然协约国最终会取得胜利，但这场战争无法带来安全和民主。我参战仅仅是为了莫琳。"

"哦！天哪！我又要哭了，实在忍不住。"

"快别哭了。"

"是，我的战士，拉撒路，你会回来吗？你一定有法子知道。"

"啊？亲爱的，别担心我。总有人想用各种各样的方式杀死我，但我每次都活了下来。我就像一只警惕的老猫，身边总有供我避险的大树。"

"你没回答我的问题。"

他叹了口气："莫琳，我知道布莱恩会安然返回，因为基金会的档案中有记载。他会活很长很长时间，别问我多长，我不会回答的。你也一样，我也不会告诉你能活到多大年纪；对未来知道太多并不是什么好事。至于我嘛，我无法知道自己的未来，因为档案中没有记载。我的人生会怎样？我还没有过完这一生，自然不好说，但是我可以告诉你，这不是我第一次打仗，而是差不多第十五次了。敌人没有在其他战争中把我杀死，若是这次想把我干掉，得动作再快点。亲爱的，我是你的战士，我上战场是为了你去杀德国佬，而不是为了其他什么人去白白送命的。我会尽我的职责，但不会为了赢得功勋章做出什么疯狂的举动。老拉撒路才不干傻事呢。"

"这么说你不知道。"

"是，我不知道。不过，我可以向你保证：我不会在没必要的情况下冒险。若要冲进德国人的防空壕，我会首先往里面扔一颗手榴弹。我不会对看似已经咽气的德国人放松警惕，我会确保他真的死了。我不介意为一具尸体，尤其是装死的那种尸体浪费一颗子弹。我是个老兵，就是因为我是个悲观主义者，才有机会成长为一个老兵。我知道战场上的各种阴损招数。亲爱的，你现在已经不为布莱恩担心了，要是又开始为我担心可就太傻了。别担心！"

她叹息道："我尽量吧。如果我们拐上这条街，就可以抄到展望路上，然后穿过林伍德大道就是本顿大道了。"

"好，我送你回家。我们别聊战争了，来聊聊爱情。咱们的南希——基金会现在要求年轻人初婚遵守怀孕规定吗？"

"天哪！你什么都知道。"

"算了，不用告诉我了，这是南希自己的事。如果乔纳森真的要上战场——我不知道——我敢跟你保证，哪怕他丢了一条胳膊或者一条腿，也不会被敌人一枪轰掉卵蛋。尽管我没注意他们的生日，但我查过你家中每个孩子的生育记录。乔纳森和南希会生很多很多孩子。这说明他会活着回来，或者被征兵处拒掉，压根没走成。"

"这个消息令人欣慰。他们生了多少个孩子？"

"你这姑娘真爱打听。我不会告诉你的。外婆，你自己还有好多个要生呢，具体要生多少个我也不会告诉你。我收回关于怀孕规定的那个问题。"

"秘密，拉撒路……"

"你最好从现在开始叫我'西奥多'，因为我们很快就到家了。"

"是，长官，西奥多·布朗森上士，你淫荡的曾曾曾祖母会注意的。我到底该加多少个'曾'？"

"亲爱的，你想知道这个答案吗？要不是为了消除你对布莱恩的忧虑，我更希望你叫我'泰德·布朗森'。我喜欢做你的'西奥多'。可现在我变成了来自未来的神秘人，也不知道能否和原来一样舒服地与你相处。我尤其担心从此以后你会把我看作你隔了好多代的后裔。我希望你清楚，我就在你身旁，没有在什么遥远的未来。"

"在这个时代，你陪伴我，触摸我，却还尚未出生，是吗？而在你的时代，我早就死了。你连我去世的时间都知道得一清二楚。你说过，只是不肯告诉我什么时候。"

"哦，真是讨厌，莫琳。从一开始我就不该这么干！坦白自己是穿越时空而来就会有这些麻烦。可我不得不坦白，都是为了你。"

"对不起，拉撒——西奥多，我的战士。我不会再问问题了。"

"亲爱的，我在这儿这个事实就证明你还没死，而我肯定出生了。不信就掐我一下。所有的'现在'都是平等的，这是时间旅行的基础定理。'过去'和'未来'都不会消失，而是变成了数学上的抽象概念，永远存在的是'现在'。至于是否知道你去世的日子，或者你是否死了，我不知道，我只知道你已经生了、目前拥有并且将来还会生很多孩子，你也会活很长时间，但头发不会变得斑白。可是，基金会没能，或者说将会无法持续更新你的档案，所以你的死亡日期从未记录在案。也许是你搬家了，没有告诉基金会。糟糕，也许是我回来了——我会回来的——你老了之后我把你接走了，带你去了特提乌斯星。"

"去了哪儿？"

"我家。我觉得你会喜欢那儿的。在那儿，你可以无忧无虑地闲逛，穿不穿衣服都行，打扮得像法国明信片中的姑娘也行。"

"现在我肯定愿意那样做，可是我觉得，老了之后我不会愿意展露自己的身体。"

"你只要让伊师塔为你做回春术就行了。我跟你说了她为塔玛拉做的事，当时她的乳房都耷拉到腰际了，像两个干瘪的麻袋。可你看看现在——我那个时代的'现在'——塔玛拉又怀孕了，像个年轻姑娘一样。不过，不妨忘了它。如果这事确实发生了，那基于现在来说，这事就会发生。莫琳妈妈——我再叫你'外婆'就是在找骂。我只确定一件事，那就是我不知道你的死亡日期，我很高兴自己不知道，你也该为此高兴。我也不知道自己的死亡日期，这事儿也让我很开心。重要的是活在当下！我们快到家了，你说了些话，然后我让你叫我'西奥多'，接着我们就把话题扯远了。刚才是聊到塔玛拉了吗？"

"哦，对了！西奥多，不管你真正的家在哪儿，你回去的时候可以带上别的东西穿越时空吗？还是说你只能自己回去？"

"不是，怎么了？我来的时候就带了衣服和钱。"

"我想给塔玛拉寄一样小礼物，不过我不知道她想要什么，从这个时代向你所在的美妙时代寄送礼物，你能给我点建议吗？"

"嗯……你送塔玛拉什么她都会珍视的。她知道她是你的后裔，而且对我们家所有人都有很深的感情。我希望这礼物是小到可以方便携带的，就算在壕沟里作战也可以带在身上。因为我习惯随时可以将不能随身携带的东西丢掉。珠宝就不用了。钻石手镯和发卡对塔玛拉来说没有什么区别，她不会觉得前者比后者更贵重，但是如果我告诉她某个发卡是我看见你戴过的，她一定会把它当宝贝收藏起来。所以我建议这礼物得小，得是你的贴身物件儿。对了，不如送她吊袜带！完美！就送你现在穿着的那双中的一只。"

"我就不能送她一双新的？哦，送之前我会穿一下，这样你就可以拍着胸脯告诉她那是我穿过的了。不过，眼下我穿的这双有些年头了，不仅有磨损，而且上面有我今晚出的汗。这双旧了，也不干净，上面还有性暗示的词。"

"不，不，还是送你现在穿的吧。亲爱的，这个时代的'性暗示'在特提乌斯星上算不得什么；那个词背后的意思我还得跟塔玛拉解释她才能明白。至于上面的汗水，我倒是希望能在把礼物交给她时上面还有几丝你的体香。你说这双袜子旧了？莫琳，这双袜子不会刚巧有六岁吧？"

"西奥多，我告诉过你，我是个多愁善感的人。没错，当时我穿的就是这双。现在破旧褪色了，虽然我换了松紧带，但这确实和六年前我穿的是同一双。我特意挑了这双穿给你看。"

"那我也想要一只做纪念！"

"亲爱的西奥多，我原本就打算把这双送给你。所以我才建议给塔玛拉一双新的。好吧，亲爱的，那就一只送给你，一只送给她。到家之后，我就立刻跑上楼，等我下来的时候，就会给你一份礼物，然后告诉你等你回到福斯顿军营再打开看。你呢，跟我道谢，径直回到你的房间，把礼物放到包里。我看到前廊的灯了，那么现在我得把裙子放下来，重新做回一本正经、端庄得体的史密斯太太了。可谁都不知道她内心藏着一座随时可能喷发的火山！谢谢你，布朗森上士。你让我和儿子度过了非常愉快的一个晚上。"

"谢谢你，穿绿色吊袜带却不穿内裤的可爱小猫咪。我来抱咱们的小灯泡，你负责拿泰迪熊和丘比娃娃，怎么样？"

艾拉·约翰逊和南希还没回家。小布莱恩从拉撒路手里接过睡得迷迷糊糊的小男孩，把他抱上楼去。卡罗尔也跟着上楼去安顿伍迪睡觉了，但走之前逼着"泰德舅舅"答应了一件事，那就是在她回来之前不回屋睡觉。乔治过来问他们去哪儿了，都做了些什么，拉撒路表示以后会告诉他，然后抽身去冲澡，修整了一番。

发型有些凌乱。感谢上帝受人尊敬的女人们不用口红。制服有点皱，这没什么好抱怨的。五分钟后，他焕然一新，就连下巴都被刮得光溜溜的。就这样，拉撒路回到了前厅，给乔治和小布莱恩讲了他们晚上的活动，并且保证每一句话都是真的。

他刚开始讲，卡罗尔就下楼来了，她也加入到听众中。然后加入的是史密斯太太，她像以往一样，一举一动都透着端庄和优雅，而且手里有一个用棉纸包着的小包裹。"西奥多上士，这是为你准备的小惊喜，请千万回到军营之后再打开。"

"那我最好现在就把这礼物放进包里。"

"先生，请便。亲爱的，我想你们该去睡觉了。"

"是，妈妈。"卡罗尔听话地说，"可是泰德舅舅正给我们讲你怎么在游乐场把牛奶瓶都打倒的事呢。"

"他说你应该瞄准蓝色的瓶子打，妈妈！"乔治说。

"好吧，再给你们十五分钟的时间。"

"史密斯太太，"拉撒路说，"可千万等我放好东西回来之后再开始计时噢。"

"好吧。上士，你和我的孩子们一样鬼主意多。"

拉撒路把礼物放进包里，出于习惯还给包上了锁。然后他回到大厅。发现南希和她的男朋友也回来了。南希介绍拉撒路和男友认识。与此同时，拉撒路饶有兴趣地打量着乔纳森·韦瑟罗尔。乔纳森是个亲切的小伙子，举止有些笨拙。塔玛拉和艾拉会对他感兴趣，所以拉撒路决定好好观察他，好回家之后跟他们准确地描述，同时还要记住他说的话。

史密斯太太将她未来的女婿迎进客厅，让南希一个人回屋去了。拉撒路继续讲他们晚上在游乐园里的经历，乔纳森则礼貌地听着，看起来他似乎觉得有些无聊。史密斯太太回到大厅时手上端着一个沉甸甸的托盘，她说："十五分钟到了，亲爱的各位。乔纳森，南希叫你去给她帮忙。你去看看怎么回事，好吗？她在厨房。"

小布莱恩提出要把车停进仓库："泰德舅舅上士，我从不让你的车夜里停在路边，一次都没有过。现在停进去，但明天一早我就帮你把它从仓库里开出来。这通操作有点难呢，差不多拐个Z字形才能把车停进去，得来来回回多倒几把。"

拉撒路谢了他，给了卡罗尔一个晚安吻。她显然对这个吻很是期待。乔治似乎因为觉得自己长大了，不该再索要晚安吻了，所以犹豫着没有上前，拉撒路只好跟他握了握手，夸他握得很有力。这时，约翰逊先生到家了，于是，大家又重复了一遍互道晚安的礼仪。

五分钟后，史密斯太太、她的父亲和拉撒路在客厅中坐定，面前摆着咖啡和蛋糕，拉撒路突然想起他第一次拜访这家人的场景。除了他和外公爷儿俩穿上了军装，现在的画面和之前一模一样。他们每个人都坐在那天晚上各自的位置上，史密斯太太一如既往地以优雅矜持的姿态为他们端茶倒水，就连桌上的茶点都和那天是一样的。于是，他开始寻找不同之处，最后只找到了三处：他的大象玩具不在史密斯太太的椅子后面，他们在游乐园赢的奖品放在门口的一张桌子上，另外就是钢琴上摆着展开的活页乐谱，那页的曲名是《你好，总机，给我接无人区》。

"爸，你今天回来得真晚。"

"晚上见了七个新兵，还是老样子，要么是大块头，要么是小虾米。泰德，我们部队征来的都是正规军不要的货色。当然，这样的兵源正适合我们。现在我们的机枪连有刘易斯式轻机枪了，还有数量充足的春田步枪。我不是抱怨，可这之前我们简直像潘乔·比利亚[1]手下那帮土匪。闺女，那张桌子上是什么东西？好像放得不是地方啊。"

---

[1] 潘乔·比利亚（Pancho Villa, 1878—1923）：1910—1917年墨西哥资产阶级革命中著名的农民领袖，墨西哥民族英雄。——译注

"是我自己赢来的丘比娃娃，所以我想着把它放在钢琴上面，那个位置尊贵。至于泰迪熊，那是西奥多上士赢的，也许他要带着它去法国吧。爸，我们去了电动公园，西奥多上士为赢来这些奖品花的钱应该差不多是奖品本身价值的两倍。我们今天特别走运，玩得很开心。"

拉撒路看得出，老人的脸色沉了下来。和一个单身汉出现在公众场合，还是在她丈夫不在家的时候？于是，拉撒路开口了：

"史密斯太太，我不能带它去法国。我和伍迪说好了，你不记得了吗？我要拿我的泰迪熊换他的大象玩具。我想说好的就不能改了吧。那之后他就一直拿着这小熊呢。"

约翰逊先生说："泰德，如果你不黑纸白字把约定写下来，那他一定会哄骗你。这么说，你们俩带伍迪去电动公园玩了？"

"是，先生。咱们私下说说，我打算战争期间把大象留给伍迪看管。但是我会先和他讲条件的。"

"他还是会骗到你的。莫琳，我本来是想让你别带孩子了，自己好好放松一下。伍迪这孩子尤其难带。你怎么就把他也带上了呢？"

"爸，我们一开始没带他，是他偷偷藏在车里的。"她明明白白地讲给父亲听，只不过有些事她故意没提，也没说时间。

约翰逊先生摇摇头，好像开心起来："这孩子以后要么会被绞死，要么一定会有大出息。莫琳，当时你真该打他一顿，把他送回家，再和泰德继续开车兜风。"

"行了，爸，别大惊小怪的，我兜风了，而且感觉很棒。我让伍德罗安安静静地坐在后座上，后来我去公园玩得非常开心。要不是伍德罗不请自来，我也享受不到这么多乐趣。"

"伍迪这么做也并非全无道理。"拉撒路承认，"我确实答应带他去电动公园了，可是之前一直没兑现。"

"真该狠狠揍他一顿。"

"爸，现在揍他也晚了。再说，我们确实玩得很开心。我们还碰上了跟咱们上一个教堂的人——劳蕾塔·辛普森和克莱德·辛普森。"

"那个老巫婆！莫琳，她一定会在背后说你闲话的。"

"我觉得不会。伍迪当时在坐小火车，于是我们聊了会儿天。不过，你可能得帮我圆谎，请务必记得布朗森上士是你大姐的儿子。"

艾拉·约翰逊扬起眉毛，咯咯笑了："萨曼莎要是还在的话，一定会大吃一惊。泰德，我大姐驯马时摔了下来，死那年八十五岁。死前她弥留了一段时间，最后扭头面壁，拒绝进食而死。好的，我记住你说的了。泰德，比起说你是我那喜欢寻欢作乐的老哥的儿子，这个说法更稳妥，更难查证。萨曼莎死前生活在伊利诺伊州，有过三任丈夫，我可以跟这儿的人说其中一任姓布朗森。你介意我给你安排了个家吗？"

"我不介意，不过我更喜欢把这儿当成我的家。"

"我们也喜欢让你把我们当成你的家人，孩子。莫琳，咱们的年轻小姐回来了吗？"

"她和你前后脚到的家，爸。他们在厨房呢，她说想给乔纳森做个三明治，但我知道那是个借口，不过是想避开大家，和乔纳森亲热一番罢了。如果你想拿吃的，就由我去厨房取吧。我会弄出点动静来，好给南希留出从他的大腿上跳下来的时间。西奥多，南希订婚了。我们刊登了正式的声明。我觉得最好现在就让他们结婚，因为他马上就要参军了。你觉得呢？"

"我恐怕没资格就此发表意见，史密斯太太。我希望他们俩幸福快乐。"

"他们会的。"史密斯太太说，"他是个很棒的小伙子。我想让他加入第七团，但是他非要等过了生日再说，他想直接加入正规军。其实再过三年他才满足服役的年龄条件。可这就是精神。我喜欢他。泰德，如果你想回屋，可以从那边绕一下，别经过厨房。"

又过了几分钟，这对年轻人才从厨房出来，他们没有坐下，而是礼貌地跟大家道了别。然后，南希出门在前廊上和她的情郎道了声晚安便进门，回到大厅坐下了。

约翰逊先生把打了一半的哈欠憋了回去："我该睡觉了。泰德，你要是有脑子的话也该去休息了。这里早上很吵，住你的房间更觉得吵，所以晚睡得不偿失。"

南希飞快地说："外公，明天我会嘱咐年纪小的孩子都安静点，好让泰德舅舅多睡会儿。"

拉撒路站起身："谢谢你，南希。我昨天晚上在火车上没休息好，所以还是现在就回屋睡觉好了。明天早晨不用刻意保持安静，反正吹起床号的时间我就会醒来。习惯了。"

史密斯太太站起身："我们都去睡觉吧。"

约翰逊先生和他握了握手，道了声晚安。史密斯太太象征性地在拉撒路的脸颊上轻轻啄了一下，和迎接他时的那个吻一样。她说感谢他让她度过了一个愉快的夜晚，并催促他说，既然他有在起床号的时间醒来的习惯，那就更应该赶快回屋睡觉了。南希等了一会儿，待大人们都上楼去后才给了他一个晚安吻。

拉撒路回到他的房间，准备好好泡个澡。莫琳说过，想的话随时可以放水泡澡，不会吵醒孩子们的。于是他打开水龙头，然后回去打开背包，将那份小小的礼物取出来，拿进洗手间，把门从里面锁上。卧室里没有能打开洗手间的钥匙。礼物装在一个小小的扁平盒子里，恰好能放进一双吊袜带的样子。他小心翼翼地打开盒子，想着看过后再原样把它包好。

啊，是那双吊袜带！和她说的一样，有些褪色，而且显然不是新的。还有——太好了！上面都是她独有的令人心旌摇荡的芳香。不知它能否长久地留在上面，好让他把这双袜子带回去，分析这精致美好的香气，然后将它增强，永久保存下来？或许在计算机的帮助下，技艺高超的气味学家可以将缎子和橡胶的气味分离出去，单纯增强她的气味。他得去塞古都斯星找这样的专家帮忙。为这事，他多跑几趟也是值得的！

现在，我们来看看那些有"性暗示"的字句——一只袜子上写着

"全天营业——需要服务请按铃！"，另一只袜子上写着："请进！欢迎来把火烧旺。"亲爱的，这些可算不得什么"性暗示"啊。

吊袜带下面是一个简单的信封。他把吊袜带放到一边，拆开信封。

里面是一张简单的卡片："爱人，我尽力了。M。"

还有一张照片，虽说拍得有些业余，但是按照此时此地的标准来评价，这是一张品质非凡的摄影作品：上面只有莫琳一个人，她优雅地站在室外灿烂的阳光中，身后背景是茂密的丛林。她笑意盈盈地注视着相机镜头，穿着打扮和法国明信片上的女郎一个风格。拉撒路感到体内涌起一股激情。哦，慷慨的小宝贝，你真是太信任我了！这张照片难道并非只有一张？当然不会，布莱恩应该洗了不止一张。无疑，他肯定贴身带了一张。这一张想必是一直以来就锁在你卧室的某个角落。没错，没有穿紧身胸衣你的腰肢也一样苗条，胸部也没有像你说的下垂了，那对乳房很可爱，而且，我看得出是什么让你展露出了那样快乐的笑容。谢谢你，谢谢你！

除了照片，还有一样薄纸包着的扁平东西。他将包装轻轻打开，里面是绿丝带系着的一大绺红色毛发，格外卷曲，所以形成了一个圈。

拉撒路盯着它，边看边想，莫琳，我的挚爱，这是其中最珍贵的礼物了。但愿你剪的时候足够小心，不然布莱恩会注意到那里少了一撮毛。

他再次挨个儿看了一遍她的每一份礼物，把它们恢复成未拆开时的样子，把盒子重新放到包的最深处，给包上了锁，关掉水龙头，脱掉衣服，迈入浴缸。

可是浴缸中的水只是温热的，他泡在里面全无睡意。过了很长时间，他依然醒着躺在一片漆黑中，回忆着过去几个小时的经历。

现在他感觉自己能够理解莫琳了。她展露出真性情时很松弛，拉撒路想这就是"喜欢自己"的表现，而喜欢自己是爱其他人的必要的第一步。她没有愧疚感，因为她从来不做会让她感觉愧疚的事情。她100%地遵从自己的内心，是自己的评判官，从不在意他人的看法，不对自己撒谎；但在两种情况下她都会毫不犹豫地对他人撒谎：其一是出于善意；其二是她受到了违反她天性，并且她并不认同的规则束缚。

拉撒路理解她，因为他也秉承同样的处世哲学，只不过之前不清楚自己这种态度是从哪儿来的。原来是遗传自莫琳，再溯源则可算到外公头上。老爸的基因也起了增强此特质的作用。他感到非常快乐，但胯下的痛苦令人抓狂。或者说部分是因为这个原因，他在心中暗暗纠正。他发现自己竟然十分感激这种痛苦。

门把手开始转动，他一下子警觉起来，下了床，等着门打开。

她偎在他的臂弯中，他感觉到满怀温暖与芬芳。

然后她挣脱出来，甩掉裹在身上的浴巾，任由它落到地上，又重新钻回他的怀抱，与他赤裸相对，将嘴唇也全部奉献了出去。

亲吻结束后，她依然在他怀中。他用沙哑的声音轻声问她："为什么要冒险？"

她轻声回答："我发现我非做这事不可。明白自己的心意后，我意识到这样做的冒险程度反倒比我们在胡桃树下做更低。家里有客人留宿的话，晚上孩子们从来不会下楼。我爸可能会怀疑我。可正因为如此，他一定不会查我岗的。别担心，亲爱的。抱我去床上吧，快！"

他照做了。

他们两个终于安静下来了。这时，她的嘴唇紧紧贴着他的耳朵，双臂和双腿都缠在他身上，她愉悦地吐出一口气，说道："西奥多，就连做这事儿你都和我丈夫很像，我几乎等不及战争结束就想跟他说关于你的一切了。"

"你决定告诉他了？"

"亲爱的西奥多，在这件事上我从未有过一丝犹豫。我会把今晚我跟你说过的话换种容易让人接受的表达方式告诉他，也会有所保留。布莱恩不要求我事事坦白。就算说了他也不会气恼。我们十五年前就约定好了。他让我相信，他是真的信任我的判断和品位。"她贴着他的耳朵轻笑了几声，"真是惭愧，我很少有需要向他坦白的事。他喜欢听我的冒险经历，会让我一遍又一遍地讲给他，就好像在反复阅读一本最爱的书一样。我希望能明天晚上就告诉他这次历险。但我不会这么干的，我会暂且保密。"

"他明天回家？"

"很晚，他到家会很晚。这正合我意，反正他到家后我也没打算睡觉。"她又发出银铃般的轻笑，"他在电话里让我'b. i. b. a. w. y. l. o.（be in bed asleep with your legs open）'，然后他会'w. y. t. b. w.（wake you the best way）'。意思是：分开腿睡觉，他会用最好的方式唤醒我。但是我只会假装睡觉，不管他多么轻手轻脚地进来，我都会醒。"

她笑出声来："然后我们会玩一个小游戏。他进入我身体的时候，我会假装刚醒，然后呼唤他，只不过叫出的不是他的名字。我呻吟着说：'哦，艾伯特，亲爱的，我等你等得好苦啊！'总之是这类话。然后就轮到他了。他会说什么'我是水牛比尔，奥麦利太太。别说话了，该做什么做什么吧！'然后我就闭嘴，全力以赴地忙活起来，在我们两个都高潮前我是不会再说一个字的。"

"奥麦利太太，你全力以赴的时候真是棒极了。不过，话说回来，刚才你全力以赴了吗？"

"我努力做到最好了，水牛比尔。但是我实在太兴奋，脑子里一片混乱，所以可能没有拿出自己的最佳状态。我希望能有改进的机会。你要给我这个机会吗？"

"你得保证下次不会更刺激才行。亲爱的，要是刚才那次不是你的最佳状态，那你全力以赴可能会让我死在床上。"

"你不仅说话和给人的感觉像我丈夫——尤其是在床上——而且你的体味也像他。"

"你闻起来像塔玛拉。"

"真的吗？我做爱像她吗？"

（亲爱的，关于做爱，塔玛拉知道的招式有一千种，但她很少采用不同寻常的法子——做爱不是技术，亲爱的，是一种态度，是想让对方快乐的意念，这一点你做到了。但是你掌握的技巧之多让我着实吃惊。你要是在伊斯坎达尔肯定能卖高价。）

"像，但这不是你最像她的地方。嗯，最像的是你的态度。塔玛拉知道对方心里怎么想的，所以能恰到好处地提供对方所需。对方需要的可能不是性。布莱恩就没有需要其他东西的时候？"

"哦，当然有啦。要是他觉得压力大、疲惫不堪，我就先不做别的，按摩他的背部或头部，或者和他抱着待一会儿。或许我还会鼓励他睡上一小觉，然后他也许就会'以最好的方式'唤醒我了。我又不会把他生吞活剥了，除非他想要如此。"

"我们再来聊聊塔玛拉。莫琳，塔玛拉给我治疗的时候，起初她不与我同床，只是和我睡在同一间屋子里，陪我一起吃饭，我想说话的时候她认真倾听。后来过了十天左右，她开始和我睡觉了，但我们只是单纯地睡觉而已。我睡得很香，晚上一个噩梦都不会做。再后来，有一天晚上我醒了，塔玛拉一言不发地将我的那话儿放入了她的体内，结果当晚余下的时间里，我们便不停不休地做爱。第二天早晨，我知道我痊愈了，灵魂上的疾病全都消失了。

"你就是这样，莫琳。你知道，你也是这样做的。本来，因为这场战争，我思乡成疾，分外烦忧。而现在，我好了，你治愈了我。告诉我，我第一次来做客时，你对我的感觉如何？"

"我对你一见钟情，就像个傻乎乎的学生妹。我当时只想和你上床。我告诉过你了。"

"可你没告诉我你的感受。另外，你觉得我当时是什么感觉？"

"哦，你因为我勃起了吗？"

"是的，我勃起了。但是我以为自己遮掩过去了。难道你注意到了？"

"哦，我可没看到你裤子底下鼓起一块什么的。西奥多，我从来不往下看那么仔细，不然男人很容易觉得难为情。我只是知道你和我的感觉一样，我感觉自己像条发情的雌犬。我是说发情的母狗。我不想在床上还故意一本正经地说话。你和我四目相对的那一瞬间，当时我站在门厅——我知道我们需要彼此，然后就迅速变得极度兴奋……所以赶紧冲进厨房，为的是让自己冷静一下。"

"你才没有'冲'进厨房，你的步态优雅从容，就像航行中的一艘小船。"

"那我只能说，小船行驶得飞快。我控制住了自己，但是兴奋感一点没有减少，反倒是更强烈了。我的胸部胀痛，顶端刺痛，你在这里的时候，我全程如此。但是这些都没表现出来。即便我爸注意到了我的感觉也没关系，除非他不再邀请你来家里做客。因为我想再见到你。爸爸知道我是什么样的人，他帮我处理麻烦的时候告诉过我。他告诉我要直面真实的自己，还说我应该开心地接受自己，但是我永远不能展露出自己的那一面，因为这个社会自有其规矩。我尽力了，但是那天晚上，我很难不流露出真实的感受。"

"可你成功了。"

"布莱恩说我没有表现出来。但是那天晚上太难了，我……西奥多，男孩——有时候男人也一样——在非常沮丧的时候会做一种事，用他们的手做。"

"是啊。自慰。男孩们管它叫'撸管'。"

"布莱恩也是这么说的。但是也许你不知道，我们女孩——女人也会做类似的事，对吧？"

"我知道。不论男女，只要孤身一人，大家都会做这种事，因为它是一种无害但效果欠佳的性爱替代品。"

"'无害但效果欠佳……'效果相当欠佳。但是听到你说它无害我很高兴，因为我上楼洗了个澡。尽管我晚餐前才洗过一次，但我真的很需要再洗一次。我洗的是盆浴。洗完之后，我躺在床上，盯着天花板发了会儿呆。最后，我下了床，把门锁上，脱下睡衣，开始自慰，一次又一次，一次又一次！西奥多，我是想着你做的，每时每刻心里想的都是你。我想你的声音，你的气味，你的抚摸。但是我花了至少一个小时才平静下来，进入睡眠。"

（亲爱的，我平静下来花的时间更长，我真应该采用你的直接疗法。但是我决定当个傻瓜，以此来惩罚自己。亲爱的，我丧失了理智，据我所知，无论什么时候，去爱都不是一件蠢事。但我不明白我们是怎么流露出对彼此的爱意的。）"我真希望自己当时在你身边，亲爱的，因为我就在距离你一两英里的地方，同样想着你，忍受着欲火煎熬的痛苦。"

"西奥多，我当时就希望你也与我有同样的感觉。我如此需要你，也希望你同样迫切地需要我。可我能做的顶多就是锁上门，想着你做那种事。我身边没有其他人，只有摇篮里的伊瑟尔，她还太小，没注意到我的异样。哎呀！我一定把你说得没兴致了。哦，天哪！"

"你没有，我只是需要缓一缓，马上就好。你答应会再给我一次机会。这次要换个姿势吗？枕着我的肩膀来一回？侧向左边还是右边？我不该压在你身上太久，但是我确实不想挪地方。"

"只要我能让你有一点在我体内，我就不想让你挪地方。你不是特别重，我的臀部挺宽的，先生，你得让女人喘口气啊。把我放到哪边都行，只要你喜欢。"

"像这样吗？"

"很舒服。哦，西奥多，这感觉不像我们第一次做啊。我觉得好像自己一直爱着你，而你终于在我等待很久之后来到了我身边。"

（我们还是别聊这个话题了，莫琳妈妈。）"亲爱的，我会继续爱你的，直到永远。"

（略）

　　"……直接告诉她，他知道自己不必参军，但是他已经决定了，要是她再就这件事唠叨他，他肯定不会娶她的。"

　　"那南希怎么跟他说的？"

　　"她告诉他，她就知道他会这么说，所以快点让她怀孕吧，这样一来，他们就可以在他参军之前共度几天蜜月。南希和她妈妈一样对战士特别有感觉。那天晚上，她来到我的卧室，告诉我她做了什么，掉了几滴泪，但是并不为自己操之过急的行为担心。

　　"所以我们开心地哭了。我就此事知会了布莱恩与韦瑟罗尔一家，然后南希发现她第二个月没来月经，这是一个月前的事了。最后我们暂定后天或者大后天举行他们的婚礼。"

（略）

　　"亲爱的，我想看看你。"

　　"哦，天哪！西奥多，最好还是不要打开台灯。这扇百叶窗不太严密，灯光可能会漏到窗外，门下面的缝也会漏光，要是碰巧我爸下楼来看到就糟了。"

　　"莫琳，只要你不愿意，我是不会要求你冒任何风险的。我以指尖为眼，已经把你看得清清楚楚了，而我的指尖绝对不会错漏。"

　　"你的指尖像融化的棉花糖一样拂过我的肋骨。西奥多，你打开那份礼物时可千万小心，一定要身边没人才行。里面可不止一双吊袜带。"

　　"我其实打开过礼物了。"

　　"这么说你知道我的身体什么样子了。"

　　"照片里那个美丽的姑娘是你？"

　　"别闹。布莱恩拍照的时候有让我直视镜头。"

　　"可是，亲爱的，你从来不往下看那么仔细，我们男人也不会死盯着女人的上半身，尤其是我，尤其是当我看到一位令人惊艳的裸体模特的照片时。"

"裸体模特？我头上可戴着我最好看的帽子呢！"

"莫琳，那是我有过的最美好的照片，我会永远珍惜它的。"

"这么说还差不多。尽管我不相信这种话，但我喜欢听。你打开里面折叠的纸了吗？"

"你是说小卷毛？是你从马身上剪下来的鬃毛吗？"

"西奥多，我不介意你逗我，你越这么做就越像布莱恩。可是如果他开这种玩笑太多，我就会咬他。全身上下哪儿都咬。比如说这儿。"

"哎呀，别使劲咬啊！"

"那你好好说，那撮卷毛是从哪儿来的？"

"它来自你的小宝贝，也是我的小宝贝，我会把它贴着胸口放好，永远永远。我想好好看看你是因为你剪下那么一大绺送我，我担心布莱恩会注意到你那里少了毛发，到时候问你怎么回事。"

"我可以告诉他，我把毛送给送冰人了。"

"他才不会相信，而且一定会猜出你有新的历险要坦白。"

"那他肯定不会逼我现在就告诉他，而是会转移话题。可其实我希望现在就可以告诉他。这段时间以来，我大白天的在外面都会想你们俩，这种幻想反倒让我保持清醒。亲爱的，梳妆台上有一根蜡烛。说到这儿，我真觉得电力不如我们过去用的煤气灯可靠。蜡烛的光线不会太让我担忧。你可以借着烛光好好看我，想怎么看就怎么看。"

"太好了，亲爱的！火柴在哪儿？"

"放开我，我起来去点蜡烛。我能摸黑找到火柴和蜡烛。我能好好看看你吗？"

"当然可以。想必会是很鲜明的对比，'美女与野兽'。"

她咯咯笑着亲了亲他的耳朵："臭流氓。我或许可以把你看成种马。西奥多，我得稍微延展身体才能盛得下你。"

"你不是说我感觉像布莱恩吗？"

"他也是种马。放开我。"

"给我点甜头。"

"哦，天哪，亲爱的，现在不要做那种事！不然我会浑身抖得厉害，连火柴都划不着。"

他们站在一根蜡烛前，在烛光中细细打量彼此。拉撒路觉得自己在她令人眩晕的光芒中呼吸急促起来。来到地球上的这两年，他大部分时间都享受不到欣赏一个女人的甜蜜与快乐，所以也没意识到自己有多渴望这样的特权。亲爱的，你知道这对我有多非凡的意义吗？莫琳妈妈，难道没有人告诉过你，成熟的女性要比处女美得多吗？诚然，你那对漂亮的乳房曾经充盈着奶水，但它们就是为此而生的。它们非要像大理石一样我才觉得美？我才不这么想！

她也同样认真地打量他，神情肃穆，胸部紧紧地皱缩着。西奥多-拉撒路，我神秘的爱人，我提议点蜡烛是为了好好看看你，你猜到了吗？按说女人不该渴望这种事，可我就是想念那番场景，赤裸的场景，我丈夫的赤裸场景，还有，撒旦在上，追随他的堕落天使在上，我怎么能在连一个我不认识的男人都不见的情况下撑到十一月呢？阿尔玛·比克斯比告诉我，她从来没见过她丈夫不穿衣服的样子。一个女人怎么能那么活？她都和那男人造出五个孩子了，却始终没好好看过他的身体。我跟她说我当然见过我丈夫裸体的样子，她听了大为震惊。

西奥多-拉撒路，你不像我的布莱恩。你的颜色和我更接近。不过，哦，你给我的感觉像他，体味像他，聊天像他，爱我的样子也像他！你那雄赳赳的胯下之物又立起来了。亲爱的布莱恩，我得再要他一次，狠狠地要！明天晚上，如果你想让我给你讲个新的枕边故事，我会将此事告诉你。要是必须等你回来再说，那我就暂且不跟你坦白。你和他一样神秘，正是你那放荡的妻子需要的丈夫，睿智而宽容。我发誓，我会尽力守身如玉地等你从前线回来，可如果就算有我爸和八个孩子守护我，我还是没能忍住，那我郑重向你承诺，我将只和真正的战士同床，他必须是个方方面面都令人骄傲的人，正如我眼前这个陌生男人。

拉撒路，我的爱，你真的是我的后裔？我确实相信你说的，战争会结束，我的布莱恩会平安回到我身边。为什么信你，我也不知道。但是，自从你告诉了我这些，度过了不知多少个孤独夜晚的我头一次可以不用再悬着心入睡了。我希望你说的其余事情也是真的。我想相信塔玛拉的存在，相信她是我的后裔。但是，我不希望你只在这里待八年就离开！

那张单纯的小照片——要不是怕吓到你，我会给你几张布莱恩给我拍的真正的"法国明信片"。如果我靠近些仔细看，你会生气吗？我想冒个险。

史密斯太太突然单膝跪地，蹲下身凑近去看，然后触碰了他一下。她仰起头。"现在？"

"没错！"他抱起她，把她放到床上。她近乎严肃地配合着他，在他们结合的那一瞬间屏住了呼吸。"用力，西奥多！这次别对我太温柔！"

等他们这场愉悦的暴力行为结束后，她静静地缩进他的怀中。二人没有说话，全靠触摸和烛火之光进行交流。

最后，她说："我必须走了，西奥多。不，不用起来，我一个人下床就行。"说着，她起来，抓起她来时裹着的床单，吹熄了蜡烛，然后回到床边，俯身吻了他一下。"谢谢你，西奥多，我为一切感谢你。可是，千万要回来，回来见我！"

"我会的，我会的！"

于是，她悄无声息地飞快地离开了。

I

法国某地

我所有亲爱的家庭成员：

　　这封信是我的口袋日记的一部分，我会一直把这本日记揣在身上，直到战争结束。倒不是因为它多重要，原因我马上会说到。我现在没法儿寄封好口的信，更不用说套着五个信封的信了。这儿施行一种叫"审查"的制度，意思是每一封信都会有人拆开浏览一遍再寄，凡是有可能让德国人感兴趣的内容都会被删掉。比如说日期和地点、部队番号，也许还包括我早餐吃了什么。（话说，我早餐吃了水煮猪肉、炸土豆，还喝了能把小勺溶解掉的咖啡。）

　　你们看，承蒙山姆大叔的邀请，我踏上一次美好的越洋之旅，现在来到了美酒与美女之乡。（只不过这儿的酒是极普通的葡萄酒，而且当地人似乎把漂亮姑娘都藏了起来。我到这儿之后见过的最好看的女人竟然长着小胡子，还有相当浓密的腿毛，要不是我犯了个错误，站在下风向，我原本不用知道她有腿毛的。亲爱的家人，我觉得法国人可能都不洗澡，至少在战时是如此。但是我没有资格批评他们，因为沐浴确实是件奢侈的事。眼下要是让我在美女和热水澡之间选一样，我肯定选热水澡。反正不洗澡美女也不会碰我的。）

我现在在"战区"，不过你们别担心，能收到这封信就说明战争结束了，我安然无恙。写信比每天都把日常琐事写在日记里容易多了。"战区"这个说法夸张了，要我说这是一场"静态战争"，意思是双方都陷入了僵局，动弹不得。我离真正的前线很远，不会被炮火伤及。

我领导了一支队伍，在这里叫"一个班"，包含八个人——我、另外五个步枪兵，还有一个自动步枪兵（所谓自动，意思是枪是自动的，并非指人。这场战争上阵的可没有机器兵），第八个人负责给自动步枪兵背弹药。我作为班长干的是下士的活儿。对，我现在是下士，我本来要晋升为中士的（上一封从美国寄出的信里有写到），后来因为我被调动到另外一支部队，这事儿泡了汤。

我很适合当下士。这是我第一次手底下长期有人使唤，让我有时间和下属熟悉起来，了解他们的长处和短处，琢磨如何驾驭他们。他们是一群挺棒的小伙子，只有一个有问题，不过那并非他的错，是这个时代对他那样的人有偏见。他名叫F. X. 丁考夫斯基，是我这个班里唯一的天主教徒和犹太人。说到这儿，双胞胎，如果你们没听说过"天主教徒"或"犹太人"，那就问问雅典娜。他的祖先信一种信仰，可他在另一种宗教背景下长大。现在很不幸，他不得不和一群信仰第三种宗教的乡下小伙儿共处，那些人可都不怎么宽容。

还有几点造成了他不幸的境遇，他是个城里人，声音嘶哑招人烦（连我都烦听到他说话），而且笨手笨脚的。要是班里的其他人故意找他碴，他就更加笨手笨脚了。说实话，他不是个当士兵的料，但是没人问过我的意见。所以由他来背弹药是我平衡我这个班最好的法子了。

他们管他叫"丁基"。虽说这称呼只带一点贬义，但他恨透了它。（我用他完整的姓氏来称呼他。我对所有人都这样。此时此地，人们都用姓氏来称呼彼此，一方面是习惯使然，一方面也与军事组织的神秘性有关。）

关于美国远征军中最优秀的这个班我们先聊到这里，现在说说我的第一个家庭和你们的先辈。就在山姆大叔派我踏上这次愉快的旅程前，部队给了我几天假期。整个假期我都和布莱恩·史密斯一家在一起，住在他们的房子里，因为他们在战争期间是我的"领养家庭"，我则是被领养的"孤儿"。

那次假期是我离开"朵拉"后过得最快乐的一段时光。我带伍迪去了一座游乐园，园中的项目虽然原始，但是比塞古都斯星上某些复杂的娱乐更好玩。我带他坐摩天轮，玩各种游戏以及他喜欢玩的项目，他觉得很好玩，这也让我觉得很开心。他累坏了，回家时睡了一路。他挺乖的，现在我们成了密友，我决定让他好好长大，或许他的未来还有希望。

我和外公多次长谈，对其他人也有了更深入的了解，尤其是对妈妈和爸爸。老爸出乎我的意料。我之前只在福斯顿军营和他见过几分钟，后来正巧在我得回军营的那天，他要回家，我没想到会撞见他。但是他提前几个小时离开了部队，有时候军官可以享受这种小特权。于是，我们撞上了。他给军营去了电话，让我延长了两天假期。为什么？塔玛拉和艾拉，你们听好了——

为了参加婚礼，南希·艾琳·史密斯和乔纳森·斯珀林·韦瑟罗尔的婚礼。

雅典娜，你给双胞胎解释一下这次结合的历史意义。亲爱的，列出这一支中的名人和重要人物。不用管整个宗谱，只列这一支的。就我们这个小家庭而言，出自这一支的就有艾拉和塔玛拉，当然了，我们还有伊师塔，孩子中至少也有五个是这一支的。我可能还落下了几个，因为我没有记住所有家族血统承续关系。

我是乔纳森的伴郎，老爸负责把新娘交给女婿，布莱恩是迎宾员，玛丽担当戒童，卡罗尔则是伴娘。乔治负责看好伍迪，不让他放火烧掉教堂。妈妈负责照顾迪基和伊瑟尔。雅典娜可以给你们解释这些概念和风俗，我就不多说了。对我来说，这不仅仅是多出了两天假期那么简单，这两天中大部分时间我都在帮妈妈跑东跑西（中世纪式的婚礼办起来非常麻烦），但也给了我时间和老爸相处，现在我比作为他儿子和他生活在同一屋檐下的时候更了解他，同时，我非常喜欢他这个人，打心眼里接受了他。

艾拉，他让我想起了你，有头脑，不说废话，状态松弛而自在，有包容之心，为人友好亲切。

新闻：新娘怀孕了（霍华德家族的婚礼就该这样！在这个年代，按理说所有的新娘都该是处女），肚子里的孩子叫（如果我没记错的话）"乔纳森·布莱恩·韦瑟罗尔"。贾斯廷，我说得对吗？他的孩子又叫什么呢？雅典娜，提醒我一下。过去几个世纪里，我见过太多人了。有几次我好像娶了乔纳森·布莱恩的后代。希望是如此，因为南希和乔纳森郎才女貌，是非常登对的年轻夫妇。

我把"我的"小车交给他们，让他们开着去度蜜月。六天的蜜月期一过，乔纳森就去部队报到了（现在已经参军了）。

他参军的时间已经晚了，没有上战场。不过，他依然是南希的战士英雄，因为他尽力了。

有个啰里八唆的中士让我集合我们班，去守没人关心的防空壕，所以——

献上我所有的爱

老兄下士

法国某地

亲爱的约翰逊先生：

请对此信进行二次审查。信中部分内容是对收养我的家庭做出的解释说明。

我希望史密斯太太收到了我从霍博肯寄出的感谢信（也希望她能认得清上面的字迹。我是在一辆颠簸的车上，把信纸垫在膝盖上写的，笔迹实在潦草）。总之，我要再次感谢她给了我有生以来最开心的一次假日。同时，我也要感谢你们所有人。请转告伍迪，我不会再让他一个马了。从现在起，我们要公平地下棋，他要是还想被让着，最好去找别人。五局里他能赢四局，这太过分了。

现在解释一下其他事——我的落款和地址。我人到了法国，军衔却没有，三道杠变成了两道杠。你可以（重点）跟史密斯太太和卡罗尔解释一下吗？被降级不会让一个男人永远蒙羞。如果卡罗尔愿意的话，我还是她的专属士兵。事实上，我比之前任何时候更像一个真正的士兵。在这里，我终于摘掉了"教官"的标签，穿着一身战斗装备亲自指挥一个班作战。现在，我要是把头探出掩体外，就可能看到德国鬼子，也有可能是他们先看到我。总之，我可没有在前线一百英里后的地方偷懒。

我希望你不会为我感到羞耻。是的，我相信你不会的。你是个老兵，不会在意军衔的。我参军打仗，这才是你认为重要的。我知道。先生，我想说一句，自从我认识你之后，你就一直在给我启迪和鼓舞。

我就不详细说那两次降级了。军队里不讲理由。但是我想让你知道，没有一次降级是因为我做了什么不光彩的事。第一次发生在运兵期间，和我负责的区域内一名玩忽职守的舰艇纠察长和一场扑克游戏有关；第二次发生在我军事教学期间，假战壕，假无人区，一个上尉让我展开散兵线作战，我说："见鬼，上尉，你是想替德国鬼子省子弹吗？你就没听说过机关枪？"

（我想我是不该说"见鬼"这种词的。事实上，我对士兵说话的时候会用另一种更常见的表达。）

因此，那天快过去的时候，我成了下士。我申请调到另一支部队里，上面批准了，这是同一天的事。

所以我来到了这里，感觉还不错。一个人离前线越近，士气就越高，这是真的。我开始和虱子变得亲密无间，法国的泥巴比美国密苏里州南部的更深更黏，我做梦全是热水澡和史密斯太太为士兵准备的温馨客房，但我好歹身心健康，还能写信将我的爱传递给你们大家。

泰德·布朗森下士谨上

"嘿，下边儿的！布朗森下士。让他上来。"

拉撒路慢腾腾地爬出防空壕，让眼睛逐渐适应黑暗："什么事，中尉？"

"剪铁丝网的活儿。我希望你自愿站出来。"

拉撒路不吭声。

"你难道没听见我说话吗？"

"我听见了，长官。"

"我说了什么？"

"你想找一个志愿者，长官。"

"不，我说的是我想让你当志愿者。"

"中尉，我去年4月6日志愿参军的，整个战争时期我的志愿配额已经用完了。"

"你是蹲茅坑的大律师吗？"

拉撒路继续沉默。

"有时候我觉得你是想永远活下去。"

拉撒路还是不应声。（你还真是说对了，你这七磅重的废物。你也一样，你一次也没出过那段掩体。只要你继续缩在掩体后面，上帝就会保佑我们这个排。）

"好吧，既然你非要让我来硬的，那我就命令你带领这支队伍。从你的班里再找三个志愿者。如果他们不愿意，你知道该怎么做。你挑好人之后让他们做好准备，然后你们溜过来，我给你们看地图。"

"是，长官。"

"还有，布朗森，你他妈的务必要完成好这个任务。有人告诉我你很会偷奸耍滑。行了，去吧。"

拉撒路不紧不慢地回到防空壕里。这么说我们要走出掩体发起冲锋了？这还真是个大秘密。知道的也就潘兴、大约十万美国兵、人数是美国兵两倍的德国兵和帝国最高指挥部吧。他们为什么要开展三天的"软化"轰炸呢？这不仅没什么效果，而且相当于广而告之我方马上要进行"奇袭"了。再说，这一通操作正好让德国佬知道该在哪儿安排后备队，给了他们时间搞清楚我方的定位。算了，别想了，拉撒路，谁叫指挥大部队的人不是你呢？把你的心思放在挑选三个可以跟你出战壕的人吧，完成任务，然后回来。

拉塞尔不行，你在拂晓前还需要自动步枪手呢。怀亚特昨天晚上就被安排过出战壕执行任务。丁考夫斯基说话声太大，就像脖子上系了个牛铃似的。菲尔丁在休病假，妈的。那只能是舒尔茨、塔利和卡德瓦拉德了。其中两个都是死不了的老兵油子，只有塔利是没什么战场经验的新兵。我现在正是用得着菲尔丁的时候，只可惜他患了感冒之类的病，真是恼火。就这样安排吧，让舒尔茨和卡德瓦拉德相互照应，我罩着塔利。

这个防空壕里可以装两个班。拉撒路的班在左边，另一个班在它们旁边，正借着烛光打牌。拉撒路叫醒卡德瓦拉德和舒尔茨，让他们帮他把整个班的人召集过来。拉塞尔和怀亚特待在他们的上下铺上，其余的人都以此为中心围了过去。"中尉想让我们去剪铁丝网，命令我找三个志愿者一起去。"

正如拉撒路所料，舒尔茨立刻点头表示同意。"我去。"在拉撒路看来，以他的副班长的能力，领导比班大的队伍都没问题。舒尔茨四十岁，是个已婚的志愿参军者，一直在努力消除他的德国名字和德国口音（他是第二代美籍德裔）给他带来的不良影响，做起事来稳妥有章法，没有不靠谱的时候，也不是个追名逐利的人。拉撒路希望他们要面对的德军中可千万别尽是像舒尔茨这样的优秀士兵，但是他知道，事实并不如他所愿，对方军队中有不少老兵，都是从被击溃的俄国前线撤回来的。在拉撒路眼中，舒尔茨身上唯一的毛病就是他不喜欢丁考夫斯基。

"算你一个。别好几个人同时说话。"

"他们算怎么回事？"卡德瓦拉德大声说，他竖起大拇指朝着另一个班的人摆了摆，"上级的香饽饽？他们有一周什么都没做了。"

奥布莱恩下士替他的班回答："有困难，直接找上帝，牧师已经过气了！该谁出牌了？"

"还有谁自愿去？"

丁考夫斯基深吸一口气："带上我吧，下士。"

塔利耸耸肩："好吧，我也去。"

（该死，丁基，你怎么就不能等大家的意见达成一致再说话呢？

还有那个命令我找志愿者的中尉也该死。我最好还是跟他们实话实说吧。）"我们再听听其他人的意见。这不是紧急任务。"（蠢货中尉，你鼻涕都流到脑子里去了吧！卡德瓦拉德说得对，这趟任务本不该轮到我们。你为什么不找副排长之类的安排此事？像这种难搞的任务，他们安排起来才公平。）

拉塞尔和怀亚特同时开口表示愿意前往。拉撒路又等了一下，说道："卡德瓦拉德，你呢？现在就你没表态了。"

"下士，你说要找三个志愿者，现在难道是想让我们全班都去？"

（因为我想要你去，你这个让人反胃的大猩猩。你是班里最棒的士兵。）"我需要你。你愿意去吗？"

"下士，我不是志愿参军的，是被强征入伍的。"

"好吧。"（我诅咒那些多管闲事的军官。）"怀亚特，你昨晚出去过了；拉塞尔，你也回床上睡觉吧，因为一会儿你可能就有的忙了。舒尔茨，我带着丁考夫斯基，你带着塔利。先把我的脸涂黑，动作快点。我得去见中尉。行动！"

拉撒路把自己阵地的铁丝网上被德国人的炮弹撕开的口子弄大了一些，轻轻松松地就穿了过去。这活儿都是他自己干的，他只要求丁考夫斯基趴在地上，跟着他爬。他们四周始终有炮弹落下的声音！他们的炮弹和德国人的炮弹都有。拉撒路对这类动静充耳不闻，因为他对此也不能做什么，只有专注于完成自己的任务。他也假装没听到机关枪没完没了的突突声，即使那声音来自他的两侧，距离很远。另外，只要身子俯得够低，他也不必担心狙击手。

他最警惕的是德国人派出了太多的巡逻兵，如果此时周围有巡逻兵，那他们还要担心闪光弹。这也正是他让丁考夫斯基匍匐前进的原因。另外，若是照明弹升起，他的副班长正双膝着地爬行，拉撒路不信他能立刻保持不动。

等爬过他们这方阵地上的最后一道铁丝网，他就带领同他一起匍匐前进的丁考夫斯基躲进了弹坑，然后凑在这个二等兵的耳朵边说："留在这儿，等我回来。"

"可是，下士，我不想留在后面！"

"别那么大声，会吵醒孩子的。贴着我的耳朵小声说话。如果我一个小时内没回来，那你就自己爬回去。"

"可是我找不到回去的路！"

"看，那是北斗七星，其中那一颗是北极星。往西南走就能回去。如果你没找到缺口，可以用自己带的铁丝剪开路。你只要记住，照明弹炸开时千万别动！只有光亮消失后你才能动，那时候敌人的眼睛还花着呢。而且你千万保持安静。你动静大得老是让我联想到铁皮屋顶上的两具骷髅。别到最后却被自己人打中了。口令是什么？"

"嗯……"

"哦，真该死，是'查理·卓别林'。你要是再忘了，就不是被送回国养伤那么简单了。咱们的人可有几个爱乱开枪的。现在你重复一遍口令。"

"下士，我想陪你一起剪铁丝网。"

拉撒路暗暗叹了口气。这个笨手笨脚的小丑非想做士兵，如果我不让他跟着，势必会打击他的积极性。但是如果我由他跟着，那可能会把我们俩都害死。卡德瓦拉德，我欣赏你的理性，但憎恨你的懦弱，真希望这次执行任务带上的是你。

"好吧。从现在起你不许说话了。真有什么事要说的话，轻轻拍我的脚，然后跟我打手势。务必始终紧跟着我，牢记我跟你说的照明弹的事。只要看见德国佬，就屏住呼吸，一动不动。要是他们突然出现在我们面前，立即投降。"

"投降？"

"对，如果你还想有当爷爷的那一天的话。你一个人是杀不死德国巡逻兵的。就算你能，也会弄出很大动静，到时候敌人的机关枪会把你射成两半。紧跟在我身后，匍匐前进。"

拉撒路马上就要碰到德军阵地的第一道铁丝网了。这时，一颗照明弹升上天空，他身后的二等兵慌了神，奋力往他们刚刚爬过的一处弹坑躲去，结果在跳进去的时候中了弹。

拉撒路一动不动地趴在地上，惨叫声不绝于耳，炫目的照明弹在天空中激烈燃烧。是自己人干的，他思忖着。要是德国人的炮弹，照亮的应该是美国人的战壕。要是那个可怜的小笨蛋再不闭嘴，这片地方很快就会被枪林弹雨热情问候。动静这么大，现在是没办法剪铁丝网了。唉，糟糕，他是我的人，我不能丢下他不管。也许把丁基结果了倒是帮了他一个忙，但是莫琳一定不赞同。好吧，那就把他救回来好了，然后继续完成这个讨厌的任务。今天晚上是睡不成了，发起冲锋的时间大概得四点了。下次我一定选择参加海军。

照明弹熄灭了，拉撒路飞快地爬起来去救人，没想到又一颗照明弹燃起来了。机关枪子弹扫到了他身体的一侧，他被冲击力带到了弹坑中。一颗子弹狠狠射进了他的右腹，然后在他的体内一路凶猛撕咬，从左臀上方穿了出去。其他子弹为他的身体带来了其他创伤。要是在公元4291年，这些伤没什么难治的，只可惜现在他身处黑暗时代，随便哪处伤对他来说都是致命的。

拉撒路感觉自己因为有力的一击失去了平衡，摔进了弹坑。他没有立刻失去意识，而是清醒地意识到自己受了致命伤。他躺在弹坑中，看着满天星星，觉得这里就是他即将长眠的地方了。

每个动物都会找到自己的长眠之地。有的是陷阱，有的是一场打不赢的战斗。少数动物会开心地找到一个安静的地方，等待自己走到生命的终点。不管那是怎样的地方，它都是长眠之地，是我们大多数人身处其中时能感觉到的。而这里，就是我的那个地方。

丁基知道吗？我想他知道，因为他已经不再尖叫了。我觉得他应该也找到了自己的地方。奇怪的是，我没有丝毫痛楚。感谢你们让我的一生不虚此行，莫琳……利塔……朵拉小宝贝……塔玛拉……密涅瓦……莱皮丝、罗蕾莱……艾拉……莫琳——

他听到空中传来大雁的悲鸣，再次仰望星辰，注视着它们潜入黑暗。

II

　　"你还没明白，"一个低沉的声音喋喋不休，"没有时间，没有空间。曾经、现在和未来，三者一脉相承。你就是你，你和自己下象棋，又将死了自己。你是棋手，亦是裁判。道德是你和自己达成的协议，因此你要遵守自己的规则。你要对自己诚实，不然就破坏了这个游戏。"

　　"这太疯狂了。"

　　"觉得疯狂，那就改变规则，去玩另一个游戏。你的选择无穷无尽。"

　　"你能现身与我一见吗？"拉撒路愤怒地咕哝道。

　　"照照镜子。"

|终　曲|

III

摘自1918年11月7日的《堪萨斯邮报》：

……我方损失人员的补充名单。我们深怀悲痛地通报堪萨斯州和密苏里州的情况：死亡人员：阿贝尔·托马斯·J. 二等兵　杰佛逊市，艾弗里·约翰·M. 少尉　锡代利亚市，贝尔德·乔治·M. 一等兵　托皮卡市，巴杰·F.M. 二等兵　圣约瑟夫市，卡斯珀·罗伯特·S. 中士　哈特菲尔德市，R.S. 下士　堪萨斯城（堪萨斯），科尔·杰克·M. 中尉　乔普林市，费依法尔·汉斯　一等兵　道奇市。战斗中失踪人员：奥斯汀·乔治·W. 参谋军士　汉尼拔市，贝尔·T.R. 下士　威奇托市，贝里·L.M. 二等兵　迦太基市，西奥多·布朗森　下士　堪萨斯城（密苏里），卡斯珀·M.M. 中尉　劳伦斯市，迪林厄姆·O.G. 二等兵　罗拉市，法利·F.X. 堪萨斯城（密苏里），豪伊斯·威廉姆斯　一等兵　斯普林菲

今天
兰德
大约
次。
灭性
报道
先生
非法
地
十二
将会
劳动
内部
他们
牺牲者
可以
暴
良难
毒

完全
二号
昨日
克曼
地
越来
嘉奖
了一位
俱乐部
主要
在
当地
曾经
资金
的活
时候
没有
分开
已

|终 曲|

IV

"艾拉！加拉哈德！找到他了？"

"是！把我们拉上去！哦，真是一团糟！伊师塔，他大约失了两升血，身上到处都黏黏糊糊的。"

"把他抬进来，让我看看。罗蕾莱，你现在可以带大家离开了。"

"朵拉，关闭舱门，启航！"

"闭舱，升空！屏障已就位！妈的，他们到底对我老大做了什么？"

"朵拉，我也在努力搞清楚。准备好水槽，我可能需要冷冻他。"

"准备完毕，伊师塔。莱皮丝、罗蕾莱，我告诉过你们，咱们得早点去接他。我早就告诉过你们。"

"冷静，朵拉。我们也告诉过他，他会把自己搞得只剩半条命。可

758

他比小奶猫还能折腾……"

"……丝毫不会感谢我们……"

"……而且不会回来……"

"……你知道他有多顽固。"

"塔玛拉，"伊师塔说，"抱着他的头，跟他说话。让他活着。如果可能，在我给他做完临时修复之前，我还不想冷冻他。哈玛德莱雅，把那儿夹住！嗯……加拉哈德，有一枪打到了他的定位器，所以他的内脏才被搅得稀巴烂。"

"做克隆移植？"

"可能吧。也许他可以靠自身力量让他的组织再生，让伤口修复，让生命系统得到支持。贾斯廷，你说得对，他那些信件上的日期确实证明他没能撑到旅行结束。定位器信号消失的时间和地点正好为我们提供了搜救的线索。加拉哈德，还能找到更多弹片吗？我想给他缝合了。塔玛拉，把他唤醒，让他说话！我不想被迫将他冷冻。其余的人都闭嘴，出去！去帮密涅瓦带孩子。"

"我巴不得走呢，"贾斯廷哑着嗓子说，"差点要吐了。"

"莫琳？"拉撒路喃喃地说。

"我在，亲爱的。"塔玛拉答应着，把他的头捧在胸前。

"做了个……噩梦。我……我以为……我死了。"

"亲爱的，只是个梦而已。你死不了。"

读客®
科幻文库
跟着读客读科幻，经典科幻全看遍

太空歌剧、赛博朋克、奇幻史诗……

中国、美国、英国、俄罗斯、波兰、加拿大、日本、牙买加……

读客汇聚雨果奖、星云奖、轨迹奖获奖作品

精挑细选最顶尖的科幻奇幻经典

陪伴读者一起探索人类文明的过去、现在和未来

亿亿万万年，直至宇宙尽头

打开淘宝，扫码进入读客旗舰店，
下一本科幻更经典！